이인직 소설선
혈의 누

책임 편집 · 권영민

서울대학교 국어국문학과와 같은 과 대학원 졸업.
현재 서울대학교 국어국문학과 교수.
저서로『한국현대문학사』『우리 문장 강의』『서사양식과 담론의 근대성』『한국 계급문학
운동사』『한국 근대문학과 시대정신』『월북 문인 연구』『한국문학 50년』등이 있음.

한국문학전집 29

혈의 누

이인직 소설선

초판 1쇄 발행 2007년 4월 20일
초판 13쇄 발행 2024년 8월 20일

지 은 이   이인직
책임 편집   권영민
펴 낸 이   이광호
펴 낸 곳   ㈜**문학과지성사**
등록번호   제1993-000098호

주   소   04034 서울 마포구 잔다리로7길 18(서교동 377-20)
전   화   02)338-7224
팩   스   02)323-4180(편집) 02)338-7221(영업)
전자우편   moonji@moonji.com
홈페이지   www.moonji.com

ⓒ ㈜**문학과지성사**, 2007. Printed in Seoul, Korea.

ISBN 978-89-320-1775-4 04810
ISBN 978-89-320-1552-1(세트)

이인직 소설선
혈의 누

권영민 책임 편집

문학과지성사 한국문학전집 29

| 차 례 |

| **일러두기** |

1. 이 책에 실린 작품은 이인직이 1906년부터 1908년까지 발표한 작품 중에서 선정한 3편
   의 신소설이다. 각 작품의 정확한 출처는 주에 명기되어 있다.
2. 이 책의 맞춤법은 1988년 1월 19일 문교부 교시 '한글 맞춤법'에 따르는 것을 원칙으
   로 하였다. 단 작품의 분위기에 영향을 준다고 판단되는 방언이나 구어체 표현, 의성
   어, 의태어 등은 그대로 두었다.
   　　　예) 개구녁으로 주둥이만 내놓고
   　　　　　동으로 가다가 돌쳐서서
3. 원본의 한자는 가급적 한글로 바꾸었으며, 작품 이해에 도움이 될 만한 한자는 그대로
   두고 괄호 안에 넣었다. 반복적으로 등장하는 한자어는 최초에만 괄호 안에 한자를 병
   기하고 후에는 한글로만 표기하였다.
4. 대화를 표시하는 「 」혹은『 』는 모두 " "로, 대화가 아닌 강조의 경우에는 ' '로
   바꾸었다. 책 제목은 『 』로, 노래 제목은 「 」로 표시하였다. 말줄임표 '‥' '‥'
   '……' 등은 모두 '……'로 통일하였다. 단 원문에서 등장인물의 머릿속 생각을 표시
   하는 괄호는 작은따옴표(' ')로 바꾸었고, 작가가 편집자적 논평을 붙인 부분은 괄호
   (( ))안에 표시하였다.
5. 외래어 표기는 1986년 1월 7일 문교부 고시 '외래어 표기법'에 따라 바꾸었다. 단 작
   품의 분위기에 영향을 준다고 판단되는 경우에는 원본을 그대로 살렸다. 그리고 일본
   어의 경우에는 원문대로 표기하고 미주에서 일본어 원문을 표시하였다.
6. 과도하게 사용된 생략 부호나 이음 부호는 읽기에 편하도록 조정하였다.
7. 책임 편집자가 부가적으로 설명이나 단어 풀이가 필요하다고 판단한 경우에는 미주
   로 설명을 붙여놓았다.

혈의 누 涙

일청전쟁의 총소리는 평양 일경[1]이 떠나가는 듯하더니, 그 총소리가 그치매 사람의 자취는 끊어지고 산과 들에 비린 티끌뿐이라.

평양성외 모란봉[2]에 떨어지는 저녁볕은 뉘엿뉘엿 넘어가는데, 저 햇빛을 붙들어 매고 싶은 마음에 붙들어 매지는 못하고 숨이 턱에 닿은 듯이 갈팡질팡하는 한 부인이 나이 삼십이 될락 말락 하고, 얼굴은 분을 따고 넣은 듯이 흰 얼굴이나 인정 없이 뜨겁게 내리쪼이는 가을볕에 얼굴이 익어서 선앵둣빛이 되고, 걸음걸이는 허둥지둥하는데 옷은 흘러내려서 젖가슴이 다 드러나고 치맛자락은 땅에 질질 끌려서 걸음을 걷는 대로 치마가 밟히니, 그 부인은 아무리 급한 걸음걸이를 하더라도 멀리 가지도 못하고 허둥거리기만 한다.

남이 그 모양을 볼 지경이면 저렇게 어여쁜 젊은 여편네가 술 먹고 행길³에 나와서 주정한다 할 터이나, 그 부인은 술 먹었다 하는 말은 고사하고 미쳤다, 지랄한다 하더라도 그따위 소리는 귀에 들리지 아니할 만하더라.

무슨 소회가 그리 대단한지 그 부인더러 물을 지경이면 대답할 여가도 없이 옥련이를 부르면서 돌아다니더라.

"옥련아, 옥련아, 옥련아, 옥련아, 죽었느냐 살았느냐. 죽었거든 죽은 얼굴이라도 한번 다시 만나보자. 옥련아 옥련아, 살았거든 어미 애를 그만 쓰이고 어서 바삐 내 눈에 보이게 하여라. 옥련아, 총에 맞아 죽었느냐, 창에 찔려 죽었느냐, 사람에게 밟혀 죽었느냐. 어리고 고운 살에 가시가 박힌 것을 보아도 어미 된 이 내 마음에 내 살이 지겹게 아프던 내 마음이라. 오늘 아침에 집에서 떠나올 때에 옥련이가 내 앞에 서서 아장아장 걸어 다니면서, '어머니 어서 갑시다' 하던 옥련이가 어디로 갔느냐."

하면서 옥련이를 찾으려고 골몰한 정신에, 옥련이보다 열 갑절 스무 갑절 더 소중하게 생각하는 사람을 잃고도 모르고 옥련이만 부르며 다니다가 목이 쉬고 기운이 탈진하여 산비탈 잔디풀 위에 털썩 주저앉았다가 혼잣말로,

"옥련 아버지는 옥련이 찾으려고 저 건너 산 밑으로 가더니 어디까지 갔누."

하며 옥련이를 찾던 마음이 홀지에⁴ 변하여 옥련 아버지를 기다린다.

기다리는 사람은 아니 오고, 인간 사정은 조금도 모르는 석양은 제 빛 다 가지고 저 갈 데로 가니 산빛은 점점 먹장⁵을 갈아 붓는

듯이 검어지고 대동강 물소리는 그윽한데, 전쟁에 죽은 더운 송장 새 귀신들이 어두운 빛을 타서 낱낱이 일어나는 듯 내 앞에 모여드는 듯하니, 규중에서 생장[6]한 부인의 마음이라, 무서운 마음에 간이 녹는 듯하여 숨도 크게 쉬지 못하고 앉았는데, 홀연히 언덕 밑에서 사람의 소리가 들리거늘, 그 부인이 가만히 들은즉 길 잃고 사람 잃고 애쓰는 소리라.

"에그, 깜깜하여라. 이리 가도 길이 없고 저리 가도 길이 없으니 어디로 가면 길을 찾을까. 나는 사나이라 다리 힘도 좋고 겁도 없는 사람이언마는 이러한 산비탈에서 이 밤을 새고 사람을 찾아 다니려 하면 이 고생이 이렇게 대단하거든, 겁도 많고 다녀보지 못하던 여편네가 이 밤에 나를 찾아다니노라고 오죽 고생이 될까."

하는 소리를 듣고 부인의 마음에 난리 중에 피란 가다가 부부가 서로 잃고 서로 종적을 모르니 살아생이별을 한 듯하더니 하늘이 도와서 다시 만나 본다 하여 반가운 마음에 소리를 질렀더라.

"여보, 나 여기 있소. 날 찾아다니느라고 얼마나 애를 쓰셨소."

하면서 급한 걸음으로 언덕 밑으로 향하여 내려가다가 비탈에 넘어져 구르니, 언덕 밑에서 올라오던 남자가 달려들어서 그 부인을 붙들어 일으키니, 그 부인이 정신을 차려 본즉 북두갈고리[7] 같은 농군의 험한 손이 내 손에 닿으니 별안간에 선뜩한 마음에 소름이 끼치면서 가슴이 덜컥 내려앉고 겁결[8]에 목소리가 나오지 못한다.

그 남자도 또한 난리 중에 제 계집 찾아다니는 사람인데, 그 계집인즉 피란 갈 때에 팔 승[9] 무명을 강풀[10] 한 됫박이나 먹였던지 장작같이 풀 센 치마를 입고 나간 터이요, 또 그 계집은 호미자루, 절굿공이, 다듬잇방망이, 그러한 세군은[11] 일로 자라난 농군의 계집이라, 그 남자가 언덕에서 소리 하고 내려오는 계집이 제 계집으로 알고 붙들었는데, 그 언덕에서 부르던 부인의 손은 명주같이 부드럽고 옷은 십이 승 아랫질 세모시 치마가 이슬에 눅었는데, 그 농군은 제 평생에 그 옷 입은 그런 손길은 만져보기는 고사하고 쳐다보지도 못하던 위인이더라.

부인은 자기 남편이 아닌 줄 깨닫고 사나이도 제 계집 아닌 줄 알았더라. 부인은 겁이 나서 간이 서늘하고 남자는 선녀를 만난 듯하여 흥김, 겁김에 가슴이 두근거리면서 숨소리는 크고 목소리는 아니 나온다. 그 부인의 마음에, 아까는 호랑이도 무섭고 귀신도 무섭더니, 지금은 호랑이나 와서 나를 잡아먹든지 귀신이나 와서 저놈을 잡아가든지 그런 뜻밖의 일을 기다리나, 호랑이도 아니 오고 귀신도 아니 오고, 눈에 보이는 것은 말 못 하는 하늘의 별뿐이요, 이 산중에는 죄 없고 힘없는 이내 몸과 저 몹쓸 놈과 단 두 사람뿐이라.

사람이 겁이 나다가 오래되면 악이 나는 법이라. 겁이 날 때는 숨도 크게 못 쉬다가 악이 나면 반벙어리 같은 사람도 말이 물 퍼붓듯 나오는 일도 있는지라.

(부인) "여보, 웬 사람이오. 여보, 대답 좀 하오. 여보, 남을 붙들고 떨기는 왜 그리 떠오. 여보, 벙어리요 도적놈이오? 도적놈이거든 내 몸의 옷이나 벗어줄 터이니 다 가져가오."

그 남자가 못생긴 마음에 어기뚱한[12] 생각이 나서, 말 한마디 엄두가 아니 나던 위인이 불같은 욕심에 말문이 함부로 열렸더라.

(남자) "여보, 웬 여편네가 이 밤중에 여기 와서 있소? 아마 시집살이 마다고 도망하는 여편네지. 도망꾼이라도 붙들어다가 데리고 살면 계집 없느니보다 날 터이니 데리고 갈 일이로구. 데리고 가기는 나중 일이어니와…… 내가 어젯밤 꿈에 이 산중에서 장가를 들었더니 꿈도 신통히 맞힌다."

하면서 무지막지한 놈의 행위라 불측[13]한 소리가 점점 심하니, 그 부인이 죽어서 이 욕을 아니 보리라 하는 마음뿐이나, 어느 틈에 죽을 겨를도 없는지라.

사람이 생목숨을 버리는 것은 사람이 제일 서러워하는 일인데, 죽으려 하여도 죽지도 못하는 그 부인 생각은 어떻다 형용할 수 없는 터이라.

빌어보면 좋을까 생각하여 이리 빌고 저리 빌고 각색으로 빌어보니 그놈의 귀에 비는 소리가 쓸데없고 하릴없는 지경이라. 언덕 위에서 웬 사람이 소리를 지르는데 무슨 소린지는 모르나 부인은 그 소리를 듣고 죽었던 부모가 살아온 듯이 기쁜 마음에 마주 소리를 질렀더라.

(부인) "사람 좀 살려주오……."

하는 소리가 아무리 부인의 목소리라도 죽을힘을 다 들여서 지르는 밤소리라 산골이 울리니 언덕 위의 사람이 또 소리를 지른다. 언덕 위와 언덕 밑이 두 간 길이쯤 되나 지척을 불변하는 칠야[14]에 서로 모양도 못 보고 또 서로 말도 못 알아듣는 터이라. 언덕 위의 사람이 총 한 방을 놓으니 밤중의 총소리라, 산이 울리면서 사람이 모여드는데 일본 보초병들이더라. 누구는 겁이 많고 누구는 겁이 없다 하는 말도 알 수 없는 말이라. 세상에 죄 있는 사람같이 겁 많은 사람은 없고, 죄 없는 사람같이 다기[15] 있는 것은 없다. 부인은 총소리에도 겁이 없고 도리어 욕을 면한 것만 천행으로 여기는데, 그 남자는 제가 불측한 마음으로 불측한 일을 바라던 차이라, 총소리를 듣고 저를 죽이러 온 사람으로 알고 달아난다. 밝은 날 같으면 달아날 생의[16]도 못 하였을 터이나, 깜깜한 밤이라 옆으로 비켜서기만 하여도 알 수 없는 고로 종적 없이 달아났더라. 보초병이 부인을 잡아서 앞세우고 가는데 서로 말은 못 하고 벙어리가 소를 몰고 가는 듯하다. 계엄중(戒嚴中) 총소리라 평양성 근처에 있던 헌병이 낱낱이 모여들어서 총 놓은 군사와 부인을 데리고 헌병부로 향하여 가니, 그 부인은 어딘지 모르고 가나 성도 보이고 문도 보이는데, 정신을 차려 본즉 평양성 북문이라.

밤은 깊어 사람의 자취도 없고 사면에서 닭은 홰를 치며 울고 개는 여염집 평대문[17] 개구녁[18]으로 주둥이만 내놓고 짖는다. 닭소리, 개소리에 부인의 발이 땅에 떨어지지 못하여 걸음을 멈추고 섰는데, 오장[19]이 녹는 듯하고 눈물이 앞을 가린다. 개는 영물이라 밤사람을 알아보고 반가워 뛰어나오다가 헌병이 칼을 빼어 개를 치려 하니 개가 쫓겨 들어가며 짖으나 사람도 말을 통치 못하거든 더구나 짐승이야……

(부인) "개야, 너 혼자 집을 지키고 있구나. 우리가 피란 갈 때에 너를 부엌에 가두고 나왔더니 어디로 나왔느냐. 너와 같이 집

에 있었다면 이러한 일이 생기지 아니하였을 것을 살 곳 찾아가
느라고 죽을 길 고생길로 들어갔다. 나는 살아와서 너를 다시 본
다마는 서방님도 아니 계시다, 너를 귀애[20]하던 옥련이도 없다. 내
가 너와 같이 다리 힘이 좋으면 방방곡곡을 찾아다닐 터이나, 다
리 힘도 없고 세상에 만만하고 불쌍한 것은 여편네라 겁나는 것
많아서 못 다니겠다. 닭도 주인 없는 집에서 혼자 울고, 개도 주
인 없는 집에서 혼자 짖는구나. 개야, 이리 나오거라. 나는 어디
로 잡혀가는지 내 발로 걸어가나 내 마음으로 가는 것은 아니다."

헌병이 소리를 질러 가기를 재촉하니 부인이 하릴없이 헌병부
로 잡혀가는데 개는 멍멍 짖으며 따라오니, 그 개 짖고 나오던 집
은 부인의 집이더라.

그날은 평양성에서 싸움 결말나던 날이요, 성중의 사람이 진저
리 내던 청인이 그림자도 없이 다 쫓겨 나가던 날이요, 철환[21]은
공중에서 우박 쏟아지듯 하고 총소리는 평양성 근처가 다 두려빠
지고[22] 사람 하나도 아니 남을 듯하던 날이요, 평양 사람이 일병
들어온다는 소문을 듣고 일병은 어떠한지, 임진난리에 평양 싸움
이야기하며 별 공론이 다 나고 별 염려 다 하던 그 일병이 장마
통에 검은 구름 떠들어오듯 성내·성외에 빈틈없이 들어와 박히
던 날이라.

본래 평양성중 사는 사람들이 청인의 작폐[23]에 견디지 못하여
산골로 피란 간 사람이 많더니, 산중에서는 청인 군사를 만나면
호랑이 본 것 같고 원수 만난 것 같다. 어찌하여 그렇게 감정이
사나우냐 할 지경이면, 청인의 군사가 산에 가서 젊은 부녀를 보

면 겁탈하고, 돈이 있으면 뺏어 가고, 제게 쓸데없는 물건이라도 놀부의 심사같이 작란하니, 산에 피란 간 사람은 난리를 한층 더 겪는다. 그러므로 산에 피란 갔던 사람이 평양성으로 도로 피란 온 사람도 많이 있었더라.

그 부인은 평양성 북문 안에 사는데 며칠 전에 산에 피란 갔다가 산에도 있을 수 없고, 촌에 사는 일갓집으로 피란 갔다가 단칸방에서 주인과 손과 여덟 식구가 이틀 밤을 앉아 새우고 하릴없이 평양성 내로 도로 온 지가 불과 수일 전이라. 그때 마음에 다시는 죽어도 피란 가지 아니한다 하였더니, 오늘 새벽부터 총소리는 천지를 뒤집어놓고 사면 산꼭대기 들 가운데에 불비가 쏟아지니 밝기를 기다려서 피란길을 떠났는데, 아무것도 가진 것 없고 젊은 내외와 어린 딸 옥련이와 단 세 식구 피란이라.

성중에는 울음 천지요, 성 밖에는 송장 천지요, 산에는 피란꾼 천지라. 어미가 자식 부르는 소리, 서방이 계집 부르는 소리, 계집이 서방 부르는 소리, 이렇게 사람 찾는 소리뿐이라. 어린아이를 내버리고 저 혼자 달아나는 사람도 있고, 두 내외 손을 맞붙들고 마주 찾는 사람도 있더니, 석양판²⁴에는 그 사람이 다 어디로 가고 없던지 보이지 아니하고, 모란봉 아래서 옥련이 부르고 다니는 부인 하나만 남아 있더라.

그 부인의 남편 되는 사람은 나이 스물아홉 살인데, 평양서 돈 잘 쓰기로 이름 있던 김관일이라. 피란길 인해²⁵ 중에 서로 잃고 서로 찾다가 김관일은 저의 집으로 혼자 돌아와서 그날 밤에 빈집에 혼자 있다가 밤중에 개가 하도 몹시 짖거늘 일어나서 대문을 열고 보려 하다가 겁이 나서 열지는 못하고 문틈으로 내다보기도 하였으나 벌써 헌병이 그 부인을 앞세우고 가니, 김관일은 그 부인이 헌병에게 붙들려 가는 줄은 생각 밖이요, 그 부인은 그 남편이 집에 있기는 또한 꿈도 아니 꾸었더라.

김씨는 혼자 빈집에 있어서 밤새도록 잠들지 못하고 별생각이 다 난다. 북문 밖 넓은 들에 철환 맞아 죽은 송장과 죽으려고 숨넘어가는 반송장들은 제각각 제 나라를 위하여 전장에 나와서 죽은 장수와 군사들이라. 죽어도 제 직분이어니와, 엎드러지고 곱드러져서[26] 봄바람에 떨어진 꽃과 같이 간 곳마다 발에 밟히고 눈에 걸리는 피란꾼들은 나라의 운수런가, 제 팔자 기박하여[27] 평양 백성 되었던가. 땅도 조선 땅이요, 사람도 조선 사람이라. 고래 싸움에 새우 등 터지듯이, 우리나라 사람들이 남의 나라 싸움에 이렇게 참혹한 일을 당하는가. 우리 마누라는 대문 밖에 한 걸음 나가보지 못하던 사람이요, 내 딸은 일곱 살 된 어린아이라 어디서 밟혀 죽었는가. 슬프다. 저러한 송장들은 피가 시내 되어 대동강에 흘러들어 여울목 치는 소리 무심히 듣지 말지어다. 평양 백성의 원통하고 설운 소리가 아닌가. 무죄히 죄를 받는 것도 우리나라 사람이요, 무죄히 목숨을 지키지 못하는 것도 우리나라 사람이라. 이것은 하늘이 지으신 일이런가, 사람이 지은 일이런가. 아마도 사람의 일은 사람이 짓는 것이다. 우리나라 사람이 제 몸만 위하고 제 욕심만 채우려 하고, 남은 죽든지 살든지, 나라가 망하든지 흥하든지 제 벼슬만 잘하여 제 살만 찌우면 제일로 아는 사람들이라.

평안도 백성은 염라대왕이 둘이라. 하나는 황천에 있고, 하나는 평양 선화당[28]에 앉았는 감사이라. 황천에 있는 염라대왕은 나이 많고 병들어서 세상이 귀치 않게 된 사람을 잡아가거니와, 평양 선화당에 있는 감사는 몸 성하고 재물 있는 사람은 낱낱이 잡아 가니, 인간 염라대왕으로 집집에 터주[29]까지 겸한 겸관[30]이 되었는 지, 고사를 잘 지내면 탈이 없고 못 지내면 온 집안에 동토[31]가 나서 다 죽을 지경이라. 제 손으로 벌어놓은 제 재물을 마음 놓고 먹지 못하고 천생 타고난 제 목숨을 남에게 매어놓고 있는 우리 나라 백성들을 불쌍하다 하겠거든, 더구나 남의 나라 사람이 와서 싸움을 하느니 지랄을 하느니, 그러한 서슬[32]에 우리는 패가[33]하고 사람 죽는 것이 다 우리나라 강하지 못한 탓이라.

오냐, 죽은 사람은 하릴없다. 살아 있는 사람들이나 이후에 이러한 일을 또 당하지 아니하게 하는 것이 제일이다. 제 정신 제가 차려서 우리나라도 남의 나라와 같이 밝은 세상 되고 강한 나라 되어 백성 된 우리들이 목숨도 보전하고 재물도 보전하고, 각도 선화당과 각도 동헌[34] 위에 아귀[35] 귀신 같은 산 염라대왕과 산 터주도 못 오게 하고, 범 같고 곰 같은 타국 사람들이 우리나라에 와서 감히 싸움할 생각도 아니 하도록 한 후이라야 사람도 사람인 듯싶고 살아도 산 듯싶고, 재물 있어도 제 재물인 듯하리로다.

처량하다, 이 밤이여. 평양 백성은 어디 가서 사생 중에 들었으며, 아귀 같은 염라대왕은 어느 구석에 박혔으며, 우리 처자는 어떻게 되었는고. 우리 내외 금실이 유명히 좋던 사람이요, 옥련이를 남다르게 귀애하던 자정[36]이라. 그러나 세상에 뜻이 있는 남자 되어 처자만 구구[37]히 생각하면 나라의 큰일을 못 하는지라. 나는 이 길로 천하 각국을 다니면서 남의 나라 구경도 하고 내 공부 잘한 후에 내 나라 사업을 하리라 하고 밝기를 기다려서 평양을 떠나가니, 그 발길 가는 데는 만리타국이라.

그 부인은 일본군 헌병부로 잡혀갔으나, 규중에서 생장한 부인이 그러한 난리 중에 그러한 풍파를 겪었다 하는 말을 듣는 자 누가 불쌍타 하지 아니하리오. 통변[38]이 말을 전하는 대로 헌병장이 고개를 기울이고 불쌍하다 가엾다 하더니, 그 밤에는 군중에서 보호하고 그 이튿날 제 집으로 돌려보내니, 부인은 하룻밤 동안에 세상 풍파를 다 지내고 본집으로 돌아왔더라.

아침 날 서늘한 기운에 빈집같이 쓸쓸한 것은 없는데 그 부인이 그 집에 들어와 보더니 처창[39]한 마음이 새로이 나서 이 집구석에서 나 혼자 살아 무엇 하리 하면서 마루 끝에 털썩 걸어앉았더니[40] 정신없이 모로 쓰러졌다.

어젯날 피란 갈 때에 급하고 겁나는 마음에 밥도 먹지 아니하고 나섰다가 하룻날 하룻밤에 고생한 일은 인간에 나 하나뿐인가 싶은 마음에 배가 고픈지 다리가 아픈지 모르고 지냈더니, 내 집으로 돌아오니 남편도 소식 없고 옥련이도 간곳없고, 엉성한 네 기둥과 적적한 마루 위에 덧문 척척 닫힌 방을 보고, 이 몸이 앉은 채로 쓰러져 없었으면 좋으련마는, 그렇지 아니하면 무슨 경황에 내 손으로 저 방문을 열고 내 발로 저 방으로 들어갈까 하는 혼잣말을 다 마치지 못하고 정신을 잃었더라.

평시절 같으면 이웃 사람도 오락가락하고 방물장수,[41] 떡장수도 들락날락할 터인데, 그때는 평양성중에 살던 사람들이 이번 불소리에 다 달아나고 있는 것은 일본 군사뿐이라. 그 군사들이 까마귀 떼 다니듯이 하며 이집 저집 함부로 들어간다.

본래 전시국제공법(戰時國際公法)[42]에, 전장에서 피란 가고 사람 없는 집은 집도 점령하고 물건도 점령하는 법이라. 그런고로 군사들이 빈집을 보면 일삼아 들어간다.

김씨 집에 들어와서 보는 군사들은 마루 끝에 부인이 누웠는 것을 보고 도로 나갈 뿐이라. 아마도 부인을 구하여 줄 사람은 없었더라. 만일 엄동설한에 하루 동안을 마루에 누웠으면 얼어 죽었을 터이나, 다행히 일기가 더운 때라, 종일 정신없이 마루에 누웠으나 관계치 아니하였더라.

밤이 되매 비로소 정신이 나기 시작하는데, 꿈 깨고 잠 깨이듯 별안간에 정신이 난 것이 아니라 모란봉에 안개 걷히듯 차차 정신이 난다. 처음에 눈을 떠서 보니 하늘에는 별이 총총하고, 다시 눈을 둘러보니 우중충한 집에 나 혼자 누웠으니 이곳은 어디며 이 집은 뉘 집인지, 나는 어찌하여 여기 와서 누웠는지 곡절을 모른다.

차차 본즉 내 집이요, 차차 생각한즉 여기 와서 걸터앉았던 생각도 나고, 어젯밤에 일본 헌병부로 가던 생각도 나고, 총소리에 사람 모여들던 생각도 나고, 도적놈에게 욕을 볼 뻔하던 생각이 나면서 새로이 소름이 끼친다.

정신이 번쩍 나고 없던 기운이 번쩍 나서 벌떡 일어앉았으니, 새로 남편 생각과 옥련이 생각만 난다.

안방에는 옥련이가 자는 듯하고, 사랑방에는 남편이 있는 듯하다. 옥련이를 부르면 나올 듯하고, 남편을 부르면 대답을 할 것 같다. 어젯날 지낸 일은 정녕 꿈이라, 내가 악몽을 꾸었지, 지금은 깨었으니 옥련이를 불러보리라 하고 안방으로 고개를 두르고 옥련아, 옥련아, 옥련아, 부르다가 소름이 죽죽 끼치고 소리가 점점 움츠러진다. 일어서서 안방 문 앞으로 가니, 다리가 덜덜 떨리고 가슴이 두근두근한다. 방문을 왈칵 잡아당기니 방 속에서 벼락 치는 소리가 나며 부인은 외마디 소리를 지르고 주저앉았더라.

어제 아침에 이 방에서 피란 갈 때에는 방 가운데 아무것도 늘어놓은 것 없었더니, 오늘 아침에 김관일이가 외국에 가려고 결심하고 나갈 때에 무엇을 찾느라고 다락 속 벽장 속에 있는 세간을 낱낱이 내놓고 궤 문도 열어놓고, 농문도 열어놓고, 궤짝 위에 농짝도 놓고 농짝 위에 궤짝도 없었는데, 단정히 놓인 것도 있지마는 곧 내려질 듯한 것도 있었더라. 방문은 무슨 정신에 닫고 갔던지, 방 안의 벽장문, 다락문은 열린 채로 두었더라.

강아지만 한 큰 쥐가 다락에서 나와서 방 안에서 제 세상같이 있다가, 방문 여는 소리를 듣고 궤 위에서 방바닥으로 내려 뛰는데, 그 궤가 안동[43]하여 떨어지니, 그 궤는 옥련의 궤라 조개껍질도 들고, 서양철[44] 조각도 들고 방울도 들고 유리병도 들었으니, 그 궤가 떨어질 때는 소리가 조용치는 못하겠으나 부인이 겁결에 들은즉 벼락 치는 소리같이 들렸더라.

부인이 정신을 차려서 당성냥을 찾으려고 방 안으로 들어가니,

발에 걸리고 몸에 부딪히는 것이 무엇인지 무서운 마음에 도로
나와서 마루 끝에 앉았더라. 이 밤이 초저녁인지 밤중인지 샐녘[45]
인지 모르고 날 새기만 기다리는데, 부인의 마음에는 이 밤이 샐
때가 되었거니 하고 동편 하늘만 쳐다보고 있더라.

두 날개 탁탁 치며 '꼬끼요' 우는 소리는 첫닭이 분명한데 이
밤 새우기는 참 어렵도다. 그렇게 적적한 집에 그 부인이 혼자 있
어서 하루, 이틀, 열흘, 보름을 지낼수록 경황없고 처량한 마음이
조금도 감하지 아니한다. 감하지 아니할 뿐 아니라 날이 갈수록
심란한 마음이 깊어가더라. 그러면 무슨 까닭으로 세상에 살아
있는고. 한 가지 일을 기다리고 죽기를 참고 있었더라.

피란 갔던 이튿날 방 안에 세간이 늘어놓인 것을 보고 남편이
왔던 자취를 알고 부인의 마음에는 남편이 옥련이와 나를 찾아다
니다가 찾지 못하고 집에 돌아와서 보고 또 찾으러 간 줄로 알고,
그 남편이 방향 없이 나서서 오죽 고생을 할까 싶은 마음에 가엾
으면서 위로는 되더니, 그날 해가 지고 저무니 남편이 돌아올까
기다리는 마음에 대문을 닫지 아니하고 앉아 밤을 새웠더라. 그
이튿날 또 다음날을, 날마다 밤마다 때마다 기다리는데 사람의
소리가 들리면 뛰어나가 보고, 개가 짖으면 쫓아가서 본다.

고대하던 마음은 진하고 단망[46]하는 마음이 생긴다. 어느 곳에
서 사람이 많이 죽었다 하는 소문이 있으면 남편이 거기서 죽은
듯하고, 어느 곳에서는 어린아이 죽었다는 말이 들리면 내 딸 옥
련이가 거기서 죽은 듯하다.

남편이 살아오거니 하고 고대할 때는 마음을 붙일 곳이 있어서

살아 있었거니와, 죽어서 못 오거니 하고 단망하니 잠시도 이 세상에 있기가 싫다.

부인이 죽기로 결심하고 대동강 물에 빠져 죽을 차로 밤 되기를 기다려 강가로 향하여 가나, 그때는 구월 보름이라 하늘은 씻은 듯하고 달은 초롱 같다. 은가루를 뿌린 듯한 백사장에 인적은 끊어지고 백구[47]는 잠들었다. 부인이 탄식하여 가로되,

"달아 물어보자, 너는 널리 보리로다.

낭군이 소식 없고 옥련은 간곳없다.

이 세상에 있으면 집 찾아왔으련만

일거[48] 무소식하니 북망[49]객 됨이로다.

이 몸이 혼자 살면 일평생 근심이요,

이 몸이 죽었으면 이 근심 모르리라.

십오 년 부부 정과 일곱 해 모녀 정이

어느 때 있었던지 지금은 꿈같도다.

꿈같은 이내 평생 오늘날뿐이로다.

푸르고 깊은 물은 갈 길이 저기로다."

이러한 탄식을 마치매 치마를 걷어잡고 이를 악물고 두 눈을 딱 감으면서 물에 뛰어내리니, 그 물은 대동강이요 그 사람은 김관일의 부인이라. 물 아래 뱃나들이에 한 거룻배가 비꼈는데, 그 배 속에서 사공 하나와 평양성 내에 사는 고장팔이라 하는 사람과 단둘이 달밤에 밤윷[50]을 노는데, 그 사공과 고가는 각 어미 자식이나 성정[51]은 어찌 그리 똑같던지, 사공이 고가를 닮았는지, 고가가 사공을 닮았는지, 벌어먹는 길만 다르나 일만 없으면 두 놈이 함

께 붙어 지낸다.

무엇을 하느라고 같이 붙어 지내는고. 둘 중에 하나만 돈이 있으면 서로 꾸어주며 투전을 하고, 둘이 다 돈이 없으면 담배 내기 밤윷이라도 아니 놀고는 못 견딘다. 하루 밥을 굶어라 하면 어렵게 여기지 아니하나 하루 노름을 하지 말라 하면 병이 날 듯한 놈들이라. 그 밤에도 고가가 그 사공을 찾아가서 단둘이 밤윷을 놀다가 물 위에서 이상한 소리가 들리나 윷에 미쳐서 정신을 모르다가, 물 위에서 웬 사람이 떠내려오다가 배에 걸려서 허덕거리는 것을 보고 급히 뛰어내려서 건진즉 한 부인이라. 본래 부인이 높은 언덕에서 뛰어내렸다면 물이 깊고 얕고 간에 살기가 어려웠을 터이나, 모래톱에서 물로 뛰어 들어가니 그 물이 한두 자 깊이가 될락 말락 한 물이라, 물이 낮아 죽지 아니하였으나 부인은 죽을 마음으로 빠진 고로 얕은 물이라도 죽을 작정만 하고 드러누우니 얼른 죽지는 아니하고 물에 떠서 내려가다가 배에 있던 사람에게 구원한 것이 되었더라.

화약 연기는 구름에 비 묻어 다니듯이[52] 평양의 총소리가 의주로 올라가더니 백마산[53]에는 철환 비가 오고 압록강에는 송장으로 다리를 놓는다.

평양은 난리 평정이 되고 의주는 새로 난리를 만났으니, 가령 화재 만난 집에서 안방에는 불을 잡았으나 건넌방에는 불이 붙는 격이라. 안방이나 건넌방이나 집은 한집이언마는 안방 식구는 제 방에만 불 꺼지면 다행으로 안다. 의주서는 피비 오는데 평양성 중에는 차차 웃음소리가 난다. 피란 가서 어느 구석에 숨어 있던 사람들이 차차 모여들어서 성중에는 옛 모양이 돌아온다.

집집의 걸어 닫혔던 대문도 열리고, 골목골목에 사람의 자취가 없던 곳도 사람이 오락가락하고, 개 짖고 연기 나는 모양이 세상은 평화 된 듯하나, 북문 안의 김관일의 집에는 대문이 닫힌 대로 있고 그 집 문간엔 사람이 와서 찾는 자도 없었더라. 하루는 어떠한 노인이 부담말[54] 타고 오다가 김씨 집 앞에서 말에서 내리더니, 김씨 집 대문을 흔들어본즉 문이 걸리지 아니하였거늘 안으로 들어가더니 나와서 이웃집에 말을 묻는다.

(노인) "여보, 말 좀 물어봅시다. 저 집이 김관일 김초시 집이오?"

(이웃 사람) "네, 그 집이오. 그 집에 아무도 없나 보오."

(노인) "나는 김관일의 장인 되는 사람인데, 내 사위는 만나 보았으나 내 딸과 외손녀는 피란 갔다가 집 찾아왔는지 아니 왔는지 몰라서 내가 여기까지 온 길이러니, 지금 그 집에 들어가서 본즉 아무도 없기로 궁금하여 묻는 말이오."

(이웃 사람) "우리도 피란 갔다가 돌아온 지가 며칠 되지 아니하였으니 이웃집 일이라도 자세히 모르겠소."

노인이 하릴없이 다시 김씨 집에 들어가서 자세히 살펴보니 사람은 난리를 만나 도망하고 세간은 도적을 맞아서 빈 농짝만 남았는데, 벽에 언문 글씨가 있으니, 그 글씨는 김관일 부인의 필적인데, 대동강 물에 빠져 죽으려고 나가던 날의 세상 영결[55]하는 말이라.

노인이 그 필적을 보고 놀랍고 슬픈 마음을 진정치 못하였더라.

그 노인은 본래 평양성 내에서 살던 최주사라 하는 사람인데 이름은 항래라. 십 년 전에 부산으로 이사하여 크게 장사하는데, 그때 나이 오십이라. 재산은 유여[56]하나 아들이 없어서 양자하였더니 양자는 합의치 못하고, 소생은 딸 하나 있으나 그 딸은 편애할 뿐 아니라 그 딸을 기를 때에 최주사는 애쓰고 마음 상하면서 길러낸 딸이요 눈살 맞고 자라난 딸인데, 그 딸인즉 김관일의 부인이라.

최씨가 그 딸 기를 때의 일을 말하자 하면 소진의 혀[57]를 두셋씩 이어놓고 삼사월 긴긴 해를 몇씩 포개놓을지라도 다 말할 수 없는 일이더라. 그 부인의 이름은 춘애라. 일곱 살에 그 모친이 돌아가고 계모에게 길렸는데, 그 계모는 부인 범절에는 사사[58]이 칭찬 듣는 사람이나 한 가지 결점이 있으니, 그 흠절[59]은 전실 소생 춘애에게 몹시 구는 것이라. 세간 그릇 하나라도 전실 부인이 쓰던 것이면 무당 불러서 불살라버리든지 깨뜨려버리든지 하여야 속이 시원하여지는 성정이라. 그러한 계모의 성정에 사르지도 못하고 깨뜨리지도 못할 것은 전실 소생 춘애라. 최씨가 그 딸을 옥같이 사랑하고 금같이 귀애하나 그 후취 부인 보는 때는 조금도 귀애하는 모양을 보이면 춘애는 그 계모에게 음해를 받을 터이라. 그런고로 최주사가 그 딸을 칭찬하고 싶은 때도 그 계모 보는 데는 꾸짖고 미워하는 상을 보이는 일도 많다.

그러면 최주사가 그 후취 부인에게 쥐여지내느냐 할 지경이면 그렇지도 아니하다.

그 후취 부인은 죽어 백골 된 전실에게 투기하는 마음 한 가지만 아니면 아무 흠절이 없으니, 그러한 부인은 쇠사슬로 신을 삼아 신고 그 신이 날이 나도록 조선 팔도를 다 돌아다니더라도 그만한 아내는 얻기가 어렵다 하는 집안 공론이라. 최씨가 후취 부인과 금실도 좋고 전취 소생 춘애도 사랑하니, 춘애를 위하여주려 하면 후실 부인의 뜻을 맞추어주는 일이 상책이라. 춘애가 어려서부터 총명하고 눈치 빠르기로는 어린아이로 볼 수가 없다. 계모에게 따르기를 생모같이 따르면서 혼자 앉으면 눈물을 씻고 죽은 어머니를 생각하더라. 춘애가 그러한 고생을 하고 자라나서 김관일의 부인이 되었는데, 최씨는 그 딸을 출가한 딸로 여기지 아니하고 젖 먹이는 딸과 같이 안다.

평양의 난리 소문이 다른 사람 듣기에는 이웃집에 초상났다는 소문과 같이 심상[60]히 들리나, 부산 사는 최항래 최주사의 귀에는 소름이 끼치도록 놀랍고 심려되더니, 하루는 그 사위 김관일이가 부산 최씨 집에 와서 난리 겪은 말도 하고, 외국으로 공부하러 가고자 하는 목적을 말하니, 최씨가 학비를 주어서 외국에 가게 하고, 최씨는 그 딸과 외손녀의 생사를 자세히 알고자 하여 평양에 왔더니, 그 딸이 대동강 물에 빠져 죽을 차로 벽상[61]에 그 회포를 쓴 것을 보니, 그 딸 기를 때의 불쌍하던 마음이 새로이 나서, 일곱 살에 저의 어머니 죽을 때에 죽은 어미의 뺨을 대이고 울던 모양도 눈에 선하고, 계모의 눈살을 맞아서 조접이 들던[62] 모양도 눈에 선하고, 내가 부산 갈 때에 부녀가 다시 만나 보지 못하는 듯이 낙루[63]하며 작별하던 모양도 눈에 선한 중에 해는 점점 지고 빈집에 쓸쓸한 기운은 날이 저물수록 형용하기 어렵더라.

최씨가 데리고 온 하인을 부르는데 근력 없는 목소리로,

"이애 막동아, 부담 떼서 안마루에 갖다 놓아라."

(막동) "말은 어디 갖다 매오리까?"

(최씨) "마방집[66]에 갖다 매어라."

(막동) "소인은 어디서 자오리까?"

(최씨) "마방집에 가서 밥이나 사서 먹고 이 집 행랑방에서 자거라."

(막동) "나리께서도 무엇을 좀 사다가 잡숫고 주무시면 좋겠습니다."

(최씨) "나는 술이나 먹겠다. 부담에 달았던 술 한 병 떼어 오고 찬합만 끌러놓아라. 혼자 이 방에 앉아 술이나 먹다가 밤새거든 새벽길 떠나서 도로 부산으로 가자. 난리가 무엇인가 하였더니 당하여보니 인간에 지독한 일은 난리로구나. 내 혈육은 딸 하나 외손녀 하나뿐이러니 와서 보니 이 모양이로구나. 막동아, 너같이 무식한 놈더러 쓸데없는 말 같지마는 이후에는 자손 보존하고 싶은 생각 있거든 나라를 위하여라. 우리나라가 강하였더면 이 난리가 아니 났을 것이다. 세상 고생 다 시키고 길러낸 내 딸자식 나 젊고 무병하건마는 난리에 죽었구나. 역질[65] 홍역 다 시키고 잔 주접[66] 다 떨어놓은 외손녀도 난리 중에 죽었구나."

(막동) "나라는 양반님네가 다 망하여놓으셨지요. 상놈들은 양반이 죽이면 죽었고, 때리면 맞았고, 재물이 있으면 양반에게 빼앗겼고, 계집이 어여쁘면 양반에게 빼앗겼으니, 소인 같은 상놈들은 제 재물 제 계집 제 목숨 하나를 위할 수가 없이 양반에게

매였으니, 나라 위할 힘이 있습니까. 입 한번을 잘못 벌려도 죽일 놈이니 살릴 놈이니, 오금[67]을 끊어라 귀양을 보내라 하는 양반님 서슬에 상놈이 무슨 사람값에 갔습니까? 난리가 나도 양반의 탓이올시다. 일청전쟁도 민영춘[68]이란 양반이 청인을 불러왔답디다. 나리께서 난리 때문에 따님 아씨도 돌아가시고 손녀 아기도 죽었으니 그 원통한 귀신들이 민영춘이라는 양반을 잡아갈 것이올시다."

하면서 말이 이어 나오니, 본래 그 하인은 주제넘다고 최씨 마음에 불합하나, 이번 난리 중 험한 길에 사람이 똑똑하다고 데리고 나섰더니 이러한 심란 중에 주제넘고 버릇없는 소리를 함부로 하니 참 난리 난 세상이라. 난리 중에 꾸짖을 수도 없고 근심 중에 무슨 소리든지 듣기도 싫은 고로 돈을 내주며 하는 말이,

"막동아 너도 나가서 술이나 싫도록 먹어라."

홧김에 먹고 보자 하니 막동이는 밖으로 나가고, 최씨는 혼자 술병을 대하여 팔자 한탄하다가 술 한 잔 먹고, 세상 원망하다가 술 한 잔 먹고, 딸 생각이 나도 술 한 잔 먹고, 외손녀 생각이 나도 술 한 잔 먹고, 술이 얼근하게 취하더니 이 생각 저 생각 없이 술만 먹다가 갓 쓴 채로 목침[69] 베고 드러누웠더니 잠이 들면서 꿈을 꾸었더라. 모란봉 아래서 딸과 외손녀를 데리고 피란을 가다가 노략질꾼 도적을 만나서 곤란을 무수히 겪다가 딸이 도적을 피하여 가느라고 높은 언덕에서 떨어져 죽는 것을 보고 최씨가 도적놈을 원망하여 도적놈을 때려죽이려고 지팡이를 들고 도적을 때리니, 도적놈이 달려들어 최씨를 마주 때리거늘, 최씨가 넘어

져서 일어나려고 애를 쓰는데 도적놈이 최씨를 깔고 앉아서 먹살을 쥐고 칼을 빼니 최씨가 숨을 쉴 수가 없어 일어나려고 애를 쓰니 최씨가 분명 가위를 눌린 것이다.

곁에서 사람이 최씨를 흔들며 '아버지 여기를 어찌 오셨소, 아버지, 아버지' 하는 소리에 깜짝 놀라 깨치니 남가일몽[70]이라. 눈을 떠서 자세히 본즉 대동강 물에 빠져 죽으려고 벽상에 회포를 써서 붙였던 딸이 살아온지라, 기쁜 마음에 정신이 번쩍 나서 생각한즉 이것도 꿈이 아닌가 의심난다.

(최씨) "이애, 네가 죽으려고 벽상에 유언을 써서 놓은 것이 있더니 어찌 살아왔느냐. 아까 꿈을 꾸니 네가 언덕에서 떨어져 죽었더니 지금 너를 보니 이것이 꿈이냐, 그것이 꿈이냐? 이것이 꿈이어든 이 꿈을 이대로 깨지 말고 십 년 이십 년이라도 이대로 지냈으면 그 아니 좋겠느냐."

하는 말이 최씨 생각에는 그 딸 만나 보는 것이 정녕 꿈같고 그 딸이 참 살아온 사기[71]는 자세히 모른다.

원래 최씨 부인이 물에 빠져 떠내려갈 때에 뱃사공과 고장팔에게 구한 바 되었는데, 장팔의 모와 장팔의 처가 그 부인을 교군[72]에 태워서 저희 집으로 뫼시고 가서 수일을 극진히 구원[73]하였다가, 그 부인이 차차 완인[74]이 되매 그날 밤들기를 기다려서 부인이 장팔의 모를 데리고 집에 돌아온 길이라. 장팔의 모는 길가에서 무엇을 사 가지고 들어온다 하고 뒤떨어졌는데, 그 부인은 발씨 익은[75] 내 집이라 앞서서 들어온즉 안마루에 부담 상자도 있고 안방에는 불이 켜서 밝은지라. 이전 마음 같으면 부인이 그 방문을 감히 열지 못하였을 터이나 별 풍상 다 지내고 지금은 겁나는 것도 없고 무서운 것도 없는지라, 내 집 내 방에 누가 와서 들어앉았는가 생각하면서 서슴지 아니하고 방문을 열어 보니 웬 사람이 자다가 가위를 눌려서 애를 쓰는 모양인데, 자세히 본즉 자기의 부친이라. 부인이 그때에 부친을 만나니 반가운 마음에 아무 말도 아니 하고 나오느니 울음뿐이라.

뒤떨어졌던 고장팔의 모가 들이달아 오면서 덩달아 운다.

"에그, 나리 마님이 이 난리 중 여기 오셨네. 알 수 없는 것은 세상일이올시다. 나리께서 부산으로 이사 가실 때에 할미는 늙은 것이라 살아서 다시 나리께 뵙지 못하겠다 하였더니 늙은것은 살았다가 또 뵈옵는데 어린 옥련애기와 젊으신 서방님은 어디 가서 돌아가셨는지 나리 오신 것을 못 만나 뵈네."

하는 말은 속에서 솟아 나오는 인정이라. 그 노파가 그 인정이 있을 만도 한 사람이라.

고장팔의 모가 본래 최씨 집 종인데 삼십 전부터 드난[76]은 아니하나 최씨의 덕으로 살다가, 최씨가 이사 갈 때에 장팔의 모는 상전을 따라가고자 하나 장팔이가 노름꾼으로 최씨의 눈 밖에 난 놈이라 최씨를 따라가지 못하고 끈 떨어진 뒤웅박같이[77] 평양에 있었더니, 이번에는 노름 덕으로 대동강 배 속에서 밤잠 아니 자고 있다가 최씨 부인을 구하여 살렸으니, 장팔이 지금은 노름하는 칭찬도 들을 만하게 되었더라.

최씨 부인이 그 부친에게 남편 김씨가 외국으로 유학하러 갔다는 말을 듣고 만 리의 이별은 섭섭하나 난리 중에 목숨을 보전한 것만 천행으로 여겨서, 부친의 말하는 입을 쳐다보면서 눈에는 눈물이 가득하나 얼굴에는 기쁜 빛을 띠었더라.

(최주사) "이애 김집[78]아, 네 집은 외무주장[79]하니 여기서 고단하여 살 수 없을 것이니 나를 따라 부산으로 내려가서 내 집에 같이 있으면 좋지 아니하겠느냐."

(딸) "내가 물에 빠져 죽으려 하기는 가장이 죽은 줄로 생각하고 나 혼자 세상에 살아 있기가 싫은 고로 대동강에 빠졌더니, 사람에게 건진 바 되어 살아 있다가 가장이 살아서 외국에 유학하러 갔다는 소식을 들었으니 나는 이 집을 지키고 있다가 몇 해 후가 되든지 이 집에서 다시 가장의 얼굴을 만나 보겠으니, 아버지께서는 딸 생각 말으시고 딸 대신 사위의 공부나 잘하도록 학비나 잘 대어주시기를 바랍나이다. 나는 이 집에서 장팔의 어미를 데리고 박토 마지기에서 도지[80] 섬 받는 것 가지고 먹고 있겠소. 그러나 옥련이나 있었더면 위로가 되었을 걸, 허구한 세월을 어찌 기다리나."

하는 소리에 최주사가 흉격[81]이 막히나 다사한 사람이 오래 있을 수 없는 고로 수일 후에 부산으로 내려가고 최씨 부인은 장팔의 어미를 데리고 있으니, 행랑에는 늙은 과부요 안방에는 젊은 생과부가 있어서 김씨를 오기만 기다리고 세월 가기만 기다린다. 밤에는 밤이 길고 낮에는 낮이 긴데 그 밤과 그 낮을 모아 달 되고 해 되니, 천하에 어려운 것은 사람 기다리는 것이라. 부인의 생각에는 인간의 고생이 나 하나뿐인 줄로 알고 있건마는, 그보다 더 고생하는 사람이 또 있으니, 그것은 부인의 딸 옥련이라.

당초에 옥련이가 피란 갈 때에 모란봉 아래서 부모의 간 곳 모르고 어머니를 부르면서 발을 동동 구르다가 난데없는 철환 한 개가 넘어오더니 옥련의 왼편 다리에 박혀 넘어져서 그날 밤을 그 산에서 목숨이 붙어 있었더니, 그 이튿날 일본 적십자 간호수가 보고 야전병원(野戰病院)으로 실어 보내니 군의(軍醫)가 본즉 중상은 아니라. 철환이 다리를 뚫고 나갔는데 군의 말이, '만일 청인의 철환을 맞았으면 철환에 독한 약이 섞인지라 맞은 후에 하룻밤을 지냈으면 독기가 몸에 많이 퍼졌을 터이나, 옥련이 맞은 철환은 일인의 철환이라 치료하기 대단히 쉽다' 하더니, 과연 삼 주일이 못 되어서 완연히 평일과 같은지라. 그러나 옥련이는 갈 곳이 없는 아이라, 병원에서 옥련의 집을 물은즉 평양 북문 안이라 하니 병원에서 옥련이가 나이 어리고 또한 정경[82]을 불쌍케 여겨서 통사[83]를 안동하여 옥련의 집에 가서 보라 한즉, 그때는 옥련의 모친이 대동강 물에 빠져 죽으려고 벽상에 그 사정 써서 붙이고 간 후이라, 통변이 그 글을 보고 옥련을 불쌍히 여겨서 도로 데리고 야전병원으로 가니, 군의 정상(井上) 소좌가 옥련의 정경을 불쌍히 여기고 옥련의 자품[84]을 기이하게 여겨 통변을 세우고 옥련의 뜻을 묻는다.

(군의) "이애, 너의 아버지와 어머니가 어디로 간지 모르냐?"

(옥) "……."

(군의) "그러면 네가 내 집에 가서 있으면 내가 너를 학교에 보내어 공부하도록 하여줄 것이니, 네가 공부를 잘하고 있으면 내가 아무쪼록 너의 나라에 탐지하여 너의 부모가 살았거든 너의

집으로 곧 보내주마."

(옥) "우리 아버지 어머니가 살아 있는 줄을 알고 나를 도로 우리 집에 보내줄 것 같으면 아무 데라도 가고 아무것을 시키더라도 하겠소."

(의) "그러면 오늘이라도 인천으로 보내서 어용선[85]을 타고 일본으로 가게 할 것이니, 내 집은 일본 대판[86]이라. 내 집에 가면 우리 마누라가 있는데, 아들도 없고 딸도 없으니 너를 보면 대단히 귀애할 것이니 너의 어머니로 알고 가서 있거라."

하면서 귀국하는 병상병(病傷兵)[87]에게 부탁하여 일본 대판으로 보내니, 옥련이가 교군 바탕[88]을 타고 인천까지 가서 인천서 윤선[89]을 타니, 등 뒤에는 부모 소식이 묘연하고 눈앞에는 타국 산천이 생소하다.

만일 용렬한 아이가 일곱 살에 난리 피란을 가다가 부모를 잃었으면 어미 아비만 생각하고, 낯선 사람이 무슨 말을 물으면 눈물이 비죽비죽하고 주접이 덕적덕적하고 묻는 말을 대답도 시원히 못 할 터이나, 옥련이는 어디 그러한 영리하고 숙성한 아이가 있었던지 혼자 있을 때는 부모를 보고 싶은 마음에 죽을 듯하나 사람을 대할 때는 어찌 그리 천연하던지, 부모 생각하는 기색이 조금도 없더라. 옥련의 얼굴은 옥을 깎아서 연지분으로 단장한 것 같다.

옥련의 부모가 옥련 이름 지을 때에 옥련의 모양과 같이 아름다운 이름을 짓고자 하여 내외 공론이 무수하였더라. 옥같이 희다하여 옥이라고 부르는 사람은 옥련이 모친이요, 연꽃같이 번화하다 하여 연화라고 부르는 사람은 옥련의 부친이라.

그 아이 이름 짓던 날은 의논이 부산하다가 구화[90] 담판되듯 옥
자, 련 자를 합하여 옥련이라고 지은 이름이라. 부모 된 사람이
제 자식 귀애하는 마음에 혹 시꺼먼 괴석 같은 것도 옥같이 보는
일도 있고, 누렁퉁이나 호박꽃같이 생긴 것도 연꽃같이 보이는
일도 있기는 있지마는, 옥련이 같은 아이는 옥련의 부모의 눈에
만 그렇게 아름다운 것이 아니라 어떠한 사람이든지 칭찬 아니
하는 사람이 없고, 또 자식 없는 사람이 보면 뺏어 갈 것같이 탐
을 내서 하는 말에, 옥련이를 잡아가서 내 딸이 될 것 같으면 벌
써 집어 갔겠다 하는 사람이 무수하였더라.

그러하던 옥련이가 부모를 잃고 만리타국으로 혼자 가니, 배 안
에 들어 있는 사람들은 소일 조로 옥련의 곁에 모여들어서 말 묻
는 사람도 있고, 조선말을 하지 못하는 사람들은 행중에서 과자
를 내주니, 어린아이가 너무 괴롭고 성이 가실 만하련마는 옥련
이는 천연할 뿐이라.

만리창해[91]에 살같이 빠른 배가 인천서 떠난 지 나흘 만에 대판
에 다다르니, 대판에서 내릴 선객들은 각기 제 행장을 수습하여
삼판[92]에 내려가느라고 분요[93]하나 옥련이는 행장도 없고 몸 하나
뿐이라 혼자 가만히 앉았으니, 어린 소견에도 별생각이 다 난다.

'남은 제 집 찾아가건마는 나는 뉘 집으로 가는 길인고. 남들은
일이 있어서 대판에 오는 길이어니와 나 혼자 일없이 타국에 가
는 사람이라. 편지 한 장을 품에 끼고 가는 집이 뉘 집인고. 이 편
지 볼 사람은 어떠한 사람이며, 이내 몸 위하여줄 사람은 어떠한

사람인가. 딸을 삼거든 딸 노릇 하고, 종을 삼거든 종노릇하고, 고생을 시키거든 고생도 참을 것이요, 공부를 시키거든 일시라도 놀지 않고 공부만 하여볼까.'

이런 생각 저런 생각, 생각만 하느라고 시름없이 앉았더니, 평양서부터 동행하던 병정이 옥련이를 부르는데 말을 서로 알아듣지 못하는 고로 눈치로 알아듣고 따라 내려가니, 그 병대⁹⁴는 평양 싸움에 오른편 다리에 총을 맞고 옥련이와 같이 야전병원에서 치료하던 사람인데, 철환이 신경맥을 상한 고로 치료한 후에 그 다리가 불인⁹⁵하여 몽둥이에 의지하여 겨우 걸어 다니는지라. 그 병대는 앞에 서서 내려가는데, 옥련이가 뒤에 서서 보다가 하는 말이, 나도 다리에 총 맞았던 사람이라. 내가 만일 저 모양이 되었더라면 자결하여 죽는 것이 편하지 살아서 쓸데 있나, 하는 소리를 옥련의 말 알아듣는 사람이 없으니, 그런 말은 못 듣는 것이 좋건마는, 좋은 마디는 그뿐이라. 옥련이가 제일 답답한 것은 서로 말 모르는 것이라. 벙어리 심부름하듯⁹⁶ 옥련이가 병정 손짓하는 대로만 따라간다.

옥련의 눈에는 모두 처음 보는 것이라. 항구에는 배 돛대가 삼대 들어서듯⁹⁷ 하고, 저잣거리⁹⁸에는 이층 삼층집이 구름 속에 들어간 듯하고, 지네같이 기어가는 기차는 입으로 연기를 확확 뿜으면서 배는 천동 지동하듯 구르며 풍우같이 달아난다. 넓고 곧은 길에 갔다 왔다 하는 인력거 바퀴 소리에 정신이 없는데, 병정이 인력거 둘을 불러서 저도 타고 옥련이도 태우니 그 인력거들이 살같이 가는지라. 옥련이가 길에서 아장아장 걸을 때에는 인해 중에 넘어질까 조심되어 아무 생각이 없더니, 인력거 위에 올라앉으매 새로이 생각만 난다.

'인력거야, 천천히 가고지고. 이 길만 다 가면 남의 집에 들어가서 밥도 얻어먹고 옷도 얻어 입고, 마음도 불안하고 몸도 불편할 터이로구나. 인력거야, 어서 바삐 가고지고. 궁금하고 알고자 하는 일은 어서 바삐 눈으로 보아야 시원하다. 가품 좋고 인정 있는 사람인지, 집안에서 찬 기운 나고 사람에게서 독기가 뚝뚝 떨어지는 집이나 아닌지. 내 운수가 좋으려면 그 집 인심이 좋으련마는 조실부모하고 만리타국에 유리[99]하는 내 운수에······.'

그러한 생각에 눈물이 비 오듯 하며 흑흑 느끼며 우는데 인력거는 벌써 정상 군의 집 앞에 와서 내려놓는데, 옥련이가 인력거 그치는 것을 보고 이것이 정상 군의 집인가 짐작하고 조심되는 마음에 작은 몸이 더욱 작아진 듯하다.

슬픈 생각도 한가한 때를 타서 나는 것이라. 눈물이 뚝 그치고 아니 나온다. 옥련이가 눈을 이리 씻고 저리 씻고 부산히 씻는 중에 앞에 섰던 인력거꾼이 무슨 소리를 지르매 계집종이 나와서 문간방에 꿇어앉아서 공손히 말을 물으니 병정이 두어 말 하매 종이 안으로 들어가더니 다시 나와서 병정더러 들어오라 하니, 병정이 옥련이를 데리고 정상 군의 집 안으로 들어갔다.

병정은 정상 부인을 대하여 군의 소식을 전하고 옥련의 사기를 말하고 전지(戰地)의 소경력[100]을 이야기하는데, 옥련이는 정상 부인의 눈치만 본다.

부인의 나이는 삼십이 될락 말락 하니 옥련의 모친과 정동갑[101]

이나 아닌지, 연기[102]는 옥련의 모친과 그렇게 같으나 생긴 모양은 옥련의 모친과 반대만 되었다. 옥련의 모친은 눈에 애교가 있더라. 정상 부인은 눈에 살기만 들었더라. 옥련의 모친은 얼굴이 희고 도화[103]색을 띠었더니 정상 부인의 얼굴이 희기는 희나 청기[104]가 돈다. 얌전도 하고 쌀쌀도 한데, 군의의 편지를 받아 보면서 옥련이를 흘끔흘끔 보다가 병정더러 무슨 말도 하는 것은 옥련의 마음에는 모두 내 말 하거니 하고 단정히 앉았는데 병정은 할 말 다 하였는지 작별하고 나가고, 옥련이만 정상 군의의 집에 혼자 떨어져 있으니 옥련이가 새로이 생소하고 비편[105]한 마음뿐이라.

(정상 부인) "이애 설자야, 나는 딸 하나 났다."

(설자) "아씨께서 자녀 간에 없이 고적[106]하게 지내시더니 따님이 생겼으니 얼마나 좋으십니까. 그러나 오늘 낳으신 아기가 대단히 숙성하오이다."

(정) "설자야, 네가 옥련이를 말도 가르치고 언문[假名]도 잘 가르쳐주어라. 말을 알아듣거든 하루바삐 학교에 보내겠다."

(설자) "내가 작은아씨를 가르칠 자격이 되면 이 댁에 와서 종 노릇을 하고 있겠습니까."

(정) "너더러 어려운 것을 가르쳐주라 하는 것이 아니다. 심상 소학교[107] 일년급 독본이나 가르쳐주라는 말이다. 네 동생같이 알고 잘 가르쳐다오. 말을 능통히 알기 전에는 집에서 네가 교사 노릇 하여라. 선생 겸 종 겸 어렵겠다. 월급이나 많이 받으려무나."

(설자) "월급은 더 바라지 아니하거니와 연희장(演戱場) 구경이나 자주 시켜주시면 좋겠습니다."

(정) "설자야, 우리 옥련이 데리고 잡점에 가서 옥련에게 맞는 부인 양복이나 사서 가지고 목욕집에 가서 목욕이나 시키고 조선 복색을 벗기고 양복이나 입혀보자."

정상 부인은 옥련이를 그렇게 귀애하나 말 못 알아듣는 옥련이는 정상 부인의 쓸쓸한 모양에 축기[108]가 되어 고역 치르듯 따라다닌다.

말 못 하는 개도 사람이 귀애하는 것을 알거든, 하물며 사람이야. 아무리 어린아이기로 저를 사랑하는 눈치를 모를 리가 없는 고로 수일이 못 되어 옥련이가 옹그리고 자던 잠이 다리를 쭉 뻗고 잔다.

정상 부인이 갈수록 옥련이를 귀애하고 옥련이는 날이 갈수록 정상 부인에게 따른다.

옥련의 총명 재질은 조선 역사에는 그러한 여자가 있다고 전한 일은 없으니, 조선 여편네는 안방구석에 가두고 아무것도 가르치지 아니하였은즉, 옥련이 같은 총명이 있더라도 세상에서 몰랐든지, 이렇든지 저렇든지 옥련이는 조선 여편네에게는 비할 곳 없더라.

옥련의 재질은 누가 듣든지 거짓말이라 하고 참말로는 듣지 아니한다. 일본 간 지 반 년이 못 되어 일본말을 어찌 그렇게 잘하던지, 정상 군의 집에 와서 보는 사람들이 옥련이를 일본 아이로 보고 조선 아이로는 보지를 아니한다. 정상 부인이 옥련이를 가르치며 저 아이가 조선 아이인데 조선서 온 지가 반년밖에 아니 된다 하는 말은 옥련이를 자랑코자 하여 하는 말이나, 듣는 사람은 정상 부인의 농담으로 듣다가 설자에게 자세한 말을 듣고 혀를 홰홰 내두르면서 칭찬하는 소리에 옥련이도 흥이 날 만하겠더라.

호외(號外), 호외, 호외라고 소리를 지르며 대판 저자 큰길로 달음박질하여 돌아다니는 사람들이 둘씩 셋씩 지나가니 옥련이가 학교에 갔다 오는 길에 문을 열고 들어오면서,

"여보, 어머니 저것이 무슨 소리요?"

(부인) "네가 온갖 것을 다 알아듣더니 호외는 모르는구나. 그러나 무슨 큰일이 있는지 한 장 사 보자. 이애 설자야, 호외 한 장 사 오너라."

(설자) "네, 지금 가서 사 오겠습니다."

하면서 급히 나가니 옥련이가 달음박질하여 따라 나가면서, 이애 설자야, 그 호외를 내가 사 오겠으니 돈을 이리 달라 하니, 설자가 웃으면서 하는 말이 누구든지 먼저 가는 사람이 호외를 산다 하고 달아나니 설자는 다리가 길고 옥련이는 다리가 짧은지라, 설자가 먼저 가서 호외 한 장을 사 가지고 오는 것을 옥련이가 붙들고 호외를 달라 하여 기어코 빼앗아 가지고 와서 하는 말이,

"어머니 이 호외를 보고 나 좀 가르쳐 주오."

정상 부인이 웃으며 받아 보니 『대판매일신문』 호외라. 한 줄쯤 보고 깜짝 놀라더니 서너 줄쯤 보고 에그 소리를 하면서 호외를 던지고 아무 소리 없이 눈물이 비 오듯 한다.

(옥련) "어머니, 어찌하여 호외를 보고 울으시오. 어머니 어머니……"

부인은 대답 없이 눈물만 흘리니, 옥련이가 설자를 부르면서 눈

에 눈물이 가랑가랑하니, 설자는 방문 밖에 앉았다가 부인의 낙루하는 것은 못 보고 옥련의 눈만 보고 하는 말이,

"작은아씨가 울기는 왜 울어. 갓 낳은 어린아이와 같이."

(옥) "설자야, 사람 조롱 말고 들어와서 호외 좀 보고 가르쳐다고. 어머니께서 호외를 보고 울으시니 호외에 무슨 말이 있는지 왜 울으시는지 자세히 보아라. 어서 어서."

(설) "아씨, 호외에 무슨 일이 있습니까. 아씨께서만 보셨으면 좀 보겠습니다."

설자가 호외를 들고 보다가 쌩긋 웃더니 그 아래는 자세히 보지 아니하고 하는 말이,

"아씨, 이것 좀 보십시오. 요동반도[109]가 함락이 되었습니다. 아씨, 우리 일본은 싸움할 적마다 이기니 좋지 아니하옵니까. 에그, 우리나라 군사가 이렇게 많이 죽었나. 아씨, 이를 어찌하나. 우리 댁 영감께서 돌아가셨네. 만국공법(萬國公法)[110]에, 전시에서 적십자기(赤十字旗) 세운 데는 위태치 아니하다더니 영감께서는 군의시언마는 돌아가셨으니 웬일이오니까."

(옥) "무엇, 아버지가 돌아가셨어……."

옥련이는 소리쳐 울고 부인은 소리 없이 눈물만 떨어지고 설자는 부인을 쳐다보며 비죽비죽 우니 온 집안이 울음 빛이라.

호외 한 장이 온 집안의 화기를 끊어버렸더라. 정상 군의는 인간의 다시 오지 못하는 길을 가고, 정상 부인은 찬 베개 빈방에서 적적히 세월을 보내더라.

조선 풍속 같으면 청상과부가 시집가지 아니하는 것을 가장 잘

난 일로 알고 일평생을 근심 중으로 지내나, 그러한 도덕상의 죄가 되는 악한 풍속은 문명한 나라에는 없는 고로, 젊어서 과부가 되면 시집가는 것은 천하만국에 부끄러운 일이 아니라. 정상 부인이 어진 남편을 얻어 시집을 간다.

(부인) "이애 옥련아, 내가 젊은 터에 평생을 혼자 살 수 없고 시집을 가려 하는데 너를 거두어줄 사람이 없으니 그것이 불쌍한 일이로구나……."

옥련의 마음에는 정상 부인이 시집가는 곳에 부인을 따라가고 싶으나 부인이 데리고 가지 아니할 말을 하니, 옥련이는 새로이 평양성 밖 모란봉 아래서 부모를 잃고 발을 구르며 울던 때 마음이 별안간에 다시 난다. 옥련이가 부인의 무릎 위에 푹 엎디며 목이 메어 하는 말이,

"어머니, 어머니가 가시면 나는 누구를 믿고 사나."

(부인) "오냐, 나는 죽은 셈만 치려무나."

(옥련) "어머니 죽으면 나도 같이 죽지."

그 소리 한마디에 부인 가슴이 답답하여 무슨 생각을 하고 있더라. 그때 부인이 중매더러 말하기를, 내 한 몸뿐이라 하였는데, 남편 될 사람도 그리 알고 있으니 이제 새로이 딸 하나 있다 하기도 어렵고, 옥련이가 따르는 모양을 보니 차마 떼치기도 어려운 마음이 생긴다.

(부인) "이애 옥련아, 울지 말아라. 내가 시집가지 아니하면 그만이로구나. 내가 이 집에서, 네 공부나 시키고 있다가 십 년 후에는 내가 네게 의지하겠으니 공부나 잘하여라."

(옥) "어머니가 참 시집 아니 가고 집에 있어서 날 공부시켜주시겠소?"

(부인) "오냐, 염려 말아라. 어린아이더러 거짓말하겠느냐."

옥련이가 그 말을 듣고 기쁜 마음을 이기지 못하여 부인의 무릎 위에 앉아서 뺨을 대고 어리광을 하더라.

그 후로부터 옥련이가 부인에게 따르는 마음이 더욱 간절하여 학교에 가면 집에 돌아오고 싶은 마음만 있다가 하학 시간이 되면 달음박질하여 집에 와서 부인에게 안겨서 어리광만 한다. 그 어리광이 며칠 못 되어 눈치꾸러기[111]가 된다.

부인이 처음에는 옥련이의 어리광을 잘 받더니, 무슨 까닭인지 옥련이가 어리광을 피우면 핀잔만 주고 찬 기운이 돈다. 날이 갈수록 옥련이가 고생길로 들고 근심 중으로 지낸다.

본래 부인이 시집가려 할 때에 옥련의 사정이 불쌍하여 중지하였으나 젊은 부인이 공방[112]에서 고적한 마음이 있을 때마다 옥련이가 미운 마음이 생긴다. 어디서 얻어 온 자식 말고 제 속으로 낳은 자식일지라도 귀치 아니한 생각이 날로 더하는 모양이다.

옥련이가 부인에게 귀염받을 때에는 문밖에 나가기를 싫어하더니, 부인에게 미움받기 시작하더니 문밖에 나가면 들어오기를 싫어하더라.

부인이 옥련이를 귀애할 때에는 옥련이가 어디 가서 늦게 오면 문에 의지하여 기다리더니, 옥련이를 미워하는 마음이 생기더니 옥련이가 오는 것을 보면,

"에그, 저 원수의 것이 무슨 연분이 있어서 내 집에 왔나!"

하면서 눈살을 아드득 찌푸리더라.

옥련이가 앉아도 그 눈살 밑, 서도 그 눈살 밑, 밥을 먹어도 그 눈살 밑, 잠을 자도 그 눈살 밑, 눈살 밑에서 자라나는 옥련이가 눈치만 늘고 눈물만 흔하더라. 하루가 삼추 같은[113] 그 세월이 삼 년이 되었는데, 옥련이는 심상소학교 입학한 지 사 년이라. 옥련의 졸업식을 당하여 학교에서 옥련이가 우등생이 된 고로 사람마다 칭찬하는 소리가 옥련의 귀에는 조금도 기뻐 들리지 아니한다. 기뻐 들리지 아니할 뿐 아니라 귀가 아프고 듣기 싫더라.

듣기 싫은 중에 더구나 듣기 싫은 소리가 있으니 무슨 소리런가.

"저 아이는 정상 군의의 양녀지. 군의는 요동반도 함락될 때에 죽었다지. 그 부인은 그 양녀 옥련이를 불쌍히 여겨서 시집도 아니 가고 있다지. 에그, 갸륵한 부인일세. 저 철없는 옥련이가 그 은혜를 다 알는지. 알기는 무엇을 알아. 남의 자식이라는 것이 쓸데없나니 참 갸륵한 일일세. 정상 부인이 남의 자식을 길러 공부를 시키려고 젊은 터에 시집을 아니 가고 있으니 드문 일이지."

졸업식에 모인 사람들이 옥련이 재조 있는 것을 추다가[114] 옥련의 의모[115] 되는 부인의 칭찬을 시작하더니, 받고차기[116]로 말이 끊어지지 아니하니, 옥련이는 그 소리를 들을 적마다 남모르는 설움이 생기더라.

옥련이가 집에 돌아와서 문 열고 들어오면서,

"어머니, 나는 졸업장 맡았소."

(부인) "이제는 공부 다 하였으니 어미를 먹여 살려라. 공부를 네가 한 듯하나 내가 시키지 아니하였으면 공부가 다 무엇이냐.

네가 조선서 자랐으면 곧 공부하는 구경도 못 하였을 것이다. 네 운수 좋으려고 일청전쟁이 난 것이다. 네 운수는 좋았으나 내 운수만 글렀다. 너 하나 공부시키려고 허구한 세월에 이 고생을 하고 있다."

부인이 덕색[117]의 말이 퍼부어 나오니 옥련이가 고개를 숙이고 가만히 생각한즉, 겨우 소학교 졸업한 계집아이가 제 힘으로는 정상 부인을 공양할 수도 없고, 정상 부인의 힘을 또 입으면서 공부하기도 싫고 한 가지 생각만 난다. 이 세상을 얼른 버려 정상 부인의 눈에 보이지 말고 하루바삐 황천에 가서 난리 중에 죽은 부모를 만나리라 결심하고 천연한 모양으로 부인에게 좋은 말로 대답하고, 그날 밤에 물에 빠져 죽을 차로 대판 항구에로 나가다가 항구에 사람이 많은 고로 사람 없는 곳을 찾아간다.

으스름달밤은 가깝게 있는 사람을 알아볼 만한데, 이리 가도 사람이 있고 저리로 가도 사람이라. 옥련이가 동으로 가다가 돌쳐서서[118] 서로 향하다가 도로 돌쳐서서 머뭇머뭇하는 모양이 대단히 수상한지라.

등 뒤에서 웬 사람이 '이애 이애' 부르는데, 돌아다본즉 순검이라. 옥련이가 소스라쳐 놀라 얼른 대답을 못 하니 순검이 더욱 의심이 나서 앞에 와 서서 말을 묻는다. 옥련이가 대답할 말이 없어서 억지로 꾸며 대답하되, 권공장(勸工場)[119]에 무엇을 사러 나왔다가 집을 잃고 찾아다닌다 하니, 순검이 다시 의심 없이 옥련의 집 통수를 묻더니 옥련이를 데리고 옥련이 집에 와서 정상 부인에게 옥련이가 집 잃었던 사기를 말하니, 부인이 순검에게 사례

하여 작별하고 옥련이를 방으로 불러 앉히고 말을 묻는다.

　(부인) "이애, 네가 무슨 일이 있어서 이 밤중에 항구에 나갔더냐. 미친 사람이 아니거든 동으로 가려다 서으로 가다 남으로 북으로 온 대판을 헤매더라 하니 무엇 하러 나갔더냐. 너 같은 딸 두었다가 망신하기 쉽겠다. 신문거리만 되겠다."

　그러한 꾸지람을 눈이 빠지도록 듣고 있으나 옥련이는 한번 정한 마음이 있는 고로 설움이 더할 것도 없고 내일 밤 되기만 기다린다.

　그날 밤에 부인은 과부 설움으로 잠이 들지 못하여 누웠다가 일어나서 껐던 불을 다시 켜고 소설 한 권을 보다가 그 책을 놓고 우두커니 앉아서 무슨 생각을 하는 모양이라.

　윗목에서 상직잠[120] 자던 노파가 벌떡 일어나더니 하는 말이,

　"아씨, 왜 주무시다가 일어나셨습니까?"

　(부인) "팔자 사납고 근심 많은 사람이 잠이 잘 오나."

　(노파) "아씨께서 팔자 한탄하실 것이 무엇 있습니까. 지금도 좋은 도리를 하시면 좋아질 것이올시다. 이때까지 혼자 고생하신 것도 작은아씨 하나를 위하여 그리하신 것이 아니오니까?"

　(부인) "글쎄 말일세. 남의 자식을 위하여 이 고생을 하고 있는 것이 내가 병신이지."

　(노) "그러하거든 작은아씨가 아씨를 고마운 줄이나 알면 좋지마는, 고마워하기는 고사하고 아씨 보면 곁눈질만 살살 하고 아씨를 진저리를 내는 모양이올시다."

　(부) "글쎄 말일세. 내가 저 하나를 위하여 가려 하던 시집도 아

니 가고 삼 년, 사 년을 이 고생을 하고 있으니 아무리 어린것일지라도 나를 고마운 줄 알 터인데 고것 그리 발칙하게 구네그려. 오늘 밤 일로 말하더라도 이상한 일이 아닌가. 어린것이 이 밤중에 무엇 하러 항구에를 나갔단 말인가. 물에나 빠져 죽으려고 갔던지 모르겠지마는, 내가 제게 무엇을 그리 몹시 굴어서 제가 설운 마음이 있어 죽으려 하였단 말인가. 아무리 생각하여도 모를 일일세. 만일 죽고 보면 세상 사람들은 내가 구박이나 한 줄로 알겠지. 그런 못된 것이 있나."

(노) "죽기는 무엇을 죽어요. 죽을 터이면 남 못 보는 곳에 가서 죽지. 이리 가다가 저리 가다가 대판 바닥을 다 다니다가 순검의 눈에 띄겠습니까. 아씨의 몹쓸 이름만 드러낼 마음으로 그리한 것이올시다. 아씨께서는 고생만 하시고 댁에 계셔도 쓸데없습니다. 아씨께서 가시려면 진작 가셔야지, 한 나이라도 젊으셨을 때에 가셔야 합니다. 할미는 나이 오십이 되고 머리가 희뜩희뜩하여 생각하면 어느 틈에 나이를 이렇게 먹었던지 세월같이 무정하고 덧없는 것은 없습니다."

(부) "남도 저렇게 늙었으니 낸들 아니 늙고 평생에 이 모양으로만 있겠나. 어디든지 내 몸 하나 가서 고생 아니 할 곳이 있으면 내일이라도 가고 모레라도 가겠다."

부인과 노파는 옥련이가 잠이 든 줄 알고 하는 말인지, 잠이 들었든지 아니 들었든지 말을 듣든지 말든지 관계없이 하는 말인지, 부인이 옥련이를 버리고 시집가기로 결심하고 하는 말이라.

옥련이는 그날 밤에 물에 빠져 죽으러 나갔다가 죽지도 못하고 순검에게 붙들려 들어와서 정상 부인 앞에서 잠을 자는데, 소리를 삼키고 눈물을 흘리다가 정신이 혼혼[121]하여 잠이 잠깐 들었는데 일몽을 얻었더라.

옥련이가 죽으려고 평양 대동강으로 찾아 나가는데 걸음이 걸리지 아니하여 대동강이 보이면서 갈 수가 없어서 애를 무수히 쓰는데 홀연히 등 뒤에서 '옥련아 옥련아' 부르는 소리가 들리거늘 돌아다보니 옥련의 어머니라. 별로 반가운 줄도 모르고 하는 말이, '어머니는 어디로 가시오. 나는 오늘 물에 빠져 죽으러 나왔소' 하니, 옥련의 모친이 하는 말이 '이애 죽지 말아라. 너의 아버지께서 너 보고 싶다 하는 편지를 하셨더라' 하는 말끝을 마치지 못하여, 정상 부인의 앞에서 노파가 자다가 일어나면서,

"아씨 왜 주무시다가 일어났습니까?"

하는 소리에 옥련이가 잠이 깨었는데, 그 잠이 다시 들어서 그 꿈을 이어 꾸었으면 좋겠다 하는 생각을 하나 정상 부인과 노파가 받고차기로 옥련이 말만 하니, 정신이 번쩍 나고 잠이 다 달아나서 그 꿈을 이어 보지 못할지라.

불빛을 등지고 드러누웠는데, 귀에 들리나니 가슴 아픈 소리라. 노파는 부인의 마음 좋도록만 말하니, 부인은 하룻밤 내에 노파와 어찌 그리 정이 들었던지, 노파더러 하는 말이,

"여보게, 내가 어디로 가든지 자네는 데리고 갈 터이니 그리 알고 있으라."

하니 노파의 대답이,

"아씨께서 가실 것은 무엇 있습니까. 서방님이 이 댁에로 오시

지요. 아씨는 시댁 간다 하시지 말고 서방님이 장가오신다 합시오. 아씨께서 재물도 있고 이러한 좋은 집도 있으니, 서방님 되시는 이가 재물은 있든지 없든지 마음만 착하시면 좋겠습니다. 작은아씨는 어디로 쫓아 보내시면 그만이지요. 할미는 죽기 전에 아씨만 모시고 있겠으니 구박이나 맙시오."

부인이 할미더러 포도주 한 병을 가져오라 하면서 하는 말이,

"자네 말을 들으니 내 속이 시원하고 내 근심이 다 어디로 가는지 모르겠네. 내가 아무리 무정한들 자네 구박이야 하겠나. 술이나 먹고 잠이나 자세."

하더니 포도주 한 병을 둘이 다 따라 먹고 드러눕더니 부인과 노파가 잠이 깊이 드는 모양이더라. 자명종은 새로 세 시를 땅땅 치는데 노파의 코 고는 소리는 반자[122]를 울린다. 옥련이가 일어나서 한참을 가만히 앉아서 노파의 드러누운 것을 흘겨보며 하는 말이,

"이 몹쓸 늙은 여우야, 사람을 몇이나 잡아먹고 이때까지 살았느냐. 나는 너 보기 싫어 급히 죽겠다. 너는 저 모양으로 백 년만 더 살아라."

하더니 다시 머리 들어 정상 부인을 보며 하는 말이,

"내 몸을 낳은 사람은 평양 아버지 평양 어머니요, 내 몸을 살려서 기른 사람은 정상 아버지와 대판 어머니라. 내 팔자 기박하여 난리 중에 부모 잃고, 내 운수 불길하여 전쟁 중에 정상 아버지가 돌아가니, 어리고 약한 이내 몸이 만리타국에서 대판 어머니만 믿고 살았소. 내 몸이 어머니의 그러한 은혜를 입었는데, 내 몸을 인연하여 어머니 근심되고 어머니 고생되면 그것은 옥련의

죄올시다. 옥련이가 살아서는 어머니 은혜를 갚을 수가 없소. 하루바삐, 한시바삐, 바삐 바삐 죽었으면 어머니에게 걱정되지 아니하고 내 근심도 잊어 모르겠소. 어머니, 나는 가오. 부디 근심 말고 지내시오."

하면서 눈물이 비 오듯 하다가 한참 진정하여 일어나더니 문을 열고 나가니 가려는 길은 황천이라.

항구에 다다르니 넓고 깊은 바닷물은 하늘에 닿은 듯한데, 옥련이 가는 곳은 저 길이라. 옥련이가 그 물을 바라보고 하는 말이,

"오냐, 반갑다. 오던 길로 도로 가는구나. 일청전쟁 일어났을 때에 그 전쟁은 우리 집에서 혼자 당한 듯이 내 부모는 죽은 곳도 모르고, 내 몸에는 총을 맞아 죽게 된 것을 정상 군의 손에 목숨이 도로 살아나서 어용선을 타고 저 바다로 건너왔구나. 오기는 물 위의 길로 왔거니와 가기는 물속 길로 가리로다. 내 몸이 저 물에 빠지거든 이 물에서 썩지 말고 물결, 바람결에 몸이 둥둥 떠서 신호·마관[123] 지나가서 대마도 앞으로 조선 해협 바라보며 살같이 빨리 가서 진남포[124]로 들어가서 대동강 하류에서 역류하여 올라가면 평양 북문 볼 것이니 이 몸이 썩더라도 대동강에서 썩고지고. 물아 부탁하자, 나는 너를 쫓아간다."

하는 소리에 바닷물은 대답하는 듯이 물소리가 솟아 쳐서 천하가 다 물소리 속에 있는 것 같은지라. 옥련이가 정신이 아뜩하여 푹 고꾸라졌다. 섧고 원통한 맺힌 마음에 기색[125]을 하였다가 그 기운이 조금 돌면서 그대로 잠이 들어 또 꿈을 꾸었더라.

뒤에서 '옥련아 옥련아' 부르는 소리만 들리고 사람은 보이지

아니하는데 옥련의 마음에는 옥련의 어머니라. '이애 죽지 말고 다시 한번 만나보자' 하는 소리에 옥련이가 대답하려고 말을 냅뜨려[126] 한즉, 소리가 나오지 아니하여 애를 쓰다가 소리를 버럭 지르면서 옥련이가 정신이 나서 눈을 떠 보니 하늘의 별은 총총하고 물소리는 그윽한지라. 기색을 하였던지 잠이 들었던지 정신이 황홀하다. 옥련이가 다시 생각하되, '내가 오늘 밤에 꿈을 두번이나 꾸었는데, 우리 어머니가 나더러 죽지 말라 하였으니, 우리 어머니가 살아 있는가' 의심이 나서 마음을 진정하여 고쳐 생각한다.

"어머니가 이 세상에 살아 있어서 평생에 내 얼굴 한번 보고자 하는 마음으로 하늘이 감동되고 귀신이 돌아보아 내 꿈에 현몽하니[127] 내가 죽으면 부모에게 불효이라. 고생이 되더라도 참는 것이 옳은 일이요, 근심이 있더라도 잊어버리는 것이 옳은 일이라. 오냐, 일곱 살부터 지금까지 고생으로 살았으니 죽지 말고 살았다가 부모의 얼굴이나 한번 다시 보고 죽으리라."

하고 돌쳐서서 대판으로 다시 들어가니, 그때는 날이 새려 하는 때라. 걸음을 바삐 걸어 정상 군의 집 앞에 가서 들어가지 아니하고 가만히 들은즉 노파의 목소리가 들리는지라.

(노파) "아씨 아씨, 작은아씨가 어디 갔습니까?"

(부인) "응 무엇이야, 나는 한잠에 내처 자고 이제야 깨었네. 옥련이가 어디로 가. 뒷간에 갔는지 불러보게."

(노) "내가 지금 뒷간에 다녀오는 길이올시다. 안으로 걸었던 대문이 열렸으니, 밖으로 나간 것이올시다."

하는 소리에 옥련이가 들어갈 수 없어서 도로 돌쳐서니 갈 곳이 없는지라. 정한 마음 없이 정거장으로 나가니, 그때 일번(一番) 기차에 떠나려 하는 행인들이 정거장으로 모여드는지라. 옥련의 마음에 동경이나 가고 싶으나 동경까지 갈 기차표 살 돈은 없고 다만 이십 전이 있는지라. 옥련이가 대판만 떠나서 어디든지 가면 남의 집에 봉공(奉公)하고 있으리라 결심하고 자목[128] 정거장까지 가는 기차표를 사서 일번 기차를 타니, 삼등차에 사람이 너무 많이 들어서 옥련이가 앉을 곳을 얻지 못하고 섰는데 등 뒤에서 웬 서생이 조선말로 혼자 중얼중얼하는 말이,

"웬 계집아이가 남의 앞에 와 섰다."

하는 소리에 옥련이가 돌아다보니 나이 열칠팔 세 되고 얼굴은 볕에 걸어서[129] 익은 복숭아 같고 코는 우뚝 서고 눈은 만판[130] 정신기[131] 있는데, 입기는 양복을 입었으나 양복은 처음 입은 사람같이 서툴러 보이는지라. 옥련이가 돌아다보는 것을 보더니 또 조선말로 혼자 하는 말이,

"그 계집아이 똑똑하다. 재주 있겠다. 우리나라 계집아이 같으면 저러한 것들이 판판이 놀겠지. 여기서는 저런 것들도 모두 공부를 한다 하니 저것은 무엇 하는 계집아이인지."

그러한 소리를 곁의 사람이 아무도 못 알아들으나 옥련의 귀는 알아들을 뿐이 아니라, 대판 온 지 몇 해 만에 고국 말소리를 처음 듣는지라. 반갑기가 측량없으나, 계집아이 마음이라 먼저 말하기도 부끄러운 생각이 있어서 말을 못 하고, 옥련이도 혼잣말로 서생의 귀에 들리도록 하는 말이,

"어디 가 좀 앉을 곳이 있어야지, 서서 갈 수가 있나."

하는 소리에, 뒤에 있던 서생이 이상히 여겨서 하는 말이,

"그 아이가 조선 사람인가, 나는 일본 계집아이로 보았더니 조선말을 하네."

하더니 서슴지 아니하고 말을 묻는다.

"이애, 네가 조선 사람이 아니냐?"

(옥련) "네, 조선 사람이오."

(서) "그러면 몇 살에 와서 몇 해가 되었느냐?"

(옥) "일곱 살에 와서 지금 열한 살 되었소."

(서) "와서 무엇 하였느냐?"

(옥) "심상소학교에서 공부하고 어제가 졸업식 하던 날이오."

(서) "너는 나보다 낫구나. 나는 이제 공부하러 미국으로 가려 하는데, 말도 다르고 글도 다른 미국을 가면 글자 한 자 모르고 말 한마디 모르는 사람이 어찌 고생을 할는지. 너는 일본에 온 지가 사오 년이 되었다 하니 이제는 고생을 다 면하였겠구나. 어린 아이가 공부하러 여기까지 왔으니 참 갸륵한 노릇이다."

(옥련) "당초에 여기 올 때에 공부할 마음으로 왔으면 칭찬을 들어도 부끄럽지 아니하겠으나, 운수불행하여 고생길로 여기까지 왔으니 칭찬을 들어도……."

하면서 목이 메는 소리로 눈에 눈물이 가랑가랑하여 고개를 살짝 수그린다.

서생이 물끄러미 보고 서로 아무 말이 없는데, 정거장 호각 한 소리에 기차 화통에서 흑운 같은 연기를 훅훅 내뿜으면서 기차가

달아난다.

옥련의 마음에 자목 정거장에 가면 내려야 할 터인데, 어떠한 집에 가서 어떠한 고생을 할지 앞의 날이 망연한지라.

옥련이가 가고자 하는 길을 갈 지경이면 자목 가는 동안이 대단히 더딘 듯하련마는, 기차표대로 자목 외에는 더 갈 수 없는 고로 싫어도 내릴 곳이라. 형세 좋게 달아나는 기차의 서슬은 오늘 해 전에 하늘 밑까지 갈 듯한데, 자목 정거장이 멀지 아니하다.

(서생) "이애, 네가 어디까지 가는지 서서 가면 다리가 아파 가 겠느냐?"

(옥련) "자목까지 가서 내릴 터이오."

(서) "자목에 아는 사람이 있느냐."

(옥) "없어요."

(서) "그러면 자목은 왜 가느냐?"

옥련이가 수건으로 눈을 씻고 대답을 아니 하는데, 서생이 말을 더 묻고 싶으나 곁의 사람들이 옥련이와 서생을 유심히 보는지라, 서생이 새로이 시치미를 떼고 창밖으로 머리를 두르고 먼 산을 바라보나 정신은 옥련의 눈물 나는 눈에만 있더라.

빠르던 기차가 차차 천천히 가다가 딱 멈추면서 반동되어 뒤로 물러나니 섰던 옥련이가 넘어지며 손으로 서생의 다리를 짚으니, 공교히[132] 서생 다리의 신경맥을 짚은지라. 그때 서생은 창밖만 보고 앉았다가 입을 딱 벌리면서 깜짝 놀라 돌아다보니 옥련이가 무심중에 일본말로 실례이라 하나, 그 서생은 일본말을 모르는 고로 알아듣지는 못하나 외양으로 가엾어하는 줄로 알고 그 대답은 없이 좋은 얼굴빛으로 딴말을 한다.

(서) "네 오는 곳이 이 정거장이냐?"

하던 차에 장거수[133]가 돌아다니면서 '자목 자목, 자목 자목, 자목 자목'이라 소리를 지르며 문을 여니, 옥련이는 어린 몸에 일본 풍속에 젖은 아이라 서생에게 향하여 허리를 굽히며 또 일본말로 작별 인사하면서 기차에 내려가니, 구름같이 내려가는 행인 중에 나막신 소리뿐이라. 서생은 정신이 얼떨한데, 옥련이 가는 모양을 보고자 하여 창밖으로 내다보니 사람에 섞이어서 보이지 아니하는지라. 서생이 가방을 들고 옥련이를 쫓아 나가다가 정거장 나가는 어귀에서 만난지라. 옥련이가 이상히 보면서 말없이 나가니 서생도 또한 아무 말 없이 따라 나가더라.

옥련이가 정거장 밖으로 나가더니 갈 바를 알지 못하여 우두커니 섰거늘, 벌어먹기에 눈에 돈 동록이 앉은[134] 인력거꾼은 옥련의 뒤를 따라가며 인력거를 타라 하나 돈 없고 갈 곳 모르는 옥련이는 거들떠보지도 아니하고 섰다.

(서생) "이애, 내가 네게 청할 일이 있다. 나는 일본에 처음으로 오는 사람이라 네게 물어볼 일이 있으니, 주막으로 잠깐 들어갔으면 좋겠으니 네 생각에 어떠하냐."

(옥) "그러면 저기 여인숙(旅人宿)이 있으니 잠깐 들어가서 할 말을 하시오."

하면서 앞서 가니, 자목에 처음 오기는 서생이나 옥련이나 일반이언마는, 옥련이는 자목에 몇 번이나 와서 본 사람과 같이 익달[135]한 모양으로 여인숙으로 들어가더라.

여인숙 하인이 삼층집 제일 높은 방으로 인도하고 내려가니, 서생은 모두 처음 보는 것이라. 정신이 황홀하여 옥련이 만난 것을 다행히 여긴다.

"이애, 내 여기만 와도 이렇듯 답답하니 미국에 가면 오죽하겠느냐. 너는 타국에 와서 오래 있었으니 별 물정 다 알겠구나. 우선 네게 좀 배울 것도 많거니와, 만리타국에서 뜻밖에 만났으니 서로 있는 곳이나 알고 헤지자. 나는 공부하고자 하는 마음으로 부모도 모르게 미국을 갈 차로 나섰더니, 불과 여기를 와서 이렇듯 답답한 생각만 나니 어찌하면 좋을지 모르겠다."
하는 소리에 옥련이는 심상한 고국 사람을 만난 것 같지 아니하고 친부모나 친형제나 만난 것 같다.

모란봉 아래서 발을 구르고 울던 일부터 대판 항구에서 물에 빠져 죽으려던 일까지 낱낱이 말한다.

(서생) "그러면 우리 둘이 미국으로 건너가서 공부나 하고 있다가 너의 부모 소식을 듣거든 네 먼저 고국으로 가게 하여주마."

(옥련) "……."

(서생) "오냐, 학비는 염려 말아라. 우리들이 나라의 백성 되었다가 공부도 못 하고 야만을 면치 못하면 살아서 쓸데 있느냐. 너는 일청전쟁을 너 혼자 당한 듯이 알고 있나 보다마는, 우리나라 사람이 누가 당하지 아니한 일이냐. 제 곳에 아니 나고 제 눈에 못 보았다고 태평성세로 아는 사람들은 밥벌레라. 사람이 밥벌레가 되어 세상을 모르고 지내면 몇 해 후에는 우리나라에서 일청전쟁 같은 난리를 또 당할 것이라. 하루바삐 공부하여 우리나라

의 부인 교육은 네가 맡아 문명 길을 열어주어라."

하는 소리에 옥련의 첩첩한 근심이 씻은 듯이 다 없어졌는지라.

그길로 횡빈[136]까지 가서 배를 타니, 태평양 넓은 물에 마름[137]같이 떠서 화살같이 밤낮없이 달아나는 화륜선이 삼 주일 만에 상항[138]에 이르러 닻을 주니 이곳부터 미국이라. 조선서 낮이 되면 미국에는 밤이 되고 미국에서 밤이 되면 조선서는 낮이 되어 주야가 상반되는 별천지라. 산도 설고 물도 설고 사람도 처음 보는 인물이라. 키 크고 코 높고 노랑머리 흰 살빛에, 그 사람들이 도덕심이 배가 툭 처지도록 들었더라도 옥련의 눈에는 무섭게만 보인다.

서생과 옥련이가 육지에 내려서 갈 바를 알지 못하여 공론이 부산하다.

(서) "이애 옥련아, 네가 영어를 할 줄 아느냐. 조금도 모르느냐. 한마디도…… 그러면 참 딱한 일이로구나. 어디가 어디인지 물어볼 수가 없구나."

사오 층 되는 높은 집은 구름 속 하늘 밑에 닿은 듯한데, 물 끓듯 하는 사람들이 돌아들고 돌아나는 모양은 주막집 같은 곳도 많이 보이나 언어를 통치 못하는 고로 어린 서생들이 어찌하면 좋을지 알지 못하여 옥련이가 지향 없이 사람을 대하여 일어로 무슨 말을 물으니 서생의 마음에는 옥련이가 영어를 조금 알면서 겸사로 모른다 한 줄로 알고 알아듣지도 못하는 소리를 바싹 들어서서 듣는다. 옥련의 키로 둘을 포개 세워도 치어다볼 듯한 키 큰 부인이 얼굴에는 새그물 같은 것을 쓰고 무 밑동같이 깨끗한 어린아이를 앞세우고 지나가다가 옥련의 말하는 소리 듣고 무엇이라 대답하는지, 서생과 옥련의 귀에는 '바바……' 하는 소리 같고 말하는 소리 같지는 아니한지라. 그 부인이 뒤의 프록코트 입은 남자를 돌아보면서 또 '바바바……' 하니, 그 남자는 청국말을 하는 양인이라. 청국말로 무슨 말을 하는데, 서생과 옥련의 귀에는 또 '바' 하는 소리 같고 말소리 같지 아니하다.

서생은 옥련이가 그 말을 알아들은 줄로 알고,

(서생) "이애, 그것이 무슨 말이냐?"

(옥) "……."

(서) "그 남자의 말도 못 알아들었느냐……."

그렇듯 곤란하던 차에 청인 노동자 한 패가 지나거늘 서생이 쫓아가서 필담[139]하기를 청하니, 그 노동자 중에는 한문자 아는 사람이 없는지 손으로 눈을 가리더니 그 손을 다시 들어 홰홰 내젓는 모양이 무식하여 글자를 못 알아본다 하는 눈치라.

그때 마침 어떠한 청인이 햇빛에 윤이 질 흐르고 흐르는 비단옷을 입고 마차를 타고 풍우같이 달려가는데, 서생이 그 청인을 가리키며 옥련이더러 하는 말이, '저러한 청인은 무식할 리가 만무하다' 하면서 소리를 버럭 지르니, 마차 탄 사람은 그 소리를 들었으나 차 매고 달아나는 말은 그 소리를 듣고 아니 듣고 간에 네 굽을 모아 달아나는데 서생의 소리가 다시 마차에 들릴 수 없는지라. 마차 탄 청인이 차부[140]더러 마차를 멈추라 하더니 선뜻 뛰어내려서 서생의 앞으로 향하여 오니 서생이 연필을 가지고 무엇을 쓰려 하는데, 청인이 옥련이 옷을 본즉 일복이라, 일본 사람으로 알고 옥련에게 향하여 일어로 말을 물으니, 옥련이가 기쁜 마음을 이기지 못하여 청인 앞으로 와서 말대답을 하는데 서생은 연필을 멈추고 섰더라.

원래 그 청인은 일본에 잠시 유람한 사람이라, 일본말을 한두 마디 알아들으나 장황한 수작은 못 하는지라. 옥련이가 첩첩한 말이 나올수록 그 청인의 귀에는 점점 알아들을 수 없고 다만 조선 사람이라 하는 소리만 알아들은지라.

청인이 다시 서생을 향하여 필담으로 대강 사정을 듣고 명함 한 장을 내더니 어떠한 청인에게 부탁하는 말 몇 마디를 써서 주는데, 그 명함을 본즉 청국 개혁당의 유명한 강유위[141]라. 그 명함을 전할 곳은 일어도 잘하는 청인인데, 다년 상항에 있던 사람이라. 그 사람의 주선으로 서생과 옥련이가 미국 화성돈[142]에 가서 청인 학도들과 같이 학교에 들어가서 공부를 하고 있더라.

옥련이가 미국 화성돈에 다섯 해를 있어서 하루도 학교에 아니 가는 날이 없이 다니며 공부를 하는데, 재주 있고 부지런한 사람으로, 그 학교 여학생 중에는 제일 칭찬을 듣는지라.

그때 옥련이가 고등소학교에서 졸업 우등생으로 옥련의 이름과 옥련의 사적이 화성돈 신문에 났는데, 그 신문을 보고 이상히 기뻐하는 사람 하나가 있는데, 어찌 그렇게 기쁘던지 부지중 눈물이 쏟아진다. 기쁜 마음을 이기지 못하여 도리어 의심을 낸다. 의심 중에 혼잣말로 중얼중얼한다.

"조선 사람의 일을 영서[143]로 번역한 것이라 혹 번역이 잘못되었나. 내가 미국에 온 지가 십 년이나 되었으나 영문에 서툴러서 보기를 잘못 보았나."

그렇게 다심[144]하게 생각하는 사람의 성명은 김관일인데, 그 딸의 이름이 옥련이라. 일청전쟁 났을 때에 그 딸의 사생을 모르고 미국에 왔는데, 그때 화성돈 신문에는 말은 옥련의 학교 성적과, 평양 사람으로 일곱 살에 일본 대판 가서 심상소학교 졸업하고 그길로 미국 화성돈에 와서 고등소학교에서 졸업하였다 한 간단한 말이라. 김씨가 분명히 자기의 딸이라고는 질언[145]할 수 없으나, 옥련이라 하는 이름과 평양 사람이라는 말과 일곱 살에 집 떠났다 하는 말은 김관일의 마음에 정녕 내 딸이라고 생각 아니 할수도 없는지라. 김씨가 그 학교에 찾아가니, 그때는 그 학교에서 학도 졸업식 후의 서중휴학[146]이라, 학교에 아무도 없는 고로 물을 곳이 없는지라. 김씨가 옥련을 만나지 못하고 돌아왔더라.

옥련이가 졸업하던 날에 학교 졸업장을 가지고 호텔로 돌아가니, 주인은 치하하면서 옥련의 얼굴빛을 이상히 보더라.

옥련이가 수심이 첩첩한 모양으로 저녁 요리도 먹지 아니하고 서산에 떨어지는 해를 처어다보며 탄식하더라.

그때 마침 밖에 손이 와서 찾는다 하는데, 명함을 받아 보더니 옥련이가 얼굴빛을 천연히 고치고 손을 들어오라 하니, 그 손이 보이를 따라 들어오거늘 옥련이가 선뜻 일어나며 그 사람의 손을 잡아 인사하고 테이블 앞에서 마주 향하여 의자에 걸어앉으니, 그 손은 옥련이와 일본 대판서 동행하던 서생인데 그 이름은 구완서라.

(구) "네 졸업은 감축[147]한다. 허허, 계집의 재조가 사나이보다

나은 것이로구나. 너는 미국 온 지 일 년 만에 영어를 대강 알아듣고 학교에까지 들어가서 금년에 졸업을 하였는데, 나는 미국 온 지 두 해 만에 중학교에 들어가서 내년이 졸업이라. 네게는 백기를 들고 항복 아니 할 수가 없다."

옥련이가 대답을 하는데, 어려서 일본에서 자라난 사람이라 말을 하여도 일본 말투가 많더라.

"내가 그대의 은혜를 받아서 오늘 이렇게 공부를 하였으니 심히 고맙소."

하니 일본 풍속에 젖은 옥련이는 제 습관으로 말하거니와, 구씨는 조선서 자란 사람이라 조선 풍속으로 옥련이가 아이인 고로 해라를 하다가 생각한즉 저도 또한 아이이라.

(구) "허허허, 우리들이 조선 사람인즉 조선 풍속대로만 수작하자. 우리 처음 볼 때에 네가 나이 어린 고로 내가 해라를 하였더니 지금은 나이 열여섯 살이 되어 저렇게 체대[148]하니 해라 하기가 서먹서먹하구나."

(옥) "조선 풍속대로 말하자 하시면서 아이를 보고 해라 하시기가 서먹서먹하셔요?"

(구) "허허허, 요절할 일도 많다. 나도 지금까지 장가를 아니 든 아이라, 아이는 일반이니 너도 나더러 해라 하는 것이 좋은 일이니 숫접게[149] 너도 나더러 해라 하여라. 그리하면 내가 너더러 해라 하더라도 불안[150]한 마음이 없겠다."

(옥) "그대는 부인이 계신 줄로 알았더니…… 미국에 오실 때 십칠 세라 하셨으니, 조선같이 혼인을 일찍 하는 나라에서 어찌

하여 그때까지 장가를 아니 들으셨소."

(구) "너는 나더러 종시 해라 소리를 아니 하니 나도 마주 하오를 할 일이로구, 허허, 허허. 그러나 말대답은 아니 하고 딴소리만 하여서 대단히 실례하였다. 내가 우리나라에 있을 때에 우리부모가 내 나이 열두서너 살부터 장가를 들이려 하는 것을 내가마다하였다. 우리나라 사람들이 조혼하는 것이 옳은 일이 아니라. 나는 언제든지 공부하여 학문 지식이 넉넉한 후에 아내도 학문 있는 사람을 구하여 장가들겠다, 학문도 없고 지식도 없고 입에서 젖내가 모랑모랑 나는 것을 장가들이면 짐승의 자웅같이 아무것도 모르고 음양배합의 낙만 알 것이라. 그런고로 우리나라사람들이 짐승같이 제 몸이나 알고 제 계집 제 새끼나 알고 나라를 위하기는 고사하고 나라 재물을 도적질하여 먹으려고 눈이 벌겋게 뒤집혀서 돌아다니는 것이 다 어려서 학문을 배우지 못한연고라. 우리가 이 같은 문명한 세상에 나서 나라에 유익하고 사회에 명예 있는 큰 사업을 하자 하는 목적으로 만리타국에 와서쇠공이[151]를 갈아 바늘 만드는 성력[152]을 가지고 공부하여 남과 같은 학문과 남과 같은 지식이 나날이 달라가는 이때에 장가를 들어서 색계상[153]에 정신을 허비하면 유지[154]한 대장부가 아니라. 이애 옥련아, 그렇지 아니하냐."

구씨의 활발한 말 한마디에 옥련의 근심하던 마음이 풀어져서웃으며,

(옥) "저러한 의논을 들으면 내 속이 시원하오. 혼자 있을 때는참……."

60

말을 멈추고 구씨를 쳐어다보는데, 구씨가 옥련의 근심 있는 기색을 언뜻 짐작하였으나 구씨는 본래 활발한 사람이라. 시계를 내어 보더니 선뜻 일어나며 작별 인사하고 저벅저벅 내려가는데, 옥련이는 의구[155]히 의자에 걸어앉아서 먼 산을 보며 잊었던 근심을 다시 한다. 한숨을 쉬고 혼자 신세타령을 하며 옛일도 생각하고 앞일도 걱정하는데 뜻을 정치 못한다.

"어, 세월도 쉽구나. 일본서 미국으로 건너오던 날이 어제 같구나. 내가 일본 대판 있을 때에 심상소학교 졸업하던 날은 하룻밤에 두 번을 죽으려고 하였더니 오늘 또 어떠한 팔자 사나운 일이나 없을는지. 내가 죽기가 싫어서 죽지 아니한 것도 아니요, 공부하고자 하여 이곳에 온 것도 아니라. 대판 항에서 죽기로 결심하고 물에 떨어지려 할 때에 한 되는 마음으로 꿈이 되어 그랬던지, 우리 어머니가 나더러 죽지 말라 하시던 소리가 아무리 꿈일지라도 역력하기가 생시 같은 고로 슬픈 마음을 진정하고 이 목숨이 다시 살아나서 넓은 천지에 붙일 곳이 없는지라. 지향 없이 동경 가는 기차를 타고 가다가 천우신조[156]하여 고국 사람을 만나서 일동일정[157]을 남에게 신세를 지고 오늘까지 있었으니 허구한 세월을 남의 덕만 바랄 수는 없고, 만일 그 신세를 아니 지을 지경이면 하루 한시라도 여비를 어찌 써서 있을 수도 없으니 어찌하여야 좋을는지……. 우리 부모는 세상에 살아 있는지, 부모의 사생도 모르니 혈혈[158]한 이 한 몸이 살아 있은들 무엇 하리오. 차라리 대판서 죽었더면 이 근심을 몰랐을 것인데 어찌하여 살았던가. 사람의 일평생이 이렇듯 근심만 할진대 죽어 모르는 것이 제일이

라. 그러나 지금 여기서는 죽으려도 죽을 수도 없구나. 내가 죽으면 구씨는 나를 대단히 그르게 여길 터이라. 구씨의 태산 같은 은혜를 입고 그 은혜를 갚지 못하고 죽으면 남의 은혜를 저버리는 것이라. 어찌하면 좋을꼬."

그렇듯 탄식하고 그 밤을 의자에 앉은 채로 새우다가 정신이 혼혼하여 잠이 들며 꿈을 꾸었더라.

꿈에는 팔월 추석인데, 평양성중에서 일 년 제일가는 명절이라고 와글와글하는 중이라. 아이들은 추석빔으로 새 옷을 입고 떡조각 실과 개를 배가 톡 터지도록 먹고 어깨로 숨을 쉬는[159] 것들이 가로도 뛰고 세로도 뛴다.

어른들은 이 세상이 웬 세상이냐 하도록 술 먹고 주정을 하면서 행길을 쓸어 지나가고, 거문고 줄 양금채[160]는 꾀꼬리 소리 같은 여창시조[161]를 어울려서 이 골목 저 골목, 이 사랑 저 사랑에서 어디든지 그 소리 없는 곳이 없다. 성중이 그렇게 흥치로 지내는데, 옥련이는 꿈에도 흥치가 없고 비창한 마음으로 부모 산소에 다니러 간다.

북문 밖에 나가서 모란봉에 올라가니 고려장[162]같이 큰 쌍분[163]이 있는데, 옥련이가 묘 앞으로 가서 앉으며 허리춤에서 능금 두 개를 집어내며 하는 말이,

"여보 어머니, 이렇게 큰 능금 구경하셨소? 내가 미국서 나올 때에 사 가지고 왔소. 한 개는 아버지 드리고 한 개는 어머니 잡수시오."

하면서 묘 앞에 하나씩 놓으니, 홀연히 쌍분은 간곳없고 송장 둘

이 일어앉아서 그 능금을 먹는데, 본래 살은 다 썩고 뼈만 앙상한 송장이라, 능금을 먹다가 위아랫니가 모짝[164] 빠져서 앞에 떨어지는데, 박씨 말려 늘어놓은 것 같은지라. 옥련이가 무서운 생각이 더럭 나서 소리를 지르다가 가위를 눌렸더라.

그때 날이 새어서 다 밝은 후이라. 이웃 방에 있는 여학생이 일어나서 뒷간으로 내려가는 길에 옥련의 방 앞으로 지나다가 옥련의 가위눌리는 소리를 들었으나 남의 방으로 함부로 들어갈 수는 없고 망단[165]한 마음에 급히 전기초인종(電氣超人鐘)을 누르니 보이가 오는지라. 여학생이 보이를 보고 옥련의 방을 가리키며, 이 방에서 괴상한 소리가 난다 하니 보이가 옥련의 방문을 여는데, 문소리에 옥련이가 잠을 깨어 본즉 남가일몽이라.

무서운 꿈을 깰 때는 시원한 생각이 있더니, 다시 생각하니 비창한 마음을 이기지 못하여 탄식하는 소리가 무심중에 나온다.

"꿈이란 것은 무엇인고. 꿈을 믿어야 옳은가. 믿을 지경이면 어젯밤 꿈은 우리 부모가 다 이 세상에는 아니 계신 꿈이로구나. 꿈을 아니 믿어야 옳은가. 아니 믿을진대 대판서 꿈을 꾸고 부모가 생존하신 줄로 알고 있던 일이 허사로구나. 꿈이 맞아도 내게는 불행한 일이요, 꿈이 맞히지 아니하여도 내게는 불행한 일이라. 그러나 다시 생각하여보니 꿈은 정녕 허사라. 우리 아버지는 난리 중에 돌아가셨으니, 가령 친척이 있더라도 송장 찾을 수가 없는 터이라. 더구나 사고무친[166]한 우리 집에 목숨이 붙어 살아 있는 것은 그때 일곱 살 먹은 불효의 딸 옥련이뿐이라. 우리 아버지 송장 찾을 사람이 누가 있으리오. 모란봉 저녁볕에 홀홀 날아드는 까마귀가 긴 창자를 물어다가 고목나무 높은 가지에 척척 걸어놓은 것은 전장에 죽은 송장의 창자이라. 세상에 어떠한 고마운 사람이 있어서 우리 아버지 송장을 찾아다가 고려장같이 기구[167] 있게 장사를 지낼 수가 있으리오. 우리 어머니는 대동강 물에 빠져 죽으려고 벽상에 영결서를 써서 붙인 것을 평양 야전병원의 통변이 낙루를 하며 그 글을 읽어서 내 귀에 들려주던 일이 어제같이 생각이 나면서, 대판 항에서 꿈을 꾸고 우리 어머니가 혹 살아서 이 세상에 있을까 하는 생각이 다 쓸데없는 생각이라. 우리 어머니는 정녕히 물에 빠져 돌아가신 것이라. 대동강 흐르는 물에 고기밥이 되었을 것이니, 어찌 모란봉에 그처럼 기구 있게 장사를 지냈으리오."

옥련이가 부모 생각은 아주 단념하기로 작정하고 제 신세는 운수 되어가는 대로 두고 보리라 하고 정신을 가다듬어서 공부하던 책을 내어놓고 마음을 붙이니, 이삼일 지낸 후에는 다시 서책에 착미[168]가 되었더라.

하루는 보이가 신문지 한 장을 가지고 옥련의 방으로 오더니 그 신문을 옥련의 앞에 펼쳐놓고 보이의 손가락이 신문지 광고를 가리킨다.

옥련이가 그 광고를 보다가 깜짝 놀라서 눈물이 펑펑 쏟아지면서 얼굴은 발개지고 웃음 반 눈물 반이라.

옥련이가 좋은 마음에 띄어서 광고를 끝까지 다 보지 못하고 우두커니 앉았다가 또 광고를 본다. 옥련의 마음에 다시 의심이 난다. 일전 꿈에 모란봉에 가서 우리 부모 산소에 갔던 일이 그것이

꿈인가. 오늘 신문지의 광고를 보는 것이 꿈인가. 한 번은 영어로
보고 한 번은 조선말로 보다가 필경은 한문과 조선 언문을 섞어
번역하여 놓고 보더라.

　광고

　지나간 열사흗날 황색신문 잡보[169]에 한국 여학생 김옥련이가
아무 학교 졸업 우등생이라는 기사가 있기로 그 유하는 호텔을
알고자 하여 이에 광고하오니, 누구시든지 옥련의 유하는 호텔
을 이 고백인에게 알려주시면 상당한 금으로 십유(十留)(미국
돈 십 원)를 앙정[170]할사.

　　　　　　　　　　　　한국 평안도 평양인 김관일 고백
　　　　　　　　　　　　　　헌수······

　의심 없는 옥련의 부친이 한 광고라.
　(옥) "여보 보이, 이 신문을 가지고 날 따라가면 우리 부친이 십
유(十留)의 상금을 줄 것이니 지금으로 갑시다."
　(보이) "내가 상금 탈 공은 없으니 상금은 원치 아니하나 귀양
(貴孃)을 배행[171]하여 가서 부녀 서로 만나 기뻐하시는 모양 보았
으면 나도 이 호텔에서 몇 해간 귀양을 뫼시고 있던 정분에 귀양
을 따라 기뻐하고자 합니다."
　옥련이가 그 말을 듣고 더욱 기뻐하여 보이를 데리고 그 부친

있는 처소를 찾아가니 십 년 풍상에서 서로 환형[172]이 된지라, 서로 보고 서로 알아보지 못할 지경이라. 옥련이가 신문 광고와 명함 한 장을 가지고 그 부친 앞으로 가서 남에게 처음 인사하듯 대단히 서어[173]한 인사를 하다가 서로 분명한 말을 듣더니, 옥련이가 일곱 살에 응석하던 마음이 새로이 나서 부친의 무릎 위에 얼굴을 폭 숙이고 소리 없이 우는데, 김관일의 눈물은 옥련의 머리 뒤에 떨어지고, 옥련의 눈물은 그 부친의 무릎이 젖는다.

(부) "이애 옥련아, 그만 일어나서 너의 어머니 편지나 보아라."

(옥) "응, 어머니 편지라니, 어머니가 살았소."

무슨 변이나 난 듯이 깜짝 놀라는 모양으로 고개를 번쩍 드는데, 그 부친은 제 눈물 씻을 생각은 아니 하고 수건을 가지고 옥련의 눈물을 씻으니, 옥련이가 그리 어려졌던지 부친이 눈물 씻어주는 데 고개를 디밀고 있더라. 김관일이가 가방을 열더니 수지[174] 뭉치를 내어놓고 뒤적뒤적하다가 편지 한 장을 집어주며 하는 말이,

"이애, 이 편지를 자세히 보아라. 이 편지가 제일 먼저 온 편지다."

옥련이가 그 편지를 받아 보니, 옥련이가 그 모친의 글씨를 모르는지라. 가령 옥련이가 정신이 좋으면 그 모친의 얼굴은 생각할는지 모르거니와, 옥련이 일곱 살에 언문도 모를 때에 모친을 떠난지라. 지금 그 편지를 보며 하는 말이,

"나는 우리 어머니 글씨도 모르지. 어머니 글씨가 이렇던가."

하면서 부친의 앞에 펼쳐놓고 본다.

상장[175]

떠나신 지 삼 삭[176]이 못 되었으나 평양에 계시던 일은 전생 일 같삽. 만리타국에서 수토불복[177]이나 되시지 아니하고 기운 평안하오신지 궁금하옵기 측량없삽나이다. 이곳의 지낸 풍상은 말씀하기 신신[178]치 아니하오나 대강 소식이나 알으시도록 말씀 하옵나이다. 옥련이는 어디 가서 죽었는지 다시 소식이 묘연하 고, 이곳은 죽기로 결심하여 대동강 물에 빠졌더니 뱃사공과 고 장팔에게 건진 바 되어 살았다가 부산서 이곳 친정아버님이 평 양에 오셔서 사랑에서 미국 가셨다는 말씀을 전하여주시니, 그 후로부터 마음을 붙여 살아 있삽. 세월이 어서 가서 고국에 돌 아오시기만 기다리옵나이다.

그러나 사랑에서는 몇십 년을 아니 오시더라도 이 세상에 계 신 줄을 알고 있사오니 위로가 되오나, 옥련이는 만나 보려 하 면 황천에 가기 전에는 못 볼 터이오니 그것이 한 되는 일이압. 말씀 무궁하오나 이만 그치옵나이다.

옥련이가 그 편지를 보고 뼈가 녹는 듯하고 몸이 스러지는[179] 듯 하여 가만히 앉았다가,

(옥) "아버지, 나는 내일이라도 우리 집으로 보내주시오. 날개 가 돋쳤으면 지금이라도 날아가서 우리 어머니 얼굴을 보고 우리 어머니 한을 풀어드리고 싶소."

(부) "네가 고국에 가기가 그리 바쁠 것이 아니라 우선 네가 고

생하던 이야기나 어서 좀 하여라. 네가 어떻게 살아났으며 어찌 여기를 왔느냐?"

옥련이가 얼굴빛을 천연히 하고 고쳐 앉더니, 모란봉에서 총 맞고 야전병원으로 가던 일과, 정상 군의의 집에 가던 일과, 대판서 학교에서 졸업하던 일과, 불행한 사기로 대판을 떠나던 일과, 동경 가는 기차를 타고 구완서를 만나서 절처봉생[180] 하던 일을 낱낱이 말하고, 그 말을 마치더니 다시 얼굴빛이 변하며 눈물이 도니, 그 눈물은 부모의 정에 관계한 눈물도 아니요, 제 신세 생각하는 눈물도 아니요, 구완서의 은혜를 생각하는 눈물이라.

(옥) "아버지, 아버지께서 나 같은 불효의 딸을 만나 보시고 기쁘신 마음이 있거든 구씨를 찾아보시고 치사의 말씀을 하여주시면 좋겠습니다."

김관일이가 그 말을 듣더니, 그길로 옥련이를 데리고 구씨의 유하는 처소로 찾아가니, 구씨는 김관일을 만나 보매 옥련의 부친을 본 것 같지 아니하고 제 부친이나 만난 듯이 반가운 마음이 있으니, 그 마음은 옥련의 기뻐하는 마음이 내 마음 기쁜 것이나 다름없는 데서 나오는 마음이요, 김씨는 구씨를 보고 내 딸 옥련을 만나 본 것이나 다름없이 반가우니, 그 두 사람의 마음이 그러할 일이라. 김씨가 구씨를 대하여 하는 말이 간단한 두 마디뿐이라.

한 마디는 옥련이가 신세 지은 치사요, 한 마디는 구씨가 고국에 돌아간 뒤에 옥련으로 하여금 구씨의 기취를 받들고[181] 백년가약 맺기를 원하는지라.

구씨는 본래 활발하고 거칠 것 없이 수작하는 사람이라 옥련이

를 물끄러미 보더니,

(구) "이애 옥련아, 어, 실체[182]하였구. 남의 집 처녀더러 또 해라 하였구나. 우리가 입으로 조선말은 하더라도 마음에는 서양 문명한 풍속이 젖었으니, 우리는 혼인을 하여도 서양 사람과 같이 부모의 명령을 좇을 것이 아니라, 우리가 서로 부부 될 마음이 있으면 서로 직접 하여 말하는 것이 옳은 일이다. 그러나 우선 말부터 영어로 수작하자. 조선말로 하면 입에 익은 말로 외짝해라 하기 불안하다."

하면서 구씨가 영어로 말을 하는데, 구씨의 학문은 옥련이보다 대단히 높으나 영어는 옥련이가 구씨의 선생 노릇이라도 할 만한 터이라. 그러나 구씨는 서투른 영어로 수작을 하는데, 옥련이는 조선말로 단정히 대답하더라.

김관일은 딸의 혼인 언론을 하다가 구씨가 서양 풍속으로 직접 언론하자 하는 서슬에 옥련의 혼인 언약에 좌지우지할 권리가 없이 가만히 앉았더라.

옥련이는 아무리 조선 계집아이이나 학문도 있고 개명한 생각도 있고, 동서양으로 다니면서 문견이 높은지라. 서슴지 아니하고 혼인 언론 대답을 하는데, 구씨의 소청[183]이 있으니, 그 소청인즉 옥련이가 구씨와 같이 몇 해든지 공부를 더 힘써 하여 학문이 유여한 후에 고국에 돌아가서 결혼하고, 옥련이는 조선 부인 교육을 맡아 하기를 청하는 유지한 말이라. 옥련이가 구씨의 권하는 말을 듣고 조선 부인 교육할 마음이 간절하여 구씨와 혼인 언약을 맺으니, 구씨의 목적은 공부를 힘써 하여 귀국한 뒤에 우리

나라를 독일국같이 연방도를 삼되, 일본과 만주를 한데 합하여 문명한 강국을 만들고자 하는 비사맥[184] 같은 마음이요, 옥련이는 공부를 힘써 하여 귀국한 뒤에 우리나라 부인의 지식을 넓혀서 남자에게 압제받지 말고 남자와 동등 권리를 찾게 하며, 또 부인도 나라에 유익한 백성이 되고 사회상에 명예 있는 사람이 되도록 교육할 마음이라.

세상에 제 목적을 제가 자기[185]하는 것같이 즐거운 일은 다시없는지라. 구완서와 옥련이가 나이 어려서 외국에 간 사람들이라. 조선 사람이 이렇게 야만 되고 이렇게 용렬한 줄을 모르고, 구씨든지 옥련이든지 조선에 돌아오는 날은 조선도 유지한 사람이 많이 있어서 학문 있고 지식 있는 사람의 말을 듣고 이를 찬성하여 구씨도 목적대로 되고 옥련이도 제 목적대로 조선 부인이 일제히 내 교육을 받아서 낱낱이 나와 같은 학문 있는 사람들이 많이 생기려니 생각하고, 일변으로 기쁜 마음을 이기지 못하는 것은 제 나라 형편 모르고 외국에 유학한 소년 학생 의기에서 나오는 마음이라.

구씨와 옥련이가 그 목적대로 되든지 못 되든지 그것은 후의 일이어니와, 그날은 두 사람의 마음에는 혼인 언약의 좋은 마음은 오히려 둘째가 되니, 옥련이 낙지[186] 이후에는 이러한 즐거운 마음이 처음이라.

김관일은 옥련을 만나 보고 구완서를 사윗감으로 정하고, 구씨와 옥련의 목적이 그렇듯 기이한 말을 들으니, 김씨의 좋은 마음도 측량할 수 없는지라.

미국 화성돈의 어떠한 호텔에서는 옥련의 부녀와 구씨가 솥발[187]같이 늘어앉아서 그렇듯 희희낙락한데, 세상이 고르지 못하여 조선 평양성 북문 안에 게딱지[188]같이 낮은 집에서 삼십 전부터 남편 없고 자녀 간에 혈육 없고 재물 없이 지내는 부인이 있으되, 십년 풍상에 남보다 많은 것 한 가지가 있으니, 그 많은 것은 근심이라.

그 부인이 남편이 죽고 없느냐 할 지경이면 죽지도 아니한 터이라. 죽고 없는 터이면 단념하고 생각이나 아니 하련마는, 육만 리를 이별하여 망부석[189]이 될 듯한 정경이요, 자녀 간에 혈육이 없는 것은 생산을 못 하였느냐 물을진대 딸 하나를 두고 아들 겸 딸 겸하여 금옥같이 귀애하다가 일곱 살 되던 해에 잃었더라.

눈앞에 참척을 보았느냐[190] 물을진대 그 부인은 말없이 눈물만 흘리더라. 눈앞에 보이는 데서나 죽었으면 한이나 없으련마는, 어디서 죽었는지 알지도 못하니 그것이 한이러라.

마침 까마귀 한 마리가 지붕 위에 내려앉더니 까막까막 깍깍 짖는 소리가 흉측하게 들리거늘, 부인이 감았던 눈을 떠서 장팔 어미를 보며 하는 말이,

"여보게, 저 까마귀 소리 좀 들어보게. 또 무슨 흉한 일이 생기려나베. 까마귀는 영물이라는데 무슨 일이 또 있는지 모르겠네. 팔자 기박한 여편네가 오래 살았다가 험한 일을 더 보지 말고 오늘이라도 죽었으면 좋겠네. 요사이는 미국서 편지도 아니 오고 웬일인고."

기운 없는 목소리로 설움 없이 탄식하는 모양은 아무가 보든지

좋은 마음은 아니 날 터인데, 늙고 청승스러운 장팔 어미가 부인의 그 모양을 보고 부인이 죽으면 따라 죽을 듯한 마음도 있고 까마귀를 쳐 죽이고 싶은 마음도 생겨서 마당으로 펄펄 뛰어 내려가서 지붕 위를 쳐다보면서 까마귀에게 헛팔매질을 하며 욕을 한다.

"수여, 이 경칠[191] 놈의 까마귀, 포수들은 다 어디로 갔누. 소금 장사. 네 어미."

조선 풍속에 까마귀 보고 하는 욕은 장팔 어미가 모르는 것 없이 주워섬기며 소리를 버럭버럭 지르니, 그 까마귀가 펄쩍 날아 공중에 높이 뜨더니 깍깍 짖으며 모란봉으로 향하거늘, 부인의 눈은 까마귀를 따라서 모란봉으로 가고, 노파의 욕하는 소리는 까마귀 소리를 따라간다.

'우'자 쓴 벙거지 쓰고 감장 홀태바지[192] 저고리 입고 가죽 주머니 메고 문밖에 와서 안중문[193]을 기웃기웃하며 '편지 받아 들여가오, 편지 받아 들여가오' 두세 번 소리하는 것은 우편 군사라. 장팔의 어미가 까마귀에게 열이 잔뜩 났던 차에 어떠한 사람인지 자세히 듣지도 아니하고 질부등가리[194] 깨어지는 소리 같은 목소리로 우편 군사에게 까닭 없는 화풀이를 한다.

"웬 사람이 남의 집 안마당을 함부로 들여다보아? 이 댁에는 사랑양반도 아니 계신 댁인데, 웬 젊은 녀석이 양반의 댁 안마당을 들여다보아?"

(우편 군사) "여보, 누구더러 이 녀석 저 녀석 하오. 체전부[195]는 그리 만만한 줄로 아오. 어디 말 좀 하여봅시다. 이리 좀 나오시오. 나는 편지 전하러 온 것 외에는 아무것도 잘못한 것 없소."

(부) "여보게 할멈, 자네가 누구와 그렇게 싸우나. 우체사령[196]
이 편지를 가지고 왔다 하니 미국서 서방님이 편지를 부치셨나
베. 어서 받아 들여오게."

(노파) "옳지, 우체사령이로구. 늙은 사람이 눈 어두워서…….
어서 편지나 이리 주오. 아씨께 갖다 드리게."

우체사령이 처음에 노파가 소리를 지를 때는 늙은 사람 망령으
로 알고 말을 예사로 하더니, 노파가 잘못한 줄을 깨닫고 말하는
눈치를 보더니 그때는 우체사령이 산 목을 쓰고 대든다.

(우) "이런 제어미……. 내가 체전부 다니다가 이런 꼴은 처음
보았네. 남더러 무슨 턱으로 욕을 하오. 내가 아무리 바빠도 말
좀 물어보고 갈 터이오."

하면서 소리를 버럭버럭 지르고 대들며, 편지 달라 하는 말은 대
답도 아니 하니, 평양 사람의 싸움하러 대드는 서슬은 금방 죽어
도 몸을 아끼지 아니하는 성정이라. 노파가 까마귀에게 화풀이할
때 같으면 우체사령에게 몸부림을 하고 죽어도 그 화가 풀어지
지 아니할 터이나, 미국서 편지 왔다 하는 소리에 그 화가 다 풀
어졌더라. 그 화만 풀어질 뿐이 아니라, 우체사령의 떼거리[197]까
지 받고 있는데, 부인은 어서 바삐 편지 볼 마음이 있어서 내외[198]
하기도 잊었던지 중문간에로 뛰어나가서 노파를 꾸짖고 우체사령
을 달래고, 옥련의 묘에 가지고 가려 하던 술과 실과를 내어다 먹
인다.

우체사령이 금방 살인할 듯하던 위인이 노파더러 '할머니 할머
니' 하며 풀어지는데, 그 집에서 부리던 하인과 같이 친숙하더라.

노파가 편지를 받아서 부인에게 드리니, 부인이 그 편지를 들고 겉봉 쓴 것을 보더니 깜짝 놀라서 의심을 한다.

(노파) "아씨, 무엇을 그리하십니까?"

(부) "응, 가만히 있게."

(노파) "서방님께서 부치신 편지오니까?"

(부) "아닐세."

(노) "그러면 부산서 주사 나리께서 하신 편지오니까?"

(부) "아니."

(로) "에그, 어서 말씀 좀 시원히 하여주십시오."

(부) "글씨는 처음 보는 글씨일세."

본래 옥련이가 일곱 살에 부모를 떠났는데, 그때는 언문 한 자 모를 때라. 그 후에 일본 가서 심상소학교 졸업까지 하였으나 조선 언문은 구경도 못 하였더니, 그 후에 구완서와 같이 미국 갈 때에 태평양을 건너가는 동안에 구완서가 가르친 언문이라, 옥련의 모친이 어찌 옥련의 글씨를 알아보리오. 부인이 편지를 받아보니 겉면에는,

한국 평안남도 평양부 북문내 김관일 실내[199] 친전[200]

한편에는,

미국 화성돈 ○○○호텔

옥련 상사리[201]

진서[202] 글자는 부인이 한 자도 알아보지 못하고 다만 '옥련 상 사리'라 한 글자만 알아보았으나, 글씨도 모르는 글씨요, 옥련이 라 한 것은 볼수록 의심만 난다.

(부인) "여보게 할멈, 이 편지 가지고 왔던 우체사령이 벌써 갔나. 이 편지가 정녕 우리 집에 오는 것인지 자세히 물어보았더면 좋을 뻔하였네."

(노파) "왜 거기 쓰이지 아니하였습니까?"

(부인) "한편은 진서요, 한편에는 진서도 있고 언문도 있는데, 진서는 무엇인지 모르겠고, 언문에는 옥련 상사리라 썼으니, 이상한 일도 있네. 세상에 옥련이라 하는 이름이 또 있는지, 옥련이라 하는 이름이 또 있더라도 내게 편지할 만한 사람도 없는데……."

(노파) "그러면 작은아씨의 편지인가 보이다."

(부인) "에그, 꿈같은 소리도 하네. 죽은 옥련이가 내게 편지를 어찌하여……."

하면서 또 한숨을 쉬더니 얼굴에 처량한 빛이 다시 난다.

(노파) "아씨 아씨, 두 말씀 말고 그 편지를 뜯어보십시오."

부인이 홧김에 편지를 박박 뜯어 보니 옥련의 편지라.

모란봉에서 지낸 일부터 미국 화성돈 호텔에서 옥련의 부녀가 상봉하여 그 모친의 편지 보던 모양까지 그린 듯이 자세히 한 편지라.

그 편지 부쳤던 날은 광무[203] 육년(음력) 칠월 십일일인데, 부인이 그 편지 받아 보던 날은 임인년[204] 음력 팔월 십오일이러라.

아랫권은 그 여학생이 고국에 돌아온 후를 기다리오.

상편종(上篇終)

귀_鬼의 성_聲(상)

제1장

깊은 밤 지는 달이, 춘천 삼학산(春川三鶴山) 그림자를 끌어다가 남내면(南內面) 솔개 동네〔松峴〕강동지(姜同知) 집 건넌방 서창에 들었더라.

창호지 한 겹만 가린 홑창 밑에서 긴 베개 한 머리 베고 넓은 요 한편에 혼자 누워 있는 부인은, 나이 이십이 될락 말락 하고 얼굴은 돋아오는 반달같이 탐스럽더라. 그 부인이 베개 한 머리가 비어서 적적한 마음이 있는 중에, 뱃속에서 팔딱팔딱 노는 것은 내월만 되면 아들이나 딸이나 낳을 터이라고 혼자 마음에 위로가 된다. 서창에 비치는 달빛으로 벗을 삼고 뱃속에서 꼼지락거리고 노는 아이로 낙을 삼아 누웠으나, 이런 생각 저런 생각 잠 못 들어 애를 쓰다가 삼학산 그림자가 창을 점점 가리면서 방 안이 우

76

중충하여지는데, 부인도 생각을 잊으며 잠이 들었더라.

잠든 동안에 게으른 놈은 눈도 몇 번 못 끔적거릴 터이나, 부인의 꿈은 빨랫줄같이 길게 꾸었더라. 꿈을 꾸다가 가위를 눌렸던지 소리를 버럭 질러서 그 집 안방에서 잠자던 동지의 내외가 깜짝 놀라 깨었는데, 강동지의 마누라가 웃통 벗고 넓은 속곳 바람으로 한걸음에 뛰어왔다.

"이애 길순아, 문 열어라 문 열어라. 이애 길순아 길순아."

길순이를 두세 번 부르다가 길순이가 대답이 없으니, 다시 안방으로 향하고 강동지를 부른다.

"여보 영감. 이리 좀 건너오시오. 길순의 방에서 무슨 이상한 소리가 들렸는데, 아무리 불러도 대답이 없으니 웬일이오?"

벌거벗고 자던 강동지가, 바지만 꿰고 뛰어나와 건넌방 문을 흔든다.

(동지) "이애 길순아, 길순아, 길순아."

길순이를 부르느라고 온 집안이 법석을 하는데, 그 방 속에 있는 길순이가 잠이 깨었으나 숨소리도 없이 누웠다가 마지못하여 대답하는 모양이라.

"아버지 어머니는 그 대단한 길순이가 무슨 염려가 되어 저렇게 애를 쓰시오? 길순이는 죽든지 살든지 내버려두고 들어가서 주무시오."

하더니 다시는 아무 소리 없는데, 길순이 가슴은 녹는 듯하여 베개에 드러누웠고, 강동지 내외는 죄나 지은 듯이 헛웃음을 웃으면서,

"오냐, 잠이나 잘 자거라. 무슨 소리가 들리기로 염려가 되어서 그리하였다."

하면서 안방으로 건너가더니, 강동지 마누라는 웃통 벗은 채로 방 한가운데 앉았는데 무슨 생각을 하는지 얼빠진 사람같이 우두커니 앉았더라.

그때는 달그림자가 지구(地球)를 안고 깊이 들어간 후이라 강동지 집 안방이 굴속같이 어두웠는데, 강동지는 그렇게 어두운 방에서 담뱃대를 찾으려고 방 안을 더듬더듬 더듬다가 담뱃대는 안 잡히고 마누라의 몸뚱이에 손이 닿더라.

판수[1]가 계집을 만지듯이 마누라의 머리에서부터 더듬어 내려오더니, 중늙은이도 젊은 마음이 나던지 담뱃대는 아니 찾고 마누라를 드러누이려 하니, 마누라가 팔을 뿌리치며 하는 말이,

"여보, 좀 가만히 있소. 남은 경황이 없는데 왜 이리하오?"

(동지) "왜 무슨 걱정 있나?"

(마누라) "여보, 자식에게 저 몹쓸 노릇을 하고 걱정이 안 된단 말이오? 나는 우리 길순이 생각을 하면 뼈가 녹는 듯하오. 자식이라고는 그것 하나뿐인데, 금옥같이 길렀다가 지금 와서 저러한 신세가 되니, 그것이 뉘 탓이오? 초록은 제 빛이 좋다고,[2] 사위를 보거든 같은 상사람끼리 혼인하는 것이 좋지, 양반 사위 좋다고 할 빌어먹을 년이 있나. 내 마음대로 할 것 같으면, 가난한 집 지차 자식[3]이든지 그렇지 아니하면 부모도 없고 사람만 착실한 아이를 골라서 데릴사위를 삼아서, 평생을 데리고 있으려 하였더니, 그 소원이 쓸데없고, 사위 없는 딸 하나만 데리고 있게 되었소. 여보

영감, 양반 사위를 보려고, 남을 입도 못 벌리게 하고 풍⁴을 칠 때에는 그 혼인만 하면 하늘에서 은이나 금이나 쏟아지는 것 같고 길순이는 신선이나 되는 듯하더니, 사위 덕을 얼마나 보았소?"

(동지) "말 좀 나직나직 하게. 길순이 들으리. 덕은 작게 본 줄로 아나? 김승지 영감이 춘천 군수로 있을 때에, 최덜퍽에게 빚 받은 것은 생억지의 돈을 받았지, 어디 그러한 것이 당연히 받을 것인가? 그나 그뿐인가. 청질⁵은 작게 하여 먹었나."

(마누라) "에그 끔찍하여라. 큰 수 났군. 그러나 그 수 나서 생긴 돈은 다 어디 두었소?"

(동지) "아따 이런 답답한 말도 있나? 빚 갚은 것은 무엇이며, 그동안 먹고 쓴 것은 무엇인가. 우리가 백척간두⁶에 꼭 죽을 지경에, 김승지 영감이 춘천 군수로 내려와서 우리 길순이를 첩으로 달라 하니 참 용꿈 꾸었지. 내가 전에는 풍언 하나만 보아도 설설 기었더니, 춘천 군수 사위 본 후에는 내가 읍내를 들어가면, '동지님 동지님' 하고 어디를 가든지 육회 접시 술잔이 떠날 때가 없었네. 그 영감이 비서승⁷으로 갈려 들어가지 말고 춘천 군수로 몇 해만 더 있었더면, 우리가 수 날 뻔하였네. 여편네들은 아무것도 모르면서, 집 안에서 방정을 떨고 있으니 될 것도 아니 되어. 잠자코 가만히만 있게, 그 양반 덕에 우리가 또 수 날 때 있으니."
하는 소리에 마누라가 골이 잔뜩 났더라.

무식한 상사람은 내외 다툼이 나면 맹세지거리⁸ 욕지거리가 아니면 말을 못 한다.

(마누라) "그 빌어먹을 소리 좀 마오. 집안이 잘될 것을 여편네

가 방정을 떨어서 안 되었소그려. 내일부터 내가 벙어리 되면 하늘에서 멍석 같은 복이 내려와서 강동지의 머리에서부터 내덮어 씌울 터이지. 어디 좀 두고 보아야. 양반 사위 보고, 그 덕에 청낫[9]이나 하여 먹고, 읍내 가면 육회 접시 술잔 얻어먹었다고, 그까짓 것을 덕본 줄 알고, 길순에게는 저러한 적악[10]한 줄은 모르니 참 답답한 일이오. 길순이는 정절부인이 되려나 왜 다른 데로 시집을 아니 가고, 김춘천인지 김승지인지, 그 망할 놈만 바라고 있어. 김승지 김승지, 김승지가 다 무엇이오? 그런 짐승 같은 놈이 어디 있단 말이오? 저의 마누라가 무서워서, 첩을 데려가지 못하고, 저렇게 둔단 말이오? 아내가 그렇게 겁이 날 것 같으면, 당초에 첩을 얻지 말 일이지, 얻어는 놓고 남에게 저런 못 할 노릇을 하여. 그 망할 놈 편지나 말면 좋으련만 편지는 왜 하는지. 내일은 길순이더러 다른 서방을 얻으라고 일러서, 만일 아니 듣거든 쳐 죽여야. 호강하려고 남의 첩 되었다가, 어떠한 빌어먹을 년이 고생하고 근심하려고 있어?"

하는 소리에 강동지는 골이 나서, 제 계집을 박살이라도 하고 싶으나 꿀꺽꿀꺽 참고 잠자코 있는 것은, 계집을 아껴서 참는 것이 아니요, 돈을 아껴서 참는 것이라.

돈은 무슨 돈인가. 강동지의 마음에는 길순이를 돈 덩어리로 보고 있는 터이라. 그 돈 덩어리를 덧냈다가 중병이 나면 탈이라고 생각하면서 어느 틈에 담뱃대를 찾아서 담배를 붙였던지, 방바닥에서 담뱃불만 반짝반짝한다. 단풍머리[11] 찬 바람에 이슬이 어려 서리 되는 새벽 기운이라, 열이 잔뜩 났던 마누라가 몸이 써느렇게 식었는데 옷을 찾아 입느라고 부스럭부스럭하더니 윗목에 가서 혼자 옹그리고 등걸잠[12]을 잔다.

(동지) "여보게 마누라, 마누라, 감기 들려고 윗목에서 등걸잠을 자나?"

마누라는 숨소리도 없이 쥐 죽은 듯이 누웠는데, 강동지는 그 마누라의 잠 아니 든 줄을 알면서 모르는 체하고 혼잣말로,

"계집이란 것은 하릴없는 것이야. 그런 방정이 있나. 김승지 영감이 날더러 길순이 데리고 서울로 올라오라고 기별까지 하였는데, 집안에서 그런 말을 하면, 그날 그 시로 아니 떠난다고 방정들을 떨 듯하여서 내가 잠자코 있었지. 내가 영웅이지, 조 방정에 그 소리를 듣고 한시를 참아. 윗목에서 등걸잠을 자다가 감기나 들어서 뒈졌으면."

하더니 담뱃대를 탁탁 떨고 이불 속으로 쑥 들어가니, 마누라는 점점 추운 생각이 나서 이불 속에로 들어가고 싶으나 강동지가 부를 때에 들어가지 아니하고 지금 제풀에 들어가기도 열적은 일이라. 다시 부르기를 기다려도 부르지는 아니하고, 제풀에 골이 나서 새로이 일어나더니 혼잣말로,

"이 원수 같은 밤은 왜 밝지 아니하누. 내가 감기나 들어서 거꾸러지기만 기다리는 그까짓 영감을 바라고 살 빌어먹을 년이 있나. 날이 밝거든 내 속으로 낳은 길순이까지 쳐 죽여버리고, 내가 영감 앞에서 간수[13]나 마시고 눈깔을 뒤집고 죽는 것을 뵈일 터이야."

(동지) "죽거나 말거나. 누가 죽으랬나? 공연히 제풀에 방정을

떨어. 죽거든 혼자나 죽지. 애꿎은 길순이는 왜 쳐 죽인다 하는지,
김승지가 날마다 기다리고 있는 길순이를……."

그렇게 싱거운 싸움 하는 소리가 단칸마루 건넌방에 혼자 누운
길순의 귀에는 낱낱이 유심히 들린다. 강동지의 엉터리도 없는
거짓말에 길순이 귀에는 낱낱이 참말로 들었더라.

제2장

길순이는 강동지의 딸이라. 그 아비에게 속기도 많이 속았는데,
만일 남에게 그렇게 속았으면 다시는 참말을 들어도 거짓말로 들
을 터이나, 자식이 부모를 믿는 마음에 의심도 없이 또 속는다.

그 안방에서는 강동지의 솜씨 있는 거짓말 한마디에 마누라의
포달[14]은 제풀에 줄어져서 크던 목소리 작아지고 작던 목소리 없
어지더니, 그루잠[15]이 들었던지 아무 소리도 아니 들리더라.

길순의 베개가 다시 조용하여졌더라.

창밖에 오동나무 가지에서 새벽까치가 두세 마디 짖는데, 그 까
치의 소리가 길순의 베개 위에 똑똑 떨어진다.

길순이가 잠 못 든 눈을 감고 누웠다가 눈을 번쩍 떠서 보니, 창
밖에는 다 밝은 날이라.

"까치야 까치야, 반기어라. 김승지 댁에서 날 데리러 교군 오는
소식을 전하느냐. 에그, 그 집 인품은 어떠한고. 어서 좀 가서 보
았으면."

하더니 한번 뒤쳐 누우면서 발로 이불을 툭 차서 이불이 허리 아래만 걸쳤더라.

일평생에 서울을 못 가보고 죽으려니 생각하고 있을 때는 그 근심뿐이러니, 서울로 올라가려니 생각하고 있으니 남모르는 걱정이 무수히 생기더라.

기품 좋고 부지런한 강동지는 벌써 일어나서 앞뒤로 돌아다니면서 잔소리를 하더니, 동리 막걸리 집으로 나가더라.

강동지의 마누라가 무슨 경사나 난 듯이 길순의 방에로 건너오더니, 입이 헤벌어져서 길순이를 부른다.

"이애 길순아, 네가 저렇게 탐스럽게 잘생긴 얼굴을 가지고 팔자가 사나울 리가 있느냐."

(길순) "무슨 팔자 좋을 일이 생겼소?"

(모친) "오냐, 걱정 마라. 우리가 그동안에 헛근심을 그렇게 하고 있었다. 내가 오늘이야 처음으로 너의 아버지에게 자세한 말을 들었다. 김승지가 너의 아버지더러 너를 데리고 서울로 오라고 노자까지 보냈다는데, 너의 아버지가 돈을 썼는지, 우리더러 그 말을 안 하고 있었다가, 오늘 새벽에 처음으로 그 말을 하시더라. 어떻게 하든지 내일은 너를 데리고 서울로 간다 하니, 오늘부터라도 행장을 차려라. 네가 올라간 뒤에는 우리도 차차 네게로 올라가겠다. 우리 내외가 늙게 와서 너밖에 의지할 데 있느냐."
하면서 눈물이 뚝뚝 떨어지니, 길순이가 마주 보며 눈물을 흘리는데, 그날 그 시로 모녀 상별하는 것 같은지라.

그때 강동지가 식전 술을 얼근하도록 먹고 제 집에로 들어오는데, 새벽녘에 거짓말하던 일은 언제 무엇이라 하였던지 생각도 아니 나는데, 그 마누라가 모녀 마주 보며 우는 것을 보더니 서슬 있게 소리를 지르더라.

"요 방정맞은 것들, 계집년들이 식전 참에 울기는 왜 우느냐?"

길순의 모녀가 평생을 그런 일을 처음으로 당하는 것 같으면 여편네 마음에 경풍[16]을 하였을 터이나, 강동지의 그따위 소리는 그 집 안에서 예사로 듣는 터이라. 강동지가 빚만 졸려도 화풀이는 집 안에 들어와서 만만한 계집자식에게 하고, 술만 취하여도 주정은 계집자식에게 하고, 무슨 경영하던 일이 아니 되어도 씸증[17]은 집 안에 들어와서 부리는 고로 그 마누라는 강동지의 주먹이나 무서워할까, 여간 잔소리는 으레 들을 것으로 알고 있다.

(마누라) "아따 답답한 소리도 하시구려. 길순이가 내일 떠나면 언제 다시 볼는지, 우리가 추후로 올라간다 하기로 말이 그러하지 쉬운 일이오. 여보, 오늘 하루만 걱정을 좀 마시고 잠자코 계시구려. 길순이를 집에 두고 보면 며칠이나 볼라구 그리하시오."
하면서 눈물이 쏟아지니,

(길순) "어머니, 울지 말으시오. 내가 아버지 걱정을 들으면 며칠이나 듣겠소? 서울로 올라가면 아버지 걱정을 듣고 싶기로 얻어들을 수가 있겠소. 걱정을 하시든지 귀해하시든지 믿을 곳은 부모밖에 또 있소? 내가 서울로 가기는 가나, 웬일인지 마음이 고약하오. 어젯밤에 꿈자리가 하도 사나우니 꿈땜[18]이나 아니 할는지."
하면서 꿈 생각이 나더니 소름이 족족 끼치고, 눈물이 뚝 그쳤다.

(모친) "글쎄 그 이야기 좀 하여라. 어젯밤에 네가 자다가 무슨

소리를 그렇게 질렀는지 좀 물어보려 하다가 딴말 하느라고 못 물어보았다. 꿈을 꾸고 가위를 눌렀더냐?"

길순이는 대답 없이 가만히 앉았고, 강동지는 마누라와 길순의 얼굴만 흘끔흘끔 보며 담배를 부스럭부스럭 담는다.

길순이는 꿈 생각만 하고 있고, 강동지는 거짓말할 경륜[19]을 하고 있다.

길순이 꿈 생각은 잊어서 생각하는 것이 아니라, 무섭고 끔찍하여 앞일 조심되는 그 생각을 하고 있고, 강동지의 거짓말할 생각은 차일피일하고 딸을 아니 데리고 가자는 일이 아니라, 이번에는 무슨 귀정[20]이 날 일을 생각한다.

못된 의사라도 의사는 방통이 같은 사람이라, 아무 소리도 없이 고개를 끄덕끄덕하며 빙긋빙긋 웃는다.

무슨 경륜을 하였는지, 아비의 얼굴에는 기쁜 빛이요, 어미의 눈에는 눈물방울이요, 딸의 가슴에는 근심 덩어리라.

세 식구가 서로 보며 한참 동안을 아무 소리가 없더니, 말은 기쁜 마음 있는 사람이 먼저 냅뜬다.[21]

(동지) "오냐, 두말 마라. 솔개 동네서 서울이 일백구십 리다. 내일 새벽 떠나면 아무리 단패교군[22]이라도 모레 저녁때는 일찍 들어간다. 마누라, 아침밥 좀 일찍이 하여주게. 어디 가서 교군 잘하는 놈 둘만 얻어야 하겠네. 아니, 그럴 것도 없네. 나는 아직 밥 생각도 없으니, 지금으로 어디 가서 교군 먼저 얻어놓고."

하면서 뒤도 아니 돌아보고 문밖으로 나가니, 길순이 모녀는 눈 앞에 이별을 두고 아침밥 지어 먹기도 잊었던지 둘이 마주 보고

만 앉았더라.

(길순) "어머니, 내 꿈 이야기 좀 들어보시오. 꿈에는 내가 아들을 낳아서 두 살이 되었는데, 함박꽃같이 탐스럽게 생긴 것이 나를 보고 '엄마 엄마' 하면서 내 앞에서 허덕허덕 노는데, 우리 큰마누라라 하는 사람이 상긋상긋 웃으며, 어린아이를 보고 두 손바닥을 톡톡 치면서, '이리 오너라 이리 오너라' 하니, 천진의 어린아이가 벙긋벙긋 웃으며 고사리 같은 작은 손을 내미니, 큰마누라가 와락 달려들어서 어린아이의 두 어깨를 담싹 움켜쥐고 반짝 들더니, 어린아이 대강이[23]서부터 몽창몽창 깨물어 먹으니, 내가 놀랍고 끔찍하여, 어린아이를 뺏으려 하였더니, 큰마누라가 반 토막쯤 남은 아이를 집어 던지고 피가 빨갛게 묻은 주둥이를 딱 벌리고 앙상한 이빨을 흔들며 왈칵 달려드는 서슬에 질겁을 하여 소리를 지르며 잠이 깨었으니, 무슨 꿈이 그렇게도 고약하오."

(모친) "이애, 그 꿈 이야기를 들으니 소름이 끼치는구나. 그러면 서울로 가지 말고 집에 있거라. 네가 지금 열아홉 살에 전정[24]이 만 리 같은 사람이 김승지가 아니면 서방이 없겠느냐. 우리 같은 상사람이 수절이니 기절[25]이니, 그따위 소리는 하여 무엇 하느냐? 어디든지 고생이나 아니 할 곳으로 보내주마. 나는 사위 덕도 바라지 아니한다. 사람만 착실하면 돈 한 푼 없는 걸인(乞人)이라도 계관[26]없다."

(길순) "어머니, 그 말 마오. 좋은 일도 팔자에 타고나고 흉한 일도 팔자에 타고나는 것이니, 내 팔자가 좋을 것 같으면 김승지

집에 가서도 좋을 것이요, 흉할 것 같으면 어디를 가기로 그 팔자
면할 수 있소? 또 사람의 행실은 반상으로 의논할 것이 아니요,
사족[27]의 부녀라도 제 마음 부정한 사람도 있을 것이요, 불상년[28]
이라도 제 마음 정렬[29]한 사람도 많을 터이니, 나는 아무리 시골구
석에 사는 상년이라도 두 번 세 번 시집가기는 싫소. 시집에 가서
좋은 일이 있든지 흉한 일이 있든지 갈 길은 하루바삐 가고 싶
소."

　해가 낮이 되도록 모녀의 공론은 그치지 아니하였는데, 강동지
는 벌써 제 집으로 돌아왔더라. 조그마한 일을 보아도 볼멘소리
를 하던 강동지가 그날은 별다른 날인지, 낮이 되도록 아침밥을
아직 아니 하였단 말을 들어도 야단도 아니 치고 '길순이가 배고
프겠다. 어서 밥 지어 먹여라' 하는 말뿐인데, 내일 새벽에 길 떠
날 준비를 다 하고 들어온 모양이라.

　길순이는 행장을 차린다 차린다 하면서 경대의 먼지 하나 털지
못하고 그날 해가 졌더라.

　강동지의 마누라는 허둥거리느라고 길순의 행장 차리는 것도
거들어주지 못하고 있다가 길 떠나는 날 새벽이 된 후에 문밖에
서 말 워낭[30] 소리 나는 것을 듣고, 한편으로 밥 짓고 한편으로 말
죽 쑤고 한편으로 행장을 차리는데, 어찌 그리 급하던지 된장을
거르다가 말죽 솥에도 들어붓고, 행장을 차리다가 옷 틈에 걸레
까지 집어넣더라. 그렇게 새벽부터 법석을 하나, 필경 떠날 때는
해가 낮이 된지라, 강동지의 수선에 길순이는 밥 먹을 동안도 없
이 교군을 타는데, 모녀가 다시 만나 보리 못 보리 하면서 울며불

며 이별이라. 솔개 동네는 여편네 천지런지, 늙은 여편네, 젊은 여편네가 안마당 바깥마당에 그득 모여서, 언제 길순이와 정이 그렇게 들었던지 길순의 모녀 우는 대로 덩달아서 눈물을 흘린다. 이 눈에도 눈물 저 눈에도 눈물. 약한 마음 여린 눈에 남 우는 것 보고 감동되어 눈물 나기도 예사라 하련마는, 흑흑 느끼며 우는 것은 이상한 일이라. 이웃집 노파는 길순이를 길러내서 정이 그렇게 들었다 하더라도 곧이들을 만하거니와, 아랫마을 박첨지의 며느리는 길순이와 초면인데, 그 시어머니 따라서 길순이 떠나는 것 보러 온 사람이라. 처음에는 비죽비죽 울기를 시작하더니, 나중에는 남부끄러운 줄도 모르고 목을 놓아서 엉엉 우니, 그것은 울음판에 와서 제 친정 생각하고 우는 사람이라.

(동지) "어, 이리하다가 오늘 길 못 떠나겠구나. 이애 길순아, 어서 교군 타거라. 여보게 교군, 어서 교군채 메고 일어나게. 자아, 동네 아지면네 여러분들 편안히 계시오. 서울 당겨와서 또 뵈옵겠습니다. 이애 검둥아, 말 이리 끌어오너라."

하더니 부담말에 치켜 타니 교군 한 채 말 한 필은 신연강(新延江)[31]으로 향하여 가고, 솔개 동네 여편네들은 하나씩 둘씩 제 집에 돌아가고, 강동지 마누라는 혼자 빈집에 들어와서 목을 놓고 운다.

제3장

　본래 김승지가 서울로 올라갈 때에 강동지더러 하는 말이, 춘천 집을 데리고 가지 못할 사기[32]가 있으니, 아직 자네 집에 두고 기다리다가 언제든지 내가 치행[33]할 돈을 보내며 서울로 오라 하기 전에는 부디 오지 말라는 당부가 있은지라.

　그러한 사정이 있는데, 길순이가 잠꼬대하던 날 새벽에, 강동지의 마누라가 포달 부리는 서슬에 강동지가 거짓말로 서울 김승지 집에서 길순이를 오라 하였다 하고, 또 하는 말이 내일은 길순이를 데리고 서울로 올라가겠다 하였는데, 밝은 후에 일어나서 술집에 가서 식전 술을 얼근하게 먹고 집에 들어와 본즉, 길순이 모녀가 당장 이별하는 사람같이 다시 만나 보느니 못 보느니 하며 우는 것을 보고, 강동지가 기가 막혔더라. 강동지가 성품은 강하고 힘은 장사이라, 하늘에서 떨어지는 벼락도 무섭지 아니하고 삼학산에서 내려오는 범도 무섭지 아니하나, 겁나는 것은 양반과 돈이라. 양반과 돈을 무서워하면 피하여 달아나는 것이 아니라, 어린아이 젖꼭지 따르듯 따른다.

　따르는 모양은 한 가지나, 따르는 마음은 두 가지라. 양반을 보면 대포를 놓아서 무찔러 죽여 씨를 없애고 싶은 마음이 있으면서 거죽으로 따르고, 돈을 보면 어미 아비보다 반갑고 계집자식보다 귀애하는 마음이 있어서 속으로 따른다.

　그렇게 따르는 돈을 이전 시절에 남부럽지 아니하게 가졌더니,

춘천 부사인지 군수인지, 쉽게 말하려면 인피 벗기는 불한당들이 번갈아 내려오는데, 이놈이 가면 살겠다 싶으나, 오는 놈마다 그 놈이 그놈이라. 강동지의 돈은 양반의 창자 속으로 다 들어가고 강동지는 피천 대푼 없이[34] 외자[35] 술이나 먹고 집에 들어와서 화풀이로 세월을 보내더니 서울 양반 김승지가 춘천 군수로 내려와서, 지방 정치에는 눈이 컴컴하나 어여쁜 계집 있다는 소문에는 귀가 썩 밝은 사람이라. 솔개 동네 강동지의 딸이 어여쁘단 말을 듣고, 강동지를 불러서 고소대[36]같이 치켜세우더니, 알깍쟁이[37]가 다 된 책방[38]을 시켜서 강동지를 어떻게 삶았던지 김승지가 죽어라 하면 죽고 싶을 만하게 된 터에, 김승지가 길순이를 첩으로 달라 하니, 강동지의 마음에는 이제 큰 수 났다 하고 그 딸을 바쳤는데, 일 년이 못 되어 군수가 갈린지라. 세력이 없어서 갈린 것도 아니요, 싫어서 내놓은 것도 아니라.

김승지의 실내는 서울 있다가 그 남편이 춘천 가서 첩을 두었다는 소문을 듣고, 열 길 스무 길을 뛰며 당장에 교군을 차려서 춘천으로 내려가려 하는데, 온 집안이 난리를 당한 것같이 창황한 중에, 김승지의 아우가 급히 통신국[39]에 가서 춘천으로 전보하더니, 춘천 군수가 관찰부 수유[40]도 못 얻고 서울로 올라가서 비서승으로 옮긴 터이라.

길순이 모녀는 그렇게 자세한 사정은 다 모르나 강동지는 자세히 아는지라. 그런 괴상야릇한 사기가 있는데, 만일 내일 떠난다 하고 또 떠나지 아니하고 있다가, 그 마누라가 그 사기를 알고 길순이를 충동하여 마음이나 변하게 할까 의심하여, 새 의사가 나서 불고전후[41]하고 길순이를 데리고 가서 김승지에게 맡기면 무슨 도리가 있으리라 하는 경영이러라.

제4장

시작이 반이라 떠난 지 사흘 만에 서울로 들어갔는데, 아무 통기도 없이 김승지 집으로 들어가더라. 김승지가 그리 서슬 있는 세도재상[42]은 아니나, 일 년에 천 석 추수를 하느니 이천 석 추수를 하느니 그러한 부자 득명[43]하는 터이라.

솟을대문 줄행랑이 강동지 눈에 썩 들며, 그 재물이 반은 제 것이 되는 듯하여 입이 떡 벌어지며 흥이 났더라. 하마석[44] 앞에서 말에서 내리면서 '하게' 하던 교군더러 서슴지 아니하고 '해라'를 한다.

(동지) "이애 교군아, 어서 안중문으로 교군 뫼셔라."

하면서 강동지는 큰사랑으로 들어가더라.

하인청에서 꼭두가 세 뼘씩이나 되는 하인들이 나서면서,

"여보, 어디 행차요."

(교군) "네에, 춘천 솔개 동네 행차 뫼시고 왔소."

(하인) "어디를 그리 함부로 들어가오? 그 중문간에 모셔놓고 기다리오. 내가 들어가서 하님[45] 부르리다."

하더니 하인은 안으로 들어가고 교군은 중문간에 내려놓았더라. 길순이는 교군 속에 앉아서 별생각이 다 난다.

'내가 왔단 말을 들으면 영감이 오죽 반가워하랴. 춘천 군수로 있을 때에 하루 한시만 나를 못 보면 실성한 사람 같더니, 그동안에 날 보고 싶어 어찌 살았누. 영감은 날더러 올라오라고 노자 보낸 지가 오랬을 터이지마는, 필경 우리 아버지가 돈을 다 쓰시고 나를 속인 것이야. 영감이 글도 잘한다는데, 왜 언문은 그렇게 서투르던지. 편지를 하면 아버지에게만 하고, 내게는 아니 하니 내가 우리 아버지에게 속은 것이야. 어찌 되었든지 이제는 서울로 올라왔으니 아무 걱정 없지. 집도 크고 좋아라. 나 있을 방은 어덴구.'

그렇게 생각하며 교군 속에 앉았는데, 안대청에서 웬 여편네 목소리가 나기 시작하더니, 아이 종, 어른 종, 행랑것들이 안마당으로 모여드는데 춘천 읍내 장꾼 모여들듯 한다.

여편네 목소리지마는 무당 년의 소리같이 씩씩하고 시원한데, 폭포수 쏟아놓듯 거침새 없이 나오는 말이라.

마루청이 쪼개지도록 발을 구르더니, 명창 광대가 화용도[46] 상성[47] 지르듯이,

"금단아, 사랑에 가서 영감 여쭈어라. 영감이 밤낮으로 기다리시던 춘천집이 왔습니다고 여쭈어라. 요 박살을 하여놓을 년, 왜 나가지 아니하고 알찐알찐하느냐. 요년, 이리 오너라. 내가 조년부터 쳐 죽여야 속이 시원하겠다. 옥례야, 점순아."

하며 소리소리 지르는데, 그 집이 큼직한 집이라 안대청에서 목청 좋게 지르는 소리라도 사랑에는 잘 들리지 아니하는지라. 강동지는 영문도 모르고 김승지 앞에 와서 길순이를 데리고 온 공

치사만 한다.

김승지는 앉은키보다 긴 담뱃대를 물고 거드름이 뚝뚝 듣게 앉았던 사람이 깜짝 놀라는 모양으로, 물었던 담뱃대를 쑥 빼들고, 강동지 앞으로 고개를 쑥 두르면서,

"응, 춘천집이 올라왔어, 그래 어디 있나."

(강동지) "······."

(김승지) "아, 교군이 이 밖에 왔나. 미리 통기나 있고 들어왔더면 좋았을 것을······. 그것 참 아니되었네. 기왕 그렇게 되었으니, 자네가 이 길로 그 교군을 데리고 계동 박참봉 집을 찾아가서, 내 말로 춘천집을 좀 맡아두라 하게."

(강동지) "······."

(김승지) "아따, 아무 염려 말고 가서 내 말대로 하게. 나도 곧 그리로 갈 터이니 어서 가게. 박참봉에게 부탁하여, 오늘로 곧 집주름⁴⁸ 불러서 조고마한 집이나 사게 하고, 세간 배치하여줄 터이니 어서 그리로 데리고 가게. 어, 이 사람 지체 말고 어서 가게. 그러나 먼 길에 삐쳐⁴⁹ 와서 곤하겠네. 시골서 그동안에 굶지나 아니하였나. 응, 걱정 말게. 자네 내외 두 식구쯤이야 어떻게 못 살겠나?"

그 소리 한마디에 강동지가 일변 대답을 하며 밖으로 나가더라.

김승지가 춘천집이 왔다 하는 말을 들을 때에, 겁먹은 마음에 제 말만 하느라고 강동지에게 자세한 말은 묻지도 아니하였는데, 춘천집의 교군은 대문 밖에 있는 줄만 알았던지 강동지를 보내면서, 그 눈치를 그 부인에게 보이지 아니할 작정으로 시치미를 뚝

떼고 안으로 들어가다가 사랑 중문 밖에 강동지가 선 것을 보고,

(김승지) "왜 안 가고 거기 섰나?"

그러한 정신없는 소리 하는 중에 안중문간으로 사람이 들락날락하며 수군수군하는 것을 보고 강동지에게 눈짓을 쓱 하면서 안중문으로 들어가다가 보니, 교군은 안중문간에 놓였는데 안대청에서는 그 부인이 넋두리하는 소리가 들리고, 교군 속에서는 춘천집이 모깃소리같이 우는 소리가 들리는데, 김승지의 두루마기 자락이 울음소리 나는 교군을 스치고 지나간다.

가만히나 지나갔으면 좋으련만, 그 못생긴 김승지가 춘천집 교군 옆으로 지나면서, 웬 헛기침은 그리 하던지, '내가 여기 지나간다' 하는 통기하듯 헛기침 두세 번을 하고 지나가니, 춘천집은 기가 막혀서 소리를 삼키고 울다가 김승지의 기침 소리를 듣더니 반갑고도 미운 마음이 별안간에 생기면서 울음소리가 커지더라.

춘천집이 만일 산전수전 다 겪고 거침새 없는 계집 망나니 같으면, 김승지가 그 당장에 두 군데 정장을 만나고, 대번에 세상 물정을 알았을 터이나, 춘천 솔개 구석에서 양반 무서운 줄만 알던 백성의 딸이라, 또 춘천집은 비록 상사람이나 사족 부녀가 따르지 못할 행실이 있던 계집이라, 춘천집이 기가 막혀서 우는 목소리가 점점 커지다가, 무슨 조심이 나던지 울음소리가 다시 가늘어진다. 김승지가 중문간 울음소리를 들을 때는 애처로운 마음에 뼈가 녹는 듯하더니, 안마당이 가득 차도록 들어선 사람을 보니, 수치한 마음에 얼굴에 모닥불을 담아 부은 듯하더라.

(김승지) "이것들 무슨 구경났느냐? 웬 계집년들이 이렇게 들

어왔느냐. 작은돌아, 네 이년들 냉큼 다 내쫓아라. 저 조무래기까지 다 내쫓아라."

하면서 안마루 끝 섬돌에 우뚝 올라서니, 그 부인이 김승지가 마당에 들어오는 것을 보고, 무슨 마음인지 아무 소리 없이 안방으로 튀어 들어가서 앉았는데, 눈에서 모닥불이 똑똑 떨어진다.

  김승지가 마당에 있는 사람들은 다 내쫓았으나, 마루 위아래에 선 사람들은 침모, 유모, 아이종 들이라, 그것들까지 멀찍이 있었으면 좋으련만, 필경 마누라에게 우박 맞는[50] 것을 저것들은 다 보리라 싶은 마음에 아무쪼록 집안이 조용하도록 할 작정으로 서투른 생시치미를 떼느라고 침모를 보며,

  (승지) "저 중문간에 교군이 웬 교군인가. 자네가 어디를 가려고 교군을 갖다 놓았나? 젊은 여편네가 어디를 자주 가면 탈이니."

하는 소리에 안방에서 미닫이를 드윽 열어젖히며,

  (부인) "여보, 침모까지 탐이 나나 보구려. 하나를 데려오더니 또 하나 더 두고 싶은가 보구려. 애, 춘천집 어서 들어오라 하여라. 춘천집은 이 안방에 두고, 침모는 저 건넌방에 두고, 나는 부엌에 내려가서 밥이나 지으마. 영감이 그 교군을 모르시고 물으신다더냐?"

하면서 소리를 지르는데, 침모는 생강짜를 만나더니 김승지 앞을 피하여 유모 뒤에 가 섰다.

  김승지는 마누라에게 봉변을 하면서 남부끄러운 마음은 없던지, 솜씨 있게 거짓말한 것이 쓸데없이 된 것만 우스운 마음이 나

서, 웃음을 참느라고 콧방울이 벌쭉벌쭉하며,

(승지) "어디 내가 춘천집이 왔는지 무엇이 왔는지 알 수가 있나. 날더러 누가 말을 하여야 알지. 애, 그것이 참 춘천집이냐? 내가 오란 말 없이 왜 왔단 말이냐. 내가 데려올 것 같으면 내가 춘천서 올라올 때에 데리고 왔지, 두고 올 리가 있나. 춘천 있을 때에 내가 싫어서 내어버린 계집인데 왜 내 집에를 왔단 말이냐. 작은돌아, 네가 나가서 어서 교군을 쫓아 보내고 들어오너라. 여보, 마누라도 딱한 사람이오. 자세히 알지도 못하고 헛푸념을 그리하구려."

그 부인은 열이 꼭뒤까지 오른 사람이라, 김승지의 말은 귀에 들어가지도 아니한다. 마누라가 와락 뛰어나오는 서슬에 침모는 까닭도 없이 잘기를 하여 모가지를 움츠리고 유모의 등 뒤에 꼭 붙어 선다.

김승지는 눈이 둥그레지며 그 부인을 보고 섰더라.

(부인) "작은돌아, 쫓아 보내기는 누구를 쫓아 보낸단 말이냐. 네 그 춘천집인지 마마님인지 이리 모셔다가 안방에 들어앉으시게 하여라. 그 교군 타고 내가 쫓겨 가겠다. 어서 들어옵시사고 여쭈어라. 내가 그년의 입무락 좀 보고 싶다. 왜 아니 들어오고 무슨 거드름을 그리 피운다더냐? 그렇게 거드름스러운 년은 내가 그년의 대강이를 깨뜨려놓겠다."

하더니 육간대청[51]을 뻥뻥 헤매며, '이 방맹이 어디 갔누, 이 방맹이 어디 갔누' 하면서 방망이를 찾으니, 김승지가 마당에 선 작은돌이를 보며 중문간을 향하여 눈짓을 하여 내보내고 분합[52] 마루로 들어오면서 부인을 달랜다.

(승지) "여보, 웬 해거⁵³를 그리 하오? 남부끄러운 줄도 모르오? 춘천집을 쫓아 보냈으면 그만이지. 저 안방으로 들어갑시다. 소원대로 하여줄 터이니……."

하며 비는 김승지의 모양을 보고 눈치 있는 작은돌이가 중문간으로 나가다가 도로 돌쳐서서 안마당으로 들어오며 하는 말이,

"아까 여기 웬 교군이 있더니 지금은 없습니다."

하거늘 중문간에서 아이들 한 떼가 따라 들어오면서 하는 말이,

"아까 웬 옥관자⁵⁴ 붙인 늙은이가 교군꾼더러 '어서 교군 메고 계동으로 가자, 어서어서' 하며 재촉을 하니, 교군꾼이 교군을 메는데, 교군 속에서 울음소리가 납디다."

하면서 세상이나 만난 듯한 아이들이 물밀듯 들어오니, 작은돌이가 장창⁵⁵ 굽창⁵⁶에 징을 잔뜩 박은 미투리 신은 발로 마당을 딱 구르면서,

"요 배라먹을 아이 녀석들, 아까 내쫓았더니 왜 또 들어오느냐."

하며 쫓아가니 애들이 편쌈꾼 몰리듯이 몰려 나가면서,

"자아, 우리들 나가자. 이따가 구경나거든 또 들어오세."

부인이 그 아이들 하는 말을 듣더니 한층 야단을 더 친다.

"옳지, 내가 인제야 자세히 알겠다. 춘천집이 계동으로 가? 응, 침모의 집이 계동이지? 아까 영감이 침모더러 하시던 말이 까닭이 있는 말이로구나. 그래 춘천집이 올라온 것이 다 침모의 주선이로구나. 침모는 내 집에 있어서 내 못 할 일을 그렇게 한단 말이냐. 여보게 침모, 자네는 왜 유모의 등 뒤에 가서 숨었나? 도적

이 발이 저리다고. 허다한 사람에 자네 혼자 저렇게 겁날 것이 무엇인가. 여보게, 얼굴 좀 들어서 날 좀 쳐다보게. 본래 자네 눈웃음만 하여도 사람 여럿 굿힐[57] 줄 알았네. 춘천집을 침모의 집에 두고, 오늘부터 영감께서 밤낮으로 거기 가서 파묻혀 계실 터이지. 침모는 영감께 그렇게 긴하게 보이고 무슨 덕을 보려고 그러한 짓을 하나?"

하면서 침모를 집어삼킬 듯이 날뛰는데, 침모는 아무 영문도 모르고 자다가 벼락 치듯 횡액[58]을 당하고 운다.

(부인) "여편네가 남의 집에서 쪽쪽 울기는 왜 울어. 자네 때문에 무엇이 될 것도 아니 되겠네. 울려거든 자네 집에 가서 울게. 춘천집도 계동 가서 있고, 침모도 계동 가서 있으면 영감은 계동만가 계실 터이지 여기 계실 줄 아나? 이 집에는 나 혼자 사당이나모시고 있지. 그래 속이나 좀 자세히 알세. 어찌하려는 작정인가?춘천집을 자네 집에 두고 영감이 자네 집에 가시거든 뚜쟁이 노릇을 하여 먹잔 작정인가. 춘천집과 베갯동서가 되어서 셋붙이[59]개피떡같이 밤낮으로 셋이 한데 들러붙어 있으려는 작정인가?"

하면서 애매한 침모더러 푸념을 하다가 다시 김승지에게 푸념을한다.

"영감, 어서 침모 데리고 계동으로 가시오. 한 무릎에는 춘천집을 앉히고, 한 무릎에는 침모를 앉히고 마음대로 호강하고 있어보오. 누가 계집을 좋아하기로, 영감처럼 좋아하는 사람이 어디있겠소? 내가 다 알아. 어찌하면 그렇게 안타깝게 좋아하는지."

그렇게 광패[60]한 소리를 계집종들만 들으면 오히려 수치가 작다 하겠으나, 작은돌이 듣는 것을 민망하게 여기는 사람도 많이 있더라. 일로전쟁(日露戰爭)[61]에 강화(講話)[62] 담판을 붙이던 미국 대통령이나 왔으면 김승지의 내외 싸움을 중재(仲裁)할는지 아무도 말릴 사람 없는 싸움이라, 그 싸움은 끝날 수가 없더라. 항복이 나면 싸움이 끝이 나는 법이라, 김승지는 자초지종으로 설설 기며 항복을 하건만 부인이 듣지 아니한다.

　(승지) "아따, 마누라 소원대로 할밖에 또 어찌하란 말이오? 춘천집이 침모의 집에 있나 없나 누구를 보내보구려. 정 못 믿겄든, 마누라가 교군을 타고 가서 보든지. 춘천집은 춘천으로, 내리쫓긴 춘천집이 어디 가 있다고 그리하는지. 침모는 공연한 사람을 의심하여서 애매한 소리를 하니 우스운 일이로구."

하면서 정신없이 빈 담뱃대를 두어 번 빨아보다가,

　"어어, 이것 불 없구."

하더니 담뱃대를 든 채로 마루에서 갔다 왔다 한다.

　그때 작은돌이가 안 부엌문 옆에 섰다가, 주먹으로 부엌 문설주를 딱 치고 부엌으로 들어가면서,

　"이런 경칠, 나 같으면 생……."

　작은돌의 입에서 무슨 말이 나올 듯 나올 듯하고 말을 못 하는 모양인데, 상전의 일에 눈꼴이 잔뜩 틀려서 제 계집을 노려보는데, 참 생벼락이 내릴 듯하더라.

　부엌 앞에 기러기 늘어서듯 한 계집종 중에서 이마는 숙붙고,[63] 얼굴빛은 파르족족하고, 눈은 게슴츠레한 계집이, 나이는 스물이 되었거나 말거나 하였는데, 부엌에로 뛰어 들어오며 작은돌이를

향하여 손을 내뿌리면서,

"여보, 마루에 들리면 어찌하려고, 그것은 다 무슨 소리요?"

하는 것은 작은돌의 계집 점순이라.

(작은돌) "남 열나는데, 웬 방정을 그리 떨어. 나는 나 하고 싶은 대로 하지, 너 하라는 대로 할 병신 같은 놈 없다. 남의 비위 건드리지 말고 가만히 있거라. 한주먹에 맞아 뒈질라. 계집이 사흘을 매를 아니 맞으면 여우 되느니라."

하면서 행랑으로 나가더니, 그길로 막걸리 집으로 가서 술을 잔뜩 먹고 제 방에 들어오더니 계집을 치고 싶어서 생트집을 하니, 점순이가 그 눈치를 알고 안으로 뛰어 들어가서 나가지 아니한다.

안에서는 부인의 등쌀이요, 행랑방에서는 작은돌의 주정이라. 상전의 싸움에는 여장군이 승전고를 울리고, 종의 싸움에는 주먹 세상이라.

김승지는 그 부인 앞을 떠나지 못할 사정이요, 점순이는 서방의 앞을 갈 수가 없는 사정이라.

김승지는 그 부인 앞에를 떠났다가는 무슨 별 야단이 날지 모를 사정이요, 점순이는 그 서방 앞으로 갔다가는 무슨 생벼락을 맞을는지 모를 사정이라.

그날 해가 지도록 밤이 되도록, 김승지가 그 부인을 따라 저녁 밥도 아니 먹고 부인을 달래는데, 방 안에서 상직 자던 사람들은 건넌방으로 다 건너가고 내외 단둘이만 있어 다투다가 소나기 비에 매미 소리 그치듯이 부인의 목소리와 김승지의 목소리가 뚝 그치더니 다시는 아무 소리도 없는데, 그때는 초저녁이라.

점순이는 캄캄한 안마루 끝에서 팔짱을 끼고 기둥에 기대고 앉았다가, 혼자 씩 웃으면서 건넌방으로 건너가더라.

제5장

장수가 항복하고 싸움은 끝이 났더라도 총 맞고 칼 맞은 병상병(病傷兵)은 싸움 파한 아픈 생각이 더 나는 법이라.

그와 같이, 침모는 건넌방에 앉아서 여러 사람을 대하여 애매한 말을 들었다고 죽고 싶으니 살고 싶으니 하며 구슬 같은 눈물을 떨어뜨리더니 치마를 쓰고 나아가니, 온 집안이 나루를 하며 작별하는데, 나이 젊고 인물이나 반반하게 생긴 계집종들은 서로 보며 하는 말이,

"우리가 만일 저러한 의심을 받을 지경이면 우리들은 상전에게 매인 몸이라 침모 마누라님같이 어디로 가지도 못하고 어찌 될꾸."

"마님 솜씨에 살려두실라구. 방맹이로 쳐 죽이실걸."

그렇게 생각하는 김승지 집 종들은, 침모의 팔자가 좋은 양으로 알건마는 침모의 마음에는, 인간에 나같이 팔자 사납고 근심 많은 사람은 다시없거니 생각하며, 그 친정으로 가는데 걸음이 걸리지 아니한다.

그 친정에는 앞 못 보는 늙은 어머니 하나뿐이라. 삼순구식[64] 하는 것일지라도 바라는 곳은 딸 하나뿐이라, 그 어머니를 보러 가

는데 돈 한 푼 없이 옷 보퉁이 들린 아이 하나만 데리고 들어가려 하니, 그 어머니가 딸을 보면 무엇이나 가지고 올까 바라고 있을 일을 생각하니 기가 막히더라.

그러하나 아니 갈 수는 없는지라, 계동 막바지 오막살이 초가집으로 들어가니, 그 집은 배부장 집인데 배부장은 침모의 부친이라. 삼 년 전에 죽고 배부장의 마누라만 있는데, 몹쓸 병으로 수년 전부터 앞을 못 보는 사람이 되었더라.

그날 밤에 침모의 모녀는 이야기와 눈물로 밤을 새우다가 다 밝은 후에 잠이 들었는데, 해가 떠서 높이 오르도록 모르고 자더라.

만호천문[65]은 낱낱이 열리고 구매 장안에 사람이 물 끓듯 하는데, 그중에 계동 배부장 집은 대문도 아니 열고 적적한 빛이라. 웬 사람이 배부장 집 대문을 두드리며 소리를 지르니 침모가 자다가 급히 일어나서 대문을 열어보니 김승지 집 종 점순이라. 침모를 따라 들어오더니, 생시치미를 뚝 떼고 하는 말이,

"춘천서 올라오신 마마님은 어느 방에 계십니까. 어서 좀 보고 싶어서 구경 왔소."

하면서 침모의 눈치만 보니, 침모가 김승지 부인에게 애매한 소리를 가지각색으로 들을 때는 속이 아프고 쓰리면서 감히 말대답 한마디 못 하고 와서 골이 잔뜩 났던 터이라. 점순이 얼굴을 한참을 보고 아무 소리 없이 앉았으니, 소갈머리 없던 점순의 마음에는 춘천집을 감추어두고 있다가, 저를 보고 당황하여 그리하는 줄로만 알고, 가장 약은 체하고,

(점순) "왜 사람을 그리 몹시 보시오? 나는 벌써 다 알아요. 우

리 같은 사람은 암만 알더라도 관계치 아니하오. 춘천 마마님을 여기서 뵈어도, 우리 댁 마님께 그런 말씀은 아니 할 터이오. 우리는 평생에 말전주[66]라고는 아니 하여보았소. 내가 여기 온 줄을 우리 댁 마님이 알기나 알으시나. 알으셨다가는 큰일 나게……."

(침모) "무엇이 어찌하고 어찌하여. 참 잘 만났네. 김승지 댁 마님 같으신 이가 자네 같은 하인이 있어야지, 내가 춘천 마마를 감추어두고 김승지 영감이 오시거든 뚜쟁이 노릇이나 하여 먹겠네……. 어떤 병신 같은 년이 자네 댁 영감 같은 탈집[67] 두둑한 양반을 만나서 단 뚜쟁이 노릇만 하여 먹겠나. 그 영감이 오시거든, 영감의 한편 무릎은 내가 차지하고 올라앉고, 한 무릎은 춘천 마마가 차지하고 올라앉아서 셋붙이 개피떡같이 붙어 있을 터일세. 내가 자네 목소리를 듣고 춘천 마마를 숨겼네. 숨겼다 하니 자네를 겁을 내서 숨긴 줄 아나? 일부러 보러 오는 것이 미워서 숨겼네. 어서 가서 그대로 마님께 여쭙게. 김승지의 부인쯤 되면 우리 같은 상년은 생으로 회를 쳐서 먹어도 관계치 아니할 줄 안다던가. 자네 댁 마님이 이런 소리 들으시면 교군 타고 내 집에 와서 별 야단 칠 줄 아네. 요새같이 법률 밝은 세상에 내가 잘못한 일만 없으면, 아무것도 겁나는 것 없네. 김승지 댁 숙부인도 말고 하늘에서 내려온 천상 부인이라도 남의 집에 와서 야단만 쳐보라게. 나는 순포막[68]에 가서 우리 집에 미친 여편네 왔으니 끌어내어 달라고 망신 좀 시켜보겠네. 미닫이 살 하나만 분질러보라 하게. 재판하여 손해를 받겠네."

침모는 점순이 온 것을 다행히 여겨서 참았던 말을 낱낱이 하고

있는데. 나이 많고 고생 많이 하고 속이 썩을 대로 썩은 침모의
어머니는 폐맹[69]된 눈을 멀뚱멀뚱하고 딸의 목소리 나는 곳으로
고개를 들고 가만히 앉았다가 하는 말이,

"애, 그만두어라. 다 제 팔자니라. 네가 김승지 댁에 가서 침모
노릇 하지 아니하였으면 그런 소리 저런 소리 다 듣지 아니하였
을 것이다. 굶어 죽더라도 다시는 남의 집 침모 노릇은 말아라.
요새 같은 개화 세상에는 사족 부녀라도 과부 되면 간다더라. 우
리 같은 상사람이 수절이 다 무엇이냐. 어디를 가든지 어여쁘다
얌전하다 그렇게 칭찬 듣는 네 인물을 가지고, 서방감 없을까 염
려하겠느냐. 애, 대신의 첩일지라도 너만 한 사람이 몇이나 되겠
느냐. 요새는 첩 두려고 첩감 구하는 사람이 많다더라. 어디든지
가서 고생이나 아니 할 곳으로 남의 첩이나 되어 가거라."

(침모) "나는 쪽박을 들고 빌어먹을지언정 남의 첩 노릇은 하고
싶지 아니하오. 남의 첩이 되었다가, 춘천집 신세 같을 지경이면
죽는 것이 편하지……. 그러나 춘천집은 어디 가서 있누. 불쌍한
사람이지……."

하면서 돌아다보니, 점순이는 간단 말도 없이 살짝 나가고 없는
데, 침모의 모녀가 춘천집 이야기를 하고 있더라.

제6장

가까운 이웃집에서 불쌍하다 하는 침모의 이야기 소리는 지척

이 천리라 계동 박참봉 집에 있는 춘천집의 귀에 들리지 아니하나, 멀찍한 전동 김승지 집에서 풍파가 일어나서 소요하던 모양은 춘천집의 눈에 선하게 보이는 듯이 생각이 난다.

춘천집이 박참봉 집에 오던 날 저녁부터 김승지 오기만 기다리는데, 박참봉 집 문밖에서 사람의 목소리만 나도 김승지가 오거니 반겨 하고 개가 짖어도 김승지가 오거니 기다리다가, 종로에서 밤 열두 시 종 치는 소리가 땡땡 나더니 장안이 적적하고 김승지는 소식이 없다.

박참봉 집 건넌방에는 춘천집이 혼자 있어서 근심 중에 잠 못 들어 있고, 사랑방에는 주인 박참봉이 남의 내외 싸움에 팔자 없는 시비덩이를 맡았나 보다 생각하다가 잠이 들지 아니하였는데, 그 윗목에는 강동지가 어디 가서 술을 그렇게 먹었던지, 아무 걱정 없는 사람같이 잠이 들어서 반자가 울리도록 코를 고는데, 건넌방과 사랑방이 지척이라 춘천집 귀에 강동지 코 고는 소리만 들리니, 춘천집이 한숨을 쉬며 혼잣말로,

"우리 아버지는 잘도 주무신다. 내 설움이 이런 줄 알으시면 오늘 밤에 저렇게 시름없이 잠 들으실 수 없으렷다. 서울 와서 이런 줄 알았으면 신연강 깊은 물에 풍덩 빠져 죽었을걸, 원수의 목숨이 붙어 있어서 이 밤에 이 근심을 하는구나. 시앗 싸움이니 강샘[70]이니 귀로 듣기는 들었으나, 내 몸이 그런 일 당할 줄이야 꿈이나 꾸었을까. 세상에 시앗 싸움이 다 그러한가. 우리 안마누라[71]만 그러한가. 남의 첩 되는 사람은 사람마다 이 광경을 당하나. 이 광경을 당하는 사람은 세상에 나 하나뿐인가. 춘천 솔개 동네

서 동구 밖에를 나아가보지 못하고 자라나던 이내 몸이 오늘 서울 와서 이것을 당하니, 자다가 벼락을 맞아도 분수가 있지, 에그 기막혀라. 내가 오늘 교군 타고, 김승지 집에 들어갈 때에 철없고 미련한 이내 마음에는 김승지 집 개만 보아도 반가운 마음뿐이라. 그 마음 가진 이내 몸이 그 중문간에 교군을 내려놓고 앉았다가, 안대청이 떠나가도록 야단치는 안마누라 목소리에 가슴이 덜컥 내려앉고, 정신이 아득하여지면서 이 몸이 죽지도 말고 살지도 말고, 아무 형체 없이 살짝 녹아져서 빈 교군만 남았으면 좋을 듯한 생각뿐이라. 내 생각 그러한 줄을 어느 사람이 알았으랴. 그 광경을 다 보고 다 들은 우리 아버지가 내 설움을 조금도 모르시고 저렇게 잠들어 주무시니 하느님이나 알으실까. 아버지 말씀을 들으면 일생 좋은 일만 있을 것 같더니, 이렇게 좋은 일을 지어주셨구나. 오늘 저녁에는 김승지 영감이 정녕 오신다더니, 소식도 없으니, 영감이 아버지를 속였는지 아버지가 나를 속였는지…… 오냐 그만두어라. 오거나 말거나……. 나같이 팔자 사나운 년이, 영감이 오기로 무슨 시원한 일이 있겠느냐. 하늘같이 믿고 있던 우리 아버지도 나를 속이거든, 남남끼리 만난 남편을 믿을쏘냐. 부모도 믿을 수가 없고, 남편도 쓸데없는 이 세상에, 누구를 바라고 살아 있으리오. 차라리 죽어져서 이 설움을 잊었으면, 내 신상에 편하리라. 보고지고 보고지고, 우리 어머니를 보고지고. 어머니가 나를 보내면서 울며 하는 말이, '어미 생각하지 말고 잘 가거라' 하시더니, 그 말한 지가 며칠이 못 되어서 길순이 죽었단 말을 들으시면 오죽 설워하실까. 어머니를 생각하면 죽기도 어려우나, 내 신세를 생각하면 살아 있을수록 고생이라. 무정하다, 김승지는 전생에 무슨 원수를 짓고 만났던고. 산같이 중한 언약을 맺고, 물같이 깊은 정이 들었다가, 이별한 지 반년 만에 내가 그 집 중문까지 갔다가, 영감이 교군을 스치고 지나가는 신소리와 헛기침하는 소리만 내 귀에 들렸으니, 그 소리 한마디가 영결이 되었단 말인가. 오냐, 그럴 것 없다. 영감을 미워하고 원망을 하였더니, 이 몸이 죽기로 결심하니, 밉던 마음도 없어지고 원망하던 마음도 풀어진다. 영감이 내게 무정하여 그러한 것도 아니요, 마누라 투기에 겁내서 그러한 것이라. 나는 안마누라가 어떠한지 겪어보지 못한 사람이라 이럴 줄을 모르고 영감에게 허신[72]을 하였으려니와 영감도 본마누라의 성품을 모르고 첩을 얻었던가? 어찌 만났던지 만난 것은 연분이요, 이별은 팔자이라, 연분이 부족하고 팔자가 기박하여 이 지경이 되었으니, 하릴없는 일이로다. 차라리 영감이 내게 무정하였더면 나도 잊었을는지, 서로 생각하며 만나지 못하는 그 마음은 일반이라. 이 몸은 황천으로 가더라도 영감의 정표는 내 몸에 가지고 가노라."

하면서 만삭한 배를 어루만지더니, 복중[73]에 있는 아이가 무슨 말이나 알아듣는 듯이 배를 굽어보며 하는 말이,

"너는 형체가 생겼다가 세상 구경도 못 하고 북망산[74]으로 가는구나. 오냐, 잘 간다. 인간에 와서 보면 근심은 많고 좋은 일은 드무니라. 내가 너를 낳아놓고 나 혼자 죽으면, 어미 없는 어린것이 무슨 고생을 할는지 알 수 있느냐. 우리 아버지는 나 죽는 것을 모르시고 코 골고 주무신다. 너의 아버지는 너 죽는 것을 모르시

고 본마누라 주먹 안에서 사지를 꼼짝 못하고 계신가 보다. 나도 믿을 곳 없는 사람이요, 너도 믿을 곳 없는 아이이라. 믿을 곳 없는 인생들이 무엇 하려고 살아 있겠느냐. 가자 가자. 우리는 우리 갈 곳으로 어서 가자……"

하면서 눈물이 가득한 눈으로 정신없이 등잔불을 보는데, 눈앞에 오색 무지개가 선다. 본래 약한 마음이라, 칼로 목 찔러 죽지 못하고 아픈 줄 모르게 죽을 작정으로 물에나 빠져 죽으려고 우물을 찾아 나가더라.

그 집이 기어들고 기어나는 오막살이 초가집이라. 안방, 건넌방, 아랫방이 솥발같이 나란히 있는데, 그 아랫방을 박참봉이 사랑으로 쓰고, 그 외에는 중문도 없고 대문만 있는 집이라, 아무리 발씨가 선 사람이라도 문 찾아 나가기는 어려울 것이 없는지라, 춘천집이 대문간에 가서 빗장을 여느라고 신고[75]를 한다.

사람이 쫓아오는 듯 오는 듯하여 가슴이 두근두근하며 겁이 나서, 빗장을 붙들고 숨도 크게 못 쉬고 대문에 붙어 섰다.

한참씩 있다가 조금씩 빼어보는데, 제풀에 놀라서 그치다가 빗장이 덜컥 열리는데, 전신이 벌벌 떨려서 가만히 섰다.

사랑방에서 박참봉이 기침을 하면서 소리를 지른다.

"거 누구냐……"

춘천집이 깜짝 놀라서 문을 왈칵 열고 문밖으로 나가는데, 원래 박참봉은 벌거벗고 잠자던 사람이라, 옷 입고 불 켜고 거레하고[76] 나오는 동안에 춘천집은 문밖으로 살짝 나서서 계동 큰길로 내려가는데, 길가 왼손 편에 벌 우물 있는 것은 못 보았던지 한숨에 계동 병문까지 내려가서 잿골 네거리로 향하여 가다가 계동궁 담 밑에 있는 우물을 보았더라. 새벽달은 넘어가고 행길이 적적한데, 춘천집이 우물가에 서서 하늘을 쳐다보며 하는 말이,

"하느님 하느님, 인간에 길순이 있는 줄을 알으십니까? 길순 있는 줄을 알으시면 길순의 죽는 것도 알으실 터이지……. 전생에 무슨 죄를 짓고 생겨나서 이생에 이 설움을 지니고 저승으로 가는지……. 미련한 인간이라, 제가 제 죄를 모를 터이나, 길순의 마음에는 길순이가 아무 죄도 없습니다. 어지신 하느님이 인간 만사를 굽어보시고 짐작이 계시련마는, 어찌하여 길순이는 이 지경에 이르게 하시는지……. 이 몸이 죽은 후에 송장이 이 우물에서 썩을는지, 누가 끌어내서 무주공산에 버릴는지 모르거니와, 혼은 춘천 솔개로 훌훌 날아가서 이 밤으로 우리 어머니 베개 옆에 가서 어머니 꿈에나 뵈이고저……. 어머니 생전에는 꿈에 가서 뵈일 것이요, 어머니 사후에는 혼을 만나 뵈오리라. 그러나 사람이 죽어지면 그만이라. 혼이 있는 것인지, 없는 것인지, 혼이 있어서 만나 보기로, 반가운 줄을 알는지 모르는지, 살아서 다시 못 보는 것만 한이로다. 오냐, 한이 있어 죽는 년이 또 무슨 한탄하겠느냐. 이 설움 저 설움 이 생각 저 생각 다 잊어버리고, 갈 곳으로 가는 것이 제일이라."

하더니, 치마를 거들쳐 쥐고 우물 돌 위로 올라가는데, 본래 춘천집이 계집아이로 있을 때에는 조그마한 물방구리 이고 다니면서 물도 길어보았는데, 솔개 동네 우물가에는 사면으로 뗏장[77]을 놓아서 짚신 신은 발로 디디기 좋게 만든 우물이라, 그러한 우물에

서 발씨가 익은 사람이라. 그날 밤에는 신을 신고 판자쪽 같은 돌 위로 올라가다가 입동머리 새벽 기운에 이슬이 어려 서리가 되었는데, 촌놈이 장판방에서 미끄러지듯[78] 춘천집이 돌 위에서 미끄러져 가로 떨어지며,

"에그머니……."

소리를 지르고 꼼짝 못한다.

아홉 달 된 태중이라, 동태[79]가 되었던지 뱃속에는 홍두깨를 버티어놓은 듯하고 사지를 꿈적거릴 수 없는데, 큰길에서 신소리가 저벅저벅 나더니, 시꺼먼 옷 입은 사람이 앞에 와서 우뚝 서면서, 한두 마디 말을 묻다가 대답이 없거늘 검은 옷 입은 사람이 호각을 부니, 그 사람은 잿골 네거리 순포막의 순검이라.

제7장

사람은 쇠전 한 푼짜리가 못 되더라도 조선서 지체 좋고 벼슬하고 세도 출입이나 하고 대문만 큼직하면 그 집에 사람이 들락날락하는지라. 전동 김승지 집 큰사랑방에 식전 출입으로 온 사람도 사오 인 있었는데, 주인 영감이 아낙[80]에서 주무시고 아직 아니 나오셨단 말을 듣고, 주인 못 보고 가는 사람들뿐이라. 그중에 탕건 쓰고 키 자그마하고 얼굴에 손티[81] 조금 있고 나이 사십여 세쯤 된 사람은 큰사랑방으로 들어가더니, 해가 열 시 반이나 되도록 아니 가고 있더라. 주인 김승지는 어젯밤에 그 부인에게 손이 발

이 되도록 빌고 생전에 다시는 첩을 두면 개자식이니 쇠아들이니 맹세를 짓고, 그 마누라의 눈에 어찌 그리 잘 보였던지, 그 부인과 김승지가 언제 싸웠더냐 싶게 정이 새로이 드는 듯하니, 김승지 맹세가 거짓말 맹세가 아니라 중무소주[82]한 마음에 참말로 한 맹세일러라.

밤이 새는 줄을 모르고 둘이 주책없는 이야기만 하다가 새벽녘에 잠이 들었는데, 부인은 본래 부지런한 사람이라, 식전에 일어나서 계집종에게 지휘할 일을 지휘하는데, 김승지가 잠이 깨어서 일어나려 하니,

(부인) "여보, 어느새 일어나서 무엇 하시오? 어제는 잠도 잘 못 주무셨으니 더 주무시오. 감기 들으시리다. 몸조심하시오."
하면서 김승지의 새 옷을 내서 뜨뜻한 아랫목 요 밑에 묻어놓는데, 김승지는 잠은 깨었으나 일어나지 아니하고 드러누워서 담배를 먹으면서 마누라를 보고 싱긋 웃으니, 부인은 까닭 없이 따라 웃었더라.

그때 김승지 마음에는 마누라 없이는 참 못 견디겠다 하는 생각뿐이라.

해가 낮이나 되어서 사랑에 나가니, 계동 박참봉이 와서 앉았더라.

김승지가 어젯밤에 그 부인을 대하여 다시는 첩 두지 아니한다고 맹세할 때는 춘천집을 내려 보낼 작정으로 한 맹세인데, 사랑에 나와서 박참봉을 보더니 별안간에 춘천집 생각이 다시 난다.

(김승지) "어어, 식전에 일찍이 나셨소그려. 내가 어젯밤에 댁

으로 좀 가려 하였더니 몸이 아파서 못 갔소."

(박참봉) "허허 영감, 정신이 없으시구려. 지금이 식전이오니까? 내가 오기는 식전에 왔습니다마는 지금은 낮이올시다. 허허허······."

(김) "오늘이 그렇게 늦었나. 나는 밤에 대단히 앓았어······. 오늘 못 일어날 듯싶더니, 억지로 행기[83]를 하니 좀 낫군."

하면서 얼굴이 불그레하여지더니 목소리를 나지막하게 하여 하는 말이,

"여보, 어제 댁에 사람 하나 보냈지요. 좀 잘 맡아주시오. 그리하고 무엇이든지 강동지와 상의하여 돈 드는 것만 내게 말하시오."

박참봉이 김승지의 얼굴만 물끄러미 보며 말을 듣고 앉았더니, 창밖에 남산을 건너다보며 허희탄식[84]하며,

(박) "나는 영감을 뵈올 낯이 없소. 나를 믿고 영감 별실을 내 집으로 보내셨는데, 부탁 들은 본의가 없이 되었으니, 어떻다 말씀할 길이 없습니다."

김승지가 박참봉의 말을 귀로 들었는지 코로 맡았는지 딴소리만 한다.

(김승지) "아니, 그렇게 말할 것 무엇 있소? 내 첩이 댁에 가 있어서 무엇이든지 박참봉에게 폐를 끼쳐서야 쓰겠소? 그러나 박참봉은 한집안 같으니 말이지, 춘천집이 댁에 가서 있는 것을 우리 마누라가 알면 좀 좋지 아니하기도 쉬우니, 하인들 귀에도 들리는 것이 부질없소. 우리 마누라가 듣기로 내야 어떠할 것 무엇 있소? 박참봉이 우리 마누라에게 미움을 받을까 염려하여 하는 말

이오."

(박참봉) "그런 말씀은 바쁘지 아니한 말씀이오. 큰일 난 일이 있습니다. 영감 별실이 지금 한성병원에 가서 있습니다."

(김) "왜, 졸지에 무슨 병이 났소?"

박참봉이 본래 찬찬한 사람이라 춘천집이 우물에 빠져 죽으려다가, 우물 돌 위에서 미끄러져 넘어져서 동태 되어 꼼짝을 못하는데, 잿골 네거리 지서 순검이 구하여 자기 집에 기별하던 말과, 자기가 한성병원으로 데리고 가던 말을 낱낱이 하니, 김승지는 그 말을 듣고 어찌하면 좋을지 모르는 모양이라.

(김승지) "여보, 춘천집에서 당한 일에, 돈 드는 것만 내게 말하고, 어떻게 하든지 박참봉이 잘 조처만 하여주시오."

(박참봉) "네, 그러면 아무 염려 말고 계시오. 내가 다 조처하오리다."

박참봉이 그길로 다시 한성병원으로 가서 춘천집을 보니 베개는 눈물에 젖었는데, 춘천집이 눈을 감고 누웠더라. 머리에서부터 발끝까지 백로같이 흰 복색 한 일본 간호부가, 서투른 조선말로 춘천집을 부른다.

"여보, 손님이 오셨소……."

춘천집이 눈을 떠서 보니 어제 계동서 처음으로 보던 박참봉이라. 생소한 박참봉을 보고 김승지 생각이 나서 눈물이 새로이 비오듯 하며 아무 말도 없는지라.

(박참봉) "지금은 좀 어떠시오?"

(춘천집) "세상에 살아 있다가, 고생 더 하란 팔자라, 죽으려

하다가 죽지도 못하고 몸에 아무 탈도 없는 모양인가 보이다."

(박) "새벽에는 동태가 된 모양이더니 지금은 어떠하시오?"

(춘) "무슨 약인지 먹고 지금은 진정이 됩니다."

(박) "며칠이든지 병원에서 조리를 잘하고 계시면, 그동안에 집을 구하여 편히 계실 배치를 하여드릴 터이니 아무 염려 말고 계시오. 내가 오늘 아침에 전동 가서 김승지 영감을 만나 뵈었소. 그 영감이 하도 애를 쓰시니 보기에 민망합디다."

(춘) "영감이 내 생각을 그렇게 하시는 것 같으면 내가 이 지경에 갈 리가 있습니까."

하면서 눈물이 가득한 눈에 기쁜 빛을 띠는 것 같더라.

박참봉이 어젯밤까지는 춘천집이 내 집으로 온 것을 두통으로 여기던 마음이, 오늘 한성병원에 와서 춘천집의 모양을 보더니 측은한 마음이 한량없이 생겨서 김승지의 부탁대로 춘천집을 위하여 매사를 힘써 주선할 마음이라.

(박참봉) "아무 심려 말고 계시면, 범사가 다 잘될 터이니, 어서 조리만 잘하시오."

박참봉이 춘천집을 위로시킬 말이 무궁무진하나, 사면이 다 겸 연쩍은 마음이 있어서, 간단한 말로 위로를 시키고 일어서 나아가니, 그때 춘천집 마음에는 강동지가 왔다 가더라도 그렇듯 섭 섭한 마음이 있었을는지, 박참봉 애쓰는 것이 고맙고 불안한 생각뿐이러라.

제8장

춘천집이 어제는 죽을 마음뿐이러니, 오늘은 박참봉의 말을 듣고 철천[85]한 한 되는 마음이 풀어지며 혼잣말로,

"나도 살았다가 무슨 좋은 일이 있으려나. 죽기 싫은 마음은 사람마다 있는 것이라, 낸들 죽기가 좋아서 죽으려 한 것은 아니라, 김승지 영감에게 정을 두고 먹은 마음대로 될 수가 없는 고로 한을 이기지 못하여 죽으려 한 것이라. 오냐, 죽지 말고 참아보자. 천리가 있으면 죄 없는 길순이가 만삭한 배를 끌고 우물귀신 되려는 것을, 하느님이 굽어보고 도와주지 아니할 이치가 없을 것이라. 우리 영감이 나를 딴 집 배치를 하여주고, 사흘에 한 번씩만 와서 볼 것 같으면 나는 더 바랄 것도 없고, 한 될 일도 없을 터이야. 박참봉은 나를 언제 보았다고 그렇게 고맙게 구누. 말 한마디를 하여도 내 속이 시원하도록 하니, 어찌하면 남의 사정을 그렇게 자세히 아누. 처음 보아도 반갑고 정숙한 마음이 나서 내 속에 있는 말을 다 하고 싶으나, 박참봉이 나를 이상히 여길까 염려되어, 속에 있는 말은 다 못 하였으나 우리 영감의 일이나 좀 자세히 물어보았더면 좋았을걸……. 박참봉이 왜 남자가 되었던고, 누구든지 여편네가 내게 그렇게 정답게 구는 사람이 있어서 평생을 한집안에서 좀 지내보았으면……."

그렇게 생각하는 춘천집은 아직 박참봉 집에 있어도 비편한 마음이 별로 없을 듯하나 박참봉은 하루바삐 집을 구하여 춘천집을

보내려 하는 것이 곡절이 있더라.

　박씨가 김승지의 부탁을 헐후히 여기는 것도 아니요, 춘천집이
싫어서 하루바삐 배송[86]을 내려 하는 것이 아니라, 이 소문이 김승
지의 부인의 귀에 들어가면, 박참봉이 다시는 김승지 집 문안에
발그림자도 들여놓을 수가 없는 사정이요, 또 김승지의 부인에게
무슨 망신을 당할는지, 무슨 욕을 먹을는지, 조심되는 마음이 적
지 아니한지라. 남녀가 유별하니 재상의 집 부녀가 남의 집 남자
에게 욕할 수도 없고, 망신시킬 수도 없을 듯하건마는 남의 일에
경계되는 일이 있더라. 김승지를 따라서 춘천 책방 갔던 최감찰
이라 하는 사람은 춘천 있을 때에 춘천집 혼인 중매 들었다고, 김
승지의 부인이 만만한 최감찰만 욕을 하던 차에 최감찰이 사랑에
왔단 말을 듣고, 열이 나서 야단을 치며 하는 말이,

　"그 못된 뚜쟁이 놈이 왜 내 집에 왔단 말이냐? 영감이 돈냥이
나 있고 남에게 잘 속는 양반이라, 최감찰이 남의 재물이나 다 속
여 빼앗어먹고 남을 망하여놓고 싶다더냐? 그 망할 놈 내 집에 다시
는 오지 말라 하여라."

하는 서슬에 집안이 발끈 뒤집히며, 안팎이 수군수군하는 소리를
최감찰이 듣고, 다시는 김승지 집에 발길을 들여놓지 아니한 일
도 있는데, 박참봉이 만일 그 지경을 당하고 김승지 집에를 못 가
면, 박참봉에게는 아쉬운 일도 많이 있을 터이라.

　박참봉은 어디든지 인심도 얻고 사면이 다 좋도록 하자는 마음
으로, 아무쪼록 소문 없이 일 주선을 하자는 작정이라, 한성병원
에서 나서서 계동으로 가는 동안에 그 생각만 하며 자기 집으로

들어가는데, 강동지가 대문 밖에 혼자 나섰다가 박참봉을 보고 반겨서 하는 말이,

"나리는 혼자 다니며 애를 쓰시는구려. 그러하나 내 딸은 어떻게 되었습니까?"

(박참봉) "애쓴다 할 것은 무엇 있나. 자네 따님은 한성병원에 가서 있는데 아무 탈 없는 모양이니 염려 말고, 보고 싶거든 가서 보고 오게."

(강동지) "아무 탈 없을 것 같으면 가서 볼 것도 없습니다."

강동지는 그 딸을 가서 보고 싶으나 그 딸이 자수[87]하려는 마음이 다 강동지를 원망하는 마음에서 생긴 줄을 아는 고로, 춘천집이 쾌히 안심되기 전에는 가서 보지 아니할 작정이라. 박참봉이 그 눈치를 알고,

(박) "그렇지, 아무 탈 없는데 가볼 것 무엇 있나. 내가 어떻게 주선하든지 집 구처[88]를 속히 할 터이니, 자네 따님은 이 집으로 다시 올 것 없이 며칠간 병원에 있다가 바로 집에 들게 할 것이니 그리 알고 있게."

하면서 옆을 돌아다보니, 김승지 집 종 점순이가 와서 옆에 섰는지라.

박참봉이 하던 말을 뚝 그치고 강동지를 데리고 사랑방으로 들어가는데, 점순이가 안마당으로 들어가니 박참봉이 그 마누라가 점순에게 속을 뽑힐까 염려하여, 점순의 뒤를 따라 들어가며 실없는 말을 시작한다.

(박참봉) "너 어찌하여 여기 왔느냐?"

(점순) "댁에는 못 올 데이오니까."

(박) "너 언제 내 집에 와서 보았느냐?"

(점) "전에는 못 왔습니다마는 이제는 자주자주 오겠습니다."

(박) "오냐, 기특하다. 이담에는 낮에 오지 말고 밤에 오너라. 기다리고 있으마."

(점) "에그 망측하여라. 누가 나리 뵈러 옵니까, 마마님 뵈러 오지요."

(박) "나는 마나님커녕 별상[89]님도 없다. 이렇게 얽은 놈에게 또 마마님이니 별상님이니, 그런 것이 있어서 어찌하게."

(점) "누가 나리 댁 마마님 뵈러 왔습니까. 우리 댁 마마님 뵈러 왔지."

(박) "이애, 너의 댁 영감께서 첩 두셨단 소문이 있으니 참말이냐."

(점) "영감마님 심부름하러 온 점순이를 병신으로 알으시네. 어서 마마님 뵙고 가겠습니다. 어느 방에 계십니까?"

박참봉의 부인은 눈치꾸러기라, 그 남편의 말하는 눈치를 보고 점순이를 대하여 솜씨 있게 생시치미를 떼니, 여우 같은 점순이는 집 구경한다 하며, 염치없이 이 방 저 방을 들여다보다가, 주인마님 외에 여편네라고는 아무도 없는 것을 보고 하릴없이 돌아가더라.

박참봉이 그날로 각처 집주름을 불러서 어떻게 집을 급히 구하였던지, 불과 사오일이 못 되어 집을 구하였더라.

욕심덩어리로 생긴 강동지는 경기까투리[90] 같은 박참봉의 꾐에

118

넘어서, 그 욕심을 조금도 못 채우고, 겨우 서울 오던 부비만 얻어 가지고 춘천으로 내려갔으나, 춘천집이 김승지와 의좋게 산다 하는 소문만 들을 지경이면 그날로 다시 서울 와서 김승지에게 등을 대일 작정인데, 강동지가 춘천으로 내려가면서 그 딸더러 간다는 말도 아니 하고 내려갔더라. 춘천집이 그 부친이 서울 있을 때는 야속하니 마니 하였더니, 그 부친이 떠났다 하는 말을 듣고 마음이 더욱 산란하고 꿈자리만 사납더라.

제9장

남대문 밖 도동 남관왕묘[9] 동편에 '강소사가'라 문패 붙인 집이 있는데, 안방에는 젊은 여편네 하나뿐이요, 행랑방에는 더부살이 내외뿐이라. 아무도 오는 사람도 없이 쓸쓸한 기운만 있더라.

동짓달 초하룻날 강소사가 해산을 한 후에 한 식구가 늘더니, 어린아이 우는 소리에 사람이 사는 듯싶더라.

산모가 아들을 낳고 기뻐하나, 그 기쁜 마음 날 때마다 아이 아버지를 생각한다.

그 아이 아버지가 죽고 없느냐 할 지경이면 죽어 영 이별을 한 것도 아니요, 천리 타향에 생이별을 하였느냐 할 지경이면 그러한 이별도 아니요, 지척에 있으면서 그리고 못 보는 터이라. 그러면 그 산모가 남편에게 소박을 맞은 사람인가……

아니, 소박데기도 아니라, 물같이 깊은 정이 서로 깊이 들어서,

이 몸이 죽어 썩더라도 정은 천만년이 되도록 썩지도 않고 변치도 아니할 듯한 마음이 있다. 그렇게 서로 생각하면서, 서로 보지 못하는 그 사람은 누구런가.

그 동네 사람들은 강소사 집으로 알 뿐이요 전동 김승지의 첩 춘천집인 줄은 아직 모르더라.

춘천집이 그 집 든 후에 김승지가 청천에 구름 지나듯이 이삼 차 다녀갔으나, 춘천집 마음에는 차라리 춘천 있어서 그리고 못 보던 때만 못하게 여기더라.

동지섣달 긴긴 밤에 우는 아이를 가로안고 젖이 아니 나는 젖꼭지를 물리고 어르고 달래더라.

"아가 아가, 우지 말고 젖 먹어라. 세월이 어서 가고, 네가 얼른 자라 어미 손을 떠나서 네 손으로 밥 떠먹고, 네 발로 걸어 다닐 만하면, 나는 죽어도 눈을 감고 죽겠다마는 핏덩어리 너를 두고 죽으면 네게는 적악이라. 이 밤이 이렇게 기니 너 자라나는 것을 기다리자 하면, 내 근심 내 고생이 한량이 있겠느냐. 젖이나 넉넉하면 네 주럽[92]이 덜할 터이나, 젖조차 주저로우니[93] 이 고생을 어찌하잔 말이냐. 나는 먹기 싫은 미역국 흰 밥을 억지로 먹는 것은, 내 배를 채우고 내가 살려고 먹는 것이 아니라, 국밥이나 잘 먹으면 젖이나 흔할 줄 알았더니, 흔하라는 젖은 흔치 못하고, 흔한 것은 눈물뿐이로구나. 아가 아가, 울지 말고 잠이나 자려무나."

이리 고쳐 안고 이 젖꼭지도 물려보고, 저리 고쳐 안고 저 젖꼭지도 물려본다.

어린아이는 달랠수록 보채고 우는데, 춘천집은 점점 몸이 고단한 생각이 나더니 어린 자식도 귀치 아니하고, 성가신 마음이 생기더라.

"에그, 이 애물의 것, 왜 생겨나서 내 고생을 이렇게 시키느냐. 안아도 울고, 뉘어도 울고, 젖을 물려도 우니 어찌하란 말이냐. 울거나 말거나 나는 모르겠다."

하면서 어린아이를 아랫목 요 위에 뉘어놓으니, 어린아이는 자지러지게 우는데, 춘천집은 그 어린아이를 다시 아니 볼 것같이 돌아다보지도 아니하고 윗목에 놓인 등잔불을 정신없이 보고 앉았더라. 창밖에 불던 바람이 머리맡 쌍창을 후려치면서, 문풍지 떠는 소리에 귀가 소요하더니, 방 안에 찬 기운이 도는데, 춘천집이 고슴도치같이 옹그리고 앉았다가 하는 말이,

"에그, 이런 방에서도 겨울에 사람이 사나. 오냐, 겁나는 것 없다, 살 년의 팔자가 이러하겠느냐. 내가 김승지의 첩 되던 날이 죽을 날 받아놓은 것이요, 서울로 오던 날이 죽으러 오던 날이다. 하늘이 정하여주신 팔자요, 귀신이 인도한 길이라. 하루 한시라도 갈 길을 아니 가고 이 세상에 있는 고로, 하늘이 미워하고 귀신이 시기하여 죽기보다 더한 고생을 지어주는 것이라. 고생도 진저리가 나거니와 하늘이 명하신 팔자를 어기려 하면 되겠느냐."

하면서 우는 애를 물끄러미 보다가 가슴이 칼로 에이는 듯하고 눈물이 비 오듯 하더니, 어린아이를 살살 만지며,

"아가 아가, 네 어미는 죽으러 간다. 나는 적마누라[94] 투기에 이

지경 되거니와 너의 적모[95]가 너조차 미워할 것이야 무엇 있겠느냐. 내가 죽고 없으면, 너의 아버지가 너를 데려다가 유모 두고 기를 것이라. 젖 없고 돈 없고 돌아보는 사람 없는 내 손에 있을 때보다 날 것이다. 오냐, 잘 있거라. 나는 간다."

춘천집이 모진 마음을 먹고 전기 철도에 가서 치여 죽을 작정으로 경성창고회사 앞에 나아가서 전기 철도에 가만히 엎드려서 전차 오기만 기다리는데, 용산에서 오는 큰길로 둘둘 굴러오는 바퀴 소리에 춘천집이 눈을 딱 감고 이를 악물고 푹 엎드렸는데, 천둥 같은 소리가 점점 가까워지더니 무엇인지 춘천집 몸에 부딪혔더라.

춘천집 치마에 웬 사람이 발을 걸고 넘어지면서 별안간에 '에그머니' 소리가 나더니, 어떠한 젊은 여편네를 공중에서 집어 던지는 듯이 길 가운데에 떨어진다.

죽으려 하던 춘천집은 과히 다치지도 아니하였는데 뜻밖에 사람이 둘이나 다쳤더라.

용산서 서울로 들어오는 인력거꾼이 길에서 초롱을 태우고 깜깜한 밤에 가장 발씨 익은 체하고 어둔 길에서 달음박질하다가, 발에 무엇인지 툭 걸리면서 인력거꾼이 넘어지는 서슬에, 인력거 탔던 여편네가 어떻게 몹시 떨어졌던지 꼼짝을 못하고 길에 엎드렸더라.

춘천집이 죽으려 하던 마음은 어디로 가고 인력거에서 떨어진 여편네에게, 불안하고 가엾은 마음이 생겨서, 그 여편네를 일으키며 위로하나, 원래 몹시 다친 사람이라 운신을 못 하는 모양이러라.

　인력거꾼이 툭툭 털고 일어나서, 절뚝절뚝하면서 중얼중얼하는
소리는 길가에 드러누웠던 춘천집을 욕하는 소리라. 춘천집이 꾀
꼬리 같은 목소리로, 인력거꾼에게 불안[96]하다 말을 하는데, 그 인
력거꾼이 처음에는 길가에 누웠던 사람에게 싸움을 하러 대들 듯
하더니, 춘천집의 모양과 목소리를 듣고 아픈 것도 잊었던지, 차
차 말이 곱게 나오더라.

　(춘천집) "여보 인력거꾼, 인력거 타고 가시던 아씨는 어디 계
신 아씨요."

　(인력거) "……."

　(춘천집) "내 집은 여기서 지척이니 그 아씨를 내 집으로 모시
고 갑시다. 용산서 여기까지 온 삯은 내가 후히 주리다."

　인력거에서 떨어지던 여편네가 그때 정신이 나서 하는 말이,
'나를 일으켜서 인력거 위에 태워만 주면 내 집까지 가겠다' 하
나, 인력거꾼이 발을 삐어 걸음을 걸을 수가 없다 하면서 멀리는
아니 가려 하는 고로, 그 여편네가 춘천집을 따라갔더라. 춘천집
이 그 여편네를 데려다가 아랫목에 누이고, 더부살이를 깨워서
불을 덥게 때라 하면서 애를 쓰는데, 그 여편네가 춘천집이 애쓰
는 모양을 보고, 어찌 불안하던지 몸을 다쳐서 아프던 생각도 없
는 것 같더라.

　온양 온정[97]에 옴쟁이[98] 모이듯이, 춘천집 안방에는 두 설움이
같이 만났으나, 서로 제 설움은 감추고 말을 하지 아니하고, 서로
남의 사정을 알고자 하는 눈치더라.

그 이튿날 식전에 무슨 바람이 불었던지, 김승지가 작은돌이를 데리고 춘천집을 보러 나왔는데, 춘천집이 김승지를 못 볼 때는 눈이 빠지도록 기다리더니 김승지 들어오는 것을 보고 성이 잔뜩 나서 고개를 외로 두르고 앉았더라.

(김승지) "이애 춘천집아, 왜 돌아앉았느냐? 산후에 별탈이나 없었느냐, 벌써 삼칠일이 되었나. 에구, 삼칠일도 더 되었네. 오늘이 그믐날이지, 어디 어린아이 좀 보자."

춘천집은 아무 소리도 없이 아랫목 벽을 향하고 앉았는데, 김승지는 어릿광대같이 혼자 엉너리[*]만 치다가 아랫목에 사람이 드러누운 것을 보고 또 하는 말이,

"애, 저기 드러누운 사람은 누구냐, 손님 오셨느냐? 내가 못 들어올 것을 들어왔나 보구나."

(춘천집) "네, 손님 오셨소. 평계 좋은 김에 어서 도로 가시오. 그렇게 오시기 어려운 길은 차라리 오시지 말고 서로 잊고 지내는 것이 좋겠소."

김승지가 춘천집의 마음이 좋도록 말을 좀 잘할 작정이나, 말이 얼른 아니 나와서 우두커니 섰는데, 아랫목에서 이불자락으로 눈썹 밑까지 가리고 이마만 내어놓고 누웠던 여편네가 얼굴을 내어놓더니 김승지를 쳐다본다. 김승지가 언뜻 보더니 입을 딱 벌리면서,

"아아, 이것 누군가. 침모가 여기를 어찌 알고 왔나. 이것 참 별일일세그려."

(침모) "나는 이 집이 뉘 집인 줄도 모르고 왔더니, 지금 영감을

뵙고, 영감 댁인 줄 알았습니다."

(김승지) "으응, 그럴 터이지. 내가 여기 집 장만한 줄을 누가 안다구. 집안에서도 아무도 모르네……. 저 작은돌이만 알지. 자넬지라도 누구더러 내가 여기 집 장만하였단 말 말게."

(침모) "그러하시겠습니다. 이런 말이 나서 마님 귀에 들어가면 영감은 큰일 나실 일이올시다. 영감께서 벼슬을 다니면서, 정부를 그렇게 두려워하시고 대황제 폐하께 그렇게 조심을 하시면……."

말끝을 마치지 아니하고 김승지의 얼굴을 물끄러미 보는데, 춘천집이 홱 돌아앉으며,

"여보 영감, 영감을 다시 못 뵈올 줄 알았더니 또 뵈옵소그려. 오늘 참 잘 나오셨소. 오신 김에 부탁할 일이 있소. 오늘 영감 들어가실 때에, 저 어린아이를 데리고 가시오. 여기 두었다가는 오늘이든지 내일이든지 나만 없으면……."

하던 말끝을 마치지 못하고 머리를 돌이켜 어린아이를 보면서 구슬 같은 눈물이 치마 앞에 떨어진다.

(침모) "영감……, 영감께서 어련히 생각하고 계시겠습니까마는 어떻게 하실 작정이오니까? 내가 그처럼 말할 것은 아니올시다마는, 남의 일 같지 않소그려. 어젯밤 일을 알고 나오셨는지요."

(김승지) "왜, 어젯밤에 무슨 일 있었나?"

(침모) "글쎄올시다. 나도 자세히는 모르겠습니다마는, 어젯밤에 내가 용산 갔다가 오는 길에, 인력거를 탔더니 인력거꾼이 등불 없는 인력거를 끌고 어둔 밤에 달음박질을 하다가 무엇에 걸려

넘어지는 서슬에 내가 인력거 위에서 낙상을 하여 이 모양이오."

(김승지) "응, 낙상을 하여 과히 다치지나 아니하였나?"

(침모) "내가 낙상한 것이 끔찍한 일로 말씀하는 것이 아니오. 어떠한 사람이 허리를 전기 철도에 걸치고 엎드려서 전차 오기를 기다리던 모양이니, 그렇게 불쌍한 사람이 있는 줄을 알으시오?"

(김승지) "응, 그것이 누구란 말인가?"

침모는 다시 말이 없이 있고, 춘천집은 모깃소리같이 운다. 침모가 춘천집 우는 것을 보더니 소리 없이 따라 운다.

김승지가 춘천집 울음소리를 듣다가 가슴이 빽적지근하여지면서 눈물이 떨어진다.

잠들었던 철없는 어린아이가 어찌하여 깨었던지 아이까지 운다. 강소사 집 안방에는 아이 어른 없이 눈물로 서로 대하였는데, 의논은 끝이 아니 나고 해는 낮이 되었더라.

제11장[100]

장안 한복판 종로 종각에서 오정 열두 시 치는 소리가 땡땡 나면서 장안 성중에 쇠푼이나 있고, 자명종깨나 걸어놓은 큼직한 집에 들어 있는 사람들은 오정 소리를 듣고, 일시에 눈이 자명종으로 간다.

"이것이 웬일인구. 벌써 오정이 되었는데, 영감이 왜 이때까지 안 오시누."

하면서 점순이를 부르는 사람은 전동 김승지 집 부인이라.

"이애 점순아, 영감께서 작은돌이를 데리고 어디로 가신지 아느냐?"

(점순) "쇤네가 알 수 있습니까."

(부인) "그것 참 이상한 일이로구나. 오늘 식전 일곱 시 사십 분에 떠나는 기차에 임공사가 일본 간다고, 영감께서 작별 인사인지 무엇인지 하러 가신다더니, 벌써 열두 시가 되도록 아니 오시니, 나를 속이고 다른 데로 가셨나 보다. 이애 점순아, 네가 침모의 집에 갔을 때에 정녕 춘천집이 없더냐. 그년이 계동으로 갔다는데 침모 집에도 없고, 또 박참봉 집에도 없으면 어디로 갔단 말이냐. 요년, 너도 아마 나를 속이지……."

(점순) "에그, 별말씀을 다 하십니다. 아무러기로 쇤네가 마님을 속이겠습니까."

(부인) "오오, 그렇지. 네가 만일 나를 속였다가는 너를 쳐 죽여 없앨 터이다. 내가 다른 년을 심부름시키지 아니하고 너를 시키는 것은 믿고 시키는데, 너조차 거짓말을 하면 쓰겠느냐."

(점순) "마님께 말씀이지, 작은돌이는 마마님 계신 곳을 아는 모양 같으나 말을 아니 하니 쇤네도 그 뒤만 살피고 있습니다."

(부인) "이애, 그렇단 말이냐. 그러면 네가 어떻게 하든지 작은 돌의 속만 뽑아서 내게만 말하여라. 그것만 알아주면 네 치마도 하여주고 저고리도 하여주마. 치마, 저고리뿐이겠느냐. 내 옷가지를 다라도 너를 주마."

요악[101]한 점순이가 옷 하여준다 하는 말에 욕심이 불같이 나서 거짓말일지라도 안다 하고 싶으나 터무니없는 거짓말 할 수는 없고, 일심전력[102]이 작은돌의 속 뽑을 경영뿐이라.

점순이가 마님을 부르면서 무슨 말을 하려 하는데, 안중문간에서 김승지의 기침 소리가 나더니 안방에로 들어오는데, 점순이는 하던 말을 뚝 그치더니 방문 밖으로 나아간다. 부인이 김승지의 얼굴을 어찌 몹시 쳐다보던지 김승지가 제풀에 당황한 기색이 있어서, 누가 묻지도 아니하는 말을 횡설수설한다.

(김승지) "오늘은 불의출행[103]이야. 공연히 남에게 끌려서 이리저리 한참을 쏘다녔거든……. 여럿이 모인 곳에 가면 그런 일 성가시어……. 여보 마누라, 나는 이때까지 아침도 아니 먹었소. 이 애 점순아, 네 어디 가지 말고 내 밥상 이리 가져오너라. 어, 추워……. 이 방 뜨뜻한가."

하더니 어깨를 으쓱으쓱하면서 진저리를 치고 아랫목으로 들어오는데, 썩 몹시 추운 모양이라.

(부인) "왜 그렇게 추우시단 말이오? 그런고로 첩이 아내만 못하다는 것이지요. 춘천집 방에 가서 몸을 얼려가지고 오시더니, 내 방에 와서 몸을 녹이시는구려. 어서 이 아랫목으로 들어오시오."

하면서 성도 아니 내고 기색이 천연한지라.

김승지가 그 첩의 집에 간 것을 그 부인이 소문을 듣고 그렇게 말하는 줄로 알고, 역적모의하다가 발각된 놈의 마음과 같이, 깜짝 놀랍던 차에, 그 부인이 천연히 말하는 것을 듣고 일변 안심도 되고 의심도 난다.

벙긋벙긋 웃으면서 마누라의 얼굴을 물끄러미 보며 무슨 말이 나올 듯 나올 듯하고 아니 나온다.

(부인) "여보 영감, 내가 영감 소원을 풀어드릴 터이니, 내 말대로 하시겠소?"

(김승지) "응, 무슨 말……. 내가 무엇을 마누라 말대로 아니 하는 것이 있소."

(부인) "그러하실 터이면 춘천집을 불러들여다가 저 건넌방에 둡시다. 두 집 배치를 하면 돈만 더 들고 영감이 다니시기도 비편하니 오늘부터 한집에 있게 합시다. 기왕 둔 첩을 어찌할 수 있소? 제가 마다고 가면 붙들 것은 없지마는 아니 가고 있으면 억지로 내쫓을 수야 있소? 그러나 춘천집을 불러오더라도 영감께서 너무 혹하셔서 몸을 과히 상하시면 딱한 일이야……. 설마 영감도 생각이 있으실 터이지……. 그러실 리는 없겠지요……."

김승지가 솔깃한 마음에 가장 말솜씨나 있는 듯이, 도리어 그 부인의 속을 뽑으려 든다.

(김승지) "좀 어려울걸……. 한집안에서 견딜 사람이 따로 있지, 마누라 성품에 될 수가 있나?"

(부인) "춘천집이 춘천서 올라오던 날 내가 야단을 좀 쳤더니, 그것을 보고 하시는 말씀인가 보구려. 첩을 두실 터이거든, 나더러 둔다는 말씀을 하고 두셨으면, 내가 무슨 말을 할 리가 있소? 남자가 첩 두기가 예사이지. 영감은 내게 의논도 없이 첩을 두시고, 춘천집을 불러올 때도 날더러 그런 말이나 하셨소? 부지불각[104]에 그런 일을 보면 누가 좋다 할 사람이 있겠소?"

(김승지) "그것은 그러하여. 그것은 내가 잘못하였지. 마누라가 열이 날 만한걸……. 여보, 지나간 일이야 말하여 쓸데 있소? 앞일이나 의논합시다. 춘천집을 불러들이면 한집 안에서 아무 소리 없이 살겠소."

부인이 생시치미 떼고 말을 하다가 원래 화산에 불 일어나듯 하는 성품이라 기가 버썩 나서 낯이 벌게지며 왜가리 소리 같은 목소리를 버럭 지르면서,

"여보, 다시 첩 두면 무엇이라고 맹세하셨소? 남부끄럽지 아니하시오? 이애 점순아, 저 건넌방 치우고 불 덥게 때어라. 오늘부터 마마님이 오신단다. 에그, 망측하여라. 계집이 다 무엇인고. 계집을 감추어두고 맹세를 그렇게 하여……. 병문에 있는 막벌이꾼도 할 만한 맹세를 하지, 영절스럽게[105] 그런 맹세를 지어……. 내가 잠자코 있으니 아무것도 모르는 줄 알고……. 벌써부터 다 알고 있어. 작은돌이란 놈 그놈 쳐 죽여놓을 놈. 그놈이 내 눈앞에 다시 보였다가는……."

하면서 분명한 토죄[106]도 아니 하고 작은돌이를 벼르니, 김승지가 어찌 당황하던지 그 부인을 쳐다보며,

"아니야……. 무엇을……. 남의 말을 자세히 듣지도 아니하고 그리해서 쓰나. 아아, 글쎄 내 말 좀 자세히 듣고 말을 하여야지. 춘천집을 누가 참 불러온다나. 또 춘천집이 어디 가 있는지 내가 알기나 아나."

하면서 얼었던 몸에 땀이 나도록 애를 쓰고 손이 발이 되도록 빌더라.

제12장

점순이가 행랑으로 나가더니 방문을 펄쩍 열며,

"여보 순돌 아버지, 이를 어찌한단 말이오? 큰일 났소그려. 마님께서 순돌 아버지를 죽일 놈 살릴 놈 하며 벼르시니 웬일이오?"

(작은돌) "춥다, 문 닫아라. 들어오려거든 들어오고 나가려거든 나가지, 왜 문을 열고 서서 말을 하여."

(점순) "에그, 남의 말은 안 듣고 딴소리만 하네."

(작은돌) "듣기 싫어, 말은 무슨 말……."

(점순) "나는 모르겠소, 마님께서는 순돌 아버지를 쳐 죽인다 내쫓는다 하시는데 어찌하면 저렇게 겁이 없누."

(작은돌) "영감은 마님을 겁을 내서 벌벌 떨으셔도, 작은돌이는 겁커녕 눈도 끔쩍거리지 아니한다. 누가 김승지 댁 종노릇 아니하면 죽는다더냐."

점순이가 문을 톡 닫고 아랫목으로 들어오더니 아랫목 불목[107]에 잠들어 누운 어린 자식 포대기 밑으로 두 손을 쏙 집어넣더니 생긋생긋 웃으면서,

"여보 여보, 순돌 아버지."

(작은돌) "보기 싫다. 여우같이, 요것이 다 무엇이야."

(점순) "남더러 공연히 욕만 하네."

(작은돌) "욕이 주먹보다 낫지 아니한가."

(점순) "걸핏하면 주먹만 내세우네. 아무 죄도 없는 사람을 설마 쳐 죽일라구."

(작은돌) "설마가 다 무엇이야. 너도 마님같이 강짜만 하여보아라. 한주먹에 쳐 죽일 터이다."

(점순) "강짜는 어떠한 빌어먹을 년이 강짜를 하고 있어. 나는 순돌 아버지가 다른 계집에게 미쳐 날뛰는 것을 보면, 나는 다른 서방 얻어 가지. 밤낮 게걸게걸[108]하고 있을 망할 년 있나."

(작은돌) "이애, 그것 참 속 시원한 소리를 하는구나. 하느님이 사람 내실 때에 사람은 다 마찬가지지. 남녀가 다를 것이 무엇 있단 말이냐. 네가 행실이 그르면 내가 너를 버리고, 내가 두 계집을 두거든 네가 나를 버리는 일이 옳은 일이다. 두 서방이니 두 계집이니 그까짓 소리도 할 것 없지. 두 내외가 의만 좋으면 평생을 같이 살려니와, 의가 좋지 못하면 하루바삐 갈라서는 것이 제일 편한 일이라. 계집 둘 두는 놈도 망한 놈이요, 시앗 보고 강짜하고 있는 년도 망한 년이라. 요새 개화 세상인 줄 몰랐느냐."

(점순) "여보 요란스럽소, 함부로 하지 마오. 그러나 춘천 마마댁이 어디요? 나도 가서 구경 좀 하겠소."

하더니 눈웃음치며 작은돌의 어깨 밑으로 머리를 바싹 디민다.

계집에게 속지 아니한다고 큰소리를 탕탕 하던 작은돌이가, 점순에게 속을 뽑혀서 정신 보퉁이를 송두리째 내어놓았더라.

점순이가 경사나 난 듯이 아낙으로 살짝 들어가다가, 안마루에 김승지의 신이 놓인 것을 보고 아니 들어가고 도로 돌아 나간다. 마침 대문간에 박참봉이 들어오다가 점순이를 보고, 박참봉은 점순이가 춘천집의 뒤를 밟으러 와서 이 방문 열어보고 저 방문 열어보고, 요리 기웃 조리 기웃 하던 그 모양이 생각이 난다.

점순이는 작은돌에게 당장 들은 말이 있는 고로, 박참봉의 주선으로 춘천집이 남대문 밖에 집을 사서 들었단 말을 낱낱이 알았는지라.

박참봉도 점순이를 유심히 보고, 점순이도 박참봉을 유심히 본다.

(박참봉) "영감 계시냐?"

하면서 사랑으로 들어가는데, 점순이가 안으로 돌아 들어가더니 안방 미닫이 밖에 서서,

(점순) "사랑에 손님 오셨습니다."

(김승지) "오냐, 게 있거라."

하더니 나아갈 생각도 아니 하니,

(점순) "계동 박참봉 나리 오셨습니다……."

김승지가 박참봉 왔다는 말을 듣더니 벌떡 일어나 나아가더라. 점순이가 안방으로 톡 튀어 들어오더니 부인의 앞으로 살짝 와 앉으며,

(점순) "마님……. 마님께서 암만 그리하시면 쓸데 있습니까. 사람마다 마님만 속이려 드니, 아무리 하면 아니 속을 수 있습니까."

(부인) "무엇을……. 점순아 점순아, 무엇을 그리하느냐. 어서 말 좀 하여라. 춘천집이 어디 있는지 알았느냐?"

(점순) "계동 박참봉 나리가 남대문 밖에 집 사주었답니다. 오

늘도 영감께서 마마 댁에 가셨는데, 침모도 거기 있답니다."

부인이 눈이 뚱그레지더니 점순의 앞으로 버썩버썩 다가앉으면서,

(부인) "이애, 내 말이 맞았구나. 저것을 어찌한단 말이냐. 영감께서 침모와 춘천집을 한집에 두고 호강을 하신단 말이냐. 에그, 어떻게 하면 그년들을 쳐 죽여서 한 구덩이에 집어넣을구……"

점순이가 그 말을 듣고 상긋이 웃으면서,

"마님……."

부르더니 다시 말이 없이 또 눈웃음을 친다.

(부인) "응, 무엇을 그러느냐, 무슨 할 말이 있느냐."

(점순) "말씀하면 쓸데 있습니까. 마님께서는 마음이 착하시기만 하셨지, 모진 마음이야 어디 조금인들 있습니까."

(부인) "에그, 네가 내 마음을 아는구나. 내가 말뿐이지 실상 먹은 마음은 없는 사람이다. 그러나 그 소리는 다 그만두고, 아까 하던 말이나 하자. 글쎄 저년들을 어찌하면 좋단 말이냐?"

(점순) "무엇을 그렇게 걱정하실 일이 있습니까."

(부인) "에그, 요 방정맞은 년, 그것이 다 무슨 소리냐. 그래 그년들이 내게 걱정이 되지 아니한단 말이냐. 요년, 너도 그따위 소리를 하려거든 내 눈앞에 보이지 말아라."

(점순) "에그, 마님께서는 말씀을 어떻게 들으시고 하시는 말씀인지 모르겠네. 쇤네가 설마 마님께 해로운 말씀이야 하겠습니까. 마님께서 쇤네 말을 자세히 들으시지 아니하니, 어디 말씀을 할 수가 있습니까."

(부인) "오냐, 네가 횡설수설하는 소리 없이, 춘천집과 침모를 어떻게 조처할 말만 하려무나. 내 자세히 듣지 아니할 리가 있겠느냐. 그래 무슨 말이냐. 어서 좀 하여라."

점순이가 가장 제가 젠체하고 말을 얼른 하지 아니하더니, 본래 잘 웃는 눈웃음을 한번 다시 웃으면서,

(점순) "마님, 마님께서 쇤네 말을 들으시겠습니까?"

(부인) "요년아, 무슨 말이든지 얼른 하려무나. 내게 유익한 말이면, 무슨 말을 아니 듣겠느냐."

(점순) "마님께서 저렇게 심려하실 것 무엇 있습니까. 마마님이든지 침모이든지 다 죽고 없으면 마님께서 걱정이 없으실 터이지요."

(부인) "이애, 그를 다 이를 말이냐. 그러나 그년들이 새파랗게 젊은 년들인데 죽기는 언제 죽는단 말이냐? 그년들이 도리어 내 약과를 먹으려[109] 드는 년들이다. 약과뿐이라더냐. 내 눈만 꺼지면, 그년들이 이 집 기둥뿌리를 빼놓을 년들이다."

(점순) "그렇기로 첩을 두면 집이 망하나니 흥하나니 하는 것이, 다 그 까닭이 아니오니까?"

(부인) "아무렴, 그렇기를 다 이르겠느냐. 화가 나는 일이 있을 때도 네 말을 들으면 속이 좀 시원하다. 그러나 저년들을 어찌하면 좋단 말이냐. 지금으로 내가 교군을 타고 그년의 집에 가서 방맹이로 춘천집과 침모 년의 대강이를 깨뜨려놓고 싶다. 박참봉인가 무엇인가 그 망한 놈은, 왜 남의 집에 다니면서 남의 집을 망하여놓으려 한다더냐. 그 망한 놈 다시 내 집에 오지 마라 하여

라. 이애, 점순아⋯⋯."

하면서 하던 말을 다시 하고 묻던 말을 또 묻는데, 속에서 열이 길길이 오르는 마음에 벌써 큰 야단이 났을 터이나, 점순의 입에서 부인의 마음에 드는 소리만 나오는 고로 그 말 들을 동안은 괴괴하였거니와, 그 말만 뚝 그칠 지경이면 부인의 야단이 시작될 모양이라.

서창에 지는 해가 눈이 부시도록 비추었는데, 창밖에 지나가는 그림자는 날아드는 저녁 까치라. 서창을 마주 앉아 꼬리를 들었다 놓았다 하며 주둥이를 딱딱 벌리면서, '깟깟, 깟깟깟' 짖거늘 구기[110] 잘하기로는 장안 여편네 중 제일가는 전동 김승지의 부인이 시앗이니 무엇이니 하고 지향[111]을 못 하는 중에, 저녁 까치 소리를 듣고 근심이 버썩 늘었더라.

(부인) "에그, 조 방정맞은 저녁 까치는 왜 남의 창밖에 와서 짖누. 조년의 저녁 까치가 짖으면, 기어이 고약한 일이 생기더라. 내가 처음에 시앗 보았다는 소문을 듣던 날도 똑 요만 때에 까치 한 마리가 조기 앉아서 짖더니, 춘천집인가 무엇인가 그 못된 년이 생겼지. 이애 점순아, 어서 나가서 조 까치 좀 쫓아다구. 에그 요년아, 무엇을 그리 꿈적거리고 있느냐. 너는 한번 앉았다가 일어나려면 왜 몸이 그리 무거우냐. 또 자식 배었느냐. 에그 고년, 뒷문으로 나갔으면 쉬울 터인데 왜 앞문으로 돌아 나가누. 조 까치 자꾸 짖는다 그만두어라. 내가 쫓으마. 수어 ─."

소리를 지르면서 서창 미닫이를 드윽 열어젖뜨리니, 까치가 펄쩍 날아 공중에 높이 떠서 남산을 향하고 살같이 날아가더니 연소정 산비탈로 내려간다.

　부인은 까치만 보고 섰다가 까치는 아니 보이는데 부인은 정신 없이 먼 산을 보고 섰다. 안방 지게문[112]으로 나가던 점순이는 안마당 안 부엌으로 휘돌아서 안뒤꼍으로 나가다가 나는 까치 지는 곳을 보더니,

　(점순) "에그, 고 까치는 이상도 하지. 이 댁에를 다녀서 춘천 마마 댁으로 가나베……. 마님 마님, 저 까치 날아가는 곳이 마마님 있는 도동이올시다."

　(부인) "아따, 그년 사는 동네 근처만 바라보아도 사람이 열이 나서 못살겠고나. 어찌하면 그 동네가 오늘 밤 내로 땅이 쑥 두려빠져서 없어질고."

　(점순) "에그, 마님께서 허구한 세월에 저렇게 속을 썩이시고 어떻게 견디시나."

하면서 고개를 살짝 숙이더니 치마끈을 들어다가 눈물도 아니 나는 눈을 이리 씻고 저리 씻고, 이 눈도 비비고 저 눈도 비벼서 두 눈이 발개지도록 비비더니, 가장 눈물이나 났던 체하고 고개를 반짝 들어 부인을 쳐다보며 앞으로 바싹 들어오더니,

　(점순) "마님……, 쇤네는 오늘 밤일지라도 물에나 빠져 죽든지 달아나든지 하지, 하루라도 이 댁에 있고 싶지 아니합니다."

　(부인) "요 쳐 죽여놓을 년, 고것은 다 무슨 소리냐. 내가 네게 심하게 굴어서 살 수가 없단 말이냐. 요년, 네가 어디로 달아나……. 오냐, 네 재주껏 달아나보아라. 하늘로 올라가지는 못할 터이니, 어디로 가면 못 붙들겠느냐. 붙들려만 보아라. 대매에 쳐

죽일 터이다."

(점순) "누가 마님을 싫어서 죽고 싶다 하는 말씀이오니까? 아낙에 들어왔다가 마님께서 저렇게 근심하시는 것을 보면, 쇤네는 아무 경황이 없습니다. 오늘 밤일지라도 춘천 마마님이 죽고 없으면, 쇤네는 냉수만 먹고 살아도 살이 찌겠습니다. 마님께서 쇤네 말씀대로만 하시면 아무 걱정이 없으실 터이지마는……."
하면서 먼 산으로 고개를 돌이키니,

(부인) "이애, 무슨 말이냐. 어디 좀 들어보자. 춥다, 거기 서서 그리하지 말고 방으로 들어와서 말 좀 자세히 하여라."

점순이가 팔짱을 끼고 흔들거리고 안방으로 들어오더니, 안방 아랫간 윗목에 쪼그리고 앉아서 부인의 얼굴을 말끄름 쳐다본다.

(부인) "이애, 점순아, 나는 그만 죽고 싶은 마음만 나니, 어찌하면 좋단 말이냐."

(점순) "마님께서 그런 말씀을 하시면, 쇤네는 아무 경황 없습니다. 에그머니, 그 원수의 춘천 마마님 하나 때문에 온 집안이 이렇게 난가 될 줄 누가 알았을까."

(부인) "아니꼽다. 그까짓 년을 마마님이니 별상님이니 내 앞에서는 그런 소리 말아라. 네나 그년이나 상년은 마찬가지지. 이후에는 마마님이라고 말고, 춘천집이라고 하든지 강동지 딸년이라고 하든지 그렇게 말하여라."

(점순) "영감마님을 뵈온들 쇤네 도리에 그렇게 말씀할 수야 있습니까……? 마님……, 마님 소원을 풀어드릴 터이니 마님께서 춘천 마마의 일을 쇤네에게 맡기시겠습니까?"

(부인) "오냐, 좋을 도리가 있으면 맡기다뿐이겠느냐. 나는 쪽박을 차더라도 시앗만 없이 살았으면 좋겠다."

(점순) "그런들 재물 없이야 어찌 삽니까."

(부인) "재물이 다 무엇이란 말이냐. 나는 재물도 성가시다. 영감께서 돈만 없어보아라. 어떤 빌어먹을 년이 영감께 오겠느냐. 영감이 인물이 남보다 잘나셨느냐, 말을 남보다 잘하시느냐. 어떤 년이 무엇을 보고 영감께 와……. 돈 하나 바라고 오지……. 선대감 살으셨을 때는 재물도 참 많더니라마는, 선대감 돌아가신 후에 영감께서 계집에게 죄 디밀고 무엇 있는 줄 아느냐. 내포서 올라오는 추수 섬하고, 황해도 연산서 오는 추수 외에 무엇 있다더냐. 내가 잠자코만 있으면, 며칠 못 되어서 춘천집에게로 죄 디밀고 무엇 남을 줄 아느냐. 그 원수의 침모 년도 영감의 돈 냄새를 맡고 달라붙은 것이다. 영감은 고 나머지 재물을 죄 까불려야 다시는 계집에게 눈을 뜨지 아니하실 터이다. 세상 사람이 다 재물이 좋다 하더라도, 나는 좋은 줄 모르겠다."

(점순) "마님께서는 이때까지 고생을 모르고 지내신 고로 그런 말씀을 하시지, 사람이 재물 없이 어떻게 삽니까."

(부인) "그런 말 마라. 세상에 고생치고 시앗 두고 근심하는 고생 같은 고생이 또 어디 있겠느냐. 나는 시앗만 없으면 돈 한 푼 없더라도 아무 근심 없겠다. 내 손으로 바느질품을 팔아먹더라도, 영감과 나와 단 두 식구야 어떻게 못 살겠느냐. 내가 자식이 있느냐, 어디 마음 붙일 데가 있느냐, 영감 한 분뿐이지……."

(점순) "그럴 터이면 마님께서 돈을 많이 쓰시면, 춘천 마마님

과 침모를 죽일 도리가 있습니다."

하면서 부인의 귀에 소곤소곤하는 대로 부인이 고개를 끄덕거리
며 입이 떡 벌어졌더라.

제13장

지혜 많은 제갈공명을 얻고 물을 얻은 고기같이 좋아하던 한소
열[113]도 있었으나 그것은 『사기』상에 지나간 옛일이라.

지금 우리나라 장안 돌구멍안[114]에 전동 김승지의 부인은 꾀 많
은 점순의 말을 듣고 좋아서 미칠 듯한 모양이 고기가 물 얻은 것
보다 더하더라. 점순이는 상전에게 긴할수록 더욱 긴한 체하고
하던 말을 두세 번 거푸 한다.

(부인) "오냐 오냐, 돈은 얼마가 들든지, 너 하라는 대로만 할
터이니, 부디 낭패 없이 잘만 하여라. 에그 고년, 신통한 년이지,
키는 조그마한 년이 의사는 방통이 같구나. 춥다. 내 덧저고리 입
고 다녀오너라. 나는 오늘부터 영감을 뵙더라도 아무 소리 말고
가만히 있으마."

점순이가 부인의 명을 듣고, 황금 사만을 출입하던 진평[115]의 수
단 같은 경영을 품고 남대문 밖으로 나가더라.

해는 져서 점점 어스름밤이 되어가는데, 도동 춘천집 행랑에 든
더부살이 계집이 대문을 걸러 나왔다가 어떠한 젊은 계집이 문밖
에 와서 알던 집 들어오듯이 쑥 들어오는 것을 보고 문을 아니 닫

고 섰으니, 그 계집이 살짝 돌아다보며,

"여보, 이 댁이 전동 김승지 영감의 별실 되시는 춘천 마마님 댁이지요."

하더니 안으로 들어가다가 어린아이 우는 소리를 듣고 깜짝 놀라는 모양으로 행랑 사람을 다시 돌아다보며,

"여보, 이 댁에 어린 아기 소리가 나니 아기는 뉘 아기요."

(더부살이) "이 댁 마마님이 이달 초승에 아들애기 낳았소."

그 계집이 다시는 묻는 말 없이 안으로 들어가니,

(더부살이) "어디서 오셨소?"

(계집) "영감 댁에서 심부름 온 사람이오."

하면서 안방으로 들어가는데, 그때 침모가 춘천집을 대하여 김승지 부인의 흉을 보던 끝인데, 그 말 끝에 점순의 말이 나서 고년이 여우 같으니 무엇 같으니 하며 정신없이 말을 하다가 점순이 목소리를 듣고 침모가 깜짝 놀라면서,

"에그머니, 조년이 여기를 어찌 알고 오나, 내가 공교롭게 여기 왔다가 고년의 눈에 띄면 또 무슨 몹쓸 소리를 들을지……."

(춘천집) "그것이 누구란 말이오?"

(침모) "지금 말하던 점순이오."

하던 차에 점순이는 벌써 마루 위에 올라와서 방문을 여니, 침모는 망단[116]한 기색이 있고 춘천집은 어린아이를 안고 거들떠보지도 아니하고 가만히 앉았더라.

(점순) "저는 큰댁 하인 점순이올시다. 벌써부터 마마님께 와서 뵈옵자 하면서도 바빠서 못 와 뵈었습니다. 에그, 침모 마누라님

도 여기 와서 계시군……."

　(침모) "내가 여기 있는 줄을 몰랐던가?"

　(점순) "알 수가 있습니까."

하면서 춘천집 앞으로 바싹 다가앉았더니,

　"에그, 아기도 탐스럽게 생겼지……. 마마님 닮았군……. 그러
나 방이 이렇게 추워서 마마님도 추우시려니와 아기가 오죽 춥겠
습니까. 아마 나무가 귀한 모양인가 보이다. 부리시는 하인도 없
습니까. 제가 나가서 불이나 좀 때고 들어오겠습니다."

하면서 벌떡 일어서는데, 침모는 다친 몸을 억지로 일어앉은 터
이라 드러눕고 싶으나 점순이가 가기만 기다리며 담배만 먹고 앉
았고, 춘천집은 젖꼭지 문 어린아이 얼굴만 내려다보고 입을 봉
한 듯이 앉았더라.

　안마당에서 사람의 소리가 나더니, 더부살이 계집과 작은돌이
가 들어오면서 떠드는데,

　"이 짐은 안마루 끝에 부려놓아라. 저 나무 바리는 바깥마당에
부려놓아라."

하는 소리를 듣고 점순이가 마루로 나가면서,

　(점순) "왜 인제 왔소?"

　(작은돌) "인제가 다 무엇이야. 좀 빨리 왔나. 짐꾼 데리고 오다
가 나무 사느라고 지체되고……."

하면서 짐을 끄르는데, 점순이가 다시 방으로 돌아 들어오더니
팔짱을 끼고 윗목에 서서 춘천집을 건너다보며,

　(점순) "마마님, 저것을 어디 들여놓으면 좋겠습니까."

(춘천집) "저것은 무엇이란 말인가?"

하면서 거들떠보지도 아니한다.

(점순) "물목[117]을 적은 것은 없습니다만 쇤네가 말씀으로 여쭙겠습니다."

하더니 무엇무엇을 주워섬기는데, 처음에는 점순이가 제 말을 하려면 '제'라고 하더니 새로이 말공대가 늘어서 '쇤네'라고 하니, 춘천집은 불감한 생각이 드는 중에 뜻밖에 큰집에서 보냈다는 물종이 값을 칠 지경이면 엽전으로 여러 백 냥어치가 될지라.

천하를 다 내 것을 삼고 독재전제(獨裁專制)하던 만승천자[118]도 무엇을 주면 좋아하는 그러한 세상에 동지섣달 추운 방 속에서 발발 떨고 두 무릎이 어깨까지 올라가도록 쪼그리고 앉았던 춘천집이 먹을 것, 입을 것, 쓸 것, 땔 것을 하품이 나도록 받아 가지고 숫보기 여편네 마음이라 흡족한 생각이 들어간다.

(춘천집) "그것은 누가 보내셨단 말인가?"

하면서 얼굴에 좋아하는 빛을 띠었더라.

(침모) "자네 댁 마님이 보내시던가?"

(점순) "……."

(침모) "그것 참 이상한 일일세그려. 자네 댁 마님이 돌아가시려고 환장하셨나베."

(점순) "글쎄 말이지요. 마음이 변하기로 우리 댁 마님같이 변할 사람이 누가 있겠소? 침모 마누라님 가신 후에도 장 후회를 하시고, 댁 마마님이 춘천서 올라오시던 날도 그렇게 몹시 야단을 치시더니, 지금까지 후회를 하시니, 어찌하면 그렇게 변하시는

지……."

　침모가 그 소리를 듣더니 반신반의(半信半疑)하여 이상한 마음
이 들어서 아무 말 없이 점순의 얼굴을 쳐다보고 있다.

　(점순) "그러나 마님께서 지금도 영감 앞에서는 후회하시는 기
색도 아니 보이시니 그것은 웬일인지……. 마님 말씀에는 영감께
서 무슨 일이든지 마님을 속이신다고 거기 화를 내시는 모양인
데, 마마님이 시골서 올라오시기 전에 영감께서 마마님 오신다고
마님께 말씀 한마디만 하여두셨더면 마님께서 그렇게 대단히 하
실 리가 없어요. 부지불각에 교군이 들어오는 것을 보시고 그렇
게 하셨지요. 그 마님이 성품이 날 때는 오죽 대단하십니까. 침모
마누라님도 알으시니 말씀이지요. 지금도 영감께서 무슨 일이든
지 마님께 먼저 의논만 하시면 마님이 그렇게 박절히[119] 아니 하셔
요. 마님이 마음 내키실 때는 활수[120]하고 좀 좋으신 마음이오니
까? 침모 마누라님은 겪어보셨지요."
하면서 요악을 부리는데, 춘천집과 침모의 마음은 봄바람에 눈
녹듯이 풀어지는데, 점순이는 벌써 그 눈치를 알고 다시 침모를
보며,

　(점순) "침모 마누라님은 언제부터 이리 오셨습니까? 노마누라
님은 계동 댁에 혼자 계십니까?"

　그 말 끝에 침모는 대답을 아니 하고 있는데, 점순이가 지게문
을 열고 짐 풀어 들여놓는 작은돌이를 내다보며,

　"여보 순돌 아버지, 내일 일찍이 종로 가서 나무 한 바리 크고
좋은 것으로 사서 계동 침모 마누라님 댁에 갖다 드리시오. 아까

우리 댁 마님께서 말씀하십디다."

하더니 다시 문을 닫고 쪼그리고 앉으면서 혼잣말로,

"에그 참, 마누라님이야 아드님 없고 재물 없고 나인 많으시고 아무도 없으니 말이지, 앞도 못 보시는 터에……. 침모 마누라님 같이 효성 있는 따님이 없었던들……. 에그 참……."

하면서 말끝을 마치지 아니하고 눈물을 씻는데 수건으로 눈을 홈 착홈착 씻는 모양이라. 춘천집은 의구히 젖 먹는 어린아이만 들 여다보며 앉았고, 침모는 머리맡 미닫이 창살만 정신없이 보고 앉았다가 점순의 말에 오장이 저는 듯하며 눈물이 떨어진다.

사람이 제 설움이 과하면 조그마한 일이 있어도 남을 원망하는 일도 있지마는, 제 설움이 과할 때에 원망하던 곳도 원망할 마음 이 풀어지는 일도 있는지라.

침모가 김승지 집을 원망하던 마음이 풀어지고 제 팔자와 저의 어머니 신세가 가련한 생각만 나서 눈물을 씻고 점순이를 건너다 보며,

(침모) "세상에 누가 우리 어머니 신세 같은 사람이 또 있겠나. 김승지 댁에서 나무는 왜 사서 보내신단 말인가. 마음 쓰시는 것 만 하여도 받으나나 진배없네. 내일 나무 사거든 그 나무를 마마 님께나 갖다 드리게."

하면서 점순이를 보고 신세타령이 나오는데 언제부터 점순이와 그렇게 정이 들었던지 친동생이나 본 듯이 평생에 지낸 일과 평 생 먹었던 마음까지 낱낱이 말하는데, 쓰러져 죽어가는 듯한 목 소리로 하는 말이 굽이굽이 처량한 일이 많은지라 그 말을 다 마

치지 못하고 소리 없이 눈물만 떨어지는데 옆에 사람이 차마 볼
수가 없더라.

춘천집은 제 설움은 생각지 아니하고 침모를 불쌍히 여겨서
'어떻게 하면 저러한 사람을 잘 도와줄꼬' 하는 마음이 생기면서
또한 눈물이 떨어진다.

점순이는 눈물은 아니 나나 같이 슬퍼하는 입내를 내느라고 고
깃고깃하게 도리뭉친[121] 서양 손수건을 손에 쥐고 팔꿈치는 쪼그
리고 앉은 무릎 위에 올려놓고 손수건 든 손이 밤벌레같이 살찐
볼때기를 버티고 얼굴은 사람 없는 벽을 향하여 앉았는데, 방 안
이 다시 적적하였더라.

침모의 치마 앞에는 소상[122] 방죽에 가을비 떨어지듯 눈물이 떨
어지는데, 그 눈물을 화답하는 춘천집의 눈에서 눈물이 마주 떨
어지다가 어디 가 못 떨어져서 잠든 어린아이 눈 위에 떨어지니,
춘천집이 치맛자락으로 어린아이 눈을 씻기는데 그 아이가 잠을
깨어 젖꼭지를 물었던 고개를 내두르며 우니, 점순이가 홱 돌아
앉으며 춘천집 앞으로 다가앉더니,

(점순) "아기를 이리 줍시오. 쇤네가 젖을 좀 먹여보겠습니다.
쇤네 자식은 암죽[123]으로 키우더라도, 내일부터는 쇤네가 댁에 와
서 마마님 아기를 젖 먹이고 있겠습니다. 마마님 댁 행랑에 든 사
람은 우리 댁 행랑으로 보내고 쇤네는 이 행랑으로 오겠습니다.
작은돌이는 영감 뫼시고 다니는 터이니 올 수가 없으나 쇤네 혼자
와서 조석 진지나 지어드리고 아기 젖이나 먹이고 있겠습니다."

(춘천집) "……."

(점순) "그러한 걱정은 맙시오. 쇤네의 자식은 마님께서 재미로 거두어주신답니다. 마님께서 자녀 간에 아무것도 없으신 고로 어린아이를 보면 귀애하신답니다."

하면서 어린아이를 받아 안고 젖을 먹이는데 춘천집이 잠시 동안에 점순이와 어찌 그리 정답게 되었던지 점순이가 그 행랑으로 아니 올까 염려를 하고 있더라.

제14장

열 길 물속은 알아도 한 길 사람의 속은 모르는 것이라. 점순이가 입에는 꿀을 발랐으나 가슴에는 칼을 품은 사람이라. 나이 어리고 세상도 겪지 못하여본 춘천집은 점순에게 어떻게 홀렸던지 점순의 말이면 팥으로 메주를 만든다 하여도 곧이듣게 되었더라. 그날 밤에 점순이가 전동 김승지 집에로 돌아가니 부인이 혼자 앉아서 점순이 오기만 기다리고 있더라.

(점순) "마님, 쇤네는 도동 갔다 왔습니다."

(부인) "오오, 어서 이야기 좀 하여라. 대체 그년의 인물딱지가 어떠하더냐?"

(점순) "인물은 어찌 그리 어여쁜지요. 사람도 매우 얌전해요. 성품도 대단히 순한 모양입디다."

(부인) "요 배라먹을 년, 주제넘기도 분수가 있지. 네가 춘천집의 얼굴은 보았으니 알려니와, 잠깐 보고 성품이 어떠한지 어찌

그리 자세 아니? 그만두어라 듣기 싫다. 누가 너더러 그런 소리 하라더냐. 너도 벌써 영감처럼 춘천집에게 홀렸나 보구나. 무엇 먹을 것이나 주며 살살 꾀더냐."

하면서 얼굴이 벌게지고 열이 버썩 난 모양이라. 점순이가 그 부인 앞에서 자라날 때에, 대강이는 자주 얻어맞느라고 마치 돌같이 굳었고 마음은 하루 열두 번씩 핀잔과 꾸지람 듣기에 졸업을 해서 여간 꾸지람은 들어도 들은 듯싶지 아니한 점순이라. 점순이가 눈을 깜짝깜짝하고 앉았다가 부인의 골을 좀 돋우려고,

(점순) "마님, 춘천 마마님은 아들애기를 낳았는데 어찌 탐스러운지요."

부인이 기를 버럭 내더니 소리를 지르면서,

"요년, 네 눈에는 그년의 집에 있는 것은 무엇이든지 좋게만 보이더냐. 꼴 보기 싫다. 내 눈앞에 보이지 말고 네 방으로 나가거라. 나가라 하면 얼른 나갈 일이지. 왜 거기 앉았느냐."

점순이가 문을 열고 나가더니 마루 끝에 가서 팔짱을 끼고 쪼그리고 앉았거늘, 부인이 한 손으로 촛불을 가리며 미닫이 유리로 내다보다가 미닫이를 열어젖히면서,

"요년, 보기 싫다. 왜 똑 마주 보이는 고기 가서 앉았느냐."

점순이가 행랑으로 나가는데, 마침 김승지가 안중문으로 들어오거늘, 점순이가 다시 돌아서서 안뒤꼍으로 살짝 들어가더니 무슨 말을 엿들으려고 안방 뒷문 밖에 숨어 섰더라.

김승지는 안방으로 들어가다가 그 부인이 좋지 못한 기색으로 외면하고 앉은 것을 보고 또 무슨 성가신 소리나 할까 염려하여,

김승지가 주책없는 말을 횡설수설한다.

(김승지) "여보 마누라, 내가 무슨 의논을 좀 할 일이 있소. 이런 일은 나 혼자 처결[124]할 수는 없는 일이야. 아마 마누라가 이제 생산은 못 하지……. 불가불 양자를 하여야 할 터인데 마땅한 곳이 없거든……."

하면서 혼잣말로 엉병[125]하고 앉았는데, 부인은 아무 대답이 없더라.

(김승지) "여보 마누라, 경필이 둘째 아들을 데려다가 키우면 어떠하겠소? 그 아이가 마누라의 마음에는 아니 들지……."

부인이 고개를 획 두르면서,

"언제 내 눈에 드는 것을 고르느라고 이때까지 양자를 아니 하였소? 영감이 딴 욕심이 있어서 양자를 아니 하였지……."

(김승지) "내가 딴 욕심은 무슨 딴 욕심……."

(부인) "인제는 영감의 욕심 채움은 되었으니 양자는 하여 무엇 하시려오? 그렇게 탐스럽게 잘생긴 춘천집의 속에서 낳은 자식을 두고 양자가 다 무엇이야. 자식 없는 나 같은 년만 팔자가 사나웠지. 열 살이 되도록 콧물을 줄줄 흘리고 다니는 경필의 둘째 아들은 데려다가 무엇 하게. 나는 자식 없이 이대로 있을 터이야."

하면서 눈물이 비죽비죽 나니, 김승지는 또 부인을 불쌍하게 여기는 마음이 있더라.

춘천집을 보면 춘천집이 불쌍하고, 부인을 보면 부인이 불쌍하다. 하루 이틀, 한 달 두 달이나 지내고 마음이 변하면 여사이나 김승지는 그날 낮후까지 도동 첩의 집에 갔을 때에 춘천집의 고생하는 모양과 춘천집의 설운 사정 하는 소리를 들을 때는 오장이 슬슬 녹는 듯이 춘천집 불쌍한 마음이 들면서 작정한 일이 있었더라.

무슨 작정인고? 춘천집의 고생하는 모양이 어찌 그리 불쌍하던지 이후에는 마누라의 야단은 고사하고 옥황상제의 벼락이 내리더라도 춘천집 하나는 고생도 아니 하고 지기를 펴고[126] 지내도록 하여주자 하는 마음이 있었는데, 하루가 지나지 못한 그날 밤에 그 부인이 자식 없는 신세를 말하면서 눈물이 나는 것을 보고, 또 어찌 그리 불쌍하던지 첩인지 무엇인지 다 귀치 아니한 생각이 든다. 그러나 두 가지 일이 마음에 걸리는 것이 있더라.

아까 박참봉이 왔을 때에 세간 궤를 열고 백 석 추수 논 문서를 내어주면서 하는 말이, 이것을 가지고 도동으로 가서 춘천집을 주고 아무쪼록 춘천집이 마음 붙이도록 안심을 시키고 오라 하였는데, 아차 좀 천천히 했더면 좋을 뻔하였다 하는 마음도 있고, 또 춘천집이 자식까지 낳은 터이라 버리기도 난처한 마음이 들어간다.

(김승지) "여보 마누라, 그런 말은 뉘게 들었소……?"

다른 날 같으면 부인의 성품에 소리를 버럭버럭 지르며 말을 하였을 터인데, 그날은 무슨 까닭으로 그리 조용하였던지 비죽비죽 울면서 목소리도 크게 아니 하고 김승지를 돌아다보며,

"여보, 사람을 그렇게도 속이시오. 참 야속하오."

(김승지) "할 말 없소. 내가 생각이 잘못 들어서 그렇게 되었소."

(부인) "영감께서는 꽃 같은 젊은 계집을 두고 옥동자 같은 아들을 낳고 혼자 호강을 하고 재미를 보실 터이로구려. 나는 나이

사십이나 되어 쪼그라진 것을 영감이 돌아다보시기나 할 터이오? 내가 자식이나 있으면 자식에게나 마음을 붙여 살 터이나, 자식 없는 이년의 팔자는 어찌 될 것인고. 죽어 후생에는 나도 남자나 되었으면…… . 말으시오, 말으시오, 그리를 말으시오. 영감은 열세 살, 나는 열네 살에 결발[127] 부부 되었으니, 머리가 파뿌리 되도록 마음이 변치 않고 살다가 죽은 후에 송장은 한 구덩이로 들어가고 혼은 합독사당[128]에 의지하여 아들 손자 증손 고손의 대까지 제사를 받아먹어도 같이 앉아 받아먹을 줄 알았더니, 이 몸이 죽기 전에 영감은 춘천집에게 뺏겼소그려. 영감은 돌아가신 후에 춘천집이 낳은 자식에게 따뜻한 제사를 받아 잡수시겠소그려. 에그 설운지고, 이년의 신세는 어찌 될 것인고. 죽어서는 무자귀[129] 될 것이요, 살아서는 소박데기 되겠고나. 무자귀 되는 것은 누구를 한하리까마는 소박데기 되는 것은 영감이 무정하여 그러하지. 영감이 춘천 군수 도임[130] 길 떠나시던 날 내가 세수하고 거울을 보고 앉았는데, 영감이 담뱃대를 거꾸로 잡고 연기가 모락모락 나는 담배물부리[131]를 내 앞이마로 쑥 들이밀면서 하시는 말이, 이것 보게, 벌써 센 털이 났네 하시기로, 내 말이, 영감이 걱정이 되실 것 무엇 있소, 젊은 첩이나 두시구려, 하는 내 말은 진정으로 나온 말은 아니오마는, 그때 영감이 무엇이라고 말씀하셨소? 영감의 말씀이 '늙으면 마누라 혼자 늙소? 젊을 때는 같이 젊고 늙을 때는 같이 늙고, 고생을 하여도 같이 하고 호강을 하여도 같이 하지, 내가 설마 마누라가 늙었다고 젊은 계집을 두고 마누라를 고생이야 시키겠소?' 하시던 말이 어제 같고 지금 같소. 지금 영

감의 몸은 여기 앉았으나 영감의 마음은 도동 춘천집에 가서 계
시겠소그려. 속 빈 쇠부처같이 등신만 여기 계시면 쓸데 있소? 가
고 싶고 가고 싶은 도동을 못 가시고, 보고 싶고 보고 싶은 춘천
집을 못 보시면, 투기하는 아내만 미운 생각이 들 터이오그려. 한
번 밉고 두 번 미우면 세 번, 네 번째는 원수같이 될 터이오그려.
원수가 되기 전에 나는 나 혼자 살다가 죽을 터이니, 영감께서는
춘천집이나 데리고 잘 살으시오. 여보, 복 받으리다……. 에그,
내 팔자 이리 될 줄 꿈이나 꾸었을까."
하면서 앉은 채로 푹 고꾸라지더니 엉엉 울다가 흑흑 흐느끼다가
나중에는 아무 소리가 없더라.

  김승지가 그 부인이 설운 사정 말할 때에 무안도 하고 불쌍도
하고 후회도 나던 차에, 그 부인이 엎드려 울다가 아무 소리 없는
것을 보더니 눈이 휘둥그레지며 겁이 펄쩍 나서, 불러도 보고 손
으로 흔들어도 보고 두 손으로 어깨를 안고 일으켜도 보는데, 심
술에 잔뜩 질린 부인은 정신이 멀쩡하면서 눈을 감고 이를 꽉 악
물고 사지를 쭉 뻗어 놀리지 아니하고 있으니, 김승지가 픽픽 울
면서,

  (김승지) "마누라 마누라, 여보, 정신 좀 차리오. 글쎄, 왜 이리
하오? 내가 마누라에게 적악을 하여 마누라가 그로 인병치사[132]할
지경이면, 내가 혼자 살아 있어서 무슨 복을 받겠소? 여보, 눈 좀
떠보오."

  한참 그리할 즈음에 점순이가 튀어 들어오더니, 에그, 이것이
웬일인가 하면서 온 집안사람을 다 불러서, 계집 하인들은 방으

로 들어오고 사내 하인들은 안마당에 들어와 섰는데, 그날 밤은 그 모양으로 온 집안에서 잠 한잠 못 자고, 앉아 새는 사람, 서서 새는 사람, 갈팡질팡 다니다가 새는 사람, 그렇게 소요한 중에 부인은 여러 사람에게 불안한 마음이 조금도 없이 흉증[133]을 부리고 그 모양으로 밤을 지냈더라.

그 이튿날 식전에 김승지는 사랑에 나가서 잠이 들었는데, 동자아치[134]는 밥을 짓고 반빗아치[135]는 반찬을 만들고, 그 외의 사람들도 다 각기 저 할 일 하느라고 나갔는데, 안방에 앉았는 사람은 유모와 점순이뿐이라.

그 집 대문 안에 그중 지각 있는 사람이 누구냐 할 지경이면 유모이라. 본래 김승지의 부인이 삼십이 넘은 후 아들 하나를 낳아서 유모를 두었더니 그 아이가 세 살에 죽고, 그 후에는 부인이 자녀 간 낳지를 못한지라. 유모는 그 아이 죽던 날부터 제 집으로 가려 하나 김승지의 내외가 붙드는 고로 그때까지 있었더니, 그날 김승지 부인이 하는 경상을 보고 그 집안이 어찌 될지 대강 짐작이 있었더라.

유모가 점순이를 보며,

(유모) "여보게, 내가 이 댁에 신세도 많이 지고 몇 해를 있어서 바라는 것은 마님께서 애기나 하나 더 낳으실까 하였더니, 마님께서 연세도 많으시고 자녀 간에 낳으실지 못 낳으실지 모르는 터에, 내가 이 댁에 있어 쓸데 있나. 나는 오늘일지라도 마님께 하직하고 가겠네."

점순이가 그 말을 들으면서 눈을 깜짝거리고 앉았다가 생각한즉, 유모가 그 집에 있으면 저 하는 일을 눈치 채일 염려가 있는지라.

(점순) "잘 생각하셨소. 이 댁에 있어 무엇 하시겠소? 영감께서는 춘천 마마님께만 마음이 있으시고 마님께서는 저렇게 심병[136]이 되어 지내시니, 이 집안이 어찌 될는지 알 수가 있소?"
하는 소리에 부인이 눈을 번쩍 뜨며,

(부인) "이 집이 아니 망할 줄 아나. 내 눈으로 이 기둥뿌리도 아니 남는 것을 보아야 내 속이 시원하겠네."
하더니 다시 눈을 감고 누웠더라. 그날 그 집 안에는 다 밤새운 사람들뿐이라, 너나없이 졸음을 참지 못하여 동자와 찬비[137] 외에는 이 구석 저 구석 가서 잠들어 자는 사람들뿐인데, 그중에 지성으로 부인의 앞에 앉았는 것은 점순이라. 부인이 다시 눈을 번쩍 뜨더니,

"이애 점순아, 이 방에 아무도 없니?"

(점순) "……."

(부인) "그 원수의 년을 어떻게 하면 좋단 말이냐. 암만하여도 분하여 못살겠구나."

(점순) "마님께서 왜 그리하십니까. 다 된 일에 무슨 걱정이 되어서 그리하십니까. 마님께서 이렇게 하시면 어제 하던 일은 헛일 됩니다."

(부인) "글쎄 어제 일이 어찌 되었느냐? 어제는 춘천집이 자식 낳았다 하는 소리를 듣고 내가 어찌 열이 나던지 너더러 물어볼 말도 못 물어보았다……."

(점순) "마님께서 쇤네에게 그런 일을 아니 맡기시면 모르거니와 쇤네에게 맡기신 후에야 범연히 하겠습니까."

하면서 고개를 푹 수그리고 연지를 문 듯한 입술을 부인의 귀에 대고 소곤소곤하는 소리에 부인이 벌떡 일어나며,

(부인) "오냐, 정녕 그렇게만 될 터이면 내가 며칠이든지 참고 잠자코 있으마."

(점순) "에그, 며칠이 무엇이오니까? 그러한 일을 그렇게 급히 서두르면 못쓸니다. 며칠 동안이라도 일만 하려 들면 못 할 것이야 무엇 있겠습니까마는, 그렇게 급히 하면 남이 그런 눈치를 챌 것이올시다. 만일 그러한 일이 단서가 나고 보면 마님께서야 어떠하시겠습니까마는 쇤네같이 만만한 년만 몹쓸 죽음을 할 터이올시다."

(부인) "이애, 그러면 그 일이 언제쯤 된단 말이냐."

(점순) "그렇게 날 작정, 달 작정을 하실 것이 아니올시다. 하루 이틀 동안이라도 기회만 좋으면 할 것이요, 일 년 이태 동안에도 기회가 좋지 못하면 못 하는 것이올시다."

(부인) "오냐, 걱정 마라. 내 아무리 참기 어려워도 눈 끔쩍 몇 달이든지 몇 해든지 참을 터이니, 네가 감쪽같이 일만 잘하여라."

하면서 부인은 점순이를 당부하고, 점순이는 부인을 당부한다. 이 방 저 방 이 구석 저 구석에는 사람사람이 잠들어 코 고는 소리요, 마루에서는 찬비가 양념 다지는 도마 소리요, 부인은 점순이를 데리고 수군거리는 소리뿐이라. 해가 낮이나 되더니 그 소리 저 소리가 다 그치고 부인은 일어나고 점순이는 행랑으로 나

가더라.

제15장

인간에 새벽 되는 소식을 전하려고 부상[138] 삼백 척(扶桑三百尺)
에 꼬끼오 우는 것은 듣기 좋은 수탉 우는 소리라.

그 소리 한마디에 인간에 있는 닭이 낱낱이 따라 운다.

아시아 큰 육지에 쑥 내민 반도국이 동편으로 머리를 들고 부상
을 바라보고 세상 밝은 기운을 기다리고 있는 백두산이 이리 굼
틀 저리 굼틀 삼천리를 내려가다가 중심에 머리를 다시 들어 삼
각산 문필봉이 생겼는데, 그 밑에는 황궁국도(皇宮國都)에 만호
장안이 되었으니 종명정식(鐘鳴鼎食)[139] 하는 부귀가가 즐비하게
있는 곳이라. 흥망성쇠가 속하기는 일국(一國)에 그 산 밑이 제일
이라.

전동 사는 김승지는 조상을 잘 떠메고 운수 좋게 잘 지내던 사
람이라. 김승지 집 안뜰 아래 구앙문 위에 닭의 홰가 매였는데, 만
호장안에서 꼬끼오 소리가 나면 김승지 집에서는 암탉이 홰를 톡
톡 치며 깩깩 소리가 나니, 온 집안에서 암탉 운다고 수군거린다.

세상에 구기 잘하기로는 남에게 둘째가지 않던 집이라, 사흘 밤
을 암탉 우는 소리를 듣고 이 집이 망하느니 흥하느니 하는 공론
이 부산하다.

부인이 작은돌이를 불러서 우는 암탉을 잡아 없애라 하였는데,

본래 김승지가 재미 본다고 묵은 닭 한 쌍을 두었더니, 며칠 전에 시골 마름[140]의 집에서 씨암탉으로 앙바틈하고[141] 맵시 좋은 암탉 한 마리를 가져왔는데, 저녁마다 닭이 오를 때면 묵은 암탉이 햇닭을 어찌 몹시 쪼던지 묵은 닭 한 쌍은 나란히 있고 햇닭은 홰 한구석에 가서 따로 떨어져 자더라.

하룻밤에는 부인의 영을 듣고 남종여비[142]가 초롱불을 들고 우는 닭을 찾으려고 닭의 홰 밑에 가서 기다리고 있는데, 밤중이 다 못 되어 묵은 암탉이 깩깩 운다.

부인이 미닫이를 열며,

"이애, 어느 닭이 우느냐."

계집종들이 일제히 하는 말이,

"고 못된 묵은 닭이 웁니다. 여보 순돌 아버지, 어서 고 닭을 잡아 없애버리시오."

(부인) "이애, 그것이 무슨 소리냐. 아무리 날짐승일지라도, 본래 한 쌍으로 있던 묵은 암탉을 왜 없앤단 말이냐. 고 못된 해암탉[143] 한 마리가 들어오더니 묵은 암탉이 설워서 우나 보다. 네 그 해암탉을 지금으로 잡아 내려서 모가지를 비틀어 죽여버려라."

작은돌이가 햇닭을 잡아 죽이는데 짐승의 소릴지라도 밤중에 닭 잡는 소리같이 쓸쓸한 소리는 없다.

그 소리 한마디에 온 집안사람이 소름이 족족 끼치더니 그 소름이 영험이 있던지 날마다 그 집안 모양이 변하는데 뜻밖의 일이 많이 생기더라. 유모도 내보내고, 작은돌이는 아무 죄 없이 내쫓고, 전동 집은 팔아서 오막살이 조그마한 집으로 옮기고, 세간 살림은 바싹 졸이는데, 그 획책은 다 점순에게서 나오는 것이라.

먹을 것이 없어서 군식구를 다 내보내는 것도 아니요, 돈이 귀하여 집을 팔아 졸인 것도 아니라.

집안에 사람이 많으면 부인과 점순이가 갖은 흉계를 꾸미는 데 눈치 채일 사람이 있을까 염려하여 그리하는 것이라.

가령 사람이 법석법석하는 일국정부(一國政府)에서는 손가락 하나를 꼼짝하여도 그 소문이 전봇줄을 타고 삽시간에 천하 각국으로 건너가고, 두세 식구 사는 오막살이 가난뱅이 집에서는 그 속에서 무슨 일이 있는지 밤쥐와 낮새가 말전주하기 전에는 알 수 없는 일이 많은 법이라.

점순이가 서방을 떼어버리고 자식은 남에게 맡겨 기르고 제 몸은 춘천집에 가서 있는데, 물 쓰듯 하는 돈은 부인이 길어 댄다.

김승지는 점순이 같은 충비[144]는 천지개벽 이후에 처음 난 줄로 알고, 춘천집은 점순이가 없으면 하루라도 못 견딜 줄로 안다.

김승지의 부인은 흉계가 생기더니 투기하던 마음을 주리 참듯 참고 있는데, 김승지는 그 부인이 마음이나 변하여 투기를 아니 하는 줄로 알고 있으나 원래 그 부인에게 쥐여지내는 사람이라. 도동을 가려면 죄수의 특사 내리듯이 그 부인에게 허락받기 전에 감히 제 마음대로 가지는 못하는 모양이러라. 침모는 본래 바느질품으로 앞 못 보는 늙은 어머니를 벌어 먹이더니, 전동서 나온 후에 남의 옷가지나 맡아 짓는다 하여도 추운 겨울에 시량을 이을 수가 없어서 대단히 어렵던 차에 춘천집이 산후에 몸도 성치 못한 중에, 또 춘천집이 침모를 어찌 친절히 굴던지 그럭저럭하다가 춘천집에서 바느질가지나 하고 그 집에 눌러 있으니, 주머니 세간이 쌈지로 들어간 것같이 전동 김승지 집에 있던 침모가 도동 춘천집 침모가 되었더라.

침모가 전동 있을 때는 부인의 생강짜 서슬에 어찌 조심이 되던지 부인 보는 때는 김승지 앞에 바로 서지도 못하였더니, 춘천집은 부인의 성품과 어찌 그리 소양지판¹⁴⁵으로 다르던지 김승지가 침모를 보고 무슨 실없는 소리를 하든지 춘천집은 들은 체도 아니 한다. 침모가 본래 고정한 여편네 마음이러니 김승지의 부인이 남더러 백판 애매한 말을 지어내서 김승지가 침모와 상관이나 있는 듯이 야단을 친 후에, 침모가 도동서 김승지를 보고 어찌 분하던지 김승지더러 푸넘을 하느라고 말문이 열리더니, 그 후에는 무슨 말이든지 허물없이 함부로 나오는 모양이라.

아무 죄 없이 애매한 말 듣던 일이 분한 생각이 들었더니 그 애매한 말이 중매가 되었던지 김승지가 그 말을 들썩거리며 실없는 말 시작을 하더니 연분이 참 잘 생겼더라. 못나고 빙충맞은 위인이 계집이라면 사족을 못 쓰는 김승지라.

춘천집이 홀연히 병이 들어 여러 날 정신없는 중으로 지내는데, 그때는 김승지가 그 부인에게 수유나 얻었던지 춘천집의 병을 보러 밤낮 없이 오더니 침모와 새 정이 생겼더라.

온 집이 다 몰라도 눈치 빠른 점순이는 벌써 알고 침모에게 긴하게 보이려고 눈치는 아는 체하고 일은 쓸어 덮는 체하고 별 요악을 다 부리니, 침모가 본래 고약한 사람은 아니나 제 신세에 관계되는 일이 있는 고로 자연히 점순이와 창자를 맞대이고 지내는데. 춘천집은 점점 고단한 사람이 되었더라.

제16장

걱정 없고 근심 없고 자지도 아니하고 쉬지도 아니하고 밤낮 가는 것으로만 일삼는 것은 세월이라.

김승지의 부인과 점순이는, 좋은 기회를 기다리느라고 하루가 삼추같이 기다리고 있으나, 아직 좋은 기회를 못 얻어서 조증이 나서 못 견디는데 경륜한 지가 일 년이 되었더라.

춘천집의 어린아이는 돌잡힌[146] 지 한 달 만에 어찌 그리 숙성하던지, 아장아장 걸으면서 '엄마 엄마' 부르는 것을 보면 부얼부얼하고 탐스럽게 생긴 모양은 아무가 보든지 귀애할 만하고, 원수의 자식이 그러하더라도 밉게 볼 수는 없겠더라.

그때는 김승지 집에서 삼청동으로 이사한 후이라. 점순이가 그 아이를 업고 김승지 집에 왔는데, 부인이 그 어린아이를 보더니 소스라쳐 놀라면서,

(부인) "이애 점순아, 네 등에 업힌 아이가 누구냐? 그것이 춘천집의 자식이냐? 에그, 그년의 자식을 생으로 부등부등 뜯어 먹었으면 좋겠다. 네 그년의 자식을 이리 데리고 오너라. 모가지나 비틀어 죽여버리자."

(점순) "에그머니, 큰일 날 말씀을 하십니다. 그렇게 쉽게 죽이려면 쇤네가 벌써 죽였게요. 조금만 더 참으십시오. 오래지 아니

하여 좋을 도리가 있습니다."

(부인) "이애, 날마다 조금조금 하면 조금이 언제란 말이냐. 내가 늙어 죽은 후를 기다리느냐?"

(점순) "마님께서 답답하실 만한 일이올시다마는 참으시는 김에 눈 꿈쩍 며칠만 더 참으시오."

부인이 이를 악물고 모지름[147]을 쓰며 어린아이를 부른다.

(부인) "이 원수의 년의 자식 이리 오너라."

하며 손을 탁탁 치니, 어린아이는 벙글벙글 웃으며 두 팔을 쑥 내미니, 부인이 어린아이의 팔을 와락 잡아당기거늘, 점순이가 깜짝 놀라서,

(점순) "에그 마님, 그리 맙시오."

하면서 어린아이를 두루쳐 업고 흰들흰들 흔들면서,

(점순) "이애, 오늘은 네가 내 덕에 살았지. 이후에 내 손에 죽더라도 원통할 것 없느니라. 너는 죽을 때에 너의 어머니와 한날한시에 죽어라. 헤헤헤."

웃으면서 뾰족한 턱이 어깨에 닿도록 고개를 둘러서 어린아이를 보는 눈동자가 한편으로 어찌 몰렸던지 본래 암상스러운[148] 눈이 더욱 사람을 궂힐 듯하다.

천진이 뚝뚝 듣는 어린아이는 점순의 등에 업혀서 허덕허덕하면서 고사리 같은 손으로 점순의 얼굴을 후비는데, 점순이가 소리를 바락 지르면서,

"아프다 요것, 누구를 할퀴느냐. 하루바삐 뒈지고 싶으냐."

하면서 철없는 아이더러 포달스럽고 악독한 말을 하는데, 김승지

가 안마당에 들어서도록 모르고 부인이 듣고 좋아할 소리만 한다. 김승지는 징 아니 박은 발막[149] 신은 발이라 발자취 소리가 그리 대단할 것도 없고, 그중에 점순이가 부인의 앞에서 양양자득[150]하여 하는 제 말소리에 김승지가 옆에 와 서도록 모르고 있더라. 부인이 민망하여 점순이에게 눈짓을 하면서,

(부인) "에그 요 방정맞은 년, 어린아이더러 그것은 다 무슨 소리냐."

아무도 없으면 부인의 입에서 그러한 소리가 나올 리가 만무할 터이라, 영리하고 민첩한 점순이는 벌써 눈치를 채고 선뜻 하는 말이,

(점순) "어린아이는 험한 소리를 들어야 잘 자란답니다. 저의 어머니가 듣지 아니하는 때는 쇤네가 날마다 업고 그러한 소리만 한답니다. 외 밭 가지 밭에도 더러운 거름을 주어야 잘 자라고 잘 열립니다. 아가, 네가 내게 그러한 험한 소리를 들었기에 이렇게 숙성하게 잘 자랐지, 둥둥둥, 둥둥개라."

하면서 아이 업은 뒷짐 진 손으로 아이를 들까불며 부라질[151]을 하고 서서 김승지 선 것을 곁눈으로는 보아도 바로 쳐다보지 아니하고 천연하더라. 잔꾀 많은 점순이가 말휘갑[152]을 어떻게 잘 쳤던지 김승지는 아무 의심 없이 들을 뿐이라.

점순이가 어린아이를 업고 도동으로 나아가니 춘천집이 안방 지게문을 열고 나오며,

(춘천집) "거북아, 어디를 갔더냐. 어미도 보고 싶지 아니하더냐. 나는 오늘 웬일인지 가슴이 울렁울렁하고 마음이 좋지 못하

여 네가 어디 가서 무슨 탈이 났는가 염려하였다. 이리 오너라. 좀 안아보자."

하며 손을 툭툭 치니, 어린아이가 벙글벙글 웃으면서 점순의 등에 업힌 채로 용솟음을 하여 뛰며 좋아한다.

점순이가 성이 나서 얼굴이 발개지면서,

(점순) "탈이 무슨 탈이오니까? 아기를 누가 어찌합니까?"

(춘천집) "아닐세. 자네가 업고 나간 것을 염려하는 것이 아니라 행길에 사람은 물 끓듯 하는데 전차도 다니고 말 타고 달리는 사람도 있으니 어른도 위태한데."

(점순) "쇤네가 혼자 다닐 때는 아무 걱정이 없이 다녀도 아기를 업고 나가면 어찌 조심을 하던지, 개미 한 마리만 보아도 피하여 다닌답니다. 서방 떼어버리고 제 자식은 남에게 맡기고 댁에 와서 이렇게 있는 것이 무슨 까닭이오니까? 댁 아기 하나를 위하여 그리하지요."

하는 말이 공치사하는 눈치가 있으니, 춘천집이 점순에게 불안한 마음이 있어서 안으려고 손쳐 부르던 어린아이를 다시 부르지도 아니하고,

(춘천집) "에그, 나는 무심히 한 말인데 그렇게 이상하게 들을 일이 아닌걸⋯⋯."

하면서 우두커니 섰는 모양은 누가 보든지 성품 곱고 안존[153]한 태도가 보이더라.

제17장

그날 밤에 점순이가 어린아이를 안고 건넌방에로 건너가니 침모가 김승지의 버선을 짓고 앉았더라.

(점순) "마누라님 하시는 일이 무엇이오니까?"

(침모) "영감 버선일세."

(점순) "우리 댁 영감께서는 다니실 곳이 많으니 버선을 많이 깁지요."

(침모) "어디를 그리 다니시나?"

(점순) "마님께 가시지요. 마마님께 가시지요. 침모 마누라님께 오시지요. 남은 버선 한 켤레 떨어질 동안에 우리 댁 영감께서는 세 켤레가 떨어질 것이 아니오니까?"

침모가 손짓을 하며,

(침모) "요란스러워. 마마님 들으시리."

(점순) "마누라님이 마마님을 그리 무서워하실 것이 무엇 있습니까. 마마님이나 마누라님이나 무엇 다를 것 있습니까. 춘천 마마가 좀 먼저 들어왔다고, 마누라님이 그리 겁을 내십니까?"

(침모) "겁은 아니 나도 내가 큰소리할 것이야 무엇 있나. 영감이 아무리 나를 귀애하시더라도 나를 첩이라 이름 지어둔 터는 아니요, 마마님은 처음부터 영감이 첩으로 정하야주신 터가 아닌가. 에그, 춘천 마마는 지정닺네,[154] 저러한 아들까지 낳고……."

하면서 기색이 좋지 못한 모양인데, 본래 고생 많이 하고 설움 많은 사람이라 춘천집을 부러워하는 모양이러라.

점순이가 그 기색을 알고 침모를 쳐다보며 상긋이 웃으니, 침모는 말을 하다가 부끄러운 기색이 있더라.

(점순) "여보 침모 마누라님……. 저렇게 얌전하신 터에 어째 바늘귀만 꿰고 세월을 보내시오?"

(침모) "나같이 팔자 사나운 년이 이것도 아니하면 굶어 죽지 아니하나."

(점순) "그 말씀 말으시오. 지금이라도 침모 마누라님 하실 것이 있지요."

(침모) "무슨 좋을 도리가 있나."

(점순) "좋을 도리가 있으면 그대로 하시겠소?"

(침모) "내가 이제는 고생이라면 진저리가 나네. 고생을 면할 도리가 있으면 아무 짓이라도 하겠네."

점순이가 귀가 번쩍 띄어서 바싹 다가앉으면서 나직나직하던 목소리를 가장 엿듣는 사람이나 있는 듯이 침모 귀에 대고 가만히 하는 말이,

"나도 침모님 덕 좀 봅시다그려."

하면서 상긋이 웃으니,

(침모) "내가 자네게 덕을 보여줄 힘이 있는 사람인가? 만일 덕을 보여줄 수만 있으면 하다뿐이겠나."

(점순) "아니오, 내가 침모님 잘될 도리를 바라는 말이지, 내가 잘될 도리를 바라는 말은 아니오. 지금이라도 내 말만 들으시면 침모 마누라님이 아무 걱정이 없이 일평생을 잘 살으실 것이오."

침모가 바느질하던 것을 놓고 담배를 담으면서,

(침모) "저 잘될 것 마다는 사람이 누가 있겠나. 나도 긴긴 밤에 바늘을 들고 앉았으면 별생각이 다 나는 때가 많이 있네."

(점순) "지금 춘천 마마님만 없으면 침모 마누라님이 호강을 하실 것이올시다."

(침모) "춘천 마마가 없을 까닭이 있나……."

(점순) "죽으면 없어지는 것 아니오니까."

(침모) "말간[155] 사람이 죽기는 언제 죽는단 말인가."

(점순) "죽이면 죽는 것이지요."

침모가 그 소리를 듣고 가슴이 덜컥 내려앉으며 몸이 벌벌 떨리는데 한참을 아무 소리 없이 앉았더라.

점순이가 내친걸음이라 말을 냈다가 만일 침모가 듣지 아니하면 큰일이 날 듯하여 첩첩한 말로 이리 꾀고 저리 꾀고 어떻게 꾀었던지, 침모의 마음이 솔깃하게 들어간다.

흉계를 꾸미느라고 둘이 대강이를 맞대고 수군거리는데, 점순의 무릎 위에 안겨 잠들었던 어린아이가 깨어 우니 점순이가 우는 아이를 말끄러미 들여다보며,

(점순) "이애, 네가 내 무릎 위에서 잠도 많이 잤느니라. 일 년을 잤으면 무던하지, 오냐 실컷 울어라. 오늘뿐이다."

하면서 젖꼭지를 물리니, 침모가 그 소리를 듣고 다시 소름이 끼친다.

(침모) "여보게 밤들었네, 그만 가서 자게. 이 방에 너무 오래 있으면 마마님이 수상하게 알리."

점순이가 상그레 웃으면서,

(점순) "저렇게 무서워하던 마마님이 없으면 오죽 시원하실라구. 나를 상 줄 만하지마는……. 침모 마누라님, 그렇지요……? 에그, 침모 마누라님이 무엇이야. 내일부터는 마마님이라고 하지……. 버릇없다고 꾸중 말으시오."

하면서 양양자득한 기색으로 일어나더니 다시 돌아서서 침모를 보며,

"여보, 부디 내일 밤 열한 시로……."

침모는 딴생각을 하다가 점순의 말에 고개만 끄덕거리고, 점순이가 행랑으로 나간 후에 침모는 혼자 누워 이 생각 저 생각 각색 생각이 나기 시작하더니, 눈이 반반하고 몸에 번열증[156]이 나서 이리 둥긋 저리 둥긋하다가 정신이 혼혼하여 잠이 들려 말려 하는 중에, 건너편 남관왕묘에서 천둥 같은 호령 소리가 나더니 별안간에 꼭뒤가 세 뼘씩이나 되는 사람이 춘천집 마당으로 그득 들어서서 일변으로 침모를 잡아 내리더니, 솔개가 병아리 차고 가듯 집어다가 관왕묘 마당 한가운데에 엎질러놓고 대궐 같은 높은 집에서 웬 장수 하나가 내려다보며 호령이 서리 같다.

"요년, 너같이 요악한 년은 세상에 살려둘 수가 없다."

하더니 긴 칼을 쑥 빼어 들고 한걸음에 내려와서 소리를 버럭 지르면서 침모의 목을 댕경 베는 서슬에 침모가 소리를 지르고 잠을 깨니 꿈이라.

어찌 무서운 생각이 들던지 이불 속으로 고개를 움츠리고 누웠다가, 무서운 마음을 진정하여 일어나서 불을 켜고 앉았다가, 창

살이 밝아오는 것을 보고 아끼던 옷가지만 보에 간단하게 싸서
들고 아무 소리 없이 나가다가 다시 생각한즉, 새벽녘에 보퉁이
들고 길에 나가기도 남 보기에 수상한 일이요, 춘천집이 깨어 보
더라도 이상하게 알 것이요, 점순이는 내가 김승지 영감에게 무
슨 말이나 하러 간 줄로 의심을 할 듯하여 다시 방에 들어가 앉았
다가, 안방에서 춘천집이 깨어 기침하는 소리를 듣고 불을 톡 끄
더니 보퉁이를 감추고 옷 입은 채로 이불을 쓰고 드러누웠더라.

해가 무럭무럭 올라오는 대로 이불 속에서 꿈적거리던 사람들
이 툭툭 털고 일어나는데, 아무 생각 없이 잠만 자던 춘천집도 일
어나고, 늦게 누워 곤하게 자던 점순이도 단잠을 억지로 깨어 일
어나고, 잠자는 시늉하고 누웠던 침모도 일어났다.

침모가 제 집으로 가서 그 어머니와 의논을 하고 싶으나 점순이
가 의심을 할 듯하여 어찌하면 좋을지 생각을 정치 못한다.

미닫이를 열고 앉았다가 점순이를 보고 눈짓을 하니 점순이가
고갯짓만 살짝 하더니 먼저 안방으로 들어가서 춘천집을 보고 아
침 반찬 걱정을 부산히 하다가 돌아나오는 길에, 건넌방으로 들
어가면서 짐짓 목소리를 크게 하여 말을 하다가 고개를 살짝 숙
이며 가만히 하는 말이,

"무슨 할 말 있소……."

(침모) "여보게, 나는 꿈도 하 몹시 꾸어서 심병이 되네."
하면서 꿈 이야기를 하니, 점순이가 상긋 웃으며,

(점순) "마누라님 마음이 약하신 고로 그런 꿈을 꾸셨소. 어젯
밤에 하던 말이 마음에 겁이 나셨던가 보구려. 걱정 말으시오. 사

람을 죽이고 벽력[157]을 입으려면 낙동 장신[158] 이경하[159]는 날마다 벽력만 입다 말았게요……. 마누라님 마음에는 우리가 그런 일을 하면 무슨 벽력이나 입을 듯하지요. 흥즉대길[160]이랍디다. 그런 꿈은 좋은 꿈이오."

(침모) "자네 말을 들으니 내 마음이 좀 진정이 되네. 그러면 오늘 밤 되기 전에 내 짐이나 좀 치우겠네."

(점순) "그까짓 짐은 치워 무엇 하시려오? 짐을 치우면 수상하니 치우지 말으시오. 무엇이든지 다 장만하여드릴 터이니 염려 말으시오."

침모가 일변 안심도 되고 일변 조심도 되나, 점순에게 매인 것 같이 점순이 하라는 대로만 듣고 있다가 해가 낮이 된 후에 점순이가 어디로 가는 것을 보고 혼자 지향 없이 대문간에 나섰다가, 관왕묘 집을 보고 무서운 마음이 생겨서 다시 제 방으로 들어가더니, 치마를 쓰고 나가면서 춘천집더러 어디 간다는 말도 아니하고 계동으로 향하여 가더라.

제18장

"어머니."

부르면서 머리에 썼던 치마를 벗어 들고 마루 위로 선뜻 올라서서 방문을 펄쩍 여는 것은 침모이라.

"네 목소리 반갑구나. 까치가 영물이다. 오늘 아침에 반기더니……."

하면서 먼눈을 멀뚱멀뚱하며 턱을 번쩍 들어 문소리 나는 곳으로 귀를 두르는데, 얼굴은 사람 없는 윗목 벽을 향하는 것은 앞 못 보는 노파이라. 침모가 그 어머니 모양을 물끄러미 보다가,

　(침모) "어머니, 내가 그동안에 벙어리가 되었던들 어머니가 나를 만나더라도 딸이 왔는지 누가 왔는지 모르실 터이오그려."
하면서 어미 모르는 눈물을 씻더라.

　(노파) "이애, 그 말 마라. 판수 된 어미는 살았으니 만나 본다마는 눈 밝던 너의 아버지는 눈을 아주 감고 북망산에 누웠으니, 네가 벙어리도 되지 말고 앵무새가 되어서 너의 아버지 묘에 가서 지저귀더라도, 빈 산 쇠한 풀에 적막한 혼이 들을는지 못 들을는지……. 그를 생각하여보아라. 그러나 낸들 늙고 병든 사람이 네 목소리를 며칠이나 듣겠느냐."

　침모가 그 어머니 말을 듣고 가슴이 저리는 듯하여 아무 소리 없이 가만히 앉았다가, 옥 같은 침모의 손으로 솜채같이 엉성한 뼈만 남은 노파의 손을 만져보더니,

　(침모) "에그, 방에 앉으신 어머니 손이 한데 있던 내 손보다 더 차구려."
하면서 방바닥을 만져보다가 깜짝 놀라며,

　(침모) "에그, 이 방 보게. 아랫목 불목이라고 냉김도 아니 가시었소그려."

　(노파) "네가 바늘 끝으로 벌어서 나무를 사 보낸 것을 나 혼자 어찌 방을 덥게 하고 있겠느냐."

(침모) "어머니가 고생하시는 생각을 하면 내가 사람을 쳐 죽이고 도적질이라도 하여다가 어머니 고생을 면하게 할 도리가 있으면 하고 싶소."

(노파) "이애, 그러한 생각 말아라. 제가 잘되려고 사람을 어찌 죽인단 말이냐. 그런 생각만 하여도 벽력을 입을 것이다."

(침모) "낙동 장신 이경하는 어진 도 닦으려는 예수교인을 십이만 명이나 죽였다는데, 어찌하여 그런 악독한 사람에게 벽력이 없었으니 웬일이오?"

(노파) "이애, 네 말이 이상한 말이로구나. 제가 잘될 경륜으로 사람 죽이고 당장에 벽력을 입어서 만리타국 감옥에서 열두 해 징역하고 있는 고영근의 말은 못 듣고, 사십 년 전에 지나간 일을 말하는 것이 이상하구나. 이경하는 제가 사람을 죽였다더냐? 나라 법이 사람을 죽였지. 나라에서 무죄하고 착한 사람을 많이 죽이면 그 나라가 망하는 법이요, 사람이 간악한 꾀로 사람을 죽이면 그 사람이 벽력을 입느니라. 왜 무슨 일 있느냐? 누가 너를 꾀더냐?"

하며 고개를 번쩍 들어 딸의 앞으로 두르고 눈을 멀뚱멀뚱하며 딸의 대답을 기다리는 것은 나이 많고 지각 있는 노파이라. 침모가 한참 동안을 대답 없이 가만히 앉았으니,

(노파) "이애 참 벙어리 되었나 보구나. 무슨 생각을 하고 앉았느냐? 오냐, 내가 너를 믿는다. 너같이 곱고 약한 마음에 무슨 큰일 내지 아니할 줄은 짐작한다마는, 부처님 말씀에 백 세나 된 어미가 팔십이나 된 자식을 항상 염려한다 하였으니, 부모 된 마음

이 본래 그러한 것이니라. 네가 앞 못 보는 늙은 어미의 고생하는 것을 민망히 여겨서 사람이라도 쳐 죽이고 도적질이라도 하고 싶다 하니, 그런 효성은 없느니만 못하니라. 옛이야기도 못 들었느냐. 정인홍[161]이라 하는 사람이 팔십이 되도록 명망이 대단하더니, 그 부인이 굶어 까무러친 것을 보고 가난에 마음 상하여 그날로 이이첨[162]에게 붙었다가, 필경에는 국모를 폐하던 모주[163]가 되어 흉악한 죄명을 쓰고 죽을 때에 탄식하는 말이, '배고픈 것을 좀 참았더면……'(鄭仁弘將死曰小忍饑) 하던 그런 일도 있었으니, 가난에 적상[164]하면 사람의 마음이 변하기 쉬우니라."

노파가 하던 말을 그치고 눈을 멀뚱멀뚱하며 무슨 생각을 하는 모양 같더니 다시 침모 앞으로 고개를 두르며,

(노파) "이애, 그것 참 웬일이냐. 네가 도동 가서 있은 후로 내게로 무엇을 더럭더럭 보내니, 네가 그 집 것을 몰래 훔쳐내나 보구나."

(침모) "에그, 망측하여라. 나는 죽으면 죽었지 남의 집에 있어서 쌀 퍼내고 장 퍼내고 반찬거리 도적질하여 내지는 못하겠소. 팔자가 사나워서 남의 집에 가서 바느질품은 팔지언정, 뒷검불[165] 하나일지라도 남의 눈은 못 속여보았소. 에그, 나는 언제나 어머니를 모시고, 집에 있어서 조석 걱정이나 아니 하여볼까."

하면서 고개를 수그리더니 노파의 무릎 위에 폭 엎드려서 울며,

(침모) "어머니, 내가 하마터면 큰일을 저지를 뻔하였소."

(노파) "응, 큰일이라니. 들어앉은 여편네가 큰일이 무슨 일이란 말이냐?"

침모가 다시 머리를 들더니 점순이가 꼬이던 말을 낱낱이 한다.

노파는 본래 진중한 사람이라 별로 놀라는 기색도 없이 가만히 앉았다가 천연히 하는 말이,

(노파) "이애, 그것 참 이상한 일 아니냐. 점순이가 돈은 어디서 나서 그리 잘 쓴단 말이냐. 춘천집을 죽이면 제게 무슨 좋은 일이 있어서 죽이려고 한단 말이냐. 춘천집을 죽이고 제가 김승지의 첩이 될 것 같으면 죽일 마음이 생기기도 괴이치 않은 일이나, 춘천집을 죽인 후에 너더러 김승지의 첩이 되라고 그 흉악한 꾀를 내는 것은 대단히 의심나는 말이다. 네 생각하여보아라, 그렇지 아니하냐?"

(침모) "에그, 나는 무심히 지냈더니 어머니 말을 듣고 생각하니 이상한 일이오."

(노파) "네가 고년에게 속았다. 전년 겨울에 춘천집이 처음 서울 왔을 때에 김승지의 부인이 야단을 치고 애매한 너까지 걸어서 못 할 소리 없이 하며 기를 버럭버럭 쓰던 사람이 홀지에 변하여 투기 없이 잠자코 있다 하는 일도 이상한 일이 아니냐. 점순이가 우리 집에 와서 춘천집을 누가 감춘 듯이 우리 속을 뽑으려 하던 일도 제 마음으로 온 것은 아닐 듯하다. 그 후에 춘천집이 도동에 집을 장만하여 있는 것을 보고 점순이가 도동 가서 있는 것도 이상치 아니하냐. 남의 애매한 말을 하면 죄가 된다더라마는 네게 당한 일이야 말 아니 할 수가 있느냐. 네가 김승지와 아무 까닭 없을 때도 김승지의 부인이 너를 잡아 삼키려고 날뛰던 여편네가, 지금은 네가 김승지와 상관까지 있는 줄 적실히 안 후에

야 오죽 미워하겠느냐. 춘천집을 미워하는 마음이나 너를 미워하는 마음이나 다를 것 무엇 있겠느냐. 네 생각에는 네가 김승지와 상관있는 것을 부인이 모를 듯하나, 점순이가 아는 일을 부인이 모를 리가 없느니라. 점순이가 돈을 물 쓰듯 한다 하니, 그 돈이 사람 죽일 돈이다. 만일 오늘 밤에 네가 점순의 꾀에 빠져서 춘천집 모자를 죽였던들 고 요악한 점순이가 그 죄를 네게 밀고 저만 살짝 빠졌을 것이다. 누가 듣든지 김승지와 상관있는 네가 강샘으로 춘천집을 죽였다 할 것 아니냐. 점순이가 돈을 물 쓰듯 하는 년이 저는 배포가 다 있을 것이다."

(침모) "나는 입 없다구 나 혼자 몹쓸 년 되고 말아? 살인한 죄로 내가 죽으면 점순이도 죽지."

(노파) "이애, 그 말 마라. 사람의 꾀는 한량이 없는 것이니라. 네가 만일 춘천집 죽인 죄로 법사[166]에 잡혀가서 앞뒤로 땅땅 맞고 공초[167]할 지경이면, 너는 점순의 꼬임에 빠졌다고 점순이를 업고 들어가는 말뿐일 것이요, 점순이는 백판 모르는 것같이 잡아뗄 터이니, 점순이는 꾀 많고 말 잘하는 중에 또 돈 많고 세력 있는 김승지의 부인이 뒤로 주선하여주면 점순이는 벗어나고, 너같이 말도 잘 못하고 꾀도 없고 아무도 도와줄 사람 없는 너만 죽을 것이 아니냐. 그렇지 아니하고, 김승지의 부인과 점순이와 너와 세 손뼉이 맞아서 못생긴 김승지를 휘둘러서 집안에서 쉬쉬하고 춘천집 죽은 것을 감쪽같이 수쇄[168]하고 아무 탈 없게 되더라도, 춘천집 죽은 후에는 네 한 몸이야 또 어느 때 무슨 죽음을 할지 알 것이냐. 별소리 말고 가만히 있거라. 그런 것이 다 부인과 점순이

가 정녕 손 맞은 일인가 보다. 이애, 네 말을 좀 자세 들어보자. 점순이가 그렇게 너를 꼬일 때에, 네 마음에 솔깃하게 들어가더냐. 그래 날더러 묻지도 아니하고 점순이 하라는 대로 하려 들었더냐. 네 마음이 그렇게 들었을 것 같으면 마른하늘에 벼락을 맞아 죽어도 싸니라. 오냐, 이 길로 도로 가서 오늘 밤 내로 춘천집 모자를 죽이고 김승지의 첩 노릇을 하여보아라. 네가 얼마나 잘 되나 보자."

침모가 그 소리를 듣고 다시 머리를 수그려서 그 어머니 무릎 위에 폭 엎드리며,

"에그머니, 이를 어찌하나. 내가 어머니 뵈올 낯이 없소. 마른하늘에 벼락을 맞아 죽어 싼 일이오. 어머니 말을 못 들었더면 점순의 꼬임에 빠졌을 것이오. 어젯밤에 단단상약[169]을 하고 꿈자리가 하도 사납기로 겁이 나서 어머니께 물어보러 왔소. 그러나 서산에 떨어지는 해와 같은 늙은 어머니가 이런 고생을 하는 것을 보니 생각이 졸지에 변하는구려. 흉한 꿈도 잊어버리고 겁나던 마음도 없어지고 불같은 욕심이 새로 생겨서, 어머니더러 그런 이야기도 하지 말고 이 길로 도로 가서 점순이 하라는 대로 하려 들었소. 에그, 내가 죄를 받겠네. 어머니, 나는 이 길로 삼청동 가서 김승지 영감더러 그런 말을 하겠소."

(노파) "아서라, 그리도 마라. 김승지가 그런 말을 듣고 일 조처를 잘할 사람 같으면 말을 하다뿐이겠느냐마는, 정녕 그렇지 못할 것 같다. 그 말을 내고 보면, 흉악한 부인과 고 악독한 점순의 솜씨에 네게만 밀고 별일이 많이 생길 것이다. 세상에 허다한 사

람에 남의 잘잘못이야 다 말할 것 없이 네 말이나 하자. 네가 시집을 가고 싶으면 막벌이꾼이라도 사람만 착실한 홀아비를 구하여 시집을 가는 것이 편하다 하던 사람이, 어떻게 마음이 변하여 계집이 둘씩이나 되는 김승지와 상관이 있는 것은 네 행실이 그르니라. 만일 네 입으로 무슨 말이 나고 보면 네 치졸[170]만 드러나고 그런 몹쓸 일은 네가 뒤집어쓸 만도 하니라."

(침모) "그러면 내가 다시는 아무 데도 가지 말고 집에 있겠소."

(노파) "그러하더라도 탈은 났다. 춘천집에는 아무도 없고 너와 점순이만 있던 집인데, 오늘 밤에 점순이가 혼자 춘천집을 죽이고 네게로 밀면, 남이 듣더라도 네가 춘천집을 죽이고 도망한 것 같지 아니하냐."

침모가 기가 막혀서 울며 하는 말이,

"그러면 나는 이리하여도 탈이요, 저리하여도 탈이구려. 나는 불측한 마음을 먹었던 사람이니 죽어도 한가할 것이 없소마는, 나 죽은 후에 어머니 신세가 어찌 되나."

(노파) "오냐, 내 걱정은 마라. 내가 호강을 한들 며칠 하며 고생을 한들 며칠 하겠느냐마는, 너는 전정이 아직 먼 사람이 그렇게 지각없는 것을 보니 내가 죽더라도 마음을 못 놓겠다. 네가 마음을 고쳐서 다시는 그러한 불량한 마음을 먹지 아니할 것 같으면 이번 일을 잘 조처할 도리를 일러줄 터이니 울지 말고 일어나서 자세히 들어라."

침모가 모깃소리 같은 울음을 뚝 그치고 머리를 들더니 응석하

는 어린아이같이 눈물에 젖은 뺨으로 그 어머니 어깨에 기대면서,

(침모) "이후에는 내가 발 한 번을 떼어놓더라도 어머니더러 물어보고 떼어놓을 터이니 염려 말으시오."

(노파) "물어본다는 말은 좋은 일이다마는 어미 죽은 후에는 누구더러 물어볼 터이냐. 평생에 마음만 옳게 가지면 죽어도 옳은 죽음을 하느니라. 오냐, 애쓰지 말고 네 이 길로 김승지 집에 가서 김승지 내외더러 내가 가르치는 대로 말하고, 그길로 도동 가서 내가 이르는 대로 하고 어둡기 전에 집으로 도로 오너라."

(침모) "그리하면 춘천집도 살겠소?"

(노파) "춘천집을 살리려 하면 네가 음해를 받을 터이니 어찌할 수 없다."

침모가 일시에 점순의 꼬임에 빠져서 춘천집을 죽이자 하는 말에 솔깃한 마음이 들었으나, 본래 악심이 없는 계집이라 춘천집까지 살리고 싶은 마음이 간절하여 가만히 앉아서 무슨 생각을 하는 모양이라.

(노파) "이애, 해 다 간다. 네가 삼청동을 갔다가 도동까지 가자 하면 저물겠다. 인력거꾼 둘만 얻어서 앞에서 끌고 뒤에서 밀어서 빨리만 가면 값을 많이 주마 하고 속히 다녀오너라."

침모가 당황한 마음이 나서 선뜻 일어나서 그길로 삼청동 김승지 집으로 향하여 가는데, 인력거를 타고 앉아서 서으로 기운 해를 쳐다보며 인력거꾼의 다리를 바지랑대같이 길게 이어서 속히 가고 싶은 마음뿐이라. 돈을 많이 준다 하면 사람의 없던 기운이 절로 나는 법이라. 인력거꾼이 두세 칸 동안이나 앞선 사람을 보

더라도 '어어' 소리를 지르면서 얼굴을 에는 듯한 찬 바람에 등골에 땀이 나도록 달음박질을 하더니 삽시간에 김승지 집 대문 앞에 가서 내려놓더라. 침모가 안마당으로 들어가며 혼잣말로,

"이 댁에서 이사하셨다는 말만 들었더니 이렇게 구석진 데 와서 살으시나."

하면서 마루 위로 올라서니, 그때 마침 김승지의 내외가 안방에 있다가 침모의 목소리를 듣더니, 김승지는 눈이 휘둥그레지고 부인은 얼굴빛이 변하도록 놀란다.

놀라기는 같이 놀랐으나 놀라는 기색을 서로 감추더라.

처시하[171] 되는 김승지는 상관있는 침모 오는 목소리를 듣고 눈이 휘둥그레지기도 괴이치 않지마는 전반볼기[172]를 때려보지는 아니하였으나, 전반볼기를 능히 때릴 만한 기를 가지고 있는 부인은 무엇이 겁이 나서 얼굴빛이 변하도록 놀랐던가.

낮전에 점순이가 와서 하는 말이, 오늘은 침모를 꾀어서 춘천집을 죽이겠다 하는 소리를 듣고 홍에 띄어서, 각 골 수령이 이방을 부르듯이 반빗아치 계월이더러 사랑에 가서 영감 여쭈어라 하여 김승지를 불러들여서 투기 않던 자랑을 하고 있던 차에, 침모의 목소리를 듣고 부인의 생각에 침모가 정녕 김승지에게 고자질을 하러 온 줄로 알았더라. 그렇지 아니하였더면 개꼬리 황모 되려고, 암만 투기를 참았던 터이라도 침모를 면대하여 보면 열이 나서 어떻게 날뛰었을지 모를 일이라.

침모가 문을 버썩 열다가 김승지를 보고 숫기 좋게 하는 말이,

"에그, 영감하고 나하고는 연분도 좋습니다. 나 올 줄을 어찌

알고 안방에서 기다리고 앉으셨습니까."

겁이 펄쩍 나던 김승지의 마음에는 침모의 하는 말이 민망하기가 측량없으나, 못생긴 사람도 떡국이 농간을 하면[173] 남의 말대답은 넙죽넙죽 하는 법이라.

(김승지) "글쎄 말일세. 자네가 나를 저렇게 탐을 냈을 줄 알았더면 벌써 집어썼을걸……. 절통할 일일세."

하면서 지향 없이 무릎을 탁 치면서 마누라의 얼굴 한 번 쳐다보고 다시 침모의 얼굴을 쳐다보더라.

부인이 다른 때 같으면 그 남편이 침모와 그런 농담을 하는 것을 눈꿍댕이로도 보고 싶지 아니하였을 터이나, 도적이 발이 저리다고, 그때 발이 저린 일이 있어서 도리어 침모의 마음을 좋게 할 작정으로 웃으며,

(부인) "자네 참 오래간만에 만나 보겠네그려. 사람이 어찌하면 그렇게 무정하단 말인가. 내가 좀 잘못하였기로 그렇게 끊는단 말인가. 어서 이리 들어오게."

하면서 뜻밖에 엉너리성이 어찌 대단하던지, 겁에 띄어서 둥그레졌던 김승지의 눈이 실눈이 되며 간경[174]에 바람 든 놈같이 겉으로 싱긋싱긋 웃는다.

(부인) "여보게, 자네가 참 무정한 사람일세. 영감께서는 자네를 보고 저렇게 좋아하시는데, 자네는 영감을 뵈오러 한 번도 아니 온단 말인가."

(침모) "내가 영감을 뵈오러 아니 오더라도 영감께서는 나 보러 도동으로 장 오신답니다."

(김승지) "어어, 여편네들이란 것은 큰일 날 것이로구. 어떻게들 말을 하든지 생사람을 병신을 만드네. 누가 들으면 내가 똑 침모와 참 상관이나 있는 줄로 알겠네. 허허허."

(침모) "그렇게 감추실 것도 없습니다. 나도 오늘까지 감추고 지냈습니다마는, 연분도 한정이 있는지 나는 영감과 연분이 오늘뿐이올시다."

그 말 한마디에 김승지의 눈이 다시 둥그레지고 부인의 얼굴빛이 다시 변하면서 가슴이 두근두근하여 지향을 못 하는 모양이라.

부인이 그날 밤에는 춘천집이 정녕 죽을 줄만 알고 대망[175]을 잔뜩 하고 있던 차에 침모가 오는 것을 보고 의심을 잔뜩 하고 있는 중인데, 침모의 말에 영감과 연분이 오늘뿐이라 하는 소리를 듣고 이다음에 무슨 말이 나올지 몰라서 침모의 얼굴 한 번 쳐다보고 김승지의 얼굴 한 번 쳐다보는 부인의 눈이 갔다 왔다 한다.

침모는 그 눈치를 알고 부인을 미워하던 마음에 부인이 애를 쓰는 모양이 재미가 있어서 의심이 더욱 나도록 말을 할 듯하며 말을 아니 하고 김승지의 앞으로 살짝 다가앉는다.

부인의 가슴에는 더욱 두방망이질을 한다.

김승지는 침모가 자기 턱밑으로 얌체 없이 다가앉는 것을 보니 침모 간 뒤에는 그 부인에게 무슨 곤경을 당할는지 민망한 마음에 배기지를 못하여 왼편으로 기대고 있던 안석[176]을 바른편으로 옮겨놓고 기대니, 탕건이 부인의 어깨에 닿을락 말락 하더라.

(부인) "이애 계월아, 침모가 오죽 춥겠느냐. 네 국수 좀 사다가 장국 한 그릇만 따뜻하게 말아 오너라."

(침모) "오늘은 댁에서 국수를 아니 먹더라도 국수 먹을 복이 터졌습니다."

(부인) "다른 데서 먹는 것이 쓸데 있나. 내게서 먹어야지."

(침모) "잠깐 말씀하고 가려 하였더니 너무 오래 앉았습니다. 오늘은 내가 시집을 가는 날이올시다."

하더니 김승지를 돌아다보며,

(침모) "영감, 그렇게 감추실 것 무엇 있습니까. 나는 지금 보면 다시는 못 볼 사람이올시다. 내가 오늘 우리 집에 갔더니 웬 손님이 와 앉았는데, 언제부터 말이 되었던지 우리 어머니가 사윗감으로 정하였다고 나를 권하는데, 낸들 영감을 잊을 길이 있겠습니까마는 영감께서는 마님도 계시고 춘천 마마도 있는데, 내가 또 있고 보면 영감께서 걱정이 아니 됩니까? 나이도 새파랗게 젊은 년이 혼자 살 수도 없는 터이요, 우리 어머니는 앞 못 보는 육십 노인이 나 하나만 믿고 있는 터에, 내가 하루바삐 서방이나 얻어서 우리 어머니를 데려다가 삼순구식을 하더라도 한집에서 지내는 것이 내 도리가 아니오니까? 오늘이 혼인이라 집에서들 기다리고 있을 터이니, 오래 앉았을 수가 없습니다. 마님, 안녕히 계시오. 영감……"

하면서 눈물이 흐르는 것은 인정 있는 계집의 마음이라. 선뜻 일어서서 뒤도 돌아보지 않고 나가더라.

대문 밖에 나서면서,

(침모) "인력거꾼, 어디 갔나?"

하는 소리에 건너편 막걸리 집에서 툭 튀어나오는 인력거꾼이 총

전요를 펴들고 침모의 무릎 위에 턱 둘러 휩싸면서,

(인력거꾼) "댁에로 뫼시오리까?"

(침모) "남대문 밖에 좀 다녀가겠네……."

인력거꾼이 어느 동네냐 묻지도 아니하고 서산에 떨어지는 해를 쫓아가서 붙들 듯이 살같이 달아나더라.

제19장

침모가 계동서 김승지 집에로 향하여 갈 때는 조심도 되고 겁도 나고 아무 기운 없이 심려 중에 싸여 갔더니, 김승지 집을 다녀 나올 때는 마음이 쾌하고 기운이 난다. 높직하게 올라앉아서 서슬 있게 가는 바람에 여편네 마음일지라도 소진이가 육국[177]을 합종이나 하러 가는 듯이 호기로운 마음이 생기더라.

입으로 옮기지는 아니하나 마음으로 혼잣말이라.

'김승지의 마누라인가 무엇인가 그 흉한 년이 어디서 생겼누. 그런 흉악한 년이 있을 줄 누가 알아. 투기한다 투기한다 하기로 그런 년의 투기가 어디 있어. 춘천집 모자를 죽이고 나까지 죽이려고 그년이 그런 흉계를 꾸미며……. 양반은 말고 태상노군[178]의 부인일지라도 그따위 짓을 하고, 제가 제 명에 죽기를 바라……. 점순이란 년은 어디서 그따위 년이 생겨서 그 흉악한 년의 종이 되었누. 에그, 아슬아슬하여라. 내가 고년에게 속던 생각을 하면 소름이 끼치지. 어찌하면 고렇게 앙큼하고 담대한고. 우리 어머

니가 아니더면 고 몹쓸 년의 꼬임에 빠져서 무슨 지경에 갔을구.'

한참 그런 생각을 할 때에, 인력거가 남대문 밖 정거장을 썩 지나면서 창고회사 벽돌집이 눈에 선뜻 보이는데, 그 앞으로 올라오는 전차 하나가 천둥 같은 소리가 나며 남문을 향하고 번개같이 지나가는 것을 보고 다시 혼잣말로,

"에그, 그 회사집 앞으로 전차 지나가는 것을 보니 생각나는 일이 있구나. 춘천집이 죽으려고 엎드렸던 곳이 저 회사집 앞 철도로구나. 저러한 전차에 치었다면 두 도막 세 도막이 났을 뻔하였지. 그날 내가 용산 가기도 이상한 일이요, 밤중에 오기도 이상한 일이요, 인력거꾼이 걸려 넘어지기도 이상한 일이요, 내가 인력거에서 떨어져서 사지를 꼼짝 못하게 되어 떠실려서 춘천집에로 들어가기도 이상한 일이지. 춘천집이 오죽 설워서 어린 자식을 두고 자수를 하려 들었을까. 그렇게 불쌍한 사람을 김승지의 마누라와 점순이가 기어이 죽이려 드니, 그런 몹쓸 년들이 또 어디 있어. 나도 몹쓸 년이지, 아무리 점순이가 꼬이기로 그 소리를 솔깃하게 들어. 나는 우리 어머니 심덕으로 내가 몹쓸 곳에 빠지게 된 것을 면할 터이나, 춘천집은 어찌 될 것인고."

하면서 정신없이 앉았는데, 인력거꾼은 어디로 가는지 묻지도 아니하고 도동으로 들어가는 길을 지내놓고 창고회사집 앞으로 정신없이 달아나다가 앞에서 마주 오는 인력거와 어찌 몹시 부딪혔던지, 인력거 탔던 사람들은 박랑사[179] 철퇴 소리에 놀란 진시황같이 혼이 나서 서로 내다보더라.

좌우 길가에는 걸어가는 행인들이요, 길 가운데는 마바리[180] 소

바리[181] 인력거들이다. 사람을 피하여 가는 인력거의 바퀴 끼운 도래쇠[182]가 마주 부딪히니, 사람은 다치지 아니하였으나 인력거꾼들은 인력거나 상하였을까 염려하여 인력거를 멈추고 앞뒤로 돌아다니면서 인력거를 살펴본다.

침모가 놀란 마음을 진정하여 살펴보니, 전년 겨울에 인력거 위에서 떨어지던 곳이요, 춘천집이 죽으려고 엎드렸던 철도 가이라. 침모가 지난 일 생각이 나서 고개를 냅들고 정신없이 길바닥을 보고 있는데, 마주치던 인력거 위에서 내다보는 사람은 나이 삼십이 될락 말락 한 남자이라. 의관이 깨끗하고 외모도 영특하게 생겼으나 언뜻 보아도 상티[183]가 뚝뚝 떨어지는 천격[184]의 사람이라. 점잖은 사람 같으면 사람이 다쳤느냐 묻든지, 인력거가 상하였느냐 묻든지 그러한 말뿐일 터인데, 침모의 얼굴을 보고 춘향의 옥중에 점치러 들어가는 장님의 마음같이 춘심[185]이 탕양[186]하여 구레나룻을 썩썩 쓰다듬으며, 내 목소리를 들어보아라, 내 얼굴을 쳐다보아라 하는 듯이 헛기침을 연해 하며 막걸리 집에서 먹어난 오입쟁이 말투로 되지 않게 지껄인다.

말똥구리가 말똥을 굴려 가도 구경이라고 서서 보는 조선 사람의 성질이라. 오고 가는 행인들이 앞뒤로 모여들어 구경하고 섰는데, 침모가 창피한 마음이 있어서 인력거꾼을 재촉한다.

(침모) "인력거꾼, 해 다 가는군. 어서 가지. 그러나 길 잘못 들었어."

(인력거꾼) "……."

(침모) "나 갈 데는 남관왕묘 옆이야. 관왕묘 옆에 강소사 집이

라고 문패 붙은 집이 있지. 그리로 가세."

옆에 인력거 타던 남자가 그 소리를 듣더니 마주 인력거꾼을 재촉한다.

"여보게 인력거꾼, 나도 그리로 가네. 어서 가세."

침모가 그 소리를 듣고 민망하기가 측량없으나 날 따라오지 말라 할 수 없는 터이라 두 인력거가 도동으로 돌쳐 들어가는데, 큰길에서는 급히 갔거니와 도동 들어가는 길은 언덕이라 올라가는 동안이 한참이 되는데, 남은 무심히 보건마는 침모는 제풀에 수통[187]한 마음뿐이라.

침모의 인력거꾼은 춘천집 대문 앞에서 내리고 뒤에 오던 인력거는 관왕묘 앞에서 내리는데, 침모는 뒤도 돌아보지 아니하고 춘천집에로 들어가더라.

춘천집이 침모의 목소리를 듣고 상그레 웃으면서 안방 문을 열고 나오는데, 돋아오는 달같이 탐스럽게 생긴 얼굴에 인정이 뚝뚝 돋는 듯하다.

(춘천집) "여보, 어디 갔습더니까. 내가 박대를 하였더니, 노해서 간단 말도 아니 하고 댁에로 가신 줄로 알았소그려. 응, 이제 알겠군. 어디 반가운 사람이 있어서 찾아다니시나 보구려. 내가 용케 알지, 하하하."

하며 반겨 나오는 모양을 보고 침모가 삽시간에 별생각이 다 들어간다.

(침모) '나도 몹쓸 년이지. 아무리 점순이가 꾀이기로 저렇게 인정 있는 사람을 해칠 마음을 두었던가.'

싶은 마음이 생기면서 불쌍한 생각이 어찌 몹시 들던지 점순의
흉계를 일러주고 싶은 마음이 버썩 들어가나, 그 어머니에게 들
은 말이 있는 고로 차마 말을 못 하고, 김승지 집에서 하던 말과
같이 꾸미는 말로 대답한다.

　(침모) "참 반가운 사람을 보러 갔다 오는 길인데……, 누구에
게 들으셨나 보구려. 그러나 나는 올라갈 겨를이 없소. 오늘은 내
가 참 시집가는 날이오."

　(춘천집) "에그머니, 나는 농담으로 한 말이 맞혔나베. 에그, 섭
섭하여라. 그래 오늘부터 우리 집에는 아니 계실 터이오그려. 영
감 얻어 가시는 것도 좋지마는 좀 올라오시지도 못한단 말이오."

　(침모) "내가 인제 가면 언제 또 올지 말지 한 사람이니, 일 년
이나 이웃에서 보던 사람들을 작별이나 좀 하고 오겠소."
하면서 밖으로 나가더니 젖은 담배 한 대 피울 동안이 다 못 되어
침모가 도로 들어오는데, 앞뒷집 늙은 노파가 두서넛이나 따라
들어오며,

　"저 마누라님이 오늘부터 이 댁에 아니 계실 터이라지요?"
하며 춘천집을 보고 말하는 사람도 있고,

　"인제 가시면 이 댁에는 다시 아니 오시오?"
하며 침모를 보고 말하는 사람도 있고,

　"저 마누라님은 오늘부터 영감 얻어 가신다는데 순돌 어머니는
영감도 아니 얻고 일생 혼자만 있소?"
하며 점순이를 보고 말하는 사람도 있더라.

　아이들은 무엇을 보러 들어오는지 하나 둘이 들어오기 시작하더

니 손바닥만 한 안마당이 툭 터지도록 들어오는데, 점순이는 벙어리 냉가슴 앓듯 하고 있다가 만만한 아이들에게 독살풀이를 한다.

(점순) "무슨 구경 났느냐. 무엇 하러 남의 집에 이렇게 들어오느냐. 누가 시집을 가느니 기급을 하느니 하는 소리를 듣고, 국수 갈고랑이[188]나 있을 줄 알고 이렇게들 들어오느냐. 보기 싫다. 다 가거라."

하며 포달을 부리는데, 다른 사람들은 무심히 보나 침모는 점순의 오장을 들여다보는 듯이 알면서 또한 남더러 말 못 할 일이라. 물끄러미 보고 서서 심중으로 혼잣말이라.

'조년이 나를 미워서 부리는 포달이로구나. 인물이 조만치 얌전히 생긴 년이 마음은 어찌 그리 영독[189]한고. 아마 조년의 악심은 조 눈깔과 목소리에 다 들었는 것이야. 누가 시집을 가느니 기급을 하느니 하며 빗대놓고 나더러 욕을 하나 보다마는, 오냐 욕은 깨소금으로 안다. 너 같은 몹쓸 년의 꼬임에 빠지지 아니한 것만 다행하다. 내가 오늘부터 이 집에 아니 있는 줄은 온 동네가 다 알 터이다. 네가 아무리 흉계를 꾸미더라도 춘천집을 죽이고 그 죄를 내게 뒤집어씌울 수는 없을걸……. 요 몹쓸 년, 네가 나는 어떻게 죽이려 들었더냐. 춘천집을 죽이고 내게 밀려 들었더냐. 춘천집을 죽이는 김에 나까지 죽이려 들었더냐, 하나씩 차례로 치워버리려 들었더냐.'

그러한 생각을 하며 점순이를 정신없이 건너다보다가 점순이가 할끗 돌아다보는 서슬에 침모가 깜짝 놀라며 고개를 폭 수그리더니, 다시 고개를 들어 춘천집을 돌아다보며,

(침모) "나는 어서 가야 하겠소."

하더니 건넌방에로 들어가서 제 옷 보퉁이를 들고 나오며 춘천집과 점순에게 좋은 말로 작별하고 대문 밖에로 나가서 인력거를 타는데, 춘천집이 따라 나오며 눈물을 씻으니 침모가 마주 눈물을 씻고 작별을 하면서 옆을 돌아보니, 아이들은 참 구경이나 난 듯이 인력거 앞뒤로 늘어서서 보는데, 남관왕묘 대문 앞에서 팔짱을 끼고 슬슬 돌아다니는 사람 하나가 있는데, 그 사람은 창고 회사 앞에서 인력거를 타고 침모의 인력거를 따라오던 사람이라.

침모의 마음에는 그 남자가 침모에게 뜻이 있어서 그 근처에 와서 침모가 어떠한 사람인가 알려고 빙빙 도는 듯하여 밉고 싫은 생각이 들어서 작별하는 사람들에게 말을 간단히 대답하고 인력거꾼을 재촉하여 떠나가니, 침모의 마음은 시원하기가 한량없으나 춘천집의 마음에는 전년 겨울에 철도에 엎드렸다가 침모의 인력거꾼이 걸려 넘어져서 침모를 만나던 생각부터, 일 년을 같이 정답게 지내던 생각이 낱낱이 나면서 새로이 슬픈 마음을 진정치 못하여 안방으로 들어가서 침침하게 어두워가는 방에 불도 아니 켜고 혼자 앉아 눈물만 흘리더라.

제20장

관왕묘 앞마당에 모였던 사람들이 일시에 헤어지고 그 마당이 다시 적적한데, 그 적적한 틈을 타서 관왕묘 홍문 앞에서 빙빙 돌던 남자는 점순의 행랑방에로 서슴지 아니하고 쑥 들어간다.

점순이가 그 남자의 신을 얼른 집어 방 안에로 들여놓고 방문을 톡 닫으며,

(점순) "여보, 거기 좀 앉아 기다리시오. 내가 아낙에 들어가서 저녁 진지 치르고 나오리다."

하더니 안에로 들어가서 저녁 밥상을 차리는데, 춘천집이 심기가 좋지 못하여 저녁밥을 아니 먹겠다 하는 소리를 듣고 다행히 여겨서 차리던 밥상을 치워놓고 행랑에로 나가서 방문을 펄쩍 열고 들어가며,

(점순) "여보 최서방, 내 재주 좋지? 벌써 저녁 치르고 설거지 다 하였소. 에그 참 설거지하기 싫은데, 우리는 이따가 장국밥이나 먹으러 나갑시다. 그러나 이 일을 어떻게 하면 좋단 말이오?"

(최) "벌써 정한 일을 인제 와서 어떻게라니……."

(점순) "아니오, 오늘 아침에 우리가 의논한 일이 다 틀렸기에 말이오."

(최) "응, 틀리다니?"

(점순) "침모가 오늘 별안간에 저의 집으로 갔소그려."

(최) "침모가 없으면 무슨 일 못 하나?"

(점순) "못 할 것이야 무엇 있소?"

(최) "그러면……."

(점순) "요새같이 밝은 세상에 사람을 죽이고 흔적 없이 감추려하면 쉬울 수가 있소. 침모는 우리 댁 영감께 귀염을 받는 사람인고로 침모를 꾀어서 춘천 마마님을 죽이면 영감 하나는 깜쪽같이

속이기가 쉬울 터인데…….”

(최) “아따, 순돌 어머니 말은 알 수가 없는 말이오그려. 김승지 댁 마님은 침모까지 죽여달라 하는데 침모를 꾀어서 춘천집을 죽이고 침모는 살려두면 그것은 언제 또 죽인단 말이오? 나 하라는 대로만 하였으면 그까짓 것들은 하룻밤 내로 다 없애버렸을 것을, 순돌 어머니가 무엇을 한단 말이오? 그리할 것 없이 지금일지라도 춘천집 모자를 죽여버립시다.”

(점순) “글쎄 침모가 그 일을 알고 있는 터에 말이나 아니 낼는지 그것이 조심도 되고, 또 오늘 침모가 저의 집으로 갔는데 별안간에 그런 일이 있으면 이 동네 사람이 의심이나 아니 할는지…….”

(최) “무슨 일을 하면 하고 말면 말지, 벌써 일 년이나 두고 경영만 하다가 이제 와서 그것이 다 무슨 소리요? 그렇게 일을 하여서 무엇이 되겠소? 나는 순돌 어머니만 바라고 있다가 큰 낭패 하겠소. 여보, 그만두오. 나는 다시 순돌 어머니 믿고 오지 아니할 터이오.”

하면서 벌떡 일어서서 나가려 하니,

(점순) “응, 잘 가는구. 다시 아니 올 것같이……. 어디 반한 곳이 있어서 핑계 좋게 나를 떼어버리려고 그리하는 것이로구.”

하면서 상긋상긋 웃고 앉았더라. 최가가 일어설 때에 참 가려는 마음으로 일어난 것이 아니라 점순이가 붙들고 만류할 줄 알았더니 만류를 아니 하는 것을 보고, 도로 앉기도 열적고 갈 마음도 없는 터이라 주저주저하다가 딱 서서 하는 말이,

"글쎄 우리가 김승지 댁 마님 돈을 여간 없앴소? 그러나 지나간 일은 어떠하든지 이 앞일은 헐후[190]히 하여서는 못씁니다. 우리가 마님 소원대로 하면 마님이 우리 소원대로 어떻게 하여준다 합더니까?"

(점순) "장 들으면서 무엇을 새삼스럽게 또 물어."

(최) "아니, 내가 자세히 물어볼 일이 있소."

(점순) "말을 하려거든 앉아서 하구려. 온 동네가 다 들리라고 왜 서서 그리하오."

최가가 핑계 좋게 다시 주저앉으며 가슴 앞을 홈척하더니 지궐련 한 개를 집어내서 붙여 물고 점순의 앞으로 버썩 다가앉으며,

(최) "자, 이만하면 옆에 쥐도 못 알아듣게 말할 터이니 좀 자세하오."

점순이가 본래 눈웃음을 웃으면 사람의 오장이 녹을 만치 웃는 눈웃음이라. 그 솜씨 있는 눈웃음을 상그레 웃으면서 얼굴이 복숭아꽃같이 붉어진다.

(최) "이애, 요새 얼굴 좋았구나. 연지분을 발랐니?"

(점순) "남더러 해라는 왜 하여. 염체 없이……."

(최) "요 얌체 없는 것. 네가 남이냐?"

(점순) "그럼, 남이지 무엇인가? 이편 계집 될 사람으로 알 것 같으면 걸핏하면 가느니 오느니 할라구. 본마누라 떼버리고 나하고 산다는 말도 다 거짓말인 줄 알아."

(최) "이애, 그것은 염려 마라. 내가 간다 하니 우리 마누라에게 간다는 줄 알았더냐? 없다. 내가 여기 아니 오면 술잔 먹고 친구

의 사랑에서 잘지언정, 요새는 우리 집에서 자본 적이 없다. 어제도 우리 장모를 보고 내가 그 말 다 하였다. 딸을 데려다가 보낼 곳 있거든 보내라구……. 아따, 우리 장모가 그 말을 듣더니 죽겠다고 넋두리를 하는데 썩 대단하데……. 그러한데 순돌 어머니는 남의 속은 모르고 생으로 남의 애매한 말만 하니 딱한 일이야. 우리가 내외 될 언약이 있은 후에야 범연할 리가 있나. 순돌 어머니가 일 결말을 벌써 냈으면 우리 마음대로 될 터인데, 일 년이나 되도록 일을 끌어만 가니 웬일인지."

(점순) "내 마음은 더 바쁜데."

(최) "그래, 대관절 김승지 댁 마님이 우리 일은 어떻게 하여준다던가?"

점순이가 상긋이 웃으며 최가의 얼굴을 말끄러미 보다가,

(점순) "우리 일은 걱정 없어. 우리 댁 마님이 영감을 꾀어서 할 일은 다 하였다오."

(최) "꼬이기를 어떻게 꼬였으며, 할 일은 어떻게 하였단 말이야?"

(점순) "내가 거북 애기를 젖 먹였다고 그 공로로 속량[191]하여 주고, 최서방의 이름으로 황해도 연안 있는 전장[192] 마름 차접[193]까지 내어놓았다오. 그 전장은 내 손에 한번 들어오면 내 것 되고 말걸……."

(최) "우리 둘의 일을 마님만 알으시는 줄 알았더니 그 영감도 알으시나? 이애, 무슨 일을 서슴다가는 아무것도 아니 될 터이니, 지금 내로 춘천 마마를 죽여 없애세."

192

(점순) "그러나 어떻게 죽이면 좋겠소?"

(최) "오늘 아침에 순돌 어머니 말이, 춘천집을 아편이나 먹여 놓고 방 안에 석유나 많이 들이붓고 불이나 지르고, 어린아이는 그 속에 집어 던지고, 순돌 어머니는 마당에 서서 '불이야 불이야' 소리만 지른다더니, 왜 또 딴소리를 하여."

최가가 점순이더러 하오도 하다가 해라도 하다가 반말도 하는데, 어찌 보면 점순이를 잡것 놀리듯 하는 것 같으나, 그런 것이 아니라 점순이를 집어삼킬 것같이 귀애하는 마음에서 나오는 것이라, 점순이는 무슨 생각을 하느라고 아무 소리 없이 앉았는데, 최가는 갑갑증이 나서 점순의 앞으로 한 번 더 다가앉으며 재촉한다.

(최) "이애, 아편은 다 무엇이냐. 내가 안방에 들어가서 춘천집을 끽소리도 못하게 죽일 터이니, 너는 석유 한 통만 가져다가 안방에 들이부어라. 그리하고 불을 지르면, 누구든지 이 집에 불이 나서 춘천집이 타 죽은 줄로 알지 누가 죽인 줄로 알겠나."

점순이는 의구히 무슨 생각을 하는지 가만히 앉았고, 최가는 시각을 참지 못할 것같이 재촉을 한다.

최가가 춘천집을 그렇게 급히 죽이려는 것은 춘천집을 미워서 그리하는 것이 아니라 춘천집 모자를 죽이면 수가 날 일이 있는 곡절이요, 점순이가 대답도 얼른 아니 하고 앉았는 것은 춘천집을 죽이기가 싫어서 그리하는 것이 아니라 오늘 밤 내로 춘천집 모자를 죽이고 집에 불지른다는 꾀를 침모가 다 아는 고로 침모의 입에서 말이 날까 염려하여 그리하는 것이라. 밤은 점점 깊어

가고 최가는 재촉을 버썩 하고 있는데, 꾀 많은 점순이도 어찌하면 좋을지 생각을 정치 못하다가 무슨 좋을 도리가 있던지 최가를 쳐다보며,

(점순) "여보, 최서방도 퍽 급한 성품이오. 무슨 재촉을 그렇게 하오?"

(최) "급하지 아니하면……, 무슨 일이 일 년을 끌다가 오늘은 무슨 결말이 날 줄 알았더니, 오늘도 또 결말이 아니 난단 말인가?"

(점순) "가만있소. 이왕 참는 김에 내년 봄에 날 따뜻할 때까지만 기다리시오. 그러면 좋을 도리가 있소. 그러나 그때는 최서방이 그 일을 전담하여 맡지 아니하면 일이 아니 될 터이오." (상편 종)

귀의 성 聲(하)

기다리는 것이 있으면 세월이 더딘 듯하나 무심중에 지내면 꿈결 같은 것은 세월이라. 철환보다 빨리 가는 속력(速力)으로 도르래 돌아가듯 빙빙 도는 지구(地球)는 백여 도(白餘度) 자전(自轉)하는 동안에, 적설이 길길이 쌓였던 산과 들에 비단을 깔아놓은 듯이 푸른 풀이 우거지고, 남산 밑 도동 근처는 복사꽃 천지러라. 춘천집이 어린아이를 안고 마당에로 내려오며 점순이를 부른다.

"여보게 순돌 어멈, 이렇게 따뜻한 날 방에 들어앉아 무엇 하나. 이리 나와서 저 남산 밑에 복숭아꽃이나 좀 내다보게."

그때 점순이는 행랑방에서 최가와 같이 대강이를 마주 대고 무슨 흉계를 꾸미느라고 정신없이 수군거리다가 춘천집의 목소리를 듣고 깜짝 놀라 벌떡 일어서다가, 다시 고개를 폭 수그리며 최가의 귀에 대고 가만히 하는 말이,

"이 방에 가만히 들어앉았다가 두말 말고 나 하라는 대로만 하

오."

하더니 살짝 돌아서며 문구멍에 눈을 대고 잠깐 내다보다가, 문을 열고 나가더니 그 방문을 밖으로 걸고 허리춤 속에서 자물쇠를 꺼내서 빈방을 잠그듯이 덜컥 잠그더니, 안마당에로 들어가며 춘천집 가슴에 안긴 어린아이를 보고 두 손바닥을 딱딱 치며,

"아가, 이리 오너라."

하면서 춘천집 젖가슴 앞으로 두 손을 들이미니, 어린아이가 점순이를 보더니 벙글벙글 웃고 두 손을 내밀어 점순에게 턱 안긴다.

(춘천집) "이애는 어미보다 자네를 더 따르니, 이것은 어미 없어도 걱정 없을걸."

점순이가 어린아이를 공기 놀리듯 추스르며 어린아이의 입을 쪽쪽 맞추며,

(점순) "어머니 아니 계시면 내 젖 먹고 살자. 아가, 그렇지, 그렇지?"

하며 어린아이를 들까분다.

개도 제 새끼를 귀애하는 시늉을 보이면 좋아하는 법이라, 점순이가 춘천집 앞에서 어린아이를 그렇게 귀애하고, 어린아이는 점순에게 그렇게 따르는 것을 보고, 춘천집의 마음에는 내가 지금 죽어도 우리 거북이는 걱정 없이 잘 자랄 줄만 알고 있더라.

오고 가는 공기가 마주쳐서 빙빙 도는 회오리바람이 도동 과목밭에서 일어나더니, 그 아까운 복사꽃 가지를 사정없이 흔들어서 꽃이 문청[194] 떨어지면서 바람에 싸여 공중으로 올라간다.

그 바람 기운이 없어지며 그 꽃이 도로 내려오는데, 허다한 너

른 땅에 춘천집 안마당에로 꽃비가 내려온다. 춘천집이 공중을 쳐다보며, 말 못 하는 어린아이를 부르면서 알아듣지 못할 말을 한다.

"이애 거북아, 오늘은 우리 집에 무슨 경사가 있으려나 보다. 꽃비가 오는구나."

점순이는 저더러 하는 말도 아니건마는 춘천집의 말이 떨어지며 대답을 한다.

(점) "아직 아니 떨어질 꽃도 몹쓸 바람을 만나더니 떨어집니다 그려."

하면서 춘천집을 흘끗 돌아다보는데, 춘천집은 무심히 들을 뿐이라.

(춘천집) "여보게 순돌 어멈, 세월같이 덧없는 것은 없을 것일세. 엊그저께 저 꽃 피기를 기다리더니 오늘 벌써 저 꽃이 낙화가 된단 말인가. 그러나 사람인들 저 꽃과 다를 것 무엇 있나. 우리가 세상에 나던 날부터 오늘까지 지낸 일을 생각하면 꿈같은 일이 아닌가. 우리는 저 남산에 떨어지는 꽃을 보고 섧다 하거니와, 저 남산은 우리를 보고 무엇이라 할는지."

하면서 처량한 기색이 있더라. 점순이가 춘천집의 말을 듣고 춘천집의 기색을 보더니 상긋상긋 웃으며,

(점순) "마마님, 오늘은 남산에 꽃구경이나 가십시다."

(춘천집) "동무도 없이 혼자 무슨 재미로 꽃구경을 간단 말인가."

(점순) "여럿이 가면 꽃을 더 잘 봅니까? 마마님이 가시면 쉰네는 아기 업고 갈 터이니, 셋이 가면 꽃구경 못 하겠습니까?"

(춘천집) "그두 그러하지. 그러나 문밖이라고 나가본 일이 없다가 별안간에 나가기도 서먹서먹하여 못 나가겠네."

(점순) "그런 말씀 말으시오. 요새는 대신의 부인도 내외 없이 아무 데라도 다니신답니다."

(춘천집) "글쎄 말일세. 그 부인은 내외를 아니 하면 세상에서 문명한 부인이라고 칭찬을 듣지마는, 우리같이 남의 첩 노릇이나 하고 있는 사람은 일없이 뺄뺄 나다니면 남의 말 하기 좋아하는 사람들이 별명만 지을 터이니 남에게 별명 들어 무엇 하게."

(점순) "구더기 무서워서 장 못 담글라구. 내 마음만 옳고 내 행실만 그르지 아니하면 그만이지요. 남의 말을 어찌 다 가려요."

(춘천집) "그는 그러하여……. 낸들 언제 내외를 하여보았겠나? 춘천 솔개 사는 상사람의 딸로 온 동네를 뺄뺄 나다니며 자라던 사람으로 양반의 첩이 되었다고 용이나 되어 하늘에나 올라간 듯하여 하는 말이 아닐세. 불가불 나갈 일만 있으면 어디를 못 가겠나?"

봄날이 길다 하나 일없는 여편네의 받고 차는 잔말이란 것은 한없는 것이라. 말하는 동안에 지구가 참 돌아가는지 태양(太陽)이 달아나는지, 길마재 위에 석양(夕陽)이 비꼈더라.

점순이가 해를 쳐다보더니 어린아이를 춘천집에게 안기며,

(점순) "에그, 해 다 갔습니다. 아기 좀 보아줍시오. 쉰네는 저녁 진지를 하여야 하겠습니다."

춘천집은 어린아이를 받아 안고 안방으로 들어가고, 점순이는 바구니를 끼고 반찬가게로 나가더라.

엉성한 바구니 속에 빨간 고기, 하얀 두부, 파란 파를 요리조리 곁들여서 옥색 저고리에 빨간 팔 배래[195] 받아 입은 팔꿈치에 홈쳐 끼고 흔들거리고 들어오던 점순이가, 대문간에서 뒤를 할긋할긋 돌아다보더니 허리춤 속에서 열쇠를 꺼내서 겉으로 잠갔던 행랑 방 문을 덜컥 열고 쑥 들여다보며,

(점순) "최서방, 갑갑하였지요. 인심 좋은 옥사쟁이는 돈 한 푼 아니 받고 옥문만 잘 열어주지요, 하하하……."

(최) "그래, 어떻게 되었소?"

(점순) "어떻게 되기는 무엇이 어떻게 되어. 내가 들어가서 저녁밥 지어놓을 만하거든, 아까 하던 말대로 하오."

하더니 문을 똑 닫고 안중문에로 들어간다.

춘천집은 안방에 앉았다가, 별안간에 가슴이 두근두근하며 마음이 좋지 못하더니 별생각이 다 난다. 울며불며 이별하던 어머니도 보고 싶고, 야속하던 아버지도 보고 싶고, 가물에 콩 나듯이 드문드문 와서 보는 김승지도 보고 싶더라.

(춘천집) "이애 거북아, 너의 아버지가 요새는 왜 한 번도 아니 오시는지 모르겠다. 거북아, 아버지 보고 싶은 눈 좀 보자."

거북이가 눈을 짜긋하게 감는 시늉을 하며 재롱한다.

(춘천집) "에그, 고 눈 어여쁘다. 또 너의 아버지 언제 오실까 머리 좀 긁어라."

거북이가 고개를 살살 흔들며 머리를 아니 긁는다.

춘천집이 거북이 대강이를 똑 때리면서,

"요것, 왜 너의 아버지 언제 오실까 머리 좀 긁어라 하여도 아

니 긁느냐."

거북이가 저의 어머니를 쳐다보며 입이 비죽비죽하더니 응아
운다.

대문간에서 '이리 오너라, 이리 오너라' 부르는 소리가 나니,
안방 부엌에 있던 점순이가 안중문간에로 나가다가 더 나가지 아
니하고 안방에까지 목소리가 들리도록 하는 말이라.

"에그, 죽산 서방님이 올라오셨네."

대문간에서 부르던 손이 목소리를 크게 하여 하는 말로,

"점순이가 어찌하여 여기 와서 있느냐. 아낙에 못 볼 손님 아니
계시냐. 그대로 들어가도 관계치 아니하겠느냐?"

(점) "들어오십시오."

하는 소리가 나더니 밖에 있던 손이 서슴지 아니하고 안마당으로
쑥 들어오니 점순이가 앞서서 들어오는데, 그 손은 마당에서 지
체를 하고 섰고, 점순이는 안방에로 들어오면서,

(점) "마마님, 저 죽산 서방님이 오셨습니다."

(춘천집) "죽산 서방님이 누구신가?"

(점) "에그, 죽산 서방님을 모르십니까?"

하더니 춘천집 앞으로 바싹 다가서서 가만히 하는 말이,

"강동 나리 서자 되시는 서방님이에요."

(춘천집) "강동 나리는 누구신가?"

(점) "에그 딱하여라, 강동 나리를 모르시네. 우리 댁 영감 사촌
되시는 나리를 모르셔요? 강동 나리는 돌아가신 지 오래지요······.
저 서방님은 돌아가신 강동 나리 서자랍니다. 저 서방님 어머니

되시는 마마님은 그저 살아 계시지요."

(춘천집) "들어옵시사 하게."

점순이가 안방 문을 열고 나서면서, '서방님 이리 들어옵시오' 하는 소리 한마디에, 그 남자가 거드름스러운 헛기침 두 번을 하며 안방에로 들어오는데, 나이 삼십이 넘을락 말락 하고 구레나룻은 뺨을 쳐도 아프지 아니할 만하고 둥그런 눈은 심술이 뚝뚝 떨어지는 듯하고 콧날 우뚝 서고 몸집 떡 벌어진 모양이 대체 영특한 남자이라.

서슴지 아니하고 춘천집 앞으로 썩 들어앉으며 '아주머니 아주머니' 하며 인사를 하는데, 춘천집은 김승지의 일가라고 별로 상면을 못 하여본 터이라 무엇이라고 말하면 좋을지 몰라서 그 남자의 말하는 대로 대답만 하고 있더라.

점순이는 죽산 서방님을 보고 반가워하는 모양으로 무슨 말을 할 듯 할 듯하면서, 버릇없이 먼저 말하기가 어려운 것같이 말없이 윗목에 섰더라.

그 남자가 점순이를 돌아다보며 말을 묻는데, 본래 무식한 천격의 사람이라 말이 천보[196]로만 나오더라.

(구레나룻) "점순이는 요새 더 어여쁘구나. 네 자식 잘 자라느냐? 아까 내가 큰댁에 갔을 때에 네가 눈에 보이지 아니하고 마님 교군 뒤에 계월이가 뫼시고 가기에, 네가 어디 갔누 하였더니, 네가 작은댁에 와서 드난을 하는구나. 전에는 큰댁 마님께서 어디를 가시든지 네가 뫼시고 다녔지……"

(점순) "서방님께서 큰댁에 다녀오십니까. 마님께서 계월이를

데리고 어디를 가셔요?"

(구레나룻) "마님께서 죽산 내려가셨단다."

하더니 다시 춘천집을 돌아다보며,

(구레나룻) "참 내가 미처 말을 못 하였소. 아저씨께서 일전에 급한 일이 있어서 우리 집에 오시다가 길에서 병환이 들어서, 우리 집에 들어오실 때부터 실려 들어오시더니 불과 수일에 시각대변[197]이오구려. 내 참 그런 급한 병은 처음 보았소. 어제 아침에는 유언을 다 하시는데, 별말씀을 다 하십디다. 그렇기로 꼭 돌아가실 것은 아니지요마는, 사람의 일을 알 수가 있소? 아저씨 말씀에, 두 분 아주머니나 한번 다시 보고 죽으면 좋겠다 하시니, 두 분 아주머니께서는 가서 뵈옵든지 아니 가서 뵈옵든지 내 도리는 내가 아니 할 수가 없어서 밤을 도와 올라왔소. 삼청동 아주머니는 본래 급하신 성정이라 그 말을 들으시더니 당장에 두 패 교군을 질러서 떠나셨지요. 내가 배행을 하여 가는 길인데, 춘천 아주머니께 이 말씀 아니 하고 갈 수 있소. 교군더러 과천 말죽거리 가서 숙소하시게 이르고 나는 이리로 들어왔소. 그래 아주머니는 어찌하실 터이오? 아저씨를 가서 뵈올 터이면, 지금으로 가실 길을 차려드릴 터이고, 아니 가실 터이면 나는 곧 가야 하겠소."

춘천집이 그 말을 듣고 천진으로 솟아나는 눈물이 쏟아지며 어찌하면 좋을지 몰라서 아무 소리 없이 앉았는데, 점순이가 가장 세상에 충비는 저 하나뿐인 듯이 안타깝게 애를 쓰고 섰더라.

(점순) "에그, 이를 어찌하나. 마마님께서 못 가 뵈올 터이면 쇤네가 가서 뵈옵겠습니다."

(춘천집) "자네가 가서 뵈옵기로 내게 쓸데 있나. 영감께서 보고 싶단 말씀이 없더라도 내 마음에 가서 뵈고 싶을 터인데, 영감께서 그처럼 말씀하시는 것을 아니 가서 뵈올 수 있나. 그러나 어떻게 가나."

(구레나룻) "아주머니가 가실 터이면 어서 교군을 타시오. 내가 교군까지 데리고 왔소. 이애 점순아, 밖에 나가서 교군꾼더러 교군 갖다가 안마당에 들여놓으라 하여라."

(춘천집) "들여놓을 것 무엇 있소. 내가 나가서 타지요. 그러나 거북이를 집에 두고 가야 좋을는지요?"

(구레나룻) "데리고 가시지요. 아저씨께서 제일 거북이를 보고 싶어 하십디다."

춘천집이 창황 중에 저녁밥도 아니 먹고 어린아이를 데리고 교군을 타고 나가는데, 그 교군이 남관왕묘 앞 길가 남향 반찬가게 앞을 막 지날 때에 구레나룻 난 남자가 미투리 신고 지팡이 끌고 교군 뒤에 따라가다가 급한 소리로,

"이애 교군아, 교군을 거기 좀 뫼셔라. 잠깐 잊은 일 있다."
하더니 교군을 길가에 내려놓고 구레나룻 난 남자가 교군꾼더러 '저리 좀 가거라' 하더니 교군 앞발을 들고 들여다보며 길가 사람에게 들리지 아니하도록 가만히,

"여보 아주머니, 거북이 감기 들리다. 폭 잘 싸서 안으시오."
하면서 어린아이를 싸주는 시늉을 하는데, 춘천집은 경황없는 중이라 거북이를 위하여주는 것만 고맙게 여기고 있더라. 점순이가 팔짱을 끼고 반찬가게 앞에서 교군을 보고 우두커니 섰다가 돌아

서서 반찬가게로 아슬랑아슬랑 들어오면서 한숨을 쉬고 혀를 똑 똑 찬다.

반찬가게는 제일 바쁜 때가 식전, 저녁이라 사람이 들락날락하는데, 가게 주인이 몸뚱이가 둘 되지 못하고 눈이 넷이 되지 못한 것만 한을 하도록 바쁜 중에 점순의 혀 차는 소리를 듣고 흘긋 쳐다보면서,

"혀는 왜 그리 차오. 무엇 못마땅한 일 있소?"

(점) "사람이 오래 사니까 별 꼬락서니를 다 보겠지. 무엇이 나빠서 저까짓 짓을 하여?"

(주인) "무엇을 그리하오?"

(점) "무엇은 무엇이야. 저것 좀 보오."

(주인) "저것이 무엇이란 말이오?"

(점) "저울눈을 세고 서서 행길은 내다보지도 아니하고 그리하네."

주인이 행길을 흘긋 보더니 다시 점순이를 건너다보며,

"행길에 무엇 있소? 교군 하나 놓인 것을 보라고 바쁜 사람을 조롱을 하고 있담……. 아차, 이 고기를 일껏 달아놓았더니 몇 냥쭝인지 또 잊었군. 여보 순돌 어머니, 혀 차고 속 답답한 일 있거든 얼른 이야기 좀 하오. 명 짧은 놈도 좀 듣고 죽게……."

길가에 있던 교군은 도동 앞을 돌아나가는데, 구레나룻 난 남자는 활갯짓을 하며 교군 뒤에 따라가고, 점순이는 반찬가게 기둥 옆에 기대서서 가는 교군만 바라본다.

눈에 돈만 보이는 가게 주인은 정신이 딴 데 가 팔려서 갈팡질

팡할 뿐이나, 반찬거리 사러 왔던 이웃 사람들은 점순의 말을 일삼아 듣고 섰더라.

(점순) "저 교군 타고 가는 사람이 우리 댁 마마님이라오."

(이웃 사람) "……."

(점) "모르겠소, 어디로 가는지? 저 교군 뒤에 따라가는 저놈은 웬 놈인지 밤낮없이 와서 파묻혀 있더니 필경 저런 일이 생겼지. 내가 벌써부터 우리 댁 영감께 여쭈고 싶어도 어린 애기가 불쌍하여 말을 아니 하고 있었지."

(이웃 사람) "……."

(점순) "모르겠소. 아주 내빼는지, 어디 가서 행창[198]질이나 실컷 하다가 또 들어올는지."

하면서 아슬랑아슬랑 나가더라.

춘천집이 달아났다 하는 소문은 어찌 그리 빨리 났던지 그날 밤내로 도동 바닥에 짝자그르하는데, 본래 남에게 칭찬 듣던 사람이 크게 잘못한 일이 있으면 그것을 변으로 알고 말하는 법이라. 춘천집은 도동 바닥에서 어여쁘다 칭찬하고, 인정 있다 칭찬하고, 사족 부녀라도 그보다 더 얌전할 수 없다 칭찬하고, 남의 첩 노릇 하기는 아까운 사람이라고까지 칭찬하던 사람의 입이 딱 벌어지고 혀가 홰홰 내둘리도록 변으로 듣고, 그날 밤에는 구석구석이 춘천집 공론뿐이다. 어느 집 사랑에는 젊은 소년이 한 방이 톡 터지도록 모였는데 하느니 그 소리라.

"아무의 첩이 달아났다지?"

"그것 있기도 오래 있었네. 젊은 계집을 거기다 내버려두고 별로 들여다보지도 아니한다니 아니 달아나겠나."

하는 말은 사람 많이 모인 사랑 공론이요, 삼월 동풍에 집집에 날아들며 지저귀는 제비같이 재미있게 지껄이는 젊은 여편네 모인 곳에는 춘천집의 공론이 여러 가지로 난다.

"춘천집이 달아났다니, 남의 첩이란 것이 다 그렇지. 그런 년들이 서방의 등골이나 빼어먹고 달아나지."

하는 말은 시앗 보고 적상한 여편네가 남의 시앗까지 미워하는 입에서 나오는 소리요,

"춘천집이 갔다지, 잘 갔지. 김승지는 안마누라에게 판관사령[199]이라는데, 무슨 재미로 김승지를 바라고 있어?"

하는 말은 남의 별실 된 사람의 입에서 나오는 소리요,

"춘천집이 갔다지. 집도 내버리고 세간 그릇 하나도 아니 가지고 빈 몸만 나갔다지. 에그, 어수룩한 사람도 많지. 서방이 싫으면 표차롭게[200] 갈라서서 제 것 다 찾아 가지고 저는 저대로 살 것이지, 왜 제 몸뚱이만 나가……."

하는 말은 산전수전 다 겪고 장삼이사(張三李四)에게로 거침새 없이 돌아다니던 여편네의 입에서 나오는 소리요,

"춘천 마마가 달아났다지. 에그, 사람이라는 것은 믿을 수가 없는 것이지. 그 마마님이 달아날 줄 누가 알아?"

하는 말은 춘천집 이웃에 사는 노파가 춘천집을 숙부인 정부인같이 높이 보았던 사람의 입에서 나오는 소리라.

그러한 공론 중에 춘천집을 헐어서 하는 말도 있고 춘천집을 위하여 하는 말도 있으나, 어떻게 하는 말이든지 춘천집이 분명히

달아난 줄로만 알고 하는 말뿐이라.

그날은 김승지의 부인이 점순이 오기를 눈이 빠지도록 기다리고 있는 터이라. 낮전부터 기다리는 점순이가 장장 춘일에 해가 떨어지고 밤이 되도록 소식이 없으니 혼자 속이 타고 혼자 애가 씌워서 앉았다가 일어났다가 지향 없이 마당에로 나갔다가 대문간을 기웃기웃 내다보다가, 다시 방에로 들어와 앉아서 혼자 통통증이 나서 미친 사람같이 혼자 중얼거린다.

"점순이가 오려면 벌써 왔을 터인데 왜 아니 오누? 오늘은 춘천집을 어떻게 처치하든지 처치한다더니, 소식이 없으니 웬일인구? 내가 일 년을 두고 점순이 하자는 대로만 하였는데, 고년이 내 소원 풀어준 것이 무엇인고? 아마 고년이 나를 속여서 돈만 뺏어 간 것이야. 춘천집 하나를 죽여 없애기가 무엇이 그렇게 어려워? 내가 벌써부터 고년을 의심은 하였으나, 고년이 나를 볼 때마다 '조금만 더 참아라' 하는 데 번번이 속았지. 접때는 고년이 들어와서 날더러 영절스럽게 하는 말이, '마님께서 재주껏 영감마님을 꾀어서 열흘 동안만 도동을 아니 나오시도록 하여주시면, 그동안에 춘천집을 없앨 도리를 한다' 하기로, 내 말이 '그것은 걱정 마라, 열흘 동안은 고사하고 보름 동안이라도 영감께서 도동을 못 가시게 할 터이니 감쪽같이 일만 잘하여라' 하였더니, 오늘 식전에는 고년이 또 들어와서 날더러 돈을 달라 하면서 '오늘은 정녕 춘천집을 없애버린다' 하던 년이 돈만 가져가고 또 소식이 없지…… . 만일 오늘도 춘천집을 없애지 못하고 또 딴소리를 하거든, 점순이란 년은 내 손으로 쳐 죽여 없애버려야."

하면서 지향 없이 또 마당에로 나가다가 안중문 소리가 찌걱 나면서 어두운 밤에 사람이 들어오는 발자취 소리를 듣고 열이 버썩 났던 김에 소리를 버럭 질러서,

"점순이냐?"

하는 소리에 김승지가 들어오다가 깜짝 놀라서 하는 말이,

"웬 소리를 그렇게 몹시 지르오? 점순이가 오면 낮에 오지 이 밤에 올 리가 있소."

부인이 점순이를 기다리던 눈치를 그 남편에게 보였을까 염려하여 능청스럽게 하는 말이,

"아, 내가 영감 들어오시는 것을 모르고 그리하오. 영감이 출입 아니 하신다고 날더러 장담하시더니 또 출입을 하시니, 영감이 거짓말하시는 것이 분해서 영감을 보고 부러 그리하였소."

(김승지) "내가 가기는 어디를 가……? 내가 지금 사랑에서 들어오는데……. 못 미덥거든 천복이를 불러 물어보아……. 나는 어디를 가면 마누라는 내가 계집의 집에 가는 줄로만 알고 의심을 하기에. 어디든지 불가불 가볼 일 외에는 내가 무슨 출입을 한다고 그리하오?"

그렇게 발명을 부산히 하며 들어오는데, 김승지의 뒤에 새까만 것이 아슬랑아슬랑 들어오는 것은 점순이라. 부인이 그렇게 몹시 벼르던 점순이를 보더니, 이제는 내 마음대로 일이 잘되었나 보다 싶은 생각이 나서 점순이를 벼르던 마음은 어디로 가고 반가운 마음이 와락 나서 입이 혜벌어졌다.

(부) "범도 제 말 하면 온다더니, 점순이가 참 들어왔구나. 네

무엇 하러 이 밤중에 들어왔느냐?"

하면서 방에로 들어가는데, 김승지와 점순이가 부인의 뒤를 따라 들어가더니, 김승지 내외는 아랫목에 나란히 앉고 점순이는 아무 말 없이 윗목에 섰더라.

(부인) "점순이 네 왜 왔느냐?"

(점순) "그저 들어왔습니다."

(부인) "그저라니, 이 밤중에 왔다가 도로 나가려면 무섭지 않겠느냐?"

(점) "또 나가 무엇 하게요?"

(부) "또 나가 무엇 하다니? 나가서 애기 젖 먹이지."

(점) "쇤네가 아기 젖도 못 먹이게 되었답니다."

(부인) "애기 젖도 못 먹이다니, 왜 네가 무슨 작죄[201]를 하고 내쫓겼나 보구나."

점순이가 무슨 말을 할 듯 할 듯하면서 말이 없이 섰으니,

(부인) "에그, 고년 갑갑도 하다. 왜 말을 좀 시원히 못 하고 그리하느냐. 무슨 작죄를 하였거든 바루 말하여라."

점순이가 부인 앞으로 바싹 들어오더니 가장 김승지의 귀에 들리지 아니하도록 말하는 체하고 가만히 말하는데, 부인이 번연히 알아들었으나 두 번 세 번 재우쳐 묻는다.

(부인) "응, 무엇이야. 말 좀 똑똑히 하려무나. 마마가 달라다니, 무엇을 달란단 말이냐. 무엇이든지 집에 있는 것을 달라거든 갖다가 주려무나."

(점순) "달라기는 무엇을 달래요. 달아났답니다."

(부인) "응, 달아나? 그래 언제 달아났단 말이냐. 말 좀 자세 하여라."

하더니 혀를 툭툭 차며 춘천집을 욕을 한다.

"저런 망할 년 보았나. 무엇이 못마땅하여 달아난단 말이냐? 가면 표차롭게 갈 일이지, 왜 달아난단 말이야?"

(점순) "……."

(부인) "그래 춘천집에게 다니던 놈은 누구란 말이냐?"

(점순) "……."

(부인) "모르다니. 네가 모르면 누가 아느냐. 그래 그놈이 요새는 밤낮없이 춘천집에게 파묻혀 있었단 말이냐? 에그, 그년이 달아난 것이 다행하다. 만일 아니 달아나고 있었던들 영감께 무슨 해가 돌아왔을는지 알 수 있느냐?"

하더니 김승지를 돌아다보면서 호들갑스럽게 무슨 공치사를 한다.

"여보, 내가 무엇이라 합더니까? 내 말 들어서 해로운 일 무엇 있었소. 나는 벌써부터 춘천집이 서방질만 하고 있다는 소문을 들었소. 영감께서는 그런 못된 년에게 빠져서 정신을 모르시고 춘천집이라 하면 세상에 다시 없이 얌전하고 착한 계집으로 알으셨지요? 나만 아닐러면 영감께서 큰일 날 뻔하였소. 만일 춘천집이 어떤 놈을 끼고 있을 때에 영감이 그년의 방에를 들어가셨더면, 그 흉악한 연놈의 손에 영감께서 어떻게 되셨을는지 알 수 있소? 나는 들은 말도 있고 의심나는 일이 있어서 며칠 전부터는 영감이 춘천집에게 가실까 밤낮 그 염려만 하고 있었소. 영감이 내 소리가 듣기 싫어서 요새는 출입도 아니 하셨지요? 내 소리를 그리 듣기 싫어하시더니 내 말 들어 낭패 본 것 무엇 있소. 이후에는 영감께서 내 소리를 아무리 듣기 싫어하시더라도 내가 하고 싶은 말은 다 할 터이오. 왜 아무 말씀도 없이 앉으셨소? 무안하신가 보구려."

하면서 홍김에 김승지를 다그치니, 김승지는 제 깐에 떡국이 농간하여 나오는 말이라.

"마누라 혼자만 춘천집의 행실 그른 줄을 안 듯이……. 나는 먼저 알았어……."

하면서 얼굴이 빨개지니, 부인은 그 남편이 다시는 첩 둘 생각도 못 하도록 말을 하느라고 애꿎은 춘천집의 험언[202]만 하는데, 밤이 깊어서 닭이 울도록 부인의 말이 줄기차게 나오더라.

불쌍한 춘천집은 그날 밤 귀가 가려워도 여간 가려울 터가 아니나, 오장이 슬슬 녹는 듯이 애를 쓰느라고 귀가 가려운 줄도 모르고 지낸다.

춘천집의 교군이 서빙고 강을 막 건너면서 날이 저물었으나 그날은 음력 삼월 보름날이라 초저녁부터 달이 초롱같이 밝았는데, 서빙고 강 모래톱을 지날 때부터는 달빛을 의지하여 가는 터이라.

서빙고 주막을 다다르매 교군꾼이 주막으로 들어가면서,

"여보, 사첫방[203] 있소."

물으니 죽산 서방님이란 자가 뒤에 따라오다가 소리를 버럭 지른다.

"이놈들, 너는 돈 받아먹고 교군 하는 놈이 날더러 묻지도 아니하고 너희들 마음대로 주막으로 들어간단 말이냐. 이런 급한 일

에 밤길 아니 가고 어떠한 일에 밤길을 가겠느냐. 쉬지 말고 어서
들 가자."

(교군) "급한 길을 가시는지 무슨 길을 가시는지, 교군꾼더러
말씀이나 하셨습니까? 돈 아니라 은을 받더라도 단패 교군으로
밤길은 못 가겠습니다."

하면서 교군을 내려놓으니, 죽산 서방님이란 자가 호령이 서리같
이 교군꾼을 벼르나, 본래 말을 하면 상소리가 많은지라, 교군꾼
들이 호령은 들으나 호령하는 자를 처음부터 넘겨다본 터이라 대
답이 시쁘게[204] 나온다.

(교군) "아따, 처음 보겠네. 어디 가서 밤길 잘 가는 교군꾼 얻
어 데리고 가시오. 우리는 여기까지 나온 삯이나 받아 가지고 서
울로 도로 가겠소."

구레나룻 난 자가 소리를 버럭버럭 지르면서 그런 법이 있느니
없느니 하다가, 도동서 서빙고까지 나온 교군 삯을 교군꾼 앞으
로 탁 던지고 교군 속에 앉은 춘천집을 들여다보면서,

"아주머니, 이리 나오시오."

하더니 어린아이를 받아 안고 춘천집을 재촉하니, 춘천집은 절에
간 색시[205]같이 하라는 대로만 하는 터이라. 교군 밖에로 나서면서,

(춘천집) "어떻게 하실 터이야요?"

(구레나룻) "아니 가려는 교군꾼 놈들을 어떻게 할 수 있소? 여
기서 내 처가가 멀지 아니하니 아주머니가 걸어서 내 처가에까지
만 가십시다. 거기까지만 가면, 당장에 동네 백성을 풀어서라도
교군 두 패는 내셀 터이오. 자아, 두말 말고 거북이를 내 등에 업

혀주시오."

하더니 거북이를 들쳐 업고 서서 춘천집을 또 재촉하니 춘천집이
마지못하여 걸어서 따라가는데, 한참 가다가 큰길로 아니 가고
소로로 들어서더니 점점 무인지경으로만 들어간다.

　깊은 밤 밝은 달에 산비탈 험한 길로 이리저리 끌려 다니는 춘
천집이 의심이 나기 시작하더니 겁이 더럭 나서 다리가 덜덜 떨
리며 걸음이 아니 걸린다. 그러나 밤도 깊고 산도 깊은 무인지경
에서 날고뛰는 재주가 없는 터이라, 의심나는 체도 못 하고 내친
걸음에 죽으나 사나 따라가다가 다리도 아프고 기운이 탈진하여
산비탈에 털썩 주저앉으며 말을 묻는다.

　(춘천집) "여보 조카님, 나를 끌고 어디로 가오? 일 마장[206]이
못 되느니, 이 마장이 못 되느니 하던 조카님 처갓집이 왜 그리
머오? 내가 걸음 걸은 것을 생각하여도 이십 리나 삼십 리는 되겠
소."

　(구레나룻) "오냐, 더 갈 것 없다. 이만하여도 깊숙하게 잘 끌고
왔다."

하면서 휙 돌아서는 서슬에, 춘천집이 기가 막혀 하는 말이,

　"여보, 이것이 웬일이오?"

　(구레나룻) "죽을 년이 웬일은 알아 무엇 하려느냐!"

하더니 달빛에 서리같이 번쩍거리는 칼[短刀]을 빼어 들고 춘천
집 앞으로 달려드니, 춘천집이 애걸복걸한다.

　"내 몸 하나는 능지처참을 하더라도 우리 거북이나 살려주오."

하는 목소리가 끊어지기 전에 그 목에 칼이 푹 들어가면서 춘천

집이 뻐드러졌다.

칼끝은 춘천집의 목에 꽂히고 칼자루는 구레나룻 난 놈의 손에 있는데, 그놈이 그 칼을 도로 빼어 들더니 잠들어 자는 어린아이를 내려놓고 머리 위에서부터 내리치니, 살도 연하고 뼈도 연한 세 살 먹은 어린아이라 결 좋은 장작 쪼개지듯이 머리에서부터 허리까지 칼이 내려갔더라.

구레나룻 난 자가, 춘천집이 설 찔렸을까 염려하여 숨 떨어진 춘천집을 두세 번 거푸 찌르더니 두 송장을 끌어다가 사태 난 깊은 골에 집어 떨어뜨리는데, 춘천집 모자의 송장이 사태밥[207]에서 내리굴러 들어가매, 적적한 산 가운데 은 같은 달빛뿐인데 그 밤 그 달빛은 인간에 제일 처량한 빛이러라.

광주 정선릉으로 들어가는 어귀의 사태가 길길이 난 구렁텅이에 귀신도 모르는 송장 둘이 처박혔는데, 꽃같이 젊은 여편네와 옥동자 같은 어린아이라. 그 여편네는 춘천집이요, 그 어린아이는 춘천집의 아들 거북이라. 끔찍하고 악착한 그 죽음을 인간에서는 아무도 본 사람이 없으나, 구만리장천 한복판에 높이 뜬 밝은 달은 참혹한 송장에 비치었는데, 그 달의 광선(光線)이 한편으로 춘천 삼학산 아래 솔개 동네 강동지 집 안방 서창에 눈이 부시도록 들이비추었더라.

그 방 안에서 강동지 코 고는 소리가 춘천집 살던 도동 앞에서 밤 열두 시 전차 지나가는 소리같이 웅장하고, 동지의 마누라는 쥐 죽은 듯이 아무 소리 없이 누웠더니, 별안간에 소리를 버럭 지르는 서슬에 강동지가 잠결에 어찌 몹시 놀랐던지 마주 소리를 버럭 지르면서 벌떡 일어나더니 목침을 들고 머리맡 서창을 열어 젖히면서 도적을 튀기는데, 도적은 기척도 없고 적적한 밤에 밝은 달빛뿐이라.

강동지는 깔깔 웃고 마누라는 꿍꿍 앓는다.

(동지) "마누라, 어디가 아픈가? 아까 잠꼬대하였지."

(마누라) "에그, 무슨 꿈이 그렇게도 흉악하오. 초저녁부터 꿈자리가 뒤숭숭하더니 그 꿈은 다 잊었소. 나중에 꾸던 꿈은 깬 후에도 눈에 선한 것이 꿈 같지가 아니하구려. 김승지의 마누라인가 무엇인가 그 몹쓸 년이 우리 길순이를 짝짝 찢어서 고추장 항아리에 톡 집어 들어 넣는 것을 내가 달려들어 뺏으려 한즉, 그년이 나까지 잡아서 그 항아리 속에 집어넣었소그려. 내가 우리 길순이를 안고 항아리 속에로 들어가면서, 하느님 맙시사 소리를 지르면서 꿈을 깨었소. 여보 영감, 우리가 자식이라고는 길순이하나뿐인데, 삼 년이 되도록 얼굴을 못 보고 지내니 우리가 사는 것이 무슨 재미로 사오? 내가 살기로 몇 해나 더 살겠소? 생전에 길순이나 한번 보고 죽기가 원이니, 내일은 우리 둘이 서울 가서 길순이나 한번 보고 옵시다."

본래 강동지는 계집과 자식에게 범같이 사납던 사람이라, 그 마누라가 무슨 말을 하든지 강동지가 대답이 없으면 감히 두 번 세번 다그쳐 말을 못 하던 터이라, 그때 강동지가 아무 소리 없이 담배만 떨고 담으면서 가만히 앉았는데, 노파는 모로 드러누운 채 다시 아무 말 없이 훌쩍훌쩍 우는 소리가 난다.

(동지) "여보게 마누라, 일어나서 술 한잔 데워주게. 날만 새거

든 내가 서울 가서 길순이나 보고 오겠네."

(노파) "영감 가시는데 나도 좀 같이 갑시다그려."

(동지) "아따 그리하게. 마누라를 쌍가마는 못 태워주더라도 제 발로 걸어가서 딸자식 본다는 것도 못 하게 하겠나."

노파가 그 말을 듣고 신이 나서 벌떡 일어나더니, 일변 막걸리를 거르며 일변 행장을 차리는데, 그 행장은 별것이 아니라 새 옷 한 벌 꺼내 입고, 지팡이 하나 짚고, 강동지 꽁무니에 노자 몇 냥 찰 뿐이라.

날이 밝으매 이웃집 늙은 할미더러 집을 좀 보아달라 하니, 그 할미는 남의 집에 가서 밥이나 얻어먹고 집이나 보아줄 일이 있으면 살 수나 난 듯이 알고 다니는 사람이라, 강동지의 내외가 그 할미에게 집을 맡기고 그 딸 길순이를 보러 서울로 올라가더라. 강동지의 마누라가 열 발가락이 낱낱이 부르터서 한 발자국을 떼어놓으려면 눈물이 쑥쑥 빠지나, 하루바삐 한시바삐 길순이를 볼 욕심으로 아픈 것을 주리 참듯 참으면서 떠난 지 이틀 만에 서울을 대어 들어가니, 우선 남산만 보아도 그 딸을 보는 듯이 기쁘고 반가운 마음이 난다.

해는 길마재에 뉘엿뉘엿 넘어가는데, 강동지의 내외가 남대문에서부터 도동을 묻는다. 강동지의 마누라가 몇 달 전에 받아본 편지런지 춘천집의 편지 겉봉 한 장을 허리춤에서 집어내더니 강동지를 주면서 여기 쓰인 대로만 집을 찾으라 하니, 강동지가 편지 겉봉을 받아 들고 도동을 찾아가서 관왕묘 앞에서 오르락내리락하며 춘천집을 찾는데, 관왕묘 동편 담 모퉁이로 지나가는 사

람이 웬 집을 가리키며 이 집이 그 집이라 하는 소리를 듣고 강동
지 내외의 눈동자가 모들뜨기[208]같이 일시에 흘끗 돌아다본다.

나지막한 기와집에 하얀 막새[209]를 꼭꼭 끼웠는데, 춘천집 모친
의 마음에는 길순이가 분을 바르고 내다보는 듯이 반갑더라.

반쯤 지친 평대문으로 강동지의 마누라가 서슴지 아니하고 쑥
들어가면서 강동지를 돌아다보며 하는 말이,

(노파) "영감, 왜 거기서 머뭇머뭇하시오? 딸의 집도 처음 오니
서먹서먹하신가 보구려."

(동지) "서먹서먹할 것이야 무엇 있나, 마누라가 어서 앞서 들
어가게."

강동지는 뒤에 서고 동지의 마누라는 앞서서 들어간다.

강동지는 헛기침을 하며 들어가고 동지의 마누라는 딸의 얼굴
을 보기도 전에 입이 떡 벌어져 마당에서부터 딸을 부른다. 전
같으면 '길순아' 불렀을 터이나, 앞뒤 면을 보아서 별다르게 부르
더라.

"아가, 반가운 사람 왔다. 문 좀 열고 내다보아라. 너를 보러 오
느라고 열 발가락에 꽈리[210]가 열렸다. 에그 다리야."
하면서 마루 끝에 털썩 걸터앉는다.

안방 지게문이 펄쩍 열리면서 칠팔월 외꽃 부러지듯 꼬부라진
할미가 문고리를 붙들고 언문의 기역 자같이 서서 파뿌리같이 하
얗게 센 대강이로 체머리를 설설 흔들며, 누가 무엇을 집으러 들
어온 듯이 소리를 지른다.

"웬 사람이 남의 집에 들어와서 늘쩡을 붙이고 앉았어? 이 집

주인이 없다 하니, 아주 사람 하나도 없이 비었을 줄 안 것이로구. 나는 이 집 보러 온 사람이야. 어서들 나가."

하면서 남은 무엇이라 말하든지 들어볼 생각도 아니 하고 제 말만 한다. 강동지가 마누라더러 하는 말이,

"그 늙은이 귀가 절벽일세. 저 송장이 다 된 늙은이더러 집을 보라 하고 길순이는 나들이를 갔나 봐."

그렇게 꼬부라지게 늙은 할미가 귀는 어찌 그리 밝던지 강동지의 하던 말을 낱낱이 알아듣고 소리를 지르면서 마루로 나오는데, 기역 자가 걸어 나온다.

(꼬부랑 할미) "이 망할 놈, 네가 웬 놈이냐? 그래 너 보기에 내가 송장이냐?"

하면서 강동지를 때리려고 지팡이를 찾는다.

강동지의 마누라가 부르튼 발을 제겨디디고 일어서서 꼬부랑 할미를 붙들고 빌며 말리는데, 별소리를 다 한다.

"여보, 그만 좀 참으시오. 우리 영감이 잘못하였소. 이 집 주인이 어디 갔소? 나는 이 집 주인의 어미 되는 사람이오."

(꼬부랑 할미) "응, 그저께 저녁에 도망한 춘천 마마의 어머니로구. 이 집에는 주인 없소. 나는 순돌 어머니의 부탁 듣고 집 보아주러 왔소. 그래 춘천 마마 같은 딸이나 두었기에 사람을 그렇게 업신여기지. 여기는 이녁 딸 없소. 딸 보러 왔거든, 딸 있는 곳으로 가오."

그 소리 한마디에 강동지 마누라가 어떻게 낙심이 되었던지 푹 주저앉으면서 눈물이 쏟아진다.

"여보, 그것이 웬 말이오? 내 딸이 참 달아났단 말이오? 여보 할머니, 노염을 풀고 제발 덕분에 말 좀 하여주오. 우리 영감이 말 한마디 잘못한 죄로 내가 거적을 깔고 대죄[211]라도 할 것이니, 내 딸의 일만 말 좀 하여주시오. 에그, 그저께 밤에 그 몹쓸 꿈이 맞지나 아니할까? 내 딸이 어디로 갔단 말인고. 애고 답답하여라. 어서 좀 알았으면……."

하면서 두 다리를 뻗고 앉아서 목소리도 크게 내지 아니하고 흑흑 느끼며 우는데, 꼬부랑 할미가 강동지 마누라의 하는 모양을 보더니 아까 날뛰던 마음이 어디로 갔던지 강동지의 마누라를 마주 붙들고 비죽비죽 울며 방으로 들어가자고 지성으로 권하다가, 또 강동지를 보고 방으로 들어가자고 권한다.

강동지는 아무 소리 없이 마루 끝에 걸터앉아서, 섬돌 위에 담뱃대를 톡톡 떨더니 벌떡 일어나서 꼬부랑 할미 앞으로 오면서 그 마누라더러 하는 말이,

"울면 쓸데 있나. 방에 들어가서 말이나 좀 자세 듣세."

강동지의 내외가 꼬부랑 할미를 따라서 방으로 들어가니, 방도 춘천집 있던 방이요, 세간 그릇도 춘천집 쓰던 세간 그릇이라. 아랫목 횃대 끝에 춘천집 입던 치마와 머리때 묻은 자릿저고리가 걸렸는데, 그 옆에는 어린아이 쓰던 헌 굴레[212]가 걸렸더라. 강동지는 굳센 마음이라 그것을 보고 태연한 모양이나 동지의 마누라는 그 치마저고리와 굴레를 보다가 눈물이 가려서 보이던 것이 아니 보인다.

강동지의 내외가 말을 묻기도 전에 꼬부랑 할미가 춘천집의 이

야기를 하는데, 하던 말을 다시 하고 묻지도 아니하는 일도 가지 각색으로 말한다. 할미는 천진의 할미라 제가 듣고 본 대로만 말을 하니 그 할미의 귀에는 제일 점순의 말이 많이 들어간 귀라, 점순의 넋이 와서 넋두리를 하더라도 그보다 더할 수가 없더라.

강동지의 마누라가 할미의 말을 들을수록 그 딸이 그른 사람이라. 제 자식일지라도 미운 마음이 생긴다.

입으로 발설은 아니 하나 심중으로만 혼잣말이라.

'새침데기는 골로 빠진다[213]더니 옛말 하나 그른 것 없구나. 제 자식의 흉을 모른다더니 나를 두고 이른 말인가? 내 마음에는 우리 길순이같이 얌전하고 옳은 사람은 없는 줄로 알았더니, 그렇게 고약한 줄 누가 알아? 기생도 아니요 덥추[214]도 아닌 것이 웬 행창질을 그리 몹시 하여? 내 속으로 나온 것이 누구를 닮아서 그리 음란한고? 김승지의 발끝만 돌아서면 어떤 놈을 끼고 있었다 하니, 그런 고약한 년이 어디 또 있어? 에그, 그년 달아나기를 잘하였지. 만일 그렇게 고약한 일이 내 눈에 띄었던들 내 손으로 길순이란 년을 쳐 죽여 없앴을 터이야. 그러한 더러운 년을 자식이라고 세상에 살려두었다가 집이나 망하여놓게.'

그러한 생각이 나기 시작하더니, 눈물은 간곳없고 열이 버썩 나서 어디든지 그 딸의 있는 곳만 알면 쫓아가서 분풀이를 하고 싶은 마음뿐이라.

증자 같은 성인 아들을 둔 증자 어머니도 그 아들이 살인하였다 하는 말을 곧이듣고 베를 짜던 북을 던지고 나아간 일도 있었거든, 춘천집이 서방에 미쳐서 지랄발광이 나서 도망하였다 하는

소문은 도동 바닥에 쩍 벌어졌다 하는 말을 춘천집의 어머니까지
폭 곧이들었더라.

강동지는 꼬부랑 할미의 말을 듣다가 한편으로 딴생각을 하고
있더라. 이번에 서울 가면 김승지의 덕을 착실히 볼 줄 알았더니
여간 낭패가 아니요, 이 집에서는 잘 염치도 없는 터이라 보행객
주[215] 집에로 나가려는데, 노자 쓰던 돈은 백동전 서 푼만 남은 터
이라 그것도 걱정이요, 내일은 식전에 일찍 떠나서 빌어먹으면서
라도 춘천으로 갈 터인데 마누라가 발병이 나서 걱정이라. 강동
지가 제풀에 화가 나서 지성으로 이야기하고 앉았는 꼬부랑 할미
가 미워 보인다. 듣기 싫다고 핀잔을 주고 싶으나 감히 핀잔은 못
주고 참고 앉았더라.

강동지가 꼬부랑 할미를 흘끔흘끔 건너다보며 약이 잔뜩 오른
독한 잎담배를 붙여 물고 연기를 한입 잔뜩 물어서 훅훅 내뿜는
데, 그 연기가 꼬부랑 할미의 얼굴을 뒤집어씌우니 할미가 말을
하다가 기침을 칵칵 하는데, 강동지는 모르는 체하고 연기만 뿜
는다. 늙은이 기침이라 한번 시작하더니 그칠 줄을 모르고 당장
숨을 모는 듯한데, 마침 대문 소리가 찌걱 나더니 안마당에서 웬
젊은 계집의 목소리가 난다.

"황토 묻은 미투리는 웬 미투리며 짚신은 웬 짚신인가. 누가 꾀
돌 할머니 찾아왔군. 그러나 꾀돌 할머니, 웬 기침은 그렇게 몹시
하시오?"

하면서 마루 위로 올라오더니 방문을 펄쩍 열고 서서 하는 말이,

"에그, 깜깜하여라. 이때까지 불도 아니 켰네. 에그, 이 연기 보

게, 곰 잡겠네."

하면서 방으로 들어오더니 허리춤에서 당성냥을 내어 드윽 그어서 번쩍 들고 강동지 내외의 얼굴을 한참 보다가, '에그 뜨거워' 하며 불을 톡 던지더니 다시 성냥을 그어서 석유등에 불을 켜다가, 마침 대문 여는 소리가 나는 것을 듣더니 등피도 끄지 아니하고 살짝 나간다.

마당에는 신소리가 나는데, 마루 끝에서는 젊은 계집의 소리가 난다.

"최서방이오……?"

(최) "응, 방에 누가 왔나?"

(젊은 계집) "웬 시골 사람이 와서 꾀돌 할머니 찾아온 사람인가 보오."

(최) "들어가도 관계치 아니하겠나?"

(젊은 계집) "들어오시오. 관계치 아니하오. 꾀돌 할머니 찾아온 손님은 꾀돌 할머니더러 데리고 가라지……. 그러나 거기 좀 있소. 말 좀 물어봅시다."

하더니 어찌 몹시 수군거리는지 한 마디도 들리지 아니한다.

그때 꼬부랑 할미는 오장을 토할 듯이 욕지기를 하며 기침을 하느라고 귀에 무슨 소리든지 들리지 아니하는 모양이라.

강동지가 마누라를 꾹 찌르며 가만히 하는 말이,

"의심나는 일이 있네. 마누라는 깍 다물고 있게."

마누라가 그 말대답을 하려고 강동지를 돌아다보니 강동지가 손짓을 하며 등피를 집어 끄더라.

마당에서 수군거리던 소리가 점점 가늘어지는데, 한참 동안은 사람의 기척도 없는 것 같더니 다시 젊은 계집이 예사말로 하는 목소리가 들린다.

(젊은 계집) "그만 방으로 들어갑시다."

하더니 젊은 계집이 앞에 서고 어떠한 남자가 뒤에 서서 들어온다.

키는 크도 작도 아니하고, 몸집 퉁퉁하고, 어깨 떡 벌어지고, 눈이 두리두리하고, 구레나룻 수선스럽게 난 모양이 아무가 보든지 만만히 볼 수는 없게 생긴 자이라. 썩 들어서면서 방에 앉은 사람을 휘휘 둘러보더니 제 방에 들어오는 사람같이 서슴지 아니하고 아랫목으로 떡 뻐기고 들어간다. 그 아랫목에는 강동지가 앉았던 터이라. 강동지가 슬쩍 비켜 앉으며 그 마누라의 옆을 꾹 지르며 쑥 미니 마누라가 동지를 흘끔 돌아다보며 윗목 편으로 다가앉았더라.

본래 강동지가 그 젊은 계집의 얼굴을 알아보는 터이라. 그러면, 그 젊은 계집도 강동지를 알아볼 듯하건마는 어찌하여 못 알아보았던지? 강동지가 삼 년 전에 그 딸 춘천집을 데리고 서울로 왔을 때에, 김승지의 마누라가 기를 버럭버럭 쓰며 전동 바닥이 떠나가도록 야단을 치는 서슬에, 강동지가 춘천집을 데리고 계동 박참봉 집에 가서 춘천집을 살인죄인 숨겨놓듯 하고 있을 때에, 춘천집을 찾으러 와서 살살 돌아다니면서, 이 방문 저 방문 열어보던 점순이를 강동지가 무심히 보았을 리가 없는지라.

그러나 점순이는 춘천집을 찾는 데만 정신이 골몰할 뿐이라, 박참봉 집 사랑에 어떠한 손님이 있었던지 몇 해를 두고 잊어버리지 않도록 자세히 보았을 까닭이 없었더라. 그때, 꼬부랑 할미는 기침은 겨우 그쳤으나 기운이 탈진하여 내친걸음에 저승길로 가려는지 금방 죽으려는 사람같이 숨을 모으고 있더라.

점순이가 강동지의 마누라를 보며 말을 묻는데, 강동지가 옆에 앉아서 그 마누라를 꾹꾹 찌르니 그 마누라는 아까 부탁 들은 말이 있는 고로 대답할 수도 없고 아니 할 수도 없어서 강동지만 흘끔흘끔 돌아다보니, 점순이가 하는 말이 '그 늙은이 귀먹었군' 하더니, 다시 강동지더러 말을 물으니 강동지는 얼빠진 사람같이 앉았다가 숙맥같이 대답을 한다.

강동지가 가평 잣두리 사는 김첨지라 하면서 말 묻던 사람이 화증 날 만치 못생긴 체를 하는데, 강동지의 마누라가 그 눈치를 알고 귀먹은 체하고 입을 다물고 있더라.

방 안에 사람이 다섯이 있는데, 늙은이가 셋이요 젊은것이 둘이라. 하늘이 무심치 아니하여 춘천집의 귀신이 강동지의 내외를 불러대고 염라대왕이 점순이와 구레나룻 난 자의 넋을 빼고 최판관이 꼬부랑 할미 입을 틀어막고 잡아가는지, 그 방에는 이상한 일이 많이 생겼더라. 꼬부랑 할미는 그 밤을 넘기기가 어려운 모양이요, 강동지는 천연한 숙맥 노릇을 하고, 강동지의 마누라는 열기 없이 귀머거리 행세를 하는데, 젊은것 둘이 기탄없이 말을 한다.

(점순) "에그, 꾀돌 할머니가 죽겠네. 꾀돌네 집에 가서 알려야 하겠군."

(구레나룻) "응 부질없지. 그저께 저녁에 궐녀를 데리고 갈 때

에, 내 얼굴 본 사람이 많은걸……. 그렇게 죽게 된 노파를 데려 가느라고 사람들이 들락날락하면 부질없어……. 이 방에서 늙은 이 셋이 자게 하고, 우리는 전과 같이 행랑방에 불이나 조금 때고 자세. 나는 밝기 전에 가겠네."

(점순) "누가 보기로 어떨 것 무엇 있나……? 이제야 무엇을 그렇게 꺼려……?"

(구레나룻) "그래도 그렇지 않지. 우리가 황해도 가거든 기를 펴고 사세. 그러나 그 일은 다 잘되었나?"

(점) "그럼, 범연히 할라구."

(구레나룻) "그때 말하던 대로……."

(점) "그보다 더 잘되었으면 어찌할 터이오. 내가 욕심내는 것은, 우리 마님이 아끼는 것이 없어."

(구레나룻) "그러면 이제는 남의 종 아니로군."

(점) "그럼. 어제 속량문서 하였는데……. 그러나 최서방, 어젯 밤에 왜 아니 왔어, 늦도록 기다렸는데."

(구레나룻) "어젯밤에는 거기 가서 더 잘 덮느라구 못 왔어."

(점) "에그, 다심도 하지. 그냥 내버려두면 어때서……."

(구레나룻) "그래도 그렇지 않지."

하면서 조끼에서 무엇을 꺼내더니 점순이 앞에 툭 던지며 '이것 잘 집어두게' 하는데, 무엇인지 백지에 싼 것인데 쇳소리가 찌르 렁 나는지라. 점순이가 집어서 펴보려 하니, 구레나룻 난 자가 고 갯짓하며 펴볼 것 없이 잘 두라 하니, 점순이가 상긋상긋 웃으면 서 어디 무엇을 가지고 그리하누 하면서 슬쩍 펴니, 비녀와 가락

지라. 점순이가 들고 보다가 톡 집어 던지며,

(점) "에그 흉하여라. 그까짓 것은 왜 가져왔어. 나는 그까짓 것 아니라도 비녀 가락지 있어."

(구레나룻) "에그 유난스러워라, 그만두게. 내 내일 팔아서 내가 술이나 먹겠네."

하더니 다시 집어서 조끼에 넣더라.

그때 강동지는 꾸벅꾸벅 조는 시늉도 하고 이를 흠척흠척 잡아 죽이는 시늉도 하면서, 저 볼 것은 다 보고 저 들을 것은 다 듣고 앉았는데, 구레나룻 난 자의 성이 최가인 줄도 알고 점순이와 최가가 둘이 부동[216]하여 춘천집을 죽여 없앤 눈치까지 대강 알았으나, 분명한 일은 알지 못하여 답답증이 더욱 심할 지경이라.

졸음을 참지 못하는 모양으로 윗목에 가서 툭 쓰러져 자는 시늉을 하니, 강동지의 마누라는 원숭이 입내 내듯이 강동지 옆에 가서 마주 쓰러져 자는 시늉을 한다. 꼬부랑 할미는 죽었는지 살았는지, 잠이 들었는지 기진을 하였는지 앓는 소리도 없이 꼬부리고 드러누웠더라.

점순이가 마루로 나가더니 술병 하나 주전자 하나 찬합 하나를 가져다 놓고 다 꺼져가는 화롯불을 요리조리 모으는데, 최가가 술을 보고 찬술을 두 번 세 번 거푸 따라 먹더니 입맛이 바싹 당기는지 좀 잘 먹을 작정으로 더운 안주를 찾으니, 점순이가 새로이 마루로 나가서 숯불을 피우고 더운 안주를 만들다가 행랑 부엌에 장작을 지피느라고 얼른 들어오지 아니하니, 최가가 그동안을 못 참아서 점순이를 재촉한다.

(최) "순돌 어머니, 어디 가서 무엇을 하고 있어? 어서 들어와. 내가 빈방 지키러 왔나. 아니 들어올 터이면 나는 갈 터이야. 무슨 재미로 혼자 앉았어."

(점순) "에그, 성품도 급하기도 하지. 행랑방에 불 좀 지피고 곧 들어갈 터이니 잠깐만 참으시오."

(최) "불은 지펴 무엇 하게. 요새 불 아니 때기로 못 잘라구."

(점) "나무 두고 냉방에서 잘 맛 있나. 잠깐만 참구려."

(최) "참기도 많이 참았구면……. 어서 들어와서 술이나 먹세."

(점) "저렇게 먹고 싶거든, 어젯밤에도 올 일이지. 인제 불 다 때었소."

하더니 마루에서 또 지체를 한다.

(최) "불을 다 때었으면 들어올 일이지, 마루에서 또 무엇을 하고 있어. 마루에까지 불을 때나."

(점) "그동안을 못 보아서 죽겠나베. 자, 인제 들어가오."

하면서 방문을 열고 김이 무럭무럭 나는 냄비를 소반에 받쳐 들고 들어오더니, 최가의 앞에 바싹 들여놓으면서 최가의 얼굴을 쳐다보며 눈웃음을 어찌 기이하게 웃었던지, 최가의 마음에 인간 행락[217]이 나뿐인 듯싶은가 보더라.

최가가 흥김에 점순에게 술을 권한다.

(최) "한잔 먹게."

(점) "에그 망측하여라. 내가 언제 술 먹습더니까."

(최) "아따, 이렇게 얌전한 체를 하나. 두말 말고 한잔 먹게. 먹고 죽으면 내가 송장 쳐주지."

(점) "송장 치기에 솜씨 났군……."

하면서 쌍긋 웃고 술잔을 받더라. 점순이가 본래 서너 잔 술은 먹던 터이라 그날은 별다른 날인지 최가의 권하는 김에 칠팔 잔을 받아먹고 얼굴에 연지를 뒤집어씌운 듯이 새빨개지더니 옹송망송하며 최가의 만수받이[218]를 하는데, 홍모란 한 포기가 춘풍에 흩날려서 너울 너푼 노는 것 같더라.

아랫목에는 젊은것들 세상이라, 팔간 용멧장 밑에서 전후 점박이 비둘기 한 쌍이 노는 듯하고, 윗목에는 늙은이 모듬이라, 어물전 좌판 위에 바싹 마른 새우[大蝦] 세 마리를 늘어놓은 것같이 꼬부리고 누웠더라.

아랫목에는 흥치가 무한하고 윗목에는 정경이 가련하다. 원래 몹시 꼬부라진 꼬부랑 할미는 저승 문턱을 거진 다 넘어가게 된 사람이라 사람 수에 칠 것도 없거니와, 강동지의 내외는 여간 젊은것들보다 존장[219] 할아비치고 근력 좋은 사람이라 흥증을 떠느라고 꼬부리고 헛잠을 자는데, 먼 길에 삐쳐 와서 저녁밥도 굶고 음식 냄새만 맡고 누웠으나, 길에 삐쳐 곤한 생각은 조금도 없고 저녁 굶어 배고픈 생각도 전혀 없이 가슴을 에이는 듯하고 오장이 녹는 듯한 그 마음이야 누가 알리오.

점순이와 최가는 이 밤이 짧은 것이 걱정이요, 강동지의 내외는 이 밤이 길어서 걱정이라.

최가가 술을 먹다가 번열증이 나던지 두루마기와 조끼를 벗어부치고, 술만 부어라 부어라 하며 퍼붓던 차에, 점순이가 어린 속에 점잖은 물건이 들어가더니 개잡년의 소리를 함부로 하다가 별안간에 방 안이 팽팽 도는 것 같고 정신이 아뜩하여 최가의 무릎에 얼굴을 푹 수그려 엎드리더니 홍몽천지(鴻濛天地)²²⁰가 되었더라.

최가는 혀 꼬부라진 말소리로 점순이를 부르며 맥이 풀어진 팔로 점순이를 일으키며 행랑에로 나가자 말자 하더니 그대로 쓰러져서 한데 엉클어지며 호리건곤(壺裏乾坤)²²¹이 되었더라.

강동지가 고개를 들어서 기웃기웃 보다가 벌떡 일어나더니 마누라를 꾹꾹 찌르니 마누라가 마저 일어앉아서 어찌하라는 말인지 몰라서 강동지만 쳐다보고 있는데, 강동지는 아무 소리 없이 아랫목으로 슬며시 가더니 최가의 벗어놓은 조끼를 집어다가 뒤적뒤적하더니 백지에 싸서 끼운 비녀, 가락지를 빼서 제 행전노리²²²에 끼우고 슬며시 일어나서 문을 열고 나가면서 마누라에게 손짓을 하니, 마누라가 따라 나가더라. 대문 밖에 썩 나서니 하늘에는 달빛이요, 남산에는 솔 그림자요, 인간에는 닭 우는 소리뿐이라.

강동지가 그 마누라를 데리고 남산 소나무 밑에 가서 한참 수군수군하더니, 그길로 계동 박참봉 집에 가서 대문을 두드리며 소리를 지른다.

박참봉이 자다가 일어나서 맨발에 신을 신고 나오더니 왼손으로 바지 고의춤을 움키어 잡고 오른손으로 대문 빗장을 빼고 문을 열더니, 눈을 비비고 내다보며 웬 사람이야 묻다가, 강동지의 목소리를 듣고 깜짝 놀라 반겨 하며 사랑에 불러들이면서 강동지의 마누라는 안방에로 데리고 들어가려 하니, 강동지의 마누라가

할 말이 있다 하면서 안방으로 아니 들어가고 동지를 따라서 사랑으로 들어간다.

　박참봉이 몇 달 전에 춘천집을 가보았던지 근래는 자세한 소문도 못 듣고 있는 터이라, 강동지가 들어앉으며 인사 한마디 한 후에 그 딸의 소식을 묻는다.

　(강) "요새 내 딸 잘 있답디까?"

　(박) "응, 잘 있지."

　(강) "요새 어디 있소?"

　(박) "도동 있지, 자네가 그 집 사 든 후에 못 가보았던가?"

　(강) "요새는 김승지 댁 마님인가 무엇인가 극성을 얼마나 부리오?"

　(박) "그것 참 별일이야. 그렇게 대단하던 투기가 다시는 투기한다는 소문이 없고 지금은 자네 따님에게 썩 잘 군다데……."

　(강) "어, 그것 참 별일이오그려."

　(박) "내가 작년 겨울에 지나는 길에 자네 따님을 잠깐 들어가보았네. 그때 본즉 썩 잘 지내는 모양일세. 침모도 두고 종도 부리고 세간도 갖고 있는 모양이데."

　(강) "종은 샀답더니까?"

　(박) "아니, 김승지 댁 마님이 부리던 종을 주었데. 자네가 이번에는 서울 왔다가 재미 보겠네. 딸도 만나 보려니와 외손자의 얼굴은 처음 보지. 참 잘생겼지. 흡사한 외탁이야."

　입을 꽉 다물고 천연히 앉았던 강동지의 마누라가 그 소리 듣고 목이 메서 울며 가슴을 쾅쾅 두드리다가 폭 고꾸라지는데, 강동지의 눈이 실쭉하여지며 박참봉을 흘겨보더니 주먹으로 방바닥을 치며 소리를 지른다.

(강) "이 주먹 아래 몇 년 몇 놈이 뒈질지 모르겠군. 박참봉부터 당장 더운 죽음을 아니 하려거든 어름어름하지 말고 바른대로 말하오."

그 서슬에 박참봉이 간이 콩만 하여지고 눈은 놀란 토끼 눈같이 동그래지며 웬일인지도 모르고 벌벌 떨며 곡절을 묻는다.

본래 강동지가 목소리는 갈범[223] 같고 눈은 봉의 눈 같고 키는 누가 보든지 쳐다보게 큰 키라. 나이 오십이나 되었으나 춘천 바닥에서 씨름판에 판막는[224] 사람은 강동지라. 박참봉이 강동지의 기에 눌려서 아무 죄 없이 생겁이 나서 이마에서 식은땀이 똑똑 떨어지며 강동지의 비위를 맞추려 하는 모양이 가관이러라.

(박) "여보게 영감, 이것이 웬일인가. 내야 강동지와 무슨 일 상관있을 까닭이 있나. 필경 김승지 집과 무슨 상관된 일이나 있으면 있었지. 그러나 말이나 좀 자세 들어보세, 무슨 일 있나?"
하면서 애를 쓰고 있는데, 그 옆에 앉았던 강동지 마누라는 강동지가 방바닥 치는 소리를 듣고 더욱 기가 막혀서 가슴을 쥐어뜯고 울다가 밤중에 남의 집에서 울음소리 크게 내기가 불안한 마음이 있던지 소리는 크게 내지 아니하나, 부디 저 죽을 듯이 날뛰는 모양은 차마 볼 수가 없더라.

(강동지) "여보 마누라, 울지 말게, 듣기 싫어. 울어서 무슨 일이 된다고. 내가 사흘 안으로 내 딸의 원수를 다 갚을 터이니, 그 원수 갚은 후에 집에 가서 실컷 울게. 만일 그전에 내 앞에서 쪽

쪽 울다가는 홧김에 자네 먼저 맞아 죽으리."

강동지가 본래 말은 무지하고 상스럽게 하나, 말이 뚝 떨어지면 집안사람이 설설 기는 터이라. 강동지의 마누라가 그 남편의 말이 무섭기도 하고 일변으로 원수를 갚는다 하는 말에 귀가 번쩍 띄어서 벌떡 일어앉으며,

(마누라) "여보 영감, 내 딸 길순이가 어느 구석에서 원통한 죽음을 하였는지 우리가 그 원수를 갚고 길순의 송장만 찾았으면, 나는 그날 그 시에 죽어도 한이 없겠소. 여보 박참봉 나리, 내 말 좀 들어보시오. 내 딸이 원통한 죽음을 하였소그려. 내 자식이라고 추어 하는 말이 아니라, 춘천 솔개 동네서 자라날 때에 밉게 보는 사람은 하나도 없었더니, 그것이 서울 와서 남의 손에 몹시 죽을 줄 누가 알았소. 내가 열 발가락이 툭툭 터지게 부르튼 발을 제겨디디어 가며 산을 넘고 물을 건너 한양성에 다다를 때에, 누에 대강이 같은 남산 봉우리를 보고 그 산을 끌어안은 듯이 사랑스러운 마음이 나는 것은 내 딸이 그 산 밑에서 산다는 말을 들은 곡절이라. 그 산 밑을 돌아가면 내 딸의 손을 잡고 반겨 하며, 내 딸의 속에서 나온 내 손자를 안아보고 얼러볼 줄 알았더니, 내 딸의 집을 가서 보니, 내 딸은 간 곳 없고 내 딸 죽인 원수만 앉았소그려. 애고, 이를 어찌하나."

하면서 가슴을 두드리는데, 강동지는 아무 소리 없이 앉아서 눈방울만 갔다 왔다 하다가 마누라의 그 말끝에 응 소리를 지르며 주먹으로 방바닥을 또 한 번 어찌 몹시 쳤던지 방고래[225] 한 장이 쑥 빠지며 고래 속의 먼지가 방 안이 자옥하도록 올라온다. 박참

봉이 소스라쳐 놀라 애매한 두꺼비 돌에 치어 죽나[226] 보다 싶은 마음이 나서 벌벌 떨고 앉았더라. 별안간에 사랑문이 왈칵 열리더니 여편네 하나가 뛰어 들어오며, '이것이 웬일이오' 소리를 지르는데, 나이 사십이 될락 말락 하고 얼굴은 벌레 먹은 삼잎같이 앙상하게 생겼는데, 어찌 보면 남에게 인정도 있어 보이고, 어찌 보면 고생주머니로 생겼다 할 만도 한 사람이라. 넓은 속곳에 치마 하나만 두르고 때가 닥지닥지 앉은 까막발에 버선도 아니 신고 불고염치[227]하고 방 한가운데로 들어온다. 새벽녘 찬 바람이 방고래 빠진 곳으로 들이치더니 가난이 똑똑 듣는 등피 없는 석유 등불이 툭 꺼졌더라.

박참봉이 어둔 방에서 성냥을 찾으려고 더듬더듬하다가 얼른 찾지 못하고 윗목에로 성냥을 찾으러 나갔던지 윗목으로 향하여 가다가 창황 중에 정신없이 구들장 빠진 곳을 헛디디어 빠지면서 에쿠 소리를 하는데, 문 열고 뛰어 들어오던 여편네가 박참봉의 에쿠 소리를 듣고 박참봉을 누가 쳐 죽이는 줄로 알았던지 사람 살리오 소리를 지르니, 그 소리 지르는 사람은 박참봉의 부인이라.

그 부인이 사랑에서 웬 계집의 울음소리 나는 것을 듣고 자다가 뛰어나와서 사랑문 밖에서 가만히 듣다가, 강동지가 방바닥을 쳐서 구들장 빠지는 소리를 듣고, 그 남편이 맞아 죽는 듯싶어서 뛰어 들어왔던 터이라.

강동지 마음에 방 안이 소요한 것이 도리어 일에 방해가 될 듯하여 몸에 지녔던 성냥을 그어서 불을 켜며,

(강동지) "박참봉 나리, 놀라지 말으시오. 박참봉 나리는 그 일

에 참섭[228] 없을 줄 짐작하겠소. 그러나 내 딸이 처음에 서울로 들어오던 날 댁에 와서 있던 터이요, 도동 집도 박참봉이 주선하여 샀다 하니 박참봉이 내 딸의 일을 전혀 모른다 할 수도 없습니다."

하는 말 한마디에 박참봉 내외가 일변으로 마음을 놓으나 일변으로 조심이 어찌 되던지 강동지 내외가 하자는 대로 들을 만치 되었더라.

본래 강동지는 궁통[229]한 사람이라. 김승지와 박참봉은 춘천집 죽은 일에 참섭 없을 줄 알면서 박참봉을 그렇게 몹시 혼을 떼어 놓은 것은 까닭이 있었더라. 강동지가 일편 정신이 그 딸의 원수를 갚으려는 일에 골똘하나 돈 한 푼 없이 생소한 서울 와서 어찌 할 수 없는 터이라. 그런고로 박참봉에게 짐을 잔뜩 지우려는 계교이라.

박참봉이 실심으로 강동지를 위하여 일을 의논하고 강동지의 내외를 그 집 건넌방에 숨겨두고 그 이튿날 박참봉이 김승지 집에 가서 춘천집의 말은 내지도 아니하고 김승지를 데리고 오더니, 안 건넌방에서 박참봉과 강동지의 내외가 김승지를 어찌 몹시 을렀던지 김승지가 죽을 지경이라. 그중에 강동지의 마누라는 춘천집의 비녀, 가락지를 내놓으면서 어젯밤에 점순이와 최가의 하던 말과 하던 모양을 낱낱이 하는데, 목이 턱턱 메어 말도 잘못 하는 모양을 보고 강동지는 눈이 두리두리하고 얼굴이 시룩시룩하며 주먹에 힘을 보쩍보쩍 쓰고 앉았고, 김승지는 본래 춘천집과 정이 들었던 사람이라 춘천집이 몹시 죽었다 하는 말은 증거가 분명치 못하나, 춘천집의 비녀, 가락지를 보니 춘천집을 보는 듯한 생각이 있는 중에 강동지 마누라의 하는 모양을 보고 김승지가 마주 눈물을 떨어뜨린다.

강동지 마누라의 마음에는 설운 사람은 나 하나뿐이어니 생각하나, 운우무산(雲雨巫山)[230]에 초양왕(楚襄王)의 꿈을 꾸고 수록산청(水綠山靑)[231]에 당명황(唐明皇)[232]의 근심하듯 마음 어린 김승지가 정들고 그리던 계집이 원통히 죽었다는 말에, 창자가 끊어지는 듯한 그 마음이 그 첩장모보다 더하다 할 만도 하더라.

김승지가 벼룻집을 좀 달라 하여 지폐 이백오십 원을 찾을 표하나를 써 가지고 염낭에서 성명 도장을 꺼내서 꾹 찍더니 박참봉을 보며 스러 죽어가는 목소리로,

(김) "여보, 박참봉, 어렵소마는 심부름 하나 하여주실 일 있소. 이 표를 가지고 종로 베전[233] 일방 배의관의 전에 가서 이 돈을 찾아다가 오십 원은 박참봉이 쓰고 이백 원은 강동지가 서울 있을 동안에 일용이나 하게 주시오."

박참봉이 박복하기로는 계동 바닥에 첫째가던 터이라 집안에 돈이 언제 들어와 보았던지 잊어버리게 되었는데, 그 집안에 백통돈 두 푼은 몇 달 전부터 있었더라. 그 돈은 무슨 돈인고. 못 쓰는 사전[234]이라, 담뱃가게로 몇 번을 나가고, 반찬가게로 몇 번을 나갔다가 퇴박[235]을 만나 들어왔는지, 어디로 내보내든지 박참봉 집 떠나기를 못 잊어서 뱅뱅 돌아 들어오던 사전 두 푼뿐이라. 별안간에 지폐 오십 원이 생기는 것을 보더니 박참봉의 입이 떡 벌어져서 두 손을 쑥 내밀어 표지를 받으면서,

(박) "심부름이 다 무엇이오니까? 이런 심부름은 날마다 시키셨으면 좋겠습니다. 그러나 강동지는 돈을 주시려니와 나까지 웬 돈을 이렇게 많이 주십니까?"

(김) "박참봉도 어려운 터에 강동지 내외 와서 있으니 오죽 폐가 되겠소? 내 집에로 데리고 갔으면 좋을 터이나……."

하면서 새로이 감창[236]한 마음이 나던지 눈물을 씻고 일어나며,

(김) "여보게 강동지, 나는 자네를 보고 할 말이 없네. 내가 지금은 몸도 괴롭고 심회도 좋지 못하니, 집에 가서 좀 드러눕겠네. 무슨 할 말이 있거든 박참봉에게만 말을 하게……. 여보, 박참봉에게 폐는 되지마는 강동지의 내외를 좀 편히 있게 하여주오."

하며 나가는데, 처음에는 김승지를 갈아 마실 듯이 폭백[237]을 풀풀하던 강동지의 마누라가 김승지의 슬퍼하는 기색과 다정한 모양을 보더니 폭백할 생각이 조금도 없고 도리어 눈물을 흘리면서 김승지의 마음을 위로하여 말을 하는데, 강동지는 김승지가 들어와 앉을 때부터 나설 때까지 아무 말 없이 앉았으니, 그 속은 천 길이라 알 수가 없더라. 김승지가 그길로 자기 집으로 가더니 그런 판관사령 같은 김승지 깐에도 그 부인의 하는 모양이 사사이 의심이 나고 이왕의 지난 일도 낱낱이 괴상한 것을 깨달았더라.

그러나 그 부인에게는 무슨 말 들은 체도 아니 하고 의심하는 눈치도 뵈지 아니하고 있는데, 자나 깨나 춘천집 모자의 일이 참 어찌 되었는지 알고 싶고 보고 싶고 불쌍하고 처량한 생각뿐이라.

그날 밤에 사랑방에 혼자 앉아서 밤 열두 시 종을 치도록 잠을 아니 자고 담배만 먹다가 혓바늘이 돋고 몸에 번열증이 나서 앉

왔다가 누웠다가 일어나서 거닐다가 다시 드러눕더니, 잠이 어렴풋하게 들며 꿈을 꾸었더라.

문밖에 신소리가 자박자박 나더니 사랑문을 흔들며 문을 열어 달라 하는 것이 분명히 춘천집의 목소리라. 김승지가 반겨 일어나서 문고리를 벗기려고 애를 무수히 쓰나 고리가 벗겨지지 아니하는지라. 춘천집이 문 열기를 기다리지 못하고 도동으로 도로 나간다 하며 마당에로 내려가는데, 비로소 문고리가 덜컥 열리는지라. 김승지가 쫓아 나가며 방으로 들어오라 하니, 춘천집이 어린아이를 안고 사랑방에로 들어오려고 돌쳐서는데, 김승지의 부인이 어디 있다가 튀어나오던지 치맛자락을 질질 끌고 쫓아오더니, 방망이로 춘천집 모자의 대강이를 꽝꽝 때려서 마당에 선지피[238]가 그득 쏟아지는 것을 보고, 김승지가 꿈에도 그리 빙충맞던지 그 부인의 방망이 잡은 팔을 붙들고 하는 말이, '마누라가 좀 참우, 이것이 무슨 해거요?' 하며 석석 비는데, 그 부인이 기를 버럭 내며 하는 말이, '무슨 염치에 춘천집의 역성을 들고 있소?' 하며 와락 뿌리치는 서슬에 방망이 끝이 김승지의 아래턱을 쳐서 아랫니가 문청 다 빠지며 꿈을 깨었더라. 김승지가 그런 꿈을 꾸고 더욱 심회 산란하여 그 밤에 다시 잠을 못 이루었더라.

그 이튿날 김승지가 십전대보탕[239] 한 제를 지어 가지고 상노 아이 하나 데리고 문밖 절로 약이나 먹으러 간다 하고 광주 봉은사로 나가니, 그것은 웬일인고 사랑에 있으면 손이 찾아오고 안에 들어가면 마누라의 넉살 피우는 것이 보기 싫어서 며칠 동안에 공기 좋은 절간에 가서 조용히 있으려는 일이라.

남문 밖에 썩 나서서 왼손 편 성 밑 좁은 길로 돌아나가는데 그 길은 공교히 도동 동네로 지나가는지라. '저기 보이는 저 집이 춘천집 있던 집이로구나' 하는 그 생각이 문득 나며 다리가 무거워서 걸음이 걸리지 아니한다.

따뜻한 봄바람에 풀풀 날아드는 복사꽃은 소리 없이 떨어지는데, 호랑나비 한 마리는 장주(莊周)²⁴⁰의 몽혼인지 허허연(羽羽然) 날아들어 김승지 앞으로 오락가락한다.

김승지가 혼잣말로,

"나비야, 청산 가자, 호랑나비야 나도 가자, 구십춘광²⁴¹ 다 보내고 낙화시절 되었으니, 네 세월도 그만이라. 나도 이별을 슬퍼하여 단장천(斷腸天)에 너를 쫓아."

하던 말을 뚝 그치고 귀 뒤에 옥관자가 부끄러운 생각이 있었던지 상노 아이가 들었을까 염려하여 뒤를 돌아다보니, 아이는 근심 없이 뒤떨어져서 꽃 꺾어 손에 쥐고 수양버들 가지 위에 처음 우는 꾀꼬리를 때리려고 돌팔매질만 하고 섰더라.

김승지가 그 아이를 물끄러미 보며 혼잣말로, '사람은 저러한 때가 좋은 것이라, 저러한 아이들이야 무슨 걱정이 있을까?' 하며 탄식하고 섰다가, 다시 아이를 불러 재촉하여 봉은사로 향하여 가니, 그 절은 정선릉 산속이라 고목은 굼틀어지고 봄풀은 우거졌는데, 김승지가 다리를 쉬려고 고목 밑에 앉았더니 웬 갈가마귀 한 마리떼가 날아와서 고목나무 휘어진 가지 위에 내려앉으며 깍깍 짖는 소리에 김승지의 귀가 솟는 듯하더라.

본래 김승지는 그 부인의 치마꼬리 옆에서 구기하는 것만 보고 여편네와 같이 구기하던 사람이라, 까마귀 소리를 듣고 무슨 흉한 일이나 생길 듯이 싫은 마음이 나서 까마귀를 쫓으려고 상노 아이를 부르더라.

"갑쇠야, 네가 아까 꾀꼬리보고 팔매질하였지? 듣기 좋은 꾀꼬리 쫓지 말고 듣기 싫은 까마귀나 좀 쫓으려무나."

장난을 하려면 신이 나서 펄펄 뛰는 갑쇠란 놈이 김승지의 말이 뚝 떨어지면서 세상이나 만난 듯이 돌팔매질을 하는데, 날아가는 까마귀를 쳐다보고 소리를 지르며 펄펄 뛰어 쫓아가다가 두어 길이나 되는 사태 골에 뚝 떨어졌더라.

김승지가 깜짝 놀라 한걸음에 뛰어와서 갑쇠 떨어지던 구렁텅이를 들여다보니 사태 내린 깊은 골이라. 갑쇠가 내리굴러 떨어져서 인절미에 팥고물 묻힌 듯이 전신에 황토칠을 벌겋게 하고 툭툭 털고 일어나는데, 그 밑에는 무엇인지 나뭇가지를 척척 덮어놓았는데 그 나뭇가지 틈에서 파리 떼가 일어난다.

(갑쇠) "어! 이 파리 떼 보게. 웬 파리가 이리 많아. 그 밑에 무엇이 있게 파리가 이렇게 모여드나. 이 경칠 놈의 것, 내가 좀 헤치고 보리라."

하더니 나뭇가지를 이리저리 치워놓다가 갑쇠가 그 나뭇가지 하나를 번쩍 들며 '에그머니, 저것이 무엇이야?' 소리를 지르고 뒤로 물러서는데, 그 위에서 내려다보던 김승지의 눈이 뚱그레지며 가슴이 덜컥 내려앉는다. 그 구렁텅이는 춘천집 모자가 칼을 맞고 죽은 송장을 집어넣은 구렁텅이라. 춘천집이 죽어도 썩지 못할 원이 맺혀 그러하던지, 죽은 지 나흘이나 되었으나 얼굴을 보면 지금 죽은 송장 같더라.

춘천집이 목에도 칼을 맞고 가슴에도 칼을 맞고 배에도 칼을 맞았는데, 거북이는 세 살 먹은 어린아이라 연한 뼈 연한 살을 비수 같은 칼로 어떻게 몹시 내리쳤던지 머리 위에서부터 가슴까지 대쪼개지듯 쪼개진 어린 송장이 춘천집 가슴 위에 얹혔더라. 그렇게 참혹한 송장은 누가 보든지 소름이 끼치지 아니할 사람이 없을 터이라. 하물며 김승지의 눈으로 그 경상을 보고 그 마음이 어떻다 형용하여 말하리오. 김승지가 그 구렁텅이로 내려가서 춘천집 모자의 송장을 붙들고 울다가 갑쇠를 데리고 다시 나뭇가지를 집어서 그 송장을 덮어놓고 그길로 봉은사로 들어가서 편지 한 장을 쓰더니 계동 박참봉 집으로 급주[242]를 띄우더라.

행전노리에 편지를 집어 지르고, 저고리 고름에 갓모 차고 철대[243] 부러진 제량갓[244]을 등에 짊어진 듯이 젖혀 쓰고 이마에 석양(夕陽)을 이고 곰방담뱃대 물고 활갯짓하며 한양성 남산 바라보고 한걸음에 뛰어갈 듯이 달아나는 것은, 김승지의 편지 가지고 가는 보행 삯꾼이라. 편지는 무슨 편지인지, 일은 무슨 일에 급주로 가는지 삯꾼은 알지 못하는 터이라. 김승지가 심란한 중에 보행 삯은 삯꾼이 달라는 대로 주었는데, 그 삯꾼은 흥에 띄어서, 그날 밤 내로 박참봉의 답장을 맡아서 회환할 작정이라.

계동 박참봉 집으로 들이닥치며 하님을 부르는데, 그날은 마침 박참봉이 출입하고 없는 터이라. 그 하인이 편지를 안으로 들여보내면서 하는 말이, 급한 편지이니 어서 답장하여주셔야 김승지 영감께 갖다 드리겠다 하니, 그 집안에서 누구든지 김승지라 하면 귀가 번쩍 뜨이는 터이라. 그때 강동지는 무슨 경륜을 하느라고 그리하는지 종일 꼼짝을 아니하고 박참봉 집 건넌방에 가만히 드러누워서 진도남(陳圖南)의 잠자듯이 헛잠이 들어 있고, 강동지의 마누라는 본래 시골서 일 잘하던 칠칠한 여편네라 주인 박참봉의 마누라가 혼자 저녁밥 짓는 것을 불안하게 여겨서 부엌으로 내려가서 불도 때어주고 그릇도 씻어주면서 입으로는 딸 기르던 이야기를 하고 있던 터이라. 응문지동(應門之童)²⁴⁵이 없는 박참봉 집에서 편지 받아들이려 나갈 사람은 강동지의 마누라이라. 대문간에 나가서 편지를 받다가 김승지이니 무엇이니 하는 소리를 듣고 그 하인과 만수받이를 하고 섰더라.

(노파) "김승지 댁에서 왔소?"

(삯꾼) "아니오, 나는 봉은사 절에서 심부름하고 있는 사람이오."

(노파) "그러면 편지하던 김승지 영감은 어떤 김승지란 말이오."

(삯꾼) "어떤 김승지 영감인지 나도 자세히 모르겠소. 오늘 삼청동 사는 김승지 영감이라고, 얼굴 희고 키 조고마한 양반 하나가 나오더니 이 편지를 써주시면서, 계동 박참봉 댁에 가서 얼른 답장 맡아 가지고 오라 하십디다. 답장을 얼른 하여주셔야 어둡기 전에 서빙고 강을 건너가겠소."

안 부엌에서 박참봉의 부인이 강동지의 마누라를 부른다.

"여보게 춘천 마누라, 그 편지가 김승지 영감의 편지라 하니 우리 일로 편지가 왔을 리가 있나. 자네네 일로 편지가 왔을 터이니, 그 편지를 자네 영감이 뜯어 보고 답장을 하여 보냈으면 좋겠네."

남의 편지 뜯어 보는 권리 없는 줄 아는 사람은 조선에는 남자에도 많지는 못할지라. 더구나 부인이 무슨 경계[246]를 아는 사람이 몇이나 되리오. 강동지의 마누라가 박참봉의 부인 말을 듣고 다행히 여겨서 편지를 들고 건넌방으로 들어가며 강동지를 부르나, 강동지는 아무 대답 없이 눈만 떠서 보거늘 마누라가 그 편지를 북북 뜯어서 들고 강동지를 보이는데, 편지 속에서 엄지[247] 하나가 떨어지는지라.

강동지의 마음은 철석같이 강하나 돈을 보면 숙녹피[248]같이 부드러워지는 사람이라, 김승지가 또 돈이나 보내주는 줄로 알았던지 부스스 일어나 앉으며 편지를 받아 보더라.

김승지가 처량한 정경을 당하여 가슴이 아프고 쓰린 중에, 붓끝에서 말이 어찌 그리 구슬프게 나왔던지 정선릉 속에서 보던 경상을 말하였는데, 두루마리 한 절쯤 되는 종이쪽에 까뭇한 글자 몇 자가 그리도 조화가 붙었던지 정선릉 고목 위에 까마귀 소리가 들리는 듯하고, 갑쇠가 팔매질하며 쫓아가다가 낭떠러지에 떨어지던 모양이 보이는 듯하고, 그 구렁텅이 위에 춘천집 모자의 송장 있는 모양을 그린 듯이 말하였고, 그 끝에는 박참봉더러 종로에 맡긴 돈이나 좀 찾아 가지고 봉은사로 나와서 춘천집 모자의 송장 감장[249]이나 하여달라 한 편지라. 연월일 밑에 김승지의 이름 쓰고, 딴 줄 잡아 강동지 내외의 말을 하였는데, 아직은 춘천집 송장 찾았단 말을 하지 말고 박참봉이 봉은사로 나온 후에 상의하여 강동지의 내외가 마음 붙일 만치 재물이나 주어서 안심시킨 후에, 춘천집 모자의 송장 찾았다는 말을 하는 것이 좋을 줄로 말하였더라. 강동지의 눈은 남다른 눈이라 어려서 젖 먹을 때는 울기도 하고 눈물도 났을 터이나, 철난 이후에는 눈물 나본 일이 없던 사람이라, 누가 때리면 아파서나 울는지 슬퍼서나 울는지 슬퍼서는 울지 아니하던 눈이라. 그러한 눈으로 김승지의 편지를 보더니 눈물이 나오는데, 오십 년 참았던 눈물이 한 번에 다 나오던지 쏟아지듯 나오더라.

강동지의 마누라는 무슨 까닭인지도 모르면서 영감 우는 것을 보고 청승주머니²⁵⁰가 툭 터지며 운다.

(마누라) "여보 영감, 왜 울으시오. 말 좀 하시구려. 우리 길순이가 참 죽었다는 소문이 있소?"

강동지가 한숨을 쉬는데, 그 옆에 앉은 마누라가 불려 달아날 듯이 입김을 내불더니, 김승지 편지 사연의 말을 간단히 이야기할 즈음에 박참봉이 들어왔더라.

박참봉이 김승지의 편지 왔단 말을 듣고 건넌방 문을 펄쩍 열고 들어서는데, 강동지가 박참봉 들어오는 것을 보더니 별안간에 주먹으로 방바닥을 치며 소리를 벽력같이 지른다.

"여보, 이거 웬일이오. 내 딸의 송장을 나 모르게 수쇄하자는 것이 까닭 있는 일이오그려."

박참봉이 본래 강동지에게 질렸던 사람이라 영문도 모르고 생으로 눈이 둥그레지며,

(박) "여보게, 그것이 무슨 말인가. 무슨 까닭이 있는 일이거든 날더러 말을 좀 자세히 하여주게. 그러나 저것이 내게 온 편지인가?"

하면서 강동지 앞에 놓인 편지를 집어 보다가, 박참봉이 무슨 혐의쩍은 일이나 있는 듯이 깜짝 놀라며,

(박) "어! 김승지도 딱한 사람이로군. 이런 일이 있으면 내게 편지하기가 바쁠 것이 아니라 강동지에게 먼저 알게 할 일인데, 무슨 까닭으로 강동지에게는 아직 이런 말을 하지 말라 하였누…… . 여보게, 나는 참 자네 따님 돌아간 일을 자네에게 처음 들었네. 김승지 영감인들 설마 자기와 정들어 살던 별실과 귀애하던 외아들을 그 영감이 죽였을 리가 있나. 그러나 이 일이 여간 일이 아니요, 범연히 조처할 일이 아니니, 오늘 밤이라도 봉은사로 나가서 김승지 영감과 상의하여 아무쪼록 자네 따님의 원수 갚을 도리를 하여보세."

그 끝에 강동지의 마누라가 기가 막혀 우니 강동지도 울고 박참봉도 낙루를 하는데, 문밖에서 훌쩍훌쩍 우는 소리가 난다. 그 소리는 참척 많이 보고 자녀 간에 아무것도 없이 사십지년에 이른 박참봉의 부인이 강동지의 마누라가 우는 소리를 듣고 제 설움에 우는 것이러라.

울음 끝에는 공론이 부산하더니 필경에 강동지의 말을 좇아서, 박참봉은 내일 종로에 돈 찾아 가지고 봉은사로 가기로 작정하고, 강동지의 내외는 그날 밤으로 봉은사로 나가더라.

저문 봄 지는 꽃은 바람에 불려 다 떨어져가는데, 그 바람이 비를 빚어 구만리장천에 구름이 모여든다.

남대문 나설 때에 해가 떨어지고, 서빙고 강 건너갈 때에 밤이 되고, 어영급이 주막에 지날 때에 비가 부슬부슬 오기 시작하더

니, 그 비가 쇠우쳐[251] 오지도 아니하고 그치지도 아니한다. 봉은 사에서 편지 가지고 오던 샀꾼은 지로승(指路僧)[252]으로 앞에 서고, 강동지는 뒤에 서고, 마누라는 가운데 서서 가는데, 샀꾼은 어찌 그리 잘 달아나던지 몇 발자국 아니 가서 돌아다본즉, 강동지의 내외는 뒤에 떨어져서 못 따라온다.

(샀꾼) "여보 마누라님, 걸음 좀 빨리 걸으시오. 나는 마누라님 기다리다가 옷 다 젖겠소."

(강동지 마누라) "염려 마오, 빨리 걸으리다."

(샀꾼) "여보 마누라님, 빨리 가시는 걸음이 그러하면 천천히 가시는 걸음은 여드레에 팔십 리[253]도 못 가시겠소."

(강동지 마누라) "여보, 웬 재촉을 그리 몹시 하오. 비 아니라 벼락이 오더라도 더 급히 갈 수는 없소."

(샀꾼) "아따, 오거나 말거나 하시구려. 나는 김승지 영감께 삯 받고 왔지 마누라님께 삯 받은 사람은 아니오."

강동지가 그 소리를 듣더니 홧김에 골이 어찌 몹시 났던지 소리를 지르면서 샀꾼을 쫓아간다.

(강) "이 발겨 죽일 놈, 거기 좀 섰거라. 저러한 놈은 다리를 분질러놓아야 그까짓 버르장머리를 아니 하지."

샀꾼이 강동지가 쫓아오는 것을 보더니 핑계 좋게 달아나는데, 산에서 발이 익은 놈이라 다람쥐같이 달아나니, 강동지는 제 힘만 믿고 쫓아가다가 샀꾼은 간곳없고 강동지는 길을 잃었더라. 강동지의 마누라는 영감을 부르고 강동지는 마누라를 부르고, 길 없는 산비탈로 돌아다니면서 소리소리 지르는데, 쇠우치는 빗소리에 사람의 소리는 어디서 나는 듯도 하고 아니 나는 듯도 하다.

애쓰고 고생하기는 강동지나 강동지의 마누라나 마찬가지언마는, 기골 좋은 강동지보다 마음 약한 마누라가 더 기가 막힐 지경이라. 강동지의 마누라가 영감을 부르던 목이 꽉 잠겨서 소리도 못 지르고 도깨비에게 홀린 사람같이 허둥거린다.

올라가면 산봉우리요, 내려가면 산구렁텅이라. 눈에 보이느니 고목나무가 하늘에 닿은 듯하고 목에 걸리느니 가시덤불이 성을 쌓은 듯하다. 하늘에는 먹장을 갈아 부은 듯한 시커먼 구름 속에서 먹물이 쏟아지는지, 산도 검고 나무도 검고 흰빛은 조금도 없는 깜깜한 칠야이라. 솔잎을 스치며 지나가는 바람 소리는 귀신이 우는 듯하고, 매기(煤氣)[254] 탄기(炭氣)[255]에 발동되는 인광(燐光)은 무식한 사람의 눈에 도깨비불이라 하는 것이라. 강동지 마누라의 귀에 들리느니 귀신 우는 소리뿐이요, 눈에 보이느니 도깨비불만 보이는데, 이 산골에서도 귀곡성(鬼哭聲)이 획획, 저 산골에서도 귀곡성이 획획, 이 산골에서 도깨비불이 번쩍번쩍, 저 산골에서 도깨비불이 번쩍번쩍.

강동지 마누라가 처음에는 간이 녹는 듯이 겁이 나더니, 귀신 우는 소리를 들으면 내 딸 길순의 소리를 듣는 듯하고, 귀신의 불을 보면 내 딸 길순의 모양을 보는 듯이 기막히고 반가운 생각이 들어서, 울며 길순이를 부르고 돌아다니다가 낭떠러지 깊은 골에 뚝 떨어져 내리굴렀더라. 몸은 얼쩍지근도 아니 하나, 마음에 이제는 죽을 곳에 빠졌다 싶은 생각뿐이라. 섧고 기막힌 중에 악을 쓰며 우는데, 잠겼던 목이 다시 트이며 청청한 울음소리가 하늘을 뚫고 올라가는 듯하더라.

"하느님 맙시사! 내 딸이 무슨 죄로 칼을 맞고 죽었으며 내가 무슨 죄로 여기서 죽게 하오? 하느님도 야속하오. 우리 내외가 딸의 송장을 찾으려고 밤중에 산을 패어 나오는데, 그것이 그리 미워서 이지러져가는 달빛을 감추어두고 시커먼 구름장에서 창대 같은 비만 쏟아지는 것은 무슨 심사요? 하느님, 그리를 맙시사. 우리가 살았다가 딸의 원수는 못 갚더라도 죽은 딸의 시체나 붙들고 한번 울어나 보고 죽었으면 죽어도 한이 없을 터이올시다.

하느님 맙시사! 밝으신 하느님 아래, 이러한 일이 있단 말이오? 우리가 살았다가, 점순이와 최가를 붙들어서 토막을 툭툭 쳐서 죽이고, 김승지의 마누라를 잡아서 가랑이를 죽죽 찢어 죽이고, 그 자리에서 우리도 죽으려 하였더니, 하느님이 죄 많은 연놈들을 위하여주느라고 우리를 죽이시는구나. 나는 여기서 죽거니와 우리 영감은 어디 가서 죽는고? 범에게 물려 죽는지, 곰에게 할퀴어 죽는지, 하느님이 죽이려 하시는 사람이야 어떻게 죽이기로 못 죽일라구……. 이 골 속에는 무엇이 있누? 짐승의 굴이거든 범이든지 곰이든지 얼른 뛰어나와서 날 잡아먹어라.

하느님 맙시사! 하느님이 어지시다 하더니 어지신 것이 무엇이오? 밝으시다 하더니 깜깜하기는 왜 이렇게 깜깜하오?"
하며 소리소리 지르고 우는데, 별안간에 천둥 한 번을 하더니 하늘에서 불이 철철 흐르는 듯이 번개를 한다. 번쩍할 때는 일초일목(一草一木)이 낱낱이 보이다가, 깜빡할 때는 두억시니[256]가 덮어 눌러도 알 수 없을 지경이라.

비는 뜨음하고 바람 소리도 잔잔하나 하느님이 호령을 하는 듯이 우르르 소리가 연하여 나며, 구름 속에서 무엇을 굴리는지 뚤뚤 굴러가는 소리가 나더니, 머리 위에 벼락을 내리는 듯이 자끈자끈 내리치는 소리가 나니 강동지의 마누라가 하늘을 원망하다가 천벌을 입는 듯싶은 마음에 정신이 아뜩하여 겁결에 혼잣말로,

"에그, 잘못하였습니다. 하느님이 나를 벼락이나 쳐서 죽여줍시사."

하며 푹 엎드리니, 그 밑에는 무엇인지 솔가지를 척척 덮어놓은 것이 있는지라. 비린내가 코를 각 찌르는 듯하고 오장이 뒤집힐 듯이 비위가 거슬리거늘, 강동지의 마누라가 의심이 와락 나며 몸이 덜덜 떨린다.

떨리는 것은 제가 죽을까 염려하여 떨리는 것이 아니라 그 밑에 딸의 송장이나 있는가 의심이 나서, 반가운지 설운지 겁이 나는지 모르고 정신없이 떨다가 잠깐 진정이 되며 다시 소리를 질러 운다.

"에그, 이 밑에 있는 것이 무엇인가. 여기가 내 딸 죽은 곳이나 아닌가. 하느님 하느님, 미련한 인생이 제 죄를 모르고 하느님을 원망하였으니, 그런 죄로 벼락을 칠지라도 내 딸의 시체나 만나보고 죽게 하여줍시사. 내가 이생에는 개미새끼 하나도 죽인 죄가 없습니다마는, 필경 전생에 죄를 많이 짓고 앙급자손(殃及子孫)[257]하여 내 딸 길순이가 비명에 죽은 것이올시다. 우리 영감이란 사람도 딸자식을 시집보내려거든 어디로 못 보내서 본마누라가 눈이 둥그렇게 살아 있는 김승지에게 시집을 보내고 덕을 보

려 들었으니, 우리 내외는 죄 받아 싼 사람이올시다. 나는 전생에 죄를 짓고 우리 영감은 이생에 죄를 지었으니 눈앞에 악착한 꼴을 보아 싸려니와, 우리 길순이는 부모를 잘못 만난 죄로 저렇게 죽는 것이 불쌍하니 후생에나 잘되도록 점지하여주옵소서.

　하느님 하느님, 비나이다 비나이다, 또 한 가지 비나이다. 이 세상에서 궁흉극악[258]을 모두 부리던 김승지의 마누라란 년과, 고 악독한 점순이란 년과, 그 흉측한 텁석부리 최가 놈은 어떻게 죄를 주시렵니까. 그러한 몹쓸 연놈은 죽어 후생에 도산(刀山)[259]에 천년만년 두고 지옥에 만 년만 두어줍시사. 우리가 이생에 원수를 못 갚더라도 밝으신 하느님이 낱낱이 굽어봅시사. 하느님 하느님, 이 밑에 무엇이 있어서 비린내가 이렇게 납니까? 아까 하던 번개라도 한참만 더하여주십시사."

하며 정신없이 우는데, 산골이 울리도록 욱욱 소리가 나는데, 여기서 욱 저기서 욱 하며 나무 틈으로 불빛이 번쩍번쩍하더니, 강동지 마누라의 울음소리 나는 곳으로 모여들며 구렁텅이 위에 머리 깎은 젊은 중이 죽 늘어서서 횃불을 들고 구렁텅이를 내려다보며, 여기 있다 소리를 지른다.

　그 뒤에는 김승지의 목소리도 나고 강동지의 목소리도 나는데, 김승지가 강동지를 붙들고 구렁텅이로 내려오더니 그 밑에 솔가지 덮은 것을 가리키며 이것이 춘천집 모자의 시체라 하니, 근력 좋은 강동지가 척척 덮인 솔가지를 덥석 집어 치워놓는데, 춘천집 모자의 시체가 쑥 드러나며, 언덕 위에 섰던 횃불잡이들이 별살[260]같이 구렁텅이로 내려오더니 횃불의 광선과 사람의 눈의 광선이 춘천집 모자의 시체에 모여들었는데, 그 광선 모인 곳에 강동지의 마누라가 와락 뛰어 달려들어 춘천집 시체를 얼싸안고,

"이것이 웬일이냐. 이것이 내 딸 길순이란 말이냐? 내 눈으로 보기 전에는 종시 거짓말로만 알았더니 네가 참 이렇게 몹시 죽었단 말이냐?"

하며 그 옆에 있는 어린아이 시체를 산 아이 끌어안듯이 끌어당기면서,

"에그, 깜찍하여라. 이것이 내 손자란 말이냐, 이것이 무슨 죄가 있어 이렇게 몹시 죽였단 말이냐. 여보 김승지 영감, 이것이 웬일이오."

소리를 지르다가 기가 칵 막혀서 한참씩 질렸다가 다시 악을 쓰며 우는데, 강동지, 울음을 잔뜩 참았다가 별안간에 용울음[261]이 툭 터지는데 갈범 우는 소리같이 산골이 울리고, 김승지는 강동지 울기 전까지 눈물만 흘리고 섰다가 강동지 우는 서슬에 따라 운다.

자비(慈悲) 많은 부처님의 제자 되는 봉은사 중들이 그 경상을 보고 낙루 아니 하는 사람이 없더라.

세상이 괴괴한 밤중의 소리라 산이 울리고 골이 떠나가는 듯하더니, 별안간에 꼭두가 세 뼘씩이나 되는 사람들이 풍우같이 몰려오더니 우는 사람을 낱낱이 붙들어 가려 하는데, 김승지가 창피하여 죽을 지경이라. 불호령을 하자 한즉 내 본색이 드러나고 마자 한즉 욕을 볼 지경이라. 본색이 드러나도 여간 수치가 아니요, 욕을 보고 잠자코 있는 것은 더구나 말이 아니라.

본래 김승지가 밤중에 봉은사 중들을 데리고 나오기는, 박참봉에게 편지 가지고 갔던 하인이 답장을 아니 맡아 가지고 온 곡절을 캐어묻는데, 담배씨로 뒤웅박을 팔 듯이[262] 잔소리를 하니, 그 하인이 김승지에게 꾸지람 아니 듣도록만 대답을 하느라고 강동지와 같이 오던 말도 하고, 중로에서 강동지가 하인의 다리를 분질러놓으리 말리 하며 쫓아오는 서슬에 겁이 나서 도망하였다 하니, 김승지가 그 말을 듣고 깜짝 놀라서 별생각이 다 드는데, 제일 염려되는 것은 박참봉에게 편지할 때에 강동지 내외에게는 춘천집 송장 찾은 것을 아직 알리지 말라 하였더니 박참봉은 아니 오고 강동지 내외가 나온다 하니, 편지 속에 말 말라 한 것이 없는 일을 장만한 듯도 싶고, 또 편지 가지고 갔던 하인이 중로에서 혼자 도망하였다 하니, 강동지 내외가 길 잃고 고생할까 염려도 되고, 하인이 잘못한 일까지 그 불은 김승지가 받을 듯한 생각이 있으나 어찌하면 좋을지 몰라서 발을 구르며 애를 쓰고 있는데, 봉은사 주장중[263]이 보더니 '걱정 맙시사' 하면서 종을 치니 봉은사에 있는 중이 낱낱이 모여드는데, 강동지는 어디서 종소리를 듣고 절을 찾아 들어간 터이라.

　　그러나 강동지의 마누라는 어디서 고생을 하는지 몰라서, 횃불을 잡히고 찾으러 나섰다가 공교히 춘천집 시체 있는 곳에서 만나서 강동지 내외 우는 통에 김승지까지 따라 울던 터이라. 그때 정릉 참봉이 시골 생장으로 정릉 참봉 초사[264]를 하더니 의정대신이나 한 듯이 키가 높대 서 있던 터에, 밤중에 능자 내에서 울음소리가 들린다고 능군을 풀어 내보내면서 하는 말이, '막중한 능침 지근지처[265]에서 방성대곡하는 놈이 어떠한 놈인지 반상 무론하고 잡아오라' 한 터이라. 능군들이 먹을 수나 난 듯이 울음소리 나는 곳을 찾아가서 만만한 중을 낱낱이 묶으려 하니, 중들은 횃불을 버리고 도망하고 남은 사람은 김승지와 강동지 내외뿐이라.

정선릉 산중에서 간밤에 오던 비는 비 끝에 바람 일어 구만리장천에 겹겹이 싸인 구름을 비로 쓸어버린 듯이 불어 흩이더니, 그 바람이 다시 밖 남산으로 소리 없이 지나가서 삼각산 밑동으로 들이치는데, 삼청동 김승지 집 안방 미닫이 살이 부러지도록 들이친다.

밖 남산 밑 도동서부터 바람을 지고 들어오는 점순이가 김승지 집 안방 문을 펄쩍 열고 들어서는데, 눈은 놀란 토끼 눈 같고 얼굴은 파랗게 질렸더라.

(점순) "마님, 이를 어찌합니까. 큰일 났습니다."

(부인) "……."

(점) "그 일이 탄로가 났습니다."

(부) "탈이라니, 누가 그 일을 알았단 말이냐?"

(점) "다른 사람이 알았더라도 소문이 퍼질 터인데, 다른 사람은 고사하고 우리 댁 영감께서도 알으시고, 강동지의 내외도 알고, 봉은사 중과 정선릉 속까지 다 알았답니다. 어젯밤에 영감마님께서 강동지 내외와 같이 춘천 마마 시체 있는 구렁텅이 속에서 울으시다가 능군들에게 욕을 보실 뻔하였는데, 온 세상에 소문이 떡 벌어지게 되었답니다."

(부) "이애, 걱정 마라, 춘천집의 송장을 찾았기로 그년이 뒈질

때만 누가 아니 보았으면 그만이지, 그렇게 겁날 것 무엇 있느냐?
그러나 영감께서 산 구렁텅이에 가서 울으시다가 능군에게 망신
할 뻔하였다 하니, 망신이나 좀 하시더면 좋을 뻔하였다. 그래 그
년 죽은 것이 그리 설워서 점잖으신 터에 산 구렁텅이에 들어가
서 객객 울으신단 말이냐."

(점) "에그, 마님께서는 그렇게 겁나실 일이 없지마는 쇤네와
최가는 그렇지 아니합니다."

하며 그 전전날 밤에 웬 수상한 늙은 사람 내외에게 비녀, 가락지
잃어버리던 이야기를 낱낱이 하면서, 그것이 정녕 강동지 내외인
가 보다 하니, 부인도 눈이 둥그레지며 벌벌 떨다가 다시 점순이
를 보며,

(부인) "이애, 정선릉에서 어젯밤 지낸 일을 네가 어찌 그리 자
세히 알았느냐?"

(점) "영감께서 무슨 생각으로 그리하시는지 오늘 갑쇠를 서울
로 심부름을 시키시면서 댁에는 들르지 말고 바로 오라 하시더라
하니, 그것이 이상한 일이 아니오니까? 쇤네는 영감께서 어제 봉
은사에 가신 줄도 몰랐더니, 오늘 갑쇠를 길에서 보고 자세한 말
을 들었습니다."

(부인) "그러면 우리들 하던 일이 다 드러났나 보구나. 네 생각
에는 이 일을 어떻게 하면 좋겠느냐?"

(점) "아무 수 없습니다. 쇤네는 최가를 데리고 어디로 도망하
는 수밖에 없습니다. 쇤네와 최가만 없으면 강동지가 암만 지랄
을 하기로 쓸데 있습니까."

(부인) "옳지, 네 생각 잘 들어갔다. 내가 너 먹고살 만치는 줄 터이니 어디든지 흔적 없이 잘 가 살아라."

그 말 끝에 그 시로 점순이와 최가는 거처 없이 도망을 하였더라.

최가와 점순이가 달아난 뒤에는 춘천집 죽인 일이 김승지의 부인에게는 증거가 없는 일이라. 부인은 한숨을 휘 쉬고, 강동지의 마누라는 상성을 하여 다니고, 강동지는 닭 쫓던 개가 울만 쳐다보고 있듯 한다.

본래 김승지가 박참봉에게 편지할 때에 강동지 내외에게는 알리지 말고 춘천집의 장사를 지내려 한 것은, 김승지 생각에 강동지가 그 딸의 시체를 보면 정녕 시친[266]으로 원고 되어 기소할 터인즉, 춘천집 모자의 시체를 검시하느라고 두 번 죽음을 시키는 것도 같고, 또 집안에 가화[267]가 난 것을 온 세상이 모두 아는 것도 좋지 못한 일이라, 춘천집 모자의 송장을 얼른 감장한 후에, 집은 경가파산[268]을 할지라도 강동지의 욕심 채움이나 하여주자는 작정으로 박참봉더러 봉은사로 나오라 한 것이러니, 최가와 점순이가 달아난 후에는 '강동지에게 알리지 말라' 한 김승지의 편지가 증거물이 될 만치 되었는데, 애꿎은 박참봉은 지폐 오십 원 얻어 쓴 것도 후회가 나고 편지 한 장 받아 본 것도 주작(朱雀)살[269]이 뻗친 줄로만 여기고 있는데, 김승지와 마주 앉아서 의논이 부산하다.

김승지의 부인은 점순의 뒤를 대어주느라고 짭짤한 세간 낱[270]은 뒤로 다 돌려내고, 김승지는 강동지의 마음을 덧드러내지 아니할 작정으로 기둥뿌리도 아니 남을 지경이라.

점순의 있는 곳은 하늘과 땅과 김승지의 부인밖에는 아무도 아는 사람이 없었는데, 길은 천 리나 되나 내왕 인편은 조석으로 있는 경상도 부산이라. 점순이가 박복하여 그러한지 최가가 죄가 많아 그러한지, 부산으로 도망할 때에 남대문 정거장에서 오후에 떠나는 기차를 타고 대전 가서 내렸는데, 어떠한 주막으로 가든지 주막방이 터지도록 사람이 들었거늘, 가장 조심하느라고 이 주막 들어가보고 저 주막 들어가보고, 이 방문 열어보고 저 방문 열어보고, 빙빙 돌아만 다니다가, 필경 들어가기는 두 번 세 번 들어가보던 주막으로 되들어갔더니, 그 방에 도적 있던지 도적을 맞았는데, 몇 푼짜리 못 되는 보퉁이는 아니 잃고 지전 뭉텅이 집어넣은 가방만 잃었더라.

기차표는 아니 잃은 고로 그 이튿날 부산까지 내려갔으나, 돈 한 푼 없이 꼼짝할 수 없을 지경이라. 점순이가 꼈던 가락지를 팔아서 며칠 동안 주막에서 묵으면서 김승지 부인에게 편지를 부치려는데, 점순이와 최가는 낫 놓고 기역 자 한 자 모르는 위인들이라. 생소한 사람더러 편지 대서를 써달라는데, 마음에 있는 말을 다 하려 한즉 편지 쓰는 사람에게 말할 수 없는 말이요, 그런 긴한 말은 말자 한즉 편지하는 본의가 없는지라. 포도청 변쓰듯이[271] 대강 몇 마디만 하는데, 그중에 분명한 말은 중로에서 도적맞았단 말과, 당장에 돈 한 푼 없이 있으니 돈을 속히 좀 보내달란 말과, 우체이든지 전신이든지 환전 보내는 법과 점순이가 숙식하는 주막집 통수와 주막 주인의 이름까지 자세히 적었고, 그 아래 마디는 강동지의 말을 물었는데, 말이 어찌 모호하던지 편지 쓰는 사람이 이상하게 여기는지라.

본래 점순이는 꾀가 비상한 계집이라 김승지 집에서 도망할 공론할 때에 김승지의 부인과 세 가지 약조가 있었더라.

한 가지는 점순이가 김승지 부인에게 편지할 때에 제 이름을 점순이라 쓰지 말고 수수하게 침모라고 쓰기로 약조하였고, 한 가지는 부인이 점순에게 편지할 때에 깊은 말을 하지 말기로 약조하였고, 한 가지는 부인이 무슨 비밀한 말 할 일이 있을 때에는 부인의 심복 사람으로 전인[272]하기로 약조하였으니, 그것은 점순이와 최가가 제 눈으로 편지를 못 보는 까닭이러라.

점순이가 김승지 집에 보낼 편지 대서를 다 쓰인 후에, 겉봉은 편지 쓰던 사람에게 쓰이지 아니하고 어디로 들고 가더니 뉘게 겉봉을 씌었던지, 편지 쓰던 사람은 그 편지가 뉘 집으로 가는 편지인지 몰랐더라.

그렇게 은밀한 편지가 나는 듯한 경부 철도 직행차를 타고 하루 내에 서울로 들이닥치더니, 우편국을 잠깐 지나서 소문 없이 삼청동 김승지의 부인의 손으로 들어갔더라.

부인이 그 편지를 들고 무슨 마음인지 손이 벌벌 떨리고 가슴이 울렁울렁하여 편지를 얼른 뜯지 못하고, 편지 받아 들여놓던 계월이를 쳐다보며 지향 없이 말을 묻는다.

"이애 계월아, 이 편지를 누가 가지고 왔더냐? 그래, 그 사람 벌써 갔니……?"

그러한 정신없는 소리를 하다가 편지를 뜯어 보더니 깜짝 놀라면서 무심중에 하는 말이,

"응, 점순이가 가다가 도적을 맞아……."

상전 흉은 종의 입에서 나는 법이요, 반하의 시기는 같은 종끼리 하는 것이라. 김승지 부인 마음에는 나 하는 일은 아무도 모르거니 여기고 있으나, 한 입 건너 두 입 되고, 한 귀 건너 두 귀로 전하는 말이 나는 듯이 돌아다닌다.

김승지 집이 아무리 내주장[273]으로 지내던 집이나, 돈 맡긴 것을 찾으려면 김승지의 도장 맞힌 표가 없으면 찾지 못하는지라. 이전 같으면 부인이 김승지더러 무슨 핑계를 하든지 돈 쓸 일을 말하고 돈을 달라 하면 김승지가 긴대답하고 얼마가 되든지 찾아다가 바쳤을 터인데, 이번에 점순에게 보내려는 돈은 부인의 깐에도 김승지더러 달라 할 엄두가 나지 아니한다. 또 김승지는 봉은사에서 아직 들어오지도 아니하고 동지 내외를 조상 섬기듯 하고 있단 말을 들었으나, 부인이 벙어리 냉가슴 앓듯 하면서 그 남편에게 호령 편지 한 장 부치지 못하고 있는 터이라.

그런 중에 점순의 편지를 보고 돈을 보내주고 싶은 생각이 불같으나 급히 보낼 도리가 없어서 발광을 하다가, 세간 그릇 속에 있는 돈푼 싼 것은 종작없이 내다 파는데, 천 냥짜리는 백 냥도 받고 백 냥짜리는 열 냥도 받고 팔아다가 우선 얼마든지 되는대로 점순에게 환전을 부치는데, 돈이 없을 때는 돈을 변통하느라고 법석을 하더니 돈 변통한 후에는 진고개 우편국에 가서 환전 부칠 사람이 없어서 법석을 한다.

(부인) "이애 계월아, 너더러야 무슨 말을 못 하겠느냐. 점순에게 돈을 좀 보내줄 터인데, 내 발로 가서 부치지 못하고 어찌할 수가 없구나. 네가 돈을 좀 부쳐줄 수가 있겠느냐?"

(계월) "점순이가 어디 있습니까?"

(부인) "부산 초량에 있단다. 네 얼른 진고개 가서 좀 부치고 오너라."

(계월) "쇤네가 그것을 어떻게 부칩니까?"

(부인) "이애, 그러면 어린년이를 좀 불러라."

그렇게 법석을 하며, 이 사람더러 부탁하다가 저 사람더러 부탁하다가, 몇 사람더러 부탁을 하는지 온 세상을 떠들어 부탁하면서, 부탁하는 곳마다 '이 일은 너만 알고 있고 다른 사람에게 말내지 말라' 하는 부탁은 번번이 하더니 필경 돈은 잘 보냈더라.

월남을 풀어 넣은 듯한 바닷물은 하늘에 닿은 듯하더니, 기울어져가는 저녁볕이 물 위에 황금을 뿌려놓은 듯이 바닷물에 다시 금빛이 번쩍거리는데, 그 빛이 부산 초량 들어가는 어귀 산모퉁이에 거진 다 쓰러져가는 외딴집 흙벽에 들이비쳤더라. 움 속 같은 집 속에 그런 좋은 경치도 다 없지 못한 일인데, 그 흙벽 속에 들어 있는 집주인은 의복 깨끗하고 인물 쏙 빠지고 참새 굴레 씌울 듯한[274] 계집이 앉았는데, 그 계집은 어디서 새로 이사 온 최서방 집 여편네요, 그 근본은 서울 삼청동 사는 김승지 집 종노릇하던 점순이라.

점순이가 천한 종노릇은 하였으나, 기왓장골 밑에서만 자라나던 사람이요, 돈을 물 쓰듯 하는 것만 보고 자라나던 사람이라, 더구나 춘천집 죽일 흉계를 꾸밀 때에 김승지의 부인은 돈을 길어 대듯 하고 점순이는 빈손으로 돈을 물 쓰듯 하던 사람이라.

일이 탄로가 되어 부산으로 도망한 후에 김승지의 부인도 세도

하던 꼭지가 돌았던지 돈 한 푼 쓸 수 없이 되었는데, 점순이가 처음으로 부치던 편지는 잘 가고 회편에 돈 백 원이 왔으나, 점순의 마음에는 이만 돈은 이후에 몇 번이든지 서울서 부쳐주려니 생각하고, 부산 초량 같은 번화한 항구에서 최가와 돌아다니며 구경도 하고 무엇을 사기도 하다가, 겨우 하루 동안에 돈이 반은 없어지는지라. 최가는 돈을 몇만 원이나 가진 듯이 희떱게[275] 돈을 쓰려 하는데, 본래 점순이는 주밀[276]한 사람이라. 우선 오막살이 집이라도 사서 있는 것이 주막집에 있기보다 조용하겠다 하고, 방 한 칸 부엌 한 칸 되는 집을 사서 들인 터이라. 이전 같으면 점순이 같은 위인이 그러한 집 꼬락서니를 보면, 점순의 마음에 저 속에도 사람이 있나 싶던 점순이라, 죄짓고 탄로가 되어 망명한 중인 고로 마지못하여 있으나, 마음에는 지옥에 들어앉은 것 같은지라.

그러한 집 속에서도 돈만 있으면 아무 근심 없을 터이나, 돈은 그 집 사고 부정지속[277] 장만하던 날에 없어지고 다시 돈 구경을 못 하였더라.

김승지의 부인이 마음이 변하였는지, 돈 백 원을 보낸 후에 점순이가 또 돈을 좀 보내달라고 편지를 두세 번 하였으나, 돈은 고사하고 편지 답장도 없으니 웬일인지 궁금증이 나서 날마다 문밖을 내다보며 편지 오기를 기다린다.

(점순) "여보 최서방, 이런 변이 있소. 우리가 춘천집 죽이면 김승지 댁 마님이 몸뚱이 외에는 우리에게 다 내줄 듯이 말하시더니, 말과 일이 딴판이 되니 이런 맹랑한 일이 있소. 춘천집 죽은

후에 마님은 소원을 성취하고 우리는 목숨을 도망하여 이 구석에 와 있으니, 마님이 우리를 불쌍한 생각이 있을 것 같으면, 어떻게 하기로 우리 두 식구 먹고살 것이야 못 보내줄 터가 아니언마는 생시치미를 뚝 떼고 있으니 이런 무정한 사람이 있소. 우리가 춘천집을 미워서 죽인 것도 아니요, 다만 돈 하나 바라고 죽인 터인데, 돈도 보내주지 아니하고 편지 답장도 아니 하니 이런 기막힐 일이 있소.

여보 최서방, 이것 참 분하여 못살겠소그려. 김승지 댁 마님이 저 재물을 혼자 먹고 쓰고 지낸단 말이오. 가깝게 있는 터 같으면, 밤중에 가서 김승지 댁 안방에 화약이나 터뜨리고 싶소. 우리가 화약을 아니 묻기로, 마님이 마음을 그따위로 먹고 복을 받겠소?"

점순이가 저는 가장 복 받을 일이나 한 듯이 김승지의 부인을 악담도 하고 원망도 하며 독살이 나서 날뛰던 차에, 난데없는 판수 하나가 지나가는데 시골서는 없던 소리라.

"무리슈예……."

소리를 청승스럽게 마디를 꺾어서 목청 좋게 길게 빼어 지르면서 대지팡이를 뚜덕뚜덕하며 점순의 집 앞으로 지나가는데, 마침 그 앞으로 웬 양복 입은 노인 하나가 지나가다가, 판수의 지팡이를 좀 밟았던지 건드렸던지, 판수가 지팡이를 놓치고 눈을 번쩍거리고 서서 지팡이 건드리던 사람을 욕을 하니, 양복 입은 노인이 판수를 호령을 하거늘, 판수가 눈을 멀뚱멀뚱하고 서서 주머니를 훔척훔척하더니, 산통을 꺼내 들고 점을 치는 모양이라. 점순이가 그 구경을 하러 문밖에 나가 섰는데, 양복 입은 사람은 판수의 동정이 이상하여 보고 섰는지 판수를 물끄러미 보고 섰더라.

(판수) "응 괘씸한 놈이로군. 이놈이 남의 돈을 생으로 떼어먹으려 들어. 네 이놈 보아라, 내가 입 한 번만 벙긋하면, 너는 그 돈을 먹고 삭이지 못하고 좀 단단히 속을걸."

양복 입은 노인이 깜짝 놀라면서 판수에게 비는 모양이라.

"여보 장님, 내가 잘못하였소. 나와 같이 술집에나 가십시다."

판수가 아무 소리 없이 무슨 생각을 하는 모양이더니 싱긋 웃으며,

(판수) "그만두어라. 내가 네게 호령을 듣고 술 한잔에 팔려서 너를 따라가? 네가 그 돈을 나를 다 주면 내 입을 봉할까……."

양복 한 노인이 지팡이를 집어서 판수의 손에 쥐여주며 석석 비는데, 판수가 지팡이도 받지 아니하고 산통을 들고 엄지손가락 손톱으로 칠대 어인 것을 세면서 눈을 멀뚱멀뚱하며 섰거늘, 양복 입은 노인이 장님의 산통을 쑥 뺏어 들고 달아나면서,

(노인) "이놈, 네가 이 산통만 없으면 알기는 무엇을 알아. 눈먼 놈이 눈 밝은 놈을 쫓아오겠느냐? 내가 술집으로 가자 할 때에 술집에나 갔으면, 술잔이나 사서 먹었지……. 남의 돈을 다 뺏을 욕심으로……. 이놈 무엇이고 무엇이야."

하면서 짤막한 서양 지팡이를 휘들휘들 내저으면서 뒤도 돌아보지 아니하고 가니, 판수가 우두커니 서서 혼잣말로,

"허허, 우스운 놈 다 보겠군. 내가 산통 없으면 다시는 점 못 칠 줄 아나 보구나. 이놈, 네가 어디로 달아나기로 내가 모를 줄 알

구······."

말을 뚝 그치고 장승같이 가만히 섰다가 혼자 싱긋 웃으며,

(장님) "참 용하다. 내나 이런 것을 알지······. 이런 점괘 풀 놈은 없으렷다. 서울 삼청동 김승지 집안에서 나온 돈이로군."

키 크고 다리 긴 양복 입은 사람은 판수 점칠 동안에 벌써 오 리나 되는 산모퉁이를 거진 다 지나가게 되었는데, 석양은 묘묘[278]하고 사람의 형체는 점점 작아져서 대푼짜리 오뚝이만 하여 보인다.

일 없고 근심 많은 점순이가 판수와 양복 입은 사람과 싸우던 시초부터 보고서, 벌써부터 불러들여서 점이나 좀 쳐달라고 싶으나, 돈이 한 푼도 없는 고로 못 불러들였더니, 서울 삼청동 김승지 집안 돈이니 무엇이니 하는 소리에 귀가 번쩍 띄어서, 어떻든지 그 점 한번 못 쳐보면 직성이 풀리지 아니할 지경이라. 그러나 돈 없이 점쳐달라고 부를 수는 없는 터이라.

점순이가 판수의 앞으로 나오더니, 지팡이를 집어서 판수의 손에 쥐여주며 갖은 요악을 다 부린다.

"장님은 어디 계신 장님이시오니까? 어떤 몹쓸 놈이 장님 지팡이를 뺏어 내버렸지요. 에그, 가엾어라. 앞 못 보시는 터에, 그런 몹쓸 놈을 만나서······. 장님, 내 집에 들어가서 잠깐 쉬어나 가시오."

꾀꼬리 같은 목소리로 정이 똑똑 듣는 듯이 말을 하니, 장님의 마음이 그리 검측검측하던지,[279] 점순의 목소리를 듣고 지팡이를 받는 체하고 점순의 손을 껴서 받으면서 씩 웃는다.

(판수) "응, 복 받을 사람은 이러하것다. 옛날 박상의가 뫼터를

공으로 잡아주었다더니, 이런 일이 있었던 것이로구. 여보 마누라님, 댁이 어디요? 내가 잠깐 들어가서 신수점이나 하나 쳐드리리다."

점순이가 제 마음에 꼭 맞는 소리를 듣고 좋아서 상긋 웃으면서 생시치미를 뗀다.

(점순) "점은 쳐서 주시든지 말든지 다리나 좀 쉬어 가시오. 자아, 이리 들어오시오. 우리 아버지뻘이나 되는 장님에게 무슨 허물이 있을라구. 자아, 나만 따라오시오."

장님이 씩 웃으며,

"허어, 세월 다 갔군. 날더러 아버지뻘이니 할아버지뻘이니 하니, 내가 그렇게 늙어 보이나. 눈이 멀면, 얼굴에 나이 들어 보이는 것이로군."

하면서 점순이를 따라 들어가는데, 그 집은 담도 울도 아무것도 없고 길가에 순포막 짓듯 한 길갓집이라. 방으로 들어가는데 손으로 문지방을 더듬더듬 만지며 씩 웃고 무슨 농담을 하려다가 마침 방에서 남자의 목소리 나는 것을 듣고 깜짝 놀라는 모양이라.

점순이가 그 모양을 보고 방긋 웃으며, 최가를 보며 손짓을 살살 하더니 장님을 붙들어 들이며 요악을 피운다.

(점) "여기가 아랫목이올시다. 이리로 앉으시오."

(판수) "어어, 아랫목 싫어. 나는 지금 바깥에서 웬 고약한 놈을 만나서 열이 잔뜩 나더니 갑갑증이 나서 아랫목 싫소."

(점) "글쎄, 그 양복 입은 놈이 웬 놈이오니까?"

(판수) "응, 그놈이 양복 입었습더니까? 양복 입고 다니는 사람

은 잡놈이 더 많겠다."

(점) "참, 장님이 양복 입은 것은 못 보아."

(판수) "복색은 무슨 복색을 하든지 제 마음만 옳게 먹고 있으면 좋으련마는, 세상 사람들이 눈이 벌게서 다니는 것들이 마음 옳게 가지고 있는 사람을 내가 못 보았어. 우리는 남의 앞일이나 일러주고 복채나 받아먹고 사는 사람이오. 누가 우리같이 남에게 적선하여주고 먹고사는 사람이 어디 있어. 자아, 주인아씨께도 적선으로 신수점이나 하나 하여드리고 가리다."

(점) "에그, 참 돈이나 있었더면 장님께 신수점이나 하나 하여줍시사 할 것을……. 에그, 내가 낙지 이후에 이렇게 돈 한 푼 없이 살아본 적은 없었더니, 오늘 이리 될 줄 누가 알아. 여보 장님, 말이 난 김에 내 신수점 하나만 잘 하여주시구려. 내가 돈 생기거든 얼마든지 아끼지 아니하고 드리리다."

(판수) "내가 돈을 받으려고 내 입으로 점을 하여드리겠다 하였겠소. 주인아씨가 내게 하도 고맙게 굴으시는 고로 그 신세를 갚고 가자는 것이지."

하면서 산통을 찾으려는지 주머니를 홈척홈척하다가,

(판수) "어어, 참, 내 산통을 그놈이 뺏어 갔지. 척전[280]이나 하여볼까. 여보 주인아씨, 여기 점돈 있거든 좀 빌리시오."

(점) "점돈이 장님에게나 있을 터이지, 우리 집에 누가 점을 칠 줄 알아야지 점돈이 있지."

(판수) "그러면 엽전에 종이나 발라서 글자를 써주면 점돈 대신 쓰겠소."

그때 점순의 집에는 엽전 한 푼 없는 터이요, 또 돈이 있더라도 글자 쓸 사람도 없는지라. 점순이가 용한 판수를 만났으나 점도 칠 수가 없을 지경이라. 답답한 생각이 나서 최가를 물끄러미 보며 속에서 솟아나는 말이 나온다.

(점) "여보 최서방, 우리 신세가 이렇게 몹시 되었단 말이오. 지전을 물 쓰듯 하던 사람이 별안간에 엽전 한 푼 못 얻어보게 되었으니, 이런 답답한 일이 어디 있단 말이오. 갖은 음식을 싫어서 먹던 우리들이 서 돈짜리 질솥[281]을 붙여놓고 그 솥 속에 들어갈 쌀 한 줌이 없이 앉았으니, 여기 와서 굶어 죽을 줄 누가 알았단 말이오? 여보 최서방, 내 몸뚱이에 남은 것은 비녀 하나뿐이오. 옜소, 이 비녀를 어디 가서 팔아 가지고 들어오시오. 장님 저녁 진지나 하여드립시다.

여보시오 장님, 내 몸에 무슨 살이 있든지 무슨 몹쓸 것이 따라다니든지 하거든, 경이나 읽어서 살이나 풀어주시오. 나는 장님을 뵈오니 우리 아버지 생각이 나오. 우리 아버지가, 노래[282]에 눈이 어두워서 날더러 하시는 말이, '사람이 일신 천 금을 치면 눈이 구백 금어치라' 하시던 일이 어제같이 생각이 나는구려. 우리 아버지는 앞을 아주 못 보시는 터이 아니나, 그렇게 갑갑하게 여기시는 것을 보았는데, 장님은 우리 아버지보다 더 갑갑하실 터이지. 여보시오 장님, 나는 장님을 우리 아버지같이 알고 있으니 장님은 나를 딸로 알으시오."

판수가 눈을 멀뚱멀뚱하고 점순의 목소리 나는 곳으로 귀를 두르고 가만히 앉았다가 씩 웃더니,

(판수) "응, 걱정 마오. 내가 어디 가든지 이때까지 주인아씨같이 내게 고맙게 구는 사람은 못 보았소. 점돈 없더라도 점치려면 칠 수 있지. 여보 주인 양반, 어디 가서 솔잎 몇 개만 좀 뽑아 오시오."

최가의 내외가 솔잎을 뽑아서 신수점을 치는데, 판수가 그 점을 얼른 풀어 말하지 아니하고 입맛을 쩍쩍 다시고 있다.

(점순) "여보 장님, 점이 어떻소. 얼른 말 좀 하오."

(판수) "어어, 그 점 이상하군. 말하기 어려운걸."

(점) "……."

(판수) "이 방에 다른 외인은 없소. 아무 소리를 하든지 관계없겠소."

(점) "……."

(판수) "그러면 말하지. 그러나 이런 말은 하기 어려운 말인걸. 주인 양반 내외분에게 원통히 죽은 귀신이 따라다니는군. 그 귀신이 새파랗게 젊은 여귀인데, 해골 깨진 어린아이를 안고 날마다 밤마다 주인아씨 등 뒤에서 쪽쪽 울며 이를 바드득바드득 갈며 내 목숨 살려내어라, 내 자식 살려내라 하며 따라다니니, 주인댁에는 아무것도 아니 되겠소."

그 소리 한마디에 점순이가 소름이 쪽쪽 끼치며 겁이 나서 최가의 앞으로 등을 들이대이고 다가앉는다. 최가는 본래 겁이 없다고 큰소리 탕탕 하던 사람이나 판수가 어찌 그렇게 영절스럽게 말을 하였던지 머리끝이 주뼛주뼛하던 차에, 점순이가 앞으로 다가앉는 것을 보고 등에 소름이 쪽 끼치면서 겁결에 점순이를 보

며 산 목을 쓴다.[283]

(최) "요런, 요렇게도 겁이 나나. 귀신이 다 무엇이야."

(판수) "어어, 그 양반 점점 해로울 소리만 하는군. 눈뜬 사람이 눈먼 나만치도 못 보는군. 이 양반, 댁 등 뒤에 섰는 조 여귀가 겁이 아니 난단 말이오?"

하는 서슬에, 최가가 겁이 더럭 나서 어깨를 움츠린다.

(점) "여보, 그것은 다 무슨 소리요?"

하면서 최가의 무릎을 꾹 찌르더니 다시 판수에게 빌붙는다.

(점) "장님, 우리들에게 웬 몹쓸 여귀가 있어서 따라다닌단 말이오? 장님 덕에 그 여귀를 가두어 없애든지 못 따라다니게 살을 풀어주든지 할 도리가 없겠소?"

(판수) "어, 나는 그 점 못 치겠군. 사람을 속이려 드니 이 점 칠 맛이 있나. 여보, 그 여귀가 웬 여귀인지 몰라서 그따위 소리를 하오? 그만두오. 나는 가오."

하더니 벌떡 일어나 가려 하니 점순이가 판수의 손을 턱 붙들며,

"여보 장님, 점은 하시든지 아니 하시든지 저녁 진지나 잡숫고 가시오."

(판수) "어, 나는 가서 내 밥 먹지 여기서 밥 먹을 까닭이 있나."

하면서 줄곧이 가려고만 하니 점순이가 지성으로 만류한다.

(점) "장님, 저녁 진지도 아니 잡숫고 가시더라도 내 말이나 좀 들어보고 가시오. 내가 장님을 속이려 든다 하시니 왜 그런 망령의 말씀을 하시오? 귀신을 속이지 장님을 어찌 속일 생각을 한단 말이오. 장님이 내 말을 어떻게 듣고 하시는 말씀인지 모르겠소.

노염을 풀으시고 어서 이리 앉으시오. 장님이 오늘 우리 집에 오신 것도 하느님이 지시하여주신 것 같소. 내가 장님께 평생 소회를 말씀할 일이 있으니 좀 들어보시오. 무엇 내가 말 아니 하기로 장님이 모르시나."

하며 어찌 붙임새 있고 앙그러지게[284] 말을 하였던지 판수가 씩 웃으며,

(판수) "귀신을 속이지, 나는 못 속인단 말은 너무 과한 말이야. 그러나 말이 났으니 말이지, 참 귀신을 속이지 나는 못 속일걸. 저 주인아씨를 따라다니는 여귀는 강가 성 여귀렷다. 조 어린아이 죽은 귀신은 김가 성이야. 여보 어떻소, 참 기막히지?"

하며 씩 웃는다.

점순이와 최가는 서로 보며 혀를 홰홰 내두른다.

판수는 그렇게 성이 나서 가려 하던 위인이 무슨 마음인지 점순이가 요악 부리기를 기다리지 아니하고 제풀에 풀어지는 시늉을 한다.

(판수) "어어, 점잖은 내가 참지, 이런 일에 적선을 아니 하여주고, 어떤 일에 하여주게……. 주인아씨가 처음에 날 속이려 들기는 속이려 들었것다."

(점) "……."

(판수) "아니야, 내가 그것을 그리 겁내는 사람인가, 그러나 다시는 그리하지 마오. 우리는 성품이 겁겁한[285] 사람이라, 남이 나를 속이려는 것을 보면 생열이 나……."

점순이와 최가는 죄를 짓고 도망하여 있는 중에 천둥소리만 들

어도 겁이 나는 터이라, 중정[286]이 그렇게 허한 중에 이순풍[287] 같은 점쟁이를 만나서 연놈이 그 장님에게 어찌 그리 혹하였던지, 장님이 죽어라 하면 꼭 죽지는 아니할 터이나 장님이 지팡이로 후려 때릴 지경이면 네에 잘못하였습니다 하면서 썩썩 빌 만치는 되었더라.

점순의 내외는 점점 공손하고, 장님은 점점 거드름을 피운다.

(최가) "여보 장님, 참 용하시외다. 다 알고 계신 터에 우리가 말을 아니 하면, 도리어 우리에게만 해될 일이라 바른대로 말할 터이니 장님께서 우리를 살 도리만 가르쳐주시오."

(판수) "여보, 눈 밝은 사람이 걱정이 무엇이란 말이오. 우리같이 앞 못 보는 놈이 불쌍하지. 나 같은 놈은, 만일 살인하고 도망을 하더라도 필경은 잡혀 죽을걸. 죄짓고 도망하면 어디로 가기로 아니 잡으러 오나? 등 뒤에 형사, 순검이 와 섰더라도 눈이 있어야 보고 달아나지."

장님의 그 소리 한마디가 점순의 내외의 귓구멍으로 쑥 들어가면서 정신 보퉁이를 어찌 몹시 흔들어놓았던지 겁이 펄쩍 나더니, 문밖에서 형사, 순검의 발자취 소리가 나는 듯하여 간이 콩만하여지며 얼굴에서 찬 기운이 돈다.

(점) "장님, 우리는 죽을죄를 지은 사람이오. 죽고 살기가 장님에게 달렸으니, 죽어라 하시든지 살아라 하시든지 진작 말씀을 하여주시오."

(판수) "응, 진작 그렇게 말할 일이지. 점괘에 다 드러났어. 자, 자세 들어보시오. 그러나 주인이 돈이 있는 터 같으면 이런 점은

복채 천 원을 내도 싸고, 만 원을 내도 싸겠다. 여보 주인아씨, 목숨 살고 돈도 생기고 일평생 마음 놓고 살게 되도록 일러줄 터이니, 그 돈 생기거든 절반은 날 주어야 합니다."

최가와 점순의 말이 쌍으로 뚝 떨어진다.

"반이 무엇이오니까? 다라도 드리겠습니다."

(판수) "응, 나중 일 생각은 아니 하고 하는 말이로구. 날 다 주면 무엇을 먹고 살려구 그런 소리를 하누? 아니야, 다 주면 내가 다 받을 리가 있나. 반도 과하지. 자아, 주고 아니 주기는 주인의 마음에 달린 것이지. 내가 똑 받아먹으려는 것도 아니야."

하며 씩 웃는데, 상판대기에 욕심이 덕지덕지하여 보인다. 헛기침을 연하여 하며 무슨 말을 할 듯 할 듯하더니 다시 아무 소리 없이 눈을 멀뚱멀뚱 하고 앉았으니, 점순이가 장님 턱밑으로 바싹바싹 다가앉으며,

(점) "여보 장님……."

(판수) "응, 가만히 좀 있소."

하더니 또 한참을 아무 소리 없이 앉았으니 점순의 마음에는 장님이 돈을 바라는 욕심으로 그리하는 줄로 알고,

(점) "여보 장님, 내가 장님을 우리 아버지로 안다 한 말이 진정으로 나오는 말이오. 나를 낳으신 이도 우리 부모요, 나를 살린 사람도 우리 부모만 못지아니한 사람이니, 나는 참 장님을 우리 아버지같이 알고 있소. 아버지, 날 살려주오."

(장님) "응, 정녕 내 딸 노릇 하겠소? 나는 계집도 없고, 자식도 없고, 아무도 없이 나 한 몸뿐이야. 주인아씨가 나를 참 부모같이

알고 내 몸을 공양하여줄 지경이면, 내가 주인아씨의 일을 내 일로 알고 내가 아는 대로 말하리다."

(점순) "……."

(판수) "그러면 오늘부터 내 딸 노릇 합니다."

(점순) "……."

(판수) "주인 최서방은 내 사위 노릇 하렷다."

최가와 점순이가 나중에는 어찌 되었든지 당장 점칠 욕심으로 장님의 말이 떨어질 새가 없이 대답한다. 장님은 웃음으로 판을 짜는 사람이라 또 씩 웃더니 참 애비나 된 듯이 서슴지 아니하고 해라를 한다.

(장님) "이애, 너희들 참 큰일 났다. 너희들이 서울 삼청동 사는 김승지 첩의 모자를 죽이고 이리 도망을 하여 왔지……? 그 후에 네가 김승지 부인에게 편지한 일 있지, 그러한데 그 편지 회편에 돈 백 원 왔지. 그 후에 네가 또 편지 몇 번 부쳤지. 그 편지를 김승지 댁 종 계월이가 훔쳐내서 죽은 여인의 애비를 주고 돈을 받아먹었구나. 오늘 그 편지가 한성 재판소로 들어갔구나. 내일은 일요일, 모레 낮전에 부산 재판소로 전보가 올 터인데, 그 전보가 오면 이리로 곧 잡으러 나올걸……."

그 말 그치기 전에 최가는 벌벌 떨고 앉았고, 점순이는 장님의 무릎 위에 폭 엎드리며 운다.

(점) "아버지, 이를 어찌한단 말이오? 이제는 꼼짝할 수 없이 죽었소그려."

(장님) "응, 좋은 방위로 달아나거라."

(점) "발로 가기만 하면 어찌 사오? 돈 한 푼 없이 어디 가서 들 어앉았으며, 무엇을 먹고 산단 말이오?"

(장님) "응, 좋을 도리가 있지."

하며 또 말을 얼른 하지 아니하니, 점순이는 아버지를 부르고 최 가는 장인을 부르면서 장님에게 살려달라고 떼거리를 쓴다.

본래 그 장님이라 하는 사람은 점을 쳐서 그 일을 안 것이 아니 라, 강동지의 돈을 받아먹고 서울서는 김승지의 부인을 속이고 부산 가서 점순의 내외를 속이는 터이라. 점순의 내외를 살 길 가 르쳐주는 것이 아니라 죽을 길로 몰아넣는다.

(장님) "이애 최집아, 너는 부르기가 그리 거북하구나. 최집이 라 하니, 귀후비개 이쑤시개 넣은 최집 같고, 따라 부르면 너무 상스럽고, 최서방집이라고나 부를까?"

(점순) "아버지, 내 이름이 점순이오. 시집 간 딸은 이름 못 부 르나 아버지는 내 이름 불러주오."

(장님) "점순이, 점순이, 그 이름 이상하다. 내가 점을 잘 치는 사람이라, 점에는 이순풍이 부럽지 아니하다. 아마 이순풍같이 점 잘 치는 사람의 딸이 될 팔자로, 점자와 순자로 이름을 지었나 보다. 이애 점순아, 애쓰지 마라. 나 같은 애비를 두고 설마 그만 일이야……."

하며 또 씩 웃으니, 점순이와 최가의 마음에 이제는 산 듯싶더라.

(장님) "이애 점순아, 좋을 도리 있으니 내가 이르는 대로만 하 여라. 네가 서울서 떠날 때에 김승지의 부인더러 비밀한 일이 있 거든 전인하라 하였지. 너는 네 눈으로 편지를 못 보는 고로 그리

하였으나, 김승지의 부인의 심복 되는 사람 어디 있느냐? 처음에
네게 돈 백 원 보낼 때에도 우편국에 보내서 돈 부칠 사람이 없어
서 사람을 다리 놓아서 일본말도 하고 우편으로 돈도 부칠 줄 아
는 사람을 구하였는데, 그때에 돈 부쳐주던 사람은 아까 이 앞으
로 양복 입고 지나가다가 나와 싸우던 놈이 그놈이다. 김승지 부
인이 네게서 두 번째 부친 편지를 보고, 세간 그릇에 돈푼 받을
만한 것은 있는 대로 다 팔아서 돈을 몇백 원을 만들어서 계월이
시켜서 아까 그 양복 한 놈더러 부쳐달라 하였는데, 이번에는 우
편으로 부치지 말고 기차를 타고 부산으로 내려가서 돈도 전하고
말도 좀 잘 전하여달라 하였더니, 그놈이 돈을 가지고 부산까지
내려와서 졸지에 적심[288]이 나서 그 돈을 떼어먹으려 드는구나.

자아, 우선 좋을 도리가 있다. 이애 최춘보야, 네 이 길로 그놈
을 쫓아가서 그 돈을 뺏어 오너라. 그놈이 그 돈을 양복 포켓에
넣고 다닌다. 그놈 있는 곳을 가르쳐줄 터이니 빨리 가거라."

점순이와 최가는 김승지 부인의 돈을 얻어먹으려고 천신만고하
여 춘천집을 죽였는데, 돈은 딴 놈이 떼어먹었단 말을 듣고 열이
나서 죽을 지경이라.

최가가 주먹으로 방바닥을 치며 웅장한 목소리로 혼잣말이라.

(최) "응, 세상에 참 별놈 다 보겠군. 내 돈을 떼어먹고 곱게 삭
여보게. 그런 도적놈이 있나. 남은 죽을 애를 써서 벌어놓은 돈을
그놈이 손끝 하나 꼼짝 아니하고 가로채 먹어……?

여보 장님, 아차, 참 말이 헛나갔군. 장인, 일이 분하겠습니까,
아니 분하겠습니까?"

(점순) "글쎄, 그런 복통할 일이 있단 말이오? 우리가 그놈의 좋은 일 하여주려고 그 애를 쓰고 그 일을 하였단 말이오? 애쓸 뿐이오, 오늘 이 고생이 다 어디서 났소. 그래 그놈은 누워서 떡 받아먹듯 내게 오는 돈을 떼어먹는단 말이오?

여보 최서방, 그놈을 붙들거든 대매에 쳐 죽여버리고 돈을 뺏어오시오."

(최) "아무렴, 여부가 있나. 그놈이 죽을 수가 뻗쳐서 우리 돈 먹으려 들었지."

하며 연놈이 받고차기로 날뛰다가 최가는 장님의 지휘를 듣고 양복 입은 놈을 붙들러 쫓아가니 최가의 가는 곳은 동래 범어사요, 최가가 쫓아가는 양복 입은 사람은 강동지라.

강동지가 서울 있을 때에 계동 박참봉을 새에 넣고 김승지를 어찌 솜씨 있게 잘 을렀던지, 김승지의 재물을 욕심껏 빼앗고 사화[289]하기로 언약하고 재판소에 기송[290]은 아니 하였으나, 그 경영인즉 김승지의 재물에 욕심이 나서 그리한 것이 아니라 김승지 집 재물은 재물대로 빼앗고 원수는 원수대로 갚으려는 경영이라.

서울서 구리귀신[291] 같은 판수를 데리고 부산으로 내려갈 때에, 머리 깎고 양복을 입고 내려가니, 본래 최가와 점순이가 강동지 내외 얼굴을 도동 있을 때에 밤에 한 번 보았으나, 그 후에 강동지가 머리 깎고 양복을 입으니, 밤에 한 번 보던 사람은 얼른 알아볼 수가 없을지라. 최가는 판수의 꾀임에 빠져서 양복 입은 사람만 쫓아가기에 정신이 골똘하여 밋밋한 몽둥이를 끌고 천방지축 가는데, 그날은 음력 사월 보름날 밤이라.

십 리를 못 가서 날이 어두웠으나 달이 돋아 낮같이 밝은지라, 최가가 몸에서 바람이 나도록 서슬 있게 걸음을 걸으면서 무슨 흥이 그렇게 나던지 흥김에 혼잣말이라.

"응, 세상에 참 우스운 놈 다 보겠군. 나를 누구로 알구, 내 것을 떼어먹으려 들어. 산범의 눈썹을 빼려 들지언정, 최춘보 이놈의 것을 먹고 배길 놈이 생겨났단 말이냐? 네 이놈 보아라. 내일 아침때만 되면 너는 내 손에 더운 죽음을 하고, 돈은 내 손에 들어올 것이다. 그러나 김승지 댁 마님의 돈 얻어먹기 참 힘들다. 춘천집 모자를 죽이고, 또 한 놈 죽여야 그 돈이 내 손에 들어온단 말이냐? 대체 이상한 일이지. 지난달 보름날 밤에 춘천집 죽일 때에 달이 밝더니, 오늘 그놈을 죽이러 가는데, 또 달이 밝아……. 밤길 가기 참 좋다. 밤새도록 가도 싫지 아니하겠군."

최가의 마음에 판수의 말대로만 하면 산에서 호랑이를 만나도 죽지 아니할 줄로 알고 걸음을 걸으면서, 판수가 일러주던 말만 골똘히 생각하며 간다.

그 말은 무슨 말인고. 오늘 밤으로 범어사로 가노라면 길은 알 도리가 있으리라 하였고, 오늘 밤중이라도 범어사에 들어가서 자고 있으면 내일 아침 식후에 그 양복 한 놈이 어디로 갈 터이니 그 뒤만 따라서면 얼마 아니 가서 호젓한 곳을 만날 터이니, 그곳에서 그놈을 죽이라 하였는지라.

제갈량의 금낭이나 받은 듯이 잔뜩 믿는 마음뿐이라. 처음 가는 모르는 길에 가장 아는 길 가듯 큰길로만 달아난다. 밤은 적적하고 행인은 끊어졌는데, 어떠한 중 하나가 세대삿갓[292]을 쓰고 바랑

지고 지팡이 짚고 최가의 앞을 향하여 오다가 최가를 보고 허리를 구부리며,

(중) "소승, 문안드립니다."

(최) "응, 대사 어느 절 중인고?"

(중) "소승은 동래 범어사에 있습니다."

(최) "옳지 잘 만났구. 내가 지금 범어사에 가는 길이러니⋯⋯. 그래, 범어사가 여기서 얼마나 되누?"

(중) "어, 길 잘못 들으셨습니다. 이 길은 양산으로 가는 큰길이올시다."

(최) "어어, 그거 참 아니 되었구. 대사가 범어사 중이거든 나와 범어사로 같이 가면 내일 상급이나 많이 주지."

중이 상급 준다는 말에 귀가 번쩍 띄어서 따라가는 듯이 저 갈 길을 아니 가고 최가의 지로승이 되었는데, 그 중인즉 그날 양복 입고 점순의 집 앞으로 지나던 강동지라.

중의 복색은 어디 두었다가 입고 나섰던지, 손빈이가 마릉에 복병하고 방연이를 기다리듯, 산모퉁이 호젓한 길목쟁이에서 최가 오기만 기다리다가 최가 오는 것을 보고 뛰어나선 터이라 강동지가 큰길을 비켜놓고 산비탈로 들어서니, 최가는 그 길이 범어사로 들어가는 길로만 알고 따라간다. 강동지가 획 돌아서더니,

(강) "여보시오, 서방님은 어디 계신 양반이시오니까?"

(최) "응, 나는 서울 사네. 내가 갈 길이 바쁘니 어서 가면서 이야기하세."

(강) "네, 걱정 맙시오. 거진 다 왔습니다. 그러나 소승이 서방

276

님을 뫼시고 소승의 절로 들어가면, 어디 계신 양반님이신지, 무슨 일로 소승의 절에 오시는지, 알고 들어가야 뫼시고 가는 본의도 있고, 또 서방님의 보실 일 거행도 잘할 도리가 있습니다."

(최) "응, 그도 그러하겠네. 오늘 저녁때 범어사로 어떤 머리 깎고 양복 입은 자 하나 간 것 보았나?"

(강) "소승은 오늘 양산 통도에서 오는 길이올시다."

(최) "응, 그러면 자네는 모르겠네."

(강) "서방님께서 그 양복 입은 양반을 뵈오러 가시는 길이오니까?"

최가가 무슨 말을 하려 하다가 아니 하니, 강동지가 선뜻 달려들어 최가의 손에 든 몽둥이를 쑥 빼앗아서 휙 집어 내던지고 지팡이 끝으로 최가의 가슴을 찌르니, 최가가 지팡이 끝을 턱 붙들며 무슨 소리를 막 냅뜨려 할 즈음에, 강동지가 지팡이를 와락 잡아당기는데 칼이 쏙 빠지며 최가의 손에는 칼집만 있고 강동지의 손에는 서리 같은 칼날이 달빛에 번쩍거린다.

최가가 제 뚝심만 믿고 칼자루를 들고 칼을 막으려 드는데, 강동지는 오른손에 칼을 높이 들고 섰고, 최가는 두 손으로 칼집을 쥐고 섰다. 강동지가 소리를 버럭 지르며 칼로 내리치니, 최가가 몸을 슬쩍 비키면서 칼집으로 내려오는 칼을 받는다.

본래 강동지의 칼이 뼘이 좁은 지팡이 칼이라, 내리치는 힘도 장수의 근력이요 올려 받는 힘도 장수의 근력이라, 칼도 부러지고 칼집도 부러지니, 최가가 부러진 칼집을 던지고 와락 달려들며 강동지 멱살을 움키어 쥐는데, 강동지가 부러진 칼 도막을 내던지며 무쇠 같은 주먹으로 최가의 팔뚝을 내리치니, 강동지의 옷깃이 문청 떨어지며 멱살 쥐던 최가의 팔이 부러지는 듯하여 감히 다시 대적할 생의를 못 하고 겁결에 달아난다.

본래 최가는 몸이 비대하고 둔한 사람이요, 강동지는 키가 크고 몸에 육기가 없는데, 몸이 열쌔고[293] 눈이 썩 밝은 사람이라. 가령 두 사람의 힘은 상적하더라도, 강동지가 열쌘 것만 하여도 최가를 겁내지 아니할 만한 터이라. 또 강동지는 몸만 열쌜 뿐 아니라 삼학산 범을 만나지 못한 것만 걱정이지 만나기만 하면 때려잡을 듯 담력이 있는 사람이라. 최가가 두어 간 동안이나 달아나도록 쫓아가지 아니하고 선웃음 한마디로 허허 웃으면서,

(강) "네가 달아나면 몇 발자국이나 가다가 붙들리겠느냐."

하더니 살같이 빠른 걸음으로 쫓아가서 최가의 다리를 붙들어서 어찌 몹시 메쳤던지, 켁 소리 한마디가 나면서 최가가 땅바닥에 가로 떨어져서 꼼짝을 못한다.

(강동지) "이놈, 정신 좀 차려라. 네가 어찌하야 죽는지 알고나 죽느냐?"

최가가 간이 떨어졌는지 염통이 쏟아졌는지 아가리로 피를 퍽 퍽 토하면서 정신은 잃지 아니한지라. 겨우 입 밖에 나오는 목소리로,

(최) "대사님, 사람 좀 살려주시오. 나는 아무 죄 없는 사람이오. 몸에 아무것도 없소. 있거든 있는 대로 다 가져가오."

(강동지) "응, 도적놈이라는 것은 하릴없는 놈이로군. 제 마음대로 남의 마음을 짐작하는구나. 그만두어라. 너를 데리고 긴말

할 것 없다. 두말 말고 네가 오늘 밤에 춘천 강동지의 손에 죽는 줄만 알고 죽어라."

최가의 귀에 강동지라 하는 소리가 들어가면서 혼은 죽기도 전에 황천으로 달아난다. 강동지가 철장대 같은 팔을 쑥 내밀며 쇠스랑 같은 손가락을 딱 벌리더니 모로 드러누운 최가의 갈빗대를 누르니 최가의 갈빗대 부러지는 소리가 고목나무 삭정이 꺾는 소리가 난다.

강동지는 옷에 피 한 점 아니 묻히고 최가를 죽였더라.

깊은 산 수풀 속에 밤새 소리는 그윽하고 너른 들 원촌에는 닭의 소리가 꿈속같이 들리는데, 강동지는 최가의 송장을 치우지도 아니하고 그길로 부산으로 내려간다.

지새는 달빛은 서산에 걸렸는데 강동지는 열에 뜬 사람이라 잠잘 줄을 모르고 길만 가거니와, 온 세상이 괴괴하여 새벽잠 엷은 꿈속에 있는 때이라.

부산 초량 들어가는 산모퉁이 외딴집 단칸방에 아랫목에는 장님이 누워 자고 윗목에는 점순이가 누워 자는데, 장님이 별안간에 소리를 버럭 지르며 벌떡 일어앉는 서슬에 점순이가 에그머니 소리를 지르며 마주 일어앉는다.

(점) "아버지, 웬 잠꼬대를 그리 대단히 하시오. 나는 꿈자리가 사나워서 애를 무수히 쓰던 터인데, 아버지 잠꼬대에 혼이 나서 깨었소."

(장님) "너는 꿈을 어떻게 꾸었느냐?"

(점) "꿈도 하 뒤숭숭하니, 웬 꿈이 그러한지. 꿈을 많이 꾸었으

나, 꾸는 대로 잊어버리고 하나만 생각이 나오."

(장님) "응, 무슨 꿈?"

(점) "꿈에는 아버지가 왜 나를 그리 미워하던지, 지팡이를 들고 나를 쳐 죽이려고 쫓아다니는데, 내가 쫓겨 다니느라고 애를 죽도록 썼소. 무슨 꿈이 그렇게 이상하오?"

(장님) "네 꿈은 개꿈이다. 네가 꿈이 다 무엇이냐. 내 꿈이 참 영한 꿈이지. 네 좀 들어보아라. 춘천집의 애비 강동지가 오늘 부산으로 내려와서 부산 재판소 순검을 데리고 너희들을 움치고 뛸 수가 없이 잡을 작정으로 지금부터 남대문 밖 정거장에 나와 앉아서 첫 기차 떠나는 시간을 기다리고 앉았구나. 이애, 큰일 났다. 이 집에 있다가는 나까지 봉변을 하겠다. 어, 지금부터라도 어디로 갈 일이로구."

점순이가 기가 막혀서 장님을 붙들고 운다.

(점) "아버지, 그것이 무슨 말씀이오? 나 혼자 붙들려 죽든지 말든지 내버려두고 아버지 혼자 어디로 가신단 말이오? 여보, 말으시오, 아무리 낳은 자식이 아니기로 그렇게 무정히 구신단 말이오? 아버지 혼자 어디 가서 잘 살으시오. 나 혼자 집에 있다가 잡혀가서 죽으면 아버지 마음에 좋을 터이지."

점순이가 야속하여 하는 말같이 하나 실상은 장님에게 붙임새 있게 하는 말이라.

(장님) "응, 네가 말귀를 잘못 알아듣고 하는 말이다. 내야 실상 아무 상관 없는 일에 붙들리기로 무슨 탓할 것 무엇 있니? 어서 바삐 너를 데리고 가서 피난을 시키잔 말이다. 두말 말고 날 따라

서 범어사로 가자. 늦게 가면 최춘보가 그 절에 아니 있기 쉬우니, 도망하는 사람이 각각 헤져서는 못쓰나니라."

하며 부스럭부스럭 일어나니, 점순이는 겁에 잔뜩 띈 사람이라 산도 설고 물도 선 곳에 와서 믿을 곳은 장님 하나뿐이라.

이불도 없이 등걸잠 자던 몸이 서늘한 새벽 기운에 한데로 나서니, 너른 바다에서 몰려 들어오는 바람이 산을 무너뜨릴 듯이 후리쳐 부는데, 사월 보름께라도 해풍에는 딴 추위라.

점순이가 발발 떨며 장님을 따라 나가는데, 서산에 지는 달이 우중충하기는 장님의 마음과 같은지라. 장님은 밤이나 낮이나 못 보기는 일반이라. 지팡이 하나만 앞세우면 아무 데든지 거침새 없이 다니는 것은 장님이라. 장님은 앞에 서고 점순이는 뒤에 서서 산비탈 좁은 길로 이리저리 들어가는데, 날은 밝아오나 산은 깊어간다.

먹바지[294] 저고리 입고 세대삿갓 쓰고 산모퉁이에서 쑥 나서며 장님에게 인사하는 것은 늙은 중이라.

장님이 지팡이를 뚜덕뚜덕하며 발을 더듬더듬하며 눈을 휘번쩍거리며 걸디건 목소리로,

"거 누구, 누가 날도 새기 전에 이 산중에를 들어올 사람이 있담."

하면서 제 행색 수상한 것은 생각도 아니 하고 남을 의심하는 것 같이 말을 하니, 점순이는 민망한 마음이 있으나 장님에게 눈짓할 수도 없고 딱한 생각뿐이라.

(중) "여보 장님, 무슨 말을 그리 이상하게 하시오. 내가 도적놈

인 듯싶소? 내 눈에는 장님이 수상하오. 웬 젊은 아씨를 데리고 밝기도 전에 남의 절 근처로 오시니 참 이상한 일이오."

(장님) "응, 모르는 사람은 그렇게 보기도 고이치 아니하지. 나는 딸을 데리고 사위에게로 가는 길이야. 수상할 것 없지."

(중) "네, 그리하시오니까? 소승이 말씀을 좀 잘못하였습니다."

(장님) "응, 계관없어. 모르고 그렇게 말하기 예사지. 그러나 대사, 어느 절에 있어?"

(중) "소승은 동래 범어사에 있습니다."

(장님) "범어사에 있어? 내가 지금 범어사로 가는 터인데……. 그래, 밝기도 전에 어디로 가오?"

(중) "오늘 새벽에 소승의 절에서 무슨 일이 좀 생겨서, 소승이 그길로 인연하여 어디로 좀 가는 길이올시다."

(장님) "일은 무슨 일, 내가 범어사로 좀 놀러 가는데, 절이 과히 분주치가 아니할까?"

(중) "절이 분요도 합니다. 어젯밤에 웬 손님 두 분이 싸움을 하여, 하나는 죽도록 얻어맞고 하나는 어디로 도망을 하였는데, 때리고 도망한 자는 양복 입은 사람이요, 맞고 드러누운 자는 구레나룻 많이 난 사람인데, 만일 죽고 보면 소승의 절은 탈이올시다. 그렇게 몹시 맞은 줄 알았더면 절에서 양복 입은 자를 붙들어 결박을 하여두었을 터인데, 그놈을 놓쳤으니 소승의 절에서는 살인정범[295]을 도망이나 시킨 듯이 그 허물은 절에서 뒤집어쓸 터이올시다. 그런고로 소승의 절에서는 그 구레나룻 난 자가 죽기 전에 부산 재판소에 가서 전하고 양복 입은 자를 바삐 근포[296]하여야 되

겠습니다. 장님께서 오시는 길에 혹 못 보셨습니까? 에그 참, 장님은 그놈을 만났기로 알 수가 있나. 황송한 말씀이올시다마는 저기 계신 아씨께서는 혹 그런 사람을 보셨는지요?"

점순이는 그 말을 듣고 속이 타서 날뛰는데, 장님은 천연히 서서 입맛을 다시며 제 걱정만 하고 섰다.

(장님) "어, 내 산통은 아주 잃었구. 그 몹쓸 놈, 내 산통이나 두고 달아날 일이지. 정녕 가지고 갔으렷다."

하는 소리가 점순의 귀에 들어가며 점순이가 기가 막혀서 말이 아니 나올 지경이라.

그곳은 어디인지 과히 깊은 산도 아니나, 호젓하기는 그만한 곳이 없을 만치 되었더라. 그 산 너머는 층암절벽에 날아가는 새도 발붙일 수 없는 곳인데, 그 밖에는 망망대해라. 그 산 너머서는 오는 사람 있을 까닭이 만무하고 앞으로는 너른 들이 내다보이는데, 그 산에 올라오는 사람이 있을 지경이면 오 리 밖에 오는 사람을 미리 보고 있는 터이라. 그 산에는 수목도 없는 고로 나무꾼도 아니 다니는 곳이요, 다만 봄 한철에 나물 뜯는 계집이나 다니던 곳이라. 점순이가 아무리 약고 똑똑한 계집이나 서울서 생장한 것이라 장님에게 속아서 그곳에를 온 터이라.

(장님) "어 다리 아파, 여기 좀 앉아 쉬어 가자."

하면서 이슬에 젖은 풀 위에 털썩 앉으니 점순이가 참다못하여 말을 냅뜬다.

(점) "여보 장님, 어찌할 작정이오?"

(장님) "응, 그러하렷다. 아쉬면 아버지 아버지 하고, 볼 것 없

을 때는 장님이니 눈먼 놈이니 하는군."

점순이가 말대답을 하려는데, 중이 달려들어 점순의 손목을 끄니, 점순이는 골이 잔뜩 났던 터이라, 손목을 뿌리치며 만만한 중에게 포달을 부리니, 중이 점순의 뺨을 치면서 남의 이름은 언제 알았던지,

(중) "요년 점순아, 눈 좀 바로 떠 보아라. 네가 나를 몇 번째 보면서 몰라보니 염라국에서 네 혼은 다 뺏어 갔나 보구나."

하는 소리에 점순이가 중을 쳐다보니, 어제 양복 입고 점순의 집 앞에서 장님과 싸움하던 사람이라. 어제는 서로 싸우던 위인들이 오늘은 장님과 중이 웬 의가 그리 좋던지 중이 허허 웃으면서,

(중) "여보 장님, 밤새 평안하오?"

(장님) "응, 이거 누구야, 아아 강동지가 여기를 어찌 왔나?"

중이 장님의 말대답은 아니 하고 장님 옆에 가서 턱 앉으며 점순이를 부른다.

점순이가 옴치고 뛸 수 없이 강동지 손에 죽을 터이라. 못된 꾀는 아무리 많을지라도 섬섬약질[297]의 계집이 벌같이 강한 원수를 만났으니 빌어도 쓸데없고 울어도 쓸데없고 강동지의 주먹 아래 죽는 것밖에 수가 없다.

사람이 죄는 있든지 없든지 죽는 것 설워하기는 일반이라, 점순이가 얼굴은 파랗게 질리고 몸은 사시나무 떨듯 하며 가도 오도 못하고 섰다.

강동지가 벌떡 일어나서 점순의 앞으로 향하여 가니, 점순의 마음에 인제는 죽나 보다 싶은 생각뿐이라 간이 살살 녹는데, 강동

지가 천연한 목소리로,

(강) "이애, 겁내지 말고 저리 좀 가자. 너더러 물어볼 일이 있다."
하면서 점순이의 손목을 잡아끌고 장님 앉은 옆으로 가다가 점순
이를 돌아다보며,

(강) "이애, 너도 변하였구나. 또 뿌리치지 아니하니. 네가 절에
간 색시지. 허허허."

웃으면서 점순이를 붙들어 앉히고 김승지 부인의 말을 가지각
색으로 묻는다. 물을 말 다 묻고 할 토죄 다 한 후에,

(강) "요년 더 할 말 없다. 너 그만 죽어보아라."
하더니 부스스 일어나니, 점순이가 제 죄는 생각지 아니하고 죽
기 싫은 마음에 악이 나서 장님을 보며 포달을 부린다.

(점) "이 몹쓸 놈, 사람을 그렇게 몹시 속인단 말이냐? 내가 네
게 무슨 원수를 지었기에 나를 끌고 이곳에 와서 죽게 한단 말이
냐? 죽이려거든 내 집에서나 죽일 일이지……. 에그, 이 몹쓸 놈
아, 이 자리에서 눈깔이나 빠져 죽어라."

(장님) "조런 못된 년 보았나. 가뜩 못 보는 눈을 또 빠지란단
말이냐. 여보 강동지, 내 청으로 고년 주둥이 좀 짓찧어주오."

강동지가 호령을 천둥같이 하면서 달려들더니 점순의 쪽 찐 머
리채를 움키어 쥐고 널찍한 반석 위로 끌고 가더니 번쩍 들어 메
치는데, 푸른 이끼가 길길이 앉은 바위 위에 홍보를 펴놓은 듯이
핏빛뿐이라.

강동지가 한숨을 휘 쉬면서 돌아다보니 바다 위에 아침 안개가
걷히며 오륙도(五六島)에 해가 돋아 붉었더라.

강동지가 장님을 데리고 그길로 부산으로 내려가서 첫 기차를 기다려 타고 서울로 올라간다. 풍우같이 빨리 가는 기차가 천 리 경성을 하루에 들어가는데, 그 기차가 경성에 가깝게 들어갈수록 삼청동 김승지 부인의 뼈마디가 짜리짜리하다. 시앗이 있을 때는 시앗만 없으면 세상에 걱정될 일이 없을 것 같더니, 시앗이 죽은 후에 천하 근심은 다 내 몸에만 모여든 것 같다. 판관사령 같던 김승지도 그 마누라가 춘천집 모자를 죽인 줄 안 후로는 잠을 자도 사랑에서 자고, 밥을 먹어도 사랑에서 내다 먹고, 부인이 무슨 말을 물으면 대답도 아니 하고 사랑으로 나가니, 그 부인이 미칠 지경이라.

무당을 불러서 살도 풀어보고 판수를 불러서 경도 읽어본다. 본래 강동지가 김승지의 돈을 뺏어서 그 돈으로 김승지 집 계집종들에게 풀어 먹이는데, 김승지의 부인이 손가락 하나만 꼼짝하여도 강동지가 알고 있고, 점순에게서 편지 한 장만 와도 그 편지가 강동지의 손으로 들어오고, 김승지의 부인이 답장을 하면 그 편지가 우체통으로 들어가지 아니하고 쏜살같이 강동지의 손으로 들어갔는데, 점순에게 가는 편지 한 장만 가져다가 강동지를 주면 돈 백 원도 집어주고 오십 원도 집어주니, 부인이 점순에게 편지 두어 번 한 것이 한 장도 점순에게는 못 갔더라.

부산 가서 점순이를 속이던 판수는 김승지 부인에게 불려가서 춘천집의 귀신을 잡아 가두려고 경 읽던 장판수라. 강동지가 그 소문을 듣고 장판수를 찾아가서 김승지 부인의 돈을 잘 뺏을 도리도 가르쳐주고, 또 강동지는 김승지의 돈을 문청문청[298] 뺏어다가 장판수를 주니, 장판수는 강동지가 죽어라 하면 죽는 시늉이라도 할 지경이라.

장판수가 김승지의 부인을 어찌 묘리 있게 속였던지, 판수의 말은 낱낱이 시행이라. 그 속이던 말은 창황하나 일은 단 두 가지뿐이라.

한 가지는 자객을 사서 강동지 내외를 죽이면 원수 갚을 놈이 없으리라 하는 말로 돈을 많이 뺏어내었고, 한 가지는 장판수가 부산을 내려가서 점순이를 데려다가 제 집 건넌방에 감추어두겠다 하고 치행할 돈도 뺏었더라.

부산을 내려가서 최가와 점순이를 꾀어다가 무인지경에서 강동지 손에 죽게 하고 서울로 올라오던 그 이튿날, 김승지 부인에게 통기한 일이 있었더라.

'강동지 내외는 자객의 손에 죽었다 하였고, 점순이는 데려다가 제 집 건넌방에 감추어두었다 하였고, 자세한 말은 오늘 밤중에 점순이가 가서 뵈올 터이니 사람을 물리치고 부디 혼자 계시라' 하였더라.

부인이 장님의 통기한 말을 듣고 점순이를 만나 보려고, 밤 되기를 기다려서 초저녁부터 계집종들은 행랑으로 다 내쫓고 대문과 중문은 지쳐만 두고 안방에 혼자 앉아 기다린다.

문풍지 떠는 소리만 들어도 점순이 오느냐, 새앙쥐가 바싹 하는 소리만 들어도 점순이 오느냐 하며 앉았는데, 종로 보신각에서 밤 열두 시 치는 종소리가 뗑뗑 나도록 소식이 없으니, 김승지 부인이 통통증이 나서 혼잣말이라.

"고 배라먹을 년, 오려거든 진작 좀 오지, 무엇 하느라고 이때까지 아니 오누? 나는 이렇게 기다리는데, 고년은 날 보고 싶은 생각도 없담. 고년은 무슨 일이든지 좀 시원시원한 꼴을 못 보아. 이렇게 조용한 때에 아니 오고 언제 오려누? 요년 오늘 밤에 아니 오려는 것이로군. 올 것 같으면 벌써 왔지."

하면서 실성한 사람같이 중얼거리다가, 옷 입은 채로 골김²⁹⁹에 드러누웠더라. 부인의 마음에 점순이를 보면 눈이 빠지도록 꾸짖을 작정이라. 벽상에 걸린 자명종은 새로 한 점을 땅 치면서 창밖에서 사람의 발자취 소리가 나니, 부인의 마음에 '옳지 인제 점순이가 오거니' 여기고 누웠는데, 늦게 오는 것이 괘씸한 생각이 있어서 잠도 아니 든 눈을 감고 누웠는데, 방문 여는 소리가 펄쩍 나니, 본래 김승지의 부인이 참을성 없는 사람이라, 눈을 번쩍 떠서 보니 키가 구척장신의 남자이라.

서릿빛 같은 삼척장검을 쑥 빼어 번쩍 들고,

(남자) "이년, 네가 꿀꺽 소리를 질렀다가는 뒈지리라."

(부인) "에그, 살려주오."

하며 벌벌 떨고 꼼짝을 못한다.

(남자) "이년, 네가 재물이 중하냐, 목숨이 중하냐?"

(부인) "재물은 있는 대로 다 가져가더라도 목숨만 살려주오."

(남자) "그러면 무슨 말이든지 내 말대로 듣겠느냐?"

(부인) "아무 말이든지 들을 터이니 살려주오."

하면서 칼을 쳐다본다.

그 남자가 부인 앞으로 바싹 다가오더니,

(남자) "그러면 내가 네 재물도 싫고 네게 탐내는 것이 있으니, 그 말만 들을 터이면 너를 살리다뿐이겠느냐."

(부인) "무슨 말이오?"

(남자) "응, 그만하면 알 일이지. 내가 너를 탐을 내서 이렇게 들어온 사람이라. 만일 내 말을 아니 들을 지경이면 이 칼로 네 목을 칠 것이요, 내 말을 들으면 내가 이 밤에 너를 데리고 자고 갈 뿐이라. 네 재물 가지고 갈 리가 만무하다. 네가 나를 누구인지 자세히 알 것 같으면, 네가 그만한 은혜는 갚을 만도 하니라."

(부인) "누구란 말이오?"

(남자) "응, 나는 장판수의 부탁을 듣고 춘천 사는 강동지 내외를 내 손으로 죽였다. 강동지를 네가 죽여달라 하였지. 자아, 이제는 걱정될 일은 아무것도 없으니 마음을 놓아라. 내가 강동지 내외를 죽일 때에 그까짓 돈푼을 바라고 사람을 둘이나 죽였겠느냐. 너같이 곱게 자라난 계집에 탐이 나서 그랬지."

부인이 겁결에 강동지를 죽인 사람이라 하는 소리를 듣고 겁나던 마음이 좀 풀렸던지 얼굴에 웃는 빛이 나며 말을 묻는다.

(부인) "여보, 강동지를 참 죽였소?"

(남자) "네 마음에 못 미더우냐?"

(부인) "아니오, 못 믿어서 하는 말이 아니오……."

(남자) "자아, 밤들었으니. 긴말할 것 없다. 내 말을 정녕 듣지?"

(부인) "누가 아니 듣는다고 무엇이라 합더니까? 그러나 강동지 죽이던 이야기 좀 자세 하구려."

(남자) "너는 종시도 내가 강동지를 아니 죽이고 죽였다는 줄로 아느냐?"

(부인) "아니오, 의심하는 말이 아니오."

(남자) "오냐, 강동지 죽이던 모양 좀 보아라. 이렇게 죽였다." 하면서 칼로 부인의 목을 치는데, 원래 그 남자는 강동지라.

강동지의 힘은 장사요 칼은 비수 같은지라, 번개같이 빠른 칼이 번쩍하며 부인의 목이 뚝 떨어졌다. 강동지가 칼을 턱 놓고 한숨을 휘 쉬더니, 김승지 부인의 목을 흘겨보며 토죄를 한다.

"이년, 네가 시앗을 없애고 너 혼자 얼마나 호강을 하려고 그런 흉악한 일을 하였더냐? 내가 내 딸을 데리고 서울로 왔을 때에 네가 극성을 어떻게 부렸느냐? 이년, 이 개잡년아, 네가 숙부인, 숙부인인지 쑥부인인지, 뺑때부인이라도 너 같은 잡년은 없겠다. 이년, 이 망할 년, 네가 걸핏하면 양반이니 염소반이니 하며, 너는 고소대같이 높은 사람이 되고, 내 딸은 상년이라고 그년 그년, 그까짓 년, 남의 첩년, 강동지의 딸년, 죽일 년 살릴 년 하며 너 혼자 세상에 다시없는 깨끗한 양반의 여편네인 체하던 년이 그렇게 쉽게 몸을 허락한단 말이냐? 이년, 네 마음이 얼음같이 깨끗하고 칼날같이 독할 지경이면, 남의 칼을 무서워하며 목숨을 아낀단 말이냐. 이년, 너같이 망할 년이 안방구석에 갇혀 들어앉았지 아니하였으면 어떠한 잡년이 되었을는지 모를 것이다. 오냐, 내가 네 소원을 풀어주려고 내외 없는 저승으로 보내준다. 저승에 가거든 소원대로 서방질이나 싫도록 하여라." 하더니 칼을 다시 집어 들고 죽어 자빠진 송장을 후려치고 돌아

나가니, 그날은 사월 열이렛날이라. 누르스름한 달은 서천에 기울어졌고 장안은 적적한 깊은 밤이라. 강동지가 칼을 품고 김승지 집에 있던 계동 침모의 집으로 향하여 간다.

본래 강동지가 점순이를 죽일 때에 전후 죄상을 낱낱이 조사받는데, 점순이가 춘천집 죽이던 일에 침모도 참섭이 있는 줄로 말한지라. 강동지가 서울로 올라오던 길로 침모의 있는 곳을 알아보니, 침모는 계동 막바지 집에서 그 어머니와 같이 양대 과부 세간살이를 하고 있다 하는지라.

강동지가 하루 종일토록 다니면서 삼청동 김승지 집과 계동 침모의 집을 자세히 보아두었다가, 그날 밤에 삼청동 가서 김승지의 부인을 죽이고, 피가 뚝뚝 떨어지는 칼을 씻지도 아니하고 두어 번 홰홰 뿌려 칼집에 꽂았는데, 칼에서는 찬바람이 나고 강동지는 열이 꼭뒤까지 올랐더라.

계동 막바지에 죽은 배부장 집을 찾아가서 뒷담을 홀쩍 넘어 들어섰더라. 배부장 집이라 하는 것은, 즉 침모의 집이라. 강동지가 칼을 빼어 들고 배부장 집 안방으로 쏜살같이 들어가려 하다가, 발을 멈추고 기척 없이 서서 그 집 동정을 보며 무슨 생각을 한다.

'침모를 죽일 때에 그 어미 되는 노파가 깨어 있거든 그 어미까지 죽이고, 그 어미가 모르고 자거든 침모만 죽이리라.'

하는 생각이 나서 그 안방 뒷문 밖에서 안방에 있는 사람들이 잠이 들었나 아니 들었나 엿듣는다.

방 안에서 기침 소리가 나더니 늙은 노파의 목소리가 난다.

(노파) "이애 아가, 옷 벗고 자거라. 왜 옷도 아니 벗고 등걸잠

을 자느냐, 감기 들라."

윗목에서 기지개를 부드득 켜는 소리가 나면서 젊은 여편네 목소리가 나는 것은 침모이라.

(침모) "응, 관계치 아니하여, 가만히 내버려두오."

(노파) "이애, 정신 좀 차려서 일어나 옷 벗고 이불 덮고 드러누워라."

침모가 잠이 번쩍 깨어 벌떡 일어나며,

(침모) "에그머니, 오늘은 내가 날마다 하던 일을 잊었네. 어머니는 왜 진작 좀 깨워주시지 아니하고 이때까지 내버려두었단 말이오."

하면서 방문을 열고 안마당으로 나가더니 무엇을 하는지 기척이 없는지라. 강동지가 발자취 소리도 없이 안마당으로 돌아가는데, 침모는 누가 오는지도 모르고 마당 한가운데에 돗자리 한 닢 펴고 소반 위에 정화수 떠놓고 침모는 북두칠성을 향하여 소반 앞에 납죽 엎드려서 무엇을 비는 모양이라.

(침모) "칠성님, 칠성님께 빕니다. 미련한 인생이 마음을 잠깐 잘못 먹고 하마터면 점순의 꼬임에 빠져서 춘천집을 죽일 뻔하였습니다. 나는 우리 어머니가 어지신 마음으로 어지신 경을 하여주셔서 못된 꼬임에 빠지지 아니하였으니 내 신상에는 편하나 고 몹쓸 점순이란 년이 춘천집을 참 죽일까 염려되어 못 견디겠습니다. 칠성님 칠성님, 어지신 칠성님이, 춘천집을 도와주셔서 비명에 죽지 말게 하여줍시사. 죄 없는 춘천집과 철모르는 거북이가 고 몹쓸 점순의 손에 죽으면, 그런 불쌍하고 악착한 일이 어디 있

292

겠습니까. 칠성님이 굽어보시고 살펴보셔서서 제발 덕분에 도와줍시사."

하면서 정신없이 비는데, 강동지가 장승같이 딱 서서 한참 동안을 듣다가 기침 한 번을 컥 하니, 침모가 깜짝 놀라 일어나며 '에그머니' 소리를 하거늘, 강동지가 허허 웃으면서 놀라지 말라 하고 방으로 들어가자 하니, 침모가 겁이 나서 대답도 못 하고 벌벌 떨고 섰는데, 본래 눈먼 사람이 귀는 남달리 밝은 터이라. 방 안에 누웠던 노파가 그 소리를 듣고 그 딸을 부른다.

"이애, 거기 누가 왔나 보구나. 누구든지 방으로 데리고 들어오려무나."

그 어머니 소리를 듣고 방으로 들어가며 일변 불을 켜니, 강동지가 따라 들어가서 윗목에 앉으며 좋은 기색으로 말을 하는데, 나는 춘천집의 애비라는 말과, 그 딸 춘천집 모자가 죽은 일과, 그 원수 갚은 일과, 침모까지 죽이러 왔다가 침모가 춘천집을 위하여 정화수를 떠놓고 비는 것을 보고, 침모의 어진 마음이 있는 줄 알고 이런 이야기나 하러 들어왔다는 말을 낱낱이 하면서, 벼룻집을 빌려달라 하더니, 김승지에게 편지 한 장을 써놓고 나가는데, 침모의 마음은 저승 문턱에로 들어갔다 나온 것 같은지라.

그 편지에 무슨 말이 있는지 모르나 조심되는 마음에 아니 전할 수가 없어서 그 후 십여 일 만에 침모가 그 편지를 가지고 김승지 집에 가서 김승지에게 전하니, 김승지가 그 편지를 뜯어 보는데, 침모와 같이 보라는 언문 편지라.

그 사연을 자세히 본즉, 김승지를 원망한 말은 조금도 없고, 강동지 제가 두 가지 후회 나는 일을 말하였는데, 한 가지는 그 딸을 남의 시앗 될 곳으로 보낸 것이요, 한 가지는 그 딸을 데리고 서울 왔을 때에 김승지의 부인이 그렇게 투기하는 것을 보면서 그 딸을 춘천으로 도로 데리고 가지 아니한 일이라. 편지 끝에 또 말하였으되, 객쩍은 말 같으나 내 딸이 불쌍한 마음이 있거든 이 침모를 내 딸로 알고 데리고 살라 하였는데, 김승지도 눈물을 씻고 침모도 낙루를 하며 춘천집의 말을 한다.

김승지도 평생에 홀아비로 지내려 하는 작정이요, 침모도 평생을 과부로 지내려 하는 작정이 있더니, 강동지가 그런 편지 한 것을 본즉, 김승지와 침모의 마음에 죽은 춘천집의 모자도 불쌍하거니와 산 강동지의 내외를 더 불쌍하게 여겨서 김승지와 침모가 내외 되어, 강동지 내외 일평생에 고생이나 아니 하고 죽게 하자는 의논을 하였으나, 강동지는 김승지 부인을 죽이고 침모의 집에 가던 그날 새벽에 그 마누라를 데리고 남문 밖 정거장 앞에 가 앉았다가, 경부 철로 첫 기차 떠나는 것을 기다려 타고 부산으로 내려가서, 부산서 원산 가는 배를 타고 함경도로 내려가더니, 며칠 후에 해삼위[300]로 갔다는데 종적을 알 수 없더라.

김승지와 침모가 강동지 내외 간 곳을 찾으려 하다가 못 찾고 춘천집 모자의 묘를 춘천 삼학산에 면례[301]를 하는데, 신연강으로 청룡[302]을 삼고 남내면 솔개 동네로 향[303]을 삼았더라.

그 묘 쓴 후에 삼학산 깊은 곳에 춘삼월 꽃 필 때가 되면 이상한 새소리가 나는데, 그 새는 밤에 우는 새라. 무심히 듣는 사람은 무슨 소린지 모르지마는 유심히 들으면 너무 영절스럽게 우니,

말지기가 그 새소리를 듣고 춘천집의 원혼이 새가 되었다 하는데, 대체 이상하게 우는 소리라.

시앗 되지 마라.
시앗, 시앗.
시앗 되지 마라.
시앗, 시앗.

시앗새는 슬프게 우는데, 춘천 근처에 시앗 된 사람들은 분을 뒷박같이 바르고 꽃 떨어지는 봄바람에 시앗새 구경을 하러 삼학산으로 올라가니, 새는 죽었는지 다시 우는 소리 없고, 적적한 푸른 산에 풀이 우거진 둥그런 무덤 하나 있고, 그 옆에는 조그마한 애총[304] 하나뿐이더라. (종)

은세계 銀世界

겨울 추위 저녁 기운에 푸른 하늘이 새로이 취색[1]한 듯이 더욱 푸르렀는데, 해가 뚝 떨어지며 북새풍[2]이 슬슬 불더니 먼 산 뒤에서 검은 구름 한 장이 올라온다. 구름 뒤에 구름이 일어나고, 구름 옆에 구름이 일어나고, 구름 밑에서 구름이 치받쳐 올라오더니, 삽시간에 그 구름이 하늘을 뒤덮어서 푸른 하늘은 볼 수 없고 시커먼 구름 천지라. 해끗해끗한 눈발이 공중으로 회회[3] 돌아 내려오는데, 떨어지는 배꽃 같고 날아오는 버들가지같이 힘없이 떨어지며 간곳없이 스러진다. 잘던 눈발이 굵어지고, 드물던 눈발이 아주 떨어지기 시작하며 공중에 가득 차게 내려오는 것이 눈뿐이요, 땅에 쌓이는 것이 하얀 눈뿐이라. 쉴 새 없이 내리는데, 굵은 체 구멍으로 하얀 떡가루 쳐서 내려오듯 솔솔 내리더니 하늘 밑에 땅덩어리는 하얀 흰 무리떡 덩어리같이 되었더라. 사람이 발 디디고 사는 땅덩어리가 참 떡 덩어리가 되었을 지경이면 사람들이 먹을 것 다툼 없이 평생에 떡만 먹고 종용⁴히 살았을는지도 모를 일이나, 눈구멍⁵ 얼음 덩어리 속에서 꿈적거리는 사람은 다 구복⁶에 계관한 일이라. 대체 이 세상에 허유(許由)⁷같이 표주박만 걸어놓고 욕심 없이 사는 사람은 보두리 있다더라.

강원도 강릉 대관령은 바람도 유명하고 눈도 유명한 곳이라. 겨울 한철에 바람이 심할 때는 기왓장이 훌훌 날린다는 바람이요, 눈이 많이 올 때는 지붕 처마가 파묻힌다는 눈이라. 대체 바람도 굉장하고 눈도 굉장한 곳이나, 그것은 대관령 서편의 서강릉이라는 곳을 이른 말이요, 대관령 동편의 동강릉은 잔풍향양⁸하고 겨울에 눈도 좀 덜 쌓이는 곳이라. 그러나 일기도 망령을 부리던지 그날 눈과 바람은 서강릉도 이보다 더할 수는 없지 싶을 만하게 대단하였는데, 갈모봉(帽峯)이 짜그러지게 되고 경금 동네가 폭 파묻히게 되었더라. 경금은 강릉에서 부촌으로 이름난 동네라. 산 두메 사는 사람들이 제가 부지런하여 손톱, 발톱이 닳도록 땅이나 뜯어먹고 사는데, 푼돈 모아 양돈 되고, 양돈 모아 궷돈 되고, 송아지 길러 큰 소 되고, 박토 긁어 옥토를 만들어서 그렇게 모은 재물로 부자 된 사람이 여럿이라. 그 동네 최본평 집이 있는데, 동네 사람들의 말이,

"저 집은 소문 없는 부자라. 최본평의 내외가 억척으로 벌어서 생일이 되어도 고기 한 점 아니 사 먹고 모으기만 하는 집이라, 불과 몇 해 동안에 형세가 버썩 늘었다. 우리도 그 집과 같이 부지런히 모아보자."

하며 남들이 부러워하고 본받으려 하는 사람이 많은 터이라.

대체 최본평 집은 먹을 것 걱정 입을 것 걱정은 아니 하는 집이라. 겨울에 눈이 암만 많이 오더라도 방 덥고, 배부르고, 등에 솜 조각 두둑한 터이라. 그 눈이 내년 여름까지 쌓여 있더라도 한 해 농사 못 지어서 굶어 죽을까 겁날 것은 없고, 다만 겁나는 것은 염치없는 불한당이나 들어올까 그 염려뿐이라. 바람은 지동⁹ 치듯 불고 최본평 집 사립문 안에서 개가 콩콩 짖는데, 밤사람의 자취로 아는 사람은 알았으나, 털 가진 짐승이라도 얼어 죽을 만하게 춥고 눈보라 치는 밤이라, 누가 내다보는 사람은 없고 짖는 개만 목이 쉴 지경이라. 두메 부잣집도 좀 얌전히 잘 지은 집이 많으련마는 경금 최본평 집은 참 돈만 모으려고 지은 집인지 울타리를 너무 이심스럽게¹⁰ 하였는데, 높이가 길반이나 되는 잔 참나무로 틈 하나 없이 튼튼하게 한 울타리가 옛날 각 골 옥담 쌓듯이 뺑 둘렀는데 앞에 사립문만 닫치면 송곳같이 뾰족한 수가 있는 도적 놈이라도 뚫고 들어갈 수가 없이 되었더라. 그 울안에 행랑이 있고 그 행랑 앞으로 지나가면 사랑이 있으나, 사립문 밖에서 보면 행랑이 가려서 사랑은 보이지 아니하니 여간 발씨 익은 과객이 아니면 그 집에 사랑 있는 줄은 모르고 지나가게 된 집이러라.

밤은 이경¹¹이 될락 말락 하였는데 웬 사람 오륙 인이 최본평 집 사립문을 두드리며 문 열어달라 소리를 지르나 앞에서 부는 바람이라, 사람의 목소리가 떨어지는 대로 바람에 싸여서 덜미¹² 뒤로만 간다. 주인은 듣지 못한 고로 대답이 없건마는 문밖에서 문 열어달라 하는 사람은 골이 어찌 대단히 났던지 악을 써서 주인을 부르는데 악 쓰는 아가리 속으로 눈 섞인 바람이 한입 가득 들어가며 기침이 절반이라. 사립문이나 부술 듯이 발길로 걷어차니 사립문 위에 얹혔던 눈과 문틈에 잔뜩 끼었던 눈이 푹 쏟아지며 사람의 덜미 위로 눈사태가 내려온다. 행랑방에서 기침 소리가 쿨룩쿨룩 나며 개를 꾸짖더니 무엇이라고 두덜두덜하며 나오는 것은, 최본평 집에서 두 내외 머슴[13] 들어 있는 자이라. 바지춤 움키어 쥐고 버선 벗은 발에 나막신 신고 나가서 사립문을 여니 문밖에 섰던 사람이 골이 잔뜩 나서 누구든지 닥치는 대로 분풀이를 하려던 판이라. 와락 들어오며, 머슴 놈을 훔쳐때리며[14] 발길로 걷어차며, 무슨 토죄를 하는데, 머슴이 눈 위에 가로 떨어져서 살려달라고 빈다.

머슴의 계집은 웬 영문인지도 모르고 겁에 띄어서 행랑방 뒷문을 열고 버선발로 뛰어 나서서 눈이 정강이까지 푹푹 빠지는 마당으로 엎드러지며 곱드러지며 안으로 들어가니 그때 안중문은 걸렸는지라. 안뒤꼍으로 들어가서 안방 뒷문을 두드리며,

"본평 아씨, 본평 아씨, 불한당이 들어와서 천쇠를 때려서 죽게 되었습니다."

하는 소리에 본평 부인이 베틀 위에서 베를 짜다가 북을 탁 던지고 벌떡 일어나려 하나, 허리에 찬 베틀 끈이 걸려서 얼른 내려오지 못하고 겁결에 잠든 딸을 부른다.

"옥순아, 옥순아! 어서 일어나거라. 불한당이 들어온다!"

하며 일변으로 허리에 매인 베틀 끈을 끄르더니 방문을 열고 나가니, 자다가 깬 옥순이는 어머니를 부르며 우나 부인이 대답도 아니 하고 버선 바닥으로 뛰어나가서 사랑문을 두드리며 남편

을 부르는데, 본평 부인이 어렸을 때에 그 친정에서 듣고 보고 자라나던 말투이라.

"옥순 아버지, 옥순 아버지, 불한당이 들어온다 하니, 이를 어찌하잔 말이오?"

하며 벌벌 떠는 소리로 감히 크게 못 하더라. 원래 그 집 사랑방에서 안으로 들어오는 문이 있는데 그 문은 앞뒤로 종이를 어찌 두껍게 발랐던지, 문밖에서 가만히 하는 소리는 방 안에서 자세히 들리지 아니하는지라 그 남편이 대답을 아니 하니 부인이 그 말을 거푸거푸 한다. 그때 최본평은 덧문을 척척 닫고 자리 펴놓고 들기름 등잔에서 그을음이 꺼멓게 오르도록 돋워놓고 앉아서 집뼘 한 뼘씩이나 되는 숫가지[15]를 늘어놓고 한 짐 두 뭇[16]이니 두 짐 닷 뭇이니 하며 구실[17] 돈 셈을 놓다가 문 두드리는 소리를 듣고 정신없이 아니 놓을 수 한 가지를 덜컥 더 놓으며 고개를 번쩍 드는데 부인의 말소리가 최본평의 귓구멍으로 쏙 들어갔다.

(최) "응, 불한당이라니, 불한당이 어디로 들어와?"

하며 벌떡 일어나서 안으로 난 문을 와락 여는데, 부인은 문에 얼굴을 대고 섰다가, 문이 얼굴에 부딪혀서 부인이 '애코' 소리를 하며 푹 고꾸라지니, 최씨가 문설주를 붙들고 내다보며 당황히, '어, 어' 소리만 하고 섰는데, 그때 마침 행랑 앞에서 머슴을 치던 사람들이 사랑 앞으로 와서 마루 위로 올라서던 차이라. 안으로 난 문 여는 소리를 듣고 주인이 도망하려는 줄로 알고,

"듣거라!"

소리를 하며 마루를 쾅쾅 구르고 몰려 들어오며 사랑 지게문을

열어젖히더니, 제비같이 날쌘 놈이 번개같이 달려 들어오니 본래 최본평은 도망하려는 생각이 아니라 불한당이 들어오는 줄로만 알고 안으로 들어가서 집안사람들이 놀라지 아니하게 안심시키려던 차에, 부인이 얼굴을 다치고 넘어진 것을 보고 나가서 일으키려 하다가 사랑방에 그 광경 나는 것을 보고 도로 사랑으로 들어서며,

"웬 사람들이냐?"

묻는데 그 사람들은 대답도 없고 최씨를 잡아 묶어놓으며 사람의 정신을 빼는데, 최부인은 그 남편이 곤경 당하는 소리를 듣고 얼굴 아픈 생각도 없고 내외할 경황도 없이 사랑방을 들여다보며 벌벌 떨고 섰는데, 나이 이십칠팔 세쯤 된 어여쁜 부인이라.

그날 밤에, 최본평 집에 들어와서 야단치던 사람들은 강원 감영[18] 장차[19]인데 영문[20] 비관[21]을 가지고 강릉 경금 사는 최병도(崔秉陶)를 잡으러 온 것이라. 최병도의 자는 주삼(朱三)이니 강릉서 누대 사는 양반이라. 시골 풍속에 동네 백성들이 벼슬 못 한 양반의 집은 그 양반의 장가든 곳으로 택호[22]를 삼는 고로, 최본평댁이라 하니 본평은 최병도 부인의 친정 동네라. 그때 강원 감사의 성은 정씨인데, 강원 감사로 내려오던 날부터 강원 일도 백성의 재물을 긁어 들이느라고 눈이 벌게서 날뛰는 판에 영문 장차들이 각 읍의 밥술이나 먹는 백성을 잡으러 다니느라고 이십육 군 방방곡곡에 늘어섰는데, 그런 출사[23] 한 번만 나가면 우선 장차들이 수 나는 자리라.

장차가 최병도를 잡아놓고 차사례[24]를 추어내는데[25] 염라국 사

자 같은 영문 장차의 눈에 여간 최병도 같은 양반은 개 팔아 두 냥 반만치도 못하게 보고 마구 다루는 판이라 두 손목에 고랑[26]을 잔뜩 채우고 차사례를 달라 하는데, 최씨가 차사례를 아니 주려는 것이 아니라, 여간 돈을 주마 하는 말은 장차의 귀에 들어가지도 아니하고, 제 욕심을 다 채우려 든다.

대체 영문 비관을 가지고, 사람 잡으러 다니는 놈의 욕심은, 남의 묘를 파서 해골 감추고 돈 달라는 도적놈보다 몇 층 더 극악한 사람들이라. 가령 남의 묘를 파러 다니는 도적놈은 겁이 많지마는 영문 장차들은 겁 없는 불한당이라. 더구나 그때 강원 감영 장차들은 불한당 괴수 같은 감사를 만나서 장교와 차사들은 좋은 세월을 만나 신이 나는 판이라. 말끝마다 순사도를 내세우고 말끝마다 죄인 잡으러 온 자세[27]를 하며 장차의 신발값[28]을 달라고 하는데, 말이 신발값이지 남의 재물을 있는 대로 다 빼앗아먹으려 드는 욕심이라. 열 냥을 주마 하여도 코웃음이요, 백 냥을 주마 하여도 코웃음이요, 이백 냥 삼백 냥을 주마 하여도 코웃음인데, 그때는 엽전 시절이라, 새끼 밴 큰 암소 한 필을 팔아도 칠십 냥을 받기가 어렵고 좋은 봇돌논[29] 한 마지기를 팔아도 삼사십 냥이 넘지 아니할 때이라.

최씨가 악이 버썩 나서 장차에게 돈 한 푼 아니 주고 배기려만 든다. 장차는 죄인에게 전례돈[30] 뺏어먹기에 졸업한 놈들이라, 장교가 최씨의 그 눈치를 채고 사령을 건너다보며,

"이애 김달쇠야, 네가 명색이 사령이냐 무엇이냐? 우리가 비관을 메고 올 때에 순사도 분부에 무엇이라 하시더냐? 막중 죄인을

잡으러 가서, 만일 실포(失捕)[31]할 지경이면 너희들은 목숨을 바치리라 하셨는데, 지금 죄인을 잡아서 저렇게 헐후히 하다가 죄인을 잃으면, 우리들은 순사도께 목숨을 바치잔 말이냐? 우리들이 이런 장설[32]을 맞고 이 밤중에 대관령을 넘어올 때 무슨 일로 왔느냐? 오늘 밤에 우리가 곤하게 잠든 후에 죄인이 도망할 지경이면, 우리들은 죽는 놈이다. 잘 알아차려라."

그 말이 뚝 떨어지며 사령이 맞녀수[33]가 되어 신이 나서 그 말대답을 하며 달려들더니, 역적 죄인이나 잡은 듯이 최병도를 꼼짝못하게 결박을 하는데 장차의 어미나 아비나 쳐 죽인 원수같이 최씨의 입에서 쥐소리가 나도록, 두 눈이 툭 솟도록, 은근히 골병이 들도록 동여매느라고 사랑방에서 새로이 살풍경이 일어나는데 안마당에서 본평 부인의 울음소리가 난다.

(부인) "애고! 이것이 웬일인고! 이를 어찌하잔 말인고? 애고애고, 평생에 남에게 싫은 소리 한번 아니 하고 사는 사람이 무슨 죄가 있어서 이 지경을 당하노? 애고 애고, 하느님 하느님, 죄 없는 사람을 살게 하여줍시사! 애고 애고 여보, 옥순 아버지, 돈이 다 무엇이란 말이오? 영문 장차가 달라는 대로 주고 몸이나 성하게 잡혀가시오."

하며 우는데 옥순이는 어머니를 부르며 악머구리[34]같이 따라 운다. 최병도가 제 몸 고생하는 것보다 그 부인과 어린 딸의 마음을 위로하기 위하여 장차에게 돈 칠백 냥을 주기로 작정이 되었는데, 장차들의 욕심이 흠쭉하게 찼던지 결박하였던 것도 끌러놓을 뿐만 아니라, 맹세지거리를 더럭더럭 하며 말을 함부로 하던 입에서 말이 너무 공손히 나온다.

(장교) "최서방님, 아무 염려 말으시오. 우리가 영문에 가서 순사도께 말씀만 잘 아뢰면 아무 탈 없이 될 터이니 걱정 마시오. 들어앉으신 순사도께서 무엇을 알으시겠습니까? 염문[35]하여 바친 놈들이 몹쓸 놈이지요. 우리가 들어가거든 호방[36] 비장[37] 나리께도 말씀을 잘 여쭙고 수청 기생 계화더러도 말을 잘 하여서 서방님이 무사히 곧 놓여 오시게 할 터이니 우리만 믿으시오. 아따, 일만 잘되게 만들 터이니 호방 비장 나리께 약이나 좀 쓰고 계화란 년은 옷 하여 입으라고 돈 백 냥이나 집어주시구려. 아따, 요새 그년이 뽐내는 서슬에 호사 한번 잘 시키고 그 김에 계화란 년 상관이나 한번 하시구려. 촌에 사는 양반이 그런 때 호강을 좀 못 해보고 언제 하시겠소? 그러나 딴 구멍으로 청할 생각 말으시오. 원주 감영 놈들이란 것은 남의 것을 막 떼어먹으려 드는 놈들이오. 누가 무엇이라 하든지 당초에 상관을 마시오. 서방님 같은 양반이 영문에 가시면 못된 놈들이 공연히 와서 지분지분할[38] 터이니 부디 속지 마시오."

하더니 다시 사령을 건너다보며,

"이애, 사령들아! 너희들도 영문에 들어가거든 꼭 내가 시키는 대로 이렇게만 말하여라. 강릉 경금 사는 최본평이란 양반은 아까운 재물을 결딴냈더라. 그 어림없는 양반이 서울 가서 뉘 꾐에 빠졌던지, 지금 세상에 쩡쩡거리는 공사청[39] 내시들의 노름하는 축에 가서 무엇을 얻어먹겠다고 그런 살얼음판에 들어앉아서 노름을 하였던지, 부자 득명하고 살던 재물을 죄 잃어버리고 아무

것도 없다네. 대체 노름빚이 얼마나 되었던지 내시 집에서 노름 빚을 받으려고 최본평이라는 그 양반 집으로 사람을 내려 보내서 전장 문서를 죄다 뺏어가고 남은 것은 한 이십 간 되는 초가집 하나와 황소 한 필뿐이라 하니, 아무리 시골 양반이 만만하기로 남의 재물을 그렇게 뺏어먹는 법이 있느냐? 하면서 풍을 치고 다니어라. 그러면 나는 호방 비장 나리께 들어가서 어떻게 말씀을 여쭙든지 열기 없이 속여 넘길 터이다. 이애, 우리끼리 말이지 우리 영문 사또 귀에 최서방님이 패가하셨다는 소문이 연방 들어갈 지경이면 당장에 백방[40]하실 터이다. 또 요사이는 죄인이 어찌 많던지, 옥이 툭 터지게 되었으니 쓸데없는 죄인은 곧잘 놓으신다. 이애, 일전에도 울진 사는 부자 하나 잡혀왔을 때 너희들도 보았지? 그때 옥이 좁아서 가둘 데가 없다고 아뢰었더니 사또 분부에 허름한 죄인은 더러 내놓으라고 하시더니, 죄는 있고 없고 간에 거지 같은 놈은 다 내놓았더라. 이애들, 별말 말고 우리가 최서방님 일만 잘 보아드리자. 우리들이 서방님 일을 이렇게 잘 보아드리는데 서방님께서 무슨 처분이 계시지, 설마 그저 계시겠느냐?"

그렇게 제게 당길심[41] 있는 말을 하면서 최씨를 위하여줄 듯이 말을 하나, 최씨가 도망 못 하도록 잡도리하는[42] 것은 처음과 조금도 다를 것이 없는지라.

그날 밤에는 그런 소요로 그럭저럭 밤을 새우고, 그 이튿날 장차의 전례돈을 다 구처하여 원주 감영으로 환전을 부친 후에 최씨를 앞세우고 곧 떠나려 하는데, 본래 최병도는 경금 동네에서 득인심[43]한 사람이라 양반, 상인 없이 최씨의 소문을 듣고 최씨를 보러 온 사람이 많으나, 장차들이 최씨를 수직[44]하고 앉아서, 누구든지 그 방에 사람이 들어가지 못하게 하는 터이라. 본평 부인이 그 남편 떠나는 것을 좀 보고자 하여 그 종 복녜를 사랑으로 내보내서 장차에게 전갈로 청을 하는데 촌 양반의 집종이 영문 장차를 어찌 무서워하던지 사랑 뜰에 우두커니 서서 말을 못 한다. 그때 마침 동네 사람들이 최씨를 보러 왔다가 보지 못하고 떠나갈 때에, 길에서 얼굴이나 본다 하고 최씨 집 사립문 밖에서 서성거리고 있는 사람도 많은 터이라.

그중에 웬 젊은 양반 하나가 정자관[45] 쓰고 시골 촌에서는 물표 다를 만한 가죽신 신고 서양목 옥색 두루마기에 명주 안을 받쳐 입고, 얼굴은 회오리밤 벗듯[46] 하고, 눈은 샛별 같고, 나이는 삼십이 막 넘은 듯한 사람이 담뱃대 물고 마당에 섰다가, 복녜의 모양을 보고 복녜를 불러 묻는다.

"이애 복녜야, 너 왜 거기 우두커니 서서 주저주저하느냐?"

(복녜) "아씨께서 서방님께 좀 뵈옵겠다고 사랑에 나가서 그 말씀 좀 하라셔요."

관 쓴 양반이 그 말을 듣더니 사랑마루 위로 썩 올라서면서 기침 한 번을 점잖게 하며 사랑방 지게문을 뚝뚝 두드리며, 영문 장교더러 할 말이 있으니 잠깐 좀 내다보라 하니, 본래 영문 장차가 감사의 비관을 가지고 촌 양반을 잡으러 나가면, 암행어사 출두나 한 듯이 기승스럽게[47] 날뛰는 것들이라 장교가 불미한 소리로,

"웬 사람이 어디를 와서 함부로 그리하느냐?"

하며 내다보기는 고사하고 사령더러 잡인들을 다 내쫓으라 하니

사령 하나가 문을 열어젖히며 와락 나오더니, 관 쓴 양반의 가슴을 내밀며 갈범같이 소리를 지르는데 관 쓴 양반이 눈에서 불이 뚝뚝 떨어지도록 부릅뜨고 호령 한마디를 하더니, 다시 마당에 섰는 웬 사람을 내려다보며,

"이애 천쇠야, 네 지금 내로 이 동네 백성들을 몇이 되든지 빨리 모아 데리고 오너라."

하는데, 천쇠는 어젯밤에 장차들에게 얻어맞던 원수를 갚는다 싶은 마음에 신이 나서 목청이 떨어지도록 소리를 지른다.

"아랫말 김진사 댁 서방님께서 동네 백성들을 모으라신다. 빨리 모여들어라."

하면서 사립문 밖으로 나가는데, 그때는 눈이 길길이 쌓인 때라. 일없는 농군들이 최본평 집에 영문 장차가 나와서 야단을 친다 하는 소리를 듣고 구경을 하러 왔다가 장차가 못 들어오게 하는 서슬에 겁이 나서 못 들어오고 이웃 농군의 집에 들어앉아서 까마귀 떼같이 지껄이고 있던 터이라.

"본평 댁 서방님이 영문에 잡혀가신다지?"

"그 양반이 무슨 죄가 있어서 잡아가누?"

"죄는 무슨 죄, 돈 있는 것이 죄이지."

"요새 세상에 양반도 돈만 있으면 저렇게 잡혀가니 우리 같은 상놈들이야 논마지기나 있으면 편히 먹고 살 수 있나?"

"이런 놈의 세상은 얼른 망하기나 하였으면……. 우리 같은 만만한 백성만 죽지 말고 원이나 감사나 하여 내려오는 서울 양반까지 다 같이 죽는 꼴 좀 보게."

"원도 원이요, 감사도 감사어니와 저런 장차들부터 누가 다 때려죽여 없애버렸으면."

하면서 남의 일에 분이 잔뜩 나서 지껄이고 앉았던 차에, 천쇠의 소리를 듣고 우 몰려나오면서 천쇠더러 무슨 일이 있느냐 묻는데, 천쇠는 본래 호들갑스럽기로 유명한 놈이라, 영문 장차가 김진사 댁 서방님을 죽이는 듯이 호들갑을 부리며 어서 본평 댁으로 들어가자 소리를 어찌 황당하게 하던지, 농군들이,

"자, 들거라!"

소리를 지르고 최본평 집 사랑 마당에 들어오는데, 제 목소리에 제가 정신을 못 차릴 지경이라.

경금 동네가 별안간에 발끈 뒤집히며, 최본평 집에 무슨 야단났다 소문이 퍼지며 양반, 상인, 아이, 어른 없이 달음박질을 하여 최본평 집에 몰려오는데, 마당이 좁아서 나중에 오는 사람은 들어오지 못하고 사립문 밖에 서서 궁금증이 나서 서로 말 묻느라고 야단이라.

그때 최본평 집 사랑 마당에서는 참 야단 난 터이라. 김씨의 일 호령에 원주 감영 장차들을 마당에 꿇려 앉혔는데, 김씨의 호령이 서리 같다.

(김) "너희들이 명색이 영문 장차라는 거냐? 영문 기세만 믿고 행악을 할 대로 하던 놈들은 내 손에 좀 죽어보아라. 민요[48]가 나면 원과 감사가 민요에 죽는 일도 있고, 군요[49]가 나면 세도재상이 군요에 죽는 일이 있는 줄을 너희들이 아느냐? 내가 너희들에게 실체하기는 하였다. 너희들에게 할 말이 있으면 내 집 사랑에서

너희들을 불러서 이를 일이나, 지금 당장에 이 댁 최서방님이 영문으로 잡혀가시는 터에, 급히 너희들더러 청할 말이 있는 고로, 내가 여기 서서 방에 있는 너더러 좀 나오라 하였다가 내가 너희들에게 욕을 보았다. 오냐, 여러 말 할 것 없다. 너희들 같은 놈은 어디 가서 기승을 부리다가 남에게 맞아 죽는 일이 더러 있어야, 이후에 다른 장차들이 촌에 나가서 조심하는 일이 생길 터이니, 오늘 너희들은 살려 보낼 수 없다."

하더니 다시 동네 백성들을 내려다보며,

(김) "이애, 이 동네 백성들 들어보아라. 나는 오늘 민요 장두[50]로 나서서 원주 감영 장차 몇 놈을 때려죽일 터이니, 너희들이 내 말을 들을 터이냐?"

경금 백성들이 신이 나서 대답을 하는데 마당이 와글와글한다.

(백성) "네, 소인들이 내일 감영에 다 잡혀가서 죽더라도 서방님 분부 한마디만 있으면 무슨 일이든지 하라시는 대로 거행하겠습니다."

(김) "응, 민요를 꾸미는 놈이 살 생각을 하여서는 못쓰는 법이라. 누구든지 죽기를 겁내는 사람이었거든 여기 있지 말고 나가고, 나와 같이 강원 감영에 잡혀가서 죽을 작정 하는 사람만 나서서 몽둥이 하나씩 가지고 장차들을 막 패 죽여라."

그 소리 뚝 떨어지며 동네 백성들이 몽둥이는 들었든지 아니 들었든지 아우성 소리를 지르며 장차에게로 달려드는데, 장차의 목숨은 당장 뭇 발길에 떨어질 모양이라.

사랑방에 앉았던 최병도는 발바닥으로 뛰어 내려오고, 안중문

안에서 중문을 지치고 서서 내다보던 본평 부인은 내외가 다 무엇인지 불고염치하고 뛰어나와서 장차들을 가리고 서고, 최씨는 동네 백성을 호령하여 나가라 하나, 호령은 한 사람의 목소리요, 아우성 소리는 여러 사람의 목소리라. 앞에 선 백성은 멈추고 있으나, 뒤에서는 물밀듯 밀고 들어오는데 장차들은 어찌 위급하던지 본평 부인의 뒤에 가 서서 벌벌 떨며 살려달라 소리만 한다. 최병도가 동네 백성이 손에 들고 있는 지게 작대기를 쑥 뺏어 들고 백성을 후려 때리려는 시늉을 하나 백성들이 피할 생각을 아니 하고 섰으니, 그때 마루 위에 섰던 김씨가 동네 백성들을 내려다보며,

(김) "이애, 그리하여서는 못쓰겠다. 장차들을 이 댁 사랑 마당에서 때려죽일 것이 아니라, 내 집 사랑 마당으로 잡아다가 죽이든지 살리든지 하자."

마당에 섰던 백성들이 일변 대답을 하며 그 대답 소리에 이어서 소리를 지른다.

"저놈들을 잡아 가지고 김진사 댁 마당으로 가자!"

하더니 장차를 붙들러 우우 달려드니, 장차가 최본평 집 안중문으로 뛰어 들어가는데, 본평 부인이 뒤에 따라 들어가며 중문을 닫아건다. 최씨가 사랑마루 위로 올라가며 김씨의 손목을 턱 붙들고 웃으면서,

(최) "여보게 치일이, 자네가 무슨 해거를 이렇게 하나? 동네 백성들을 내보내고 방으로 들어가세."

하더니 최씨가 일변 동네 사람들더러 다 나가라고 다시 천쇠를

불러서 사립문을 안으로 걸라 하고, 장차들은 행랑방에 들여앉히라 하고 최씨는 김씨와 같이 사랑방으로 들어가는데, 장차들은 목숨 산 것만 다행히 여겨서 최씨의 하라는 대로만 하는 터이라. 천쇠를 따라 행랑방으로 나가 앉아서, 감히 사립문 밖으로 나갈 생의를 못 하고 천쇠에게 첨[51]을 하느라고 죽을 애를 쓴다. 그때 김씨는 최씨의 사랑방에 앉아서 단둘이 공론이 부산하다.

(김) "여보게 주삼이, 자네나 나나 여기 있다가는 며칠이 못 되어 큰일이 날 터이니 우리들이 서울이나 가서 있다가 이감사 갈린 후에 내려오세."

(최) "자네는 이번에 일을 장만한 사람이니 불가불 좀 피하여야 쓰려니와, 나는 어디 갈 생각은 조금도 없으니 자네만 어디로 피하게."

(김) "자네가 아니 피할 까닭이 무엇인가?"

(최) "응, 자네는 이번에 이 일을 석 삭 동안만 피하면 그만이라, 자네같이 논 한 마지기 없이 가난으로 패호[52]한 사람을 감영에서 무엇을 얻어먹겠다고 두고두고 찾겠나? 나는 돈냥이나 있다고 이름 듣는 사람이라, 이감사가 갈려 가더라도 또 감사가 내려오고, 내가 타도에 가서 살더라도 그 도에도 감사가 있는 터이라, 돈푼이나 있는 백성은 죄가 있든지 없든지 다 망하는 이 세상에 내가 가면 어디로 가며, 피하면 어느 때까지 피하겠나, 응? 뺏으면 뺏기고, 죽이면 죽고, 당하는 대로 앉아 당하지. 말이 났으니 말이지, 백성이 이렇게 살 수 없이 된 나라가 아니 망할 수가 있나, 응? 말을 하자 하면 하루 이틀 한 달 두 달에 다 못 할 일이라.

그 말은 그만두고 우리들의 일 조처할 말이나 하세. 자네는 돈 한 푼 변통하기 어려운 사람인데, 이번에 망나니 같은 감사에게 미움받을 짓을 하고 여기 있을 수야 있나? 그러나 어디로 가든지 돈 한 푼 없이 어찌 나서겠나? 내가 표 하나를 써서 줄 터이니 내 마름을 불러서 이 돈을 찾아 가지고 어디든지 잘 가 있게. 나는 이 길로 장차를 따라서 영문으로 잡혀갈 터일세."

하면서 엽전 천 냥 표를 써서 김씨를 주고 벌떡 일어나며,

"응, 친구도 작별하려니와 우리 마누라도 좀 작별하여야 하겠네."

하더니 안으로 들어가는데, 김씨는 앞에 놓인 돈표를 거들떠보지도 아니하고 고개를 푹 수그리고 한참 동안을 앉았다가 고개를 번쩍 들며,

(김) "응, 그럴 일이야. 주삼이 떠나는 꼴은 보아 무엇 하게?"

하더니 돈표를 집어서 부시쌈지[53] 속에 넣고 안으로 향하여 소리 한마디를 꽥 지른다.

(김) "여보게 주삼이, 나는 먼저 가네. 죽는 놈은 죽거니와, 사는 놈은 살아야 하느니, 세상이 망할 듯하거든 흥할 도리 하는 사람이 있어야 쓰는 법이라. 다 각각 제 생각 도는 대로 하여보세."

하면서 나가는데, 최씨는 안에서 목소리를 크게 하여 외마디 대답이라,

(최) "어이, 알아들었네, 잘 가게그려!"

하는 말은 최씨와 김씨 두 사람만 서로 알아들을 뿐이라. 김씨는 어디든지 멀리 달아날 작정이요, 최씨는 감영으로 잡혀갈 마음으

로 그 부인을 작별하는데, 부인이 울며,

(부인) "여보 옥순 아버지, 무슨 죄가 있어서 원주 감영에서 잡으러 내려왔소?"

(최) "응, 죄는 많이 지었지."

부인이 깜짝 놀라면서,

(부인) "여보, 그것이 무슨 말씀이오? 무슨 죄를 그렇게 많이 지으셨단 말이오? 열 길 물속은 알아도 한 길 사람의 속은 모른다더니 나는 내외간이라도 그러실 줄은 몰랐소그려. 삼순구식을 못 얻어먹는 사람이라도 제 마음만 옳게 가지고 그른 일만 아니 하고 있으면, 어느 때든지 한때가 있을 것이오. 만일 그른 마음을 먹고 남에게 적악을 하든지 나라에 죄 될 일을 할 지경이면 하늘이 미워하고 조물이 시기하여, 필경 그 죄를 받을 것이니 사람이 죄를 짓고 죄 받는 것을 어찌 한탄한단 말이오? 말으시오, 말으시오. 무슨 죄를 짓고 저 지경을 당하시오?"

(최) "응, 죄를 나 혼자 지었다구? 두 내외 같이 지었지."

(부인) "여보, 남의 애매한 말 말으시오. 나는 철난 후로 죄 될 일은 한 것 없소. 손톱, 발톱이 닳도록 벌어놓은 재물을 아껴 먹고 아껴 쓰면서, 배고픈 사람을 보면 내 배를 덜 채우고 한 술 밥이라도 먹여 보내고 동지섣달에 살을 가리지 못하고 얼어 죽게 된 사람을 보면 내가 입던 옷 한 가지라도 입혀 보내고 손톱만치도 사람을 속여본 일도 없고 털끝만치도 남을 해치려는 마음을 먹은 일이 없소. 없소, 없소. 죄 될 일은 아무것도 한 것 없소. 여보시오, 여편네라고 업신여기지 말으시고 내 말 좀 들어보시오. 죄 될

일 하실 때에 하느님 버력[54]도 무섭지 아니하고 귀신의 앙화[55]도 겁내지 아니하더라도 처자가 부끄러워서 죄 될 일을 어찌 하셨단 말이오? 영문에서까지 알고 잡으러 온 터인데 나 하나만 기이면[56] 무엇하오?"

(최) "응, 마누라는 죄를 지어도 알뜰히 잘 지었지. 우리 죄는 두 가지 죄이라, 한 가지는 재물 모은 죄요, 한 가지는 세력 없는 죄."

(부인) "여보, 그것이 무슨 죄란 말이오?"

(최) "응, 우리나라에서는 녹피에 가로왈 자[57]같이 법을 써서 죽이고 싶은 사람이 있으면 없는 죄를 만들어 뒤집어씌우고, 살리고 싶은 사람이 있으면 있는 죄도 벗겨주는 세상이라. 이러한 세상에 재물을 가진 백성이 있으면, 그 백성 다스리는 관원이 그 재물을 뺏어먹으려고 없는 죄를 만들어서 남을 망해놓고 재물을 뺏어먹는 세상이니 그런 줄이나 알고 지내오. 그러나 마누라가 지금 태중이라지? 언제가 산월[58]이오?"

(부인) "……."

(최) "아들이나 낳거든 공부나 잘 시켜야 할 터인데……."

(부인) "여보, 그런 말씀은 지금 할 말이 아니오. 몇 달 후에 낳을 어린아이의 말과 몇 해 후에 그 아이 공부시킬 일을 왜 지금 말씀하신단 말이오? 옥순 아버지가 영문에 잡혀가시더라도 죄 없는 사람이라, 가시는 길로 놓여나오실 터이니 왕환[59]하는 동안이 불과 며칠이 되겠소? 집의 일은 걱정 말으시고 부디 몸조심하여 속히 다녀오시오."

(최) "응, 그도 그러하지. 그러나 내가 객기가 많고 성품이 이상한 사람이야. 요새 세상에 돈만 많이 쓰면 쉽게 놓여나오는 줄은 알지마는 나라를 망하려고 기를 버럭버럭 쓰는 놈의 턱밑에 돈표를 써서 들이밀고 살려달라, 놓아달라, 그따위 청 하고 싶은 마음은 없는걸. 죽이거나 살리거나 제 할 대로 하라지."

(부인) "여보시오, 그것이 무슨 말씀이오? 쉽게 놓여나올 도리만 있으면 영문에 잡혀가던 그날 그 시로 놓일 도리를 하실 일이지, 딴생각을 하실 까닭이 있소? 재물이 다 무엇이란 말이오? 우리 재물을 있는 대로 다 떨어주더라도 무사히 놓여나올 도리만 하시오. 여보, 재물은 없더라도 부지런히 벌기만 하면 굶어 죽지는 아니할 터이니 재물을 아끼지 말고 몸조심만 잘하시오. 만일 우리 세간을 다 떨릴 지경이어든 사랑에서는 기직[60]도 매고 짚신도 삼으시고, 나는 베도 짜고 방아품도 팔았으면 호구[61]하기는 염려 없을 터이니, 먹고살 걱정을 말으시고 영문에서 횡액만 아니 당할 도리만 하시오."

"허허허, 좋은 말이로구. 마누라는 마음을 그렇게 먹어야 쓰지. 내 마음은 어떻게 들어가든지 되어가는 대로 두고 봅시다. 자, 두말 말고 잘 지내오, 나는 원주 감영으로 가오."

하면서 벌떡 일어나서 나가더니 영문 장차들을 불러서 당장에 길을 떠나자 하니 장차들은 혼이 떴던 끝이라, 최씨 덕에 살아난 듯하여 별안간에 소인을 개올리며[62] 말을 한다.

(장차) "소인들은 이번에 서방님 덕택에 살았습니다. 소인 등이 서방님을 못 잡아가고 소인 등이 영문 사또 장하[63]에 죽는 수가 있

더라도 소인들만 들어갈 터이오니 이 동네에서 무사히 잘 나가도록만 하여줍시오."

(최) "너희 말도 고이치 아니한 말이다마는 그렇게 못 될 일이 있다. 너희들이 나를 잡아가지 아니할 지경이면 너희들의 발뺌을 하느라고 경금 동네 백성들이 소요 부리던 말을 다 할 터이니 너희 영문 사또께서 그 말을 들으시면 경금 동네는 뿌리가 빠질 터이라. 차라리 나 한 몸이 잡혀가서 죽든지 살든지 당할 대로 당하고 동네 백성들이나 부지하게 하는 일이 옳은 일이라. 너희들이 나를 고맙게 여길진대 이 동네 백성들을 부지하게 하여다고. 또 실상으로 말할진대 경금 동네 백성들이야 무슨 죄가 있느냐? 김진사 댁 서방님이 시키신 일인데, 그 양반은 벌써 어디로 도망하였을는지 이 동네에 있을 리가 만무한 터이라. 죄지은 사람은 어디로 도망하였는데 무죄한 여러 사람에게 그 죄가 미쳐서야 쓰느냐? 그러나 관속[64]이라는 것은 믿을 수 없는 것이라. 너희들이 이 동네 있을 때는 좋은 말로 내 앞에서 대답하였더라도 영문에 들어가면 필경 만만한 경금 동네 백성들을 결딴내려 들 줄을 내가 짐작한다. 만일 너희들이 내 말대로 아니 할 지경이면 나는 너희들이 내 집에 와서 작폐하던 말을 낱낱이 하고, 내가 너희들에게 차사례 뺏기던 일도 낱낱이 하여 너희들을 순사도 눈 밖에 나도록 말할 터이니 너희들은 너희 몸의 이해를 생각하여 나 하나만 잡아가고 경금 동네 백성에게는 일 없도록만 하여다고. 그러나 너희들이 하룻밤이라도 이 동네 있는 것이 부지러운 일이니, 날이 저물었더라도 지금으로 떠나가자."

하더니 장차는 앞에 서고 최씨는 뒤에 서서 사랑 마당으로 나가는데 안중문간에서 부인과 옥순의 울음소리가 난다. 부인이 한참 동안을 정신없이 울다가 옥순이를 데리고 사립문 밖으로 나가더니, 그 남편 간 곳을 우두커니 바라보고 섰는데 남편은 간곳없고 대관령만 높았더라.

원주 감영에 동요가 생겼는데, 그 동요가 너무 괴악한 고로, 아이들이 그 노래를 할 때마다 나 많은 사람들이 꾸짖어서 그런 노래를 못 하게 하나 철모르는 아이들이 종종 그 노래를 한다.

내려왔네, 내려왔네, 불가사리가 내려왔네.

무엇 하러 내려왔나, 쇠 잡아먹으러 내려왔네.

그런 노래 하는 아이들은 무슨 의미인지 모르고 하는 노래이나, 듣는 사람들은 불가사리라 하는 것이 감사를 지목한 말이라 한다.

그것은 무슨 곡절인고? 거짓말일지라도 옛날에 불가사리라 하는 물건 하나가 생겨나더니 어디든지 뛰어다니면서 쇠란 쇠는 다 집어먹은 일이 있었다 하는데, 감사가 내려와서 강원도 돈을 싹싹 핥아먹으려 드는 고로 그 동요가 생겼다 하는지라. 이때 동요는 고사하고 진남문 밖에 익명서가 한 달에 몇 번씩 걸려도 감사는 모르는 체하고 저 할 일만 한다.

그 하는 일은 무슨 일인고? 긁어서 바치는 일이라. 긁기는 무엇을 긁으며 바치기는 어디로 바치는고? 강원 일도에 먹고사는 재물을 뺏어다가 서울 있는 상전들에게 바치는 일이라. 상전이라 하면 강원 감사가 남의 집에 문서 있는 종이 아니라 무서워하기를 상전같이 알고 믿기를 상전같이 믿고 섬기기를 상전같이 섬기는데 그 상전에게 등을 대고 만만한 사람을 죽여내는 판이라.

대체 그런 상전 섬기기는 어렵고도 쉬운 터이라. 어려운 것은 무엇인고? 만일 백성을 위하여 청백리[65] 노릇만 하고 상전에게 바치는 것이 없을 지경이면 가지고 있는 인꼭지[66]를 며칠 쥐어보지 못하고 떨어지는 터이요, 또 전정이 막혀서 다시 벼슬이라도 얻어 하여볼 수가 없는 터이라. 그런고로 그 상전 섬기기가 어렵다 하는 것이라.

쉬운 것은 무엇인고? 우물고누[67] 첫수로 백성의 피를 긁어 바치기만 잘하면 그만이라. 이때 강원 감사가 그 일을 썩 쉽게 잘하는 사람인데 또 믿을 만한 상전도 많은지라. 많은 상전을 누구누구라고 열명[68]을 할진대 종문서같이 상전 문서장이나 있어야 그 상전을 다 기억할지라. 세도재상도 상전이요, 별입시[69]도 상전이요, 긴한 내시도 상전이요, 그 외에도 상전 낱이나 있는데, 그중에 믿을 만한 상전 하나가 있다.

상전 부모라 하니 '어머니 어머니' 불렀으면 좋으련마는 원수의 나이 어머니라기는 남이 부끄러울 만한 터인 고로, '누님 누님' 하는 여상전(女上典)이라. 그 상전의 힘으로 감사도 얻어 하고 그 상전의 힘을 믿고 백성의 돈을 불한당질 하는데, 그 불한당 밑에 졸개 도적은 줄남생이[70] 따르듯 하였더라.

강원 감영 아전[71]은 본래 사람의 별명 잘 짓기로 유명한 사람들이라. 감사의 식구를 별명 지은 것이 있었는데 썩 골고루 잘 모인 모양이라.

순사도는 쇠귀신

호방 비장은 구렁이

예방 비장은 노랑 수건

병방[72] 비장은 소경 불한당

공방[73] 비장은 초라니[74]

회계[75] 비장은 갈강쇠

별실 마마는 계집 망나니

수청 기생은 불여우

별명은 다 다르나, 심정은 똑같은 위인이라. 무슨 심정이 같으냐 할 지경이면 괴수나 졸개나 불한당질 할 마음은 일반이라. 대체 잔치하는 집에 떡 부스러기, 국수 갈고랑이, 실과 낱 헤어지듯이, 감사가 돈 먹는 서슬에 여간 청[76] 거간[77]이나 한두 번 얻어 하면 큰 돈머리는 감사가 다 집어먹고 거간꾼은 중비만 얻어먹더라도 수가 문청문청 난 사람이 몇인지 모르는 판이라. 감사도 눈이 벌겋고 조방꾸니[78]도 눈이 벌게 날뛰는데, 강원도 백성들은 세간이 뿌리가 쑥쑥 빠질 지경이라. 강원 감영 선화당 마당에는 형장 소리가 끊어지지 아니하고 선화당 위에는 풍류 소리가 끊어질 새가 없다. 꽃 같은 기생들이 꾀꼬리 소리 같은 목청으로 약산동대[79] 야지러진 바위를 부르면서 옥 같은 손으로 술잔을 드리는데, 수염이 희끗희끗한 늙은이가 웬 계집을 그렇게 좋아하던지 침을 께에 흘리며 기생의 얼굴만 쳐다보며, 술잔을 받아먹는 감사의 얼굴도 구경 삼아 한번 쳐다볼 만하다.

거문고는 두덩실, 양금은 증지당, 피리는 닐리리, 장구는 꿍 하는데, 꽃밭에 흩날리는 나비같이 너울 너푼 너푼 너울 춤추는 것은 장번[80] 수청 기생 계화라. 때때로 여러 기생들이 지화자 부르는 소리는 꾀꼬리 세계에 야단이 난 것 같다.

감사는 놀이에 흥이 날 대로 나고 기생에게 정신이 빠질 대로 빠지고 그중에 술이 얼근하여 산동[81]이 대란[82]하더라도 심상한 판이라. 산동은 남의 나라 땅이어니와 우리나라 영동이 대란하더라도 심상하여 그 놀음놀이만 하고 있을 터이라. 그런 때는 영문에 무슨 일이 있든지 아전들이 그 일을 감사에게 거래를 아니 하고 그 놀이 끝나기를 기다리든지 그 이튿날 조사 끝에 품하든지 하지마는, 만일 감사에게 제일 긴한 일이 있으면 불류시각(不留時刻)[83]하고 품하는 터이라.

목청 좋은 급창[84]이가 섬돌 위에 올라서서 웅장한 소리를 쌍으로 어울러서,

"강릉 출사 갔던 장차 현신 아뢰오."

하는 소리에 감사의 귀가 번쩍 띄어서 내다본다. 풍류 소리가 별안간에 뚝 그치고 급창의 청령[85] 소리가 연하여 높았더라.

"형방 영리[86] 불러라. 강릉 경금 사는 최병도 잡아들여라. 빨리 거행하여라."

영이 뚝 떨어지며 사령들은 일변 긴대답을 하며 풍우같이 몰려들어오고, 최병도는 난전 몰려[87] 들어오듯 잡혀 들어오는데, 영문이 발끈 뒤집힌다. 죄는 있고 없고 간에 최병도의 간은 콩만 하게 졸아지고 감사의 간잎[88]은 자라 몸뚱이같이 널브러진다. 콩만 하게 졸아지는 간은 겁이 나서 그러하거니와, 자라 몸뚱이같이 널브러지는 간은 무슨 곡절인고? 흥이 날 대로 나서 조개 입술 내밀

듯이 너울거리고 있다.

감사의 마음은 범이 노루나 사슴이나 잡아놓은 듯이 한밥 잘 먹겠다 싶은 생각에 흥이 나고, 최병도의 마음은 우렁이가 황새나 왜가리나 만나서 이제는 저놈에게 찍히겠다 싶은 생각에 겁이 잔뜩 난다.

사령(辭令)[89] 좋은 형방 영리는 감사의 말을 받아서 내리는데 최병도의 죄목이라.

"여보아라, 최병도, 분부 들거라. 너는 소위 대민[90] 명색으로 부모에게 불효하고 형제에게 불목[91]하니 천지간에 용납지 못할 죄라, 풍화소관[92]에 법을 알리겠다."

하는 선고(宣告)이라 좌우에 늘어선 사령들은 분부 들거라 소리를 영문이 떠나가도록 지르는데, 여간 당돌한 사람이 아니면 정신을 차릴 수 없는지라. 최병도가 그 말을 듣고 기가 막혀서 땅을 두드리며 대답을 하는데 본래 글 잘하는 사람이라, 말을 내뱉을 때마다 문자이요, 문자마다 새겨서 말을 한다.

(최) "옛말에 하였으되, 아버지가 나를 낳으시고, 어머니가 나를 기르셨으니, 은혜를 갚고자 할진대, 호천망극[93]이라(父兮生我, 母兮鞠我, 欲報之德, 昊天罔極) 하였으니, 부모의 은혜를 갚지 못한 사람은 천지간 죄인이라. 그러한즉 생은 부모의 은혜를 갚지 못하였으니 그런 죄가 어디 있겠습니까? 생의 모친이 초산에 생을 낳고 해산 후더침[94]으로 생의 삼칠일 안에 죽었는데, 생의 부친이 생을 기르느라고 앞뒷집으로 안고 다니며 젖을 얻어 먹이다가 생의 자라는 것을 못 보고 생의 돌전에 죽고, 생은 이모의 손에

길렀사온즉, 생이 장성한 후에 생의 손으로 죽 한 모금 밥 한 술을 부모께 봉양치 못하였으니 그런 불효가 천지간에 또 어디 있겠습니까? 다섯 가지 형법에 죄가 불효보다 더 큰 것이 없다(五刑之屬三千而罪莫大於不孝) 하였으니 생이 부모의 은혜를 갚지 못한 그런 큰 죄를 어찌 면코자 하겠습니까? 또 옛말에 형제가 이미 화합하여야 화락하고 또 맑다(兄弟旣翕和樂且湛) 하였는데, 생은 본래 삼대독자로, 자매도 없는 사람이라 단독일신이 혈혈고고[95]하여 평생에 우애라고는 모르고 지냈으니 그런 부제[96]가 또 어디 있겠습니까? 생이 효도 못 하여보고 우애도 못 하여보았으니 불효부제[97]의 죄목이 생에게 원통치는 아니하나 그런 죄는 생이 짐짓 지은 것이 아니요, 하늘이 지어주신 죄이니 순사도께서 생의 죄를 어떻게 다스리시고 법을 어떻게 알리시려는지 모르거니와 죄가 있는지 없는지 의심나는 것은 오직 가벼웁게 다스린다(罪疑惟輕)는 말이 있사오니 순사도께서는 밝은 법으로 다스려주시기를 바랍니다."

그렇게 하는 말이 폭포수 떨어지듯 쉴 새 없이 나오는데 듣고 보는 사람들이,

"최병도가 죄 없는 사람이라."

"애매히 잡혀 온 사람이라."

"그 정경이 참 불쌍한 사람이라."

하며 수군거리는 소리는 사람마다 있는 측은한 마음에서 나오는 말이라. 그러나 그중에 측은한 마음이 조금도 없는 사람은 감사 하나뿐이라, 부끄러운 생각이 있던지 얼굴이 벌게지며 두 볼이

축 처지도록 율기[98]를 잔뜩 뽐고 앉아서 불호령을 하는데, 최병도의 죄목은 새 죄목이라. 무슨 죄가 삽시간에 생겼는고? 최씨는 순리로 말을 하였으나 감사는 그 말을 듣고 관정발악[99]한다 하면서, 형틀을 들여라, 별 형장을 들여라, 집장[100]사령을 골라 세라 하는 영이 떨어지며, 물 끓듯 하는 사령들이 이리 몰려가고 저리 몰려가고 갈팡질팡하더니, 일변 형틀을 들여놓으며 일변 산장[101]을 끼었더니, 최병도를 형틀 위에 동그랗게 올려 매고 형문[102]을 친다. 형방 영리는 목청을 돋워서 첫 매부터 피를 묻혀 올리라 하는 영을 전하는데 형문 맞는 사람은 고사하고 집장사령이 죽을 지경이라. 사령은 젖 먹던 힘을 다 들여 치건마는 감사는 헐장[103]한다고 벼락령이 내린다. 집장사령의 죽지[104]를 떼어라, 오금을 끊어라 하는 서슬에 집장사령이 매질을 어떻게 몹시 하였던지 형문 한 치에 최병도가 정신이 있을락 없을락 할 지경인데, 그러한 최병도를 큰칼을 씌워서 옥중에 내려 가두니 그 옥은 사람 하나씩 가두는 별옥이라. 별옥이라 하면 최씨를 대접하여 특별히 편히 있을 곳에 가둔 것이 아니라 부자를 잡아 오면 가두는 곳이 따로 있는 터이라.

무슨 까닭으로 별옥을 지었으며 무슨 까닭으로 부자를 잡아 오면 따로 가두는고? 대체 그 감사가 백성의 돈 뺏어먹는 일에는 썩 솜씨 있는 사람이라. 별옥이 몇 간이나 되는 옥인지 부민[105]을 잡아 오면 한 간에 사람 하나씩 따로따로 가두고 뒤로 사람을 보내서 으르고 달래고 꼬이고 별 농락을 다하여 돈을 우려낼 대로 우려내는 터이라.

최병도가 그런 옥중에 여러 달 동안을 갇혀 있는데 장처[106]가 아물 만하면 잡혀 들어가서 형문 한 치씩 맞고 갇히나, 그러나 최씨는 종시 감사에게 돈 바치고 놓여 나갈 생각이 없고 밤낮으로 장독 나서 앓는 소리와 감사를 미워서 이 가는 소리뿐이라. 옥중에서 그렇게 세월을 보내는데 엄동설한에 잡혀갔던 사람이 그 이듬해가 되었더라.

하지[107] 머리에 비가 뚝뚝 떨어지며 시골 농가에서는 눈코 뜰 새 없이 바쁜 터이라. 밀 보리 타작을 못다 하고 모심기 시작이 되었는데, 강릉 대관령 밑 경금 동네 앞 논에서 농부가가 높았더라. 보리곱삶이[108] 댓 되 밥을 먹은 후에 곁두리[109]로 보리 탁주를 사발로 퍼먹은 농부들이 북통 같은 배를 질질 끌고 기역 자로 꾸부리고 서서 왼손에 모춤[110]을 들고 오른손으로 모포기를 찢어 심으며 뒷걸음을 슬슬 하여 나가는데 힘들고 괴로운 줄은 조금도 모르고 흥이 나서 소리를 한다. 그 소리는 선소리꾼[111]이 당장 지어 하는 소리인데 워낙 입담이 썩 좋은 사람이라, 서슴지 아니하고 소리를 메기는데 썩 듣기 좋게 잘하는 소리러라.

서 마지기 방석 밤이 산골 논으로는 제법 크다, 여허 여허 어여라 상사디야.

한일자로 늘어서서 입구자로 심어가세, 여허 여허 어여라 상사디야.

불볕을 등에 지고 진흙물에 들어서서 이 농사를 지어서 누구하고 먹자 하노? 여허 여허 어여라 상사디야.

늙은 부모 봉양하고 젊은 아내 배 채우고 어린 자식 길러내서 우리도 늦게 뉘움 보세. 여허 여허 어여라 상사디야.

하느님이 사람 내고 땅님이 먹을 것 내서 우리 생명 보호하니 부모 같은 덕택이라. 여허 여허 어여라 상사디야.

신농씨[112] 교육받아 논밭 풀어 농사하고 수인씨[113] 법을 받아 화식[114]한 이후에는 사람 생애 넉넉하여 퍼지느니 인종일세. 여허 여허 어여라 상사디야.

쟁반 같은 논배미[115]에 지뼘 한 뼘 물을 싣고 어레미[116] 같은 써렛발[117]로 목침 같은 흙덩이를 팥고물같이 풀어놓았네. 여허 여허 어여라 상사디야.

흙 한 덩이에 손이 가고 벼 한 포기에 공이 드니 이 공덕을 생각하면 쌀 한 톨을 누구를 주며 밥 한 술을 누구를 줄까? 여허 여허 어여라 상사디야.

바특바특[118] 들어서서 촘촘히 잘 심어라. 이 논이 토박[119]하고 논임자는 가난하여 봄 양식 떨어지고 굶기에 골몰하여 대관령 흔한 풀에 거름조차 못 하였다. 여허 여허 어여라 상사디야.

우리 동네 박첨지, 올해 농사 또 잘되겠데. 한 섬지기 농사, 사흘 갈이 밭농사에 백 짐 풀을 베어 넣고 그것도 부족하여 쇠두엄[120]을 덮었다네. 여허 여허 어여라 상사디야.

염려되데 염려되데 박첨지 집 염려되데, 지붕 처마 두둑하고 볏섬이나 쌓였다고 앞뒤 동네 소문났데, 관가 염문에 들어가면 없는 죄에 걸려들어 톡톡 털고 거지 되리. 여허 여허 어여라 상사디야.

우리 동네 최서방님 굳기는 하지마는 그른 일은 없더니라, 벼 천이나 하는 죄로 영문에 잡혀가서 형문 맞고 큰칼 쓰고 옥중에 갇혀 있어 반년을 못 나오데, 여허 여허 어여라 상사디야.

삼대독자 최서방님 조실부모하였으니 불효부제 죄목 듣기 그 아니 원통한가? 순사도 그 양반이 정씨 성을 가지고 돈 소리에 만 귀가 길고, 원망 소리에는 귀먹었데, 여허 여허 어여라 상사 디야.

우리 동무 내 말 듣게, 이 농사를 지어서 먹고 입고 남거든 돈 모을 생각 말고 술 먹고 노름하고 놀 대로 놀아보세, 마구 뺏는 이 세상에 부자 되면 경치느니, 여허 여허 어여라 상사디야.

한참 그렇게 흥이 나서 소리를 하다가 저녁곁두리[121] 술 한 참을 또 먹는데, 술동이 앞에 삥 돌아앉아서 양대로 막 퍼먹고 모심기 를 시작한다. 그때는 선소리꾼이 자진가락으로 소리를 메기는데 얼근한 김에 흥이 한층 더 나서 되고 말고 한 소리를 함부로 주워 대는데, 나중에는 최병도의 노래뿐이라.

일락서산[122] 해 떨어진다, 모춤을 들어라, 모포기를 찢어라, 얼른얼른 재우쳐서 저 논 한 뼘이 더 심어보자, 여허 여허 어여 라 상사디야.

저기 선 저 아주머니 치마 뒤에 흙 묻었소, 동그마니[123] 치켜 걷고 다부지게 심어보오, 먹고사는 생애 일에 넓적다리 남 뵈기 로 무엇이 그리 부끄럽소, 여허 여허 어여라 상사디야.

고수머리[124] 저 총각 음침하기는 다시없는데, 낮전부터 보아도 개똥 어머니 뒤만 따른다. 개똥 아버지가 살았던들 날라리[125] 뼈 분질러 통솟대[126]를 팠을라, 여허 여허 어여라 상사디야.

최풍헌 집 머슴 녀석 이리 와서 내 말 좀 들어라, 물갈이 논에 건갈이[127]하기, 찬물받이[128]에 못자리하기, 물방아 찧다가 낮잠 자기, 보릿단 훔쳐다가 술 사먹기, 제반악증[129]은 다 가진 놈이 최풍헌이 잔소리하고, 주인마누라 죽 자주 쑨다고 무슨 염치에 흉을 보아, 여허 여허 어여라 상사디야.

모춤 나르는 강생원 얼굴 좀 들어서 나를 쳐다보오, 그따위로 행세를 하다가, 쳇불관 쓰고 몽둥이 맞으리,[130] 코홀쩍이 술장사 년 무엇이 탐나서 미쳤소, 밀 한 섬 팔아서 치마 해주고, 아씨 강샘을 만나서 노랑 수염을 다 뽑히고 동경 강생원이 되었데, 여허 여허 어여라 상사디야.

이 논 임자 배춘보, 인심 좋기는 다시없는데, 저 먹을 것은 없어 도 일꾼 대접은 썩 잘하데, 보리 탁주 곁두리 실컷 먹고 또 남았 네, 배춘보야, 들어보아라, 네가 참 잘 알아챘다. 막 먹고 막 써 서 부모 세덕[131] 다 없애고 가난뱅이가 되었으니 네 신상에는 편하 니라, 볏 백이나 하던 재물 지금까지 지녔던들 걸렸을라 걸렸을 라, 영문 고밀개[132]에 걸렸을라, 강원 감사 정등내 곰배[133] 정자 는 아니지마는 고밀개는 가지고 왔데, 앞으로 끌고 뒤로 끌고, 이리 끌고 저리 끌고, 자나 굵으나 굵으나 자나, 득득 긁어 들이 는 판에, 너조차 걸려들어 사령에게 고랑 맛, 사또 앞에 태장[134] 맛, 이 세상에 따가운 맛 볼 대로 다 본 후에 네 재물 있는 대로 톡톡 떨어 다 바치고 거지 되어 나왔을라, 여허 여허 어여라 상사디야.

못 볼러라 못 볼러라, 불쌍하여 못 볼러라, 우리 동네 최서방님, 불쌍하여 못 볼러라, 옥 부비 보낼 때에 내가 갔다 어제 왔다, 옥사장에게 인정 쓰고 겨우 들어가 보았다, 여허 여허 어여라 상사디야.

거적자리 북데기[135]는 개국 원년에 깐 것인지, 더럽기도 하려니와 밑에서는 썩어나데, 사람 자는 아랫목은 보리알 같은 이 천지요, 똥 누는 윗목에는 꽁지벌레[136] 천지라, 설설 기어 다니다가 사람에게로 기어 오데, 여허 여허 어여라 상사디야.

그 속에서 잠자고 그 속에서 밥 먹는 최서방님을 볼진대 눈물 나서 못 보겠데, 우리 눈이 무디지마는 오지랖[137]이 다 젖었다, 여허 여허 어여라 상사디야.

누렇게 뜬 얼굴 눈두덩이 수북한데 살이 찐 줄 알았더니 부기가 나서 그러하데, 여허 여허 어여라 상사디야.

빗지 못한 헙수머리[138] 갈깃머리[139]가 되어서 눈을 덮고 귀를 덮어, 귀신같이 된 모양 꿈에 뵐까 겁나데, 여허 여허 어여라 상사디야.

형문 맞은 앞정강이 살이 푹푹 썩어나고 하얀 뼈가 드러나서 못 볼러라 못 볼러라, 소름 끼쳐 못 볼러라, 여허 여허 어여라 상사디야.

독하더라 독하더라, 순사도가 독하더라, 아비 쳐 죽인 원수라도 그렇게는 못 할네, 목을 베면 베었지, 사람을 어찌 썩혀 죽이나, 여허 여허 어여라 상사디야.

글 잘하는 양반이 말을 하여도 남다르데, 최서방님이 나를 보고 순사도를 욕을 하는데, 나라 망할 놈이라고 이를 북북 갈고 피를 픽픽 토하면서, 우리나라 백성들이 불쌍하다고 말을 하니, 그 매를 그렇게 맞고 그 고생을 그리 하면서 내 몸 생각은 조금도 없고 나라 망할 근심이데, 여허 여허 어여라 상사디야.

못 살러라 못 살러라, 최서방님 못 살러라, 장독 나서 못 살러라, 먹지 못해 못 살러라, 최서방님 살거들랑 내 손톱에 장 지져라, 여허 여허 어여라 상사디야.

최본평 댁 아씨께는 이런 말도 못 했다. 남이 들어도 눈물을 내니 그 아씨가 들으시면 오죽 대단하시겠나, 여허 여허 어여라 상사디야.

그 서방님이 돌아가면 그 댁 일도 말 못 되네. 아들 없고 딸뿐인데 과부 아씨가 불쌍하다. 여허 여허 어여라 상사디야.

최서방님 죽었다고, 통부[140] 오는 그날로 동네 백성 우리들이 송장 찾으러 여럿이 가서 기구 있게 메고 오세, 여허 여허 어여라 상사디야.

장사를 지낼 때도 우리들이 상여꾼 되어 소방상[141] 대틀에 기구 있게 메고 가며 상두[142] 소리나 잘해보세, 여허 여허 어여라 상사디야.

무덤을 지을 때도 우리들이 달굿대[143] 들고 달구질이나 잘해보세, 여허 여허 어여라 상사디야.

죄 없는 최서방님, 원주 감영 옥중에서 원통히 죽은 넋두리는

입담 좋고 넉살 좋은 김헐렁이 내가 하마, 여허 여허 어여라 상
사디야.

그 농부가 소리가 최병도 집 안방에서 낱낱이 들리는 터이라.
해는 뚝 떨어져서 땅거미가 되고 저녁연기는 슬슬 몰려서 대관령
산 밑에 한일자로 비꼈는데 농부가는 뚝 그치고, 최병도 집 안방
에서 울음소리가 쌍으로 일어난다. 하나는 최병도 부인의 울음소
리요, 또 하나는 그 딸 옥순이가 그 어머니를 따라 우는 소리라.
최병도의 부인이 목을 놓아 울며 원통한 사정을 말한다.
  "이애 옥순아, 저 농부의 노랫소리를 너도 알아들었느냐? 너의
아버지께서 원주 감영 옥중에서 돌아가시게 되었다는구나. 너의
아버지께서 일평생에 그른 일 하시는 것은 내 눈으로는 못 보고,
내 귀로는 못 들었다. 무슨 죄가 있다고 강원 감사가 잡아다가 땅
땅 때려죽인단 말이냐? 에그, 이를 어쩌하잔 말이냐? 너의 아버
지께서 귀신 모르는 죽음을 하신단 말이냐? 감사도 사람이지 남
의 돈을 뺏어먹으려고 무죄한 사람을 잡아다가, 돈이 나오도록
제반 악형을 모두 하고 옥중에 가두었다가 돈을 아니 준다고 필
경 목숨까지 없애버린단 말이냐? 이애 옥순아 옥순아, 너의 아버
지께서 병이 들어 돌아가시더라도 청춘과부 되는 내 평생에 설움
이 한량없을 터인데, 생때같이[144] 성한 너의 아버지가 남의 손에
몹시 돌아가시면 내 평생에 한 되는 마음이 어떠하겠느냐? 옥순
아 옥순아, 너의 아버지가 참 돌아가시면 나는 너의 아버지를 따
라 죽겠다."

330

하며 기가 막혀 우는데, 옥순이가 그 말을 듣더니 그 어머니 무릎 위에 올라앉아서 어머니를 얼싸안고 울며,

"어머니 어머니, 어머니가 죽으면 나 혼자 어찌 사나? 어머니가 죽으려거든 나 먼저 죽여주오."

하며 모녀가 마주 붙들고 우는 소리에 그 동네 사람들은 그 울음 소리를 듣더니, 최병도가 죽었다는 기별을 듣고 우는 줄 알고, 최 병도가 죽었다고 영절스럽게 하는 말이, 한 입 건너 두 입, 두 입 건너 세 입, 그렇게 온 동네로 퍼지면서 말이 점점 보태고 점점 와전이 되어, 회오리바람 불듯 뻥뻥 돌아들고 돌아들어서 한 사 람의 귀에 세 번 네 번을 거푸 들리며, 사람마다 그 말이 진적¹⁴⁵한 소문인 줄로 여겼더라. 이웃에 사는 늙은 할미 하나가 두어 달 전 에 외아들 참척을 보고 제 설움이 썩 많은 사람이라, 최병도 집에 와서 안방 문을 열고 와락 들어오며,

(할미) "에그, 이런 변이 있나? 이 댁 서방님이 돌아가셨다네."

하더니 청승주머니가 툭 터지며 목을 놓고 우니, 그때 부인이 울 고 앉았다가 그 소리에 깜짝 놀라서 고개를 번쩍 들며,

(부인) "응, 그것이 무슨 말인가? 그 말을 뉘게 들었나? 이 사 람, 이 사람, 울지 말고 말 좀 자세히 하게."

하면서 정작 설워할 본평 부인은 정신을 차려서 말을 하나, 그 할 미는 대답할 경황도 없이 우는지라, 동네 농군의 계집들이 할미 대신 대답을 하는데,

'나도 그 말을 들었소, 나도 들었소, 나도, 나도' 하는 소리에 부인이 그 말을 더 물을 경황도 없이 기가 막혀 울기만 한다. 본

래 그 동네에서 최병도가 무죄히 잡혀간 것은 사람마다 불쌍히 여기는 터이라. 최병도가 인심을 그렇게 얻은 것은 아니나, 강원 감사에게 학정(虐政)[146]을 받고 사는 백성들의 마음이라, 초록은 한 빛[147]이 되어 감사를 원망하고 최병도의 일을 원통히 여기던 차에, 최병도 죽었다는 말을 듣고, 남의 일 같지 아니하여 동네 사람들이 남녀노소 없이 최병도 집에 와서 화톳불을 질러놓고 밤을 새우면서 공론이 부산하다.

최병도 집은 외무주장하게 된 집이라, 동네 사람들이 제 일같이 일을 보는 것이 도리에 옳다 하여 일변으로 송장 찾으러 갈 사람들을 정하고, 일변으로 초상 치를 의논 하는 중에 박좌수[148]라 하는 노인이 오더니 그 일 주장하는 사람이 되었더라.

본래 박좌수는 십 년 전에 좌수를 지내고, 일도 아는 사람이라, 최병도 죽었다는 기별이 왔느냐 물으며 그 말 들은 곳을 캐는데, 필경은 풍설인 줄로 알고 일변으로 계집사람을 안으로 들여보내서, 최부인에게 헛소문이라는 말을 자세히 하고, 일변으로 원주 감영에 전인하여 알아보라 하니, 헛소문이라는 말을 듣고, 어떻게 기쁘던지 눈에는 눈물이 떨어지며 얼굴에는 웃음빛을 띠었더라.

그때는 밤중이라 감영에로 급주를 띄워 보내더라도 대관령 같은 장산을 사람 하나나 둘이나 보내기는 염려된다 하여 장정 사오 인을 뽑아 보내려 하는데, 최부인이 그 남편 생전에 얼굴 한번을 만나 보겠다 하여 교군을 얻어달라 하거늘, 몸수고 아끼지 아니하는 농부들이 자원하여 교군꾼으로 나서니 비록 서투른 교군이나, 장정 여덟 명이 번갈아 가며 교군을 메고 들장대질[149]을 하는데 주마같이 빠른 교군을 타고 가면서 날개 돋쳐 날아가지 못함을 한탄하는 사람은 그 교군 속에 앉은 최부인의 모녀이라.

유문[150] 주막에서 서로 마주 보이는 먼 산 밑에 푸른 연기 나고 나무 우둑우둑 선 틈으로 사람의 집이 즐비하게 보이는 것은 원주 감영이라. 교군꾼이 교군을 내려놓고 쉬면서 최부인더러 들어보라는 말로, 저희끼리 원주 감영을 가리키며 십 리쯤 남았느니, 거진 다 왔느니, 여기 앉아서 땀이나 들여가지고 한 참에 원주 감영을 가느니 하면서 늑장을 붙이고 앉았는데, 최부인이 교군 틈으로 원주 감영을 바라보다가 그 남편의 일이 새로이 염려가 되어서 가슴이 두근두근하고 몸이 벌벌 떨리면서 눈물이 떨어지니, 옥순이가 그 어머니 낙루하는 것을 보고 마주 눈물을 흘린다.

치악산 비탈로 향하여 가는 나무꾼 아이들이 지게 목발을 두드리며 노래를 하는데 근심 있는 최부인의 귀에 유심히 들린다.

낭[151]이라데 낭이라데, 강원 감영이 낭이라데, 두리기둥,[152] 검은 대문 걸려들면 낭이라데, 애에고 날 살려라.

도둑질을 하더라도 사모 바람에 거드럭거리고,[153] 망나니짓을 하여도 금관자 서슬에 큰기침한다.[154] 애에고 날 살려라.

강원도 두멧골에 살찐 백성을 다 잡아먹어도 피똥도 아니 누고 뱃병도 없다데, 애에고 날 살려라.

아귀 귀신 내려왔네, 아귀 귀신 내려왔네, 원주 감영에 동토가 나서 아귀 귀신 내려왔네, 애에고 날 살려라.

고사떡을 잘해놓으면 귀신 동토는 없지마는 먹을 양식을 다 없애고 굶어 죽기가 원통하다, 애에고 날 살려라.

아귀 귀신 환생을 하여 당나귀가 되었네, 강원 감영이 망패[155]가 들어서 선화당 마루가 마판[156]이 되었네, 애에고 날 살려라.

귀웅[157]을 득득 뜯고, 굽통[158]을 탕탕 치다가 먹을 것만 주면은 코를 확확 내분다, 애에고 날 살려라.

물고 차는 그 행실에 사람도 많이 상했지마는 남의 집 삼대독자 죽이는 것은 악착한데, 애에고 날 살려라.

명년 삼월 치악산에 나무하러 오지 마세, 강릉 사람이 못 돌아가고 불여귀(不如歸)[159] 새가 되면 밤낮 슬피 울 터이라, 불여귀 불여귀 불여귀, 구슬픈 그 새소리를 누가 듣기 좋을쏜가, 애에고 날 살려라.

그러한 노랫소리가 최부인의 귀에 들어가며 부인의 오장이 살살 녹는 듯하여 남편을 보고 싶던 마음이 없어지고, 앉은 자리에서 눈 녹듯이 녹아지고 스러져, 이 세상을 몰랐으면 좋겠다 싶은 생각뿐이라.

교군꾼들은 저희들끼리 잔소리를 하느라고 나무꾼 아이들이 무슨 노래를 하는지 모르고 있던 터이라. 담뱃대를 탁탁 떨고 교군을 메고 원주 감영으로 살 가듯 들이모는데, 젖은 담배 한 대 탈 동안이 될락 말락 하여 원주 감영으로 들어가더라.

최병도는 강릉 바닥에서 재사로 유명하던 사람이라. 갑신년 변란[160] 나던 해에 나이 스물두 살이 되었는데 그해 봄에 서울로 올라가서 개화당의 유명한 김옥균[161]을 찾아보니, 본래 김옥균은 어떠한 사람을 보든지 옛날 육국 시절에 신릉군[162]이 손 대접하듯이 너그러운 풍도[163]가 있는 사람이라. 최병도가 김씨를 보고 심복이 되어서 김씨를 대단히 사모하는 모양이 있거늘, 김씨가 또한 최병도를 사랑하고 기이하게 여겨서 천하 형세도 말한 일이 있고, 우리나라 정치 득실도 말한 일이 많이 있으나 우리나라를 개혁할 경륜은 최병도에게 말하지 아니하였더라. 갑신년 시월에 변란이 나고 김씨가 일본으로 도망한 후에 최씨가 시골로 내려가서 재물 모으기를 시작하였는데, 그 경영인즉 재물을 모아 가지고 그 부인과 옥순이를 데리고 문명한 나라에 가서 공부를 하여 지식이 넉넉한 후에 우리나라를 붙들고 백성을 건지려는 경륜이라. 최병도가 동네 사람들에게 재물에는 대단히 굳은 사람이라는 말을 들었으나 최병도의 마음인즉, 한두 사람을 구제하자는 일이 아니요. 팔도 백성들이 도탄[164]에 든 것을 건지려는 경륜이 있었더라.

그러나 최병도가 큰 병통이 있으니 그 병통은 죽어도 고치지 못하는 병통이라. 만만한 사람을 보면 숨도 크게 쉬지 아니하나 지체 좋은 사람이 양반 자세하는 것을 보든지, 세력 있는 사람이 세력으로 누르려든지 하는 것을 당할 지경이면 몸을 육포를 켠다 하더라도 지고 싶은 마음은 조금도 없는 위인이라.

원주 감영으로 잡혀갈 때에 장차에게는 무슨 마음으로 돈을 주었던지, 감영에 잡혀간 후에 감사에게 형문을 그리 몹시 맞으면서도 하고 싶은 말을 낱낱이 하고 반년이나 갇혀 있어도 감사에게 돈 한 푼 줄 마음이 없는지라. 동네 사람이 혹 문옥[165]하러 와서 그 모양을 보고 최병도를 불쌍히 여겨서 권하는 말이, '돈을 아끼지 말고 감사에게 돈을 쓰고 놓여 나갈 도리를 하라' 하는 사람도 있으나, 최병도가 종시 듣지 아니한 터이라.

찍으려는 황새나 찍히지 아니하려는 우렁이나 똑같다 하는 말이 정감사와 최병도에게 절당[166]한 말이라. 감사는 기어이 최씨의 돈을 먹은 후에 내놓으려 들다가, 최씨가 돈을 아니 쓰려는 줄을 알고 기가 나서 날뛰는데, 대체 최병도의 마음에는 찬밥 한술이 아까운 것이 아니라 고양이 버릇이 괘씸하다는 말과 같이, 돈이 아까운 것이 아니라, 백성을 못살게 구는 놈은 나라에도 적이요 백성의 원수라, 그런 몹쓸 놈을 칼로 모가지를 썩 도리고 싶은 마음뿐이요, 돈 한 푼이라도 먹이고 싶은 마음이 없었더라. 최씨가 마음이 그렇게 들어갈수록 입에서 독한 말만 나오는데, 그 소문이 감사의 귀로 낱낱이 들어가는지라. 감사가 욕먹고 분한 마음과 돈을 못 얻어먹어서 분한 마음과, 두 가지로 분한 생각이 한번에 나더니, 졸라 매인 망건편자[167]가 탁 끊어지며 벼락령이 내리는데, 영문이 발끈 뒤집힌다.

"대좌기[168]를 차려라. 강릉 최반을 잡아들여라. 불연목을 들여라."

하더니 기를 버럭버럭 쓰며 최병도를 당장에 물고[169]를 시키려 드니, 최병도가 감사를 쳐다보며 소리소리 지른다.

"무죄한 백성을 무슨 까닭으로 잡아 왔으며, 형문을 쳐서 반년이나 가두어두는 것은 무슨 일이며, 장처가 아물 만하면 잡아들여서 중장[170]하는 것은 웬일이며, 오늘 물고를 시키려는 일은 무슨 죄이오니까? 죄 없는 사람 하나를 죽이며 죄 없는 사람 하나를 형벌하는 것(殺—不辜刑—不辜)은 만승천자라도 삼가서 아니 하는 일이요, 또 못 하는 일이올시다. 강원도 백성이 순사도의 백성이 아니라, 나라 백성이올시다. 만일 생이 나라에 죄를 짓고 죽을진대 나랏법에 죽는 것이요, 순사도의 손에는 죽는 것은 아니올시다마는, 지금 순사도께서 생을 죽이시는 것은 생이 사혐[171]에 죽는 것이요, 법에 죽는 것은 아니오니, 순사도가 무죄한 사람을 죽이시면 나라에 죄를 지으시는 것이올시다. 맙시사 맙시사, 그리를 맙시사. 생의 한 몸이 죽는 것은 조금도 아까울 것이 없으나, 생의 몸 밖에 아까운 것이 많습니다. 순사도께서 어진 정사로 백성을 다스리지 아니하시고, 옳은 법으로 죄인을 다스리지 아니하시면, 강원도 백성들이 누구를 믿고 살겠습니까? 백성이 살 수가 없이 되면 나라가 부지할 수가 없을 터이오니 널리 생각하시고 깊이 생각하셔서, 이 백성을 위하여줍시사. 옛말에 하였으되, '백성은 나라의 근본이라, 근본이 굳어야 나라가 편안하다' 하니, 그 말을 생각하셔서 이 백성들을 천히 여기지 말으시고, 희생같이 알지 말으시고, 원수같이 대접을 맙시사. 순사도께서 이 백성들을 수족같이 알으시고, 동생같이 여기시고, 어린 자식같이 사랑하시면 이 백성들이 무궁한 행복을 누리고, 이 나라가 태산과 반석같이 편안할 터이오나, 만일 그렇지 아니하여 백성이 도탄에 들을 지경이면, 천하의 백성 잘 다스리는 문명한 나라에서 인종을 구한다는 옳은 소리를 창시하여 그 나라를 뺏는 법이니, 지금 세계에 백성 잘못 다스리던 나라는 망하지 아니한 나라가 없습니다. 애급[172]이라는 나라도 망하였고, 파란[173]이라는 나라도 망하였고,

인도라는 나라도 망하였으니, 우리나라도 백성에게 포학한 정사를 행할 지경이면 나라가 망하는 것은 순사도는 못 보시더라도 순사도 자제는 볼 터이올시다."

그렇게 하는 말이 폭포수 떨어지듯 쉬지 않고 나오는데, 감사는 최병도 죽일 마음만 골똘하여 무슨 말이든지 트집 잡을 말만 나오기를 기다리던 판에, 나라가 망한다는 말을 듣고 낚시에 고기나 물린 듯이 재미가 나서 날뛰는데, 다시는 최병도의 입에서 말 한마디 못 나오게 하며 물고령이 내린다.

"응? 나라가 망한다니! 네 그놈의 아가리를 짓찧고 당장에 물고를 내어라!"

하는 영이 뚝 떨어지며, 좌우 옆에서 사령들이 벌떼같이 달려들며 주장[174]대로 최병도의 입을 콱콱 짓찧으니, 바싹 마른 두 볼에서 웬 피가 그리 많이 나던지 입에서 선지피가 쏟아지며 이는 부러지고 잇몸은 깨어지고 아래턱은 어그러지면서 최병도가 다시는 아무 소리도 못 하고, 매가 떨어지는 대로 고개만 끄덕거린다.

그때 마침 최부인이 원주 감영으로 들어가는데 교군꾼은 뙤약볕에 비지땀을 뚝뚝 떨어뜨리면서, 유문 주막집에서 먹은 막걸리가 원주 감영에 들어올 무리에 얼근하게 취하여 오는데, 그 무거운 교군을 메고 무슨 흥이 그렇게 나던지 엉덩춤을 으슬으슬 추며, 오그랑벙거지[175] 밑으로 고갯짓을 슬슬 하며, 앞의 교군꾼은 엮음시조[176] 하듯이 잔소리가 연하여 나온다.

"채암돌이 촘촘하다, 건너서라 개천이다, 조심하여라 외나무다리다, 발 잘 맞추어라 교군 잘 모셔라."

그렇게 지껄이며 유문 주막에서 단참에 원주 읍내로 들어가는데, 원주 감영에 무슨 일이 있는지 없는지 모르고 쏜살같이 들어가며, 사처[177]는 진람문 밖 주막집으로 정할 작정이라. 진람문 밖에 다다르니 사람이 어찌 많이 모였던지 헤치고 들어갈 수가 없는지라, 교군꾼이 교군을 메고 서서 좀 비켜달라 하나, 모여선 사람들이 비켜서기는 고사하고 사람끼리 기름을 짜고[178] 서서, 뒤에 선 사람은 앞에 선 사람을 밀고, 앞에 선 사람은 더 나갈 수가 없으니 밀지 말라 하며 와글와글하는 중이라. 대체 무슨 좋은 구경이 있어서 그렇게 모였는지 뒤에 선 사람들은 송곳눈을 가졌더라도 뚫고 볼 수가 없는 구경을 하고 섰는데, 그 구경인즉 진람문 앞에서 죄인 때려죽이는 구경이라. 그날은 원주 읍내 장날인데 장꾼들이 장은 아니 보고 송장 구경을 하러 왔던지 진람문 밖에 새로 장이 섰다. 교군꾼이 길가에 교군을 내려놓고 구경꾼더러 무슨 구경을 하느냐 묻다가 깜짝 놀라서 교군 앞으로 와락 달려들며,

"본평 아씨, 진람문 밑에서 본평 서방님을 때려죽인답니다."

하는 소리에 부인이 기가 막혀서 교군 속에서 목을 놓아 우는데, 큰길가인지 인해 중인지 모르고 자기 집 안방에서 울듯 운다. 섧고 원통하고 악이 나는 판이라, 감사는 고사하고 하늘에서 뚝 떨어져 내려온 사람일지라도 겁나는 마음이 조금도 없이 원망과 악담을 하며 운다.

진람문 근처의 사람은 최병도 매 맞는 경상을 구경하고, 최부인의 교군 근처에 섰는 사람은 최부인 울음소리를 듣고 섰다. 최병

도 매 맞는 구경 하는 사람들은 끔찍끔찍한 마음에 소름이 죽죽 끼치고, 최부인의 울음소리 듣는 사람들은 남의 일에 콧날이 시큰시큰하며 눈물이 슬슬 돈다. 남의 일에 눈물 잘 내는 사람이 따로 있다 하지마는, 최부인이 울며 하는 소리 듣는 사람은 목석같은 오장을 타고났더라도, 그 소리에 오장이 다 녹을 듯하겠더라.

최부인의 우는 소리는 모깃소리같이 가늘더니, 설운 사정 하는 소리는 청청하게 구름 속으로 뚫고 올라가는 것 같다.

"맙시사 맙시사, 그리를 맙시사. 감사도 사람이지, 남의 돈을 뺏어먹으려고 무죄한 사람을 잡아다가 갖은 악형을 다 하더니 돈을 아니 준다고 사람을 어찌 죽인단 말이냐? 지금 내로 날까지 잡아다가 진람문 밑에서 때려죽여다고. 아비 쳐 죽인 원수라더냐? 어미 쳐 죽인 원수라더냐? 저렇게 죽일 죄가 무엇이란 말이냐? 애고 애고, 애고, 이 몹쓸 도적놈아, 내 재물 있는 대로 가져가고 우리 남편만 살려다고. 네가 남의 재물을 그렇게 잘 뺏어먹고 천년이나 만년이나 살 듯이 극성을 부리지마는 너도 초로 같은 인생[179]이라. 꿈결 같은 이 세상을 다 지내고 죽는 날은 몹쓸 귀신 되어 지옥으로 들어가서, 저 죄를 다 받노라면 만겁천겁(萬劫千劫)을 지내더라도 네 죄는 남을 것이요, 네 고생은 못다 할 것이니, 우리 내외는 원귀 되어 지옥 맡은 옥사장이나 되겠다.

애고 애고, 이 설운 사정을 누구더러 하며 이 원정[180]을 어디 가서 하나? 형조에 가서 정하더라도[181] 쓸데없는 세상이요, 격증을 하더라도 나만 속는 세상이라, 이 원수를 어찌하면 갚는단 말이냐? 옥순아 옥순아, 나와 같이 죽어서 하느님께 원정이나 가자.

사람을 이렇게 지원절통[182]하게 죽이는 세상에 너는 살아 무엇 하 겠느냐? 가자 가자, 하느님께 원정을 가자. 우리나라 백성들은 다 죽게 된 세상인가 보다. 하루바삐, 한시바삐 한시바삐 어서 가서 하느님께 이런 원정이나 하여보자. 애고 설운지고, 사람이 저 살 날을 다 살고 병들어 죽더라도, 처자 된 마음에는 섧다 하거든, 생목숨이 남의 손에 맞아 죽느라고 아프고 쓰린 경상을 당하는 사람의 마음은 어떠할꼬? 하느님 하느님, 굽어보고 살펴봅시사."

하며 우는데, 읍내 바닥의 중늙은이 여편네가 교군 앞뒤로 늘어 서서 그 일을 제가 당한 듯이 눈물을 흘리며, 감사가 몹쓸 양반이 란 말을 하고 섰는데, 별안간에 사람들이 우우 몰려 헤지며, 영문 군노[183] 사령이 들끓어 나와서 강릉 경금서 온 교군꾼을 찾더니, 당장에 교군을 메고 원주 지경을 넘어가라 하며, 교군꾼들을 후 려 때리며 재촉하거늘, 교군꾼들이 겁이 나서 교군을 메고 유문 주막을 향하고 달아나는데 북문 밖 너른 들로 최부인의 모녀 울 음소리가 유문 주막을 향하고 나간다.

탐장[184]하는 감사의 옆에는 웬 조방꾼[185]과 염문꾼[186]의 속살거리 는 놈이 그리 많던지 청 한 가지 못 얻어 하여 먹는 위인들일지라 도 아무쪼록 긴한 체하느라고 못된 소문은 곧잘 들어갔다가 까바 치는 관속과 아객[187]이 허다한 터이라. 최부인이 울며 감사에게 악 담과 욕 하던 소문이 감사의 귀에 들어갔는데, 만일 남자가 그런 짓을 하였을 지경이면 무슨 큰 거조[188]가 또 있었을는지 모를 터이 나 대민(大民)의 부녀이라 어찌할 도리가 없는 고로 축출경외[189] 하라는 영이 나서 최부인의 교군이 쫓겨 나갔더라.

그때 날은 한나절이 될락 말락 하고 최병도의 명은 떨어질락 말락 한데 호방 비장이 무슨 착한 마음이 들었던지 감사의 앞으로 썩 들어서더니, 최병도의 공송[190]을 한다.

(호방) "최병도를 죽일 터이면 중영[191]으로 넘겨서 죽이는 일이 옳지, 감영에서 죽일 일이 아니올시다. 또 최병도가 죽은 후에 누가 듣든지, 아무 죄 없는 사람이 죽었다 할 터이니 사또께서 일시의 분을 참으셔서 물고령을 거두시면 좋겠습니다."

(감사) "그래, 그놈을 살려 보내잔 말인가?"

(호방) "지금 백방을 하더래도 살 수는 없는 터이니, 최가가 숨 떨어지기 전에 얼른 놓아 보내시면, 사또께서는 무죄한 백성을 죽이셨다는 말도 아니 들으실 터이요, 최가는 말이 놓여 나간다 하나 미구[192]에 숨이 떨어질 모양이랍니다. 지금 최병도의 처가 어린 딸을 데리고 큰길가에서 그런 효상[193]을 부리다가 쫓겨 나가고, 최병도는 오늘 영문에서 장폐[194]하면 제일 소문이 좋지 못할 터이니, 물고령을 거두시는 것이 좋을 일이올시다."

감사가 그 말을 듣더니 호방의 얼굴을 물끄러미 쳐다보다가 무슨 생각을 하는 모양이라. 호방의 얼굴은 왜 쳐다보며, 생각은 무슨 생각을 하는지, 감사가 말은 아니 하나 구렁이 다 된 호방이 최가의 돈을 먹고 청을 하나 의심이 나서 보는 것이요, 무슨 생각하는 것은 호방이 돈을 먹었든지 아니 먹었든지, 방장[195] 숨이 넘어가게 된 최병도를 죽여도 아무 유익은 없는 터이라, 어찌하면 좋을꼬 하는 그런 생각이라. 호방이 무슨 말을 다시 하려는데 감사가 기침 한 번을 하더니, 최병도 물고령을 거두고 밖으로 놓으라 하는 영이 내리더라. 치악산 높은 봉을 안고 넘어가는 저녁볕에 울고 가는 까마귀 한 마리가 휘휘 돌아 내려오더니, 원주 유문 주막집 앞에 휘어진 버들가지에 앉으며 꽁지는 서천에 걸린 석양을 가리키고 너울너울 흔들며 주둥이는 동으로 향하여 운다.

"까막 까막 깍깍, 까옥 까옥 깍깍."

가지각색으로 지저귀는데 그 버들 그림자는 어떤 주막집 사첫방 서창에 드리웠고, 그 까마귀 소리는 그 방에 하룻밤 숙소 참[196]으로 든 최부인 귀에 유심히 들린다. 귀가 쏘는 듯, 뼈가 죄는 듯, 오장이 녹는 듯하여 눈물이 비 오듯 하나 주막집에서 울음소리 낼 수는 없는지라. 다만 흑흑 느끼기만 하며 철없는 옥순이를 데리고 설운 한탄을 한다.

"옥순아 옥순아, 까마귀는 군자 같은 새라더니 옛말이 옳은 말이로구나. 너의 아버지께서 산도 설고 물도 설고 이전에 알던 사람 하나 없는 원주 감영에 와서 원통히 돌아가시는데 어느 때에 운명을 하셨는지 통부 전하여줄 사람 하나 없지마는, 영물의 까마귀가 너의 아버지 통부를 전하여주느라고 저렇게 짖는구나. 우리는 영문 사령에게 축출경외를 당하고 여기까지 쫓겨 오느라고 정신없이 왔으나 사람이나 좀 보내보자."

하더니 정신없는 중에 정신을 차려서 배행 하인으로 데리고 온 천쇠를 불러서 원주 감영에 새로이 전인을 한다.

천쇠가 이태, 삼 년 머슴 들었던 더부살이라 주인에게 무슨 정성이 그렇게 대단할 것은 없으나 주인의 사정을 어찌 불쌍히 여겼던지, 먼 길에 삐쳐 와서 되짚어 유문 주막 십 리를 나온 사람이 곤한 것을 잊어버리고 달음박질을 하여 원주 감영으로 향하고 들어가며 노래를 하는데 무식한 농군의 입에서 유식한 소리가 나온다.

"치악산 상상봉에 넘어가는 저 햇빛, 너 갈 길도 바쁘지마는 본평 아씨 사정을 보아서 한참 동안만 가지 말고 그 산에 걸렸거라. 본평 서방님 소식 알러 김천쇠가 급주를 간다. 오늘 밤 내로 못 다녀오면 본평 아씨가 잠 못 자고 옥순아기를 데리고 울음으로만 밤을 새운다. 우산낙조[197] 제경공도 햇빛을 멈추고 삼사를 갔다."

하며 몸에서 바람이 나도록 달아나는데 너른 들 풀밭 속에 석양은 묘묘하고 노래는 청청하다. 웬 교군 한 채가 동으로 향하여 풍우같이 몰려오는데, 교군은 몇 푼짜리 못 되는 세보교[198]이나 기구는 썩 대단한 모양이라. 오그랑벙거지 쓴 교군꾼 십여 명이 들장대를 들고 두 발자국, 세 발자국 만에 들장대질을 한 번씩 하며 주마같이 달려오는 교군을 보고 천쇠가 길가로 비켜서며 앞장 든 교군 속을 기웃기웃 건너다보다가, 천쇠가 소리를 버럭 질러서 본평 서방님을 불렀더라.

그 교군은 최병도의 교군이라. 최병도가 그날 백방이 되어 주막 집으로 나왔는데 전신이 핏덩어리라. 누가 보든지 살지는 못하겠다 하고, 최씨의 마음에도 살아날 수는 없으나, 그러나 정신은 말갛게 성한지라. 목숨이 혹 이삼일만 부지하여 있을 지경이면 집에 가서 처자나 만나 보고 죽겠다 하고, 교군 삯은 달라는 대로 주마 하고 원주 읍내서 교군 잘하는 놈으로 뽑아 세우니, 세상에 돈이 참 장사이요, 돈이 제갈량이라. 삼백삼십 리를 온 이틀이 다 못 되어 들어가겠다 장담하고 나서는 교군꾼이 십여 명이라. 해질 때 떠났으나, 가다가 횃불을 잡히더라도 삼사십 리는 갈 작정이라. 천쇠가 무슨 소리를 지르는지 아니 지르는지, 교군꾼들은 들은 체도 아니 하고 달아난다. 천쇠가 교군 뒤로 따라오며 소리소리 질러서 교군을 멈추라 하니, 최씨가 그 소리를 알아듣고 교군을 멈추고 천쇠를 불러 말을 묻다가 그 부인과 딸이 유문 주막에 있다는 말을 듣고 대장부 눈에서 눈물이 떨어지며 피 묻은 옷깃이 다시 눈물에 젖었더라.

유문 주막은 최씨의 내외 상봉하고, 부녀 상봉하는 곳이라. 슬프던 끝에 기쁜 마음 나고, 기쁘던 끝에 다시 슬픈 마음이 나는데, 누가 더하고 누가 덜하다 할 수가 없는 터이나, 최병도는 기운이 탈진하여 통성[199]도 없이 누웠고, 옥순이는 어린아이라 울다가 그 어머니 무릎에 기대고 잠이 들었는데, 부인은 잠 못 이루어 등잔을 돋우고 그 남편 앞에 앉아서 밤을 새운다. 하지머리 짧은 밤도 근심으로 밤을 새우려면 그 밤이 별로이 긴 것 같은 법이라. 그 남편이 운명을 하는가 의심이 나서 불러보고 불러보다가, 그 남편이 대답 한번 하려면 힘이 드는 모양같이 보이는 고로 불러보지도 못하고 앉아서 속만 탄다. 이 몸이 의원이나 되었더면, 맥이나 짚어보고 싶고, 이 몸이 불사약[200]이나 되었으면 남편의 목숨이나 살려보고 싶고, 이 몸이 저승에 갈 수가 있으면 내가 대신 죽고 남편을 살려달라고 축원을 하여보고 싶고, 이 몸이 구름이나 되었으면 남편을 곱게 싸가지고 밤 내로 우리 집에 가서 안방 아랫목에 뉘어놓고 피 묻고 땀 밴 저 옷도 갈아입히고 병구원[201]이나

은세계 **345**

마음대로 하여보련마는, 그 재주 저 재주 다 없고, 주막집 단간
사첫방에서 꼼짝을 못하고, 물 한 그릇을 떠오라 하더라도 어린
옥순이를 심부름시키는 터이라. 남편이 숨이 넘어가는 지경에 무
엇을 가릴 것이 있으리오마는, 팔도 모산지배[202]가 다 모여 자는
주막이라. 사람을 겁내고 사람을 부끄러워하며 삼십 년을 규중에
서 자라난 여자의 몸이라 아무렇든지 요 방구석에 들어앉아서 저
지경 된 남편의 병도 구원하기 어려운 터이라. 날이나 밝으면, 그
남편을 교군에 싣고 강릉으로 갈 마음뿐이라. 먼동 트기를 기다
리느라고 문을 열고 동편 하늘을 바라보니 샛별은 소식도 없고,
머리 위 처마 밑에서 홰를 탁탁 치고 꼬끼오 우는 것은 첫닭 우는
소리라.

　산도 자고 물도 자고 바람도 자고 사람도 자는 밤중이라. 적적
요요[203]한 이 밤중에 설움 없고 눈물 없이 우는 것은 꼬끼오 소리
하는 저 닭이요, 오장이 녹는 듯 눈물이 비 오듯 하며 소리 없이
우는 것은 최부인이라. 그 밤을 그렇게 새다가, 새벽녘에 다 죽어
가는 남편을 교군에 싣고 길을 떠나가는데, 그날부터는 교군 삯
외에 중상을 주마 하고 밤낮없이 몰아가는 터이라. 옛말에, '향기
나는 미끼 아래 반드시 죽는 고기가 있고, 중상 아래 반드시 날랜
사람이 있다' 하더니, 과연 그 말과 같이 장장하일[204] 하루해에 일
백육십 리를 가서 자고, 그 이튿날 저녁때에 대관령을 넘어간다.

　해는 서산에 기울어졌는데, 대관령 고개 마루턱 성황당 밑에 교
군 두 채를 나란히 놓고 쉬면서 교군꾼들이 갈모봉을 가리키며,
'저 산 밑이 경금 동네이라, 빨리 가면 횃불 아니 잡히고 일찍 들

어가겠다' 하니, 그 소리가 최부인의 귀에 반갑게 들리련마는 반가운 마음은 조금도 없고 새로이 기막히고 끔찍한 마음이 생긴다.

최병도가 종일을 정신없이 교군에 실려 오더니, 저녁때 새로이 정신이 나서 그 부인과 옥순이를 불러서 몇 마디 유언을 하고 대관령 고개 위에서 숨이 떨어지는데, 소쇄[205] 황량한 성황당 밑에서 부인과 옥순의 울음소리가 처량하고, 깊은 산 푸른 수풀 속에서는 불여귀 우는 소리가 슬펐더라. 최병도의 산지는 지관[206]이 잡아준 것이 아니라 최병도가 운명할 때에 손을 들어, 대관령에서 보이는 제일 높은 봉을 가리키며, 저기 저 꼭대기에 묻어달라 한 묏자리라.

무슨 까닭으로 그 꼭대기에 묻어달라 하였는고? 죽은 후에 높은 봉에 묻혀 있어서 이 세상이 어떻게 되는 것을 좀 내려다보겠다 한 유언이 있었더라.

그 유언에 소문내기 어려운 말이 몇 마디가 있으나 최부인이 섧고 기막힌 중에 함부로 말을 하였더라.

죽은 지 칠 일 만에 장사를 지내는데, 인근 동네 사람들까지 남의 일 같지 아니하고 사람마다 제가 당한 일 같다 하여 회장[207] 아니 오는 친구가 없고 부역[208] 아니 오는 백성이 없으니, 토끼 죽은 데 여우가 슬퍼했다(兎死狐悲)[209]는 말과 같은 것이라. 상여꾼들이 연폿국[210]과 막걸리를 실컷 먹고, 술김에 흥이 나는 것이 아니라 처량한 마음이 나서 상여를 메고 가며 상두 소리가 높았더라.

워허 워허.

이 길이 무슨 길인고, 북망 가는 길이로다.

워허 워허.

이 죽음이 무슨 죽음인고, 학정 밑에 생죽음일세.

워허 워허.

생때같은 젊은 목숨, 불연목에 맞아 죽었네.

워허 워허.

이 양반이 죽을 때에 눈을 감고 죽었을까?

워허 워허.

처자의 손목 쥐고 유언할 제 어떨쏜가?

워허 워허.

고향을 바라보고 낙루가 마지막일네.

워허 워허.

한을 품고 죽은 사람 썩지도 못한다네.

워허 워허.

대관령에서 운명할 때 불여귀가 슬피 울데.

워허 워허.

가이인이 불여조(可以人而不如鳥)라 우리도 일곡[211]하세.

워허 워허.

애고 불쌍하다 죽은 사람 불쌍하다.

워허 워허.

공산야월[212] 거친 무덤 그대 얼굴 못 보겠네.

워허 워허.

단장천리한천(斷腸天離恨天)에 그대 집은 공규(空閨)[213]로다.

워허 워허.

함원귀천(含寃歸泉)[214] 그대 일은 누가 아니 슬퍼할까?

워허 워허.

하며 나가는 것은 새벽 발인에 메고 나서는 상여꾼의 소리라. 그 소리를 들으면서 들은 체도 아니 하고 저 길 갈 대로 가는 것은 최병도라. 명정[215]은 앞에 서고 상여는 뒤에 서서 대관령을 향하고 올라가는데, 상엿소리는 끊어지고 발등거리 불빛만 먼 산에서 반짝거린다.

깊은 산 높은 봉에 사람의 자취 없는 곳으로 속절없이 가는 것도 그 처자 된 사람은 무정하다 할는지, 야속하다 할는지, 섧고 기막힌 생각뿐일 터인데, 그 산중에 들어가서 더 깊이 들어가는 곳은 땅속이라. 최병도 신체가 땅속으로 쑥 들어가며 달고[216] 소리가 나는데,

어여라 달고.

처자 권속 다 버리고 혼자 가는 저 신세 이제 가면 언제 오리, 한정 없는 길이로다.

어여라 달고.

북망산이 멀다더니 지척에도 북망이로구나 황천이 멀다더니 뗏장 밑이 황천이로구나.

어여라 달고.

인간 만사 묻지 마라, 초목만도 못하구나. 춘초[217]는 연년[218] 녹

이요, 왕손[219]은 귀불귀라.

어여라 달고.

인생이 이러한데 천명을 못다 살고 악형 받아 횡사[220]하니 그대 신명 가긍[221]토다.

어여라 달고.

살일불고(殺一不辜)[222] 아니 하고 형일불고(刑一不辜)[223] 아니 할 때 그 시대의 백성들은 희호세계[224] 그 아닌가.

어여라 달고.

희생 같은 우리 동포 살아도 고생이나 그대같이 죽는 것은 원통하기 특별나네.

어여라 달고.

관 위에 횡대[225] 덮고 횡대 위에 회판[226]일세 풍채 좋은 그대 얼굴 다시 얻어 못 보겠네.

어여라 달고.

보고지고 보고지고 그대 얼굴 보고지고 공산낙월[227]의 달빛을 보고 고인 안색으로 비겨 볼까.

어여라 달고.

철천한 한을 품고 유언이 남았거든 죽지사[228] 전하듯이 꿈에나 전해주게.

어여라 달고.

그 달고질 소리가 마치매 둥그런 뫼가 이루어졌더라. 그 뫼는 산봉우리 위에 섰는데, 형상은 전기선 위에 새가 올라앉은 것같이 되었더라. 뫼 쓸 때에 최씨의 유언을 드디어서 관머리는 한양을 향하고 발은 고향으로 뻗었으니 그 뜻인즉, 한양은 우리나라 오백 년 국도이라 나라를 근심하여 일하장안(日下長安)을 바라보려는 마음이요, 고향은 조상의 분묘도 있고, 불쌍한 처자도 있고, 나라를 같이 근심하던 지기하는 친구도 있는 터이라. 사정은 처자에게 간절하나 나라를 붙들기 바라는 마음은 그 친구에게 있으니, 그 친구는 김정수이라. 최병도가 죽은 영혼이 발을 제겨디디고 김씨가 나라 붙들기를 기다리고 바라보려는 마음에서 나온 일이러라. 그러나 사람은 죽으면 그만이라, 최병도는 인간을 하직하고 한량없이 먼 길을 가고, 본평 부인은 청산백수에 울음소리로 세월을 보내더라.

최부인이 그 남편 죽던 날에 따라 죽을 듯하고, 그 남편 장사 지내던 때에 땅속으로 따라 들어갈 듯한 마음이 있으나, 참고 있는 것은 두 가지 거리끼는 일이 있어서 못 죽는 터이라.

한 가지는 여덟 살 된 딸자식을 버리고 죽을 수가 없고, 또 한 가지는 아홉 달 된 복중 아이라. 혹 아들이나 낳으면 최씨가 절사[229]나 아니 할까, 바라는 마음으로 살아 있는지라.

그러나 부인은 밤낮으로 설운 생각뿐이라 산을 보아도 설운 생각이 나고, 물을 보아도 설운 생각이 나고, 밥을 먹어도 눈물을 씻고 먹고, 잠을 자도 눈물을 흘리고 자는 터이라. 간은 녹는 듯, 염통은 서는 듯, 창자는 끊어지는 듯, 가슴은 칼로 에이는 듯한데 '근심을 말자 말자' 하고, '설움을 참자 참자' 하면서도 솟아나는 마음을 임의로 못 하고, 새로이 근심 한 가지가 더 생긴다. 무슨 근심인고? 내 속이 이렇게 썩을 때에 뱃속에 있는 어린것이 다 녹아 없어지려니 싶은 근심이라. 그러나 그 근심은 모르고 뱃속에서 무럭무럭 자라나는 어린아이는 열 달 만에 인간에 나오면서,

"응아 응아."

우는데, 최부인이 오래 지친 끝에 해산을 하고 기운 없고 정신없는 중에도 아들인지 딸인지 어서 바삐 알고자 하여 해산구원 하는 사람더러,

"여보게, 아들인가 딸인가?"

묻는다. 그때 해산구원 하는 사람은 누구런지, 본평 부인이 묻는 것을 불긴[230]히 여기는 말로,

"그것은 물어 무엇 하셔요? 순산하셨으니 다행하지요."

하는 소리가 본평 부인의 귀에 쑥 들어가며 부인이 깜짝 놀라서 낙심이 된다. 딸이 아니면 병신 자식이라, 의심이 나고 겁이 나더니, 바라던 마음은 어디로 가고 설운 생각이 일어나며, 베개에 눈물이 젖는데, 부인이 본래 약질로 그 남편이 감영에 잡혀가던 날부터 죽던 날까지, 죽던 날부터 부인이 해산하던 날까지, 말을 하니 살아 있는 사람이요, 밥을 먹으니 살아 있는 사람이지 실상은 형해[231]만 걸린 것이, 불면 날아갈 듯 쥐면 꺼질 듯하게 된 중에 해산구원 하는 사람의 말을 듣고 놀라더니, 산후 제반악증이 생긴다. 펄펄 끓는 첫 국밥을 부인 앞에 놓고,

"아씨 아씨, 국밥 좀 잡수시오."

권하는 것은 천쇠의 계집이라. 부인이 감았던 눈을 떠서 물끄러미 보다가 눈물이 돌며,

"먹고 싶지 아니하니, 이따가 먹겠네."

하더니 다시 눈을 스르르 감고 돌아눕는데 얼굴에 핏기가 없고 찬 기운이 돈다. 눈에는 헛것이 보이고 입에는 군소리가 나오더니, 평생에 얌전하기로 유명하던 본평 부인이 실진[232]이 되어서 제 명울이[233]같이 되었더라.

그 소생 어린 아이는 옥동자 같은 아들이라. 그러한 아이를 무슨 까닭으로 해산구원 하던 사람이 부인의 귀에 말을 그렇게 놀랍게 하여드렸던고? 해산구원 하던 사람은 부인을 놀래려고 그러한 것이 아니라, 어디서 그런 구기[234]를 얻어 배웠던지, 아들 낳은 것을 감추고 딸이라 소문을 내면 그 아이가 명이 길다 하는 말이 있어서 아들이라는 말을 아니 하려고 그리한 것인데, 위하여주려는 마음에서 병을 주는 말이 나온 것이라. 병이 들기는 쉬우나 낫기는 어려운 것이라. 당귀,[235] 천궁,[236] 숙지황,[237] 백작약,[238] 원지,[239] 백복신,[240] 석창포[241] 등속으로 청심보혈(淸心補血)[242]만 하더라도 심경열도(心經熱度)[243]는 점점 성하고 병이 골수에 든다.

옥동자 같은 유복자[244]는 그 어머니 젖꼭지를 물어도 못 보고 유모에게 길리는데, 혼돈세계(混沌世界)로 지내는 핏덩어리 아이는 아무것도 모르고 젖만 먹으면 잠들고 잠 깨면 젖 먹고 무럭무럭 자라지마는 불쌍한 것은 철 알고 꾀 난 옥순이라. 그 어머니가 미친증이 날 때마다,

"어머니 어머니, 어머니가 이것이 웬일이오? 어머니, 날 좀 보오, 내가 옥순이오."

하며 울다가 어린 마음에 무서운 생각이 들어서 복녀를 부를 때

가 종종 있다. 부인은 옥순이를 보아도 정감사라고 식칼을 들고 원수 갚는다 하며 쫓아다니는 때가 있는 고로, 밤낮없이 안방에 상직으로 있는 사람들이 잠시도 부인의 옆을 떠날 수가 없는 터이라.

유복자의 이름은 누가 지어주었던지 옥 같은 남자라고 옥남이라 지었더라.

애비가 원통히 죽었든지 어미가 몹쓸 병이 들었든지, 가고 가는 세월에 자라는 것은 어린아이라. 옥남이가 일곱 살이 되도록 그 어미 얼굴을 모르고 자랐더라. 그 어미가 죽고 없어서 못 보았는가? 그 어미가 두 눈이 둥그렇게 살아 있는 터에 만나 보지 못한다.

차라리 어미 없이 자라는 아이 같으면 어미까지 잊어버리고 모를 터이나, 옥남의 귀에 옥남 어머니는 살아 있다 하는데 옥남이가 그 어머니를 못 보았더라. 그것은 무슨 곡절인고? 본래 본평 부인이 실진이 되었을 때에 옥남의 집의 일동일정을 다 보아주던 사람은 김정수이라. 옥남의 유모는 또한 그 동네 백성의 계집이나, 본평 부인의 병이 얼른 낫지 아니하는 고로 김씨의 말이, 옥남이가 그 어머니 있는 줄을 모르고 자라는 것이 좋다 하고, 옥남의 유모에게 먹고살 것을 넉넉히 주어서 멀리 이사를 시켜두었더라.

김씨는 이전에 최병도가 감영에 잡혀갈 때에 영문 장차들을 죽이느니 살리느니 하며 야단치던 사람이라. 그때 잠시간 몸을 피하였다가 최병도 죽었다는 말을 듣고 김씨가 악이 나서 영문에 잡혀갈 작정 하고 경금 동네로 돌아와서 최씨의 초상 치르는 것까지 보고 있으나, 본래 피천 대푼 없는 난봉이라. 가령 영문에서 잡으러 오더라도 장차가 삼백여 리나 온 수고 값도 못 얻어먹을 터이요, 돈이 있어도 줄 위인도 아니라. 또 김씨가 영문 장차에게 야단치던 일은 벌써 묵장[245] 된 일이라. 그런고로 영문에서 잡으러 나오는 일도 없고, 제 집에 있었더라.

제 자식보다 남의 자식을 더 귀애하고 소중히 여긴다는 말은 거짓말 같으나, 김씨는 자기 아들보다 옥남이를 더 귀애하고 더 소중히 여기는 터이라. 옛날 정영(程嬰)이가 조무[246]를 구하려고 그 아들을 버리더니, 김씨가 옥남이를 보전하려는 마음이 정영이가 조무를 위하는 마음만 못지아니한지라. 옥남이 있는 곳은 경금서 삼십 리라. 김씨가 옥남이를 보러 삼십 리를 문턱 드나들듯 왕래를 하는데, 옥남이가 김씨를 보면 저의 아버지를 본 듯이 반가워서 쫓아 나오며,

"아저씨, 아저씨!"
하고 따른다.

옥남이가 핏줄도 아니 켕기는 터에 그렇게 따르는 것은 김씨에게 귀염받는 곡절이요, 김씨가 옥남이를 그렇게 귀애하는 것은 최병도의 정분을 생각하여 그럴 뿐 아니라, 옥남의 영민한 것을 볼수록 귀애하는 마음이 깊어간다.

율곡(栗谷)[247]은 어렸을 때부터 이치를 통한 군자라는 말이 있었고, 매월당(梅月堂)[248]은 어렸을 때부터 문장이라는 말이 있었으니, 옥남이를 그러한 명현[249]에는 비할 수 없으나 옥남이를 보는 사람의 말은,

"일곱 살에 요렇게 영민한 아이는 고금에 다시없지."

하면서 칭찬을 한다.

"아저씨, 나는 아저씨 보러 왔소."

하며 김씨 집 마당으로 달음박질하여 들어오는 것은 옥남이라.

"응, 거 누구냐, 네가 어찌 여기를 왔느냐?"

하며 문을 열고 내다보는 것은 김씨라.

옥남이는 앞에 서고 유모는 뒤에 서서 들어오는데, 김씨가 반가운 마음은 없던지 눈살을 찌푸리고 무슨 생각을 하는 모양이라.

(유모) "애기가 어머니 보러 온다고 어찌 몹시 조르던지 견디다 못하여 데리고 왔습니다."

김씨가 아무 대답 없이 옥남이를 물끄러미 보다가 고개를 푹 숙인다.

(옥남) "아저씨, 내가 삼십 리를 걸어왔소. 내가 장사지?"

(김) "어린아이가 그렇게 먼 데를 어찌 걸어왔단 말이냐? 날더러 그런 말을 하였으면 교군을 보냈지."

(옥) "어머니를 보러 오느라고 마음이 어찌 좋던지, 다리 아픈 줄도 몰랐소."

김씨가 무슨 말을 하려는지 고개를 들더니 다시 아무 소리 없이 입맛을 다신다.

(옥) "아저씨 아저씨, 내 소원을 풀어주오. 우리 어머니가 살아 있다는데, 내가 어머니 얼굴을 못 보니 어머니를 보고 싶어 못살겠소. 어머니가 나를 낳고 미친병이 들었다 하니 내가 아니 났더면 어머니가 아니 미쳤을 터이지……."

하더니 훌쩍훌쩍 우니, 유모가 그 모양을 보고 따라 운다.

김씨의 부인이 옥남의 머리를 쓰다듬으며,

"에그, 본평댁이 불쌍하지. 신세가 그렇게 되고 그런 몹쓸 병이 들어서……"

하더니 목이 멘 소리로 말끝을 마치지 못하고 눈물이 떨어진다. 김씨의 머리는 점점 더 수그러지더니, 염불하다가 앉아서 잠든 중의 고개같이 아주 푹 수그러졌다.

부인이 김씨를 건너다보며,

"여보 여보, 옥남이가 처음부터 그 어머니가 살아 있는 줄을 몰랐으면 좋으려니와, 알고 보려 하는 것을 아니 뵐일 수 있소? 오늘 내가 데리고 가서 만나 보게 하겠소. 이애 옥남아, 너의 어머니를 잠깐 보고, 너는 도로 유모의 집으로 가서 있거라. 네가 너의 어머니를 보고 어머니 앞을 떠나기가 어려워서 너의 집에 있으려 할 터이면 내가 아니 데리고 가겠다."

김씨가 고개를 번쩍 들며,

"응, 마누라가 데리고 갔다 오시오."

그 말 한마디에 옥남이와 유모와 김씨의 부인이 눈물이 가득한 눈으로 웃음빛을 띠었더라.

앞뒤에 쌍창문 척척 닫쳐두고 문 뒤에는 긴 널빤지를 두 이 자석 삼 자로 가로질러서 두 치 닷 푼씩이나 되는 못을 척척 박아서 말이 문이지 아주 절벽같이 만들어놓고 안마루로 드나드는 지게문으로만 열고 닫게 남겨둔 것은 최본평 집 안방이라. 그 방 속에는 세간 그릇 하나 없고 다만 있는 것은 귀신 같은 사람 하나뿐이라.

머리는 까치집같이 헙수룩하고 얼굴은 몇 해 전에 씻어보았던지 때가 켜켜이 끼었는데, 저렇게 파리하고도 목숨이 붙어 있나 싶을 만하게 뼈만 남은 위인이 혼자 앉아 중얼거리는 사람은 본평 부인이라.

무슨 곡절로 지게문만 남겨놓고 다른 문은 다 봉하였던고? 본평 부인이 광증이 심할 때에는 벌거벗고 문밖으로 뛰어나가려 하기도 하고, 옥순이도 몰라보고 방망이를 들고 때리려 하기도 하는 고로, 옥중에 죄인 가두듯이 안방에 가두어두고 수직하는 노파 이삼 인이 옥사장같이 지켜 있고 다른 사람은 그 방에 드나들지 못하게 하는 터인데, 적적하고 캄캄한 방 속에 죄 없이 갇혀 있는 사람은 본평 부인이라. 그러한 그 방 지게문을 펄쩍 열고,

"어머니."

부르면서 들어오는 것은 옥남이요, 그 뒤에 따라 들어오는 사람은 김씨의 부인과 옥남의 유모이라. 건넌방에서 옥순이가 그것을 보고 한걸음에 뛰어나와 안방으로 따라 들어온다. 그때 본평 부인은 아랫목에 혼자 앉아서 베개에 식칼을 꽂아놓고, 무엇이라고 중얼하는 소리가 그 남편 죽이던 놈의 원수 갚는다는 말이라. 옥남이가 그 어머니 모양을 보더니 울며, 그 어머니 앞으로 달려들어서 어머니를 부르며 울기만 하는데, 옥순이는 일곱 해 동안을 건넌방 구석에서 소리 없는 눈물로 자란 계집아이라, 참았던 울음소리가 툭 터져 나오면서 옥남이를 얼싸안고 자지러지게 우니, 김씨의 부인과 유모가 옥남이를 왜 데리고 왔던고 싶은 마음뿐이

라. 김씨의 부인이 눈물을 흘리고 본평 부인 앞으로 바싹 다가앉
으며,

"여보 본평댁, 이 아이가 본평댁의 아들이오. 여보 여보, 정신
좀 차려서 이 아이 좀 보오. 어찌하여 저런 병이 들었단 말이오?
여보, 여보 저 베개에 칼은 왜 꽂아놓았소? 저런 쓸데없는 짓을
말고 어서 병이나 나아서 옥순이를 잘 가르쳐 시집이나 보내고,
옥남이를 길러서 며느리나 보고, 마음을 붙여 살 도리를 하시오.
돌아가신 서방님은 하릴없거니와 불쌍한 유복자를 남의 손에 기
르기가 애닯지 아니하오? 본평댁이 어서 본정신이 돌아와서 옥남
이를 길러 재미를 보게 하오. 에그, 그 얌전하던 본평댁이 이렇게
될 줄 누가 알았단 말인고?"

하며 목이 메서 하던 말을 그친다. 본평 부인이 무슨 정신에 김씨
의 부인을 알아보던지 비죽비죽 울며,

"여보 회오골댁, 이런 절통한 일이 있소? 댁 서방님이 우리 집
에 오셔서 영문 장차를 다 때려죽이려 드시는 것을 내가 발바닥
으로 뛰어나가서 말렸더니, 영문 장차 놈들이 그 공을 모르고 옥
순 아버지를 잡아다가 죽였소그려. 내가 옥황상제께 원정을 하였
소. 옥황상제께서 그 원정을 보시더니, 내 소원을 다 풀어주마십
디다. 염라대왕을 부르시더니 정감사를 잡아다가 천 근이나 되는
무쇠 두멍[250]을 씌워서 지옥에 집어넣고 우리 집에 나왔던 장차들
은 금사망을 씌워서[251] 구렁이가 되게 하고 옥황상제께서 날더러
하시는 말이, '너는 나가서 있으면, 내가 인간에 죄지은 사람들을
다 살펴서 벌을 주겠다' 하십디다. 회오골댁, 내 말을 자세히 들어

두시오. 몇 해만 되면 세상에 변이 자꾸 날 터이오. 극성을 부리던 사람들은 꼼짝을 못하게 되고, 백성들은 제 재물을 제가 먹고 살게 될 터이오. 두고 보오, 내 말이 맞나 아니 맞나…… 옥순 아버지가 대관령에서 운명할 때에 하던 말이 낱낱이 맞을 터이오."

그렇게 실진한 말만 하다가 나중에는 그 소리 할 정신도 없어 눈을 감더니 부처님의 감중련 하는[252] 손과 같이 손가락을 짚고 가만히 앉았는데, 그 앞에는 옥순의 남매 울음소리뿐이라.

태평양 너른 물에 크고 큰 화륜선이 살 가듯 떠나가는데 돛대 밖에 보이는 것은 파란 하늘뿐이요, 물 밑에 보이는 것은 또한 파란 하늘 그림자뿐이라. 해는 어디서 떠서 어디로 지는지? 배는 어디서 와서 어디로 가는지? 오던 곳을 살펴보아도 하늘에서 온 것 같고, 가는 곳을 살펴보아도 하늘로 향하여 가는 것만 같다. 바람은 괴괴하고 물결은 잔잔하고 석양은 묘묘한데, 화륜선 상등실에서 갑판 위로 웬 사람 셋이 나오는데 앞에 선 것은 옥남이요, 뒤에 선 것은 옥순이요, 그 뒤에는 김씨라. 옥남이가 갑판 위로 뛰어다니면서,

"누님 누님, 누님이 이런 좋은 구경을 마다고 집에서 떠날 때 오기 싫다 하였지? 집에 들어앉았으면 이런 구경을 하였겠소?"
하면서 흥이 나서 구경을 하는데, 옥순이는 아무 경황 없이 뱃머리에서 오던 길만 바라보고 섰다. 옥순이가 수심이 첩첩하여 남에게 형언하지 못하는 한탄이라.

'어머니는 어떻게 되셨누? 내가 집에 있을 때도 어머니 병구원하는 할미들이 어머니를 대하여 소리를 꽥꽥 지르며 욱지르는 것

을 보면 내 오장이 무너지는 듯하지마는, 그 할미들더러 애쓴다, 고맙다, 칭찬하는 것은 빈말이 아니라, 그렇게 되신 우리 어머니를 밤낮없이 그만치 보아드리기도 어려운 터이라. 그러나 나도 없으면 어떻게들 할는지……'

그런 생각을 하다가 구슬 같은 눈물이 쌍으로 뚝뚝 떨어지는데, 고개를 숙여 보니 만경창파²⁵³에 간곳없이 스러졌다. 근심에 근심이 이어 나고, 생각에 생각이 이어 난다.

'갈모봉이 어디로 가고, 대관령은 어디로 갔누? 아버지 돌아가실 때에 대관령을 넘는데 천하에는 산뿐이요, 이 산에 올라서면 온 천하가 다 보이는 줄 알았더니, 에그, 그 산이 그 산이……'

그렇게 생각하고 섰는데, 대관령이 옥순의 눈에 선하게 보이는 듯하다. 산은 무정물²⁵⁴이라, 옥순이가 산에 무슨 정이 들어서 그리 간절히 생각하는고?

대관령 상상봉에는 눈 못 감고 돌아가신 아버지가 말없이 누우셨고, 대관령 밑 경금 동네에는 살아 있는 어머니가 돌아가신 아버지 신세만 못하게 되어 계시니, 그 어머니 형상은 잊을 때가 없는지라. 잠들면 꿈에 보이고, 잠이 깨이면 눈에 어린다. 거지를 보더라도 본정신으로 다니는 사람을 보면, 우리 어머니는 저 신세만 못하거니 싶은 생각이 나고, 병신을 보더라도 본정신만 가진 사람을 보면 우리 어머니가 차라리 눈이 멀었든지, 귀가 먹든지, 팔이나 다리나 병신이 되었더라도 옥남이나 알아보고 세상을 지내시면 좋으련마는 하며 한탄하는 마음이 생기는 옥순이라. 옥순이가 사람을 보는 대로 그 어머니가 남과 같지 못한 생각이 나는 것은 오히려 예사이라. 날짐승 길벌레를 보더라도 처량한 생각이 든다.

'저것은 짐승이지마는 기뻐하는 마음, 성내는 마음, 슬퍼하는 마음, 즐거워하는 마음, 사랑하는 마음, 미워하는 마음, 욕심나는 마음, 그런 마음이 다 있을 터인데, 어찌하여 우리 어머니는 사람으로 그런 마음을 잃으셨누? 아버지는 세상을 버리시고 어머니는 세상을 모르시는데, 의지 없는 우리 남매를 자식같이 사랑하고 불쌍히 여기는 사람은 회오골 아저씨 내외이라. 헝겊붙이나 되어 그러하면 우리도 오히려 예사로울 터이나, 과갈지의[255]도 없는 김가, 최가이라. 우리 남매가 자라서 그 은혜를 어떻게 갚을는지……. 부모 같은 은혜가 있으나 아버지라 부를 수 없는 고로 아저씨라 부르지마는, 우리 남매 마음에는 아버지같이 알고 따르는 터이라. 그러나 눈치 보고 체면 차리는 것은 아무리 한들 친부모와 같을 수는 없는지라. 내 근심을 다 감추고 좋은 기색만 보이는 것이 내 도리에 옳을 터이라.'

하고 옥순이가 그런 생각을 하면서 다시 아니 울 듯이 눈물을 썩썩 씻고, 고개를 들어서 오던 길을 다시 바라보니 망망한 바다 위에 화륜선 연기만 비꼈더라.

옥순이가 잠시간 화륜선 갑판 위에 나와 구경할 때라도 그런 근심 그런 생각을 하는 터이라. 고요한 밤 베개 위와 적적한 곳 혼자 있을 때는 더구나 더구나 옥순의 근심거리라.

김정수의 자는 치일이니 최병도와 지기하던 친구라. 내 몸을 가볍게 여기고 나라를 소중하게 아는 사람인데, 김씨가 천성이 그렇던 사람이 아니라, 최씨에게 천하 형세를 자세히 들어 안 이후로 어지러운 꿈 깨듯이 완고의 마음을 버리고 세상을 자세히 살펴보는 사람이요, 최씨는 김옥균의 고담준론²⁵⁶을 얻어들은 후에 크게 깨달은 일이 있어서 나라를 붙들고 백성을 살릴 생각이 도저하나 일개 강릉 김서방이라. 지체가 좋지 못하면 사람 축에 들지 못하는 조선 사람 되어, 아무리 경천위지²⁵⁷하는 재주가 있기로 어찌할 수 없는 고로 고향에 돌아가서 재물 모으기를 시작하였는데, 그 재물 모으려는 뜻은 호의호식²⁵⁸하고 호강하려는 것이 아니라, 그 재물을 모을 만치 모은 후에 유지한 사람 몇이든지 데리고 외국에 가서 공부도 시키고, 최씨는 김옥균과 같이 우리나라 정치 개혁하기를 경영하려 하던 최병도라.

김씨가 최병도 죽은 후에 백아(白牙)²⁵⁹가 종자기²⁶⁰ 죽은 후에 거문고 줄을 끊듯이 세상일을 단망(斷望)하고 있는 중에, 본평 부인이 그 남편의 유언을 전하는 것을 듣더니, 김씨의 눈에서 강개(慷慨)²⁶¹한 눈물이 떨어지고 최씨의 부탁을 저버릴 마음이 없었더라.

최씨가 세 가지 유언이 있었는데, 하나는 세상을 원망한 말이요, 또 하나는 그 친구 김정수에게 전하여달라는 말이요, 또 하나는 그 부인에게 부탁한 말이라.

세상을 원망한 말은 최병도가 마지막 세상을 버리는 사람이 되어 말을 가리지 아니하고 함부로 한 터이라. 인구전파(人口傳播)²⁶²하기가 어려운 마디가 많이 있었는데, 누가 듣든지 최씨와 김씨의 교분(交分)을 부러워하고 칭찬한다. 김씨에게 전하라는 말도 또한 세상에 계관되는 일이 많은 고로, 그 말을 얻어들은 사람들이 수군수군하고 쉬쉬하다가, 그 말은 필경 경금 동네서 스러지고 세상에 전하지 아니하였고, 다만 그 부인에게 부탁한 말만 전하였더라.

(최씨 유언) "나는 천 석 추수를 하는 사람이요, 치일이는 조석을 굶는 사람이라. 내가 죽은 후에 내 재물로 치일이와 같이 먹고 살게 하고, 내 세간을 늘리든지 줄이든지 치일의 지휘대로만 하고, 또 마누라가 산월이 머지 아니하니 자녀 간에 무엇을 낳든지 자식 부탁을 치일에게 하라."

하면서 마지막 눈물을 떨어뜨리고 운명을 하였는지라.

본평 부인이 실진하기 전부터 김씨가 최씨의 집 일을 제 집 일보다 십 배 백 배를 힘써서 보던 터인데, 본평 부인이 실진할 때는 옥순이가 불과 여덟 살이라. 최씨의 집 일이 더욱 망창[263]하게 된 고로, 김씨가 최씨의 집 논문서까지 자기의 집에 옮겨다 두고 최씨 집에서 쓰는 시량범절[264]까지라도 김씨가 차하하는[265] 터이라. 형세가 늘면 어찌 그렇게 쉬 늘던지 최병도 죽은 지 일곱 해만에 최병도 집 형세는 삼사 배가 더 늘었더라.

최씨는 죽고 그 부인은 그런 병이 들었으니 화패[266]가 연첩[267]한 집에 패가하기가 쉬울 터인데 형세가 그렇게 는 것은 이상한 일이나, 김씨가 최씨 집 재물을 가지고 세간살이 하는 것을 보면 그 세간이 늘 수밖에 없는지라. 가령 천 석 추수를 하면, 백 석쯤 가지고 최씨와 김씨 두 집에서 먹고 살아도 남는 터이라, 구백 석은 팔아서 논을 사니 연년이 추수가 늘기 시작하여 그 형세가 불 일어나듯 하였는데, 옥남이 일곱 살 되던 해에 그 어머니를 만나 본 후로 옥순의 남매가 밤낮 울기만 하고 서로 떨어져 있지 아니하려는 고로, 김씨가 최병도 생전에 모은 재산만 남겨두고, 김씨의 손으로 늘린 전장은 다 팔아서 그 돈으로 옥남의 남매를 미국에 유학시키러 가는 길이라. 화성돈에 데리고 가서 번화하고 경치 좋은 곳은 대강 구경시킨 후에 옥순의 남매 공부할 배치를 다 하여주었는데, 옥남이는 어린아이라 좋은 구경에 정신이 팔려서 집 생각을 아니하나, 옥순이는 꽃을 보아도 눈물을 머금고 보고, 달을 보아도 눈물을 머금고 보고, 박물관(博物館) · 동물원(動物園) 같이 번화한 구경을 할 때에도 경황없이 다니면서 고국 생각만 한다.

김씨가 고향을 떠나서 오래 있기가 어려운 사정이나 기간사[268]는 전혀 생각지 아니하고, 옥순의 남매를 공부 성취시킬 마음과, 자기도 연부역강[269]한 터이라, 아무쪼록 지식을 늘릴 도리에 힘을 쓰고 있는지라. 그렇게 다섯 해를 있는데, 물가 비싼 화성돈에서 세 사람의 학비(學費)가 적지 아니한지라. 또 옥순의 남매를 아무쪼록 고생 아니 되도록 할 작정으로 의외에 돈이 너무 많이 쓰인 고로 십여 년 예산이 불과 다섯 해에 돈이 거진 다 쓰이고 몇 달 후면 학비가 떨어질 모양이라. 본래 김씨가 경금서 떠날 때에 또 최씨 집 추수하는 것을 연년이 작전[270]하여 늘리도록 그 아들에게 지휘하고 온 일이 있는데, 김씨가 떠날 때는 그 아들의 나이 스물한 살이라. 그 후에 다섯 해가 되었으니 그때 나이는 이십육 세이라. 김씨 생각에, '내가 집에 있어서 그 일을 본 해만은 못하더라도, 그 후에 우리나라의 곡가가 점점 고등[271]하였으니 내 지휘대로만 하였으면 돈이 많이 모였을 듯하여, 김씨가 학비를 구처할 마음으로 고국에 돌아오는데 왕환 동안은 속하면 반년이요, 더디더라도 팔구 삭에 지나지 아니한다' 하고, 옥순의 남매를 작별하였더라. 김씨가 고국에 돌아와서 본즉 최씨 집에는 전과 같은 일도 있고, 전만 못한 일도 있다.

본평 부인의 실진한 병은 전과 같이 살아 있을 뿐이요, 그 집 재물은 바싹 졸아서 전만 못하게 되었더라. 김씨가 다시 자기 집 일을 자세히 살펴보니, 뜻밖에 전보다 다른 것이 두 가지라. 한 가지는 그 아들의 난봉이 늘고, 또 한 가지는 그 아들의 거짓말이 썩 대단히 늘었더라.

부모가 믿기를 태산같이 믿고 일가친척이 칭찬하고 동네 사람들이 우러러보던 그 아들이 그다지 그렇게 될 줄은 꿈밖이라. 제 마음으로 그렇게 되었던가, 남의 꾀임에 빠져서 그렇게 되었던가? 제 마음이 글러서 그렇게 된 것도 아니요, 남이 꾀어서 그렇게 된 것도 아니라. 그러면 어찌하여 그렇게 되었던가? 그때는 갑오 이후라, 관제[272]가 변하여 각 읍 원은 군수가 되고, 팔도는 십삼 도[273] 관찰부가 된 때라. 어떤 부처님 같은 강릉 군수가 내려왔는데, 뒷줄[274]이 튼튼치 못한 고로, 백성의 돈을 펼쳐놓고 뺏어먹지는 못하나, 소문 없이 갉아먹는 재조는 신통한 사람이라. 경금 사는 김정수의 아들이 남의 돈이라도 수중에 돈천 돈만이나 좋이 가지고 있다는 소문을 듣고 존문[275]을 하여 불러들여서 치켜세우고, 올려 세우고, 대접을 썩 잘하면서 돈 몇천 냥만 꾸어달라 하니, 김소년의 생각에 그 시행을 아니 하면 하늘 모르는 벼락을 맞을 듯하여 겁이 나서 강릉 원에게 돈 몇천 냥을 소문 없이 주고, 벙어리 냉가슴 앓듯 하고 있는 중에 강릉 군수보다 존장 할아비치게 세력 있는 관찰사가 불러다가 웃으며 뺨 치듯이 면새[276] 좋게 뺏어먹는 통에, 김소년이 최씨 집 추수 작전한 돈을 제 것같이 다 써 없애고 혼자 심려가 되어 별궁리를 다 하다가, 허욕이 버썩 나서 그 모친이 맡아 가지고 있는 최씨 집 논문서를 꺼내다가 빚을 몇만 냥을 얻어 가지고 울진으로 장사하러 내려가서 한 번 장사에 두 손 톡톡 떨고 돌아왔더라.

처음에 장사 나설 때는 이번 장사에 군수와 관찰사에게 취하여 준 돈을 어렵지 아니하게 벌충[277]이 되리라 싶은 마음뿐이러니, 울진 가서 어살[278]을 하다가 생선 비린내만 맡고 돈은 물속에 다 풀어 넣고, 장사라 하면 진저리치게 되었는데, 그렇게 낭패 본 것을 그 부친에게 알리지 아니하고 편지할 때마다 거짓말만 하였더라.

본래 착실하던 사람도 거짓말하기 시작하면 엉터리없는 거짓말이 그렇게 잘 늘던지, 김소년이 저의 부친에게만 그렇게 거짓말하는 것이 아니라 남에게까지 거짓말하고 빚을 상투모[279]가 넘도록 졌는데, 최씨 집 재산을 결딴내놓고 사람을 속여먹으려고 눈이 뒤집혀 다니는 모양이라.

김정수가 기가 막혀서 말이 아니 나오는데, 아들이 난봉 된 것은 오히려 둘째가 되고, 옥남의 남매가 몇만 리 밖에서 굶어 죽게 된 일을 생각하면 잠이 아니 온다. 옥남의 남매를 데려올 작정으로 노자를 판출[280]하려는데, 본래 김씨는 가난하던 사람으로 최씨

집 재물을 맡은 후에 남에게 신용이 생겼더니 최씨 집 재물이 없어진 후에 그 신용이 떨어질 뿐 아니라, 그 아들이 난봉 패호한 후에 동네 사람의 물의가, 김치일의 부자는 최씨 집을 망하려는 사람이라고 소문이 떡 벌어졌는데, 누구더러 돈 한 푼 꾸어달라 할 수도 없이 되고, 섣불리 그런 말을 하면 남에게 욕만 더 얻어 먹을 모양이라.

김씨가 며칠 밤을 잠을 못 자고 헛경륜만 하다가 화가 어찌 몹시 나던지 조석 밥은 본 체도 아니 하고 날마다 먹느니 술뿐이라, 술이 깨면 별 걱정이 다 생기다가 술을 잔뜩 먹고 혼몽[281] 천지가 되면 아무 걱정 없이 팔자 좋게 세월을 보내는 터이라.

김씨가 집에 돌아온 지 몇 달 동안에 술 취하지 아니하는 날이 한 달 삼십 일 동안에 몇 시가 못 되더니 필경에는 그 몇 시간 동안에 정신 있던 것도 없어지고 세상을 아주 모르게 되었다.

술을 먹어 정신을 모르는 것도 아니요, 병이 들어 정신을 모르는 것도 아니라, 긴 잠이 길게 들어서 이 세상을 모르게 되었더라.

그 전날까지도 고래 물켜듯이[282] 술을 먹던 터이요, 아무 병 없이 사지백체[283]가 무양[284]하던 터이라, 병 없이 죽었으나 죽는 것이 병이라. 김씨가 죽던 전날 그 부인과 아들을 불러 앉히고 옥순의 남매를 데려올 말을 하는데 순리의 말은 별로 없고 억지 말만 있었더라.

몇 푼짜리 되지도 아니하는 집을 팔면 옥순의 남매를 데려올 듯이, 집도 팔고 식구마다 남의 종으로 팔려서 그 돈으로 옥순 남매를 데려오겠다 하면서, 코를 칵칵 지지르는 독한 소주를 말 물켜듯 하는데 그때가 여름 삼복중이라, 하루 종일 소주만 먹더니 날이 어슬하게 저물 때에 앞뒷문을 활짝 열어놓고 자다가, 몸에 불이 일어날 듯이 번열증이 나서 냉수를 찾는데, 미처 대답할 새가 없이 재촉하여 냉수를 떠 오라 하더니 냉수 한 사발을 한숨에 다먹고 콧구멍에서 파란 불이 나면서 당장에 죽었더라.

김씨는 옛사람이 되었으나, 지금 이 세상에 밤낮으로 기다리고 있는 사람은 옥순이와 옥남이라. 김씨 집에서 김씨가 죽었다고 옥순에게로 즉시 전보나 하였으면 단념하고 기다리지 아니할 터이나, 김씨 아들이 시골서 생장한 사람이라, 전보할 생각도 아니하고 있는 고로 김씨가 죽은 지 오륙 삭이 되도록 옥순이는 전연 모르고 있었더라. 옥순의 남매가 학비가 떨어져서 사고무친한 만리타국에서 굶어 죽을 지경이라. 편지를 몇 번 부쳤으나 답장 한장이 없더니, 하루는 옥남이가 우편으로 온 편지 한 장을 받아 들고 들어오면서 좋아서 펄펄 뛰며,

(옥남) "누님 누님, 조선서 편지 왔소. 어서 좀 뜯어 보오."
하면서 옥순의 앞에 놓는데, 옥순이가 어찌 반갑고 좋던지 겉봉에 쓴 것도 자세 보지 아니하고 뚝 떼어 보니 편지한 사람은 김씨의 아들이요, 편지 사연은 김씨가 죽었다는 통부라.

그때 옥순이는 열아홉 살이요, 옥남이는 열두 살이라. 부모같이 알던 김씨의 통부를 듣고, 효자 · 효녀가 상제[285] 된 것과 같이 설워하다가 그 설움은 잠깐이거니와 돈 한 푼 없는 옥남의 남매가 제 설움이 생긴다.

정신병이 들어서 아무것도 모르는 그 어머니를 살아 있을 때에

한번 다시 만나 볼까 하였더니, 그 어머니 죽기 전에 옥순의 남매가 먼저 죽을 지경이라. 옥순이가 옥남이를 붙들고 울며,

"이애 옥남아, 세상에 우리 남매같이 기박한 팔자가 또 어디 있단 말이냐! 돌아가신 아버지 일을 생각하든지, 살아 계신 어머니 일을 생각하든지, 우리 남매는 일평생에 한 덩어리로 자라나서, 아버지 산소에 한 번도 못 가보고 어머니 얼굴을 한 번 다시 못 보고 여기서 죽는단 말이냐? 어머니 생전에 우리가 먼저 죽으면 불효가 막심하나 그러나 만리타국에 와서 먹을 것 없이 어찌 산단 말이냐?"

하면서 울다가, 옥순의 남매가 자결하여 죽을 작정으로 나섰더라. 옥순의 남매는 본래 총명한 아이인데, 김씨가 어찌 잘 인도하였던지, 어린아이들의 마음일지라도 아무쪼록 남보다 공부를 잘하여 고국에 돌아간 후에 나라에 유익한 백성이 될 마음이 골똘하여 일심전력으로 공부를 하였는데, 옥순이는 옥남이보다 일곱 살이나 더하나, 고국에 있을 때에 아무 공부 없기는 일반이라. 미국 가서 심상소학교[286]에도 같이 들어갔고 심상과 졸업도 같이 하고, 그때 고등소학교 일년생으로 있는데, 공부 정도는 같으나 열두 살 된 아이와 열아홉 살 된 아이의 지각 범절은 현연[287]히 다른지라. 그 아버지를 생각하기도 옥순이가 더하고, 그 어머니 정경을 생각하는 것도 옥순이가 더하는 터인데, 더구나 옥순이는 여자의 성정이라 어린 동생을 데리고 죽으려 할 때에 그 서러워하는 마음은 옥순이더러 말하라 하더라도 형용하여 다 말하지 못할지라.

기숙(寄宿)하던 호텔은 다섯 해 동안에 주객지의[288]가 있었는데, 김씨가 옥순의 남매를 데리고 돈을 흔히 쓰고 있을 때는 그호텔 주인은 형제같이 친하게 지내고 보이들은 수족같이 말을 잘듣더니, 학비가 떨어지고 호텔 주인에게 요리 값을 못 주게 된 후에는 형제 같던 주인이나, 수족 같던 보이나 별안간에 변하기로그렇게 대단히 변하던지, 돈 없이는 하루라도 그 집에 있을 수가없는 터이라. 그러나 호텔에서 두어 달 동안이나 외자로 먹고 있기는, 주인의 생각에 옥순의 집에서 돈을 정녕 보내주려니 여기고 있는 고로, 옥순의 남매가 그날 그때까지 그 집에 있던 터이라. 대체 옥순의 남매가 그렇게 두어 달을 지낸 끝이라, 십 리만가려 하더라도 전차 탈 돈도 없고, 다만 있는 것은 옥순의 몸의금시계 하나와 금반지 하나뿐이라. 옥순의 남매가 그 호텔 주인에게 어디로 간다는 말도 없이 가만히 나섰는데, 그 길은 죽으러가는 길이라.

지는 해는 서천에 걸렸는데 내왕하는 행인은 각 사회에서 일 마치고 돌아가는 사람들이라. 옥순의 남매가 해 지기를 기다려서기차 철로로 향하여 가는데, 사람의 자취 드문 곳으로만 찾아간다. 땅은 검을락 말락 하고 열 간 동안에 사람은 보일락 말락 한데, 옥순의 남매가 철도 옆 언덕 위에서 철도를 내려다보며 기차지나가기를 기다린다. 옥순이가 옥남의 손목을 붙들고 울며,

"이애 옥남아, 너는 남자이라, 이렇게 죽지 말고 살았다가 남의보이 노릇이라도 하고 하루 몇 시간이든지 공부를 착실히 한 후에 우리나라에 돌아가서, 병든 어머니나 다시 뵙고 어머니 생전

에 봉양이나 착실히 할 도리를 하여보아라. 나는 여자이라, 살아 있더라도 우리 최가의 집에 쓸데없는 인생이니, 죽으나 사나 소중한 것 없는 사람이나, 너는 아무쪼록 살았다가 조상의 뫼나 묵지 말게 하여라."

(옥남) "여보 누님, 우리나라 이천만 생명의 성쇠(盛衰)가 달린 나라가 결딴나게 된 생각은 아니 하고, 최가의 집 하나 망하는 것만 그리 대단히 아오? 내가 살았다가 우리나라 일이나 잘하여볼 도리가 있으면 보이 노릇은 고사하고 개 노릇이라도 하겠소마는, 최씨의 집 뫼가 묵는 것은 꿈같소."

(옥순) "오냐, 기특한 말이다. 네 마음이 그러할수록 죽지 말고 살았다가 나라를 붙들 도리를 하여보아라."

(옥남) "여보 누님, 그 말 마오. 사람이 죽을 마음을 먹을 때에, 오죽 답답하여 죽으려 하겠소? 김옥균은 동양의 영웅이라 하는 사람이 우리나라 정치를 개혁하려다가 역적 감태기[289]만 뒤집어쓰고 죽었는데, 나 같은 위인이야 무슨 국량[290]이 있어서 나라를 붙들어볼 수 있소? 미국 와서 먹을 것 없어서 고생되는 김에 진작 죽는 것이 편하지. 누님이나 고생을 참고 남의 집에 가서 심부름이나 하고 밥이나 얻어먹고 살아보오."

그 말이 마치지 못하여 기차 하나가 풍우같이 몰려 들어오는데, 옥남이가 언덕 위에 도사리고 섰다가 눈을 딱 감고 철로로 내려 뛰니, 옥순이가 따라서 철도에 떨어지는데, 웬 사람이 언덕 아래서 소리를 지르고 쫓아오나, 그 사람이 언덕에 올라올 동안에 살같이 빠른 기차는 벌써 그 언덕 앞을 지나간다. 그 후 이틀 만에

화성돈 어느 신문에,

'조선 학생 결사 미수(朝鮮學生決死未遂)

재작일 오후 칠 시에 조선 학생 최옥남 연 십삼(年十三), 여학생 최옥순 연 십구(年十九), 학비가 떨어짐을 고민(苦悶)히 여겨서, 철도에 떨어져서 죽으려다가 순사 캘라베르 씨의 구한 바가 되었다. 그 학생이 언덕 위에서 수작할 때에, 순사가 그 동정을 수상하게 여겨서 가만히 언덕 밑에 가서 들으나 말을 알아듣지 못하는 고로, 먼저 동정을 살피던 차에, 그 학생이 기차 지나가는 것을 보고 철도에 떨어졌는지라. 순사가 급히 쫓아가 보니, 원래 그 언덕은 불과 반 길쯤 되고 철로는 쌍선이라 언덕 밑 선로(線路)는 북행(北行)차의 선로요, 그다음 선로는 남행(南行)차의 선로인데 그 학생이 남행차 지나가는 것을 보고, 그 차가 언덕 밑 선로로 가는 줄만 알고 떨어졌다가 순사에게 구한 바가 되었다더라.'

그러한 신문이 돌아다니는데, 그 신문 잡보를 유심히 보고 그 정경을 불쌍히 여기는 사람이 있다. 그 사람의 이름은 시엑기 아니스인데, 하나님을 아버지 삼고 세계 인종을 형제같이 사랑하고 야소교[291]를 실심[292]으로 믿는 사람이라. 신문을 보다가 옥순의 남매에게 자선심이 나서, 그길로 옥순의 남매를 찾아 데려다가, 몇 해든지 공부할 동안에 학비를 대어주마 하니, 그때 옥순이와 옥남의 마음은 공부할 생각보다 고국에나 돌아가도록 하여주었으면 좋겠다 싶은 마음이 있으나, 시엑기 아니스는 공부를 주장하여 말하는 고로, 옥순의 남매가 고국에 가고 싶다는 말은 차마 하지 못하고, 미국에서 다시 공부를 한다.

본래 옥순이와 옥남이가 김씨 살았을 때 학과서(學科書)는 학교에 다니며 배웠으나, 마음공부는 전혀 김씨의 교육을 받은 사람이라. 성은 각 성이나 김씨가 옥순의 남매에게는 부형 같은 사람이라. 옥순의 남매가 김씨의 교육 받은 것을 가정교육이라 하여도 가한 말이라.

그 마음 교육이라 하는 것은 어떠한 마음인고?

본래 최병도와 김정수는 국가사상(國家思想)이 머리에 가득 찬 사람이라. 만일 최씨가 좀 오래 살았더면, 김씨와 같이 나랏일에 죽었을 사람이라. 그러나 최씨가 죽은 후에 외손뻑이 울기 어려운지라. 김씨가 강릉 구석 산 두멧골에서 제 재물이라고는 돈 한 푼 없이 지내면서 꼼짝할 수도 없는 중에 저버릴 수 없는 최씨의 유언으로 최씨의 집을 보아주느라고 헤어나지를 못한 고로, 세상에서 김씨의 유지한 줄을 몰랐더라. 그러한 위인으로 일평생에 뜻을 얻지 못하여 말이 나오면 불평한 말뿐인데 그 불평한 말인즉, 국가를 위하는 말이라.

옥순이와 옥남이가 자라나는 새 정신에 날마다 듣느니 국가를 위하는 말뿐인 고로, 옥순이와 옥남이는 나라이라 하는 말이 뇌(腦)에 박히고 정신에 젖었더라. 그 후에는 다시 시엑기 아니스의 교육을 받더니 마음이 한층 더 넓어지고, 목적 범위가 한층 더 커져서, 천하를 한집같이 알고 사해[293]를 형제같이 여겨서, 몸은 덕의상(德義上)에 두고 마음은 인애적(仁愛的)으로 가져서 구구한 생각이 없고 활발한 마음이 생기더니, 학문에 낙을 붙여서 고향 생각을 잊어버린다.

그러나 그것은 옥남의 마음이 그러하단 말이요, 옥순의 일은 아니라. 옥순이는 여자의 편성²⁹⁴으로 처음에 먹었던 마음이 조금도 변치 아니하였는데, 그 처음에 먹었던 마음은 무슨 마음인고? 고국을 바라보고 오장이 살살 녹는 듯한 근심하는 마음이라.

아버지가 강원 감영에 잡혀가던 모양도 눈에 선하고, 어머니가 나를 붙들고 기가 막혀 울던 모양도 눈에 선하고, 아버지가 대관령 위에서 운명하던 모양도 눈에 선하고, 어머니가 옥남이를 낳고 실진하던 모양도 눈에 선하고, 김씨 부인이 옥남이를 데리고 왔을 때에 어머니가 그 옥남이를 몰라보고, 베개에 식칼을 꽂아 놓고 강원 감사의 이름 부르면서 원수 갚는다 하던 모양도 눈에 선하다.

그렇게 하는 근심이 끊어지다가 이어 나고, 스러지다가 생겨난다. 바라보는 것은 고국산천이요, 생각하는 것은 그 어머니라. 공부도 그만두고 하루바삐 고국에 가고 싶으나 시엑기 아니스에게 이런 발설은 하기 어려운 터이라. 근심으로 날을 보내고 근심으로 해를 보내는데, 그렇게 보내는 세월 가운데 옥순의 남매가 고등소학교를 마치고 졸업장을 타가지고 와서 졸업장을 펴놓고 마주 앉아서 옥순이가 옥남이를 돌아다보며,

"이애 옥남아, 사람이 무엇을 위하여 공부를 하느냐? 우리가 외국에 와서 오래 공부만 하고 있을 수도 없는 정세가 아니냐? 어머니가 본마음을 가지고 계시더라도 자식 된 도리에 여러 해를 슬하에 떠나 있으면 어머니 보고 싶은 마음이 간절할 터인데, 하물며 우리 어머니는 남다른 병환이 들어서 생활의 낙을 모르고 살

아 계시니, 우리가 공부는 그만 하고 고국에 돌아가서 어머니 생전에 병구원이나 하여드리자. 너는 어머니를 떠나서 유모의 집에서 일곱 살이 되도록 어머니 얼굴도 모르다가 일곱 살 되던 해에 어머니를 처음 뵈옵고 그 후에 즉시 미국에 와서 있으니 어머니 정경을 다 모를 터이라, 이애 옥남아."

부르다가 목이 메어서 말을 못 하고 흑흑 느끼니, 옥남이가 마주 우는데 눈물이 비 오듯 한다. 옥순이가 한참 진정하고 다시 말 시작을 하는데, 옥순이는 하던 말을 다 마칠 마음으로 느끼던 소리와 솟아나던 눈물을 억지로 참고 말을 하나 옥남이는 의구히 낙루한다.

(옥순) "이애 옥남아, 자세히 들어보아라. 사람이 귀로 듣는 일과 눈으로 보는 일이 다르니라. 너는 우리 집 일을 귀로 들어 알았거니와, 나는 내 눈으로 낱낱이 보고 아는 일이라. 아버지께서 그렇게 원통히 돌아가시고, 어머니께서는 그 원통한 일로 인연하여 그런 몹쓸 병환 중에 지내시던 일은 원통히 돌아가신 아버지보다 몇 갑절이나 불쌍하신 신세이라. 이애 옥남아, 이야기 하나 들어보아라. 어머니 병드시던 이듬해에 우리 집에 조그마한 강아지가 있었는데, 그 강아지가 어디서 북어 대강이 하나를 물고 오더니 납죽이 엎드려서 앞발로 북어 대강이를 누르고 한참 재미있게 뜯어먹는데, 웬 청삽사리 개 한 마리가 오더니 강아지를 노려보며 드문드문한 하얀 이빨이 엉크렇게 드러나도록 아가리를 벌리고 응응 소리를 하다가 와락 달려들어 강아지를 물어박지르고[295] 북어 대가리를 뺏어 가니 누가 보든지 그 큰 개가 밉살스럽기는

하지마는, 우리 어머니는 남다른 한을 품고 남다른 병이 들어서 무엇이 무엇인지 모르고 지내시던 터에, 개가 강아지를 물어박지르는 것을 보고 별안간에 실진하셨던 병 증세가 더 복발[296]이 되어서 하시는 말이, '저놈이 강원 감사로구나! 남을 물어박지르고 먹을 것을 뺏어 가니, 그래 만만한 놈은 먹고살지도 말란 말이냐? 이 몹쓸 놈아, 네가 강원 감사로 있어서 백성을 다 죽여내더니 강아지까지 못살게 구느냐? 이놈, 나도 네게 원수 척을 지은 사람이라, 내가 오늘 네 원수를 갚겠다' 하시더니 소리를 버럭버럭 지르면서 개를 쫓아가시는데 그때는 깊은 겨울이라, 어머니 가신 곳을 알지 못하여 온 집안사람들이 있는 대로 다 나서서 어머니를 찾으러 다니느라고 하룻밤을 새웠다. 그러하던 그 어머니를 우리가 이렇게 떠나서 있는 것이 자식 된 도리가 아니라. 이에, 별생각 말고 시액기 씨에게 좋게 말하고 고국으로 돌아갈 도리를 하자. 이애 옥남아, 나는 몸이 여기 있으나, 내 눈에는 어머니가 실진하여 하시던 모양만 눈에 선하다."

하면서 다시 느껴 운다. 옥남이가 한참 동안을 앉아 울다가 주먹으로 테이블 바닥이 쪼개지도록 내리치더니, 양복 포켓 속에서 착착 접은 하얀 수건을 내서 눈물을 썩썩 훔치고, 눈방울을 두리두리하게 굴리고 이를 악물고 앉았더니 다시 기운을 내어서 천연히 말한다.

"여보 누님, 누님이 문명한 나라에 와서 문명한 신학문을 배웠으니 문명한 생각으로 문명한 사업을 하지 아니하면 못씁니다. 누님, 누님이 내 말을 좀 자세히 들어보시오. 사람이 부모에게 효성을 하려면 부모 앞에서 부모 봉양만 하고 들어앉았는 것이 효성이 아니라, 부모의 은혜 받은 이 몸이 나라의 국민의 의무를 지키고 국민의 직분을 다하는 것이 부모에게 효성이라. 우리나라에는 세도재상이니, 별입시니, 땅별입시니, 무엇이니, 무엇이니 하는 사람들이 성인 같으신 임금의 총명을 옹폐하고 국권을 농락하여 나라는 망하든지 흥하든지 제 욕만 채우고 제 살만 찌우려고 백성을 다 죽여내는 통에, 우리 아버지가 그렇게 몹시 돌아가시고, 우리 어머니도 그 일을 인연하여 그런 몹쓸 병환이 들으셨으니 그 원인을 생각하면 나라의 정치가 그른 곡절이라. 여보, 우리나라에서 원통한 일 당한 사람이 우리뿐 아니라, 드러나게 당한 사람도 몇천 명 몇만 명이요, 무형상[297]으로 죽어나고 녹아나서 삼천리강산에 처량한 빛을 띠고, 이천만 인민이 도탄에 들어서 나라는 쌓아놓은 닭의 알같이 위태하고,[298] 인종은 봄바람에 눈 녹듯 스러져 없어지는 때라. 이 나라를 붙들고 이 백성을 살리려 하면 정치를 개혁하는 데 있는 것이니, 우리는 아무쪼록 공부를 많이 하고 지식을 넓혀서 아무 때든지 개혁당이 되어서 나라의 사업을 하는 것이 부모에게 효성 하는 것이오. 여보 누님, 우리가 지금 고국에 돌아가서 어머니를 뫼시고 있더라도 어머니 병환이 나으실 리도 없고, 아버지 산소에 가도 아버지가 살아오실 리가 없으니, 아무리 우리 집에 박절한 사정이 있더라도 그 박절한 사정을 돌아보지 말고 국민 동포에게 공익(公益)을 위하여 공부를 더 하고 있읍시다. 우리나라의 일만 잘되면 눈을 못 감고 돌아가신 아버지께서 지하에서 눈을 감을 것이요, 철천지한을 품고 실진까지

378

되셨던 어머님께서도 한이 풀리시면 병환이 나으실는지도 모를 일이니, 어머니를 위할 생각을 그만 하고 나라 위할 도리를 하시오. 누님이 만일 그런 생각이 작고 하루바삐 고국에 돌아가서 어머니나 뵙고 누님이 시집이나 가서 편히 잘살려는 생각이 간절하거든 오늘일지라도 떠나가시오. 노잣돈은 아무 때든지 시엑기 씨에게 신세지기는 일반이니, 내가 말하여 얻어드리리라."

옥순이가 그 말을 듣고 가만히 앉아 생각하더니 옥남의 말을 옳게 여겨 근심을 참고 공부에 착심[299]하여 해외 풍상에 몇 해를 더 지냈던지, 옥순이는 사범학교까지 졸업한 후에 근심을 잊어버리기 위하여 음악학교(音樂學校)에서 공부하고, 옥남이는 중학교를 마친 후에 경제학(經濟學)을 공부하면서 한편으로 사회철학(社會哲學)을 깊이 연구하더라. 백면서생[300]의 책상머리는 반딧불 창과, 눈 쌓인 밤에 어느 때든지 맑고 고요치 아니한 때가 없지마는, 세계 풍운은 날로 변하는 때라. 더구나 우리나라에서는 세상이 어찌 되어가는지 모르고 괴상 극악한 짓만 하다가, 세계 풍운이 변하는 서슬에 정신이 번쩍번쩍 나는 판이라. 일로전쟁 이후로 옥남이가 신문만 정신 들여 날마다 보는데 신문을 볼 때마다 속만 터진다. 어찌하여 그렇게 속이 터지는고?

옥남의 마음에 우리나라 일은 놀부의 박 타듯이 박은 타는 대로 경만 치게 된 판이라고 생각한다. 박을 타는 것 같다 하는 말은 웬 말인고? 옛날 놀부의 마음이 동포 형제는 다 빌어먹게 되더라도 남의 것을 뺏어서 내 재물만 삼으면 좋을 줄로 알던 사람이라. 일평생에 악한 기운이 두리두리 뭉쳐서 바람 풍 자 세 가지 쓰인 박씨 하나가 되었더라. 그 바람 풍 자 풀기를 올풍 · 졸풍 · 망풍이라 하였으나, 옥남이 같은 신학문 있는 사람의 마음에는 그 바람 풍 자가 북풍이 아니면 서풍이요, 서풍이 아니면 남풍이라. 대체에는 바람에 경을 치든지 큰 바람이 불고 말리라 싶은 생각이나, 그러나 바람 불기 전에는 어느 바람이 불는지 모르는 것이요, 박을 타기 전에는 무엇이 나올지 모르는 터이라.

대체 그 박씨가 어느 바람에 불려 온 것인고? 한식 동풍에 어류가 비꼈는데, 왕사당전에 날아드는 제비들이 공량(空樑)[301]에 높이 앉아 남남(喃喃)[302]히 지저귀고 강남 소식을 전하면서 박씨를 떨어뜨린다.

주인이 그 박씨를 주워다가 심었는데 조물이 거름을 어찌 잘하였던지 넝쿨마다 마디지고, 마디마다 꽃이 피고, 꽃마다 열매 맺어, 낱낱이 잘 굳으니 그 박이 박복한 박이라. 팔월단호(八月斷瓠) 팔월에 박을 따서 놀부가 그 박을 타는데, 톱질을 하여도 합질할 생각으로 박을 타더라.

한 통을 타면 초상상제[303]가 나오고, 또 한 통을 타면 장비[304]가 나오고, 또 한 통을 타면 상전이 나오니, 나머지 박은 겁이 나서 감히 탈 생의를 못 하나 기왕에 열려서 굳은 박이라. 놀부가 타지 아니하더라도 제가 저절로 터지더라도 박 속에 든 물건은 다 나오고 말 모양이라. 놀부가 필경 패가하고 신세까지 망쳤는데, 도덕 있고 우애 있는 홍부의 덕으로 집을 보전한 일이 있었더라. 그러한 말은 허무한 옛말이라. 지금 같은 문명한 세상에 물리학으로 볼진대 박 속에서 장비도 나오고 상전도 나올 이치가 없으니,

옥남이가 그 말을 참말로 믿는 것이 아니라. 그러나 옥남의 마음에 옛날 우리나라에 이학박사(理學博士)가 있어서 우리나라 개국 오백 년 전후사를 추측(推測)하고 비유하여 지은 말인가 보다. 그렇게 생각하여 의심나고 두려운 마음이 주야 잊지 못하는 것이 옥남의 일편(一片) 충심이라.

옥남의 마음에 우리나라에는 놀부의 천지라 세도재상도 놀부의 심장이요, 각 도 관찰사도 놀부의 심장이요, 각 읍 수령도 놀부의 심장이라. 하루바삐 개혁당이 나서서 일반 정치를 개혁하는 때에는 저 허다한 놀부 떼가 일시에 박을 타고 들어앉았으려니 생각한다.

옥남이가 날마다 때마다 우리나라가 개혁되기만 기다리는데, 그 기다리는 것은 놀부 떼를 미워서 개혁되기를 기다리는 것도 아니요, 국가의 미래중흥(未來重興)을 바라고 인민의 목하도탄(目下塗炭)[305]을 면하게 되는 것을 바라는 마음이라. 그러나 우리나라 일은 깊은 잠 어지러운 꿈과 같아 불러도 아니 깨이고 몽둥이로 때려도 아니 깨이는 터이라. 어느 때든지 하늘이 뒤집히도록 천변이 나고 벼락불이 뚝뚝 떨어지기 전에는 저 꿈 깨기가 어려우리라 싶은 것도 옥남의 생각이라.

서력[306] 일천구백칠 년은 우리나라 개국 오백십육 년이라. 그해 여름이 되었는데 하늘에서는 불빛이 뚝뚝 떨어진다. 그 불빛이 미국 화성돈 어느 호텔 객실에 비치었는데, 그 객실은 동남향이라. 동남 유리창에 아침볕이 들이쪼인다. 그 유리창 안에는 백포장[307]을 드리웠고, 백포장 밑에는 침대(寢臺)가 놓였고, 침대 위에는 여학생이 누웠는데 그 여학생은 옥순이라. 옥 같은 얼굴이 아침볕 더운 기운에 선앵둣빛같이 익어서 도화색이 지고, 땀이 송송 나서 해당화에 이슬 맺힌 듯하였는데 어여쁘기는 일색[308]이나, 자세 보면 얼굴에 나이 들어서 삼십이 가까운 모양이라. 그루잠을 곤히 자다가 기지개를 켜고 눈을 떠서 벽상에 걸린 자명종을 쳐다보더니 바스스 일어나며,

"에그, 벌써 여덟 시가 되었구나. 아무리 일요일이라도 너무 염치없이 잤구나."

하면서 옷을 고쳐 입고 세수하고 식전에 하는 절차를 다 한 후에 거울을 들여다보다가 탄식을 한다.

"세월도 쉽다. 내가 벌써 이렇게 되었단 말인가? 우리 아버지 돌아가시던 해에 어머니 나이 지금 내 나이쯤 되셨고, 나는 그때 불과 여덟 살이러니, 내가 자라서 이렇게 되었으니 어머니께서 얼마나 늙으셨누? 사람이 세상에 생겨나려거든 좋은 때에 생겨날 것이지, 무슨 팔자가 그리 기박하여 이런 때에 생겨났던고? 희호 세계에 나서 밭 갈아먹고 우물 파 마시고 재력을 모르던 백성들은 우리 아버지같이 원통히 죽은 사람도 없을 것이요, 우리 어머니같이 포원[309]하고 미친 사람도 없으렷다. 에그, 나는……."

하다가 말끝을 마치지 아니하고 아무 소리 없이 앉았는데 기색이 좋지 못한 모양이라. 문밖에서 문을 뚝뚝 두드리는 소리가 나며 문을 열고 들어오는 사람은 옥남이라. 옥순이가 좋지 못하던 얼굴빛을 감추고 천연히 앉았으나, 옥남이가 옥순의 기색을 보고 근심하던 눈치를 알았던지 교의 위에 턱 걸터앉으며,

(옥남) "누님, 오늘 신문 보셨소?"

(옥순) "이애, 신문이 다 무엇이냐? 지금 일어나서 겨우 세수하였다."

(옥남) "밤에 너무 늦게 주무시면 식전 잠이 많으시지요. 그러나 요새는 밤 몇 시까지 공부를 하시오?"

(옥순) "공부하려고 밤을 샐 수야 있느냐? 어젯밤에는 열두 시까지 책을 보다가 새로 한 시에 드러누웠더니, 어머니 생각이 나기 시작하여 잠이 덧들었다가 밤을 새웠다."

(옥남) "그러나 참, 오늘 신문 보셨소? 오늘 신문은 썩 재미있던걸……."

(옥순) "무엇이 그렇게 재미가 있단 말이냐? 어느 신문에 무슨 말이 있단 말이냐?"

하며 테이블 위에 놓인 신문을 보려 하니, 옥남이가 신문지를 누르면서,

(옥남) "여보시오 누님, 여러 신문지를 다 찾아보려 하면 시간이 더딜 터이니 내게 잠깐 들으시오. 자, 자세 들어보시오. 신문 제목은 여학생의 아침잠이라, 화성돈 셰맨스 호텔에 유한 한국 여학생 최옥순이는 동방이 샐 때를 초저녁으로 알고 해가 삼 장[310]이 높았을 때를 밤중으로 알고 자는 여학생이라 하였는데, 대체 그 아래 마디까지 다 외지는 못하오."

(옥순) "이애, 그것은 너의 거짓말이다. 내가 근심을 잊어버리고 밤에 잠을 잘 자도록 권하려고 네가 나를 조롱하는 말인가 보다. 이애 옥남아, 낸들 근심을 하고 싶어서 일부러 하겠느냐? 어

젯밤에도 열두 시까지 책을 보다가 침대에 드러누웠더니 우연히 고국 생각이 나기 시작하여 동방에 계명성[311]이 올라오도록 잠 못 이루어 애를 쓰다가 먼동이 틀 때에 겨우 잠이 들었다. 근심을 잊어버리자고 결심하고 있는 네 마음이나 잊어버리지 못하는 내 마음이나 다를 것이 없으니, 나는……."

하다가 말을 마치지 못하고 눈물이 옷깃에 떨어진다.

(옥남) "여보 누님, 다른 말씀 마시고 신문을 좀 보시오."

옥순이가 그 소리를 듣더니 참 제 말이 신문에 난 듯이 의심이 나서 급히 신문지를 집어서 앞으로 놓으니, 옥남이가 옥순의 앞으로 다가앉으며 각 신문을 뒤적거리다가 옥남의 손가락이 신문지 위에 뚝 떨어지며,

(옥남) "이것 좀 보시오."

하는 소리에 옥순의 눈이 동그래지며 옥남의 손가락 가리키는 곳을 본다. 본래 옥순이가 고국 생각을 너무 하고 밤낮 근심으로 세월을 보내는 고로, 옥남이가 옥순이를 볼 때마다 옥순이를 웃기고 위로하던 터이라. 그 신문의 기재한 제목은 한국 대개혁(韓國大改革)이라 하였는데, 대황제 폐하 전위[312]하시던 일이라. 옥순이가 그 신문을 다 본 후에 옥남이와 옥순이가 다시 의논이 부산하다.

(옥순) "이애 옥남아, 세계 각국에 개혁 같은 큰일이 없고 개혁같이 어려운 일은 없는 것이라. 우리나라에서 수십 년래로 개혁에 착수(着手)하던 사람들이 나라에 충성을 극진히 다하였으나, 우리나라 백성은 역적으로 알고 전국 백성은 반대하고 원수같이

미워한 고로, 개혁당의 시조 되는 김옥균 같은 충신도 자객의 암살(暗殺)을 면치 못하였고, 그 후에 허다한 개혁당들도 낱낱이 역적 이름을 듣고 성공치 못하였는데 지금 이렇게 큰 개혁이 되었으니, 네 생각에 앞일이 어찌 될 듯하냐?"

옥남이가 한참 동안을 말없이 가만히 앉았다가 우연 탄식이라.

(옥남) "지금이라도 개혁만 잘되면 몇십 년 후에 회복될 도리가 있지요. 내가 이때까지 누님께 듣기 좋은 말만 하고 조금도 걱정되는 일은 말하지 아니하였더니 오늘 처음으로 내 마음에 있는 말을 다 하리다. 만일 우리나라가 칠십 년 전에 개혁이 되어서 진보를 잘하였다면, 우리나라도 세계 일등 강국이 되어 해삼위에 아라사[313] 사람이 저러한 근거지를 잡기 전에 우리나라가 먼저 착수하였을 것이오. 만일 오십 년 전에 개혁이 되었다면 해삼위는 아라사 사람에게 양도하였으나, 청국 만주는 우리나라 세력 범위 안에 들었을 것이오. 만일 사십 년 전에 개혁이 되었으면 우리나라 육해군의 확장이 아직 일본만 못하나, 또한 당당한 문명국이 되었을 것이오. 만일 삼십 년 전에 개혁이 되었으면 삼십 년 동안에 또한 중등 강국은 되었을지라. 남으로 일본과 동맹국이 되고 북으로 아라사 세력이 뻗어 나오는 것을 틀어막고 서로 청국의 내버리는 유리(遺利)를 취하여 장차 대륙(大陸)에 전진(前進)의 길을 열어서 불과 기년[314]에 또한 일등 강국을 기약하였을 것이오. 만일 이십 년 전에 개혁이 되었으면 이십 년 동안에 나라 힘이 크게 떨치지는 못하였더라도 인민의 교육 정도와 생활의 길이 크게 열려서 국가의 독립하는 힘이 유여하였을 것이오. 만일 십 년 전

에 개혁이 되었을 지경이면 오호만의(嗚呼晚矣)[315]라, 나랏일 하기가 대단히 어려운 때이라. 비록 남의 힘을 빌리지 아니하고 내 힘으로 개혁을 하였더라도 백공천창(百孔千創)[316]의 꿰매지 못할 일이 여러 가지라. 그러나 개혁한 지 십 년만 되었더라도 족히 국가를 보존할 기초가 생겼을 터이라. 그러한즉 우리나라의 개혁 조만[317]이 그 이해[318]가 이러하거늘, 정치 개혁은 아니 하고, 도리어 나라 망할 짓만 하였으니 그런 원통한 일이 있소? 지금 우리나라 형편이 어떠하냐 할진대, 말 한마디로 그 형편을 자세 말하기 어려운지라. 가령 한 사람의 집으로 비유할진대, 세간은 다 판이 나고 자식들은 다 난봉이라, 누가 보든지 그 집은 꼭 망하게만 된 집이라. 비록 새 규모를 정하고 치산[319]을 잘할 도리를 하더라도 어느 세월에 남의 빚을 다 청장(淸帳)[320]하고, 어느 세월에 그 난봉된 자식들을 잘 가르쳐서 사람 치러 다니고 형제간에 싸움만 하고 밤낮으로 무슨 일만 저지르던 것들이 지각이 들어서 집안에 유익자식[321]이 되도록 하기가 썩 어려울지라. 우리나라의 지금 형편이 이러한 터이라. 황제 폐하께서 등극하시면서 일반 정치를 개혁하시니 만고에 영걸[322]하신 성군이시라. 우리도 하루바삐 우리나라에 돌아가서, 우리 배운 대로 나라에 유익한 사업을 하여 봅시다."

하더니 옥순의 남매가 그길로 시엑기 아니스 집에 가서 그 사정을 말한다. 그때 시엑기 아니스는 나이 많고 또 병중이라. 그 재물을 다 흩어서 고아원(孤兒院)과 자선병원(慈善病院)에 기부하고 그 자손은 각기 그 학력(學力)으로 벌어먹으라 하고 옥남의 남매에게 미국 지화 오천 류(五千留)를 주며 고국에 가라 하니, 옥순이와 옥남이가 그 돈을 고사[323]하여 받지 아니하고, 다만 여비 (旅費)로 오백 류만 달라 하여 가지고 미국을 떠나는데, 시엑기 아니스는 그 후 삼 삭 만에 세상을 버리고 먼 천당길을 갔더라.

옥순이와 옥남이가 부산에 이르러서 경부 철도를 타고 서울로 향하여 오는데, 먼 산을 바라고 소리 없는 눈물이 비 오듯 한다. 토피[324] 벗은 자산[325]에 사태가 길길이 난 것을 보면 '저 산의 토피를 누구들이 저렇게 몹시 벗겨 먹었누?' 하며 옛일 생각도 나고, '저 산이 언제나 수목이 울밀[326]하게 될꼬?' 하며 앞일 생각도 한다. 산 밑 들 가운데 길가에 게딱지같이 납작한 집을 보면 저것도 사람 사는 집인가 싶은 마음이 난다. 옥순의 남매가 어렸을 때에 그런 것을 보고 자라났지마는 처음 보는 것같이 기막히는 마음뿐이라. 그러나 한 가지 위로되는 마음은, 융희[327] 원년은 황제 폐하께서 정치를 개혁하신 해라. 다시 마음을 활발히 먹고 서울로 올라와서 하루도 쉬지 아니하고 그길로 강릉으로 내려간다. 강릉 경금 동네에 웬 양복 입은 남자와 양복 입은 부인이 교군을 타고 오다가 동네 가운데에서 교군을 내려 나오더니 최본평 집을 묻는데, 그 동네에서 양복 입은 부인을 처음 보던지, 구경꾼이 앞뒤로 모여들고 개 짖는 소리에 말소리가 자세 들리지 아니한다.

그 양복 입은 부인은 옥순이요, 남자는 옥남이라. 동네 사람들이 옥순의 남매가 왔다는 말을 듣고 앞뒤로 따라 서서 본평 집으로 데리고 가는데 사람이 모여들고 모여든다.

김정수의 부인은 어디서 듣고 그렇게 빨리 쫓아오던지 달음박질을 하다가 짚신짝이 앞으로 팽개를 치는 듯이 벗어져 나가다가, 길 아래 논에 뚝 떨어지는 것을 보고 건질 새도 없이 버선 바닥으로 쫓아와서 옥순이와 옥남이를 붙들고 울며 본평 집으로 간다.

이때는 가을이라, 서리 맞은 호박잎은 울타리에 달려 있어 바람에 버썩버썩하는 소리뿐이요, 마당에는 거친 풀이 좌우로 우거졌는데, 이 집에도 사람이 있나 싶은 그 집이 본평 집이라.

옥남이는 생각나는 일도 있고 잊어버린 일도 많지마는 옥순이는 눈에 보이는 물건이 차차 볼수록 어제 보던 물건 같고 옛일을 생각할수록 어제 지내던 일같이 생각이 난다.

옥순의 남매가 그 어머니 방으로 들어가는데, 그 어머니는 살아 있으나 뼈만 엉성하게 남고, 그중에 늙어서 머리털은 희뜩희뜩하고 귀신 같은 모양으로 미친 증세는 이전에 볼 때보다 조금도 다를 것이 없는지라. 옥순이가 그 어머니 앞으로 달려들며,

"어머니 어머니, 옥순이, 옥남이가 어머니를 떠나서 만리타국에 공부하러 갔다가 오늘 집에 돌아왔소. 어머니 어머니, 어머니가 어찌하여 지금까지 병환이 낫지 못하셨단 말이오?"
하며 기가 막혀 우느라고 다시 말을 못 하는데, 옥남이가 그 어머니 앞에 마주 앉아 울며,

"어머니, 날 좀 자세 보시오. 내가 어머니 아들이오. 아버지께서 원통히 돌아가신 후에 어머니가 철천지한을 품고 계신 중에 유복자로 나를 낳으시고 이런 병이 들으셨다 하니, 나 같은 불효자가 아니 났더면 어머니가 저런 병환이 아니 들으셨을 터인데……."

그 말끝을 마치지 못하여 본평 부인이 소리를 버럭 지른다.

"무엇이냐 응, 불효라니? 이놈, 네가 뉘 돈을 뺏어먹으려고 누구더러 불효부제라 하느냐? 이놈, 이때까지 아니 죽고 살아서 백성의 돈을 뺏어먹으려 든단 말이냐?"

하며 미친 소리를 한다. 옥남이가 목이 메어 울며,

"어머니 어머니, 어머니가 저런 마음으로 병이 들으셨소그려. 지금은 백성의 재물 뺏어먹을 사람도 없고 무죄한 백성을 죽일 사람도 없는 세상이오."

본평 부인이 이 말을 어찌 알아들었던지,

"응 무엇이야? 그 강원 감사 같은 놈들이 다 어디 갔단 말이냐?"

(옥남) "어머니가 그 말을 알아들으셨소? 지금 세상은 이전과 다른 때요. 황제 폐하께서 정치를 개혁하셨는데 지금은 권리 있는 재상도 벼슬 팔아먹지 못하오. 관찰사, 군수들도 잔학생민(殘虐生民)[328]하던 옛 버릇을 다 버리고 관황돈[329] 외에는 낯선 돈 한 푼 먹지 못하도록 나랏법을 세워놓은 때올시다. 아버지께서 이런 때에 계셨더면 재물을 아무리 많이 가졌더라도 그런 화를 당할 리가 없으니 아버지께서도 지하에서 이런 줄 알으실 지경이면 천추[330]의 한이 풀리실 터이니, 어머니께서도 한 되던 마음을 잊어버리시고 여년(餘年)을 지내시오. 나는 어머니 유복자 옥남이오."

본평 부인이 정신이 번쩍 나서 옥남이와 옥순이를 붙들고 우는데, 첩첩한 구름 속에 묻혔던 밝은 달 나오듯이 본정신이 돌아오는데 운권청천(雲捲靑天)[331]이라. 옥남이를 붙들고 울며,

"이애, 네가, 네가 하늘에서 떨어졌느냐? 땅에서 솟았느냐? 내 속에서 나온 자식이 이렇게 자라도록 내가 모르고 지냈단 말이냐? 옥남아, 네 이름이 옥남이란 말이냐? 어디로 갔다가 이제 왔느냐? 너의 아버지 돌아가실 때도 젊으셨던 때라 네 얼굴을 보니, 너의 아버지를 닮은들 어찌 그렇게 천연히 닮았느냐? 이애 옥순아, 너는 너의 아버지 돌아가실 때에 어린아이라, 어렸을 때 일을 자세히 생각할는지 모르겠다마는 너의 아버지 얼굴을 못 생각하거든 옥남이를 보아라. 이애 옥순아, 네가 벌써 자라서 저렇게 되었단 말이냐? 내가 본정신으로 너희들을 다시 만나 보니, 오늘 죽어도 한을 잊어버리고 죽겠다. 그러나 너의 아버지께서 살았다가 저런 모양을 보셨으면 오죽 좋아하셨으며, 또 평생에 나라를 위하여 근심하시고, 우리나라 백성을 위하여 근심하시더니, 탐관오리들이 다 쫓겨서 산 깊이 들어앉았는 이 세상을 보셨으면 오죽 좋아하시겠느냐? 나와 같이 절에나 올라가서 너의 아버지가 연화세계[332]로 가시도록 불공이나 하고 너희들은 아버지 계신 연화세계로, 이 세상이 태평세계 되었다고 축문이나 읽어라."

옥순의 남매가 뜻밖에 그 어머니 병이 나은 것을 보더니 마음에 어찌 좋던지, 그 이튿날 그 어머니를 뫼시고 절에 가서 불공을 한다.

극락전 부처님은 말없이 가만히 앉았는데 만수향[333] 연기는 맑은 바람에 살살 돌아 용트림하고 본평 부인의 축원하는 소리는 처량하다.

절 동구 밖에서 총소리 한 번이 탕 나면서, 웬 무뢰지배[334] 수백

명이 들어오더니 옥남의 남매를 붙들어 내린다.

옥순이와 옥남이는 학문과 지식이 넉넉한 사람이라 조금도 겁내는 기색이 없고 천연히 붙들려 나가는데, 그 무뢰지배가 옥순의 남매를 잡아놓고 재약한[335] 총부리로 겨누면서,

(무뢰) "네가 웬 사람이며, 머리는 왜 깎았으며, 여기 내려오기는 무슨 정탐을 하러 왔느냐? 우리는 강원도 의병이라. 너 같은 수상한 놈은 포살[336]하겠다."

하며 기세가 당당한지라. 옥남이가 천연히 나서더니 일장 연설을 한다.

"여보시오 우리 동포, 들어보시오. 나는 동포를 위하여 공변되게[337] 하는 말이니, 여러분이 평심서기[338]하고 자세히 들으시오. 의병도 우리나라 백성이요, 나도 우리나라 백성이라. 피차에 나라 위하고 싶은 마음은 일반이나, 지식이 다르면 하는 일이 다른 법이라. 이제 여러분 동포께서 의병을 일으켜서 죽기를 헤아리지 아니하고 하시는 일이 나라에 이롭고자 하여 하시는 일이오, 나라에 해를 끼치려는 일이오? 말씀을 하여주시오. 내가 동포를 위하여 그 이해를 자세히 말하면, 여러분의 마음과 같지 못한 일이 있어서 나를 죽이실 터이나, 그러나 내가 그 이해를 알면서 말을 아니 하면 여러분 동포가 화를 면치 못할 뿐 아니라 국가에 큰 해를 끼칠 터이니, 차라리 내 한 몸이 죽을지라도 여러분 동포가 목전의 화를 면하고, 국가 진보에 큰 방해가 없도록 충고하는 일이 옳을 터이라. 여러분이 나를 죽일지라도 내 말이나 다 들은 후에 죽이시오.

여러분 동포가 의리를 잘못 잡고 생각이 그릇 들어서 요순[339] 같은 황제 폐하 칙령[340]을 거스르고 흉기(凶器)를 가지고 산야로 출몰하며 인민의 재산을 강탈하다가 수비대 일병 사오십 명만 만나면 수십 명 의병이 저당[341]치 못하고 패하여 달아나거나, 그렇지 아니하면 사망 무수하니, 동포의 하는 일은 국민의 생명만 없애고 국가 행정상에 해만 끼치는 일이라. 무엇을 취하여 이런 일을 하시오? 또 동포의 마음에 국권을 잃은 것을 분하게 여긴다 하니, 진실로 분한 마음이 있을진대 먼저 국권 잃은 근본을 살펴보고 장차 국권이 회복될 일을 하는 것이 옳은 일이라. 우리나라 수십 년래 학정을 생각하면 이 백성의 생명이 이만치 남은 것이 뜻밖이요, 이 나라가 멸망의 화를 면한 것이 그런 다행한 일이 없소? 우리나라 수십 년래 학정은 여러분이 다 같이 당하던 일이니 모르실 리가 없으나, 나는 내 집에서 당하던 일을 말씀하리다. 내 선인도 재물냥이나 있는 고로 강원 감영에 잡혀가서 불효부제로 몰려서 매 맞고 죽은 일도 있고, 그 일로 인연하여 집안 화패가 무수하였으니, 세상에 학정같이 무서운 것은 없습디다. 여보, 그런 한심한 일이 있소? 이야기를 좀 들어보시오. 내가 미국 가서 십여 년을 있었는데, 우리나라 사람 하나를 만나서 말을 하다가 그 사람이 관찰사 지낸 사람이라 하는 고로, 내가 내 집안에서 강원 감사에게 학정 당하던 생각이 나서 말하다니 탐장하는 관찰사는 죽일 놈이니 살릴 놈이니 하였더니, 그 사람이 하는 말이, '그런 어림없는 말 좀 마오. 관찰사를 공으로 얻어 하는 사람이 몇이나 되오? 처음에 할 때도 돈이 들려니와, 내려간 후에 쓰는 돈은 얼마나 되는지 알고 그런 소리를 하오? 일 년에 몇 번 탄신에 쓰는 돈은 얼마나 되며 그 외에는 쓰는 돈이 없는 줄로 아오? 그래, 몇 푼 되지 못하는 월급만 가지고 되겠소? 백성의 돈을 아니 먹으면 그 돈 벌충을 무슨 수로 하오? 만일 관찰사로 있어서 돈 한 푼 아니 쓰고 배기려 들다가 벼락은 누가 맞게?' 하는 소리를 듣고 내가 기가 막혀서 말대답을 못 하였소. 대체 그런 사람들이 빙공영사[342]로 백성의 돈을 뺏으려는 말이요, 탐장을 예사로 알고 하는 말이라. 그러한 정치에 나라가 어찌 부지하며 백성이 어찌 부지하겠소? 그렇게 결판낸 나라를 황제 폐하께서 등극하시면서 덕을 헤아리시고 힘을 헤아리셔서 나라 힘(國力)에 미쳐 갈 만한 일은 일신 개혁하시니, 중앙 정부에는 매관매직[343]하던 악습이 없어지고, 지방에는 잔학생령[344]하던 관리가 낱낱이 면관[345]이 되니, 융회 원년 이후로 황제 폐하께서 백성에게 학정하신 일이 무엇이오? 여보 동포들, 들어보시오. 우리나라 국권을 회복할 생각이 있거든 황제 폐하 통치하(統治下)에서 부지런히 벌어먹고 자식이나 잘 가르쳐서 국민의 지식이 진보될 도리만 하시오. 지금 우리나라에 국리민복(國利民福) 될 일은 그만한 일이 다시없소. 나는 오늘 개혁하신 황제 폐하의 만세나 부르고 국민 동포의 만세나 부르고 죽겠소."

하더니 옥남이가 손을 높이 들어,

"대황제 폐하 만세, 만세, 만세! 국민 동포 만세, 만세, 만세!"

그렇게 만세를 부르는데 의병이라 하는 봉두돌빈(蓬頭突鬢)[346]의 여러 사람들이 아우성을 지르며,

"저놈이 선유사[347]의 심부름으로 내려온 놈인가 보다. 저놈을 잡아가자."

하더니 풍우같이 달려들어서 옥남의 남매를 잡아가는데, 본평 부인은 극락전 부처님 앞에 엎드려서 옥남의 남매를 살게 하여줍시사, 하는 소리뿐이라.

은세계(銀世界) 종(終)

혈의 누

* 광학서포, 1907년 3월.

만세보(1906. 7. 22~10. 10)에 연재되었다가 이듬해에 단행본으로 간행되었다. 연재본과 단행본 사이에는 여러 차이가 있다.

1 일경(一境) 한 나라 또는 어떤 곳을 중심으로 한 일부 지역.

2 모란봉(牡丹峰) 평양특별시 모란봉 구역의 대동강 기슭에 있는 산. 높이 95미터. 원래는 비단실로 수놓은 듯 경치가 매우 뛰어나 금수산이라 불렸으나 산의 생김새가 마치 모란꽃 같다 하여 모란봉이라 부르게 되었다.

3 행길 '행로(行路),' 또는 '한길'의 잘못.

4 홀지(忽地)에 뜻하지 아니하게 갑작스럽게.

5 먹장 먹의 조각.

6 생장(生長) 나서 자람.

7 북두갈고리 북두 끝에 달린 갈고리. 북두로 마소의 등에 짐을 얼러 맬 때 한끝을 얽어서 매게 된 것으로, 나뭇가지나 쇠뿔로 만들기도 하고 혹은 쇠고리로 사용하기도 한다. 여기서는 상일을 많이 하여 험상궂게 된 손가락을 이르는 말. '북두'는 말이나 소의 등에 실은 짐을 배와 얼러 매는 줄.

8 겁(怯)결 (주로 '겁결에'로 쓰여) 겁이 나서 어쩔 줄 몰라 당황한 서슬.

9 승(升) 피륙의 날을 세는 단위. 한 승은 날실 여든 올이다.

10 강풀 물에 개지 않은 된풀.

11 세굳다 세고 굳다.

12 어기뚱하다 남달리 교만한 태도가 있다.

13 불측(不測) (생각이나 행동이) 괘씸하고 엉큼함.

14 칠야(漆夜) 아주 캄캄한 밤. 흑야(黑夜).

15 다기(多氣) 여간한 일에는 두려움이 없을 정도로 마음이 단단함.

16 생의(生意) 무슨 일 따위를 하려는 생각을 내는 것. 또는 그런 생각.

17 평대문(平大門) 정문과 협문의 높이를 같게 한 대문.

18 개구녁 '개구멍'의 방언.

19 오장(五臟) 다섯 가지 내장. 곧, 간장(肝臟) · 심장(心臟) · 폐장(肺臟) · 신장(腎臟) · 비장(脾臟). 오내(五內).

20 귀애(貴愛) 소중하게 여기고 사랑함.

21 철환(鐵丸) 엽총 등에 쓰는 잘게 만든 탄알. 철탄(鐵彈).

22 두려빠지다 한 곳을 중심으로 그 부근이 뭉떵 빠져나가다.

23 작폐(作弊) 폐단을 일으키는 것. 또는 폐를 끼치는 것.

24 석양(夕陽)판 해질 무렵. 또는 석양볕이 비치는 곳.

25 인해(人海) 사람이 아주 많이 모인 상태.

26 곱드러지다 무엇에 부딪히거나 남에게 걸어차이거나 하여 고꾸라져 엎어지다.

27 기박(奇薄)하다 팔자가 사납고 복이 없다.

28 선화당(宣化堂) 각 도의 관찰사가 사무를 보는 정당(正堂).

29 터주 집터를 지키는 지신(地神). 또는 그 집터.

30 겸관(兼官) 겸직(兼職).

31 동토(動土) '동티'의 원말. 귀신이 살고 있는 공간이나 귀신을 상징하는 물체나 귀신이 다스리는 자연물이나 인공물 등을 함부로 훼손하거나 침범했을 때 귀신을 노하게 함으로써 받게 된다는 재앙.

32 서슬 어떤 결과의 원인이 되는 행동이 날카로운 기세로 이뤄지는 상태임을 나타내는 말.

33 패가(敗家) 집안의 재산을 다 써 없앰.

34 동헌(東軒) 감사·병사·수사 등 고을의 수령(守令)이 공사(公事)를 처리하는 대청이나 집.

35 아귀(餓鬼) 파율(破律)의 악업(惡業)을 저질러 아귀도(餓鬼道)에 떨어진 귀신. 목구멍이 바늘구멍 같아서 음식을 먹을 수 없어 늘 굶주린다고 함. 염치없이 먹을 것을 탐하는 사람의 비유.

36 자정(慈情) 어머니의 정. 부모의 정을 이르기도 한다.

37 구구(區區) 변변하지 못함.

38 통변(通辯) 통역(通譯).

39 처창(悽愴) (마음이) 몹시 구슬픔.

40 걸어앉다 높은 곳에 궁둥이를 붙이고 두 다리를 늘어뜨리고 앉다.

41 방물장수 여자에게 쓰이는 화장품·바느질 기구·패물 따위의 물건을 파는 장수.

42 전시국제공법(戰時國際公法) 전시에 필요한 국제간의 법규 관계를 규정한 법률. 교전국 사이의 적대 행위에 관한 법규인 교전 법규와 중립국과 교전국 사이에 관한 법규인 중립 법규로 나뉜다.

43 안동(眼同) 사람을 데리고 함께 가거나 물건을 지니고 감.

44 서양철(西洋鐵) '생철(鐵)'의 잘못. 양철(洋鐵).

45 샐녘 날이 샐 무렵.

46 단망(斷望) 희망이 끊어짐. 또는 희망을 끊어버림.

47 백구(白鷗) 갈매기.

48 일거(一去) 한번 가다.

49 북망(北邙) 무덤이 많은 곳이나 사람이 죽어서 묻히는 곳을 이르는 말.

50 밤윷 밤을 쪼갠 조각처럼 잘고 뭉툭하게 만든 윷짝.

51 성정(性情) 성질과 심정. 또는 타고난 본성. 성품(性稟).

52 구름에 비 묻어 다니듯 둘이 으레 같이 붙어 다녀 서로 떠나지 않음을 비유적으로 이르는 말.

53 백마산(白馬山) 평안북도 의주군에 있는 산.

54 부담말(負擔馬) 부담롱(負擔籠)을 싣고, 사람도 함께 타도록 꾸민 말. 부담롱(負擔籠)은 물건을 담아서 말에 실어 운반하는 작은 농짝.

55 영결(永訣) 죽은 사람과 산 사람이 영원히 이별하는 것. 영이별.

56 유여(有餘) 남을 만큼 넉넉하다.

57 소진의 혀 매우 구변이 좋음을 이르는 말. 소진(蘇秦)은 중국 전국 시대의 책사(策士)로 종횡가(縱橫家)의 한 사람. 자는 계자(季子). 동주(東周)의 뤄양(洛陽)에서 태어나 장의(張儀)와 함께 제(齊)의 귀곡자(鬼谷子)에게 웅변술을 배웠다. 처음에는 진(秦)의 혜왕(惠王)에게 유세했으나 기용되지 않았다. 후에 연(燕)의 문후(文侯)에게 기용되어 동방 6국을 설득하고 합종동맹(合從同盟)을 체결해 진에 대항했다. 공을 인정받아 조(趙)의 우안(武安: 지금의 허베이 성〔河北省〕에 있음)에 봉토를 받았으나, 곧 참소를 받아 망명했다. 제에서 암살당했다고 한다.

58 사사(事事) 이 일 저 일. 곧, 모든 일.

59 흠절(欠節) 부족하거나 잘못된 점.

60 심상(尋常) 대수롭지 않고 예사로움. 범상(凡常).

61 벽상(壁上) 벽의 위쪽 부분.

62 조접들다 '조잡들다'의 잘못. 생물체가 탈이 많아서 제대로 자라지 못하거나 생기가 없어지다.

63 낙루(落淚) 눈물을 흘림. 타루(墮淚).

64 마방(馬房)집 말을 두고 삯짐 싣는 일을 업으로 삼는 집.

65 역질(疫疾) 천연두.

66 잔주접 어릴 때의 잦은 잔병치레로 잘 자라지 못하는 탈.

67 오금 무릎의 구부러지는 안쪽의 오목한 부분. 다리와 발에 분포하는 혈관, 신경, 림프관은 모두 이 부분을 통과함.

68 민영춘 '민영준(閔泳駿)'의 오기. 만세보에 실린 「혈의 누」에는 민영준으로 되어 있다. 민영준은 조선 고종 때의 문신(1852~1935). 민두호의 아들. 고종 때에 민씨 세도의 거물로서 민영익(閔泳翊)과 세력을 다투었다. 임오군란 때에 그의 집이 파괴당했으며 고종 24년(1887)에 도승지로서 변리(辨理)대신이 되어 일본에 갔다. 후에 평안(平安)감사, 예조판서, 경리사(經理使), 공조판서, 병조판서 등을 역임하고, 1894년 동학혁명 때에 선혜당상(宣惠堂上) 겸 통위사(統衛使)가 되어 청나라 위안스카이(袁世凱)의 권유에 의하여 청의 구원병으로 난을 진정하려다가 도리어 청일 양국의 동시 출병을 유치하여 청일전쟁을 유발하게 되었다. 일찍 오토리 게이스케(大鳥圭介)가 군병을 인솔하고 경복궁에 불법 침입하였을 때에 밀칙(密勅)을 받아 청나라로 가다가 철산(鐵山)에서 백성들에게 잡혀 평양 청진에 인계되었으나 석방되었다. 세도가 떨어지자 대원군과 결탁하여 다시 세력을 잡으려 하였으나 실패하고, 임자도(荏子島)에 유배되었다.

69 목침(木枕) 나무토막으로 만든 베개.

70 남가일몽(南柯一夢) 꿈과 같이 헛된 한때의 부귀영화. 당나라의 순우분(淳于棼)이 술에 취하여 홰나무의 남쪽으로 뻗은 가지 밑에서 잠이 들었는데, 괴안국으로 영접을 받아 20년 동안 영화를 누리는 꿈을 꾸었다는 고사에서 유래한 말.

71 사기(事記) 사건의 기록.

72 교군(轎軍) 가마. 한 사람이 안에 타고 두 사람 또는 네 사람이 들거나 메고 다니는, 조그만 집 모양의 탈것. 연(輦)·덩·남여(藍輿)·사인교 등이 있음.

73 구원(救援) '구완'의 원말. (아픈 사람이나 해산하는 사람을) 곁에서 시중드는 것.

74 완인(完人) 병이 완전히 나은 사람.

75 발씨 익다 여러 번 다닌 길이라 익숙하다. '발씨'는 발걸음이 길에 익은 정도를 뜻함.

76 드난 임시로 남의 집 행랑에 붙어 지내며 그 집의 부엌일을 도와주는 고용살이.

77 끈 떨어진 뒤웅박 같다 의지할 데가 없어져 외롭고 불안하게 된 처지를 비유적으로 이르는 말. '뒤웅박'은 쪼개지 않고 꼭지 근처에 구멍만 뚫어 속을 파낸 바가지.

78 집 (성 뒤에 붙어) 자기 집안에서 출가한 손아래 여자가 시집 사람임을 이를 때쓰는 접미사.

79 외무주장(外無主張) 집안에 살림을 주장할 만큼 장성한 남자가 없음.

80 도지(賭地) 일정한 도조를 주고 빌려 쓰는 논밭이나 집터. 남의 논밭을 빌려서부치고 논밭을 빌린 대가로 해마다 내는 벼.

81 흉격(胸膈) 가슴속.

82 정경(情景) 사람이 처하고 있는 형편.

83 통사(通辭) 통역(通譯).

84 자품(資稟) 사람 된 바탕과 타고난 성품.

85 어용선(御用船) 임금이나 황실에서 쓰던 배.

86 대판(大阪) '오사카'를 우리 한자음으로 읽은 이름. 일본 긴키(近畿) 지방 중부에 있다.

87 병상병(病傷兵) 싸움터에서 병들거나 다친 군인.

88 바탕 물체의 뼈대나 틀을 이루는 부분.

89 윤선(輪船) '화륜선(火輪船)'의 준말.

90 구화(和) 싸우던 두 나라가 싸움이 그치고 평화로운 상태가 됨.

91 만리창해(萬里滄海) 끝없이 넓은 바다.

92 삼판(三板) 항구 안에서 사람이나 짐을 실어 나르는 중국식의 작은 돛단배.

93 분요(紛擾) 어수선하고 소란함.

94 병대(兵隊) 병정(兵丁).

95 불인(不仁) 몸의 어느 한 부분이 마비되어 움직이기가 거북함.

96 벙어리 심부름하듯 말없이 남의 눈치만 살펴가면서 행동하는 경우를 비유적으로 이르는 말.

97 삼대 들어서듯 곧고 긴 물건이 빽빽이 모여 선 모양을 비유적으로 이르는 말. '삼대'는 삼의 줄기.

98 저잣거리 가게가 죽 늘어서 있는 거리. 저자는 '시장(市場)'을 예스럽게 이르는 말.

99 유리(流離) 정처 없이 떠돎.

100 소경력(所經歷) 겪은 바.

101 정동갑(正同甲) 나이가 꼭 같음.

102 연기(年紀) '나이'를 달리 이르는 말.

103 도화(桃花) 복숭아꽃.

104 청기(靑氣) 푸른 기운.

105 비편(非便) 순조롭지 아니하거나 편하지 않음.

106 고적(孤寂) 외롭고 적적함.

107 심상소학교(尋常小學校) 일제 강점기에, 초등 교육을 행하던 학교.

108 축기(縮氣) 기운이 움츠러지는 것. 저기(沮氣).

109 요동반도(遼東半島) 중국 랴오닝 성(遼寧省)의 남해안에서 남서 방향으로 튀어 나온 반도. 톈산 산맥(天山山脈)이 등성마루를 이루며, 해안선의 굴곡이 심하다. 다롄(大連), 뤼순(旅順) 등의 항구가 있다.

110 만국공법(萬國公法) '국제법'의 전 용어.

111 눈치꾸러기 남의 눈치를 지나치게 잘 살피는 사람.

112 공방(空房) 오랫동안 남편 없이 아내 혼자서 거처하는 방.

113 삼추 같다 기다리는 시간이 매우 지루하고 길다. '삼추(三秋)'는 세 해의 가을 이라는 뜻으로, 3년의 세월을 이르는 말.

114 추다 다른 사람의 기분을 맞추느라 훌륭하거나 뛰어나다고 말하다.

115 의모(義母) 낳지는 않았으나 길러준 어머니. 수양모(收養母).

116 받고차기 서로 말을 빨리 주고받는 일.

117 덕색(德色) 남에게 은혜를 베푼 것을 자랑하는 말이나 태도.

118 돌쳐서다 '돌아서다'의 잘못.

119 권공장(勸工場) 메이지 20, 30년대 번창했던 잡화점의 일종. 건물 내 통로 양쪽으로 여러 종류의 점포가 있어 화장품에서부터 문구, 의복 등 다양한 상품을 팔았기 때문에 백화점의 전신이라고도 불린다.

120 상직잠 집 안에 살면서 부녀의 시중을 드는 늙은 여자가 잠자리에서 시중을 들기 위해 주인 부녀와 함께 자는 잠. '상직(上直)'은 집 안에 살면서 시중을 듦.

121 혼혼(昏昏) 정신이 가물가물하고 희미하다.

122 반자 지붕 밑이나 위층 바닥 밑을 편평하게 치장한 각 방의 천장.

123 신호 · 마관(神戶 · 馬關) '고베' · '시모노세키'를 우리 한자음으로 읽은 이름.

124 진남포(鎭南浦) 평안남도 남서부에 있는 항구 도시.

125 기색(氣塞) 어떠한 원인으로 기의 소통이 원활하지 못하고 막힘. 또는 그런 상태.

126 냅뜨다 말을 큰 소리로 불쑥 하다.

127 현몽(現夢) 죽은 사람이나 신령이 꿈에 나타남.

128 자목(茨木) '이바라기'를 우리 한자음으로 읽은 이름. 오사카(大板)의 위성 도시.

129 걸다 불, 볕, 바람 따위에 거칠어지고 빛이 짙어지다.

130 만판 마음껏 흡족하고 충분하게. 마냥.

131 정신기(精神氣) 정신의 기운.

132 공교(工巧)하다 상황이 생각지 않게 일어나 뜻밖으로 느껴지는 상태에 있다.

133 장거수(掌車手) 차장.

134 눈에 돈 동록이 앉다 돈에 집착하는 모양을 이르는 말. 동록(銅綠)은 구리 표면에 생기는 푸른빛의 물질. 독이 있음. 동청(銅靑).

135 익달 여러 번 겪거나 손에 익어서 매우 능숙하게 됨.

136 횡빈(橫浜) '요코하마'를 우리 한자음으로 읽은 이름. 일본 가나가와 현(神奈川縣)의 현청 소재지이며 항구 도시.

137 마름 마름과의 한해살이 풀. 진흙 속에 뿌리를 박고, 줄기는 물속에서 가늘고 길게 자라 물 위로 나오며 깃털 모양의 물뿌리가 있다. 잎은 줄기 꼭대기에 뭉

처나고 삼각형이며, 잎자루에 공기가 들어 있는 불룩한 부낭(浮囊)이 있어서 물 위에 뜬다. 여름에 흰 꽃이 피고 열매는 핵과(核果)로 식용한다.

138 상항(桑港) '샌프란시스코'의 음역어.

139 필담(筆談) (어떤 사람이 다른 사람과) 서로 말이 통하지 않거나 입으로 말을 할 수 없는 경우에, 글을 써가며 의견이나 생각을 주고받는 것.

140 차부(車夫) 마차, 달구지 등을 부리는 사람.

141 강유위(康有爲) 캉유웨이. 중국의 학자(1858~1927). 1898년의 개혁운동 지도자이다. 근대 중국의 사상적 발전에서 중요한 역할을 했다. 청조 말기와 중화민국 초기에 그는 중국의 도덕적 타락과 무분별한 서구화를 막아낼 정신적 지주로서 유교를 널리 전파하고자 했다.

142 화성돈(花盛頓) 미국 '워싱턴'의 음역어.

143 영서(英書) 영자(英字)로 쓴 글씨나 서적.

144 다심(多心) 지나치게 걱정하고 생각하는 것이 많음.

145 질언(質言) 참된 사실을 들어 딱 잘라 말함.

146 서중휴학(暑中休學) 여름 방학.

147 감축(感祝) (경사스러운 일을) 함께 감사하고 축하함.

148 체대(體大) 몸이 큼.

149 숫접다 순박하고 진실하다.

150 불안(不安) 마음에 미안함.

151 쇠공이 쇠로 만든 공이. 주로 쇠 절구에 쓰며 나무공이보다 작다.

152 성력(誠力) 정성과 힘.

153 색계상(色界上) 여색(女色)의 세계.

154 유지(有志) 어떤 일에 뜻이 있거나 관심이 있음.

155 의구(依舊) 옛날과 같아 변함이 없음.

156 천우신조(天佑神助) 하늘과 신이 돕다.

157 일동일정(一動一靜) 하나하나의 동정.

158 혈혈(孑孑) 의지할 곳이 없이 외로움.

159 어깨로 숨 쉬다 어깨를 들먹이며 괴로운 듯이 숨을 쉬다.

160 양금(洋琴)채 양금을 치는, 대나무로 만든 가늘고 연한 채. '양금'은 국악기의

하나로 사다리꼴의 판면(板面) 위에 놋쇠로 만든 14벌의 줄을 얹어, 대나무로 만든 채로 두드려 소리를 냄.

161 여창시조(女唱時調) 여자가 부르는 시조.

162 고려장(高麗葬) '고분(古墳)'을 속되게 이르는 말.

163 쌍분(雙墳) 같은 묏자리에 나란히 쓴 부부의 두 무덤.

164 모짝 한 번에 모조리 몰아서.

165 망단(望斷) 이러지도 못하고 저러지도 못하여 처지가 딱함.

166 사고무친(四顧無親) 의지할 만한 사람이 전혀 없음.

167 기구(器具) 예법에 필요한 것이 골고루 갖추어져 있는 형세.

168 착미(着味) 맛을 붙이는 것. 또는 취미를 붙이는 것.

169 잡보(雜報) 잡다한 사건에 관한 보도.

170 앙정(仰呈) 우러러 드림.

171 배행(陪行) 윗사람을 모시고 따라감.

172 환형(換形) 모양이 이전과 달라지는 것.

173 서어(鉏鋙) 익숙하지 않아 서름서름함.

174 수지 '휴지(休紙)'의 잘못.

175 상장(上狀) 공경하는 뜻을 나타내어 보내는 편지.

176 삭(朔) 개월(個月).

177 수토불복(水土不服) 물과 흙이 몸에 맞지 아니함.

178 신신(新新) 마음에 들게 시원스러움.

179 스러지다 형체나 현상 따위가 차차 희미해지면서 사라지다.

180 절처봉생(絶處逢生) 오지도 가지도 못할 막다른 판에 살길이 생김.

181 기취를 받들다 (겸손하게) 여자가 아내나 첩이 되다. '기취(箕帚)'는 쓰레받기와 비를 아울러 이르는 말.

182 실체(失體) 체면이나 면목을 잃음.

183 소청(所請) 청하는 바.

184 비사맥(比斯麥) 비스마르크(Otto von Bismarck). 프로이센의 정치가, 독일 제국의 건설자, 초대 총리.

185 자기(自期) 마음속에 스스로 기약함.

186 낙지(落地) 땅에 떨어진다는 뜻으로, 사람이 세상에 태어나는 것.

187 솥발 솥 밑에 달린 세 개의 발. 정족(鼎足). 셋이 사이좋게 나란히 있는 모양을 비유할 때 쓴다.

188 게딱지 게의 등딱지. (주로 집이) 작고 허술함을 비유하여 이르는 말.

189 망부석(望夫石) 정렬(貞烈)한 아내가 멀리 떠난 남편을 기다리다가 그대로 죽어서 화석이 되었다는 전설적인 돌.

190 참척(을) 보다 웃어른으로서 참척을 당하다. '참척(慘慽)'은 자손이 부모나 조부모보다 앞서 죽음.

191 경치다 호된 꾸지람을 듣거나 벌을 받다.

192 홀태바지 통이 매우 좁은 바지.

193 안중문 안뜰로 들어가는 중문(中門).

194 질부등가리 '부등가리'의 잘못. '부등가리'는 아궁이의 불을 담아내어 옮길 때 부삽 대신 쓰는 도구. 흔히 오지그릇이나 질그릇의 깨진 조각으로 만들어 쓴다.

195 체전부(遞傳夫) '우편집배원'의 구칭.

196 우체사령(郵遞使令) 우체국, 우체사에 속하여 우편물을 배달하던 사령.

197 떼거리 '떼'를 속되게 이르는 말.

198 내외(內外) 지난 시대에 유교적 관념에서, (부녀자가) 외간 남자의 얼굴을 대하기를 피하는 일.

199 실내(室內) 남의 아내를 이르는 말.

200 친전(親展) 편지에서, 받는 사람이 직접 펴 보아주기를 바란다는 뜻으로, 겉봉의 받는 사람의 이름 옆이나 아래에 쓰는 말.

201 상사리 윗사람에게 드리는 편지의 첫머리나 끝에, 사뢰어 올린다는 뜻으로 쓰는 말. 상백시(上白是).

202 진서(眞書) '한자(漢字)'를 한글에 상대하여 높이는 뜻으로 이르는 말.

203 광무(光武) 조선 고종 때 사용한 연호(1897~1907).

204 임인년 1902년.

귀의 성

* 만세보(1906. 10. 10~1907. 5. 31)에 연재되었다가 1907년 10월 광학서포에서 상권을 발행하였고, 1908년 7월 중앙서관에서 하권을 발행하였다.

1 판수 맹인.

2 초록(草綠)은 제 빛이 좋다 처지가 같고 수준이 비슷한 사람끼리 어울려야 좋음을 비유적으로 이르는 말.

3 지차 자식(之次子息) 맏이가 아닌 자식.

4 풍(風) 허풍(虛風)의 준말.

5 청(請)질 무슨 일을 하는데, 올바른 길을 밟지 않고 세력 있는 사람에게 청촉(請囑)하여 그 힘을 빌리는 일.

6 백척간두(百尺竿頭) 백 자나 되는 높은 장대 위에 올라섰다는 뜻으로, 몹시 어렵고 위태로운 지경을 이르는 말. 간두(竿頭).

7 비서승(秘書丞) 대한제국 때에 둔 비서감과 비서원의 관직.

8 맹세(盟誓)지거리 매우 잡스러운 말로 하는 맹세. 또는 그런 말씨.

9 청낫 청질.

10 적악(積惡) 남에게 못된 짓을 많이 함.

11 단풍(丹楓)머리 단풍이 드는 철의 첫머리.

12 등걸잠 덮개 없이 옷을 입은 채 아무 데나 쓰러져 자는 잠.

13 간수 소금이 습기를 빨아들여 녹아 나오는 쓰고 짠 물. 두부를 만들 때 씀.

14 포달 (주로, 여자가) 샘이 나거나 심술이 나서 악을 쓰거나 마구 대들면서 야단 스럽게 구는 짓.

15 그루잠 깨었다가 다시 드는 잠.

16 경풍(驚風) 어린아이가 경련을 일으키는 병의 총칭. 경기(驚氣). 여기서는 매우 놀람의 뜻.

17 씸증 패씸증의 준말. 이 문맥에서는 '공연히 짜증을 부리는 것'의 뜻.

18 꿈땜 꿈자리가 사나웠을 때에 그 꿈을 때우려고 언짢은 일을 당하는 일.

19 경륜(經綸) 일정한 포부를 가지고 일을 조직적으로 계획함. 또는 그 계획이나 포부.

20 귀정(歸正) 그릇되었던 사물이 바른길로 돌아오는 것. 여기서는 '일을 마무리 함'의 뜻.

21 냅뜨다 일에 기운차게 앞질러 나서다.

22 단패교군(單牌轎軍) 교대할 사람이 없이 단 두 사람이 짝이 되어 가마를 메고 가는 교군. '단패'는 단 두 사람으로 된 유일한 짝패.

23 대강이 머리를 속되게 이르는 말.

24 전정(前程) 앞길.

25 기절(氣節) 기개(氣槪)와 절조(節操).

26 계관(係關) 관계(關係).

27 사족(士族) 양반 가문.

28 불상년 아주 몹쓸 여자를 비속하게 이르는 말.

29 정렬(貞烈) 부녀의 행실이 바르고 절개가 굳음.

30 워낭 마소의 턱 밑에 늘어뜨린 쇠고리. 또는 귀에서 턱 밑으로 늘여 단 방울.

31 신연강(新延江) 소양강과 화천에서 흘러오는 북한강(모진강)이 만나는 지점부터 가평까지 이르는 사이의 강. 예전 한양에서 춘천에 오기 위해서는 삼악산 석파령을 넘어 이 강을 건너야 했으므로 신연강 나루터가 춘천의 교통수단이었다. 이곳을 막아 의암댐이 건설되었고 1969년에 건설된 신연교가 있어 나루터가 없어졌다.

32 사기(事機) 일이 되어가는 형편.

33 치행(治行) 길 떠날 행장을 차림.

34 피천 대(반)푼(도) 없다 가진 돈이 한 푼도 없다는 말. '피천'과 '대푼'은 모두 아주 적은 돈을 이르는 말.

35 외자 '외상'의 잘못.

36 고소대(姑蘇臺) 중국 춘추 시대에 오(吳)나라 왕인 부차(夫差)가 고소산(姑蘇山) 위에 쌓은 대(臺). 부차는 월나라를 정복하고 얻은 미인 서시(西施) 등 천여 명의 미녀를 이곳에 살게 하였다. 여기서는 '아주 높이 치켜세움'의 뜻.

37 알깍쟁이 성질이 다부지고 모진 사람.

38 책방(冊房) 조선 시대, 고을 원에 의하여 사사로이 임명되어 비서 사무를 맡아보던 사람. 책실(冊室).

39 통신국(通信局) 대한제국 때에, 농상공부에 속하여 통신과 육·해운 수송을 맡아보던 관청. 1895년에 두었는데 1900년에 통신원으로 고쳤다.

40 수유(受由) 말미를 받는 것. 또는 그 말미.

41 불고전후(不顧前後) 일의 앞뒤를 돌아보지 않음.

42 세도재상(勢道宰相) 세도를 잡고 정치를 좌지우지하는 재상.

43 득명(得名) 이름을 얻음. 또는 이름을 날림.

44 하마석(下馬石) 말을 오르내릴 때에 발돋움으로 쓰려고 대문 앞에 놓은 큰 돌.

45 하님 여자 종을 대접하여 부르거나 여자 종들이 서로 높여 부르던 말. 하전(下典).

46 화용도(華容道) 판소리「적벽가」의 다른 이름.

47 상성(上聲) 높은 소리.

48 집주릅 집의 매매나 전세 등을 중간에서 맺어주고 그 대가를 받는 일을 하는 사람.

49 삐치다 일에 시달리어서 몸이나 마음이 몹시 느른하고 기운이 없어지다.

50 우박을 맞다 다른 사람에게 심한 꾸중을 듣다.

51 육간대청(六間大廳) 여섯 칸이 되는 넓은 마루.

52 분합(分閤) 대청 외부에 면한 문. 분합문.

53 해거(駭擧) 해괴한 짓.

54 옥관자(玉貫子) 옥으로 만든 관자. 종1품 이상의 벼슬아치는 조각을 하지 않았고, 당상 정3품 이상의 관원만 조각을 하였음.

55 장창 미투리나 짚신 따위의 바닥 전체에 덧대는 창.

56 굽창 짚신이나 미투리의 바닥 뒤쪽에 덧대는 가죽 조각.

57 궂히다 죽게 하다.

58 횡액(橫厄) 뜻밖에 당하게 되는 재액. 횡래지액.

59 셋붙이 산병(散餠)의 한 가지. 물을 들인 개피떡 세 개를 붙여서 만든 떡.

60 광패(狂悖) (행동이) 도의에 벗어나고 난폭함.

61 일로전쟁(日露戰爭) 1904~05년 만주와 한국의 배타적인 지배권을 둘러싸고 러시아와 일본이 벌인 제국주의 전쟁.

62 강화(講話) 교전국이 전쟁을 끝내기 위하여 서로 화의하는 것. 구화(媾和). 원문에는 한자(漢字)로 '구화(媾和) 담판'이, 한글로 '강화 담판'이 표기되어 있다. '구화(媾和)'는 현재 잘 사용되지 않는 표현이므로 여기서는 '강화(講話)'라는 표현을 표제어로 사용한다.

63 숙붙다 머리털이 아래로 나서 이마가 좁아지다. 도숙붙다.

64 삼순구식(三旬九食) 삼십 일 동안 아홉 끼니밖에 먹지 못한다는 뜻으로, 몹시 가난함을 이르는 말.

65 만호천문(萬戶千門) 썩 많은 집. 성안의 모든 집.

66 말전주 이 사람에게는 저 사람 말을, 저 사람에게는 이 사람 말을 좋지 않게 전하여 이간질하는 짓.

67 탈집 좋지 않은 결과가 예상되는 일. 탈거리.

68 순포막(巡捕幕) 순검막(巡檢幕). 순검이 일을 보던 조그마한 막. 파출소.

69 폐맹(廢盲) 시력을 잃음.

70 강샘 상대하고 있는 이성(異性)이 다른 이성을 좋아함을 지나치게 시기하는 일. 질투. 투기.

71 안마누라 안방의 마누라라는 뜻으로, 주부인 마누라를 이르는 말. 여기서는 '본처'를 이르는 말.

72 허신(許身) (여자가 남자에게) 몸을 허락하여 내맡기는 것.

73 복중(腹中) 뱃속.

74 북망산(北邙山) (중국의 북망산에 무덤이 많았다는 데서) 사람이 죽어서 파묻히는 곳을 이르는 말. 북망산천.

75 신고(辛苦) 어려운 일을 당하여 몹시 애쓰는 것. 또는 그 고통이나 고생.

76 거레하다 쓸데없이 지체하며 몹시 느리게 움직이다.

77 뗏장 잔디를 흙이 붙은 뿌리째 떠낸 조각.

78 장판방에서 미끄러진다(자빠진다) 안전한 곳에서 다치는 경우가 있음을 비유적으로 이르는 말. 또는 방심하다 실수하는 법이니 항상 조심해야 함을 이르는 말.

79 동태(動胎) 태아가 놀라 움직여서 배와 허리가 아프고 낙태의 우려가 있는 상태.

80 아낙 부녀자가 거처하는 곳을 점잖게 이르는 말.

81 손티 조금 곱게 얽은 얼굴의 마맛자국.

82 중무소주(中無所主) 마음속에 일정한 줏대가 없음.

83 행기(行氣) 기운을 차려 몸을 움직이는 것.

84 허희탄식(歔息) 한숨을 지으며 탄식함.

85 철천(徹天) 하늘에 사무침.

86 배송(拜送) 삼가 보내는 것. 집에서 내보냄.

87 자수(自水) 스스로 물에 빠져 죽음.

88 구처(區處) 변통하여 처리함.

89 별상 '별성(別星)'의 잘못. 집집마다 찾아다니며 천연두를 앓게 한다는 여신. 강 남에서 특별한 사명을 띠고 주기적으로 찾아온다고 한다.

90 경기(京畿)까투리 지나치게 약고 되바라지다는 뜻으로, 서울·경기 사람을 낮잡 아 이르는 말.

91 남관왕묘(南關王廟) 남묘(南廟). 서울 남대문 밖에 있는, 중국 촉한(蜀漢)의 장수 인 관우의 영을 모신 사당.

92 주럽 피로하여 고단한 증세.

93 주저롭다 넉넉지 못하여 매우 아쉽거나 곤란하다.

94 적(嫡)마누라 본부인.

95 적모(嫡母) 서자(庶子)가 아버지의 본처를 이르는 말.

96 불안(不安) 마음에 미안함.

97 온정(溫井) 온천.

98 옴쟁이 옴이 오른 사람.

99 엄너리 남의 환심을 사려고 어벌쩡하게 서두르는 짓.

100 광학서포 발행 원본에 따르면 9장에서 11장으로 바로 넘어가고 있다.

101 요악(妖惡) 요사하고 간사하며 악독함.

102 일심전력(一心專力) 오직 한군데에 마음을 두어 온 힘을 기울임.

103 불의출행(不宜出行) 그날의 운수가 먼 길을 떠나기에 적당하지 아니함.

104 부지불각(不知不覺) 알지 못하는 결.

105 영절스럽다 아주 그럴듯하다.

106 토죄(討罪) 저지른 죄목을 들어 엄하게 꾸짖음.

107 불목 온돌방에서 가장 더운 자리인 아랫목.

108 게걸게걸 상스러운 말로 계속하여 떠드는 모양.

109 약과를 먹다 제상에 오른 약과를 먹는다는 뜻으로 죽는다는 의미.

110 구기 '궁리(窮理)'의 방언.

111 지향(指向) 정해지거나 작정한 방향으로 나가는 것. 또는 그 방향. 여기서는 '마음을 안정시킴'의 뜻.

112 지게문 한옥에서, 바깥에서 방으로 드나드는 문. 한 짝 또는 두 짝으로 되어 있는데, 흔히 돌쩌귀를 달아 여닫게 함.

113 한소열(漢昭烈) 한(漢)나라 소열 황제. 중국 삼국 시대 촉한(蜀漢: 221~263/264)의 창건자로 속명(俗名)은 유비(劉備)이다.

114 돌구멍안 돌로 쌓은 성문의 안이라는 뜻으로, 서울 성안을 속되게 이르는 말.

115 진평(陳平) 중국 한나라의 정치가(?~기원전 178). 한고조를 도와 천하통일을 이루었으며, 여씨의 난을 평정하였다.

116 망단(望斷) 바라던 일이 실패함.

117 물목(物目) 물건의 목록.

118 만승천자(萬乘天子) 천자나 황제를 높여 부르는 말.

119 박절(迫切)하다 인정이 없고 야박하다.

120 활수(滑手) 무엇이나 아끼지 않고 시원스럽게 잘 쓰는 배포.

121 도리뭉치다 돌돌 말려 뭉치다.

122 소상(沼上) 연못가.

123 암죽 곡식이나 밤의 가루로 묽게 쑨 죽. 어린아이에게 젖 대신으로 먹임.

124 처결(處決) 결정하여 조치함. 결처(決處).

125 엉벙 쓸데없는 말을 너절하게 지껄이며 허풍을 치는 모양.

126 지기(를) 펴다 주눅 들지 않고 당당한 태도를 가지다. '지기(志氣)'는 어떤 일을 이루려는 의지와 기개. 기지(氣志). 지개(志槪).

127 결발(結髮) 쪽을 찌거나 상투를 틀거나 하는 것.

128 합독사당(合 祠堂) 부부의 신주(神主)를 한 독에 모신 사당.

129 무자귀(無子鬼) 슬하에 자식 없이 죽은 사람이 되는 귀신.

130 도임(到任) 지방의 관리가 근무지에 도착함.

131 담배물부리 담뱃대로 담배를 피울 때 입에 물고 빠는 자리에 끼우는 물건. 쇠, 옥돌, 에보나이트 따위로 만든다.

132 인병치사(因病致死) (어떠한 일로 인해) 병을 얻고 그 병 때문에 죽음에 이름.

133 흉증(凶證) 음흉하고 험상궂은 성질이나 버릇.

134 동자아치 부엌에서 밥 짓고 반찬을 만드는 일을 하는 사람.

135 반빗아치 반찬 만드는 일을 하는 사람.

136 심병(心病) 마음의 병.

137 찬비(饌婢) 반빗아치. 예전에, 반찬을 만드는 일을 맡아 하던 여자 하인.

138 부상(扶桑) 중국의 전설에, 동쪽 바다의 해가 뜨는 곳에 있다는 신성한 나무. 또는 그 나무가 있는 곳.

139 종명정식(鐘鳴鼎食) 종이 울리는 소리로 사람을 모아 솥을 벌여놓고 밥을 먹는다는 뜻으로, 부귀한 집의 생활을 이르는 말. 종정(鐘鼎).

140 마름 지주(地主)를 대리하여 소작지를 관리하는 사람. 사음(舍音).

141 앙바틈하다 짤막하고 딱 바라지다.

142 남종여비(男從女婢) 남녀 하인.

143 해암탉 그해에 새로 난 암탉.

144 충비(忠婢) 충성스러운 계집종.

145 소양지판(霄壤之判) 하늘과 땅 사이의 차이라는 뜻으로, 사물들이 서로 엄청나게 다름을 이르는 말. 천양지차(天壤之差).

146 돌잡히다 첫돌에 돌상에 차려놓은 음식이나 물건을 아이가 마음대로 잡게 하다.

147 모지름 모질음. 어떠한 고통을 견뎌내려고 모질게 쓰는 힘.

148 암상스럽다 보기에 남을 시기하고 샘을 잘 내는 데가 있다.

149 발막 부잣집 노인이 신던 마른신의 하나. 뒤축과 코에 꿰맨 솔기가 없고, 코끝이 넓적하며, 가죽 조각을 대고 하얀 분을 칠함.

150 양양자득(揚揚自得) 뜻을 이루어 꺼드럭거림. 또는 그런 태도를 보임.

151 부라질 젖먹이의 두 겨드랑이를 껴서 붙잡고 좌우로 흔들며 두 다리를 번갈아 오르내리게 하는 짓.

152 말휘갑 이리저리 말을 잘 둘러맞추는 일.

153 안존(安存) 성품이 얌전하고 조용함.

154 지정(地釘)닺다 사물의 기초를 튼튼히 하다.

155 말갛다 정신이나 의식 따위가 또렷하다.

156 번열증(煩熱症) 몸에 열이 몹시 나고 가슴속이 답답하여 괴로운 증상.

157 벽력(霹靂) 벼락.

158 장신(將臣) 대장(大將).

159 이경하(李景夏) 조선 말기의 무신. 본관은 전주. 자는 여회(汝會). 아버지는 경

력(經歷) 인달(寅達)이다. 1863년 고종이 즉위하고 흥선대원군이 집권하자 훈
련대장 겸 좌포도대장이 되었으며, 그 뒤 금위대장·형조판서 등을 역임했다.
고종 3년(1866) 한성부판윤·강화부유수·어영대장·무위도통사(武衛都統
使)·공조판서 등을 역임했다. 그해 낙동(駱洞)에 있는 자신의 집에서 천주교
도들을 취조하고 많은 신도들을 살해하여 낙동염라(駱洞閻羅)라는 별칭을 얻
었다. 프랑스 신부 살해를 보복하기 위해 프랑스 군대가 침입해 오자 기보연해
순무사(畿輔沿海巡撫使)가 되어 작전을 지휘했다. 1882년 무위대장(武衛大將)
으로 있을 때 임오군란이 일어나자 그 책임을 지고 파면되어 전라도 고금도(古
今島)에 유배되었다. 1884년 풀려나와 다시 좌포도대장이 되고 후영사(後營
使)를 지냈다. 그해 12월 갑신정변 때 조대비·민비·세자 등을 아들 범진(範
晉)의 집에 피신시켰다. 대원군의 깊은 신임을 받았으며, 주로 군사·경찰권을
장악했다. 관계는 보국숭록대부(輔國崇祿大夫)에 이르렀다. 시호는 양숙(襄肅)
이다.

160 흉즉대길(凶則大吉) 점괘·사주 풀이·토정비결 따위에 나타난 신수가 아주 나
쁠 때, 실제로는 오히려 아주 좋다는 말.

161 정인홍(鄭仁弘) 조선 중기의 문신. 산림(山林)으로서 선조·광해군 대에 북
인·조식학파(曺植學派)를 이끌며 정국을 주도했다. 본관은 서산(瑞山). 자는
덕원(德遠), 호는 내암(萊菴).

162 이이첨(李爾瞻) 조선 중기의 문신. 대북(大北)의 영수로서 정인홍(鄭仁弘) 등과
광해군대의 정국을 주도했다. 본관은 광주(廣州). 자는 득여(得輿), 호는 관송
(觀松)·쌍리(雙里). 1618년 정인홍의 반대에도 불구하고 인목대비(仁穆大妃)
를 폐위하고 서궁(西宮)으로 유폐했다. 그러나 이 일 때문에 인륜을 저버린 패
륜아라는 여론의 지탄을 받고, 마침내 인조반정을 일으키는 빌미를 주게 되었
다. 1623년 반정이 일어나자 가족을 이끌고 도망가다가 광주의 이보현(利甫
峴)에서 체포되어 처형당했다.

163 모주(謀主) 일을 주장하여 꾀하는 사람.

164 적상(積傷) 어떠한 일로 오래 마음을 썩임.

165 틧검불 잡티가 많이 섞인 검불.

166 법사(法司) 조선 시대, 형조(刑曹)와 한성부(漢城府)의 총칭. 사법 기관.

167 공초(供招) 죄인이 범죄 사실을 진술하는 것. 공사(供辭).

168 수쇄(收刷) 수습(收拾).

169 단단상약(斷斷相約) 서로 굳게 약속함.

170 치졸(稚拙) 유치하고 졸렬함.

171 처시하(妻侍下) 아내에게 눌려 지내는 사람을 조롱하여 일컫는 말.

172 전반볼기 전반으로 남편의 볼기를 때리는 일로, 성질이 드센 아내의 행실을 일컫는 말. '전반(剪)'은 종이를 도련할 때에 쓰는 얇고 좁은 긴 나뭇조각.

173 떡국이 농간(弄奸)을 한다 재질이 부족한 사람도 오랜 경험을 통해 일을 잘 감당하고 처리해나감을 일컫는 말.

174 간경(肝經) 간(肝)에 붙은 인대(靭帶)의 총칭.

175 대망(待望) 기다리고 바라는 것.

176 안석(案席) 벽에 세워놓고 앉을 때 몸을 기대는 방석.

177 육국(六國) 중국 전국 시대 진(秦)을 제외한 연(燕), 초(楚), 한(韓), 위(魏), 조(趙), 제(齊).

178 태상노군(太上老君) 노자(老子)를 높여 부르는 말.

179 박랑사(博浪沙) 중국 하남성(河南城)의 고적. 고사(古事)에 따르면 장량(張良)이 역사(力士)들을 시켜 철퇴로 진(秦)나라의 시황제를 저격하게끔 한 곳이다.

180 마바리 짐을 실은 말. 또는 그 짐.

181 소바리 소의 등에 짐을 싣고 나르는 일. 또는 그 짐.

182 도래쇠 바퀴 따위를 끼워 돌아가게 만든 쇠로 만든 부속품.

183 상티 점잖지 못하고 상스러운 기운.

184 천격(賤格) 천한 인격.

185 춘심(春心) 남녀간의 정욕. 춘기(春機).

186 탕양(蕩瀁) 물결이 넘실거리며 움직임.

187 수통(羞痛) 부끄럽고 분함.

188 국수 갈고랑이 먹다 남은 국수 조각.

189 영독(獰毒) 모질고 독살스러움.

190 헐후(歇后) 대수롭지 않음.

191 속량(贖良) 몸값을 받고 노비의 신분을 풀어주어서 양민이 되게 하던 일.

192 전장(田莊 · 田庄) 자기가 소유하는 논밭. 장토.

193 차접(差帖) (본음은 '차첩') 하급 관리에게 내리는 사령서. 여기서는 '약속을 받다'는 뜻.

194 문청 '무척'의 경기도 방언. 매우, 많이.

195 배래 한복 소매 아래쪽의 불룩하게 둥글린 부분. 배래기.

196 천보 비천(卑賤)한 본새. 또는 그 버릇.

197 시각대변(時刻待變) 병세가 아주 위독하게 됨.

198 행창(行娼) 드러내놓고 몸을 파는 창기(娼妓) 노릇을 하는 것.

199 판관사령(判官使令) 감영이나 유수영의 판관에 딸린 사령이라는 뜻으로, 아내가 시키는 대로 잘 따르는 남자를 놀림조로 이르는 말.

200 표차롭다 여럿 중에서 두드러지게 나타나 겉보기가 번듯하다. 여기서는 '당당하다'의 뜻.

201 작죄(作罪) 죄를 짓는 것. 또는 그 죄.

202 험언(險言) 남의 흠을 찾아내어 하는 말.

203 사첫방 고귀한 손님이 길을 가다가 묵는 방.

204 시쁘다 마음에 차지 아니하여 시들하다.

205 절에 간 색시 남이 시키는 대로 따라 하는 사람을 이르는 말. 또는 아무리 싫어도 남이 시키는 대로 따라 하지 아니할 수 없는 처지에 있는 사람을 이르는 말.

206 마장 십 리나 오 리가 못 되는 거리를 이르는 말.

207 사태(沙汰)밥 높은 언덕이나 산비탈 또는 쌓인 눈 따위가 무너져 내려앉으면서 생긴 흙더미.

208 모들뜨기 두 눈동자가 안쪽으로 치우친 사람.

209 막새 기와지붕에서, 기왓골의 맨 끝, 곧 처마 끝에 놓는 기와. 대부분 그 끝에 무늬판이 달렸음. 막새기와. 와당(瓦當).

210 꽈리 손·발바닥의 살이 꽈리처럼 부푸는 현상. 수포(水疱).

211 거적을 깔고 대죄하다 석고대죄(席藁待罪). 거적을 깔고 엎드려서 임금의 처분이나 명령을 기다리던 일.

212 굴레 어린아이의 머리에 씌우는 수놓은 모자.

213 새침데기는 골로 빠진다 얌전한 고양이 부뚜막에 먼저 올라간다. 겉으로 보기에 얌전한 사람이 오히려 못된 행실을 저지를 때 쓰는 말.

214 덥추 일패(一牌) 이패(二牌) 삼패(三牌)의 기생을 통틀어 이르는 말.

215 보행객주(步行客主) 걸어서 길을 가는 나그네만을 치르던 객줏집.

216 부동(符同) 그른 일에 어울려 한통속이 되는 것.

217 인간행락(人間行樂) 인생의 즐거움.

218 만수받이 온갖 말과 행동으로 아주 귀찮게 구는 것을 잘 받아주는 일.

219 존장(尊長) 존대해야 할 나이가 많은 웃어른.

220 홍몽천지(鴻 天地) 혼돈천지(混沌天地)와 같은 말. 여기서는 '정신을 차리지 못함'의 뜻.

221 호리건곤(壺裏乾坤) '술 항아리 속의 세상'이라는 뜻. 늘 술에 취하여 있음을 이르는 말.

222 행전노리 행전과 바지의 틈서리. 행전(行纏)은 바지나 고의를 입을 때 정강이에 감아 무릎 아래 매는 물건.

223 갈범 칡범. 몸에 칡덩굴 같은 어룽어룽한 줄무늬가 있는 범.

224 판막다 마지막 승리를 얻어 그 판의 끝장을 내다.

225 방고래 방의 구들장 밑으로 나 있는, 불길과 연기가 통하여 나가는 길.

226 애매한 두꺼비(거북이) 돌에 치였다 아무런 죄도 없는 두꺼비가 돌 밑에 들어가 있다가 치여 죽게 되었다는 뜻으로, 애매하게 화를 당하거나 벌을 받게 되어 억울함을 비유적으로 이르는 말.

227 불고염치(不顧廉恥) 염치를 돌아보지 않다.

228 참섭(參涉) 어떤 일에 끼어들어 간섭함.

229 궁통(窮通) 성질이 침착하여 깊이 생각하는 일.

230 운우무산(雲雨巫山) 전국말(戰國末) 시인 송옥(宋玉)의 「고당부(高唐賦)」에 나오는 고사. 초나라 양왕(襄王)이 고당에서 놀았을 때, 꿈에 무산(巫山)의 여신과 정을 나누었다. 이별에 즈음하여 그 여신이 "아침에는 구름이 되고, 저녁에는 비가 되어 찾아오겠다"고 하였다. 다음 날 잠에서 깨어난 초왕은 그것이 꿈이었음을 알고 단장(斷腸)의 슬픔에 젖었다고 한다.

231 수록산청(水綠山靑) 물은 맑고 산은 푸르다는 뜻.

232 당명황(唐明皇) 당현종의 생전의 명칭. 현종은 시호.

233 베전 포전(布廛). 조선 후기에, 서울에 둔 백각전(百各廛) 가운데 여덟 가지 가게인 팔주비전의 하나. 삼베를 팔던 가게이다. 나머지 일곱 가게는 선전(縇廛), 면포전(綿布廛), 면주전(綿紬廛), 지전(紙廛), 저포전(苧布廛), 내어물전, 외어물전.

234 사전(私錢) 사사로이 만든 가짜 돈.

235 퇴박 마음에 들지 않아 물리치는 것.

236 감창(感愴) 어떤 느낌이 가슴에 사무쳐 서글픔.

237 폭백(暴白) 억울하고 분한 사정을 털어놓고 말하는 것.

238 선지피 다쳐서 선지처럼 쏟아져 나오는 피.

239 십전대보탕(十全大補湯) 한약 처방의 하나. 팔물탕(八物湯)에 황기(黃芪)와 육계(肉桂)를 더하여 만드는 탕약으로, 원기를 돕는 데 쓴다.

240 장주(莊周) '장자(莊子)'의 본명. 장자는 중국 전국 시대의 사상가(?기원전 365~?기원전 270). 도가 사상의 중심인물로, 유교의 인위적인 예교(禮敎)를 부정하고 자연으로 돌아가자는 자연 철학을 제창하였다. '남화진인'이라 추호되었다. 저서에 『장자』가 있다.

241 구십춘광(九十春光) 봄의 석 달 동안. 또는 석 달 동안의 화창한 봄 날씨.

242 급주(急走) 각 역(驛)에 배치된 주졸(走卒). 또는 급히 달아나는 것. 여기서는 '급히 연락을 취하다'의 뜻.

243 철대 갓양태의 테두리에 둘러댄 테.

244 제량(濟凉)갓 제주도에서 만들어내는 품질이 낮은 갓. 제량.

245 응문지동(應門之童) 손님이 찾아왔을 때 문 앞에 나가 맞아들이는 나이 어린 종.

246 경계(經界) 옳고 그른 경위가 분간되는 한계.

247 엄지 어음을 쓴 종이.

248 숙녹피(熟鹿皮) 부드럽게 만든 사슴의 가죽이라는 뜻으로 유순한 사람을 비유하여 이르는 말.

249 감장(監葬) 장사(葬事) 지내는 일을 돌봄.

250 청승주머니 몹시 청승을 떠는 사람을 비유적으로 이르는 말.

251 쇠우쳐 거세게.

252 지로승(指路僧) 옛날 양반들이 산행(山行)을 할 때 길을 안내하던 승려. 여기서는 '길 안내꾼' 정도의 뜻.

253 여드레 팔십 리(걸음) 일을 매우 더디고 느리게 함을 비유적으로 이르는 말.

254 매기(煤氣) 그을음이 섞인 공기.

255 탄기(炭氣) 석탄 타는 연기.

256 두억시니 모질고 악한 귀신의 하나. 야차(夜叉).

257 앙급자손(殃及子孫) 조상의 잘못으로 인한 재앙이 자손에게까지 미침.

258 궁흉극악(窮凶極惡) 성정(性情)이 몹시 음침하고 흉악함.

259 도산(刀山) 지옥에 있다고 하는, 칼이 삐죽삐죽 솟은 산. 칼산.

260 별살 혜성의 빛살.

261 용(龍)울음 갑자기 내는 큰 울음.

262 담배씨로 뒤웅박을 판다(딴다) 작은 담배씨의 속을 파내고 뒤웅박을 만든다는 뜻으로, 사람이 매우 잘거나 잔소리가 심함을 비유적으로 이르는 말. 또는 성품이 매우 치밀하고 찬찬하여, 품이 많이 드는 세밀한 일을 잘함을 비유적으로 이르는 말. 여기서는 전자의 뜻.

263 주장중 주지(住持). '주장(主掌)'은 어떤 일을 책임지고 맡음. 또는 그런 사람.

264 초사(初仕) 처음으로 벼슬길에 오르는 것. 초입사(初入仕).

265 지근지처(至近之處) 매우 가까운 곳.

266 시친(屍親) 살해당한 사람의 친척.

267 가화(家禍) 집안에 일어난 재앙.

268 경가파산(傾家破産) 집안의 재산을 모두 떨어 없앰.

269 주작(朱雀)살 주작에서 뻗치는 독하고 모진 기운. 죽을 살에 해당한다.

270 낱 셀 수 있는 물건의 하나하나.

271 포도청 변쓰듯 남이 알아듣지 못할 말을 툭툭 내뱉는 모양을 비유적으로 이르는 말.

272 전인(專人) 어떤 소식이나 물건을 전하기 위하여 특별히 사람을 보냄. 또는 그 사람.

273 내주장(內主張) 아내가 집안일을 주장하는 것.

274 참새 굴레 씌우다 지나치게 약삭빠르고 꾀가 많음을 비유적으로 이르는 말.

275 희떱다 실속 없이 씀씀이가 헤퍼 눈꼴사납다.

276 주밀(周密) 허술한 구석이 없고 세밀함.

277 부정지속(釜鼎之屬) 솥 · 가마 등 부엌에 딸린 것의 총칭.

278 묘묘(杳杳) 멀어서 아득함.

279 검측하다 마음이 엉큼하고 욕심이 많다.

280 척전(擲錢) 동전 따위를 던져 나타나는 면에 따라 길흉을 점치는 일. 돈점.

281 질솥 질흙으로 구워 만든 솥. 토정(土鼎).

282 노래(老來) 늘그막.

283 산 목을 쓰다 몹시 흥분하여 소리를 지르다.

284 앙그러지다 하는 짓이 퍽 어울리고 짜인 맛이 있다.

285 겁겁(劫劫)하다 성미가 급하여 참을성이 없다.

286 중정(中情) 가슴속에 맺힌 감정이나 생각.

287 이순풍(李順風) 판수 점쟁이의 조상으로 섬기는 맹인신(盲人神)의 하나. 주로 눈병이 났을 때에 이 신에게 빈다.

288 적심(賊心) 도둑질하려는 마음.

289 사화(私和) 원한을 풀고 서로 화평하는 것.

290 기송(起訟) 송사(訟事)를 일으킴.

291 구리귀신(鬼神) 지독한 구두쇠를 낮잡아 이르는 말. 동신(銅神).

292 세(細)대삿갓 가늘게 쪼갠 댓개비로 만든 대삿갓. 여승이 주로 쓴다.

293 열쌔다 매우 빠르고 날래다.

294 먹바지 검정 바지를 속되게 이르는 말.

295 정범(正犯) 진범(眞犯).

296 근포(捕) 죄인을 쫓아가서 잡음.

297 섬섬약질(纖纖弱質) 가냘프고 여리며 약한 체질.

298 문청문청 '문척문척'의 잘못. 무르고 연한 물건 따위가 조금만 건드려도 자꾸 뚝뚝 끊어지거나 잘라지는 모양.

299 골김 비위에 거슬리거나 마음이 언짢아서 성이 나는 김.

300 해삼위(海蔘威) 블라디보스토크.

301 면례(緬禮) 무덤을 옮겨 장사를 다시 지내는 것.

302 청룡(靑龍) 풍수지리에서, 주산(主山)에서 왼쪽으로 갈려 나간 산줄기. 여럿일 때는 내청룡과 외청룡으로 나누어 이른다.

303 향(向) 풍수지리에서, 묏자리·집터 따위의 앞쪽.

304 애총 어린아이의 무덤. 아총(兒塚).

은세계

* 동문사, 1908년 11월.

1 취색(取色) 닦고 손질하여 윤을 냄.

2 북새풍(北塞風) 북쪽에서 불어오는 찬 바람.

3 회회 여러 번 잘게 감거나 감기는 모양.

4 종용(從容) '조용'의 원말.

5 눈구멍 눈이 많이 쌓인 가운데. 눈구덩이.

6 구복(口腹) (음식을 먹는) 입과 배.

7 허유(許由) 고대 중국의 전설상의 인물. 자는 무중(武仲). 요임금이 왕위를 물려주려 하였으나 받지 않고 오히려 자신의 귀가 더러워졌다고 하여 잉수이 강물에 귀를 씻고 기산(箕山)에 들어가서 숨었다고 한다.

8 잔풍향양(潺風向陽) 바람이 고요하고 잔잔하며 햇볕을 마주 받음.

9 지동(地動) 화산의 활동이나 단층·함몰 등 지구 내부의 급격한 변동 때문에 땅이 일시적으로 흔들림.

10 이심(已甚)스럽다 지나치게 심한 데가 있다.

11 이경(二更) 하룻밤을 다섯으로 나눈 둘째 부분. 밤 아홉 시에서 열한 시 사이. 을야(乙夜).

12 덜미 목의 뒷부분. 오늘날, 신체 부위의 뜻으로는 주로 '목덜미'와 같은 합성어의 꼴로 쓰이며, '덜미'는 '잡다' '잡히다' 등의 동사와 어울려 비유적인 뜻으로 많이 쓰임.

13 머섬 '머슴'의 옛말.

14 훔쳐때리다 들이덤비어 여무지게 때리다.

15 숫가지 '산(算)가지'의 잘못. '산가지'는 예전에, 수효를 셈하는 데 쓰던 막대기. 대나무나 뼈 따위를 젓가락처럼 만들어 가로세로로 벌여놓고 셈을 하였는데, 일·백·만 단위는 세로로 놓고, 십·천 및 지금의 십만에 해당하는 억 단위는 가로로 놓았다.

16 뭇 조세를 계산하기 위한 토지 넓이의 단위. 열 줌이 한 뭇, 열 뭇이 한 짐임.

17 구실 세납(稅納) 또는 부역(賦役).

18 감영(監營) 감사(監司)가 직무를 맡아보는 관아. 영문(營門).

19 장차(將差) 고을 원이나 감사(監司)가 심부름으로 보내는 사람.

20 영문(營門) 감사(監司)가 직무를 맡아보는 관아.

21 비관(關) 상관이 하관에게 비밀히 보내는 공문(公文).

22 택호(宅號) 이름 대신에, 벼슬 이름이나 시집 또는 장가간 곳의 지명을 붙여서
그 사람의 집을 부르는 이름. 수원댁, 이진사댁 따위.

23 출사(出使) 포교(捕校)가 도둑을 잡으라는 명령을 받고 멀리 출장하는 것.

24 차사례(差使例) 죄인이 차사에게 뇌물로 주던 돈.

25 추어내다 '들추어내다'의 준말. 들추어 나오게 하다.

26 고랑 쇠고랑.

27 자세(藉勢) 어떤 권력이나 세력 또는 특수한 조건을 믿고 세도를 부림.

28 신발값 심부름하는 값으로 주는 돈. 신발차.

29 봇돌논 봇물을 대거나 빼게 만든 도랑에 있는 논.

30 전례(錢禮)돈 뇌물로 준 돈.

31 실포(失捕) 잡았던 죄인이나 짐승 따위를 놓침.

32 장설(壯雪) 장쾌하게 썩 많이 오는 눈.

33 맞녁수 '맞적수'의 잘못.

34 악머구리 잘 우는 개구리란 뜻으로, '참개구리'를 이르는 말.

35 염문(廉問) (사정, 형편 따위를) 남모르게 물어봄.

36 호방(戶房) 조선 시대에 호전(戶典)에 관한 일을 맡아보던, 승정원과 각 지방 관
아의 육방(六房)의 하나.

37 비장(裨將) 조선 시대에 감사(監司), 유수(留守), 병사(兵使), 수사(水使) 등을 따
라다니던 무관. 막료(幕僚). 막비(幕裨).

38 지분지분하다 짓궂은 말이나 행동으로 자꾸 남을 귀찮게 하다.

39 공사청(公事廳) 조선 시대에 임금의 명을 전하는 내시가 근무하던 곳.

40 백방(白放) 죄가 없음이 드러나서 놓아줌.

41 당길심 자기편으로만 끌어당기려는 욕심.

42 잡도리하다 잘못되지 않도록 단단히 대책을 세우다.

43 득인심(得人心) 인심을 얻음.

44 수직(守直) 맡아서 지킴.

45 정자관(程子冠) 선비들이 평상시에 쓰는, 말총으로 만든 관. 위는 터지고 세 봉

우리가 지게 두 층 또는 세 층으로 되어 있음.

46 회오리밤 벗듯 남이 시비할 여지 없이 사람됨이 원만하다는 말. '회오리밤'은 밤 송이 속에 외톨로 동그랗게 생긴 밤.

47 기승(氣勝)스럽다 성미가 굳세고 억척스러워 좀처럼 남에게 굽히지 않다.

48 민요(民擾) 민란(民亂). 백성들이 일으킨 폭동이나 소요.

49 군요(軍擾) 군사들이 일으키는 난리.

50 장두(長頭) 어떤 조직체나 부서의 우두머리.

51 첨(諂) 아첨(阿諂).

52 패호(牌號) 좋지 못한 별명이 붙음.

53 부시쌈지 부시, 부싯깃, 부싯돌 따위를 넣는 쌈지.

54 벌력 하늘이나 신령이 사람의 죄악을 징계하느라고 내린다는 벌.

55 앙화(殃禍) 지은 죄의 앙갚음으로 받는 재앙.

56 기이다 어떤 일을 숨기고 바른대로 말하지 않다.

57 녹피에 쓴 가로왈(曰) 자 사슴 가죽에 쓴 가로왈(曰) 자는 가죽을 당기는 대로 일 (日) 자도 왈(曰) 자도 된다는 뜻으로, 일정한 주견 없이 이랬다저랬다 함을 비 유하는 말.

58 산월(産月) 아이를 낳을 달. 산달. 산삭(産朔). 해산(解産)달.

59 왕환(往還) 왕복(往復).

60 기직 왕골껍질이나 부들 잎으로 짚을 싸서 엮은 자리.

61 호구(糊口) 입에 풀칠을 한다는 뜻으로, 겨우 끼니를 이어가는 것.

62 개울리다 상대편을 높여 대하다.

63 장하(杖下) 장형(杖刑)을 받는 그 자리.

64 관속(官屬) 지방 관청의 아전과 하인의 총칭.

65 청백리(淸白吏) 재물에 욕심이 없이 곧고 깨끗한 관리.

66 인꼭지 도장 따위의 손잡이.

67 우물고누 고누의 하나. '十'의 네 귀를 둥근 원으로 막고 한쪽 귀를 터놓은 판에 각각 말 두 개씩을 서로 먼저 가두면 이긴다. '고누'는 땅이나 종이 위에 말밭을 그려놓고 두 편으로 나누어 말을 많이 따거나 말길을 막는 것을 다투는 놀이의 한 가지.

68 열명(列名) 여럿의 이름을 나란히 벌여 적는 것.

69 별입시(別入侍) 신하가 임금을 사사로운 일로 뵈는 것.

70 줄남생이 물가의 양지바른 곳에 죽 늘어앉은 남생이.

71 아전(衙前) 조선 시대의 '서리(胥吏)'의 딴 이름.

72 병방(兵房) 조선 시대에 병전(兵典)에 관한 사무를 맡아보던, 승정원과 각 지방 관아의 육방(六房)의 하나.

73 공방(工房) 조선 시대에 공전(工典)에 관한 사무를 맡아보던, 승정원과 각 지방 관아의 육방(六房)의 하나.

74 초라니 하회 별신굿 탈놀이에 등장하는 인물의 하나. 양반의 하인으로 가볍고 방정맞은 성격을 지님.

75 회계(回啓) 임금의 하문(下問)에 대하여 심의하여 상주(上奏)하는 것.

76 청(請) 어떤 일을 이루기 위하여 남에게 하는 부탁.

77 거간(居間) 사이에 들어 흥정을 붙이는 것.

78 조방(助幇)꾼이 오입판에서 여자를 소개하거나 잔심부름을 하는 사람.

79 약산동대(藥山東臺) 평안북도 영변군 약산에 있는 천연의 대(臺). 관서팔경의 하나로 그 밑으로는 구룡강이 흐른다. 운주루.

80 장번(長番) 조선 시대에 병사가 궁중에서 장기간 유숙하며 교대하지 아니하고 근무하던 일. 선전관(宣傳官), 겸사복, 내금위, 족친위, 충의위 따위의 병종(兵種)이나 환관(宦官)이 행하였는데, 이들에게는 급료 외에 보포(補布)를 지급하였다.

81 산동(山東) 중국 북쪽 해안에 있는 성(省). 황해(黃海)를 사이에 두고 한반도와 마주 보고 있다. 19세기에 들어 황허 강(黃河)의 물길이 바뀌면서 이 성의 농업 지대에서는 지반 침식과 홍수의 심각한 문제가 대두되었다. 1855년에는 수차례의 홍수로 기근이 자주 발생했으며, 그 결과 많은 농민들이 만주나 내몽골 지역으로 이주해 갔다. 19세기의 마지막 10년 사이에 산둥은 독일, 영국, 일본의 영향권 내에 들어갔다. 제1차 세계대전 이후 일본은 산둥을 점령하고 그 사실을 인정할 것을 중국에 강요하면서 1922년까지 계속 점령했다.

82 대란(大亂) 큰 난리가 나다.

83 불류시각(不留時刻) 시각을 머무르지 않음.

84 급창(及唱) 군아(郡衙)에서 부리는 사내종. 원의 명령을 받아 큰 소리로 전달하는 일을 맡아봄. 급쟁이.

85 청령(聽令) 명령을 주의 깊게 듣는 것.

86 영리(營吏) 조선 시대에 감영, 군영, 수영에 딸려 있던 이서(吏胥).

87 난전 몰리듯 (단속하는 관원에게 쫓기는 난전 상인의 급한 사정에 빗대어) 몹시 급하게 마구 몰아쳐서 당하는 사람이 정신을 못 차림을 비유적으로 이르는 말. '난전(亂廛)'은 조선 시대에 육의전(六矣廛)에서 파는 물건을 몰래 팔던 가게.

88 간잎 우엽(右葉), 좌엽(左葉)의 둘로 나뉜 간의 그 한쪽 부분. 모양이 나뭇잎 같음. 간엽(肝葉).

89 사령(辭令) 남을 응대하느라고 쓰는 반드레한 겉치레의 말. 또는 습관적, 상투적으로 쓰는 말.

90 대민(大民) 문벌이나 지체가 좋은 시골 사람.

91 불목(不睦) 사이가 서로 좋지 않다.

92 풍화소관(風化所關) 교육이나 정치의 힘으로 세상의 풍습을 잘 교화하는 것에 관계되는 바.

93 호천망극(昊天罔極) 어버이의 은혜가 넓고 큰 하늘과 같이 다함이 없음을 이르는 말. 주로 부모의 제사에서 축문(祝文)으로 쓰이는 말이다.

94 후더침 '산후(産後)더침'의 준말. 아이를 낳은 뒤에 일어나는 갖가지 병증. 후탈.

95 혈혈고고(孑孑孤孤) 의지할 곳이 없이 외로움.

96 부제(不悌) 형이나 어른에 대하여 공손하지 못함.

97 불효부제(不孝不悌) 부모에게 효도하지 못하고 어른에게 공손하지 못함.

98 율기(律己) 안색을 바로잡아 엄정히 하는 것.

99 관정발악(官庭發惡) 예전에, 관가에서 심문이나 취조를 할 때 심문을 받는 사람이 관원에게 반항함.

100 집장(執杖) 곤장을 잡아 세움. 또는 그런 사람.

101 산장(散杖) 죄인을 신문할 때, 위협으로 형장(刑杖)을 죄인의 눈앞에 벌여놓는 일.

102 형문(刑問) 형장(刑杖)으로 죄인의 정강이를 때리는 형벌.

103 헐장(歇杖) 장형(杖刑) 집행에서 때리는 시늉만 하는 매질을 함.

104 죽지 팔과 어깨가 이어진 관절의 부분.

105 부민(富民) 살림이 넉넉한 백성.

106 장처(杖處) 장형으로 곤장을 맞은 자리.

107 하지(夏至) 24절기의 하나. 6월 21일경으로, 망종(芒種)과 소서(小暑) 사이에 있음. 북반구에서는 낮의 길이가 가장 긺.

108 보리곱삶이 곱삶이. 두 번 삶아 짓는 밥.

109 곁두리 농사꾼이나 일꾼들이 끼니 외에 참참이 먹는 음식.

110 모춤 볏모를 서너 모숨씩 묶은 단.

111 선소리꾼 앞소리를 메기는 사람.

112 신농씨(神農氏) 중국의 옛 전설 속의 제왕으로 삼황(三皇)의 한 사람. 농업·의료·악사(樂師)의 신, 주조(鑄造)와 양조(釀造)의 신이며, 또 역(易)의 신, 상업의 신이라고도 한다.

113 수인씨(燧人氏) 중국 고대 전설상의 황제. 삼황(三皇)의 한 사람으로, 불을 쓰는 법과 음식물 조리법을 전하였다고 한다.

114 화식(火食) 불에 익힌 음식을 먹다.

115 논배미 논의 한 구역.

116 어레미 바닥의 구멍이 큰 체.

117 써렛발 써레몽둥이에 박는 끝이 뾰족한 나무. 논바닥을 고르거나 흙덩이를 부수는 데 쓴다.

118 바특바특 두 대상의 물체가 조금 가깝게 있는 모양.

119 토박(土薄) 땅이 기름지지 못하고 메마름.

120 쇠두엄 외양간에서 쳐낸 두엄. 구비(廏肥). 소두엄.

121 저녁곁두리 점심밥과 저녁밥 사이에 먹는 곁두리.

122 일락서산(日落西山) 해가 서산에 짐.

123 동그마니 외따로 오뚝하게.

124 고수머리 곱슬곱슬한 머리털. 또는 그런 머리털을 가진 사람.

125 날라리 '태평소'의 잘못.

126 퉁솟대 퉁소(洞簫). 대로 만든 악기의 한 가지. 앞에 구멍이 다섯 개 있고, 뒤에 하나가 있으며, 세로로 붊.

127 건(乾)갈이 건답(乾畓)을 가는 것.

128 찬물받이 늘 찬물이 솟아나거나 흘러 들어와 괴어 있는 논배미.

129 제반악증(諸般惡症) 여러 가지 악한 짓.

130 쳇불관 쓰고 몽둥이 맞다 점잖은 사람이 망신당하는 일을 비유적으로 이르는 말. '쳇불관'은 예전에, 선비들이 머리에 쓰던 관의 하나. 말총으로 쳇불처럼 거칠게 짜서 만든다.

131 세덕(世德) 대대로 쌓아 내려오는 아름다운 덕.

132 고밀개 '고무래'의 방언.

133 곰배 '고무래'의 방언.

134 태장(笞杖) 태형(笞刑)과 장형(杖刑)을 아울러 이르는 말.

135 북데기 짚, 풀 따위의 엉클어진 뭉텅이.

136 꽁지벌레 왕파리의 애벌레. 꼬리가 길고 발이 없다.

137 오지랖 웃옷이나 윗도리에 입는 겉옷의 앞자락.

138 협수머리 머리털이 자라서 덥수룩한 머리.

139 갈깃머리 상투나 낭자, 딴머리 따위와 같이 머리를 묶어 모양을 만들 때 함께 묶이지 않고 아래로 처지는 머리털.

140 통부(通訃) 부고(訃告). 사람의 죽음을 알리는 일. 또는 그 글. 부보(訃報). 부음(訃音).

141 소방상(小方牀) 험한 길이나 좁은 곳에서 쓰는 작은 상여. 높은 벼슬아치의 장사에 썼음.

142 상두 '상여'를 속되게 이르는 말.

143 달굿대 땅을 다지는 데 쓰는 몽둥이.

144 생때같다 몸이 튼튼하고 병이 없다.

145 진적(眞的) 참되고 틀림없음.

146 학정(虐政) 포학한 정치. 가정(苛政).

147 초록은 한 빛 풀과 녹색은 같은 빛깔이라는 뜻으로, 서로 같은 처지나 같은 부류의 사람들끼리 함께함을 이르는 말.

148 좌수(座首) 조선 시대, 향소(鄕所)의 우두머리. 아관(亞官).

149 들장대질 가마를 메는 사람들을 쉬게 하려고 다른 사람이 들장대로 가마채 밑을 받쳐 들어주는 일.

150 유문(留門) 조선 시대, 밤중에 특별한 일이 있어 궁궐이나 성문 닫는 것을 중지시키던 일.

151 낭 낭떠러지.

152 두리기둥 둥근 기둥. 원주(圓柱).

153 사모 바람에 거드럭거린다 벼슬하는 권세로 못된 짓을 하면서도 오히려 거들먹거리고 호통을 침을 비유적으로 하는 말. '사모(紗帽)'는 조선 시대, 문무관이 평상복에 착용하던 모자. 검은 사(紗)로 만들며, 뒤에 뿔이 2개 있음. 지금은 흔히 전통 혼례식 때 신랑이 씀.

154 금관자 서슬에 큰기침한다 나쁜 짓을 하고도 벼슬 높고 돈이 있는 유세로 도리어 큰소리를 하며 남을 야단침을 비유적으로 이르는 말. '금관자(金貫子)'는 금으로 만든 망건 관자. 정2품, 종2품의 벼슬아치가 닮.

155 망패(亡悖) 망할 조짐.

156 마판(馬板) 마구간 바닥에 깔아놓은 널빤지.

157 귀웅 도자기 공장에서 쓰는 진흙을 담는 통.

158 굽통 말이나 소의 발굽의 몸통.

159 불여귀(不如歸) 두견이 과의 새. 뻐꾸기와 비슷하나, 훨씬 작음. 몸빛은 등이 회색을 띤 청갈색, 배는 백색에 검은 가로줄 무늬가 있음. 숲 속에서 사는 여름새로, 다른 새의 둥지에 알을 낳아 생육을 떠맡김. 옛 시가에서는 흔히 '소쩍새'를 가리키는 말로 쓰였음. 귀촉도. 두견. 두견새. 두우(杜宇). 망제(望帝). 망제혼. 자규. 촉혼. 두견이.

160 갑신년(甲申年) 변란(變亂) '갑신정변(甲申政變)'을 가리킨다. '갑신정변'은 조선 고종 21년(1884)에 김옥균, 박영효 등의 개화당이 민씨 일파를 몰아내고 혁신적인 정부를 세우기 위하여 일으킨 정변으로, 거사 이틀 후에 민씨 등의 수구당과 청나라 군사의 반격을 받아 실패로 돌아갔다.

161 김옥균(金玉均) 한말의 정치가(1851~1894). 근대 부르주아 혁명을 지향했던 급진 개화파의 지도자로서 갑신정변(1884)을 주도했으며, 우리나라 개화사상의 형성에 큰 역할을 했다.

162 신릉군(信陵君) 중국 전국 시대 위(魏)나라의 정치가. 이름은 무기(無忌). 문하에 식객 3천 명을 거느렸다고 한다. 제나라의 맹상군, 초나라의 춘신군, 조나라의 평창군과 함께 전국 말기의 사군(四君)으로 뽑힌다.

163 풍도(風度) 풍채와 태도.

164 도탄(塗炭) '진구렁과 숯불'의 뜻으로, 백성의 생활이 몹시 쪼들려 비참하고 고통스러운 상태.

165 문옥(問獄) 옥으로 찾아와 문안함.

166 절당(切當) 사리에 꼭 들어맞음.

167 망건편자 망건을 졸라매는 띠.

168 대좌기(大坐起) 관청의 우두머리가 출근하여 일을 시작하는 것.

169 물고(物故) 죄인을 죽이는 것.

170 중장(重杖) 몹시 치는 장형(杖刑).

171 사혐(私嫌) 개인적으로 미워하고 꺼려하는 것.

172 애급(埃及) '이집트'의 음역어.

173 파란(波蘭) '폴란드'의 음역어.

174 주장(朱杖) 주릿대 따위로 쓰는, 붉은 칠을 한 몽둥이. 주장대.

175 오그랑벙거지 주름이 잡혀 오글쪼글한 벙거지.

176 엮음시조 사설시조.

177 사처 손님이 길을 가다가 묵는 것. 또는 묵고 있는 그 집.

178 기름(을) 짜다 자리가 비좁다는 뜻의 속된 표현.

179 초로와 같은 인생 주로 인생이 덧없고 허무함을 의미함. '초로(草露)'는 풀에 맺힌 이슬.

180 원정(原情) 억울한 사정을 하소연하는 것.

181 정하다 소장(訴狀)이나 원서(願書) 따위를 제출하다.

182 지원절통(至冤切痛) 지극히 원통함.

183 군노(軍奴) 군아(軍衙)에 딸린 종.

184 탐장(貪贓) 관리가 옳지 못한 재물을 탐함.

185 조방(造謗)꾼 남을 헐뜯어 말하거나 비방하는 사람.

186 염문(廉問)꾼 염탐꾼.

187 아객(衙客) 원을 찾아와 지방 관아에 묵고 있는 손.

188 거조(擧措) 무엇을 처리하거나 꾸미기 위한 조치.

189 축출경외(逐出境外) 치안을 방해하는 사람을 다른 지방으로 내쫓음.

190 공송(公誦) 여럿의 의논이나 의견을 좇아서 사람을 천거함.

191 중영(中營) 중군영(中軍營). 중군(中軍)의 영문(營門)이나 진영(陣營).

192 미구(未久) 앞으로 오래지 않음.

193 효상(爻象) 좋지 못한 몰골.

194 장폐(杖斃) 장형(杖刑)으로 죽다. 장사(杖死).

195 방장(方將) 이제 곧.

196 참 길을 가다가 잠시 쉬어 묵거나 밥을 먹는 곳.

197 우산낙조(牛山落照) 와우산 위에서 석양에 지는 해의 모습을 바라본 광경. 해운 팔경(海雲八景)의 하나이다. 우산(牛山)은 송정으로 넘어가는 달맞이고개가 있 는 산으로 멀리서 바라보면 산의 모습이 소가 누워 있는 것 같다 하여 붙은 이 름이다.

198 세보교(賃步轎) 일정한 세를 주고 빌려 타는 정자 지붕 모양으로 가운데를 솟게 하고 사면을 장막으로 둘러친 가마.

199 통성(痛聲) 병으로 앓는 소리.

200 불사약(不死藥) 먹으면 영원히 죽지 않는다는 선약(仙藥).

201 병구원(病救援) '병구완'의 원말. 아픈 사람이나 해산하는 사람을 곁에서 시중 드는 것.

202 모산지배(謀算之輩) 이해타산만을 꾀하는 무리.

203 적적요요(寂寂寥寥) (주위가) 조용하고 쓸쓸함. 또는 주위에 사람이 없어 외롭 고 심심함.

204 장장하일(長長夏日) 기나긴 여름날.

205 소쇄(瀟灑) 어떠한 지경에 도는 기운이 맑고 깨끗함.

206 지관(地官) 풍수지리설에 따라 집터나 묏자리 따위를 가려잡는 사람. 지사(地師).

207 회장(會葬) 장례 지내는 데 참여하는 일.

208 부역(赴役) 사사로이 서로 일을 도와주는 것.

209 토끼 죽으니 여우 슬퍼한다 같은 무리끼리 괴로움과 슬픔을 함께한다는 말.

210 연뭇국(軟泡) 쇠고기, 무, 두부, 다시마 따위를 맑은 장국에 넣어 끓인 국. 초상 집에서 발인하는 날 흔히 끓인다.

211 일곡(一哭) 한 차례 곡을 하다.

212 공산야월(空山夜月) 사람이 없는 빈산에 외로이 밤을 환히 밝히는 달.

213 공규(空閨) 오랫동안 남편이 없이 아내 혼자서 거처하는 방. 공방(空房).

214 함원귀천(含怨歸泉) 원한을 품고 황천으로 돌아가는 것.

215 명정(銘旌) 죽은 사람의 관직·성씨 등을 기록하여 상여 앞에 들고 가는 긴 기.

정명.

216 달고 '달구'의 옛말. 집터 등의 땅을 다지는 데 쓰는 기구. 두 개나 네 개의 손잡이가 달린 것으로, 쇠달구와 목달구가 있음.

217 춘초(春草) 봄에 새로 돋아난 풀.

218 연년(年年) 한결같거나 변함없는 각각의 해. 매년(每年), 매세(每歲), 비년(比年).

219 왕손(王孫) 임금의 손자 또는 후손. 왕윤(王胤).

220 횡사(橫死) 뜻밖의 재앙을 당하여 죽다.

221 가긍(可矜) 불쌍하고 가엾음.

222 살일불고(殺一不辜) 아무 잘못이나 허물이 없는 사람을 죽임. '불고(不辜)'는 아무 잘못이나 허물이 될 일이 아님. 또는 아무 잘못이나 허물이 없는 사람.

223 형일불고(刑一不辜) 아무 잘못이나 허물이 없는 사람에게 형벌을 가함.

224 희호세계(熙 世界) 백성의 생활이 즐겁고 나라가 태평한 세상.

225 횡대(橫帶) 관을 묻은 뒤에 광중(壙中)의 위를 덮는 널.

226 회판 '회두리판'의 준말. 맨 나중의 판. 끝판.

227 공산낙월(空山落月) 사람이 없는 빈산에 외로이 지는 달.

228 죽지사(竹枝詞) 십이가사(十二歌詞)의 하나. 우리나라의 경치, 인정, 풍속 등을 노래함. 건곤가(乾坤歌).

229 절사(絶嗣) 계통을 이을 대가 끊어지는 것.

230 불긴(不緊) 요긴하지 않음.

231 형해(形骸) 사람의 몸 또는 몸을 이룬 뼈.

232 실진(失眞) 실성(失性).

233 제명울이 '계명워리'의 잘못. 행실이 바르지 못한 여자를 낮추어 부르는 말.

234 구기(口氣) 말하는 태도나 버릇.

235 당귀(當歸) 숭검초의 뿌리. 보혈·강장제·진정제로 쓰임.

236 천궁(川芎) 천궁, 궁궁이의 뿌리. 혈액 순환을 돕는 데 쓰임.

237 숙지황(熟地黃) 생지황을 술에 담갔다가 여러 번 찐 약재. 보혈(補血), 보음(補陰)에 약효가 있음.

238 백작약(白芍藥) 미나리아재빗과의 여러해살이풀. 높이 40~50센티미터. 산지에서 자라며, 늦봄에 흰 꽃이 핌. 뿌리는 희며 보혈(補血), 진정(鎭靜), 부인

과 · 외과의 약재로 쓰임.

239 원지(遠志) 원지과의 여러해살이풀. 뿌리줄기는 단단하고 끈 모양을 이루며, 여름에 자색 꽃이 핌. 뿌리는 강장제로 씀. 산지에 남.

240 백복신(白茯神) 소나무의 뿌리를 싸고 뭉쳐 생긴 복령(茯苓). 한방에서 오줌을 잘 나오게 하는 데에 쓰임.

241 석창포(石菖蒲) 천남성과의 상록 여러해살이풀. 6~7월에 황록색의 꽃이 핌. 뿌리 · 줄기는 청량 건위제, 구충제로 씀. 흔히 물가에 나는데, 관상용으로 심기도 함.

242 청심보혈(淸心補血) 마음을 편안하게 하고 혈을 보함.

243 심경열도(心經熱度) 심경과 열도. '심경'은 십이 경맥의 하나. 심중(心中)으로부터 시작하여 심계(心系)에 속하며 소장에 연락되고 새끼손가락 끝에서 수태양소장경으로 이어진다. 수소음심경(手少陰心經)이라고도 한다. '열도'는 열의 도수.

244 유복자(遺腹子) 아버지가 죽을 때 어머니 뱃속에 있던 자식. 곧, 아버지가 죽은 뒤에 태어난 자식. 유자(遺子).

245 묵장 장기에서, 쌍방이 모두 모르고 지나쳐 넘긴 장군.

246 조무(趙武) 중국 춘추 시대 진(晉)나라 집정대부(執政大夫).

247 율곡(栗谷) 이이(李珥, 1536~1584). 조선 중기의 문신, 학자. 본관은 덕수(德水). 자는 숙헌(叔獻), 호는 율곡(栗谷), 석담(石潭), 우재(愚齋). 아버지는 사헌부감찰 원수(元秀)이며, 어머니는 사임당(師任堂) 신씨(申氏)이다. 어려서는 주로 어머니의 가르침을 받았으며, 1548년 13세의 나이로 진사시에 합격했다.

248 매월당(梅月堂) 김시습(金時習, 1435~1493). 조선 초기의 문인. 본관은 강릉. 자는 열경(悅卿), 호는 매월당(梅月堂), 동봉(東峰), 벽산청은(碧山淸隱), 췌세옹(贅世翁) 등이며 법호는 설잠(雪岑)이다. 신라 알지왕의 후예인 원성왕(元聖王)의 동생 주원(周元)의 후손이다. 무반 계통으로 충순위(忠順衛)를 지낸 김일성(金日省)의 아들이다. 그는 현실과 이상 사이의 갈등 속에서 어느 곳에도 안주하지 못한 채 기구한 일생을 보냈는데, 그의 사상과 문학은 이러한 고민에서 비롯한 것이다. 전국을 두루 돌아다니면서 얻은 생활 체험은 현실을 직시하는 비판력을 갖출 수 있도록 시야를 넓게 했다. 그의 현실의 모순에 대한 비판은 불의의 위정자들에 대한 비판과 맞닿으면서 중민(重民)에 기초한 왕도정치(王道政治)의 이상을 구가하는 사상으로 확립된다. 유저(遺著)로는 『금오신화』 『매월당집(梅月堂集)』 『매월당시사유록』 등이 있다.

249 명현(名賢) 아주 훌륭하여 이름이 난 현인.

250 두멍 물을 길어 붓고 쓰는 큰 가마나 큰 독.

251 금사망을 썼다 무엇에 얽혀서 벗어날 수가 없음을 의미. '금사망(金絲網)'은 금실로 얽어서 만든 그물.

252 감중련(을) 하다 감괘의 가운데 획이 이어져 틈이 막혀 있다는 뜻으로, 입을 다물고 말을 하지 않음을 뜻함. '감중련(坎中連)'은 팔괘의 하나인 감괘(坎卦)의 상형을 이르는 말.

253 만경창파(萬頃蒼波) 끝없이 너른 바다.

254 무정물(無情物) 나무, 돌 따위와 같이 감각성이 없는 물건.

255 과갈지의(瓜葛之誼) 인척 관계로 생긴 정의(情誼).

256 고담준론(高談峻論) 뜻이 높고 바르며 엄숙하고 날카로운 말.

257 경천위지(經天緯地) 온 천하를 조직적으로 잘 계획하여 다스리다.

258 호의호식(好衣好食) '좋은 옷과 좋은 음식'이라는 뜻으로, 잘 입고 잘 먹음을 이르는 말.

259 백아(伯牙) 중국 춘추 시대의 거문고의 명인. 그의 거문고 소리를 즐겨 듣던 친구 종자기(鐘子期)가 죽자 자기의 거문고 소리를 이해하는 사람을 잃었다고 슬퍼한 나머지 거문고의 줄을 끊고 일생 동안 거문고를 타지 않았다고 한다.

260 종자기(鐘子期) 중국 춘추 시대 초나라 사람. 당시 거문고의 명인이었던 백아(伯牙)의 친구로서, 그의 거문고를 잘 알아들었다고 한다.

261 강개(慷慨) 의기(義氣)가 복받쳐 원통하고 슬프다.

262 인구전파(因口傳播) 말이 입으로 전하여 퍼짐.

263 망창(茫蒼) 큰일이 닥쳤으나 아무 계획이 서지 않아 앞이 아득하다.

264 시량범절(柴糧凡節) 땔나무와 먹을 양식. 그리고 모든 행사.

265 차하하다 대어주다.

266 화패(禍敗) 재화(災禍)와 실패.

267 연첩(連疊) 잇따라 겹쳐 있다.

268 기간사(期間事) 어느 시기부터 다른 어느 시기까지의 사이에 일어난 일.

269 연부역강(年富力强) 나이가 젊고 힘이 셈.

270 작전(作錢) 물건을 팔아서 돈을 마련함.

271 고등(高騰) 물가가 크게 오름. 앙등(騰). 등귀(騰貴).

272 관제(官制) 국가의 행정 조직 및 권한을 정하는 법규. 직제(職制).

273 십삼도(十三道) 조선 고종 33년(1896)에 지방 제도의 개정에 따라 구획된 전국 13개의 도. 곧, 전라남도 · 전라북도 · 충청남도 · 충청북도 · 경상남도 · 경상북도 · 경기도 · 황해도 · 강원도 · 평안남도 · 평안북도 · 함경남도 · 함경북도.

274 뒷줄 뒤를 돌보아주거나 받쳐주는 연줄. 셋줄.

275 존문(存問) 고을의 수령이 그 지방의 형편을 알아보려고 관할 지역의 유지를 방문하는 일.

276 면(面)새 '체면'을 속되게 이르는 말.

277 벌충 (손실이나 모자라는 것을) 다른 것으로 대신 채우는 것.

278 어살 물고기를 잡기 위하여 물속에 둘러 꽂은 나무 울. 어전. 싸리, 참대, 장나무 따위를 개울, 강, 바다 따위에 날개 모양으로 둘러치거나 꽂아 나무 울타리를 친 다음 그 가운데 그물을 달아두거나 길발, 깃발, 통발과 같은 장치를 하여 그 안에 고기가 들어가서 잡히도록 한다.

279 상투모 '상투기둥'의 잘못. 위의 상투처럼 내민 장부나 촉을 만들어 도리에 뚫은 구멍에 끼우게 된 기둥. 보를 꿰뚫고 도리에 끼운다.

280 판출(辦出) (돈이나 물건을) 어떤 일을 위하여 마련해냄.

281 혼몽(昏) 정신이 흐릿해 가물가물함.

282 물켜다 물을 한꺼번에 많이 마시다.

283 사지백체(四肢百體) 온몸.

284 무양(無恙) 몸에 탈이나 병이 없다.

285 상제(喪制) 부모 또는 승중(承重) 조부모의 거상 중에 있는 사람. 극인(棘人). 상인(喪人).

286 심상소학교(尋常小學校) 일제 강점기에, 초등 교육을 행하던 학교. 여기서는 미국의 초등학교를 이르는 말.

287 현연(顯然) 나타나는 정도가 뚜렷함.

288 주객지의(主客之誼) 주인과 손님 사이의 정의(情誼).

289 감태기 '감투'를 얕잡아 이르는 말.

290 국량(局量) 사람을 포용하는 도량(度量)과 일을 처리하는 능력.

291 야소교(耶蘇敎) '예수교'의 음역어.

292 실심(實心) 진심(眞心).

293 사해(四海) 사방의 바다. 온 세상.

294 편성(偏性) 원만하지 못하고 한쪽으로 치우친 성질.

295 물어박지르다 짐승이 달려들어 물고 뜯으며 마구 몸부림치다.

296 복발(復發) (병·근심·설움 등이) 다시 일어나는 것.

297 무형상(無形狀) 생긴 모양이 없음.

298 쌓아놓은 닭의 알같이 위태하다 누란지위(累卵之危)를 우리말로 풀어 쓴 표현.
몹시 아슬아슬한 위기를 비유적으로 이르는 말.

299 착심(着心) (어떠한 일에) 마음을 붙임. 착의(着意).

300 백면서생(白面書生) 글만 읽고 세상일에는 조금도 경험이 없는 사람.

301 공량(空樑) 흔히, 일반 한옥에서는 대청의 기둥 사이에 걸며, 대체로 자연목을
거의 다듬지 않고 사용함.

302 남남( ) 재잘거리는 것이 요란함.

303 초상상제(初喪喪制) 초상 중에 있는 상제.

304 장비(張飛) 중국 삼국 시대 촉한(蜀漢)의 무장(武將). 자는 익덕(益德). 후한(後
漢) 말엽에 유비(劉備)를 좇아 군사를 일으켰다. 조조(曹操)가 형주(荊州)를 차
지하고, 유비가 장판(長坂)에서 패했을 때, 그가 기병을 이끌고 저항하자 조조
의 군사들이 감히 접근하지 못했다고 한다. 나중에 유비를 따라 익주(益州)를
차지하고, 거기장군(車騎將軍)이 되었다. 당시 관우(關羽)와 더불어 '만인적'
(萬人敵)으로 불렸다. 221년(章武 1)에 유비를 좇아 오(吳)나라를 공격하려 했
는데, 출발할 즈음 부하 장수의 칼에 찔려 살해되었다.

305 목하도탄(目下塗炭) 눈앞에 펼쳐진 쪼들려 비참하고 고통스러운 상태.

306 서력(西曆) 예수 그리스도가 탄생한 해를 기원 원년으로 하는 책력.

307 백포장(白布帳) 흰 베로 만든 휘장.

308 일색(一色) 뛰어난 미인.

309 포원(抱冤) 원한을 품음.

310 장(丈) 길이의 단위. 한 장은 10척(尺).

311 계명성(啓明星) 새벽에 동쪽 하늘에서 반짝이는 '금성(金星)'을 이르는 말. 명
성(明星). 신성(晨星). 효성(曉星).

312 전위(傳位) 왕위를 전해줌.

313 아라사(俄羅斯) '러시아'의 음역어.

314 기년(幾年) 몇 해.

315 오호만의(嗚呼晩矣) '아, 늦었도다'라는 뜻으로, 시간에 늦었거나 기회를 놓쳤을 때 하는 말.

316 백공천창(百孔千創) 온통 구멍과 상처투성이라는 뜻으로, 온갖 폐단과 결함으로 엉망진창이 된 모양을 비유적으로 이르는 말.

317 조만(早晩) 이름과 늦음.

318 이해(利害) 이익과 손해. 득실(得失).

319 치산(治産) 집안 살림살이를 잘 다스리는 것.

320 청장(淸帳) 빚 따위를 깨끗이 갚다.

321 유익 자식(有益子息) 이롭거나 이익이 되는 자식.

322 영걸(英傑) 영특하고 기상이 뛰어남.

323 고사(固辭) 굳이 사양함.

324 토피(土皮) 나무나 풀로 덮인 땅의 거죽.

325 자산(赭山) 나무가 없어 바닥이 발갛게 드러난 산.

326 울밀(鬱密) 수목이 빽빽함.

327 융희(隆熙) 조선의 마지막 임금인 순종 때의 연호(1907~1910).

328 잔학생민(殘虐生民) 백성을 잔인하고 포악하게 다룸.

329 관황(官況)돈 조선 시대에, 벼슬아치들에게 주던 봉급. 18등급으로 나누어서 주었다.

330 천추(千秋) 긴 세월. 또는 먼 미래.

331 운권청천(雲捲靑天) '구름이 걷히고 하늘이 맑게 갠다'는 뜻으로 병이나 근심 따위가 씻은 듯이 없어짐을 비유적으로 이르는 말.

332 연화세계(蓮華世界) 아미타불이 살고 있는 정토로, 괴로움이 없는 지극히 안락하고 자유로운 세상. 극락세계. 극락정토. 서방세계. 서방정토. 안락국. 안락세계. 안락정토. 안양정토.

333 만수향(萬壽香) 부처 앞에 태우는 향 이름.

334 무뢰지배(無賴之輩) 성품이 막되어 예의와 염치를 모르며, 일정한 소속이나 직업이 없이 불량한 짓을 하며 돌아다니는 사람의 무리.

335 재약하다 총이나 포 따위에 화약을 재어 넣다.

336 포살(砲殺) 총포로 쏘아 죽임.

337 공변되다 행동이나 일 처리가 사사롭거나 한쪽으로 치우치지 않고 공평하다.

338 평심서기(平心舒氣) 마음을 평온하고 순화롭게 함. 또는 그런 마음.

339 요순(堯舜) 고대 중국의 요임금과 순임금을 아울러 이르는 말.

340 칙령(勅令) 임금의 명령. 칙명(勅命).

341 저당(抵當) 서로 맞서서 겨룸.

342 빙공영사(憑公營私) 공적(公的)인 일을 빙자하여 개인의 이익을 꾀함.

343 매관매직(賣官賣職) 돈·재물 등을 받고 벼슬을 시키는 것.

344 잔학생령(殘虐生靈) 백성을 잔인하고 포악하게 다룸. 잔학생민(殘虐生民).

345 면관(免官) 관직에서 벗어나게 하는 것. 면직(免職).

346 봉두돌빈(蓬頭突) 머리털이 쑥대강이같이 헙수룩하게 마구 흐트러짐. 또는 그 머리털. 봉두난발(蓬頭亂髮).

347 선유사(宣諭使) 나라에 병란(兵亂)이 있을 때, 임금의 명령을 받들어 백성을 훈유하는 임시 벼슬.

이인직과 신소설의 시대

권영민

1. 이인직과 신소설의 성립

이인직(李人稙)의 생애에 대해서는 아직도 제대로 알려지지 않은 것들이 많다. 그는 1862년 음력 7월 27일 경기도 음죽군(陰竹郡) 거문리(巨門里)에서 태어났으며, 1916년 세상을 떠난다. 그가 마흔 가까운 나이에 들어서 1900년 2월 관비 유학생으로 선발되었다는 점, 그리고 이해 9월에 일본 동경 간다(神田)에 있던 동경정치학교에 입학하였으며 정치학을 수학하게 되었다는 것은 널리 알려진 일이다. 그러나 이인직의 일본 유학 이전 경력은 제대로 밝혀진 것이 없다. 최근 한 연구자에 의하면, 이인직은 일본 동경에서 유학생 신분으로 1901년 11월 26일 동경 미야코 신문(都新聞社)의 견습생이 되어 1903년 5월까지 2년 6개월가량 견습 활동을 하면서 여러 편의 한국 소개 기사와 함께 일본어 단편소

설 「과부의 꿈」을 발표하기도 한다.[1]

1903년 봄 한국 정부가 재정난을 이유로 일본 유학생의 소환을 명하자, 이인직은 한국에서의 신문 창설에 대한 희망을 논한 「한국 신문 창간 취지서」를 미야코 신문에 발표한 후에 1903년 7월 귀국한다. 그런데 이해 12월 일본과 러시아 사이에 전쟁이 일어나자, 이인직은 러일전쟁 당시 일본 육군성의 한국어 통역관으로 임명되어 종군한다. 그가 유학 시절부터 꿈꾸던 신문 사업에 관여하게 된 것은 송병준, 이용구 등이 중심이 된 친일 단체 일진회 (一進會)와 연결되면서부터이다. 이 단체는 일본과의 보호 조약의 필요성을 선전하기 위해 1904년 8월 20일에 만들어진 것인데, 사회적 활동을 확대하기 위해 자체 기관지로서 신문을 만들 계획을 하고 있었다. 1904년부터 발간에 착수한 일진회의 기관지 국민신보(國民新報)는 1906년 1월 6일에야 창간호가 나왔으며, 이인직은 이 신문의 주필이 된다. 그런데 이인직은 국민신보에만 주력하지 않는다. 그는 다시 새로운 신문사를 설립하고자 하였는데, 그것이 바로 만세보(萬歲報)이다. 만세보의 창간 당시 이인직은 "본인이 신문을 발간하여 국민의 풍화를 고발하며 지식을 보도하기 위하여 경성 남서 회현방 회동 85통 44호에 신문사를 설립하고 만세보라 하는 신문을 발간코자 하와 자에 청원하오니 사조하신 후 인허하심을 복망"이라는 청원서를 1906년 5월 내부대신에게 제출한다. 그리고 이 청원에 따라 5월 10일에 만세보의 발

---

1 다지리 히데유키(田尻浩幸), 「이인직이 쓴 일본어 소설」, 『문학사상』, 1999년 7월호.

간이 허가된다. 만세보는 1906년 6월 16일 창간호가 나왔다. 이 창간호에는 발행 및 편집인으로 신광희(申光熙)라는 인물이 등재되었고, 사장은 오세창(吳世昌), 이인직은 주필이라는 자리를 차지하고 있다.

이인직이 본격적인 신소설 작가로 등장한 것은 그가 신문의 창간에 깊이 간여한 만세보에서부터이다. 이인직은 신소설 「혈(血)의 누(淚)」(1906. 7. 22~10. 10)와 「귀(鬼)의 성(聲)」(1906. 10. 14~1907. 5. 31)을 만세보에 연재한 바 있다. 그런데 만세보는 발간 후 1년을 넘기는 동안 경영난에 빠져 1907년 6월 29일 폐간된다. 만세보가 폐간 위기에 몰리자, 이인직은 이 신문을 인수하여 대한신문(大韓新聞)이라는 새로운 신문으로 만들게 된다. 1907년 7월 8일 창간한 대한신문에서 이인직은 사장의 직책을 맡는다. 이완용은 친일적인 정치 노선을 지지하도록 국민의 여론을 호도하기 위해, 만세보가 문을 닫게 되자, 그 시설을 이인직에게 인수하도록 한 것이다. 대한신문은 이완용 내각의 사설 기관지로서, 한말 대표적인 친일 신문이 된다. 이인직은 대한신문 사장이 된 뒤, 신소설 『치악산』(유일서관, 1908)과 『은세계』(동문사, 1908)를 잇달아 발간하였고, 이완용을 중심으로 한말의 친일 정객들과 교유하면서 선릉 참봉, 중추원 부찬의(副贊議)라는 관직에 오르기도 한다. 특히 한일 합병 조약 직전에 이완용의 하수인으로 여러 차례 일본을 오가며 일본 침략의 길을 열어놓은 것으로 알려져 있다. 일본의 강점 이후 이인직은 1911년 성균관을 개편한 경학원(經學院)의 사성(司成)으로 봉직한다. 그리고 잠깐 멀어졌던

소설의 창작에도 손을 대어 단편소설 「빈선랑(貧鮮郎)의 일미인 (日美人)」(매일신보, 1912. 3. 1)을 발표하고, 「혈의 누」의 속편에 해당하는 소설 「모란봉」(매일신보, 1913. 2. 5~6. 3)을 연재하다 가 중단한다.

이인직은 개화 · 계몽 시대를 대표하는 서사 양식으로서 신소설 의 시대를 열어놓는다. 그의 문필 활동은 문필가로서의 작가라는 새로운 사회적 존재의 등장을 가능하게 하고 있다. 한국 문학에 등장하는 근대적 풍경, 그 첫 장면에서 만나게 되는 인물이 작가 이인직이며 그가 창조해낸 새로운 서사 양식으로서의 신소설이라 는 점은 부인할 수 없다. 이인직은 한국의 근대화 과정에서 가장 충동적인 사회 · 문화적 변화가 이루어진 시기에 신소설의 창작에 앞장선다. 그러므로 이 시기 한국 사회의 충동적인 변화가 신소 설이라는 문학 양식의 특성과 그 담론 구조와도 깊이 관련되어 있다. 신소설의 서사 구조와 그 담론적 특성은 개화 · 계몽 시대 의 민중의 삶에 대한 깊은 이해를 바탕으로 성립된 것이라기보다 는 당대의 정치 · 사회적인 권력과 그 권력이 만들어내는 새로운 이념과 가치에 더욱 분명하게 대응한다. 신소설이라는 문학 양식 이 개화 · 계몽 의식을 담고 있는 것으로 평가되어온 것은 바로 이 같은 이념과 가치에 대한 지향성을 중시한 데에서 비롯된 일 이다.

이인직이 신소설을 창작하기 시작한 1905년 전후는 일본의 통 감부가 설치되고 이른바 보호 정치가 시행된 시기이다. 일본은 청일전쟁의 승리를 계기로 하여 조선에 대한 청국의 간섭을 배제

하고, 러일전쟁을 통해 한국에 대한 독자적인 지배력을 확보한다. 그리고 대한제국의 독립과 영토 보존을 위해 정치적 간섭과 군사적인 점령을 인정한다는 한일 의정서(1904. 2)를 체결하게 된다. 일본은 한국 내에 군대와 경찰을 주둔시킨 후에 영국·미국·러시아 등으로부터 한국에 대한 일본의 여러 분야의 이권과 일본의 보호 지도 감리 조치를 인정받자, 대한제국의 황제는 그대로 두고 대신에 모든 정치·외교·군사권을 갖는 일본 통감부를 설치한다는 이른바 보호 조약(1905. 11)을 강제로 체결하게 된다. 이 같은 지배 절차를 진행하면서 일본은 송병준, 이용구 등의 친일 관료를 중심으로 일진회라는 친일 사회 단체를 조직하게 하여 일본이 보호국이 되는 것을 지지하고, 그 필요성을 인정하도록 한다. 일본이 을사조약을 통해 한국의 외교권을 박탈한 것은 한국 문제에 대한 모든 국제적인 권익을 일본이 독점하게 됨을 의미한다.

이러한 정치 상황의 변화 속에서 일본과 일본을 지지하는 지배 세력이 가장 큰 관심을 기울이게 된 것은 일본에 대한 한국인들의 저항을 무마하는 일이다. 이를 위해서 가장 먼저 강조된 것이 바로 아시아에서의 일본의 역할론이다. 한국인들을 설득하기 위해 만들어낸 이 정치 담론의 배면에는 한국이 독립국이 되기 위해 문명개화가 필요하다는 것, 한국은 아직 미개의 상태를 벗어나지 못하고 있기 때문에 외세의 침략을 혼자서 막아내기 어렵다는 것, 한국에 대한 서구 세력의 간섭이나 침략을 일본이 나서서 막아주고 한국을 도와 한국의 문명개화 과정을 지도한다는 것 등 세부적인 방향까지 나열된다. 그리고 이 같은 주장은 곧바로 보호 정치를 내세운 통감부의 설치로 구체화되어 나타난다. 한국의 외교권을 박탈하고 주변의 모든 외국과의 외교적 관계를 단절시킨 일본은 보호라는 이름으로 조선에 대한 모든 권리를 지배자의 입장에서 행사[2]하게 되는 것이다.

일본이라는 새로운 강자의 힘의 작용에 의해 만들어지는 식민주의 담론은 열악한 조선의 정치 현실을 과장적으로 강조하여 한국인들이 현실에 대해 패배주의적 인식에 빠져들도록 하는 것이 중요하다. 그리고 일본의 조선에 대한 역할론을 강조한다. 동양의 새로운 강자로서 일본이 조선을 보호하여 서구 세력의 침략을 막아내고 문명개화의 길로 인도한다는 것이 그 역할론의 핵심이다. 이 같은 논리는 정치적인 면에서는 일본 통감부의 설치를 통해 강압적으로 실천되고 있다. 그리고 이 논리를 사회적으로 확대하고 일반화하기 위해 대중적인 매체가 동원되고 친일적인 지식인들이 앞장서게 된다. 이인직의 신소설은 바로 이 같은 동원된 힘에 의해 만들어진 사회적 기반 위에 자리 잡고 있기 때문에, 그 담론 구조가 일본의 보호 정치론이라는 지배 담론의 영향을 벗어나지 못한다. 신소설이 문명개화의 이상을 강조하는 것처럼 보이는 가운데 일본에 대한 친화적인 성향을 드러내는 것은 바로 이 때문이다.

---

2 조선총독부, 「조선의 보호 및 병합(朝鮮ノ保護及併合 1917)」, 복각판 『조선병합사 연구자료』 2, 동경: 용계서사, 1995, 1~5쪽.

2. 신소설 「혈의 누」와 몇 가지 텍스트

이인직의 신소설 「혈의 누」는 한국 근대 소설의 형성 과정에서 매우 중요한 위치를 차지한다. 이 작품의 구조와 특성에 대해서는 그동안 수많은 논의가 있어왔다. 「혈의 누」의 텍스트는 모두 네 가지의 형태가 서로 관련되어 있기 때문에 보다 면밀한 검토가 필요하다. 신소설 「혈의 누」는 1906년 만세보 연재본이 그 원형에 해당한다. 신소설의 본격적인 출현을 의미하는 이 텍스트는 1906년 7월 22일부터 10월 10일까지 모두 50회에 걸쳐서 연재된 것으로 국한문 혼용 방식을 따르면서도 모든 한자에 국문으로 음을 표시하거나 한자로 표기된 한자어 자체를 고유어로 고쳐 국문으로 병기하는 특이한 방식을 사용하고 있다. 이 같은 표기 방식은 당시 일본 신문들이 취하던 일본어 표기 방식을 모방한 것이라고 할 수 있는데, 만세보의 일반 기사들도 모두 이 같은 표기 방식을 따르고 있었던 것이다. 그 첫 대목을 보면 다음과 같다.

　　일청전징　　　　　　평양일경
　　日靑戰爭의 총쇼리는, 平壤一境이 쩌느가는 듯ᄒ더니, 그 총쇼
　　　　　　청인　피　군亽　츄풍　낙엽　　　　　일
리가 긋치미, 靑人의 敗흔 軍士는 秋風에 落葉갓치 훗터지고, 日
　본　　　　　　서북　　향　　　　　　손
本군亽는 물미듯 西北으로 向ᄒ야 가니 그 뒤는 山과 들에, 사람

죽은 송장뿐이라

신소설 「혈의 누」는 1907년 3월 광학서포에서 단행본으로 간행됨으로써 대중의 독서를 위한 상품으로 포장된 바 있다. 이 새로운 「혈의 누」 텍스트는 서두에서 부분적인 내용의 첨삭이 생겨나고 있기는 하지만 그 줄거리 자체가 만세보의 그것을 그대로 옮겨놓은 것이다. 이러한 텍스트의 전환 방법은 신소설이 신문 연재 후 상업적인 목적에 따라 단행본으로 출판되는 하나의 관행을 심어놓게 된다. 신소설 「혈의 누」는 대중적 독자를 대상으로 하는 하나의 상품으로 단행본화되면서 그 표기 방식에서 완전한 국문체를 실현하고 있다. 만세보 연재 당시 「혈의 누」가 국한문 혼용체를 사용하면서 국문으로 한자에 음을 병기하는 방식을 채택한 것에 비한다면, 단행본 「혈의 누」의 국문체 지향은 개화·계몽 시대의 문체 변혁 과정에서 국문체의 대중적 사회 기반을 고려한 새로운 변화를 의미하는 것이라고 하겠다. 앞에 인용된 만세보 연재분과 동일한 서두 부분이 단행본에서 달리 표현된 예를 보면 다음과 같다.

일청전장의 춍쇼리는 평양일경이 떠는가는 듯ᄒ더니 그 춍쇼리가 긋치미 사롭의 즈취는 쓰너지고 샨과 들에 비린 ᄯᅴᄉᆞᆯᄲᅮᆫ이라

이 같은 텍스트의 변화와 문체 양상에 대해서는 뒤에 다시 논하겠지만, 신소설 「혈의 누」의 텍스트가 신문 연재에서 단행본 출판으로 이어지는 매체적인 속성의 변화에 따라 그 표기 방식에서

상당한 차이를 드러내는 것은 주목할 만한 특징이라고 할 수 있다.

신소설「혈의 누」의 또 하나의 텍스트는 1907년 5월 17일부터 6월 1일까지 국초(菊初)라는 서명으로 제국신문에 연재한「혈의 누」하편이 그것이다. 이 짤막한 연재는 당시의 상황으로 비추어 볼 때 여러 가지 의문을 불러일으키는 부분이다. 이인직이 신소설「혈의 누」하편의 연재를 제국신문에 시작하게 된 시기는 만세보에「귀의 성」을 연재하던 시기와 겹쳐 있다.「귀의 성」은「혈의 누」연재가 완전히 끝난 후 1906년 10월 14일부터 1906년 12월 29일까지 그 상편이 발표되었고, 다시 1907년 1월 8일부터 1907년 5월 31일까지 그 하편이 연재되던 것이다. 그러므로 제국신문의「혈의 누」하편 연재는「귀의 성」연재와 그 시기가 서로 겹쳐 있음을 알 수 있다. 더구나「혈의 누」하편은 두 주일 동안의 연재 이후 특별한 언급 없이 중단되고 만다. 이 같은 변화는 만세보의 경영 악화와 그 폐간으로 인한 이인직 자신의 신상 변화와 어떤 연관이 있는 것이 아닌가 생각되기도 한다. 만세보는 1906년 6월 17일 창간된 후 1년이 지난 1907년 6월 29일까지 293호를 내고 폐간되었으며, 이인직은 이 신문을 이완용의 도움으로 인수하여 이해 7월 18일 대한신문이라는 이름으로 개제하고 그 사장에 취임하게 된 것이다. 이 같은 변화 속에서 시도된 신소설「혈의 누」하편은 제국신문을 통한 연재 중단과 함께 그 결말을 보지 못하게 된다.

그런데 이인직은 1913년 매일신보를 통해「혈의 누」의 완결을 시도하고 있다. 그것이 바로「모란봉(牧丹峰)」이라고 제목을 고쳐 쓴 「혈의 누」 하편이다. 신소설 「모란봉」은 다음의 신문 연재 광고에서도 확인할 수 있듯이 「혈의 누」와 상하로 연결되는 작품이다.

(1) 雙玉淚의 次에는 牧丹峰

여러 달 쥬미 잇게 이독ᄒ시던 쌍옥루(雙玉淚)는 오늘 본보로써 긔 저가 다 되옵고 이 다음에는 모란봉(牧丹峰)이라ᄒ는 신쇼셜을 개직ᄒ옵는디 이 쇼셜은 죠선의 쇼셜가로 유명ᄒ 리인직(李人稙) 씨가 교묘ᄒ 의량을 다하야 혈루(血淚)의 하편으로 믿든 것인디 곳 옥련의 십칠세 이후 ᄉ적을 져슐ᄒ 것이오 쏘ᄒ 샹편되는 혈루와 독립되는 셩질이 잇스니 그 진々 츆미는 믹일 아참에 본보를 고디치 안이치 못ᄒ리이다 (매일신보, 1913. 2. 4)

(2) 此小說(차소설)은 翼年(익년)에 江湖愛讀者(강호애독자)의 歡迎(환영)을 得(득)ᄒ던 玉蓮(옥련)의 事蹟(사적)인디 今(금)에 其全篇(기전편)을 訂正(정정)ᄒ고 且血淚(차혈루)라 ᄒ는 題目(제목)이 悲觀(비관)에 近(근)홈을 嫌避(혐피)ᄒ야 牧丹峰(모란봉)이라 改題(개제)ᄒ고 下篇(하편)을 著述(저술)ᄒ야 玉蓮(옥련)의 末路(말로)를 알고ᄌ ᄒ시던 諸氏(제씨)의 一覽(일람)을 供(공)ᄒ옵는디 此 牧丹峰(차모란봉)에 비록 上下篇(상하편)이나 兩篇(양편)이 各(각)히 獨立(독립)ᄒ 性質(성질)이 有(유)ᄒ야 上篇(상편)은 玉蓮(옥련)의 七歲(칠세)부터 世間風霜(세간풍상)을 閱(열)ᄒ던 事實(사실)로 組織(조직)ᄒ얏는디 其 下篇(기하편)이 無(무)ᄒ야도

無妨(무방)ᄒ며 下篇(하편)은 玉蓮(옥련)의 十七歲 以後 事蹟(십칠세 이후 사적)을 述(술)혼 것인디 其 上篇(기상편)이 無(무)ᄒ더 릭도 쏘혼 無妨(무방)혼 故(고)로 玆(자)에 其 下篇(기하편)을 揭載(게재)ᄒ오니 或 上篇(혹 상편)을 閱覽(열람)코자 ᄒ시ᄂᆞᆫ 人氏(인씨)ᄂᆞᆫ 京城中部 鐵物橋 東洋書院(경성중부 철물교 동양서원)에 請求(청구)ᄒ시ᄋᆞᆸ (매일신보. 1913. 2. 5)

앞의 광고에서 작가 자신은 「모란봉」의 독자성에 대해서도 강조하고 있지만, 「혈의 누」 상편에서 그 결말이 분명치 않은 주인공 옥련의 이야기를 그려놓은 것이 사실이다. 그러나 신소설 「모란봉」도 이야기의 완결을 보지 못한다. 이 작품은 1913년 2월 5일부터 1913년 6월 3일까지 65회로 그 연재를 마감한 채, 연재 중단에 대한 어떤 연유도 설명하지 않는다. 물론 신소설 「모란봉」은 미완의 연재 이후 단행본으로 간행된 적이 없다.

이 같은 텍스트의 변화 과정을 보면, 신소설 「혈의 누」의 텍스트는 만세보의 연재와 광학서포의 단행본 출간으로 그 상편이 확정된다. 그리고 제국신문에 잠시 연재되던 하편의 일부와 매일신보에서 「모란봉」이라는 이름으로 연재하다가 중단된 하편을 연결할 때 그 텍스트의 전체적인 내용을 이해할 수 있다. 그러나 신소설 「혈의 누」의 전편에 해당하는 이야기는 완결된 형태로 존재하는 것은 아니다. 상편과 하편으로 이어지는 이야기의 서사 구조가 미완의 형태로 방치되고 있기 때문이다.

3. 신소설의 서사 방식과 식민주의 담론 구조

신소설「혈의 누」는 조선 말기 청일전쟁을 겪은 평양의 한 가족을 중심으로 한다. 이 작품의 주인공 옥련은 전란 속에 부모와 서로 헤어진 후 홀로 헤매다가 일본 군인의 도움으로 구출된다. 그리고 부모를 찾을 수 없게 되자, 일본으로 보내진다. 옥련은 일본에서 행복하게 성장하게 된다. 그녀가 일본에서 위기에 처했을 때 나타난 것은 조선인 유학생 구완서이다. 옥련은 다시 구완서를 따라 미국으로 건너가며, 미국에서 근대적인 문물을 익힌다. 이 소설의 이야기는 여주인공이 미국에서의 공부를 마치고 구완서와 약혼하며, 미국에 유학하고 있는 아버지를 만나게 되어 조선에 남아 있던 어머니의 생사도 확인하게 된다는 것으로 끝이 난다. 여주인공과 가족 간의 이산과 상봉이라는 이야기의 짜임새를 놓고 본다면, 이 소설의 서사 구조는 전대의 고전소설에서도 흔히 볼 수 있는 가족 이합(離合)에 따른 고난과 행복의 유형 구조[3]를 보여준다. 그러나 이 같은 유형 구조는「혈의 누」가 다른 소설들과 함께 공유하는 일반적인 서사적 패턴에 해당하기 때문에 「혈의 누」의 소설사적인 의미를 말해주는 요소라고 보기 어렵다. 인간의 삶의 방식을 예술적 형식으로 형상화하는 서사 문학에서 이 같은 유형 구조는 보편적인 요소로 드러나는 것이다.

---

3 조동일, 『신소설의 문학사적 성격』, 서울대학교 출판부, 1973, 59쪽.

소설 「혈의 누」에서 먼저 주목해야 할 것은 일본적 식민주의 담론의 소설화 과정이다. 이 소설에서 청일전쟁의 장면을 이야기의 출발점으로 삼는다는 사실은 매우 중요하다. 이것은 이인직이 지닌 정치적 현실 감각을 말해주는 대목이기 때문이다. 청일전쟁이라는 역사적 사건을 「혈의 누」라는 소설의 형식 속으로 어떻게 끌어들이는가 하는 문제는 작가 이인직의 정치적 현실 감각이 허구적인 서사 양식을 통해 어떠한 담론 구조로 자리 잡는가를 드러내주는 것이다. 청일전쟁은 조선에 대한 지배력을 쟁취하기 위한 청국과 일본의 전쟁이다. 이 전쟁의 승리자는 일본이며, 그 패자는 청국이다. 일본은 이 전쟁의 승리로 아시아의 새로운 강자로 등장하였으며, 청국에게서 요동반도를 보상받고 조선에 대한 청국의 정치적 간섭을 배제하게 된다. 이인직이 주목하는 대목이 바로 이것이다. 그는 청일전쟁에서 일본이 승리함으로써 조선에 대한 청국의 간섭을 배제할 수 있게 된 점을 조선의 독립적 지위의 확보와 연관시켜 강조하고 있다. 물론 청국을 조선이라는 주체의 영역에서 타자의 영역으로 분리하는 작업은 개화 · 계몽운동에서도 줄기차게 강조되던 점이다. 그러나, 엄밀히 말한다면, 이 전쟁에서 일본이 승리했다는 것은 조선의 독립적 지위 확보와는 아무 관련이 없다. 오히려 일본은 청국을 배제한 뒤에 조선에 대한 지배력을 확대할 수 있게 되었던 것이다. 그러므로 청일전쟁의 패배자가 전쟁의 당사자인 청국임에도 불구하고 조선이 더 큰 패배자가 되었다는 점을 주목할 필요가 있다.

신소설 「혈의 누」에서 청일전쟁의 장면은 조선인들이 겪게 되는 전쟁의 참상과 그 비극적인 현실을 말해주는 소설적 서두를 장식한다. 그러나 이 비극적인 장면은 결과적으로 소설의 등장인 물들에게 새로운 삶의 출발점이 된다. 전란 속에서 흩어진 가족 가운데 여주인공은 청군의 총탄을 맞고 부상을 입었으나 일본 군 인들의 도움으로 구출된다. 그리고 일본 군인의 양녀가 되어 일 본으로 보내져서 문명개화의 길을 걷는다. 밤길을 잃고 헤매던 여주인공의 어머니는 일본 헌병대의 보호를 받고 다시 집을 찾아 돌아온다. 전란을 걱정하던 아버지는 뜻한 바 있어 나라를 벗어 나 미국 유학길에 오른다. 이처럼 주인공 일가의 새로운 운명이 청일전쟁으로부터 시작된다.

이 작품에서 전란 속에 흩어진 한 가족의 모습은 조선의 현실 그 자체임이 틀림없다. 그러나 이들에게 새로운 삶의 가능성이 열리게 된다. 여기서 등장하는 것이 바로 일본 군대이다. 일본 군 대는 조선에 주둔해 있던 청나라의 군사들을 모두 물리치고 조선 을 청국의 지배에서 독립할 수 있도록 만든다. 그러나 조선인들 은 모두 「혈의 누」의 가족처럼 힘없고 어디로 나아갈 바를 알지 못한다. 스스로 자기 갈 길을 찾지 못하는 이들에게는 힘을 넣어 주고 새로운 길을 제시해줄 수 있는 구원자와 안내자가 필요하 다. 일본 군대가 바로 그 같은 역할을 할 수 있다. 실제로 소설 「혈의 누」에서 부모를 잃은 어린 여주인공을 구원한 것은 일본 군 인들이다. 길을 잃었던 여주인공의 어머니도 일본 헌병대의 보호 를 받는다. 일본은 새로운 강자로서 조선에 군림하는 것이 아니 라 조선인들을 구원하고 보호한다. 조선의 개화의 길은 일본을 매개로 하여 이루어질 수밖에 없다.

「혈의 누」의 소설적 출발은 바로 이 같은 현실 인식을 바탕으로 이루어지고 있다. 물론 이것은 일본적 식민주의 담론에서 강조되는 조선 보호론의 논리를 승인한 것과 다름없다. 그리고 이러한 논리의 승인이야말로 당대의 친일 정객들 사이를 넘나들던 이인직에게는 현실적 선택으로서의 하나의 정치 감각이었다고 할 수 있을 것이다. 그러나 일본의 조선 보호론을 앞세워서 이야기로 만들어진 이 소설에서 여주인공에게 부여된 새로운 교육과 개화의 길이란 하나의 허상에 불과하다. 문명개화의 세계는 조선 사람은 누구도 체험해보지 못한 미지의 세계이며, 현실로 도래하기를 소망하는 미래의 세계일 뿐이다. 그렇기 때문에 「혈의 누」에서는 문명개화의 실상을 인물의 행위의 구체성을 통해 제대로 제시하지 못한다. 문명개화의 이상 세계를 향한 변화와 발전의 과정을 추구하고자 하는 의도를 보여줄 뿐이다. 신교육이라든지 자유연애라든지 여성의 사회 진출이라든지 하는 계몽적 담론들은 바로 이 과정을 서사화하기 위해 동원된 것이라고 할 수 있다.

「혈의 누」에는 두 개의 현실 공간이 등장한다. 하나는 미개와 야만의 상태에 놓여 있는 조선의 현실이며, 또 다른 하나는 일본과 미국으로 상정되어 있는 문명과 개화의 세계이다. 조선의 현실은 철저하게 부정해야만 하는 대상이며 그곳에서 벗어나야만 하는 질곡이다. 그러므로 이 소설에서 조선의 모든 것들이 비판되고 부정된다. 반대로 일본은 소설의 주인공이 문명개화의 세계를 향하도록 매개해주는 매개항으로서의 역할까지 수행한다. 소설의 주인공은 비참한 현실의 땅을 벗어날 능력이 없다. 일본이 보는 조선이 바로 그러한 미개의 상태인 것과 마찬가지이다. 그러므로 이 힘없고 갈 바를 모르는 주인공에게는 보호자와 안내자가 필요하다. 결국 주인공은 보호자와 안내자라는 이 매개항의 개입에 의해 낡은 세계에서 벗어나며 새로운 세계로 나아간다. 이 매개항을 일본 또는 일본인으로 설정하는 것은 신소설 「혈의 누」의 서사 담론이 이미 정치적인 식민주의 담론의 영향권에서 구성되고 있음을 말해준다. 이 담론의 틀 속에서 문명개화의 매개자로 설정된 일본과 일본인은 절대적인 강자이면서 인도적인 구원자로 나타난다. 그리고 일본 자체가 문명개화의 새로운 이상 세계로 표상되기도 한다. 신소설 「혈의 누」 이후 개화 · 계몽 시대의 서사 양식에서 일본과 일본인이라는 타자가 문명개화의 세계를 향한 매개항으로 등장하게 되는 것은 당대 현실 속에서의 일본의 위상과 그 세력의 확대가 서사 양식 속에서 담론화한 것으로 볼 수 있다.

「혈의 누」는 여주인공 옥련의 가족 상봉, 구완서와의 혼담 등을 보여주는 하편의 「모란봉」으로 이어진다. 「모란봉」은 여주인공의 가족 상봉과 결혼 문제가 이야기의 중요한 골격을 이루지만, 「혈의 누」의 출발점과는 전혀 다른 방향으로 전개된다. 옥련의 부모들은 옥련을 돈이 많은 건달에게 시집보내려고 술수를 쓴다. 그리고 구완서의 귀국이 가까워지자 그의 부모에게도 술수의 손이 미치게 된다. 이 소설도 미완의 상태에서 끝이 났기 때문에 그 결말을 알 수 없다. 그러나 혼사 장애담의 낡은 패턴을 그대로 답습

하는 이야기는 가족 윤리의 타락과 인간적 신뢰의 붕괴라는 또 다른 현실의 문제성만을 노출하고 있다.

소설 「혈의 누」에서 「모란봉」으로 이어지는 여주인공 옥련의 이야기는 그 자체가 하나의 모순이라고 할 수 있다. 여주인공은 미개한 조선의 현실에서 벗어나 문명의 나라로 건너간다. 그리고 이 소설의 후반부에서는 신학문을 공부하고 개명하여 귀환하는 것으로 그려진다. 이 같은 이야기의 구도는 물론 조선의 현실을 문명개화의 길로 이끌어가야 한다는 개화 담론의 구조를 구체적으로 형상화하는 것으로 생각된다. 그러나 여주인공 옥련이 일본에서 배우고 미국에서 공부한 새로운 학문이라는 것은 어떤 힘도 발휘하지 못한다. 일본의 보호에 의한 개화라는 것이 결국은 일본의 식민지 지배로 귀착되어버렸기 때문에, 주체적 실천이 결여된 문명개화가 하나의 허상에 불과하였다는 것을 확인시켜줄 뿐이다. 실제로 「모란봉」에서 옥련은 인간적 윤리마저도 붕괴되어버린 참담한 현실에서 개인적인 결혼 문제에 얽혀 허둥대다가 아무런 구체적 역할도 담당하지 못하는 것이다.

신소설 「은세계」에서도 이 같은 현상은 비슷하게 나타난다. 「은세계」는 갑신정변을 전후한 시대부터 일본 통감부 설치 이후 일본의 강압에 의한 고종의 양위와 이를 정치적으로 무마하기 위해 만들어낸 이른바 시정 개선이 실시되는 시기까지를 배경으로 하여 부패한 사회 현실에 대한 불만과 정치 제도의 개혁을 내세운다. 이 소설의 전반부는 봉건적인 사회 제도와 부패한 탐관오리의 학정을 고발하는 내용이 중심을 이룬다. 강릉 산골에 사는 최병도는 김옥균에게 감화되어, 개화사상과 함께 언젠가는 구국에 나설 뜻을 품고 부지런히 일하여 착실하게 재물을 모은다. 탐관오리인 강원 감사가 최병도의 재물을 빼앗기 위해 억지 죄를 씌워놓는다. 최병도는 영문도 모르고 원주에 있는 감영으로 호송되어 갖은 악형을 당하다가 끝내 숨지고 만다. 이에 충격을 받은 부인은 유복자 옥남을 낳은 뒤 정신 이상이 되고, 최병도와 뜻을 함께하던 친구인 김정수가 그의 재산 관리와 함께 옥순·옥남 남매를 맡아 기르게 된다. 소설의 후반부에서는 옥순·옥남 남매가 성장하여 외국 유학에서 귀환하는 과정을 보여준다. 남매와 함께 미국 유학을 떠난 김정수가 파산하고 죽어버리자, 객지에서 고아가 된 옥순 남매는 자살을 기도하나 우연히 만난 미국인의 도움으로 학교도 졸업하고 귀국하게 된다. 남매와 상봉하게 된 어머니는 드디어 정신을 회복한다. 그러나 가족이 함께 불공을 드리러 갔다가 의병들에게 잡히자 옥남이 그들을 설유하는 데서 이야기는 끝난다.

미국 유학을 마친 두 남매는 조선에서 통감부 정치 이후 시정 개선이 이루어졌다는 말을 듣고 귀국하는 것으로 설정되어 있다. 이들 남매는 개화 조선의 새로운 이상을 꿈꾸지만, 그러한 실천적인 의지나 행동은 거의 드러나 있지 않다. 일본에 대응하여 일어난 의병운동을 놓고 개혁에 대한 부당한 반응이라고 비판하는 이들의 태도는 개화론자로서 지니는 이념적 취약성을 그대로 노출할 뿐이다. 이 작품에서 조선의 현실은 여전히 부정적으로 그려진다. 전반부에서는 부패한 관료들의 보수적 태도가 문제의 핵심이 되고 후반부에서는 일본 주도의 개혁에 반대하는 의병들의 무지가 문제가 된다. 그러나 이 같은 현실 인식은 몰주체적인 개화주의의 본질을 보여주는 것이며, 바로 일본적 식민주의 담론의 사회적 확대를 의미하는 것이라고 할 수 있다.

「귀의 성」과 「치악산」은 모두 처첩 간의 갈등 또는 고부 갈등을 근간으로 하는 통속적인 가정소설의 부류에 속한다. 이 작품에서 작가는 몰락하는 지배 계층과 신분 상승을 노리는 상민들의 적나라한 모습들을 그리면서, 사건의 다채로운 변화와 전개 과정을 통해 이야기에 흥미를 더한다. 「혈의 누」와 비교하여 볼 때 당대 현실과 사회에 대한 치열한 작가 의식을 찾아보기는 힘들지만, 현실 세태와 인정 풍속의 변화 과정을 암시하고 있다. 사건 구성과 장면 묘사가 치밀해졌다는 것은 신소설의 기법적인 변화를 말해주는 것이다.

4. 신소설의 근대성과 그 한계

이인직의 신소설은 당대적 현실의 소설적 구현과 일상적인 개인의 발견이라는 새로운 서사적 요소를 통해 그 근대적 성격을 어느 정도 인정받을 수 있다. 이 소설에서 주인공은 고전소설의 주인공들이 누리던 초월적인 세계와 단절함으로써 구체적인 현실 공간 속에서 그 존재 의미를 드러낸다. 주인공의 운명은 신에 의해서 계시되는 것이 아니라 그 자신의 삶에 의해서 결정된다. 주인공의 삶에는 선험적으로 주어진 생의 좌표가 없으며, 고전소설에서처럼 다시 신의 품으로 돌아가지 못한다. 인간의 세계 속에서 자신의 운명을 스스로 살아야 한다. 이제 운명이라는 것이 비로소 개인으로서 자신의 몫이 된 것이다. 그럼에도 신소설의 등장인물들은 작품 속에서 사회적 존재로서 개인의 의미를 완전하게 구현하는 경우가 많지 않다. 개화 조선의 현실 자체를 보더라도, 개인의 삶과 그 존재 의미가 사회적인 요건에 의해 규정되고 그 사회적인 요건들이 다시 개인의 삶에 의해 새롭게 규정될 수 있는 단계에까지 이르지는 못하고 있다. 이 소설의 인물들은 기껏 가족 또는 가정이라는 사회적 제도의 울타리에 머물러 있다. 이인직 이후의 신소설에서 가장 흔하게 다루는 담론은 이 가정이라는 제도가 파괴되는 과정에서 드러나는 개인의 문제들이다. 조선 사회에서 가장 완고하게 정체성을 유지해온 사회적 단위는 가문 또는 가족이다. 그러나 개화·계몽 시대에 들어서면서 가족의 정체성을 지켜준 도덕적 관념들이 무너지기 시작한다. 대가족 제도를 구성하던 가치 개념과 소유 구조와 윤리 의식 등이 약화되자, 가족 구성원으로서의 개인의 위치도 불안정한 상태에 빠지게 된다. 신소설은 바로 이 불안정한 위치에 서 있는 개인의 존재를 형상화한 것이다.

신소설에서 개인의 운명은 외부적으로 주어진 이념적 속성에 의해 담론화되기도 하고, 내면에서 비롯되는 개인적 욕망에 의해 담론화되기도 한다. 개인적 운명이 이념적 속성에 따라 담론화되는 경우, 그 서사 담론의 구조는 새 것과 낡은 것의 갈등을 표상하는 신/구의 대립을 핵심으로 하여 성립된다. 이러한 담론 구조는 이 시대에 등장한 모든 계몽 담론의 공통적인 기반이 된다. 신소설의 주인공들은 대체로 낡은 도덕적 전통과 사회적 규범의 속박에서 벗어나, 개화라는 이름으로 제시되는 새 것을 찾아 새로운 가치 개념으로서의 문명개화의 길을 걸어가게 된다. 이 새로운 세계를 향한 길이 바로 신교육의 길이며 구체적으로는 일본 또는 미국으로 가는 해외 유학이다. 신소설의 서사 구조에서 긴장을 수반하는 부분이 바로 이 낡은 것에서 새 것으로 전환하는 과정이며, 이 과정을 가장 풍부하게 서사화하고 있다.

신소설의 양식이 신/구 대립의 서사 구조의 긴장을 상실하기 시작한 것은 일제 식민지 시대에 들어서면서부터이다. 개화·계몽운동의 목표가 된 바람직한 근대적 사회의 성립이 불가능한 상태에 이르자, 일본을 매개로 하여 문명개화의 세계에 이르는 과정을 서사화하고자 한 신소설의 서사 담론 자체도 자기모순에 빠진 것이다. 문명개화의 매개항으로 설정하여놓은 일본이 오히려 모든 담론을 장악해버린 식민지 조선의 지배자로 군림하게 되었기 때문이다. 그러므로 신소설은 이해조 이후 재미를 추구하는 독자들의 욕구대로 개인적인 취향물로서 통속적인 이야기책으로 변모되고 있다. 신소설 작가들이 보여준 대중적인 흥미성에 대한 집착은 신소설의 사회 계몽적 기능을 약화시킨 대신, 그 방향을 개인적인 취향 문제로 바꾸어놓았다고 할 수 있다. 작가가 현실에 대한 인식을 바탕으로 독자를 이끌어가는 입장을 버리고 그들의 취미 기준에 맞는 작품을 쓰고자 노력했다는 것은 신소설의 통속화 과정을 말해주는 것이다.

　신소설은 식민지 시대에 접어든 후에 문명개화에 대한 공허한 전망마저 상실한 채 개인의 삶의 근거인 가족의 붕괴와 그 황폐화 현상을 흥미 본위로 그려내는 데에 주력한다. 그리고 바로 이러한 소재주의적인 관심과 통속성 때문에 신소설은 그 소설사적인 의미를 더는 지속할 수 없게 된다. 신소설의 서사 담론이 직면해 있던 이 위기의 상황에 이광수가 등장한다. 이광수의 『무정』은 바로 이 같은 신소설의 한계 상황에서 남녀 간의 사랑이라는 개인사적인 담론과 새로운 교육이라는 사회 계몽의 공적 담론을 구조적으로 결합함으로써 서사 담론의 긴장을 다시 살려내고 있는 것이다.

▌작가 연보

1862년(1세) 경기도 음죽군(현 이천시) 거문리에서 한산 이씨 윤기(胤耆)와 전주 이씨 사이의 차남으로 태어난 후 친족의 양자로 입양된다. 원래 집안이 서출(庶出)이어서 신분적인 조건 때문에 한학을 수학하고도 과거에 응하지 못한 것으로 보인다.

1900년(39세) 관비 유학생으로 선발되어 일본 동경정치학교에 입학한 후 일본 여성과 결혼하고, 1903년 미야코(都) 신문 견습생으로 근무하면서 「과부의 꿈(寡婦の夢)」이라는 일본어 소설을 이 신문에 발표한다.

1904년(43세) 동경정치학교를 졸업한 후 일본 육군성 소속 한국어 통역으로 발탁되어 러일전쟁에 종군하고, 친일 단체 '일진회'에 관여하며 기관지 국민신보의 발간을 주도한다.

1906년(45세) 만세보 주필로 활동하면서 만세보에 「혈의 누」「귀의 성」을 연재한다.

1907년(46세) 『혈의 누』를 광학서포에서 단행본으로 발간하고, 재정
난에 빠진 만세보를 이완용의 후원으로 인수하여 대한신문으
로 개제한 후 사장에 취임한다. 대한신문은 이완용 친일 내각
의 선전 기관이 된다.

1908년(47세) 원각사에서 소설 「은세계」를 창극 형식으로 공연하였으
며, 『귀의 성』(하권)을 중앙서관에서, 『치악산』(상권)을 유일
서관에서 발간한다. '연극소설'이란 표제로 동문사에서 『은세
계』가 발간된다. 이후 한일합방에 이르기까지 이완용의 밀사
자격으로 일본을 내왕한다.

1911년(50세) 일제 강점기에 경학원(성균관의 개편)의 사성(司成)으로
임명되었으며, 『경학원잡지』의 편찬 겸 발행인을 겸직한다.

1912년(51세) 단편소설 「빈선랑의 일미인」을 매일신보에 발표한다.

1913년(52세) 『혈의 누』 하편에 해당하는 「모란봉」을 매일신보에 연
재하다 중단한다.

1916년(55세) 11월 25일 사망. 평소 신봉하던 천리교 예식으로 화장
하다.

참고 문헌

권영민 외, 『개화기 문학의 재인식』, 지학사, 1987.

권영민, 『서사 양식과 담론의 근대성』, 서울대학교 출판부, 1999.

―――, 『한국현대문학사 1』, 민음사, 2002.

김열규 편, 『신문학과 시대의식』, 새문사, 1981.

김영민, 『한국근대소설사』, 솔, 1997.

김윤식·정호웅, 『한국소설사』, 예하, 1993.

김재용 외, 『한국근대민족문학사』, 한길사, 1993.

성현자, 『신소설에 미친 만청소설의 영향』, 정음사, 1985.

송민호, 『한국 개화기소설의 사적 연구』, 일지사, 1975.

안자산 지음, 최원식 옮김, 『조선문학사』, 을유문화사, 1984.

양문규, 『한국근대소설사연구』, 국학자료원, 1994.

엽건곤, 『양계초와 구한말 문학』, 법전출판사, 1980.

윤명구, 『개화기소설의 이해』, 인하대학교 출판부, 2000.

이용남 외, 『한국개화기소설연구』, 태학사, 2000.

이재선, 『한국개화기소설연구』, 일조각, 1972.

임형택 · 최원식 편, 『한국근대문학사론』, 한길사, 1982.

田尻浩幸, 『이인직연구』, 새미, 2006.

전광용, 『신소설연구』, 새문사, 1987.

조동일, 『신소설의 문학사적 성격』, 서울대학교 출판부, 1973.

――――, 『한국문학통사 4』, 지식산업사, 1986.

최원식, 『민족문학의 논리』, 창작과비평사, 1982.

――――, 『한국근대소설사론』, 창작과비평사, 1986.

최종순, 『이인직소설연구』, 국학자료원, 2005.

한기형, 『한국 근대 소설사의 시각』, 소명출판, 1999.

한국문학전집을 펴내며

　오늘의 한국 문학은 다양한 경험과 자산에서 비롯된 것이지만, 그중
에서도 우리 앞선 세대의 문학 작품에서 가장 큰 유산을 물려받고 있
다. 그럼에도 우리는 가끔 우리의 문학 유산을 잊거나 도외시한다. 마
치 그것 없이는 살아갈 수 없는 소중한 물을 쉽게 잊고 사는 것처럼
그동안 우리는 우리가 이루어놓은 자산들을 너무 쉽게 잊어버리고 있
었는지도 모르겠다. 인기 있는 외국 작품들이 거의 동시에 번역 출판
되고, 새로운 기획과 번역으로 전 세계의 문학 작품들이 짜임새 있게
출판되고 있는 요즈음, 정작 한국 문학 작품들을 체계적으로 정리하
지 못하고 있었다는 점을 최근에 우리는 깊이 반성하게 되었다. 그리
고 이러한 때늦은 반성을 곧바로 '한국문학전집'을 기획하는 힘으로
전환하였다.

　오늘의 시점에서 '한국문학전집'을 기획한다는 것은, 우선 그동안
양적으로나 질적으로 괄목할 만한 수준에 이른 한국 문학 연구 수준

을 반영하는 새로운 시각이 전제되어야 할 것이다. 그리고 '우리 것을 지키자'는 순진한 의도에서가 아니라, 한국 문학이 바로 세계 문학이 되는 질적 확장을 위해, 세계 문학 속에서의 한국 문학의 정체성을 찾는 일을 간과해서는 안 될 것이다.

이번 기획에서 우리가 가장 크게 신경 썼던 점은 크게 두 가지이다. 하나는, 그동안 거의 관습적으로 굳어져왔던 작품에 대한 천편일률적인 평가를 피하고 그동안의 평가에 대한 비판적 평가와 더불어 새로운 평가로 인한 숨은 작품의 발굴이었다. 그리하여 한국 문학사를 시기별로 구분하여 축적된 연구 성과들 위에서 나름대로 중요한 작품들을 선별하는 목록 작업에 가장 큰 공을 들였다. 나머지 하나는, 그동안 여러 상이한 판본의 난립으로 인해 원전 텍스트가 침해되고 있는 심각한 상황을 고려하여 각각의 작가에게 가장 뛰어난 연구자들을 초빙하여 혼신을 다해 원전 텍스트를 확정하였다는 점이다.

장구한 우리 문학사의 주옥같은 작품들을 한자리에 모아, 세대를 넘고 시대를 넘어 그 이름과 위상에 값할 수 있는 대표적인 한국문학전집을 내놓는다. 이번에 출간되는 한국문학전집은 변화된 상황과 가치를 반영하는 내실 있고 권위를 갖춘 내용으로 꾸며질 것이며, 우리 문학의 정본 전집으로서 자리매김해 한국 문학의 전통을 계승하고 발전시키는 데 기여하고자 한다. 이 기획이 한국 문학의 자산들을 온전하게 되살려, 끊임없이 현재성을 가지는 살아 있는 작품들로, 항상 독자들의 옆에 있게 되기를 기대한다.

㈜**문학과지성사**

01 감자 김동인 단편선

최시한(숙명여대) 책임 편집

수록 작품 약한 자의 슬픔 / 배따라기 / 태형 / 눈을 겨우 뜰 때 / 감자 / 광염 소나타 / 배회 / 발가락이 닮았다 / 붉은 산 / 광화사 / 김연실전 / 곰네

극단적인 상황과 비극적 운명에 빠진 인물 군상들을 냉정하게 서술해낸 한국 근대 단편 문학의 선구자 김동인의 대표 단편 12편 수록. 인간과 환경에 대한 근대적 인식을 빼어난 문체와 서술로 형상화한 김동인의 주옥같은 작품들을 만날 수 있다.

02 탈출기 최서해 단편선

곽근(동국대) 책임 편집

수록 작품 고국 / 탈출기 / 박돌의 죽음 / 기아와 살육 / 큰물 진 뒤 / 백금 / 해돋이 / 그믐밤 / 전아사 / 홍염 / 갈등 / 먼동이 틀 때 / 무명초

식민 치하 빈궁 문학을 대표하는 최서해의 단편 13편 수록. 식민 치하의 참담한 사회적 현실을 사실적으로 전해주는 작품들. 우리 민족의 궁핍한 현실에 맞선 인물들의 저항 정신과 민족 감정의 감동과 울림을 전한다.

03 삼대 염상섭 장편소설

정호웅(홍익대) 책임 편집

우리 소설 가운데 서울말을 가장 풍부하게 살려 쓴 작품이자, 복합성 · 중층성의 세계를 구축하여 한국 근대 장편소설의 대표작으로 꼽히는 염상섭의 『삼대』. 1930년대 서울의 중산층 가족사를 통해 들여다본 우리 근대의 자화상이다.

04 레디메이드 인생 채만식 단편선

한형구(서울시립대) 책임 편집

수록 작품 논 이야기 / 레디메이드 인생 / 미스터 방 / 민족의 죄인 / 치숙 / 낙조 / 쑥국새 / 당랑의 전설

역설과 반어의 작가 채만식의 대표 단편 8편 수록. 1920~30년대의 자본주의적 현실 원리와 민중의 삶을 풍자적으로 포착하는 데 탁월했던 채만식. 사실주의와 풍자의 절묘한 조합으로 완성한 단편 문학의 묘미를 즐길 수 있다.

05 비 오는 길 최명익 단편선

신형기(연세대) 책임 편집

수록 작품 페어인 / 비 오는 길 / 무성격자 / 역설 / 봄과 신작로 / 심문 / 장삼이사 / 맥령

시대를 앞섰던 모더니스트 최명익의 대표 단편 8편 수록. 병과 죽음으로 고통받는 인물 군상들을 통해 자신이 예감한 황폐한 현대의 징후를 소설화한 작가 최명익. 너무나 현대적이어서, 당시에는 제대로 평가받을 수 없었던 탁월한 단편소설들을 만난다.

06 사하촌 김정한 단편선

강진호(성신여대) 책임 편집

수록 작품 그물 / 사하촌 / 항진기 / 추산당과 결사람들 / 모래톱 이야기 / 제3병동 / 수라도 / 인간단지 / 위치 / 오끼나와에서 온 편지 / 슬픈 해후

리얼리즘 문학과 민족 문학을 대표하는 김정한의 대표 단편 11편 수록. 민중들의 삶을 통해 누구보다 먼저 '근대화의 문제'를 문학적으로 제기하고 예리하게 포착한 작가 김정한의 진면목을 본다.

07 무녀도 김동리 단편선

이동하(서울시립대) 책임 편집

수록 작품 화랑의 후예 / 산화 / 바위 / 무녀도 / 황토기 / 찔레꽃 / 동구 앞길 / 혼구 / 혈거부족 / 달 / 역마 / 광풍 속에서

한국적이고 토착적인 전통 세계의 소설화에 앞장선 김동리의 초기 대표작 12편 수록. 민중의 삶 속에 뿌리 내린 토착적 전통의 세계를 정확한 묘사와 풍부한 서정으로 형상화했던 김동리 문학 세계를 엿본다.

08 독 짓는 늙은이 황순원 단편선

박혜경(인하대) 책임 편집

수록 작품 소나기 / 별 / 겨울 개나리 / 산골 아이 / 목넘이마을의 개 / 황소들 / 집 / 사마귀 / 소리 / 닭제 / 학 / 필묵장수 / 뿌리 / 내 고향 사람들 / 원색오뚝이 / 곡예사 / 독 짓는 늙은이 / 황노인 / 늪 / 허수아비

한국 산문 문체의 모범으로 평가되는 황순원의 대표 단편 20편 수록. 엄격한 지적 절제와 미학적 균형으로 함축적인 소설 미학을 완성시킨 작가 황순원. 극적인 사건 전개 대신 정적이고 서정적인 울림의 미학으로 깊은 감동을 전한다.

09 만세전 염상섭 중편선

김경수(서강대) 책임 편집

수록 작품 만세전 / 해바라기 / 미해결 / 두 출발

한국 근대 소설의 기념비적 작품인 「만세전」, 조선 최초의 여류화가인 나혜석의 삶을 소설화한 「해바라기」, 그리고 식민지 조선의 현실을 담아내고 나름의 저항의식을 형상화하기 위한 소설적 수련의 과정을 단적으로 보여주는 「미해결」과 「두 출발」 수록. 장편소설의 작가로만 알려진 염상섭의 독특한 소설 미학의 세계를 감상한다.

10 천변풍경 박태원 장편소설

장수익(한남대) 책임 편집

모더니스트 박태원이 펼쳐 보이는 1930년대 서울의 파노라마식 풍경화. 근대 자본주의 사회의 이데올로기와 일상성에 대한 비판에 몰두하던 박태원 초기 작품의 모더니즘 경향과 리얼리즘 미학의 경계를 넘나드는 역작. 식민지라는 파행적 상황에서 기형적으로 실현되던 근대화의 양상을 기층 민중의 생활에 초점을 맞춰 본격화한 작품이다.

11 태평천하 채만식 장편소설

이주형(경북대) 책임 편집

부정적인 상황들이 난무하는 시대 현실을 독자적인 문학적 기법과 비판의식으로 그려냄으로써 '문학적 미'를 추구했던 채만식의 대표작. 판소리 사설의 반어, 자기 폭로, 비유, 과장, 희화화 등의 표현법에 사투리까지 섞은 요설로, 창을 듣는 듯한 느낌과 재미를 선사하는 작품. 세태풍자소설의 장을 열었던 채만식이 쓴 가족사소설의 전형에 해당한다.

12 비 오는 날 손창섭 단편선

조현일(홍익대) 책임 편집

수록 작품 공휴일 / 사연기 / 비 오는 날 / 생활적 / 혈서 / 피해자 / 미해결의 장 / 인간동물원초 / 유실몽 / 설중행 / 광야 / 희생 / 잉여인간 / 신의 희작

가장 문제적인 전후 소설가 손창섭의 대표 단편 14작품 수록. 병적이고 불구적인 인간 군상들을 통해 전후 사회 현실에서의 '절망'의 표현에 주력했던 손창섭. 전쟁 그리고 전쟁 이후의 비일상적 사태를 가장 근원적인 차원에서 표현한 빼어난 작품들을 선별했다.

13 등신불 김동리 단편선

이동하(서울시립대) 책임 편집

수록 작품 인간동의 / 흥남철수 / 밀다원시대 / 용 / 목공 요셉 / 등신불 / 송추에서 / 까치 소리 / 저승새

「무녀도」의 작가 김동리가 1950년대 이후에 내놓은 단편 9편 수록. 전기 작품에 이어서 탁월한 문체의 매력, 빈틈없는 구성의 묘미, 인상적인 인물상의 창조, 인간에 대한 깊이 있는 통찰이라는 김동리 단편의 미학을 다시 한 번 경험할 수 있는 기회이다.

14 동백꽃 김유정 단편선

유인순(강원대) 책임 편집

수록 작품 심청 / 산골 나그네 / 총각과 맹꽁이 / 소낙비 / 솥 / 만무방 / 노다지 / 금 / 금 따는 콩밭 / 떡 / 산골 / 봄·봄 / 안해 / 봄과 따라지 / 가을 / 두꺼비 / 동백꽃 / 야앵 / 옥토끼 / 정조 / 땡볕 / 형

고단한 삶을 살아가는 순박한 촌부에서 사기꾼에 이르기까지 다양한 삶의 모습을 문학 속에 그대로 재현한 김유정의 주옥같은 단편 23편 수록. 인물의 토속성과 해학성, 생생한 삶의 언어와 우리 소리, 그 속에 충만한 생명감을 불어넣은 김유정 문학의 정수를 맛본다.

15 소설가 구보씨의 일일 박태원 단편선

천정환(성균관대) 책임 편집

수록 작품 수염 / 낙조 / 소설가 구보씨의 일일 / 애욕 / 길은 어둡고 / 거리 / 방란장 주인 / 비량 / 진통 / 성탄제 / 골목 안 / 음우 / 재운

한국 소설사상 가장 두드러진 모더니즘 작품으로 인정받는 「소설가 구보씨의 일일」을 비롯한 박태원의 대표 단편 13편 수록. 한글로 씌어진 가장 파격적이고 실험적인 작품으로 주목 받은 박태원. 서울 주변부 중산층의 삶이라는 자기만의 튼실한 현실 공간을 구축하여 새로운 소설 기법과 예술가소설로서의 보편성을 획득한 작품들이다.

16 날개 이상 단편선

김주현(경북대) 책임 편집

수록 작품 12월 12일 / 지도의 암실 / 지팡이 역사 / 황소와 도깨비 / 공포의 기록 / 지주회시 /
동해 / 날개 / 봉별기 / 실화 / 종생기

근대와 맞닥뜨린 당대 식민지 조선의 기념비요 자화상 역할을 하는 이상의 대표 단편
11편 수록. '천재'와 '광인'이라는 꼬리표와 함께 전위적이고 해체적인 글쓰기로 한국
의 모더니즘 문학을 개척한 작가 이상. 자유연상, 내적 독백 등의 실험적 구성과 문체
로 식민지 근대와 그것에 촉발된 당대인의 내면을 예리하게 포착해낸 이상의 문제작들
을 한데 모았다.

17 흙 이광수 장편소설

이경훈(연세대) 책임 편집

한국 최초의 근대 장편소설 『무정』을 발표하면서 한국 소설 문학의 역사를 새롭게 쓴
이광수. 『흙』은 이광수의 계몽 사상이 가장 짙게 깔린 작품으로 심훈의 『상록수』와
함께 한국 농촌계몽소설의 전위에 속한다. 한국 근대 문학사상 가장 많이 연구되고
있는 작가의 대표작답게 『흙』은 민족주의, 계몽주의, 농민문학, 친일문학, 등장인물
론, 작가론, 문학사 등의 학문적·비평적 논의의 중심에 있는 작품이다.

18 상록수 심훈 장편소설

박헌호(성균관대) 책임 편집

이광수의 장편 『흙』과 더불어 한국 농촌계몽소설의 쌍벽을 이루는 『상록수』. 심훈의
문명(文名)을 크게 떨치게 한 대표작이다. 1930년대 당시 지식인의 관념적 농촌 운동
과 일제의 경제 침탈사를 고발·비판함으로써, 문학이 취할 수 있는 현실 정세에 대
한 직접적인 대응 그리고 극복의 상상력이란 두 가지 요소를 나름의 한계 속에서 실
천해냈고, 대중적으로도 큰 호응을 불러일으킨 작품이다.

19 무정 이광수 장편소설

김철(연세대) 책임 편집

20세기 이래 한국인이 가장 많이 읽고 가장 자주 출간돼온 작품, 그리고 근현대 문학
가운데 가장 많이 연구의 대상이 된 작가 이광수의 대표작 『무정』. 씌어진 지 한 세기
가 가까워오도록 여전히 읽히고 있고 또 학문적 논쟁의 중심에 서 있는 『무정』을 책
임 편집자의 교정을 충실하게 반영한 최고의 선본(善本)으로 만난다.

20 고향 이기영 장편소설

이상경(KAIST) 책임 편집

'프로문학의 정점'이자 우리 근대 문학사의 리얼리즘의 확립을 결정적으로 보여주는
이기영의 『고향』. 이기영은 1920년대 중반 원터라는 충청도의 한 농촌 마을을 배경
으로 봉건 사회의 잔재를 지닌 채 식민지 자본주의화가 진행되어가는 우리 근대 초기
를 뛰어난 관찰로 묘파한다. 일제 식민 치하 근대화에 대한 문학적·비판적 성찰과 지
식인의 고뇌를 반영한 수작이다.

21 까마귀 이태준 단편선

김윤식(명지대) 책임 편집

수록 작품 불우 선생 / 달밤 / 까마귀 / 장마 / 복덕방 / 패강랭 / 농군 / 밤길 / 토끼 이야기 / 해방 전후

'한국 근대소설의 완성자' '단편문학'의 명수. 이태준은 우리 근대 문학의 전개 과정에서 결코 간과할 수 없는 역할을 담당했던 작가 가운데 한 사람이다. 문학의 자율성과 예술성을 상실하지 않으면서도 현실 문제에 각별한 관심을 보여주었던 그의 단편은 한국소설사에서 1930년대를 대표하는 것으로 인정받고 있다.

22 두 파산 염상섭 단편선

김경수(서강대) 책임 편집

수록 작품 표본실의 청개구리 / 암야 / 제야 / E선생 / 윤전기 / 숙박기 / 해방의 아들 / 양과자갑 / 두 파산 / 절곡 / 얼룩진 시대 풍경

한국 근대사를 증언하고 있는 횡보 염상섭의 단편소설 11편 수록. 지식인 망국민으로서의 허무적인 자기 진단, 구체적인 사회 인식, 해방 후와 전후 시기에 대한 사실적 증언과 문제 제기를 포함한 대표작들을 통해 횡보의 단편 미학을 감상한다.

23 카인의 후예 황순원 소설선

김종회(경희대) 책임 편집

수록 작품 카인의 후예 / 너와 나만의 시간 / 나무들 비탈에 서다

인간의 정신적 순수성과 고귀한 존엄성을 문학의 제일 원칙으로 삼았던 작가 황순원. 그의 대표작 가운데 독자들의 가장 많은 사랑을 받은 장편소설들을 모았다. 한국전쟁을 온몸으로 체득하면서 특유의 절제되고 간결한 문장으로 예술적 서사성을 완성한 황순원은 단편에서와 마찬가지로 변함없는 감동의 세계를 열어놓는다.

24 소년의 비애 이광수 단편선

김영민(연세대) 책임 편집

수록 작품 무정 / 소년의 비애 / 어린 벗에게 / 방황 / 가실 / 거룩한 죽음 / 무명 / 꿈

한국 근대소설사와 이광수 개인의 문학 세계에서 중요한 의미를 갖는 단편 8편 수록. 이광수가 우리말로 쓴 최초의 창작 단편 「무정」, 당시 사회의 인습과 제도를 비판한 「소년의 비애」, 우리나라 최초의 서간체 소설인 「어린 벗에게」, 지식인의 내면적 갈등과 자아 탐구의 과정을 담은 「방황」, 춘원의 옥중 체험을 바탕으로 씌어진 「무명」 등 한국 근대문학의 장르와 소재, 주제 탐구 면에서 꼼꼼히 고찰해야 할 작품들이다.

25 불꽃 선우휘 단편선

이익성(충북대) 책임 편집

수록 작품 테러리스트 / 불꽃 / 거울 / 오리와 계급장 / 단독강화 / 깃발 없는 기수 / 망향

8·15 해방과 분단, 6·25전쟁으로 이어지는 한국 근현대사의 열병을 깊이 있게 고찰한 선우휘의 대표작 7편 수록. 평판작 「불꽃」과 「깃발 없는 기수」를 비롯해 한국 근현대사의 역동성과 이를 바라보는 냉철한 작가의식이 빚어낸 수작들을 한데 모았다.

26 맥 김남천 단편선

채호석(한국외대) 책임 편집

수록 작품 공장 신문/공우회/남편 그의 동지/물/남매/소년행/처를 때리고/무자리/녹
성당/길 위에서/경영/맥/등불/꿀

카프와 명맥을 같이하며 창작과 비평에서 두드러진 족적을 남긴 작가 김남천. 1930년
대 초, 예술운동의 볼셰비키화론 주장과 궤를 같이하는 「공장 신문」 「공우회」, 카프
해산 직후 그의 고발문학론을 담은 「처를 때리고」 「소년행」 「남매」, 전향문학의 백미
로 꼽히는 「경영」 「맥」 등 그의 치열했던 문학 세계의 변화를 일별할 수 있는 대표작
14편 수록.

27 인간 문제 강경애 장편소설

최원식(인하대) 책임 편집

한국 근대 여성문학의 제일선에 위치하는 강경애의 대표작. 일제 치하의 1930년대
조선, 자본가와 농민·노동자의 대립 구조 속에서 농민과 도시노동자가 현실의 문제
를 해결하고자 하는 주체로 성장하는 과정과 그들의 조직적 투쟁을 현실성 있게 그려
낸 작품. 이기영의 「고향」과 더불어 우리 근대 소설사에서 리얼리즘 소설의 수작으로
꼽힌다.

28 민촌 이기영 단편선

조남현(서울대) 책임 편집

수록 작품 농부 정도룡/민촌/아사/호외/해후/종이 뜨는 사람들/부역/김군과 나와 그의
아내/변절자의 아내/서화/맥추/수석/봉황산

카프와 프로문학의 대표 작가 이기영. 그가 발표한 수십 편의 단편소설들 가운데 사
회사나 사상운동사로서의 자료적 가치가 높으면서 또 소설 양식으로서의 구조미를
제대로 보여주는 14편을 선별했다.

29 혈의 누 이인직 소설선

권영민(서울대) 책임 편집

수록 작품 혈의 누/귀의 성/은세계

급진적이고 충동적인 한국 근대의 풍경 속에 신소설이라는 새로운 서사 양식을 창조
해낸 이인직. 책임 편집자의 꼼꼼한 텍스트 확정과 자세한 비평적 해설을 통해, 신소
설의 서사 구조와 그 담론적 특성을 밝히고 당시 개화·계몽 시대를 대표하는 서사
양식에 내재화된 일본적 식민주의 담론을 꼬집는다.

30 추월색 이해조 안국선 최찬식 소설선

권영민(서울대) 책임 편집

수록 작품 금수회의록/자유종/구마검/추월색

개화·계몽시대의 대표적인 신소설 작가 3인의 대표작. 여성과 신교육으로 집약되는
토론의 모습을 서사 방식으로 활용한 「자유종」, 구시대적 인습을 신랄하게 비판한
「구마검」, 가장 대중적인 신소설 가운데 하나로 꼽히는 「추월색」, 그리고 '꿈'이라는
우화적 공간을 설정하여 현실 비판의 풍자적 색채가 강한 「금수회의록」까지 당대의
사회적 풍속과 세태의 변화를 민감하게 반영한 작품들을 수록했다.

31 젊은 느티나무 강신재 소설선

김미현(이화여대) 책임 편집

수록 작품 안개 / 해방촌 가는 길 / 절벽 / 젊은 느티나무 / 양관 / 황량한 날의 동화 / 파도 / 이브 변신 / 강물이 있는 풍경 / 점액질

1950, 60년대를 대표하는 여성 작가 강신재의 중단편 10편을 엄선했다. 특유의 서정적인 문체와 관조적 시선, 지적인 분석력으로 '비누 냄새' 나는 풋풋한 사랑 이야기에서 끈끈한 '점액질'의 어두운 욕망에 이르기까지, 운명의 폭력성과 존재론적 한계를 줄기차게 탐문한 강신재 소설의 여정을 한눈에 볼 수 있는 기회다.

32 오발탄 이범선 단편선

김외곤(서원대) 책임 편집

수록 작품 일요일 / 학마을 사람들 / 사망 보류 / 몸 전체로 / 갈매기 / 오발탄 / 자살당한 개 / 살 모사 / 천당 간 사나이 / 청대문집 개 / 표구된 휴지 / 고장난 문 / 두메의 어벙이 / 미친 녀석

손창섭·장용학 등과 함께 대표적인 전후 작가로 꼽히는 이범선의 대표작 14편 수록. 한국 현대사의 비극에 대한 묘사를 바탕으로 하면서도 잃어버린 고향, 동양적 이상향에 대한 동경을 담았던 초기작들과 전후의 물질적 궁핍상을 전통적 사실주의에 기초해 그리면서 현실 비판적 성격을 강하게 드러낸 문제작들을 고루 수록했다.

33 메밀꽃 필 무렵 이효석 단편선

서준섭(강원대) 책임 편집

수록 작품 도시와 유령 / 깨뜨려지는 홍등 / 마작철학 / 프레류드 / 돈 / 계절 / 산 / 들 / 석류 / 메밀꽃 필 무렵 / 삽화 / 개살구 / 장미 병들다 / 공상구락부 / 해바라기 / 여수 / 하얼빈산협 / 풀잎 / 낙엽을 태우면서

근대 작가의 문화적 정체성이 끊임없이 흔들렸던 식민지 시대, 경성제대 출신의 지식인 작가로서 그 문화적 혼란기를 소설 언어를 통해 구성하고 지속적으로 모색했던 이효석의 대표작 20편 수록.

34 운수 좋은 날 현진건 중단편선

김동식(인하대) 책임 편집

수록 작품 희생화 / 빈처 / 술 권하는 사회 / 유린 / 피아노 / 할머니의 죽음 / 우편국에서 / 까막잡기 / 그리운 흘긴 눈 / 운수 좋은 날 / 발 / 불 / B사감과 러브 레터 / 사립정신병원장 / 고향 / 동정 / 정조와 약가 / 신문지와 철창 / 서투른 도적 / 연애의 청산 / 타락자

한국 근대 단편소설의 형식적 미학을 구축하고 근대적 사실주의 문학의 머릿돌을 놓은 작가 현진건의 대표작 21편 수록. 서구 중심의 근대성과 조선 사회의 식민성 사이에서 방황하는 지식인의 내면 풍경뿐만 아니라, 식민지 조선의 일상을 예리하게 관찰함으로써 '조선의 얼굴'을 담아낸 작가 현진건의 면모를 두루 살폈다.

35 사랑 이광수 장편소설

한승옥(숭실대) 책임 편집

춘원의 첫 전작 장편소설. 신문 연재물의 제약에서 벗어나 좀더 자유롭고 솔직한 그의 인생관이 담겨 있다. 이른바 그의 어떤 장편소설보다도 나아간 자유 연애, 사랑에 관한 작가의 생각을 엿볼 수 있는 작품. 작가의 나이 지천명에 이르러 불교와 『주역』 등 동양고전에 심취하여 우주의 철리와 종교적 깨달음에 가닿은 시점에서 집필된, 춘원의 모든 것.

36 화수분 전영택 중단편선

김만수(인하대) 책임 편집

수록 작품 천치? 천재?/운명/생명의 봄/독약을 마시는 여인/화수분/후회/여자도 사람인가/하늘을 바라보는 여인/소/김탄실과 그 아들/금붕어/차돌멩이/크리스마스 전야의 풍경/말 없는 사람

1920년대 초반 자연주의, 사실주의적 색채가 강한 작품 세계로 주목받았던 작가 전영택의 대표작선. 이들 작품에서 작가는, 일제 초기의 만세운동, 일제 강점기하의 극심한 궁핍, 해방 직후의 사회적 혼란, 산업화 초창기의 사회적 퇴폐상에 대한 자신의 경험을 소박한 형식 속에 담고 있다.

37 유예 오상원 중단편선

한수영(동아대) 책임 편집

수록 작품 황선지대/유예/균열/죽어살이/모반/부동기/보수/현실/훈장/실기

한국 전후 세대 문학의 대표 작가 오상원의 주요작 10편을 묶었다. '실존'과 '행동'에 초점을 맞춘 그의 작품은, 한결같이 극한 상황에 처한 인간 존재의 의미를 묻는 데 천착하면서 효과적인 주제 전달을 위해 낯설고 다양한 소설적 실험을 보여준다.

38 제1과 제1장 이무영 단편선

전영태(중앙대) 책임 편집

수록 작품 제1과 제1장/흙의 노예/문 서방/농부전 초/청개구리/모우지도/유모/용자소전/이단자/B녀의 소묘/O형의 인간/들메/며느리

한국 농민문학의 선구자로 평가받는 이무영의 주요 단편 13편 수록. 이들 작품에서 작가는, 농민을 계몽의 대상이 아닌, 흙을 일구는 그들의 삶을 통해서 진실한 깨달음을 얻는 자족적 대상으로 바라본다. 이무영의 농민소설은 인간을 향한 긍정적 시선과 삶의 부조리한 면을 파헤치는 지식인의 냉엄한 비판 의식이 공존하고 있다.

39 꺼삐딴 리 전광용 단편선

김종욱(세종대) 책임 편집

수록 작품 흑산도/진개권/지충/해도초/GMC/사수/크라운장/충매화/초혼곡/면허장/꺼삐딴 리/곽 서방/남궁 박사/죽음의 자세/세끼미

1950년대 전후 사회와 60년대의 척박한 삶의 리얼리티를 '구도의 치밀성'과 '묘사의 정확성'을 통해 형상화한 작가 전광용의 대표 단편 15편 모음집. 휴머니즘적 주제 의식, 전통적인 서사 형식, 객관적이고 냉철한 묘사 태도, 짧고 건조한 문체 등으로 집약되는 전광용의 작품 세계를 한눈에 살필 수 있는 계기.

40 과도기 한설야 단편선

서경석(한양대) 책임 편집

수록 작품 동경/그릇된 동경/합숙소의 밤/과도기/씨름/사방공사/교차선/추수 후/태양/임금/딸/철로 교차점/부역/산촌/이녕/모자/혈로

식민지 시대 신경향파·카프 계열 작가로서 사회주의 리얼리즘 문학을 추구한 작가 한설야의 문학적 특징을 잘 드러내는 단편 17편을 수록했다. 시대적 대세에 편승하며 작품의 경향을 바꾸었던 다른 카프 작가들과는 달리 한설야는, 주체적인 노동자로서의 삶을 택한 「과도기」의 '창선'이 그러하듯, 이 주제를 자신의 평생 과제로 삼아 창작에 몰두했다.

41 사랑손님과 어머니 주요섭 중단편선

장영우(동국대) 책임 편집

수록 작품 추운 밤/인력거꾼/살인/첫사랑 값/개밥/사랑손님과 어머니/아네모네의 마담/북소리 두둥둥/봉천역 식당/낙랑고분의 비밀

주요섭이 남녀 간의 애정 문제를 주로 다룬 통속 작가로 인식되어온 것은 교정되어야 마땅하다. 그는 빈민 계층의 고단하고 무망(無望)한 삶을 사실적으로 재현하는 데 탁월한 기량을 보였으며, 날카로운 현실인식과 객관적 묘사의 한 전범을 보여주었고 환상성을 수용함으로써 보다 탄력적인 소설미학을 실험하기도 하였다.

42 탁류 채만식 장편소설

우찬제(서강대) 책임 편집

채만식은 시대의 어둠을 문학의 빛으로 밝히며 일제 강점기와 해방기의 우리 소설 사를 빛낸 작가다. 그는 작품활동 전반에 걸쳐 열정적인 창작열과 리얼리즘 정신으로 당대의 현실상을 매우 예리하게 형상화했다. 특히 『탁류』는 여주인공 봉의 기구한 운명의 족적을 금강 물이 점점 탁해지는 현상에 비유하면서 타락한 당대의 세계상을 여실하게 드러내주고 있다.

43 벙어리 삼룡이 나도향 중단편선

우찬제(서강대) 책임 편집

수록 작품 젊은이의 시절/별을 안거든 우지나 말걸/옛날 꿈은 창백하더이다/여이발사/행랑 자식/벙어리 삼룡이/물레방아/꿈/뽕/지형근/청춘

위험한 시대에 매우 불안하게 살았던 작가. 그러나 나도향은 불안에 강박되기보다 불안한 자유의 상태를 즐기는 방식으로 소설을 택한 작가였다. 낭만적 환멸의 풍경이나 낭만적 동경의 형식 등은 불안에 대한 나도향 식 문학적 향유의 풍경으로 다가온다.

44 잔등 허준 중단편선

권성우(숙명여대) 책임 편집

수록 작품 탁류/습작실에서/잔등/속습작실에서/평대저울

한국 근대소설사에서 허준만큼 진보적 지식인의 진지한 자기 성찰을 깊이 형상화한 작가는 없었다. 혁명의 연성을 기꺼이 인정하면서도 혁명과 해방으로 인해 궁지와 비참에 몰린 사람들에 대해 깊은 연민과 따뜻한 공감의 눈길을 던진 그의 대표작 다섯 편을 한데 모았다.

45 한국 현대희곡선

김우진 김명순 유치진 함세덕 오영진 차범석 최인훈 이현화 이강백

이상우(고려대) 책임 편집

수록 작품 산돼지/두 애인/토막/산허구리/살아 있는 이중생 각하/불모지/옛날 옛적에 훠어이 훠이/카덴자/봄날

한국 현대희곡 100년사를 대표하는 작품 아홉 편. 1920년대부터 1980년대까지 각 시기의 시대 정신과 연극 경향을 대표할 만한 희곡들을 골고루 선별하였고, 사실주의 희곡과 비사실주의희곡의 균형을 맞추어 안배하였다.

46 혼명에서 백신애 중단편선

서영인 책임 편집

수록 작품 나의 어머니/꺼래이/복선이/채색교/적빈/낙오/악부자/정현수/학사/호도/어느 전원의 풍경—일명·법률/광인수기/소독부/일여인/혼명에서/아름다운 노을

일제강점기 한국문학을 대표하는 여성 작가이자 사회운동가인 백신애의 주요 작품 16편을 묶었다. 극심한 가난과 봉건적 인습의 굴레에 갇힌 여성들의 비극, 또는 그로부터 벗어나고자 하는 의지를 섬세한 필치와 치열한 문제의식으로 그려냈다. 그의 소설을 통해 '봉건적 가족제도와 여성의 욕망'이라는 해묵은 주제가 오늘날에도 여전히 풀리지 않는 과제로 존재하고 있음을 알게 된다.

47 근대여성작가선

김명순 나혜석 김일엽 이선희 임순득

이상경(KAIST) 책임 편집

수록 작품 의심의 소녀/선례/돌아다볼 때/탄실이와 주영이/경희/현숙/어머니와 딸/청상의 생활—희생된 일생/자각/계산서/매소부/탕자/일요일/이름 짓기/딸과 어머니와

일제강점기 한국문학을 대표하는 여성 작가들의 주요 작품 15편을 한 권에 묶었다. 근대 여성의 목소리로서 여성문학은 봉건적 가부장제에서 벗어나고자 개인으로서 여성의 자유로운 선택을 가로막는 온갖 질곡에 저항해왔다. 여성이 봉건적 공동체를 벗어나 개성을 찾아 나서는 길은 많은 경우 가출, 자살, 일탈 등으로 귀결되었지만, 그럼에도 여성 자신의 힘을 믿으면서 공동체의 인습에 저항하고 새로운 공동체를 지향하는 노력이 있었다. 여기에 식민지라는 조건 속에서 민족의 해방은 더 큰 과제이기도 했다. 이 책에 실린 여성 작가의 작품들은 신여성의 이러한 꿈과 현실, 한계를 여실히 드러내 보여준다.

48 불신시대 박경리 중단편선

강지희(한신대) 책임 편집

수록 작품 계산/흑흑백백/암흑시대/불신시대/벽지/환상의 시기/약으로도 못 고치는 병

여성의 전쟁 수난사를 가장 탁월하게 그려낸 작가 박경리의 대표 중단편 7편 수록. 고독과 절망의 시대를 살아내면서도 현실과 타협하지 못하는 결벽성으로 인간의 존엄을 고민했던 작가의 흔적이 역력한 수작들이 담겼다.